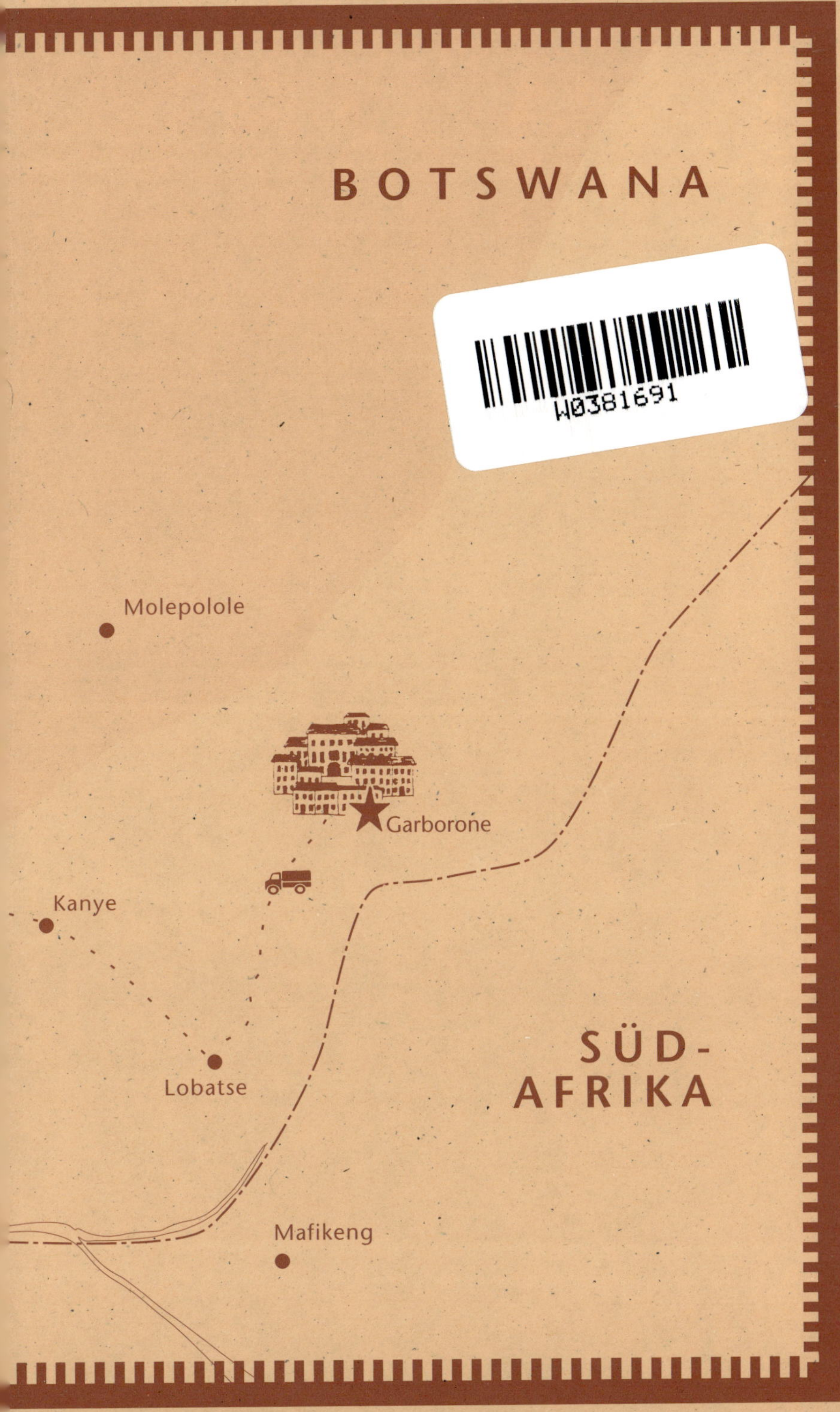
BOTSWANA
Molepolole
Garborone
Kanye
Lobatse
SÜD-
AFRIKA
Mafikeng

Alles, was ich schreibe, ist für Elsa, aber das gilt ganz besonders für dieses Buch, weil hier ihre Herzenskraft, ihre Sensibilität und ihr Intellekt in großem Umfang - wenn auch notgedrungen nicht offenkundig - gepriesen und ausgeschlachtet werden. Ob im Leben oder in der Kunst - was ich ihr schulde, wird von Tag zu Tag mehr, so sehr ich mich auch dagegen sträuben mag. Außerdem ist Die Maßnahme *gewidmet meinem Sohn Jason und meiner Schwiegertochter Monica, meiner Mutter und dem Andenken meines Vaters, und nicht zuletzt meiner verstorbenen Tochter Liza.*

Inhalt

Grassierende Ernüchterung

In Afrika will man einfach mehr, glaube ich.

Man wird gierig. Die Gier tritt bei verschiedenen Leuten in verschiedenen Formen auf, aber in irgendeiner Form zeigt sie sich bei allen, die länger dort sind. Sie kann ganz plötzlich über einen kommen. Ich nehme mich da nicht aus.

Mit »man« meine ich natürlich Weiße in Afrika, nicht schwarze Afrikaner. Die durchschnittlichen Schwarzafrikaner haben das umgekehrte Problem: Sie wollen nicht genug. Ein ganzer Berufszweig – Rural Animation genannt – widmet sich der Aufgabe, die dörfliche Bevölkerung dazu zu bewegen, mehr zu wollen und fleißiger dafür zu arbeiten. Afrikaner sind ziemlich ungierig – Eliten selbstverständlich ausgenommen. Eliten sind Eliten.

Aber in Afrika kann man erleben, wie Mittelschichtsweiße, die eigentlich vollkommen normal sind, über Nacht zu Kettenrauchern werden, zu starken Trinkern oder Gourmets. Plötzlich sieht man ansonsten vernünftige Menschen eingekeilt zwischen den Hausmädchen der echten Reichen vor der chinesischen Fleischerei Schlange stehen, finster entschlossen, einen von den neun oder zehn Bechern Crème fraîche zu ergattern, die Mittwoch nachmittags um drei aus Mafikeng angeliefert werden. Man erlebt, wie Leute sich auf feines Essen versteifen, und das bei dem lächerlichen Angebot in Botswana. Oder auf jede Menge Sex. Oder ihnen geht plötzlich auf, daß es eigentlich keinen Grund gibt, warum sie nicht auch versuchen sollten, reich zu werden, bevor sie sich aus Afrika verabschieden müssen. Die meisten Ausländer bleiben nur ein paar Jahre. Und wenn ihr Aufenthalt zu Ende geht, fangen sie unweigerlich an, Karosses oder Schnitzereien en gros zu kaufen, um damit zu handeln, oder sie beschließen, über einheimische Mittelsmänner Grund und Boden zu erwerben, oder – wie in einem mir bekannten Fall – den ersten Minigolfplatz südlich der Sahara zu gründen. Ich kannte einen, der in jeder Hinsicht ein echtes Muttersöhnchen war, bis er plötzlich das irrwitzige Risiko einging, an den Wochenenden Armbanduhren über die Grenze nach Simbabwe zu schmuggeln.

Sein Vertrag lief aus. Er war Juradozent an der Universität Botswana.

Bei mir war es die Ernüchterung. Ich wurde eklig. Ich wurde zu einem typischen Fall von Gier plus Torschlußpanik. Das war im Herbst 1980, also im afrikanischen Frühjahr. Afrika hatte mich ernüchtert.

Ich war gerade achtzehn Monate im Feld gewesen, mehr oder weniger mutterseelenallein. Ich schrieb an meiner Doktorarbeit in Ernährungsanthropologie, und ich hätte eigentlich den Nachweis führen sollen, daß die Fruchtbarkeit unter den Bewohnern abgelegener Regionen mit den Jahreszeiten schwankt, weil sich diese Populationen überwiegend von dem ernähren, was sie beim Sammeln vorfinden, was wiederum einen Einfluß auf ihre Fruchtbarkeit haben müßte. So hatte jedenfalls meine Arbeitshypothese gelautet.

Doch dem war mitnichten so. In dieser Ecke des Busches nach Sammlern zu jagen erwies sich als fruchtlos, denn auch hier war das Sammeln aus der Mode gekommen. Die Allerweltsnahrungsmittel scheinen überallhin vorgedrungen zu sein, selbst in die hintersten Winkel der Tswapong Hills. Auf diesem oder jenem Weg bekamen die Leute typische Konservenkost und Cornflakes oder säckeweise Sorghum und Mais von der Welthungerhilfe. Also hielt sich kaum jemand groß mit Sammeln auf, und ich hockte auf einer geplatzten Diss.

Zu allem Überfluß hatte ich in Keteng, dem größten Dorf innerhalb meines Forschungsgebiets, einen zwischenmenschlich sehr miesen Vorfall mit ansehen müssen. Ein holländischer Entwicklungshelfer war von den örtlichen Machthabern - alteingesessenen burischen Siedlerdynastien, die die botswanische Staatsbürgerschaft angenommen hatten, als das Land unabhängig wurde - in den Tod gehetzt worden. Diese Geschichte macht mir noch heute zu schaffen. Dazu kam, daß ich unregelmäßige Blutungen hatte - wie sich herausstellte, infolge extremer körperlicher Anstrengung und einseitiger Ernährung. Das hatte ich zwar auch schon vermutet, aber ich mußte endlich etwas dagegen unternehmen, statt mir deswegen nur Sorgen zu machen. Und da das alles zudem noch mit meinem zweiunddreißigsten Geburtstag zusammenfiel, kapitulierte ich und kehrte in die

Hauptstadt Gaborone zurück, vorgeblich zum Regenerieren, tatsächlich aber zum Regredieren.

Wann immer ich einen homogenen Lebensabschnitt durchmache, präge ich gerne ein Schlagwort dafür. Rückzug mit Bauchschmerzen war der Begriff, den ich für diese Phase in Gaborone fand - ein etwas beschönigender Ausdruck, weil das Ganze eher in Richtung Dekadenz ging, allerdings nur ein paar Monate lang.

Eigentlich hatte ich keinen guten Grund, nicht in die Staaten zurückzukehren. Vor mir selbst rechtfertigte ich mein Bleiben mit der Aussicht auf einen weiteren Geburtstag in Reichweite meiner Mutter. Je mehr von meinen Geburtstagen sie verpaßte, desto bombastischer und unerträglicher fiel der Nachhol-Geburtstag aus; und ich war Jahre überfällig. Faktisch hatte ich versprochen, meinen zweiunddreißigsten mit ihr zu feiern, sofern ich bis dahin zurück wäre. Ich wußte, daß es ihre Schuldgefühle waren - wegen der chronischen Geldnot während meiner Kindheit und wegen ihrer Leibesfülle -, die sie zu ihren wagnerianischen Geburtstagsanstrengungen trieben, aber ich konnte trotzdem nicht. Ich hatte nicht den Nerv dazu.

Dazu kam das Bedürfnis nach Gesellschaft. Ich war meine eigene Gesellschaft leid, und in den Staaten hatte ich niemanden sitzen oder auch nur in Aussicht. Sexuell gesehen fühlte ich mich hellwach. Eine ungebundene, halbwegs kultivierte weiße Frau, selbst eine, die nicht ganz auf dem Damm ist, könnte nirgendwo besser aufgehoben sein als in Gaborone. Obendrein ist Gaborone geradezu ein Mekka für Ernüchterte, weil man sich dort unter Weißen bewegt, die ebenfalls ernüchtert sind. Natürlich würde kein Mensch dieses Wort benützen.

Akkumulierte Weiße

In Afrika gibt es mehr Weiße, als man meinen sollte, und in Botswana mehr als fast überall sonst in Afrika. Weiße akkumulieren sich in Botswana. Das parlamentarische System funktioniert, das Gerichtswesen ist halbwegs verläßlich, also hilft der Westen eifrigst mit Entwicklungsprojekten, und weiße Experten fallen in Scharen ein. Außerdem hat Botswana so ziemlich die letzten Jäger und Sammlerinnen zu bieten, daher stolpert man ständig über AnthropologInnen und Möchtegernanthropolo-gInnen wie mich. Dazu kommen die politischen Flüchtlinge aus Südafrika, weiße wie schwarze, wobei die Weißen bis auf ein paar besonders Mutige und Robuste meist nur auf der Durchreise sind. Vor dem langen Arm der Buren ist selbst in Gaborone niemand sicher. Es gibt jede Menge Spione, denn alle wollen wissen, wann das Pulverfaß Südafrika hochgeht, und Gaborone liegt nur fünf Autostunden von Pretoria und Johannesburg entfernt. Die russische Botschaft ist personell überaus gut besetzt. Außerdem ist Botswana geographisch gesehen das Auffangbecken für britische Verwaltungsbeamte, die mit dem Fortschreiten der Entkolonialisierung in Richtung Süden ihre Aufgabe verloren haben. Das sind Menschen, denen aufgrund ihrer Persönlichkeitsstruktur ein Leben in England kaum mehr möglich ist. Gaborone ist ihre letzte Bastion in Afrika. Tories aus der Schwarzen Lagune, Paläo-Tories hat Nelson Denoon sie genannt, weil sie eine so primitiv rechte Einstellung haben. Aus anthropologischer Sicht sind sie ein interessantes Studienobjekt, aber es gibt einfach zu viele von ihnen. Dann wären da noch die weißen Berater und Entwicklungshelfer - allein hundert beim Peace Corps. Dazu kommen die weißen Großwildjäger und Safari-Touristen, die in Scharen nach Norden ziehen. Botswana ist mittlerweile das einzige Land Afrikas, in dem man noch Enklaven mit wilden Tieren findet, die nie einen Weißen gesehen haben. Es gibt nur eine Million Batswana. Und es gibt die Missionare.

Ich glaube, ich neige dazu, Missionare auszunutzen - das sollte ich wirklich sein lassen, jedenfalls solange ich sie hinter ihren Rücken schlechtmache. Die Karmeliterinnen in Keteng waren nämlich immer sehr nett zu mir, wenn ich auf der Suche nach einem Bett, einem heißen Bad und frischem Gemüse bei ihnen hereinplatzte, weil ich es allein im Busch nicht mehr aushielt. Was regelmäßig der Fall war. Und als ich beschloß, in Gaborone krankzufeiern, statt in die USA zurückzukehren, nahm mich ein Ehepaar von den Sieben-Tage-Adventisten zwei Wochen lang bei sich auf. Ich weiß nicht recht, ob ich die Missionare von meiner globalen Ernüchterungstheorie ausnehmen sollte - wahrscheinlich nicht, obwohl ihre absolut ungebrochene Heiterkeit dazu angetan ist, einen jeden Gedanken daran vergessen zu lassen. Oberflächlich betrachtet scheinen sie zu kriegen, was sie wollen. Immerhin schaffen sie es, ihre Sekten zu etablieren und ihnen Afrikaner in Scharen zuzuführen. Zumindest leises Unbehagen müßte ihnen allerdings die gewaltige und kontinuierliche Abwanderungsbewegung zu den spiritualistischen Kirchen bereiten, diesen von Afrikanern kreierten und geführten synkretistischen christlichen Unternehmen, die sich durch gewisse neuartige Praktiken auszeichnen, beispielsweise die Einnahme von Meerwasser gegen Magengeschwüre. Sämtliche Missionare, bei denen ich unterschlüpfte, zeigten merkliches Interesse an meiner, sagen wir mal, spirituellen Ausrichtung. Ich finde nicht, daß ich sie hochgenommen habe. Ich habe mich nicht verstellt, wollte sie allerdings auch nicht vor den Kopf stoßen. Lange Zeit habe ich mich als antiklerikal, nicht aber antireligiös definiert, doch das war, bevor ich Nelson Denoon kennenlernte, der beides war, und zwar leidenschaftlich. Er hat sich meine Einstellungen vorgenommen, direkt und auch sonst. Das war eine seiner Lieblingsbeschäftigungen. Ich denke, damit tue ich ihm nicht unrecht. Bei ihm war es automatisch so, daß er Menschen, die er, sagen wir mal, liebte, dazu zu bringen versuchte, in solchen Fragen mit ihm übereinzustimmen. Ich muß immer noch genau darauf achten, wieviel von dem, was mich heute ausmacht, auf Denoons Einfluß zurückzuführen und wieviel Resultat normaler persönlicher Entwicklung ist. Denoon macht sich hier breit, bevor er, historisch gesehen, dran ist, typisch.

Ich wohnte also bei meinen Adventisten, anfangs ziemlich zurückgezogen. Als erstes mußte ich mich meiner wiederaufflackernden Überzeugung stellen, daß auf meiner akademischen Karriere ein Fluch lag. War ich denn wirklich so marginal? Warum hatte ich eine Woche auf die Ergebnisse meiner mündlichen Prüfung warten müssen, obwohl man sie normalerweise schon am nächsten Tag erfährt? Ich hielt mich für intelligent; woran lag es also? Warum lief bei mir alles immer so schleppend und stieß auf so viele Widerstände? Warum war es mir nie gelungen herauszufinden, wie man jemandes Protegé wird? In Stanford passierte das ständig, aber nie mir. Doch nach ein paar Tagen in

Gaborone schaffte ich es, mich zum wiederholten Mal davon zu überzeugen, daß es im wesentlichen Pech gewesen war oder die Nachwirkung der noblen Armut, in der ich aufgewachsen bin. Ich fing mich wieder.

Damals waren sie bei der Ausländerbehörde noch großzügig. In einer knappen Stunde bekam ich mein Visum für ein Jahr verlängert. Jetzt konnte für mich die Saison beginnen.

Mein Handwerkszeug

Ich weiß noch genau, wann die Gier zuschlug. Es war auf der ersten Party, zu der ich in diesem Frühjahr ging, einer Gartenparty.

Ich belauschte eine hitzige Debatte zwischen zwei Briten über die Frage, ob Sambia das beste Klima der Welt hatte oder Botswana. Und das während einer mörderischen Dürre. Ich vertrage viel Sonne, aber schließlich stamme ich aus Minnesota und mußte mich in Nordkalifornien jahrelang mit dem undefinierbaren Wetter und der eiskalten Brandung herumärgern. Für das Leben in Afrika bin ich wie geschaffen. Ich liebe diese Sonne, die Tag für Tag explodiert wie ein kaputter Motor. Auch während der sogenannten Regenzeit scheint bis zwei oder drei Uhr nachmittags die Sonne, und nach einem lächerlichen fünfminütigen Schauer geht es weiter wie gehabt. Sogar im botswanischen Hochsommer schwitzt man kaum. Es wird heiß, bleibt dabei aber so trocken, daß man richtig spüren kann, wie der Schweiß die Hautoberfläche kühlt, während er verdampft. Immerhin befinden wir uns in einer Wüste tausend Meter über dem Meeresspiegel, auch wenn sie nicht wie eine normale Wüste aussieht. Nach Denoons Theorie paßt sich der Mensch mit der Zeit biologisch an dieses phantastisch gleichbleibende Klima an, das er »metronomisch« nannte.

Dann erschien unsere Gastgeberin, ganz in Chartreusegrün und sichtlich zufrieden mit sich und dem Wetter. Die Dürre hatte schon ihr Gutes für die Feste feiernde Klasse. Einladungen im Freien sind unkomplizierter, allein wegen der Gästeschar, die bekóstigt und versorgt werden muß. Jede durchschnittliche Party in Gaborone ist eine Massenveranstaltung. Wenn man sich da also auf das Wetter verlassen kann, erleichtert das die Sache natürlich. Und die Gastgeber können es sich leisten, ihre Gärten grün zu halten, indem sie billige Tagelöhner anheuern, die die Gießkannen schleppen - das Rasensprengen per Schlauch ist nämlich verboten. Mein Augenmerk auf das Thema Rasen ist ein Indiz dafür, wie britisch ich geworden war. Ich habe, je nachdem wie man's nimmt, eine Begabung oder eine Schwäche für Mimikry. Auch mein Tonfall klang halbwegs britisch. Nicht, daß mich das störte, ganz im Gegenteil: Sprachen fallen mir leicht, was mit ein Grund dafür war, daß ich geglaubt hatte, die Anthropologie wäre ein leichtes Spiel für mich. Ich kann mich überall unauffällig einfügen, wenn ich will. In einer meiner Schlüsselphantasien bereits aus der Zeit vor der High School stellte ich mir vor, daß ich die Geheimnisse der rätselhaftesten Kulturen aufdecken könnte, weil sich mein Eindringen quasi unbemerkt vollziehen und man mich gar nicht als Fremde identifizieren würde.

Wir erlebten einen opulenten Sonnenuntergang. Ich stand unter einer blühenden Akazie. Der Ausdruck »Goldregen« ging mir durch den Sinn, und plötzlich überkam mich ein Gefühl, das ich Gier nennen will, obwohl es eigentlich eher das Verlangen nach einem Überschuß war, das Verlangen, in meinem Leben zur Abwechslung mal mehr als genug von irgend etwas zu haben. Ich wollte keine Kandidatin mehr sein, weder für eine Promotion noch für irgend etwas anderes; ich wollte auf der nächsten Stufe stehen, wo mir etwas zufallen würde, wie aufgelaufene Zinsen. Es war ein intensives Gefühl. Ich betrachtete die Leute um mich herum. Die Gastgeberin war eine äußerst durchschnittliche Erscheinung. Gut möglich, daß sie beim British Council arbeitete. Sie war unscheinbar. Nicht, daß ich eine Schönheit wäre, es sei denn, man hält fülliges Haar für ausschlaggebend. Ich bin, sagen wir mal, kräftig gebaut, habe aber eine schlanke Taille. Angeblich sehe ich irisch aus. Ich war froh, daß ich mein langes Haar über die Zeit im Feld hinweggerettet hatte - mit eisernem Willen und allen guten Ratschlägen zum Trotz. Es ist schon was Besonderes. Und ich sehe wirklich gut aus, wenn ich so dünn bin, wie ich damals war. Die Gastgeberin konnte es sich leisten, fünfzig Leute zu bewirten. Als Horsd'œuvres gab es winzige Schnittchen mit echtem Parmaschinken. Ich hatte achtzehn Monate lang von Kohl und Maisbrei gelebt. Cashewnüsse so groß wie Shrimps standen herum. Soweit ich mich erinnere, gab es auch Silberzwiebeln und Spargel. Dann wurden kleine, perfekte Filetsteaks serviert. Sie lebte in einem Haus mit zwei Schlafzimmern und hatte einen Koch und einen Gärtner. Der Garten war selbstverständlich in tadellosem Zustand. Sie brauchte nicht zu bügeln. Sie war höchstens fünf Jahre älter als ich. Ich weiß, wie das klingt, und will mich dafür auch nicht rechtfertigen. Aus mir sprach der Mangel.

Schon wurde Mann auf mich aufmerksam. Aber dafür war es noch zu früh. Grillpartys und Teegesellschaften sind Frauensache, und solche Einladungen würden mich über Wasser halten. Ich mußte also vermeiden, als eine von denen eingestuft zu werden, die die örtliche Männerszene abgrasen wollen. Ich konnte zwar zarte Bande knüpfen, aber noch nicht sofort. Irgendwie würde ich die Ausbeuter so behutsam ausbeuten, daß sie gar nichts davon bemerkten, aber wie? Ich brauchte ein Metier, und zwar das richtige Metier. Dann hatte ich eine Idee.

Ich würde mich als Expertin ausgeben, als Expertin zum Thema: Botswana, das Land der unbekannten Möglichkeiten. Damit konnte ich eine echte Marktlücke schließen. Die Weißen in Botswana brauchten das Gefühl, in exotischen Gefilden gelandet zu sein. Immerhin waren sie in Afrika. Nur ist Botswana in der Hinsicht ein frustrierendes Pflaster. Gaborone wurde in den sechziger Jahren aus dem Boden gestampft, und mit Ausnahme des Squatterbezirks an der Lobatse Road erinnert der Ort an eine kleine Universitätsstadt im amerikanischen Südwesten. Es gibt keine traditionelle Kleidung. In den Dörfern verdrängen Fertigbauten mit Blechdächern die grasgedeckten Rundhütten aus Lehm. Landessprache ist - neben Tswana - Englisch. In den Städten besteht das Freizeitangebot aus Kirchgängen, Discos, Karateschaukämpfen, Tanzturnieren, Schönheitswettbewerben und Fußball. Die wirklich interessante Fauna findet man nur weit im Norden, außer man kann sich für den Vogel Strauß oder den Pavian begeistern, der einem ab und zu unter die Augen kommt. Abgesehen von den Märchenschlössern der Reichen und Diplomaten im sechzehnten Bezirk sind die Häuser in Gaborone entweder 08/15 oder trostlos. Die Kultur kommt einem bekannt vor, aber man fühlt sich fremd. Die Batswana sind nicht gerade entgegenkommend. Sobald sie mit Weißen sprechen, fangen sie an zu nuscheln. Es ist ihr gutes Recht, die Weißen satt zu haben und sich das gelegentlich auch anmerken zu lassen. Sie wollen undurchsichtig wirken, während sie gleichzeitig ihr Englisch aufbessern und Schuhe mit Plateausohlen aus südafrikanischen Versandhauskatalogen bestellen. Die Batswana laden einen nicht zum Essen ein, und damit ist den Weißen eine weitere Brücke zur Völkerverständigung versperrt. Dafür nehmen die Batswana jede Einladung zum Essen an, auch wenn sie dann häufig nicht erscheinen. Das Prinzip der Reziprozität ist ihrer Kultur zumindest in dieser Hinsicht unbekannt. Das wiederum stößt die Weißen vor den Kopf. Sie halten die ständig wiederholte Beteuerung, die Batswana wären ganz entzückt, wenn man zur Essenszeit bei ihnen hereinschneien würde, für eine Ente. Hochzeiten und Beerdigungen sind große Ereignisse mit unzähligen Gästen, aber selbst wenn Weiße dazu eingeladen werden, redet niemand mit ihnen, macht niemand sich die Mühe, ihnen beispielsweise zu erklären, daß die Braut deshalb so betrübt zu Boden starrt, weil sie damit ihre Trauer über den Abschied von den Eltern zum Ausdruck bringen will. Es gibt Barrieren. Die Amerikaner leiden darunter am meisten. Sie kommen mit der Absicht nach Botswana, ganz tolle Beziehungen zu den Afrikanern aufzubauen. Sie laufen gegen eine Wand, aber sie ahnen, daß dahinter etwas Interessantes liegt. Ich konnte ihnen da weiterhelfen.

Das nötige Handwerkszeug hatte ich ja. Ich sprach gut Tswana. Ich kannte eine Menge Anekdoten. Ich konnte zeigen, daß die Kultur unter der Oberfläche so fremdartig war, wie man es sich nur wünschen konnte. Ich würde mich nützlich machen. Warum trugen Batswana-Babys im Sommer wollene Mützchen? Oder warum schoren sich andererseits manche Batswana im Winter die Köpfe kahl? Ich wußte es. Warum ließen die Kalanga-Männer den Nagel ihres rechten kleinen Fingers ganz lang wachsen und feilten ihn dann spitz zu? Warum hatten die Batswana nichts für Rasen übrig und bevorzugten festgestampfte Erde um ihre Häuser? Warum versuchten Schulmädchen so oft mit dem Kopf unter der Decke zu schlafen? Auch bei ganz banalen Fragen könnte ich eine große Hilfe sein. Wie hieß in Amerika das Stück vom Rind, das der sogenannten »Silverside« entsprach? Was war die »Diamond Police«? Oder vielleicht interessierte es jemanden, daß nicht weit von Molepolole Batswana lebten, die sich noch Leibeigene hielten? Ich würde den Leuten Stoff für ihre Briefe liefern. Ich würde ihnen das Fremde, das Unfaßbare ein Stück näherbringen. Alles natürlich ganz informell. Ich merkte, daß sich ein Brünetter an mich heranpirschte.

Bringen Sie doch Ihre Frau mit, rief ich, was ihn aus dem Konzept brachte. Ich stand am Zaun, hing meinen eigenen Gedanken nach oder versuchte es zumindest, während ich beobachtete, wie eine Zed CC-Prozession sich näherte. Offenbar hatte er keine große Lust, meiner Aufforderung nachzukommen.

Das Fleckchen, an dem er mich entdeckt hatte, lag etwas abseits, halb im Gebüsch. Ich weiß noch, daß er einen gepflegten braunen Bart hatte und ein, wie die Batswana sagen, »pushing face«, ein zudringliches Gesicht. Als er an den Zaun kam, brachte er gleich ein ganzes Grüppchen mit.

Fünfzig Prozessionsteilnehmer zogen langsam an uns vorbei, an der Spitze die Männer mit schmucken hellbraunen Portiersuniformen und Schiffchenmützen. Dahinter die Frauen, alle ganz in Weiß. Die Frauen trugen gewöhnliche Sandalen. Ich machte meine kleine Gesellschaft auf die Fußbekleidung der Männer aufmerksam. Sie trugen Tennisschuhe, die an der Kappe aufgeschnitten und mit Segeltuch wieder zusammengenäht worden waren, was die Spitzen um zwanzig bis fünfundzwanzig Zentimeter verlängerte. Der Zweck der Übung bestand darin, daß jeder Sprung, den die Männer bei diesen Umzügen machten, mit einer Art Peitschenknall endete, wenn sie in geschlossener Formation auf dem Boden landeten. Ich erklärte außerdem, daß sie, wenn sie erst einmal zu singen anfingen, pausenlos weitersangen, manchmal stundenlang.

Mein Publikum gab Kommentare von sich wie: Wo nehmen die bloß die Ausdauer her? Bei dieser Prozession war nichts mehr mit Springen. Aber ich verriet meiner Gruppe, wo sie dieses Schauspiel an einem anderen Sonntag verfolgen konnten. Ich kannte die Routen. Ich erklärte den Ursprung der Zionist Christian Church, was an ihr besonders interessant war, ein bißchen von dem, woran ihre Anhänger glaubten, und daß die meisten Sektenmitglieder in Südafrika ihre Seelen an das Botha-Regime verkauft hatten.

Ich muß sie sehr beeindruckt haben. Ehe ich mich verabschiedete, hatten mir zwei Heimaturlauber ein recht passables Haus zum Hüten angeboten, ein Haus am Rande des sechzehnten Bezirks. Meine Gegenleistung sollte darin bestehen, ein paar Kanarienvögel zu versorgen. Damit war ich meinen Missionaren entronnen. Zwei Frauen forderten mich auf, sie zu dem Teppich-Workshop in Lentsew la Oodi zu begleiten. Und so waren auch Mittag- und Abendessen am nächsten Tag gesichert.

Zeit des Überschusses

Es wurde eine eigenartige Zeit für mich. Laut ursprünglichem Plan hatte ich vor, Hedonistin zu werden, mein Leben und die nächsten Schritte en passant zu überdenken, während ich mich im weißen Utopia Gaborone ausruhte, dabei notgedrungen meine Ersparnisse aufzubrauchen und dann nach Hause zu fliegen. Das Rückflugticket hatte ich. Insofern würde die Phase meines Rückzugs mit Bauchschmerzen zwangsläufig ein Ende finden. Und selbst mit Tauschgeschäften wäre dieses Ende nicht lange hinauszuzögern. Aber irgend etwas ging schief.

Ich machte einen guten Anfang. Um jede ernsthafte Beschäftigung mit meinem Dissertationsabbruch zu vermeiden, schlug ich meine Notizen und Akten in etliche Lagen Packpapier ein, verschnürte das Paket und träufelte heißes Wachs auf die Knoten - eine im südlichen Afrika noch immer übliche Methode. Dann ließ ich das Paket deutlich sichtbar liegen, als Memento mori eines aufgeschobenen, aber nicht aufgehobenen akademischen Lebens. Es waren angenehme Tage. Einen typischen Tagesablauf gab es nicht. Manchmal war ich bei Morgengrauen auf und sah mir den Sonnenaufgang an, während ich Rooibos-Tee schlürfte. An anderen Tagen kam ich erst um zwei oder drei oder noch später aus dem Bett. Manchmal spielte ich Tennis bis zum Umfallen.

Ein derartiges Intermezzo hatte ich mir noch nie gestattet. Ich lebte bewußt ziel- und planlos. Es gelang mir sogar, den diffusen, seit langem internalisierten Lebenslektüreplan zu verdrängen, der mir immer dann hochkommt, wenn ich Schund lese. Ich beschloß, nur das zu lesen, was in meinem Gesichtsfeld auftauchte. Zum Glück waren die Regale im Haus voll mit Simenon. Ich glaube, Denoon war es, der sagte, daß man der Erfahrung von Willensfreiheit dann am nächsten kommt, wenn man jeden Schritt dem Zufall überläßt. Es gibt keinen freien Willen. Auch wenn man Zufallsentscheidungen trifft, ist alles vorbestimmt, nur fällt es einem dann nicht mehr auf. Und trotzdem läßt sich diese Scheinfreiheit genießen, wenn man in der richtigen geistigen Verfassung dafür ist. Insofern war es ideal, in einem fremden Haus zu wohnen.

Schief ging das Ganze durch den Überschuß, der sich bei mir ansammelte. Mir fiel einfach zuviel in den Schoß. Ich hatte so gut wie keine Ausgaben. In manchen Kleinigkeiten bewegte ich mich am Rand der Extravaganz. Wenn ich Crème fraîche ergattern konnte, kaufte ich soviel, wie ich bestenfalls aufbrauchen konnte, ehe sie schlecht wurde. Ich kaufte Schmuck aus Straußeneierschalen. Ich versuchte, in punkto Resteverwertung weniger zwanghaft zu sein. Und trotzdem wurde der Überschuß nicht kleiner.

Ein Beispiel: Meine medizinische Versorgung war gratis: Der Arzt vom Peace Corps entwickelte ein platonisches Interesse an mir. Er verpaßte mir einen parasitologischen Rundum-Checkup. Irgendwann wird es einem langweilig, wenn man nahezu ausschließlich unspezifische Harnröhrenentzündungen und Sonnenstiche von Entwicklungshelfern zu versorgen hat. Er fühlte sich unausgelastet und behandelte mit Freuden jeden, dem er von den medizinischen Abgründen erzählen konnte, in die er an den verschiedensten Orten der Dritten Welt geblickt hatte, oder von den Schwachstellen im botswanischen Gesundheitsministerium. Mich stufte er als sehr sauber ein, was daher rührte, daß ich mir während meiner Zeit im Feld die Fingernägel so weit wie möglich abgekaut hatte. Ich ließ ihn in dem Glauben, auch ich verträte seine Grundüberzeugung, daß alle, ob weiß oder schwarz, in Sachen Hygiene nachlässig bis fahrlässig waren – mit Ausnahme von uns beiden. Er ernährte sich ausschließlich von Dosen oder Lebensmitteln, die gekocht werden konnten. Wenn er irgendwo eingeladen war, brachte er seine eigenen Eiswürfel aus abgekochtem Wasser mit. Geldscheine waren ihm infektionsverdächtig, weil viele Batswana-Frauen sie in ihren Büstenhaltern aufbewahrten, also direkt auf der Haut. Er überschüttete mich mit Arzneimittelproben, ich habe heute noch welche übrig. Ich mochte ihn. Er hieß Elman - nach dem Geiger - Cornetta. Er war untersetzt, vierzig, unverheiratet, sexuell normal veranlagt. Allerdings war er der Ansicht - jedenfalls sagte mir das meine Intuition -, daß Geschlechtsverkehr selbst bei den sorgfältigsten Vorkehrungen unhygienisch war. Afrika tat ihm irgendwie gut: Er hatte das Gefühl, aus einer eigentlich hoffnungslosen Situation das Beste zu machen. Varianten dieses Gefühls lassen sich auch bei anderen Weißen in ähnlich hoffnungslosen Situationen feststellen. Elman war ein wahrhaft gelassener Mensch. Seinen Entschluß, nach Afrika zu kommen, um inmitten von Infektionen zu leben, also dem, was er am meisten fürchtete, interpretierte ich als rein kontraphobisches Verhalten. Und das verband uns, denn auch bei mir ließ sich eine gewisse kontraphobische Tendenz erkennen. Ich leide an topologischer Agnosie, einer Schwäche, die der Legasthenie ähnelt - das heißt, ich habe die größten Schwierigkeiten, mich zu orientieren. Und ausgerechnet ich war in einen Teil der Welt gekommen, wo es fast keine geographischen Orientierungspunkte gibt. »Wenn man durch Botswana reist, staunt man über die stets gleichbleibende Landschaft, die sich bis zum Horizont erstreckt«, lautet ein Satz aus dem *Guide to Botswana*, den insbesondere Ausländer auswendig können und gern zitieren.

Elman war der Meinung, daß die hygienischen Probleme in der Hauptstadt mit zunehmender Bevölkerungsdichte immer schlimmer werden müßten. Bald würde es hier genauso aussehen wie in Lomé, wo man an jeder Straßenecke liest: Défense d'uriner le long de murs. Es mußte etwas geschehen. Ich meinte, seine phobische Neigung in eine konstruktive Richtung lenken zu müssen, und was daraus wurde, zeigt zum einen, wie Afrika einen ernüchtern kann, zum anderen, wie meine Bemühungen, die erwähnten Überschüsse abzubauen, immerzu scheiterten.

Ich schlug ihm vor, mit mir zusammen ein Comicheft über Grundregeln der Hygiene zu verfassen. Ich würde seinen englischen Text ins Tswana übertragen und einen Illustrator suchen. Er war Feuer und Flamme. Wir machten uns an die Arbeit und produzierten ein achtseitiges Schwarzweiß-Comicheft im Offsetdruck und auf Zeitungspapier. Es war primitiv, aber Elman war begeistert. Er trug selbst die Kosten und bestand darauf, mich zu bezahlen, überzubezahlen, was absurd war. Aber er war ganz vernarrt in das Ding, und es erwies sich als Renner. Batswana fragten bei ihm in der Praxis nach Exemplaren. Er konnte es kaum fassen. Wir mußten nachdrucken. Eine Zeitlang war er wie verwandelt. Dann klärte ihn einer seiner Intimfeinde auf: In Gaborone gibt es zwar öffentliche Toiletten, aber kein Klopapier. Also versuchen die Armen, an Papier heranzukommen, egal wie. Normales handelsübliches Toilettenpapier ist ein Luxusartikel. Ich gab mir alle Mühe, Elman mit der Nachricht zu trösten, daß dem Wachturm der Zeugen Jehovas, der in der Einkaufspassage so reißenden Absatz fand, das gleiche Schicksal beschieden war. Ich gab mir alle Mühe, ihn aufzuheitern. Das Geld, das ich von ihm bekam, roch immer so gut. Ich vermute fast, daß er die Scheine mit einem Desinfektionsmittel reinigte, bevor er sie in Plastiktütchen verpackte.

Und so ging es weiter. Die Leute überschlugen sich für mich. Wenn ich einem durchreisenden Wissenschaftler einen Gefallen tat, indem ich ihm etwas tippte oder ein Register erstellte, wurde ich ausnahmslos fürstlich bezahlt. Als sich herumsprach, daß ich Steno beherrschte, konnte ich mich kaum noch retten vor Angeboten, auf diese und jene Tagung zu fahren und zu protokollieren. Tonbandaufnahmen sind ja nicht jedermanns Sache. Wenn ich ablehnte, bot man mir einfach mehr Geld an. Ich wurde auch bevorzugt bedacht, wenn jemandes Dienstzeit endete und er alles verschenkte, was noch in seiner Speisekammer und Bar herumstand. Auf einer bestimmten Ebene bedauerten sich die Weißen gegenseitig dafür, daß sie in eine so wenig zugängliche Gegend und Gesellschaft verbannt worden waren, was sich auch im Tenor der rauschenden Partys niederschlug, die gegeben wurden, um Neuankömmlinge willkommen zu heißen oder Versetzte zu verabschieden. Ich will nicht behaupten, daß bei diesen

Abschiedsgeschenken nicht auch die Batswana und speziell die Hausangestellten bedacht wurden: Aber was sie bekamen, stand in keinem Verhältnis zu dem, was sie nicht bekamen. Das hatte eine Menge mit unausgesprochenen Emotionen zu tun. Unter den Batswana machte sich damals eine ziemlich deutliche Anti-Makhoa-Stimmung breit. In den Zeitungen erschienen Leserbriefe, in denen mehr oder minder direkt behauptet wurde, daß weiße Experten ihre Qualifikationen falsch darstellten, um sich Jobs zu sichern, die eigentlich für Batswana gedacht waren. Manches war ausgesprochen albern. Ein Parlamentsmitglied aus Francistown regte sich darüber auf, daß junge Batswana selbst in Gegenwart ihrer Altvorderen Sonnenbrillen trugen, was von mangelndem Respekt zeuge, da man ihnen nicht mehr in die Augen sehen könne, und für diese Sonnenbrillenmode seien die Weißen verantwortlich. Wie auch immer - es waren bestimmt nicht meine Versuche, mich zu revanchieren, die mich so beliebt machten. Ich gab insgesamt vielleicht sechs Einladungen, alle in kleinem Kreis, darunter zwei Monopoly-Abende, bei denen ich nur Snacks servierte.

Warum werden wir schwach?

Es kostet mich Mühe, die Einzelheiten meines Rückzugs mit Bauchschmerzen zu rekapitulieren, denn eigentlich möchte ich mich sofort auf Denoon und alles, was folgte, stürzen. Aber das Präludium ist vermutlich nicht unwesentlich. Ich komme mir vor, als würde ich nach der Sintflut, während ich mir noch den Seetang aus den Haaren zupfe, gefragt, wie das Leben denn vorher war; Denoon entspricht in diesem Fall der Sintflut. Trotz der Metaphern will ich Denoon aber auf keinen Fall überhöhen oder bedeutender erscheinen lassen, als er war. Ich hasse Dramen. Ich hasse Dramatisierer. Doch als ich ihm begegnete, war es, als würde ein Hochhaus auf mich herabstürzen. Warum? Warum werden wir schwach, auch wenn's gar nicht nötig ist? Das würde ich gerne mal wissen, als Frau wie als Mensch. Und was hatte mein Liebesleben in Gabs mit alledem zu tun? Das habe ich von den Briten: Gaborone gleich Gabs, Lobatse Lobs, Molepolole Moleps und so weiter.

Wenn jetzt der Eindruck entstehen sollte, daß alle, mit denen ich im prä-denoonschen Sommer sexuell zu tun hatte, bestenfalls Vollidioten waren, dann möchte ich dem von vornherein widersprechen. Denn so war es nicht.

Ich will mich hier nicht lang und breit mit meinen sexuellen Machenschaften aufhalten. Es waren mehr als die drei Hauptaffären, aber nicht viel mehr. Vielleicht sollte ich erst einmal klarstellen, mit wem ich nicht geschlafen habe oder vielmehr geschlafen hätte. Ich hatte schon meine Prinzipien und Kriterien. Ausgeschlossen waren Rhodesier und Südafrikaner, das heißt die Nicht-Exilanten. Zudem alle Männer, die ich für bewußt rechts hielt. Reagan würde bald Präsident werden, und ich betrachtete jeden, der in dieser Frage auch nur annähernd neutral war, als des Teufels. Meine letzte Kategorie bedarf einer Erklärung, weil ich mich da in die Defensive gedrängt fühle, denn in diese Kategorie fielen afrikanische Männer, will sagen Schwarzafrikaner. Zum Teil war das eine Sache des Selbstschutzes. Männlicher Chauvinismus ist die Luft, die Afrikaner atmen. Sie können nicht dagegen an. Sie ersaufen darin. In ihrer gesamten Kultur wird das Hohelied des Patriarchats gesungen, selbst von ihren Müttern. So was prägt. Und ich hatte nicht die Absicht, meine Kraft darauf zu verwenden, einem mit sich und der Welt zufriedenen Motswana meine Grundbedürfnisse näherzubringen. Darüber hinaus bestand zumindest theoretisch auch die Gefahr, daß sich etwas entwickelte, das irgendwann einen endgültigen Charakter annehmen könnte - endgültig in dem Sinne, daß ich für immer in Afrika bleiben müßte. Das mag kaltblütig klingen, aber bei all meinen diffusen Lebensentwürfen wußte ich eins ganz genau: daß ich nicht für immer in Afrika bleiben wollte. Und ebensowenig wollte ich diejenige sein, die jemandem den Weg nach lefatshe la madi ebnen würde, in das Land, aus dem das Geld kommt. Die meisten jungen Afrikaner wollen so unbedingt nach Amerika, daß man es förmlich schmecken kann, wie mal jemand gesagt hat. Ich konnte gar nicht verhindern, daß man mich als potentielles Mittel zum Zweck betrachtete. Aber ich wollte nicht diejenige sein, die Hoffnungen weckt oder zerstört, je nachdem.

Giles

Der erste war Giles. Ich lernte ihn auf einer Party bei irgendwelchen kanadischen Entwicklungshelfern kennen. Er sah aus wie ein Traummann. Er war nicht Kanadier, sondern Brite, hatte aber lange in Kanada und in den USA gelebt und wäre glatt als einer von ihnen durchgegangen. Seine kastanienbraunen Haare waren lang und ringelten sich. Es war ein warmer Abend. Bei den CUSO geht es sehr spartanisch zu, also war natürlich die Klimaanlage abgeschaltet, und wir standen alle draußen unter den Dornbäumen und fächelten uns mit Stücken Pappkarton Luft zu. Die Kanadier amüsierten sich darüber, daß Reagan aller Wahrscheinlichkeit nach zum Präsidenten gewählt würde. Wir stellten die Jimmy-Cliff-Musik ab und fingen an, Vorschläge für Reagans zukünftiges Kabinett zu sammeln – lauter Hollywoodstars, versteht sich. Das Spiel war ziemlich kindisch, und die Vorschläge fielen nicht sehr originell aus. Meine auch nicht. John Wayne würde Verteidigungsminister werden und Boris Karloff wissenschaftlicher Berater im Weißen Haus. Als ich Lloyd Bridges für das Amt des Marinebeauftragten vorschlug, mußte ich das erklären. Offenbar hatte außer mir kein Mensch seine Zeit damit verschwendet, sich die tumbe TV-Serie anzusehen, in der Lloyd Bridges sich unter Wasser tummelt. Giles war dumm genug, Jean Gabin als FBI-Chef vorzuschlagen. Da wir uns geeinigt hatten, daß alle Kandidaten amerikanische Staatsbürger sein müßten, wurde Gabin abgelehnt. Der Gegenvorschlag eines weiteren Cinephilen lautete Basil Rathbone, in Anerkennung seiner langjährigen Erfahrung als Sherlock Holmes. Giles versteifte sich darauf, daß Basil Rathbone Brite war. Alle anderen wußten es besser. Basil Rathbone war eingebürgert worden. Es war typisch für Giles, daß er in diesem Punkt stur blieb. Seine Rechthaberei hatte zur Folge, daß das Spiel abgebrochen wurde, und doch zollten wir unbewußt seiner körperlichen Schönheit Tribut, indem wir ihm sofort verziehen. Er war wirklich ein Prachtexemplar. Er hatte etwas Löwenhaftes und wußte es. Er trug ein Hemd aus reinem Batist, unter dem sein goldenes Brusthaar provozierend schimmerte. Die Kniestrümpfe, die er zu seinen Safarishorts trug, hatte er genau bis zu der Stelle umgekrempelt, an der seine Waden am prallsten waren. Er ließ mich die Kamera bewundern, die er immer dabei hatte. Zu einem späteren Zeitpunkt unserer Bekanntschaft gab er mir auf meine Frage nach seinem Alter zur Antwort: *unter vierzig*. So war er eben. Sein blendendes Aussehen machte ihn ungewöhnlich liebenswürdig. Wenn eine Frau ihn beschimpfte, konnte sie sicher sein, daß er es ihr nicht lange verübelte, denn schließlich und endlich blieb er immer noch der prachtvolle Zweimetermann, der begehrt wurde, ob nun von ihr oder einer anderen. Mit Eitelkeit hatte das nichts zu tun. Es war einfach Tatsache.

Er war Fotograf. Soweit ich weiß, hat er sich immer noch keinen Namen gemacht, obwohl ich ihn nach wie vor für sehr, sehr gut halte. Er gehörte zu denen, die ganz in ihrem Beruf aufgehen. Sein Verhältnis zur Welt war ein kompositorisches. Ich hatte schon früher nicht so recht daran geglaubt, daß die visuellen Künste brauchbare Jagdgründe für die Partnersuche abgeben, aber Giles bestätigte meine schlimmsten Vermutungen. Zwei Frauen aus meinem Bekanntenkreis, die Maler geheiratet hatten, waren auf identische Weise höchst unglücklich. Männer, deren Lebenssinn darin besteht, allem und jedem in ihrer Umgebung ein Bild abzuringen, erweisen sich als stumm bis gaga, sobald sie nicht mehr mit ihrer Kunst befaßt sind, wie zum Beispiel beim Frühstück, beim Mittag- oder Abendessen und im Bett. Giles glaubte, stets ein waches Auge für die Parade von Bildern haben zu müssen, aus denen sich die Welt zusammensetzt, denn es konnte ja immer ein Klassiker darunter sein – wie der weinende Franzose beim Einmarsch der deutschen Truppen in Paris. Der Trick bestand darin, ständig und überall zu fotografieren, und genau das tat er. Er arbeitete an mehreren Aufträgen gleichzeitig: für eine UNO-Dokumentation, für eine südafrikanische Firma, die Postkarten mit Botswana-Motiven vertrieb, und für ein unendlich geschmackloses Männermagazin, das auf Malta erschien. Und zudem knipste er laufend für sein eigenes Portfolio, das ich irgendwann einmal auf mögliche Klassiker durchzusehen versprach.

Immerhin konnte ich ihn dazu bringen, sich von mir Tips für

pittoreske Motive rings um Gabs geben zu lassen. Ich empfahl ihm insbesondere die grünen Hügel an der Nebenstraße von Kanye nach Moshupa. Da Ziegen dort grasten, hatte die Landschaft zwischen den Dörfern etwas Parkähnliches. Er war dankbar und begann, mir bescheidene Honorare anzubieten, die ich ausschlug, was ihn irgendwie umzuwerfen schien: Dadurch wurde ich für ihn sexuell attraktiv. Plötzlich wollte er unsere Picknicks zu etwas anderem umfunktionieren. Ich hatte mir angewöhnt, Hühnchensandwiches und Dickmilch auf unsere Fotoexkursionen mitzunehmen. Doch plötzlich stand Liebe al fresco auf der Tagesordnung. Er war sehr sympathisch, vielleicht weil er soviel Sympathie für sein Sujet aufbrachte, das heißt für alles Kamerataugliche, einschließlich seines Gegenübers. Bis zu einem gewissen Grad war ich selbst für die Entwicklung der Dinge verantwortlich, aber ich fühlte mich verpflichtet, ihn darauf hinzuweisen, daß die Liebe im Freien keine besonders gute Idee war. Ich erklärte ihm das botswanische System verstreuter Siedlungen, daß das, was nach verwaistem Veld aussah, jederzeit von kleinen Hirtenjungen wimmeln konnte, die Kühe oder Ziegen direkt an einem vorbeitrieben, daß es mitten in der spektakulärsten Einsamkeit menschliche Behausungen oder Viehkrale gab, auch wenn das nächste Dorf meilenweit entfernt lag. Zudem wußte ich von zwei Anthropologen, die um Kanye herum Steinzeitsiedlungen katalogisierten und sich überall aufhalten konnten. Er begriff. Er war kein aufdringlicher Mann, und das Thema war vom Tisch, aber es verlieh unseren Ausflügen etwas unterschwellig Knisterndes, das ich für mich als Pluspunkt verbuchte. Pastoraler Sex ist eindeutig eine männliche Vorliebe. Ich möchte schwören, daß keine Frau etwas Derartiges vorschlagen würde, solange geeignete Räumlichkeiten in Reichweite sind. Selbst Denoon war nicht ganz frei von entsprechenden Neigungen, bis ich ein paarmal laut darüber nachdachte, daß dieses Faible etwas mit Exhibitionismus zu tun haben müßte.

In Giles' Fall verfolgte ich ein ganz bestimmtes Ziel. Er hatte einen Auftrag anstehen, der ihn zu den Viktoriafällen führen würde, ich meinerseits befürchtete, sie nicht mehr zu sehen, bevor ich Afrika verließ. Außerdem wollte ich nicht einfach nur an die Viktoriafälle, sondern ganz prunkvoll im Vic Falls Hotel residieren, so wie es die kolonialen Ausbeuter getan hatten, und das nicht etwa aus reiner Gier, sondern vielmehr aus dem Wunsch heraus, eine besonders märchenhafte, ja geradezu unanständige Zelebrierung solcher Gier zu besichtigen und zu bewohnen. Ich war der festen Überzeugung, daß Mugabe für eine Demokratisierung der Wohnverhältnisse sorgen und Luxusschuppen wie das Vic Falls Hotel schließen würde, was natürlich nur eine von etlichen Veränderungen war, die unter Mugabe nicht eintraten. Es war für mich zur fixen Idee geworden, das größte Naturwunder Afrikas zu sehen, und zwar zur optimalen Jahreszeit, nämlich jetzt, da der Sambesi noch reichlich Wasser führte. Wenn ich schon in die Verbannung, das heißt die akademische Tundra zurückkehren mußte, dann wollte ich wenigstens den spektakulärsten Wasserfall der Welt aus den Fenstern eines Etablissements gesehen haben, das quasi den feuchten Traum der stolzen, aber aussterbenden weißen Siedlerrasse darstellte.

Und aus diesem Grund hielt ich Giles hin. Ich bin nicht stolz auf das, was ich tat, und ich tat es auch nicht gern. Ein Utopia, dem ich mich auf der Stelle anschließen würde, wäre eine Gesellschaft, die meinetwegen kommunistisch oder kapitalistisch sein könnte, sofern sich nur keins ihrer weiblichen Mitglieder jemals dem Geschlechtsverkehr hingeben würde, außer die Betreffende wäre scharf. So zu tun, als wären wir scharf, ähnelt in fataler Weise einer Selbstvergewaltigung, nur daß die Begleiterscheinung einer solchen Vergewaltigung nicht etwa Angst ist, sondern Langeweile. Alle Welt schwärmte von den Viktoriafällen, und daß ich auch dorthin wollte, hatte seine guten Gründe, wie sich herausstellen sollte.

Für seinen Postkartenauftrag suchte Giles Bukolika - oder ländliche Freuden auf satten Weiden, wie er es ausdrückte -, aber wenn er in Stimmung war, richtete er die Kamera auch auf mich. Er fand, daß ich ein gutes Motiv abgab. Was ich denn davon hielte, ihn in seiner Suite im President Hotel auch einmal Studioaufnahmen von mir machen zu lassen? Er überzeugte mich, indem er behauptete, Studioaufnahmen von mir würden raffiniert werden, weil ich doch ganz offensichtlich eher der sportive Freizeit-Typ sei. Diese andere Seite von mir gedachte er mit einigen Requisiten zur Geltung zu bringen, etwa mit alten

Spitzenschleiern und Fächern. Es gibt bestimmt ein Wort für das wimmernde Ziepen, das die Finger erzeugen, wenn sie über die Saiten einer Gitarre zu einem tieferen Akkord hinabgleiten. Dieser Ton schwang für mich in seiner Stimme mit. Ich willigte ein, unter der Bedingung, daß er mich nicht vorher zum Essen einlud, wodurch ich den professionellen Charakter unseres Treffens unterstreichen wollte.

Ich kam eines Abends gegen acht. Alles war vorbereitet: die Scheinwerfer, die Reflektoren. Giles fand, ein Schluck Brandy für jeden wäre gut zur Einstimmung. Er war zweimal verheiratet gewesen, beide Male mit makellosen Schönheiten, wenn ich seinen Fotos trauen konnte. Eine der beiden war Thailänderin. Die Fotos seiner Exfrauen waren reinste Propaganda. Welche Frau konnte schon einem Mann widerstehen, der solche Schmuckstücke erobert hatte? Denoon sollte später einmal sagen: Gesetzt den Fall, die Marsmenschen hätten die Erde erobert und würden nun einen ethnischen Schönheitswettbewerb veranstalten, um auf der Basis des Kriteriums Schönheit zu entscheiden, wem die Herrschaft über den Planeten zugesprochen werden sollte, dann müßte ihre Wahl auf thailändische Frauen und kretische Männer fallen. Ich weiß noch, daß ich entgegnete: Im Namen aller meiner Blutsschwestern protestiere ich hiermit aufs schärfste. Woraufhin er zu einem absurden Rückzieher ansetzte und etwas Schmeichelhaftes über Frauen irischer Herkunft zu sagen versuchte, aber das war noch, bevor ich es geschafft hatte, seinen Sinn für Humor aufzumöbeln. Ob es wohl drin wäre, daß ein paar Hüllen fielen? erkundigte sich Giles. Ich wußte nicht, was dagegen sprechen sollte.

Ich ließ den Dingen ihren Lauf, bis er anfing zu schmusen. Selbst dabei ging er so dezent vor, daß er regelrecht schockiert war, als ich sagte, Läuft nicht, Junge, und ihm einen Handel vorschlug: Ich würde mit ihm ins Bett gehen, wenn er mich zu den Viktoriafällen mitnahm. Ich redete Klartext.

Mein Korb war offenbar eine Premiere. Er spreizte und sperrte sich. Aber ich war gut vorbereitet und gab ihm ein paar Dinge zu bedenken. Etwa, wie vergeßlich er war. Sehr gutaussehende Menschen sind in der Regel vergeßlicher als der Durchschnitt. Verantwortlich dafür sind zuerst ihre Mütter, aber schon bald ist die halbe Welt munter damit beschäftigt, ihnen Dinge aufzuheben und hinterherzutragen, ihnen in jeder Hinsicht den Weg zu ebnen. Ich dagegen vergesse nie etwas. Ich bin praktisch eine Mnemonikerin, die sich als Studienobjekt eignen würde. Wenn meine Mutter von ihren häufigen Leidensanwandlungen heimgesucht wurde, vergaß sie alles, und dann mußte ich mich notgedrungen an alles erinnern, damit wir nicht untergingen. Sie neigte auch dazu, ständig Dinge zu verlieren – eine Defensivstrategie gegen Zeitgenossen wie Gläubiger und Vermieter. In akademischer Hinsicht entpuppt sich mein gesegnetes Gedächtnis allerdings rasch als Fluch, denn es verschlägt mich in Milieus, wo es zu ziemlich gewagten Theorien über meine Intelligenz Anlaß gibt. Merkfähigkeit ist eben doch nicht alles. Nicht, daß ich dumm wäre. Ob ich's bin, weiß ich noch nicht. Für Giles jedenfalls war mein fotografisches Gedächtnis sehr nützlich. Die Fülle von Dingen, an die ich für ihn gedacht hatte, umfaßte alles außer seiner Kamera. Ich nannte ihm ein paar Beispiele aus jüngster Zeit.

Dann war da noch Afrika. Seine Erfahrungen beschränkten sich auf die Republik Südafrika plus ein bißchen Rhodesien zur UDI-Zeit. Er schien zwar zu glauben, das qualifiziere ihn für ganz Afrika, und trat so auf, als würde er sich genau auskennen, aber ich wußte es besser – und hatte ihm das bereits bewiesen. Das schwarzregierte Afrika ist anders. Er nahm Botswana nicht ernst. Mehr als einmal hatte ich ihn davon abgehalten, Fotos mit öffentlichen Gebäuden im Hintergrund zu machen, was die botswanische Polizei gar nicht mag. Ich hatte ihm klarmachen können, daß es wenig ratsam war, laufend das Adjektiv »lekker« für großartig oder phantastisch zu benutzen. Dieses Wort hatte er in Südafrika aufgeschnappt, und wenn man es an der Bar des Grenadier Room im President Hotel fallenließ, mochte das noch angehen, aber nicht draußen, wo es die Leute hören konnten. Er wollte mir nicht recht glauben, als ich ihm sagte, die Batswana hätten etwas gegen die Buren, weil er von der burischen Gastfreundschaft so überwältigt gewesen war, die einem tatsächlich reichlichst zuteil werden kann, sofern man zufällig weiß ist.

Er sagte, er müßte darüber nachdenken, ob er mich mitnehmen sollte.

Nachdem er ein bißchen geschluckt hatte, lenkte er ein, aber ob ich wohl Frühstück und Mittagessen selbst bezahlen würde, wenn er die Abendessen und alles andere übernahm, auch die Reisekosten? Damit war die Sache perfekt und rundum klar geregelt. Wir schlugen ein. Ich kann auch gut ohne Frühstück auskommen. Aber offenbar brauchte er noch irgendeine Art Bestätigung dafür, daß ich ihn körperlich anziehend fand, ganz unabhängig von unseren Abmachungen. Schließlich sagte ich es ihm einfach, und damit war Ruhe. Es konnte also losgehen.

Bulawayo

Die Zugfahrt von Gaborone zu den Viktoriafällen verläuft in zwei Etappen: Zuerst fährt man eine Nacht und einen halben Tag bis Bulawayo, dort hat man dann Aufenthalt bis um zehn Uhr abends, und dann geht es über Nacht weiter zu den Fällen. Es gibt kein Land namens Rhodesien, mußte ich Giles geradezu einhämmern, damit es bei ihm saß, daß wir nach Simbabwe reisten, Simbabwe, Punkt. Ich dachte mir einen kleinen Merkreim für ihn aus.

Wir spielten mit dem Gedanken, es im Schlafcoupé zu tun, beschlossen dann aber, uns die Erfahrung für das Vic Falls und das Luxusleben aufzuheben. Im ganzen Zug gibt es kein Heißwasser, nur kaltes Wasser aus einem kleinen Hahn über dem Zinkwaschbecken, das sich aus der Wand zwischen den Fenstern herunterklappen läßt und das, wie jeder weiß, von den Leuten als Pissoir benutzt wird, die keine Lust auf das Tohuwabohu haben, das einem unweigerlich auf dem Gang zur Toilette erwartet. Gleiches gilt übrigens für alle Becken in allen Unterkünften ohne eigenes Bad, es handelt sich also nicht um eine Dritte-Welt-Unsitte. Die Holztäfelung und die blanken Messingbeschläge gefielen mir gut, aber die Auslegeware konnte nicht gerade als sauber bezeichnet werden. Außerdem waren die Betten etwas kurz für einen Hünen wie Giles. Wir fanden beide, daß etwas Komfort schon dazugehörte. Wir hielten Händchen.

Das Ambiente wurde generell unfreundlicher, als wir zum

erstenmal hinter der Landesgrenze anhielten, in Plumtree, wo die simbabwischen Zöllner und Einwanderungsbeamten zusteigen und kontrollieren. Sie waren nicht so verträumt wie ihre Kollegen aus Botswana. Giles fand sie ausgesprochen aggressiv. Seine äußere Erscheinung sprach allerdings auch gegen ihn; er sah so klassisch staatstragend aus mit seinem maßgeschneiderten Safari-Anzug und seiner protzigen Armbanduhr. Ich sah es kommen. Er war der Inbegriff dessen, was die Simbabwer gestürzt hatten, und schon war er wieder da. Noch nie zuvor hatte man ihm seinen Paß weggenommen, wie er mir mit bebender Stimme erklärte, als ihm genau das widerfuhr. Letzten Endes löste sich alles in Wohlgefallen auf, aber anscheinend hatte er sich vor lauter Nervosität in die Backe gebissen, wofür er mir den Beweis in Gestalt einer blutbefleckten Serviette vorlegte.

Die Strecke Bulawayo–Victoria Falls war erst kürzlich wieder in Betrieb genommen worden; an einigen Waggons waren noch immer Einschußlöcher zu sehen. Als wir unsere Fahrt fortsetzten, schien die Atmosphäre getränkt von politischer Euphorie. Zum Glück hatte ich Giles vorgewarnt. Menschen, die ohnehin schon übermütig waren, schwärmten aus der dritten und vierten Klasse aus und wurden noch übermütiger, als sie auf der Suche nach freien Abteilen die erste Klasse stürmten. Es herrschte lauthalse Kameraderie. Wir waren die einzigen Weißen im Wagen. Natürlich hätten wir das Abteil verriegeln können, aber es war ein leichtes einzudringen, wenn man die Schiefertafel mit der Abteilnummer aus ihrer Halterung an der Tür entfernte, sie in den Spalt zwischen Tür und Rahmen schob und den Riegel hochdrückte, was die Schaffner ohnehin routinemäßig taten, wenn sie aus irgendwelchen Gründen ein Abteil kontrollieren wollten und keine Lust hatten, nach dem passenden Schlüssel zu suchen. Und sie taten es in aller Öffentlichkeit. Auf dem Gang herrschte ein dichtes Gedränge von Menschen, die tranken und Freiheitslieder sangen, was mir gefiel - das Singen, weniger das Trinken. Giles zog sich gar nicht erst aus, weil er mit unliebsamen Besuchern rechnete. Tatsächlich döste er dann auf dem Fußboden ein, wo er gegen die Abteiltür gelehnt saß, und ich wachte davon auf, daß er irgendwann rückwärts in den Gang fiel. Jemand hatte die Tür aufgefummelt, verschwand aber sofort wieder - mit der Bitte um Entschuldigung, wie ich betonte. Giles brüllte ein bißchen, hauptsächlich deswegen, weil der Gang jetzt um zwei Uhr morgens sozusagen unter Wasser stand und sein Hemd versaut war. Er riß es sich vom Leib, und ich stand auf, um ihm den Rücken abzuseifen.

Des Guten zuviel kann es gar nicht geben

Wir kamen vor sieben im Hotel an. Es war perfekt. Das fing schon mit der einmaligen Lage an - es stand hoch oben inmitten der typisch lichten Vegetation aus Bäumen und Büschen. Genauso perfekt war der Park. Das Hotel selbst wirkte gewaltig, kathedralenhaft, ehrfürchtig still. Überall Personal, aber weit und breit keine Gäste, wofür Giles sich die irrige Erklärung zurechtlegte, daß die Leute noch schliefen. Ich mußte ihn mit Gewalt am zwanghaften Studium eines Aushangs hindern, auf dem Verhaltensregeln bei terroristischen Überfällen angegeben waren und der am nächsten Tag abgenommen wurde, ebenso wie das Hinweisschild, sämtliche Schußwaffen seien an der Rezeption abzugeben. Das alles war nicht mehr aktuell, wie ich ihm mehrmals mit Nachdruck versichern mußte.

Wir bewegten uns in einer Apotheose von Weiß. Das Hotel war innen wie außen weiß. Der weiße Anstrich in unserem Zimmer erinnerte an Porzellan. Wenn ich den weißen Deckenventilator auf Höchstgeschwindigkeit stellte, sah ich über mir eine weiße Scheibe, der etwas Symbolisches anhaftete. Der Bettüberwurf war weiß. Im Speisesaal wurden weiße Saucen gereicht - zum kalten Braten, zum Gemüse, zum Trifle. Einmal sah ich eine Frau, eine Weiße, die Sauce béarnaise direkt aus der Sauciere löffelte. Die Raumpfleger und die Portiers, allesamt keine Jugendlichen, sondern gestandene schwarze Männer, mußten kindische weiße Uniformen im Stil von Matrosenanzügen tragen: kurze Hosen und Takelblusen. Es gab so viele weiße Akzente, daß ich nicht alle behalten habe. Unser Bett stand unter einem sacht zitternden Kegel aus Moskitonetz, zarte weiße Spitzengardinen bauschten sich vor den offenen Fenstern, als wir unsere Taschen abstellten.

Das ist ja geradezu sakral, sagte ich. Aber Giles hörte mich nicht. Eigentlich müßte das Eselsmilch sein, bemerkte ich, als er sich Badewasser einlaufen ließ. Er war so müde, daß er mit Socken in die Wanne stieg. Ich beschloß, ihn im Bett zu erwarten, nachdem ich mich schon beim Auspacken aufreizend genug gegeben hatte, um deutlich zu signalisieren, daß die Pforte zum Paradies nur angelehnt war. Er tat mir ein bißchen leid. Ich konnte warten, aber wo blieb der Kerl? Schließlich fand ich ihn schlafend in der Wanne.

Ich zog mich wieder an und machte mich auf den Weg zu den Wasserfällen, hastig, weil ich froh war, allein losgehen zu können, und weil man nicht einen Moment auf dem ozeanischen Rasen vorm Hotel stehenbleiben konnte, ohne daß einen die Getränkekellner mit ihren kleinen Tabletts einkreisten, und das schon um neun Uhr morgens. Aber wenn man doch kurz stehenblieb und sich konzentrierte, dann konnte man das Beben der Fälle in den Fußsohlen spüren. Der Weg führte linker Hand durch den Wald. Ich war aufgeregt.

Ich war dermaßen aufgeregt, daß ich mich nicht einmal um die Handvoll Paviane scherte, die mich eine Zeitlang verfolgten. Aufgrund einschlägiger Erfahrungen hasse und fürchte ich diese Viecher normalerweise. Manchmal kann man sie mit einer vorgetäuschten Wurfbewegung in die Flucht schlagen. Diese hier waren nicht so dumm. Trotzdem setzte ich meinen Weg fort. Vor mir lag ein konfuses, aber einschneidendes Erlebnis.

Weint um mich

Noch ehe man das Wasser sehen kann, wandert man schon durch Sprühnebel. Das Donnern durchdringt einen, und man hört automatisch auf zu denken.

Ich nahm eine Abzweigung, die auf den Vorsprung oberhalb der Schlucht führt, in die sich die Wasserfälle ergießen. Dort konnte ich im hohen Gras sitzen, meine Füße ins Leere gestreckt, die gewaltigen Fälle direkt unter mir. Es war in jeder Hinsicht überwältigend: Nebel und Gischt steigen in einer Säule empor, von deren oberem Ende sich vor den Augen des Betrachters ganz gewöhnliche Wolken ablösen. Das ist der letzte Wasserfall, den ich gesehen haben muß, dachte ich. Je nach Einfallswinkel der Sonne bildeten sich ober- wie unterhalb der Fälle Regenbogen und Regenbogenfetzen. Man wird zum Resonanzkörper. Die erste deutliche Empfindung ist rein körperlich. Die Fälle vermittelten mir in etwa die Botschaft: Du bist aus Fleisch und Blut. Es war unmißverständlich. Diese Phase hielt über eine Stunde an. Einen solchen Zustand der Selbsterfahrung hatte ich noch nie erlebt. Mehrmals versuchte ich aufzustehen, kam aber nicht hoch. Es war kein freiwilliger Zustand. Irgend etwas in mir füllte sich bis zum Rand, und solange das dauerte, war ich wie gelähmt.

Die nächste Phase war emotional. Irgend etwas verdichtete sich in mir, als ich ein Stück Richtung Hotel zurückging und auf den Weg einbog, der zu den Aussichtspunkten unmittelbar neben und über dem Eastern Cataract führt. Die Einsamkeit schien mich inwendig auszubrennen – so unerwartet und schmerzhaft war dieses Gefühl.

Auf der sambischen Seite konnte ich hier und da dunkel gekleidete Menschen erkennen, und stromaufwärts machten sich ein paar afrikanische Jungen aus der Gegend offenbar einen Spaß daraus, ein Ungetüm von einem toten Baum in die Stromschnellen zu befördern, um gleich darauf am Ufer entlang bis zu der Stelle zu laufen, an der er wieder auftauchte, wobei sie mich versehentlich in meiner Krisis störten, wenn ich meinen Zustand mal so nennen darf. Die dunklen Gewänder, die ich sah, waren natürlich Regenmäntel, wie sie jeder vernünftige Mensch tragen würde. Ich war klitschnaß.

Daß die Viktoriafälle mitten in Afrika liegen, erkennt man schon daran, daß einen nirgendwo etwas hindert, sich in den Abgrund zu stürzen: kein Geländer, nicht ein Zentimeter Stacheldraht. Es gibt ein paar kleine Bäume, die halb in den Abgrund hineinwachsen und bei denen die Äste, die den besten Halt bieten, regelrecht blankgerieben sind, weil sich so viele Leute daran festgeklammert haben, um sich buchstäblich in den weißen Tod hinauszulehnen. Ich habe es selbst getan. Ich habe mich ganz weit hinausgelehnt und hinuntergestarrt und laut gesagt: Weint um mich – oder so was Ähnliches. In diesem Moment wurde ich aus dem Nichts von tiefer Trauer überwältigt. Voller Entsetzen hangelte ich mich auf sicheren Boden zurück.

Ich glaube, die Fälle symbolisierten für mich den Tod zum Nulltarif, einen ganz besonderen Tod, den schnellen Tod, bei dem man aber auch Teil von etwas Grandiosem und Immerwährendem werden würde, Teil eines ewigen Mechanismus. Ein himmelweiter Unterschied zu der Methode, sich vor irgendeinen schäbigen Bus zu werfen. Ich hatte nicht geahnt, daß ich so traurig war. Ich begann mich zu fragen, warum, und das laut und ungeniert. Es war kein bißchen riskant, laut Selbstgespräche zu führen, schon wegen des Donners, der alles schluckte, und außerdem war ich allein. Ich zerfiel. Eine der Empfindungen, die ich in dieser Phase hatte, war die, daß ich sowieso sterben mußte. Eine andere, daß Etiketten wie falsch oder dumm in bezug auf die Wasserfälle keine Berechtigung hatten. Das muß Animismus sein, war eine dritte. Ich kannte mich nicht wieder, denn Selbstmord war für mich persönlich nie ein Thema gewesen, außer vielleicht als eine Option, die meine Mutter zu meiner gelegentlichen Verwunderung nie in Betracht gezogen hatte, wenn ihr Elend denn wirklich so koscher war, wie sie es gerne hinstellte. All das kam mir mit mit einem Unterton von Dringlichkeit in dem Sinne, daß sich die Chance zu einer solchen Art von Tod nicht wieder bieten würde; wenn ich sie jetzt also vorübergehen ließ, dann sollte ich gefälligst aufhören zu jammern – was wiederum aus der Luft gegriffen war, denn ich neige, lebensgeschichtlich gesehen, durchaus nicht zum Jammern. Ich bin geradezu die Verkörperung der guten Verliererin.

Aber warum war ich nur so todtraurig? Ich konnte es mir nicht erklären. Es machte mir angst. Ich wußte von keinerlei heimlichen Schuldgefühlen, mußte mir weder Verrat noch Grausamkeit anderen gegenüber vorwerfen. Im Gegenteil, ich habe ein relativ konstruktives Leben geführt, wenn ich nicht gerade damit beschäftigt gewesen bin, mich gegen Schleudern und Pfeile zu wehren. Reue konnte es also nicht sein.

Um den Kindern und ihrem Baumstamm zu entfliehen, hatte ich mich auf einen einsamen Felsen etwas weiter unten zurückgezogen. Mittlerweile weinte ich, was aber von dem Sprühregen kaschiert wurde, der mir ohnehin übers Gesicht lief. Keinem, der zufällig vorbeikam, würde etwas auffallen. Was nicht heißt, daß ich mir herzzerreißendes Schluchzen leisten konnte, aber im großen und ganzen mußte es mir nicht peinlich sein, in dem aufgelösten Zustand überrascht zu werden, in dem ich mich offenbar befand.

Was war nur der Grund dafür? Jedenfalls nichts Sexuelles; ich mußte mich in keiner Weise mit, sagen wir mal, unappetitlichen Neigungen auseinandersetzen. Mein bisheriges Geschlechtsleben entsprach dem Inbegriff von normal. Damit erübrigte sich auch der Gedanke, es könne sich um unartigkeitsbedingte lustrative Anwandlungen handeln, selbst wenn ich religiös gewesen wäre, was ich nie war. In einer meiner besten Seminararbeiten habe ich mich mit Lustrationsriten beschäftigt. Oder sollte mir bedeutet werden, ich könne mich ebensogut auf der Stelle umbringen, wenn es denn zutraf, daß ich immer nur mittelmäßig sein würde? Das war ein Gedanke, der fühlbar schmerzte. Für mein Wrack von einer Mutter war mittelmäßig schon ein Superlativ - eine Festschreibung, gegen die ich mich mit aller Macht zur Wehr setzte, sobald ich begriffen hatte, daß sie auch mich betraf. Meine ganze Kindheit und Jugend hindurch klammerte ich mich an die Vorstellung, daß ich entweder auf unerkannte Weise originell war oder jedenfalls originell sein könnte - letzteres später -, wenn ich mich nur bemühte und viel las und mich an so einfache Vorsichtsmaßnahmen hielt wie die, mein Leben lang nie wieder fernzusehen.

Es muß so etwas wie situativen Wahn geben, denn ich stand an der Schwelle dazu. Es ist ja bekannt, daß Schizophrene Stimmen hören, wenn Laken rascheln oder der Staubsauger läuft. In meiner Wahrnehmung erlebte ich die Viktoriafälle nicht nur als tosende Wassermassen; mir schien, als fügten sie sich zu immer wiederkehrenden, langgezogenen Formen, zu einer Architektur, die ich würde erfassen können, wenn ich nur nahe genug heranging. Die akustischen und die visuellen Signale gehörten zusammen, sie bedeuteten etwas, etwas Ethisches oder Existentielles und von nun an auch mich Betreffendes. Ich bewegte mich immer weiter auf den Abgrund zu, als mir plötzlich der Gedanke kam: Wenn du einen Gefährten hättest, würdest du bleiben, wo du bist.

Ich blieb auf der Stelle stehen. Es war ein Gedanke, der höchste Beglückung und tiefe Verzweiflung auslöste. Wo war mein Gefährte? Ich hatte keinen Gefährten et cetera. Ich hatte keinen Lebensgefährten, aber weshalb nicht? Was hatte ich getan, um in diese Lage zu kommen, in diese Gefahr? Jedesmal wenn ich das Wort »Gefährte« dachte, spürte ich, wie sich der Schmerz in meiner Brust konzentrierte. Mit einem Mal sah ich, was für eine abschüssige Stelle ich mir für meine Zwiesprache mit mir selbst ausgewählt hatte. Der Schmerz war wie heiße Flüssigkeit, und ich weiß noch, wie hoffnungslos mir zumute war, weil ich ihn nicht einmal durch Erbrechen loswerden konnte. Wie gern hätte ich ihn ausgestoßen. Nun gehört Erbrechen zu den unvermeidlichen Wiederholungserlebnissen, an denen mir überhaupt nichts liegt, und doch wäre ich bereit gewesen, mich auf alle viere fallen zu lassen und meinetwegen stundenlang zu würgen, wenn ich damit diese brennende Substanz hätte zutage fördern können. Es nützte auch nichts, Partner oder Begleiter zu sagen anstelle von Gefährte; der Schmerz blieb derselbe. Und daß ich wirklich und wahrhaftig einen Gefährten verdiente, war Teil des Schmerzes. Ich wünschte, ich wüßte, wie lange diese Phase dauerte. Keine zehn Minuten, glaube ich.

Wem kann ich das je erzählen? scheint der Gedanke gewesen zu sein, der dem Ganzen ein Ende setzte. Aber vielleicht war ich ohnehin schon beim Diminuendo angelangt, denn ich hatte mich vom Abgrund entfernt und ins Gebüsch jenseits des Weges zurückgezogen. Alles fiel von mir ab. Dort saß ich nun im Unterholz und hielt die Arme um mich geschlungen. Rein optisch hatte ich das Gefühl, daß die Wasserfälle vor mir zurückwichen. Und damit war es wirklich zu Ende.

Als ich mich schließlich ins Hotel zurückschleppte, kam ich mir vor wie eine Hysterikerin, abgesehen von dem vagen Gefühl, daß ich bei meiner flüchtigen Begegnung mit dem Chaos etwas Wesentliches gewonnen hatte.

Eine These

Was für Menschen steigen nach dem Bad pitschnaß ins Bett? Ich mußte annehmen, daß Giles genau das getan hatte, dem Zustand des Bettes nach zu urteilen, das ich jetzt mit ihm würde teilen müssen. Ich war zum Umfallen müde. Trotzdem breitete ich erst Handtücher über die feuchten Stellen auf meiner Bettseite. Dann entschloß ich mich, das Nachthemd noch einmal wegzulassen.

Es gab nur eins, was ich meiner Krisis abringen konnte, nämlich daß sie eine Art Rubikon für mich darstellte, daß ich mich nicht verdrückt hatte, wo es möglich gewesen wäre, und mir jetzt nichts weiter übrigblieb als zu kämpfen, zu kämpfen wie ein Mann, gegen die ganze Welt - obwohl ich das nach meinem Dafürhalten sowieso schon immer getan hatte -, und zwar noch erbitterter als bisher. Das empfand ich allerdings als banal, als Selbst-Mystifizierung. Und da war noch etwas anderes, das eine viel tiefere Ebene infiltriert hatte, um es mal so auszudrücken, aber ich kam nicht dran. Drehte es sich vielleicht um eine Vorstellung von Männlichkeit, die ich mit den Wasserfällen assoziierte? Auch das brachte mich nicht weiter, und selbst jetzt, in der Erinnerung, klingt es für mich wie ein Geständnis. Ich erwähne es nur, weil mir Vollständigkeit wichtig ist.

Giles war der erste Mann in meiner Bekanntschaft, der ausdrücklich die (vom Fußende aus gesehen) linke Betthälfte bevorzugte. Ob das eine Bedeutung hatte? Ich glaube, ich betrachte die rechte Betthälfte, meine Lieblingsseite, als dominant. Natürlich stand noch die Erfahrung mit Denoon aus, dem einzigen Erdensohn ohne jede Präferenz, was die Betthälfte anbetraf, auf der er sich niederlegte. Ich betrachtete den schlafenden Giles. Anstandshalber muß ich zugeben, daß er wunderschön schlief, mit geschlossenem Mund, absolut geräuschlos. Das hätte schlaffördernd wirken müssen, aber eine Spur Verdruß trübte meine Gefühle ihm gegenüber. Ich habe mich schon immer gefragt, weshalb die Tatsache, daß Männer schlafen müssen, von Frauen, dem tendenziell schlaflosen Geschlecht, nie wirklich ausgenutzt worden ist, um männliche Übergriffe zu bestrafen. Und weshalb haben Männer nie erfaßt, daß es gefährlich sein könnte, neben einer Frau zu schlafen, die man tagsüber niedergemacht hat? Beim Einschlafen hatte ich die Phantasie, ich würde ein paar meiner feministischen Freundinnen mit dem Schlachtruf anfeuern: Die Männer schlafen! Wir nicht! Die Macht liegt auf der Straße, und wir heben sie nicht auf! Aber ich fabuliere, denn der Teil mit der Macht stammt von Trotzki via Denoon.

Wir wachten gleichzeitig um halb acht auf und hetzten uns ab, damit wir überhaupt noch ein Abendessen bekamen. Danach wollte er lesen. Es lief darauf hinaus, daß wir beide lasen. Diesmal traf mich die Schuld insofern, als ich einnickte. Ich wäre aber leicht wachzukriegen gewesen. Ich schlief nicht tief, eher unruhig, und kann mich deutlich erinnern, daß Giles mehrmals aufstand, zur Tür ging, auf den Flur hinaustrat und nach links und rechts blickte, wahrscheinlich weil er Ausschau nach anderen Weißen hielt. Meine letzte Erinnerung sind seine Umrisse vor dem schwach beleuchteten Flur; dann schlief ich endgültig ein.

Am nächsten Tag kam erst die Arbeit und dann doch kein Vergnügen. Giles konnte, abgesehen vom Visuellen, den Wasserfällen nichts abgewinnen und schien vor allem mit der Frage beschäftigt, wie feucht es in ihrer Umgebung war und was die Feuchtigkeit seinen Apparaten und Filmen anhaben konnte. Er war nicht der gewohnte Perfektionist. Ich fand sogar, daß er schlampig arbeitete. Wir aßen unseren mitgebrachten Proviant und arbeiteten ohne Pause bis zum Abendessen, in dessen Verlauf sich der Eindruck wiederholte, daß ein riesiges schwarzes Aufgebot an Chor und Statisterie einer Handvoll Weißer zuarbeitete. Laß mich doch alle meine Mahlzeiten selbst zahlen, ja? sagte ich, um zu sehen, ob und wie er auf so ein Angebot reagieren würde. Aber er meinte nur nein, nein, nein. Abgemacht war offenbar abgemacht.

Als es Zeit zum Schlafengehen wurde, deutete ich ziemlich unverblümt an, daß ich nicht abgeneigt war. Er nahm meine Signale auf, und es entspann sich eine Art Vorgeplänkel, das er allerdings unübersehbar mechanisch absolvierte. Er wurde nicht hart, und ich war nicht bereit, heroische Maßnahmen zu ergreifen, die er übrigens auch nicht von mir verlangte, wie ich fairerweise anmerken muß. Also ließen wir es sein, ohne zu erörtern, weshalb wir es sein ließen. Ansonsten beschränkt sich meine Erinnerung an diese Nacht auf seine Bemerkung über verlassene Luxushotels mitten im mosambikischen Busch, die von ihren Belegschaften am Laufen gehalten würden, obwohl dort schon seit Jahren keine Gäste mehr abgestiegen waren. Er betrachtete sie als einer verschwundenen weißen Klientel geweihte Schreine, die für den Fall ihrer Wiederkehr rein gehalten wurden. Wie bei den Cargo-Kulten, sagte ich, worauf er mich verständnislos ansah. Er war fasziniert von allem, was ich ihm über dieses Thema erzählen konnte.

Am Morgen hieß es wieder arbeiten, schnell alles erledigen. Er wollte auch noch in der näheren Umgebung auf Motivsuche gehen. Mir machte das nichts aus, denn ich hatte die Fälle voll ausgekostet. Sie standen bereits auf meiner Liste abgehakter Sehenswürdigkeiten, zusammen mit dem Mont-aux-Sources und dem Tafelberg.

Beim Mittagessen, das wir im Hotel einnahmen, gab es eine Verschiebung innerhalb der Matrix, die sich nach meinem Dafürhalten in durchaus interessanter Weise auf Giles auswirkte. Mit uns im Speisesaal tafelte nämlich eine zahlenstarke Gruppe weißer Rhodesier, die man schon auf den ersten Blick als hartnäckige Reaktionäre identifizieren konnte. Giles blühte auf. Er spazierte ans Büfett, unterhielt sich mit dem einen und anderen und berichtete mir anschließend, es seien echte Rhodesier, die noch immer über den Krieg schäumten. Ich wunderte mich, wie offen sie ihre Gefühle zur Schau trugen. Tonangebend war ein Kerl mit Wildwest-Schnurrbart und einem T-Shirt, auf dem folgende verklitterte Botschaft stand: Rhodesische Kriegsspiele 1960–1979, Rhod. 100, Terr. 0, Sieger: Terr. Giles schielte während des Essens immer wieder zu ihnen hinüber. Anschließend verzogen sich die Herren auf die Veranda, um Karten zu spielen und weiterzutrinken. Sie winkten Giles zu, als wir aufbrachen, um noch ein paar Fotos zu schießen.

Ich bemühte mich redlich, die ganze Unternehmung als gelungen zu betrachten. Aber ich empfand Giles' körperliches Desinteresse an mir zwangsläufig als eine Art Affront und fühlte mich noch dazu als Ausbeuterin. Dabei hatte Giles sich mir gegenüber in Botswana unbestreitbar normal verhalten, was mich nun zu der These veranlaßte, daß es die erst kurz zurückliegende und überaus radikale Umwälzung und die kurze Zeitspanne seit dem Sturz der weißen Machthaber Rodesiens war, die ihm in einer tieferen Persönlichkeitsschicht zusetzte. Was für eine These! mußte ich immer wieder denken. Bot sich hier vielleicht ein fertiges neues Thema für eine Doktorarbeit? Tatsächlich war mir schon mehrmals die aggressive Verdrossenheit weißer Ehefrauen in Simbabwe aufgefallen. Ob sie vielleicht in solchen Zusammenhängen begründet war, und wenn ja, wie konnte man sie dann erfassen? Jedenfalls nicht durch eine Befragung der Männer, soviel war klar. Aber lag hier nicht eine Dissertation brach, auch wenn es sich um Sozialpsychologie handelte und nicht um Ernährungsanthropologie. Oder konnte sie der Kulturanthropologie zugeschlagen werden? Giles hatten sie jedenfalls aufgemöbelt, diese Ex-Selous-Scouts oder wer sie sonst sein mochten. Falls an meiner Theorie auch nur irgend etwas dran war, dann mußte ich auf mehr Feuer stoßen, wenn ich erneut zum Angriff überging.

Abends waren die Rhodesier schon wieder verschwunden, Richtung Chobe. Sie hatten hier bloß Zwischenstation gemacht. Giles fiel sofort wieder in sein Loch. Ich unternahm nicht einmal einen halbherzigen Versuch. Zwar schien hierdurch meine embryonische These bestätigt zu werden, aber die ganzen Spekulationen waren ohnehin etwas halbgar und in erster Linie Ausdruck meines intellektuellen Notstands. Ich versuchte mir vorzustellen, wem in Stanford ich auch nur die leiseste äsopische Andeutung meiner Idee anvertrauen könnte, und mußte lachen.

Am nächsten Tag kehrten wir per Charterflug nach Gaborone zurück. Auf dieser Route fliegt man diagonal über die Zentralkalahari, wo es nichts zu sehen gibt, sobald man das Gebiet um die Sua-Pfanne hinter sich gelassen hat. Und trotzdem hörte Giles plötzlich auf, seine Kameratasche zu streicheln, und starrte gebannt hinunter. Als ich ihn fragte, wonach er Ausschau hielt, sagte er, es solle dort unten einen sonderbaren Ort geben, geleitet von einem Amerikaner, wo die Frauen nackt herumliefen. Am liebsten hätte ich gesagt: Was geht dich das an? aber ich verkniff es mir. Ich wollte bis zum Ende eine gute Verliererin bleiben. Wovon redete er bloß? Meinst du eine Art Nudistenkolonie? fragte ich, weil ich an seine Verbindungen zu der Softpornozeitschrift aus Valletta denken mußte. Aber nein, es handelte sich um irgendein Projekt. Ein geheimes. Ich gab ihm zu verstehen, wie seltsam ich sein Benehmen fand. Heute weiß ich natürlich, daß dies seine Version von Denoons Arbeit in Tsau war, eine von Männerklatsch verzerrte Version, denn außer den Frauen von Tsau und ihren wenigen männlichen Angehörigen wußte nur eine Handvoll lüsterner Männer in diversen Behörden Botswanas, was da eigentlich vor sich ging.

Sobald wir wieder in Gabs waren, verloren wir uns aus den Augen. Er ging nach Mauritius, wo es ihm offenbar hervorragend gefiel, wie ich hörte.

Martin Wade verläßt eine Gesellschaft

Außer unter Senioren sieht man selten gesunde Weiße, die so dünn sind wie Martin Wade. Er war erst Ende Zwanzig. Mit seinem großen Schädel sah er aus wie eine Illustration von Tenniel. Sämtliche Diplomatengattinnen fühlten sich bemüßigt, ihn aufzupäppeln.

Unter den südafrikanischen Exilanten in Gaborone war er eine Berühmtheit. Sein Spitzname war Mars; so riefen ihn die botswanischen Nachbarskinder in Bontleng. Martin Wade war übrigens sein Nom de guerre. Er hatte in der National Union of South African Students an der Wits eine wichtige Rolle gespielt und sich durch eine ziemlich spektakuläre Aktion seine außerplanmäßige Einberufung und Entsendung ins »Operationsgebiet« eingehandelt. Nach einer weiteren spektakulären Aktion in der Armee war er desertiert und schließlich in Gaborone gelandet.

Nun lebte er in einer echten Slumbaracke in Bontleng und wurde von irgendeiner schwedischen Organisation unterstützt. Seine südafrikanischen Kontaktleute versorgten ihn nach wie vor mit Informationen über Streiks und Verhaftungen, die er in einem kleinen, hektografierten Rundbrief veröffentlichte. Dieser

Rundbrief ging auch an diverse westliche Zeitungen, wo er mit Sicherheit im Papierkorb landete. Martin Wade sei im ANC, hieß es, aber nur sub rosa. Er war kurzsichtig und trug eine Brille, was mich ebenso beeindruckte wie sein Gewicht. Für Revolutionäre mit Brille hege ich übertriebene Gefühle, weil ich mir immer vorstelle, wie leicht sie beim kleinsten Scharmützel mit dem Feind außer Gefecht zu setzen sind – es braucht ihnen nur jemand die Brille herunterzureißen und zu zertreten. Deswegen unterstelle ich solchen Leuten grundsätzlich überdurchschnittlichen Mut.

Auf ein, zwei Partys hatte er mein Gesichtsfeld gekreuzt und auch bei mir die gängige Reaktion hervorgerufen: Würde er hier wirklich genug zu essen bekommen? Weshalb aß er so wenig? Oder handelte es sich um ein Politikum à la Simone Weil? Ich wußte, daß er dafür verschrien war, Essen an die Gossenkinder von Bontleng zu verteilen, weil sich etliche Gastgeberinnen beklagt hatten, daß ebendort die Essenspakete landeten, die sie ihm mitgaben. Ich erwog, ihn auf die lockere Tour anzusprechen, etwa mit der Bemerkung: Sie verleihen dem Begriff ektomorph ganz neue Bedeutung. Aber damit hätte er mich gleich in die Reihe all der anderen Glucken einordnen können, die er zweifellos als Alptraum empfand.

An dem Abend, als wir uns dann tatsächlich kennenlernten, sollte es als Hauptgericht Schweinebraten geben. Nun kenne ich nichts Stimulierenderes als den Duft von gebratenem Schweinefleisch mit Knoblauch und Zwiebeln. Und auch ihm lief offensichtlich das Wasser im Mund zusammen, denn sein Adamsapfel, der ohnehin auffällig vorstand, bewegte sich unruhig wie ein Tier.

Als er auf mich zukam, bemühte ich mich gerade, meinen Konsum von Horsd'œuvres und meine Körpersprache zu kontrollieren. Die Diätfrage stellt sich mir ja tagtäglich, und das dahinterliegende Seelendrama ist keineswegs ein Geheimnis: Mein Drehbuch handelt davon, zu erfahren, warum ausgerechnet das Essen meine Mutter zur Jahrmarktsattraktion gemacht hat und auch mich dazu machen würde, wenn ich nicht aktiv dagegen anginge. Wir leben in einer Welt von Artefakten. Ich war schon eine Weile auf dem College, als ich endlich begriff, daß ihr Getue darum, wie wenig sie in Wirklichkeit aß, eine Lebenslüge war, nichts als fortgesetzte Propaganda. Und voilà, ich habe mich für die Ernährungsanthropologie entschieden, die das unter einen Hut bringt, was mich am stärksten anspricht: Essen und Menschen. Martin war an diesem Abend der Ehrengast.

Die Gastgeber waren Amerikaner, integre Leute, die als Lehrkräfte - mit nicht eben fürstlichem Gehalt - an der Universität arbeiteten. Er war Biologe, und Margaret sollte einen Studiengang in Pharmazie einrichten, wenn ich mich recht entsinne. Sie waren schon ein paar Jahre im Land. Ihre beiden halbwüchsigen Söhne hatten sie in einem Johannesburger Internat untergebracht. Natürlich war diese Entscheidung mit angemessenen Schuldgefühlen verbunden, aber sie hatten die Lage in Botswana eingehend geprüft und festgestellt, daß ihnen keine andere Wahl blieb, schon im Interesse der Jungen, die schließlich eines Tages in der Heimat Naturwissenschaften studieren sollten; das Übliche.

Es war so gut wie angerichtet. Einige von uns sprachen gerade einer aufgelösten Margaret unser Mitgefühl aus. Vor ein paar Tagen hatte sie sich die Rand Daily Mail besorgt und darin einen Artikel über St. Stithian's, das Internat ihrer Söhne, gefunden. In dem Bericht stand, die Polizei habe eine Razzia durchgeführt und mit Hunden und Schlagstöcken und dem üblichen Drum und Dran Squatter aus einem Wäldchen auf dem Schulgelände vertrieben. Für dieses Unternehmen waren auch Jungen aus den oberen Klassen rekrutiert worden, darunter die Söhne unserer Gastgeber. Es hatte also tränenreiche Tage gegeben, hitzige Telefonate mit der Schule und so weiter. Es sollte nie wieder vorkommen. Aber ihre Jungen würden in St. Stithian's bleiben.

Hier trat Martin in unsere Runde. Er war gerade dabei, sich ein Samosa einzuverleiben. Der ganze Vorfall war ihm neu. Das Samosa wanderte auf den Teller zurück.

Mich beeindruckte die Art, wie er die Sache anging. Zunächst vergewisserte er sich, daß er alle Einzelheiten richtig verstanden hatte, insbesondere die Tatsache, daß die Jungen nicht von der Schule genommen würden. Dann sagte er: Sie werden mich entschuldigen müssen. Genau in dem Moment, als er zur Tür hinausging, erschien das Hausmädchen, um zu Tisch zu bitten. Margarets Mann versuchte noch, die Situation zu retten, indem er erklärte, sie wollten fürs nächste Trimester eventuell eine andere Lösung suchen, wenn sich denn eine finden ließe, vergaß dabei aber nicht zu erwähnen, daß sich die Fernkurse für seine Jungen als Debakel entpuppt hätten. Doch Martin hatte sich schon seinen Rucksack geschnappt und war verschwunden.

Die einzige vergleichbare Szene, die ich je erlebt hatte, war ein Abendessen gewesen, bei dem ein Typ aufstand und ging, als einige Therapieveteranen sich gegenseitig versicherten, wie sehr sie ihre Eltern haßten. Der Mann war Europäer und hatte offenbar keinem der Anwesenden je erzählt, daß seine Eltern in einem Konzentrationslager umgebracht worden waren. Es machte die Sache nicht besser, aber ich folgte Martin hinaus auf die Straße. Darf ich mitmarschieren? fragte ich, als ich ihn eingeholt hatte.

Wir plauderten. Er klang in meinen Ohren sehr nach Cockney. Ich sagte ihm, als südafrikanischer Mann sei er gut beraten, vor einem Essen zu türmen, das ohnehin zu fett wäre. Südafrikanische Männer haben ein enorm hohes Infarktrisiko, genetisch gesehen. Er erwiderte, er wüßte, daß südafrikanische Männer unter fünfundvierzig die höchste Infarktrate der Welt aufwiesen, aber er würde wetten wollen, wie er sich ausdrückte, daß seine Erklärung dafür anders ausfiele als meine. Er sagte: Wußten Sie, daß die Rate bei südafrikanischen Männern auf zwei Stellen hinterm Komma genau der Rate bei Gefängniswärtern weltweit entspricht, und wie interpretieren Sie das? Ich sagte, dafür sei mir jeder Kommentar zu schade, so klar läge die Sache auf der Hand. Dann fragte ich ihn, ob ihm bekannt wäre, daß die Erbmasse, die am besten vor Infarkten schützt, in unmittelbarer Umgebung der Buren zu finden sei, nämlich bei den Bantus, insbesondere bei den Sotho im Süden. Ich erwähnte Studien, die belegten, daß sich bei den Buren die Neigung zum frühen Infarkt durch Inzucht herausgebildet hatte, und das in unmittelbarer Nachbarschaft zu den Bantu-Stämmen, die die niedrigste Infarktrate der Welt aufwiesen. Nur die Apartheid stünde zwischen ihnen. Wir waren uns beide der Ironie bewußt: Buren und Bantus, füreinander bestimmt. Ich kann alles essen, sagte Martin, ich bin ja kein Bure. Er kam aus Natal. Er erklärte, er würde mich zu sich einladen und bewirten, da er für meinen Verzicht auf das Abendessen verantwortlich sei. Er wußte, daß ich nur zu gut verstand, weshalb er geglaubt hatte, gehen zu müssen.

Seine Unterkunft, eine Ein-Raum-Hütte aus Zement, lag in einem Armenviertel, aber nicht im schlimmsten. Er hatte ein eigenes Wasserrohr im Garten, ein eigenes Plumpsklo und einen Paraffinofen, der hauptsächlich dazu diente, Briefe und Unterlagen zu verbrennen. Ansonsten besaß er so gut wie nichts. Alles mußte aufs Notwendigste beschränkt sein, damit er jederzeit seine Zelte abbrechen konnte und nichts zurückzulassen brauchte, was ihn zu einer Rückkehr zwingen konnte. Für mich war das eine fremde Welt. Er war Musikwissenschaftler. Er spielte Blockflöte, aber nur, weil sie leicht zu transportieren war, und er spielte sehr schön. Aber sein eigentliches Instrument war die Viola da gamba. Während wir uns ein wenig miteinander bekannt machten, suchte er unentwegt nach Vorräten, aus denen sich eine Mahlzeit zaubern ließe; irgendwann fragte er sogar seine verarmten Nachbarn, ob sie ihm etwas borgen könnten, weil ihm aufgegangen war, daß er nichts im Haus hatte außer einer uralten Apfelsine und zwei Dosen Sardinen. Vor mir stand ein Mann, der viel und gern redete. Wir waren voneinander fasziniert. Schließlich ließ er sich von mir in ein Restaurant einladen - nur das allerschlichteste, das allerbilligste und allerproletarischste Lokal durfte es sein -, wo wir unsere endlose Unterhaltung fortsetzten. Wie sich herausstellte, hegte er Amerikanern gegenüber zwiespältige Gefühle, aber ich entdeckte, daß meine Herkunft aus der Arbeiterklasse sie entschärfte. Also kehrte ich mein proletarisches Erbe heraus, und das kam an. Er ging mit zu mir.

Mein irdisches Dasein

Es ist mir nicht gelungen, mit Martin eine stimmige Beziehung aufzubauen. Dabei wollte ich es. Ich versuchte es auf diverse Weisen. Ich versuchte, sein Leben etwas normaler und weniger proteisch zu gestalten. Manchmal übernachtete er bis zu dreimal hintereinander bei mir. Doch dann gewann seine klandestine Seite wieder die Oberhand, und er mußte sich mitten in der Nacht davonstehlen, um irgend jemanden zu treffen oder irgendwohin zu gehen. Ich machte mich im Kleinen nützlich. Zum

Beispiel merkte ich sehr schnell, daß er Angst hatte, langsam taub zu werden – eine Tragödie für jemanden, der damit rechnet, eines Tages die zweite Bratsche im Multikulturellen Nationalen Symphonieorchester des neuen Südafrika zu spielen. Mir kam der Gedanke, daß sich vielleicht Ohrenschmalzpfropfen gebildet hatten, ein heutzutage fast unbekanntes Problem für Leute, die regelmäßig baden oder duschen. In Bontleng war er aber letztlich auf Waschlappen und Schwamm angewiesen, auch wenn er es mit der Hygiene immer sehr genau nahm. Ich spülte seine Ohren mit Debrox aus, und er fand das Ergebnis überwältigend.

Es hätte ernst werden können zwischen uns. Verführerisch fand ich, daß er so gern mit mir schlief. Über meine Brüste konnte er ins Schwärmen geraten. Er war nicht sehr erfahren. Sollte er eines Tages ein annähernd normales Gewicht erreichen, wird er eher beeindruckend als bedrohlich wirken. Wir hatten beide einen riesigen Nachholbedarf an Gesprächen. Ich bewunderte ihn für das, was er tat. Er hatte sich dem Kampf gegen etwas durch und durch Böses verschrieben, und sein Kampf war uneigennützig – denn er kämpfte für seine schwarzen Landsleute, für Dritte. Er betrachtete sich als Realisten und war sich darüber im klaren, daß selbst die bestbeleumundeten Weißen sich würden warm anziehen müssen, wenn die Mehrheit an die Macht käme. Die Frage, was ich eigentlich aus meinem Leben machen wollte, stellte sich zwar nur unausgesprochen, aber immer unüberhörbarer.

Dabei fällt mir ein, daß Denoon später gesagt hat, er persönlich kenne in dieser Welt nur zwei ganz und gar gerechtfertigte Tätigkeiten: zum einen der Kampf gegen die christlichen Faschisten Südafrikas, zum anderen die Arbeit als Feuerwehrmann, denn es könne nicht den geringsten Zweifel daran geben, daß man etwas gesellschaftlich Nützliches tue, wenn man Menschen aus brennenden Häusern rettete. Die Medizin ließ er nicht gelten, weil man damit reich werden konnte, und genausowenig den Dienst in kirchlichem Auftrag – sagen wir in Slums oder Missionskrankenhäusern –, weil auch diese Arbeit letztlich auf Erwerb gerichtet und auf eine Stärkung der weltlichen Macht der jeweiligen Konfession angelegt war. Er meinte, Feuerwehrleute seien die einzigen, bei denen er keinerlei Selbstzweifel beobachtet hätte, und sie ergriffen ihren Beruf in dem Wissen, daß er ihnen mit dreißigprozentiger Wahrscheinlichkeit einen Wirbelsäulenschaden eintragen würden.

Aber was machte ich aus meinem irdischen Dasein? Die Frage drängte sich mir immer wieder auf, nicht weil Martin mir vermittelt hätte, ich wäre unzulänglich oder bedeutungslos, sondern weil es mir, nüchtern betrachtet, bei der ganzen Anthropologie darum ging, erst einen Job an einer halbwegs guten Universität zu ergattern und dann die Festanstellung mit Pensionsanspruch. Das war eine marxistische Analyse meiner Lage, aber sie traf zu. Nebenbei würde ich selbstverständlich meinen Beitrag zum Wissen über den Menschen leisten. Aber das war schon ziemlich umfangreich, um es vorsichtig auszudrücken. Möglicherweise sogar ausreichend. Die botswanische Regierung jedenfalls schien der Ansicht zu sein, daß es erst einmal genug war. Es muß Ende Januar gewesen sein, denn Reagan war schon ins Amt gewählt, als die Regierung eine Bombe platzen ließ, eine Bombe in Form eines Moratoriums für alle vom Ausland finanzierten anthropologischen Forschungsprojekte im Land. Die wissenschaftlichen Studien stapelten sich zu schnell, als daß irgend jemand in den Ministerien noch nachvollziehen konnte, welche Schlußfolgerungen sie nahelegten. Der Großteil der Projekte, die von der Regierung abgesegnet werden, hat - wie indirekt auch immer - mit der Verbesserung der Agrarökonomie zu tun. Meine Kollegen standen Kopf. Sie hatten sich ausgemalt, nach Botswana zurückzukehren und Folgeuntersuchungen bis zum Sanktnimmerleinstag durchzuführen. Ich fand die Nachricht befreiend, behielt das aber für mich. Meine Kollegen echauffierten sich wegen der gefährdeten Investitionen. Wer hätte jemals von Isaac Schapera gehört, wenn er nur eine Monographie über die Bakgatla hätte schreiben dürfen? hieß es nun ständig. Ich dagegen war fein raus - ein ganz ungewohntes Gefühl -, denn mein idiotisches gescheitertes Projekt in Tswapong galt als laufendes, und ich konnte noch ewig in Botswana bleiben. Ich gehörte zu den Auserwählten.

Mich reizte der Hauch von Gefahr, der Martin umgab, wobei ich zunächst glaubte, es handele sich dabei vor allem um etwas Atmosphärisches. Es schien mir unvorstellbar, daß das Bureau of Special Services nichts Besseres zu tun haben sollte, als Agenten einzuschleusen, um einem Ästheten das Leben schwerzumachen, der so dünn war wie ein Wetterhahn. Und mich reizte das Gefühl, daß er mir einen Blick hinter die Kulissen der vordergründigen Welt ermöglichte, einen Blick auf die Welt der Macht. Ich wurde ein bißchen süchtig danach, das merkte ich. Die Überzeugung, daß die Welt letztlich korrupt ist, kann einem bestimmten Menschenschlag gefährlich werden, weil sie einen rationalen Grund dafür bietet, es sich leicht zu machen und egoistisch zu sein - eine Haltung, nach der ich keinerlei Bedürfnis verspürte. Aber wenn wir auf dem Balkon des President Hotel saßen und zufällig irgendein Permsec vorbeikam, der in der Presse als eingefleischter Gegner Südafrikas gehandelt wurde, erzählte mir Martin beispielsweise, daß ebendieser Mann seine Kinder in Pretoria auf eine feine Schule schickte, eine von der Sorte wie St. Stithian's, und Hühnerfarmen in der Umgebung von Mafikeng besaß, was ihn im Endeffekt zur Geisel ebenjener Leute machte, die er permanent attackierte. Martin wußte genau, wer in der Regierung mit wem verwandt war, und er überzeugte mich davon, daß Nepotismus kein sinnvolles Konstrukt für Anthropologen ist, die afrikanische Regierungssysteme untersuchen wollen. Er wußte, wer Geheimagent des Special Branch war und wer zu den Nachrichtendienstleuten der diversen Botschaften gehörte. Er erwähnte sogar in irgendeinem Zusammenhang den Briten, der mein nächster Liebhaber werden sollte, obwohl ich das zum damaligen Zeitpunkt natürlich noch nicht wußte. Martin verglich Gabs mit Lissabon während des Zweiten Weltkriegs. Er besaß ein Kleinod von unschätzbarem Wert: Er wußte genau, wem er vertrauen konnte. Es war herrlich, wenn schwarze Exilanten auf einen Drink vorbeischauten. Er genoß ihr volles Vertrauen, sogar das der normalerweise so mißtrauischen Black Consciousness Leute. Er wußte, wer für die Diamond Police arbeitete, die in Botswana fast ein Staat im Staat ist. Besonders gern machte er mich auf die südafrikanischen Agenten aufmerksam, die alle aussahen wie Biedermänner oder erfolgreiche Farmer, was meinem Sinn für Ironie entgegenkam. Ich habe eine Schwäche für Ironie, und es war Ironie schlechthin, daß diejenigen, die - wenn überhaupt - noch irgend etwas für die weiße südafrikanische

Bourgeoisie würden retten können, Leute vom Schlag Martin Wades waren, Leute, die ihm zufolge überwacht und womöglich auch ermordet wurden. Die Zukunft von einigen Millionen gewissenloser Weißer hing von dem bißchen Wohlwollen ab, das eine Handvoll anständiger weißer Intellektueller wie Martin bei den siegreichen schwarzen Massen würde erringen können.

Ein verhängnisvoller Vorschlag

Ich will hier aber keineswegs die moralischen Schwachstellen dieses Mann unterschlagen. Komplette Gattungen konnten auf seiner Haßliste landen, wenn nur ein paar ihrer Vertreter etwas taten, das in antithetischem Verhältnis zur guten Sache stand. Er war zumindest ansatzweise homophobisch, aber angeblich nur deshalb, weil sich während des Befreiungskrieges überdurchschnittlich viele Homosexuelle in den Reihen des rhodesischen Nachrichtendienstes getummelt hatten. Damit waren Schwule abgeschrieben. Ich versuchte, ihm klarzumachen, daß er einen Denkfehler beging, wenn er sich an das Prinzip pars pro toto hielt. Ich verzichtete aber darauf, frontal gegen seine anathematisierenden Tendenzen vorzugehen, weil ich damit indirekt die Frage aufgeworfen hätte, weshalb er mit mir verkehrte, einer Amerikanerin, deren CIA den Südafrikanern verraten hatte, wo sie den untergetauchten Nelson Mandela finden konnten.

Meine Staatsangehörigkeit war ein heikler Punkt, der schließlich Thema wurde, als ich ihn fragte, weshalb er mich eigentlich nicht eifriger zu bekehren versuchte. Ehrlich gesagt war ich ein bißchen gekränkt. Er zweifelte nicht daran, daß ich das südafrikanische System haßte. Unbestreitbar war aber auch, daß ich mich nach seinem Geschmack bislang noch nie entschieden genug für eine politische Sache eingesetzt hatte. Ich war nie Mitglied von irgendeiner Organisation mit ausdrücklicher Antiapartheid-Stoßrichtung gewesen. Ich fragte ihn, wie viele Frauen er in Botswana finden würde, die allen seinen politischen Forderungen genügten. Es war zwecklos. Wir und die Westdeutschen und Israel waren die Schlimmsten. Wir hatten den Buren die

Bombe zugeschanzt und so weiter. Zwar folgte auf solche Mißhelligkeiten regelmäßig die Koda meines Freispruchs von der Verantwortung für die Taten der amerikanischen Machtelite, damit wir endlich essen oder miteinander ins Bett gehen konnten, aber der Druck ließ sich nicht leugnen.

Wir schafften es nie, die eine große Kluft zu überbrücken. Alles, was ich in dieser Richtung unternahm - etwa daß ich seine Ernährung umstellte oder die Basis seiner Lebensqualität verbesserte -, tat ich ohne Hintergedanken und weil ich fand, es könnte nicht schaden, wenn er ein bißchen weniger spartanisch lebte. Er hatte zum Beispiel keine Stereoanlage. In dem Haus, das ich hütete, gab es dafür HiFi vom Feinsten und dazu eine ausgezeichnete Sammlung von Kassetten mit Renaissancemusik. Er fing an, sich etwas einzuhören, und ließ es dann urplötzlich wieder sein. Eines Abends hörten wir beim Sex - ich will nicht sagen bei der Liebe - Albinoni. Es war schön und unverhetzt. Hinterher konnte er nicht anders, als mich zu bestrafen. Offenbar vertrug sein Image solche Ausschweifungen nicht. Er verlangte, ich solle aufhören, ihm Vanillepudding zu kochen, er käme sich schon vor wie ein kleines Kind. Und kaum hatte ich gelernt, wie man Crème caramel macht, durfte ich die auch nicht mehr machen. Ich hatte mit viel Mühe seine Leib- und Magengerichte herausgefunden und sie ihm gekocht - eigentlich kein Akt von Perfidie. Es erforderte allerdings eine gewisse Findigkeit, weil das Angebot in Botswana ziemlich begrenzt ist; oft genug trieb ich einfach einen pfiffigen Ersatz auf. So etwas verdiente Anerkennung, fand ich, und nicht die Reaktion, die ich mir damit einhandelte, nämlich eine wütende Tirade gegen die Amerikaner, die den Hang zum Luxus säten, wohin sie auch kamen. Also bemühte ich mich, spartanischer zu werden. Ich wollte keinen Streit. Dafür war es zu heiß.

Doch selbst wenn ich meine Makel, von der amerikanischen Herkunft über das Bemuttern bis zu der Tatsache, daß ich ein paar Jahre älter war als er - in dieser Hinsicht war er empfindlich -, hätte irgendwie aus der Welt schaffen können, wäre immer noch die Frage geblieben, was eigentlich Parteidisziplin bedeutete. Mich faszinierte die Idee, sich einer Disziplin zu unterwerfen. Aber ich mußte ihn schon unter Druck setzen, damit er sich überhaupt auf das Thema einließ, und selbst dann blieb alles so verklausuliert, daß es eine Qual war.

Martin stand unter Parteidisziplin. Er verriet mir nie, unter welcher, obwohl er wußte, daß ich wußte, daß es sich nur um den ANC handeln konnte. Anscheinend war er grundsätzlich außerstande zu begreifen, daß unsere Beziehung mir das Recht gab, etwas darüber zu erfahren. Dabei war mein Interesse auch - und zunächst ausschließlich - sozialwissenschaftlicher Natur. Wenn er nur einen Funken Entgegenkommen gezeigt hätte, als ich ihn zum erstenmal darauf ansprach, dann hätten wir diese Klippe vielleicht umschiffen können. Wieder und wieder beteuerte ich, es interessiere mich nicht im geringsten, wem genau er unterstand oder welche Aufgaben ihm sein Status abverlangte. Ich hätte nur gern gewußt, was es hieß, sich so sehr als Teil eines sozialen Organismus zu begreifen, wie er es meiner Vermutung nach tat. Er hätte mir helfen können, das Ganze theoretisch in Griff zu kriegen, mehr wollte ich ja gar nicht. Ich wußte, daß sein Handeln bis zu einem gewissen Grad von konkreten Anweisungen bestimmt war. Ein Grund dafür, daß er soviel Zeit bei mir verbrachte, lag meinen Beobachtungen zufolge darin, daß er bei mir Anrufe tätigen und entgegennehmen konnte. In Bontleng gibt es keine Telefonanschlüsse. Aber meine Fragen waren nicht raffiniert genug für ihn. Wenn ich ihm eine Frage stellte wie, Könntest du deinen derzeitigen Status mit dem eines, sagen wir, *aktiven* Mitglieds der Anti-Apartheit-Bewegung tauschen? fuhr er aus der Haut und behandelte mich wie einen Spitzel.

Konnte jemand, der der Parteidisziplin unterstand, jemals ein angemessener Gefährte sein? Das war natürlich die Kernfrage, die ich beantwortet wissen wollte. Mir war es Ernst mit Martin. Die meisten Barrieren zwischen uns würden sich wahrscheinlich abtragen lassen. Ich hatte zwar nicht die Absicht, mich an seiner Seite ein Leben lang in Wiedergutmachung zu üben, nur weil ich Amerikanerin war, aber ich vertraute darauf, daß die Liebe sein Bild von mir entnationalisieren würde. Aber ich schaffte es nie, hypothetisch genug zu sein, um unsere Diskussionen produktiv zu gestalten. Ich hatte es längst aufgegeben, naive Fragen - er nannte sie Fangfragen - zu stellen wie: Muß man in Südafrika geboren sein, um dem ANC beitreten zu können? Aber unzulässig waren auch Fragen wie: Angenommen, irgend jemand erteilt irgend jemand anderem den Auftrag, irgend jemanden zu ermorden, gegen den er nicht persönlich etwas hat, sondern nur auf einer symbolischen Ebene? Parteidisziplin war vielleicht wirklich etwas, worauf ich - als Frau - überreagierte, und das sagte ich ihm auch. Aber es half alles nichts.

Ich glaube, für ihn mußte unsere Beziehung unschön enden, um es uns beiden leichter zu machen.

Um ein Haar wären wir nicht voneinander losgekommen, denn gerade als ich mich zur Trennung durchgerungen hatte, brachte jemand Martins Katze um. Sie war ihm zugelaufen. Eines Abends kam er nach Hause und fand die Katze erdrosselt auf dem Küchentisch. Das Haus war abgeschlossen gewesen. Er erschrak furchtbar. Dann bekam er Briefe, deren Umschläge mit einer Rasierklinge zerschnitten waren, dort wo die Anschrift stand. Ihr Inhalt war in keinem Fall angerührt worden. Ich kriegte eine Höllenangst und machte nur noch Fehler: Weil ich es für besser hielt, wenn er eine Zeitlang verschwand, schlug ich ihm schandhafterweise vor, mich in ein Wildgebiet zu begleiten. Ich hatte gute Kontakte zu einigen Safari-Unternehmern in Maun und wußte, daß uns die Reise so gut wie nichts kosten würde. Ich sagte zu ihm, es wäre lächerlich, wenn er, aus welchen Gründen auch immer, in Botswana lebte, ohne jemals das letzte und größte uneingezäunte Wildreservat der Erde besucht zu haben. Er sah mich an, als wäre ich eine Verbrecherin. Ich versuchte, ihn davon zu überzeugen, daß er sich ein einmaliges Erlebnis entgehen ließ, denn das Campen in freier Wildbahn sei die einzige Möglichkeit, den Nervenkitzel nachzuempfinden, der einst mit der Erfahrung verbunden gewesen sein mußte, als einsames menschliches Wesen die ideale Beute für stärkere, größere und zahlenmäßig überlegene Tiere zu sein. Das war wirklich abgrundtief dumm, und er ließ es mich deutlich spüren. Er war ja bereits zur Beute geworden.

Ich hatte das Herz auf dem rechten Fleck, aber zwischen uns war es aus.

Letzten Endes ist ihm nichts zugestoßen. Andere Leute, die ich über ihn flüchtig kennengelernt hatte, wurden irgendwann von den Südafrikanern umgebracht, nicht in Botswana, sondern in Angola oder Simbabwe, wohin sie aus Sicherheitsgründen gegangen waren. Er schaffte es nach England. Dort gibt es einen ANC-Chor, mit dem er irgendwas zu tun hat.

Der britische Spion

Mein letztes Verhältnis, ehe Nelson Denoon am Horizont meines Lebens erschien, hatte ich mit einem Spion, Z. Z wie der Buchstabe, wie das letzte Element einer Folge von gleichartigen Dingen. Es dauerte eine Weile, bis ich ihn soweit hatte, daß er es zugab, aber der Grund, weshalb er ursprünglich meine Bekanntschaft gesucht hatte, war der, daß ich seinen Informationen zufolge mit Martin Wade liiert war, für den sich das britische Hochkommissariat interessierte. Martin und ich hatten nichts mehr miteinander zu tun, aber ich trauerte ihm immer noch nach und wollte zumindest aus der Ferne seinen weiteren Weg verfolgen. Ich spielte sogar mit dem Gedanken, Zs privates Interesse an mir zu benutzen, um wieder mit Martin zusammenzukommen, indem ich anbot, Z zu enttarnen, falls das gewünscht wurde.

Z wußte nicht, daß ich von Martin wußte, daß Z ein Spitzel war. Ich fühlte mich ausnahmsweise mal enorm im Vorteil. Alles, was ich tue, ist überdeterminiert. Ich ließ mich sogar zu dem Gefühl hinreißen, daß ich nichts anderes verdient hatte als – einen Spitzel. Ich war auf dem Heimweg, ein Einkaufsnetz voller Lebensmittel hing an meiner Schulter, als er mit einem schwarzen Peugeot am Straßenrand hielt und mir anbot, mich nach Hause zu fahren. Weiße untereinander sind in dieser Hinsicht sehr solidarisch. Ich ließ mich nur ungern von weißen Artgenossen mitnehmen; die Batswana registrieren so etwas sehr genau, und ich kann mir vorstellen, was es heißt, ewig herumstehen und auf überfüllte Taxis oder Lastwagen warten zu müssen, während die Weißen dem Sonnenuntergang entgegenrollen. Ich stieg trotzdem ein. Ich stieg ein, weil ich Milchprodukte dabeihatte, die schnellstmöglich in den Kühlschrank mußten, aber vor allem stieg ich ein, weil Z ein Spion war.

Er mußte Mitte Fünfzig sein. Ich fand ihn attraktiv. Ich verachte niemanden, der sich mit Zähnen und Klauen gegen das Altern wehrt, und das tat er. Allerdings ist mir dieser Zug bei Männern angenehmer als bei Frauen, was ich irgendwann auch mal hinterfragen sollte. Er war immer noch gut in Form, mit einer leichten Tendenz zu Brüsten, die nicht ganz zu seinem kerzengeraden, geradezu säulenhaften Rumpf paßte. Später sollte er erst einmal zu der Schutzbehauptung greifen, er trüge ein Bruchband. Das Bruchband entpuppte sich als Hüftgürtel. Er hatte die übliche Kombination aus Safarihemd und -shorts an, und mir fiel auf, daß er ein paar Krampfadern mit irgendeinem rosa Zeug abgedeckt hatte. Er entsprach dem Typ des auf Damenheld abonnierten Schauspielers, bei dem der Wechsel zum Paterfamilias eigentlich fällig ist, womit er sich aber nicht abfinden kann. Sein recht langes graues Haar kämmte er sich sorgfältig über die Glatze zur Seite und fixierte es mit Haarspray. Seine Brauen waren wie Simse. Ich fragte mich, ob das bei ihm sehr augenfällige Bedürfnis, sexuell überzeugend zu wirken, irgend etwas mit den Notwendigkeiten seines Berufes zu tun hatte, das heißt mit dem Herauskitzeln von Geheimnissen. Er sah braungebrannt aus, aber mit dem Braunton stimmte etwas nicht; ein weiteres seiner persönlichen Geheimnisse, das ich ihm schließlich entlocken konnte.

Wie war ein Spion im Privatleben? Würde er sein tagtägliches Doppelleben kompensieren, indem er nach Feierabend seinen oder seiner Liebsten gegenüber ganz aufrecht auftrat? Was für ein Spion war Z, das heißt, wie weit mußte er gehen bei Korruption und Observation oder was immer sein Job von ihm verlangte? Und umgekehrt: Wie viele Dinge, die ich nicht wissen durfte, würde ich aus ihm herausholen können? Ich eilte der Zeit voraus, aber ich hatte bereits mitbekommen, daß Z durchaus angetan von mir war. Ich ließ ihm ein paar Minuten Zeit, um sich herzurichten, bevor er vor meinem Haus ausstieg. Ich hatte ihn zu einem Eistee eingeladen.

Eine leichte Brise war aufgekommen, und sie spielte ihm übel mit, indem sie das Haarspalier von seiner Glatze lüpfte wie einen Topfdeckel. Ich sah, daß er es merkte, aber er gab sich stoisch und überging den Vorfall, was mich wiederum rührte.

Er tischte mir eine gute Geschichte auf. Die wesentlichen

Fakten lieferte er ganz beiläufig, während er allem Anschein nach von anderen Dingen sprach. Er war geschieden. Er war einsam. Er interessierte sich brennend für die Anthropologie des Landes, doch leider gab es in seinen Kreisen keine Gleichgesinnten - womöglich eine typisch britische Insuffizienz. Damit wies er sich mir gegenüber als atypisch und nicht-imperialistisch aus. Nota bene: Er ging gerne essen, aber nicht allein. Er fand kaum etwas spannender als die Anthropologie, ja, man konnte ihn praktisch als Amateuranthropologen bezeichnen. Wie eine feine Marmorierung durchzog das Thema seine zynischen Bemerkungen über die botswanische Volkswirtschaft. Er merkte, daß ich eine etwas zynische Haltung der gesellschaftlichen Realität gegenüber schätzte, und ich konnte regelrecht zusehen, wie er sich darauf einstellte. Das Ganze war nicht frei von Klischees. Er trauerte Westafrika nach, was jeder tut, der dort im Dienst war - Gambia, die Farbenpracht, die Märkte, die Menschen in ihrem permanenten Freudentaumel. Er konnte gar nicht genug kriegen von meinen Geschichten über die Zeit in Keteng und den Tswapong Hills.

Das einzige, was mir mißfiel, war sein Versuch, auf der Klaviatur der Ängste alleinlebender Frauen zu spielen. Er sprach von der steigenden Einbruchsrate, bis er merkte, daß er bei mir an die Verkehrte geraten war. Ich erklärte ihm, daß ich es regelrecht genoß, allein zu leben, und daß ich einzig das Gefühl unangenehm fände, auf einen der Tausendfüßler zu treten, die wie Untersetzer zusammengerollt auf dem Küchenfußboden lagen. Irgendwie machten sie sich in Unmengen im Haus breit. Was die Einbrüche betraf, so vermutete ich, daß er sich als zuverlässiger Beschützer andienen wollte.

Er lud mich ein paarmal zum Essen ein. Unsere Gespräche drehten sich um Kunst. Und Anthropologie. Er schilderte sich als lesewütig und machte sich tatsächlich die Mühe, einige von mir empfohlene Bücher zu lesen. Er führte mich in ein Lokal, dessen Existenz ich noch nicht einmal geahnt hatte, ein Nobelrestaurant, das zum Golfklub gehörte. Es wurde von einem Portugiesen geführt, der vor der Befreiung ein Schlemmerlokal in Beira besessen hatte. Z war nicht langweilig oder vielmehr, seine Winkelzüge waren nicht langweilig. Mit der Zeit verzichtete er darauf, seine onkelhafte Seite hervorzukehren. Er empfahl mir Arnold Bennett als Lektüre, wofür ich ihm noch heute dankbar bin. Die ganze Sache erinnerte an Synchronschwimmen. Wir wollten etwas voneinander und bewegten uns mit eleganten, feinabgestimmten Bewegungen nebeneinander her, ohne je zu sagen, was wir wollten. Er glaubte immer noch, daß ich mich mit Martin traf, ein Irrglaube, den ich durchaus genährt hatte. Schließlich wurde es mir zu gemütlich, und deshalb schlug ich zu.

Dankbarkeit ist eine Droge

Ich war hinter seinen Geheimnissen her. Ein paar hatte ich schon gelüftet, aber die fielen alle unter die Rubrik persönliche Eitelkeiten. Der Hüftgürtel war eins davon. Die Bräune ein weiteres. Er nahm ein Karotinpräparat ein, das in Südafrika erhältlich ist. Es macht die Haut terrakottafarben und die Exkremente grellgelb. Er rieb seine Handrücken mit Alaun ein, um Altersflecken vorzubeugen. Das Ganze wurde zu einem Spiel. Es war, als hätte ich beschlossen, mir eine fixe Idee zuzulegen. Grob gesagt bestand für mich das Spiel darin, mehr aus ihm herauszuholen, als er bereit war, mir zu verraten - aber nicht im Austausch gegen das, was er von mir wollte und was noch im dunkeln lag, aber wahrscheinlich auf Schmankerln über Martin und seine Freunde hinauslief. Von mir würde er in dieser Hinsicht nichts bekommen, nicht einmal frei Erfundenes, obwohl es sich unter Umständen als notwendig erweisen konnte, das Spiel mit Erfundenem zu eröffnen. Ich würde, wenn nötig, Sex zum Tausch anbieten, aber ich würde mehr Punkte als er sammeln, und das Spiel würde aufregender, wenn ich seine Geheimnisse gegen etwas anderes eintauschen konnte, etwas, das noch nicht feststand. Ich war scharf auf seine Geheimnisse, und zum Geheimnis erklärte ich alles, was er mir lieber nicht sagen wollte - ob es nun persönlicher, politischer oder sonstwelcher Natur war. Von mir aus kann man das gerne dekadent nennen. Die Tatsache, daß das Spionieren eine verabscheuungswürdige und idiotische Tätigkeit ist, hatte nichts damit zu tun, weshalb ich dieses Spiel mit Z spielen wollte.

Ich fühle mich etwas schmierig, wenn ich an meinen Nexus mit Z denke, aber so soll es sein. Was ich getan habe, habe ich getan. Es als Gier zu bezeichnen verfälscht meine Motive, die vielschichtig waren, aber auf Gier würde ein unbeteiligter Beobachter am ehesten tippen, schon wegen der ständigen Schlemmereien und Tees und Partys bei der feinen weißen Gesellschaft. Nach der Trennung von Martin spukten mir Reste heroischer Phantasien im Kopf herum, in denen mir unerwartet eine tragende Rolle im Kampf gegen die Apartheid zufiel. Mit Martin zu brechen hieß, jemanden zu verlieren, der etwas Wichtiges besaß, nämlich Bedeutung. Ich fühlte mich verlassen und degeneriert. Ich hatte der Völlerei ein Hintertürchen geöffnet. Während der Zeit mit Martin war ich kaum je hungrig gewesen, teils aus spontaner körperlicher Sympathie mit seiner Magerkeit, teils weil der Kontrast, den ich zwischen einem Gerippe von Partner und mir selbst ertragen kann, seine Grenzen hat. Aber als es mit Martin zu Ende war, schnappte gewissermaßen eine Sprungfeder hoch. Ich stand in der Star Bakery, und plötzlich war das Brot, das man in Gaborone bekam, nicht mehr genießbar. In der Bäckerei konnte man meinen, man wäre in einem Brotmuseum, so reich war das Angebot an unterschiedlichen Sorten: Baguettes, Hefezöpfe, Brötchen. Aber alles bestand aus dem gleichen schwammigen, zementfarbenen Zeug.

Ich mußte also selbst backen. Und was man backt, das ißt man. Ich aß unmäßig und fühlte mich deswegen wie eine Null – oder vielmehr wie ein Doughnut. Und da trat Z auf den Plan, ein noch schlimmerer Brotfetischist als ich, noch ausgehungerter nach gutem Brot als ich. Wir paßten zueinander. Mehr noch, als für mich die Zeit kam, in der Gewichtsfrage umzudenken, war das merkwürdige körperliche Verhältnis, das sich zwischen uns entwickelt hatte, auch hierzu ideal geeignet; weil es so viel schiere Gymnastik beinhaltete.

Aufs Schlemmen war gelegentlich vorsichtiges Schmusen im Auto gefolgt. Bei diesen Anlässen hatte ich mich fragen müssen, ob es ihm unbequem war, im Sitzen zu küssen. Und bisweilen war es an der Haustür nach dem Ritual des letzten Drinks zu einem Gutenachtkuß gekommen, wobei er keineswegs auf eine Beschleunigung der körperlichen Annäherung gedrängt hatte, ganz und gar nicht. Rückblickend halte ich diese Küsse eher für eine wiederholte Bekundung seinerseits, daß seine Empfindungen mir gegenüber trotz des gewahrten Anstands nicht asexuell waren. Hin und wieder bekam er leichte Erektionen, aber nichts Ausgewachsenes.

Sobald ich mir jedoch eingestanden hatte, was ich wollte, wußte ich, daß es Zeit war, auf Scheingefechte zu verzichten. Seine Achillesferse war sein Rücken. Als er eines Abends noch mit hereinkam, forderte ich ihn auf, sein Rückenkissen aus dem Auto zu holen. Es war ihm peinlich, daß ich überhaupt etwas gemerkt hatte. Es handelte sich um ein orthopädisches Kissen, das er immer schnell auf dem Rücksitz verschwinden ließ, sobald ich einstieg. Ich erklärte, nun wisse er ja, daß ich längst Bescheid wisse, also könne er das Ding ebensogut hereinbringen und benutzen – vielleicht wäre er dann sogar geneigt, etwas länger zu bleiben. Ich glaube, darauf erwiderte er: Dir entgeht aber auch nichts. Woraufhin ich sagte: Soso, das ist dir also nicht entgangen, und dann lachten wir, und er holte das Kissen. So reduziert war ich schon: Ich faßte sein Dir entgeht aber auch nichts als Kompliment auf, in dem sich möglicherweise sogar der Zusatz verbarg, daß aus mir eine gute Spionin werden könnte. So buhlen wir im schlimmsten Falle um die männliche Bestätigung von Qualitäten, die uns schlichtweg wesenseigen sind. Und daher weiß ich, daß ich die Talsohle erreicht hatte.

Ich sagte: Du hast es im Kreuz, stimmt's? Er nickte heftig, und kaum hatte ich ihn fragen können, ob er mich nicht mal nachsehen lassen wolle, lag er auch schon bäuchlings auf dem Schaffell vor dem Kamin. Ich gab vor, Erfahrung auf diesem Gebiet zu haben, und mehr war nicht nötig. Als erstes hockte ich mich neben ihn und sagte: Durch den Stoff geht das schlecht, und er meinte nur ganz hektisch, ja, ja, und begann, sein Hemd bis zum Hals hochzuwursteln wie ein Entfesselungskünstler, ohne sich aufzurichten. Während ich dann mit dem Handballen sacht seine Wirbelsäule entlangfuhr, sagte ich: Ich glaube kaum, daß das vom Fallschirmspringen kommt. Und er platzte heraus mit: Nein, Skoliose!, und zwar in dem Augenblick, als auch ich sagte:

Eine Skoliose, oder? Er warf sich herum und bestaunte mich wie ein Fabelwesen.

Dabei stand der gute Mann einfach permanent unter latentem Streß. Beim Hochkommissariat ahnte niemand auch nur ansatzweise, wie sehr sich für ihn die Frage seiner Pensionierung stellte. Ich hielt den Schlüssel in Händen. Was sich daraus entspann, war eine intime körperliche Beziehung ohne Sex, obwohl sich hier und da durchaus erotische Gefühle regten.

Wer in Botswana auf Heilmassagen angewiesen ist, sieht sich ungefähr in der gleichen Zwangslage wie jemand, der eine Wurzelbehandlung braucht. Sowas gibt es nicht. Ich bin keine Masseurin, aber was ich anzubieten habe, sind kräftige Hände und kräftige Arme und die Überzeugung, daß man zum Massieren nur Logik und Feedback braucht. Bislang funktioniert es. Bei Z lief ich zur Höchstform auf. Ich veränderte sein Leben, jedenfalls kurzzeitig.

Ich nahm seinen Rücken in die Hand. Ich trat in Rapport mit ihm, so läßt sich noch am besten beschreiben, was ich tat. Ich behandelte diesen Rücken als etwas Eigenständiges, wie ein Gesicht oder ein verschrecktes Tier. Zwei Wochen lang veranstalteten wir allabendliche Sitzungen, und zum Schluß fühlte er sich so gut wie neugeboren. Die Beweglichkeit im Halswirbelbereich war wiederhergestellt, das heißt, er konnte zum erstenmal seit Jahren wieder über die Schulter nach hinten sehen, was seinem Beruf bestimmt zugute kam - diese Bemerkung habe ich mir allerdings netterweise verkniffen. Er war überwältigt von dem, was ich für ihn tat. Alles würde er für mich tun, ich brauchte nur zu sagen, was, und weshalb wollte ich keine Geschenke von ihm annehmen? Von allen Amerikanerinnen, die er kenne, hätte ich als erste den Wunsch in ihm geweckt, Amerika zu besuchen, keine Frau hätte jemals für ihn getan, was ich täte, und ich täte es auch noch zur heißesten Jahreszeit, wie ein barmherziger Engel und so weiter ad infinitum, und ob ich denn wüßte, daß er persönlich früher sehr anti-amerikanisch eingestellt gewesen wäre, und ob ich überhaupt ahnte, wie stark der Anti-Amerikanismus unter den britischen Beamten in Übersee verbreitet sei, was natürlich keiner laut sagen würde, aber er müsse gestehen, daß Amerika schon vor der Bekanntschaft mit mir nicht ganz ohne

Reiz für ihn gewesen sei, denn er habe immer schon einmal den Grand Canyon sehen wollen und so weiter ad infinitum.

Etwa bei der dritten Sitzung war ich mir darüber im klaren, wie das Protokoll auszusehen hatte. Den Rahmen der Behandlung bildete, daß wir beide seinen Rücken als unseren Feind betrachteten. Er mußte das Ganze als kumulativen Prozeß begreifen. Ich bastelte mir meine Methode aus dem zurecht, was ohne sein Wissen zu funktionieren schien, und ein autoritärer Tonfall konnte dabei nur von Nutzen sein. Zwei Dinge gab es, die wir bei unserem Intensivprogramm, wie ich es nannte, einfach ignorieren würden. Erstens, sagte ich, werden wir sämtliche auftretenden Erektionen ignorieren; wir werden sie Manifestationen nennen und lediglich belächeln. Zweitens werden sich Flatulenzen nicht vermeiden lassen; die werden wir ebenfalls übergehen oder vielmehr als Anfragen auffassen. Beide Regeln hatten eine reale therapeutische Grundlage: Ich wollte der Anspannung vorbauen, die aus seinem Glauben resultieren konnte, unter den gegebenen Umständen Erregung verspüren zu müssen. Und zudem war ihm, als ich ihm zum erstenmal zu tiefer Entspannung verholfen hatte, ein Furz entwichen. Er war entsetzt gewesen und hatte sich sofort verspannt. Die protokollarische Regelung hinsichtlich der Erektionen verkaufte ich ihm als Medaille mit zwei Seiten insofern, als auch ich jegliche Anflüge von Lust ignorieren würde. Eine weitere Regel besagte, daß er seine Unterhose trug und ich meinen matronenhaften linsengrünen, einteiligen südafrikanischen Badeanzug. Und schließlich: Da ich diejenige war, die im Rapport mit seinem Rücken stand, würde ich den Ablauf der Stunden bestimmen. Er wäre nur Zuschauer. Vielleicht würde er gelegentlich schweigen müssen, und wenn er mich ansprach, würde ich vielleicht nicht antworten, weil meine Aufgabe in erster Linie darin bestand, meine Konzentration aufrechtzuerhalten.

Ich konnte mit ihm machen, was ich wollte. Ich konnte mich auf ihn setzen, ja sogar auf ihm herumgehen, wenn ich vorsichtig war. Ich konnte ihm die Fersen in den Nacken stemmen und seine Ellbogen packen und ziehen, bis er auf eine ganz spezifische Weise lustvoll stöhnte. Entgegen allgemeiner Annahme gibt es nämlich nicht nur ein Allzweck-Luststöhnen. Sein Rücken gewöhnte sich an mich. Es hatte durchaus seinen Reiz, einen

Männerkörper bearbeiten zu können, ohne darin ein Vorspiel sehen zu müssen. Ich war nicht grob zu ihm - im Gegenteil, unsere Abende wurden zu einer sehr gemütlichen Angelegenheit. Plötzlich schlief er phantastisch, wie er mir berichtete. Ich hatte nichts gegen den Mann. Ich gab mich seinem Rücken hin. Dankbarkeit ist eine Droge.

Aber ich bin heute noch sauer darüber, wie Denoon diese Erfahrung abwertete, als ich ihm davon erzählte. Im Zuge einer seiner Litaneien über die Normalisierung des Bizarren in den USA fragte er, ob ich wüßte, daß es in Sexmagazinen Anzeigen von Frauen gab, die sich Männern als Ringkampfpartnerinnen anboten, Penetration exklusive. Offenbar hätten Männer, die sich gerne von großen, drallen Frauen aufs Kreuz legen lassen, dank der Wunder des Spätkapitalismus ihre Neigungen als eine von vielen auf dem Markt etablieren können. Nein, das war mir neu. Es wurde noch schlimmer, als er mir weiszumachen versuchte, daß das, was ich getan hatte, nichts anderes wäre als Soft-core-SM, ob mir das nun bewußt war oder nicht. Und ob ich schon von der einschlägigen Studie gehört hätte, die belegte, daß die größte Gruppe innerhalb des Kundenkreises der auf SM spezialisierten Prostituierten aus dem Bereich Gesetzesvollzug stamme, das Gerichtswesen eingeschlossen? Ich erklärte, Z habe meines Wissens nichts mit Gesetzesvollzug zu tun, aber Denoon versteifte sich - natürlich aus Eifersucht - darauf, daß Spitzel in denselben Topf gehörten. Ich wurde höhnisch. Schließlich nahm er diese Behauptung zurück - sie sei in der Tat unter seiner Würde. Ich sagte so etwas wie: Da bewundere ich das Argumentationsniveau, das du anderen abverlangst, und dann kommst du mir mit so was? Aber das eigentliche Problem war, daß er glaubte, ähnliche Anwendungen, in deren Genuß er kam, wären nur ein schwacher Abglanz dessen, was ich nach eigener Schilderung für Z getan hatte. Daß dem so war, bestritt ich nie. Du bist ein anderer Zeitabschnitt, sagte ich zu ihm. Punkt eins, dein Rücken ist vollkommen in Ordnung.

Denoon war außerstande zu begreifen, daß es etwas beinahe Paradiesisches sein kann, in einem Projekt aufzugehen, das sich der individuellen Schmerzlinderung verschrieben hat. Vielleicht ist das ja eine frauenspezifische Sichtweise, wobei ich keineswegs behaupten will, daß diese Tätigkeit, ein ganzes Berufsleben lang ausgeübt, nicht auch langweilig werden könnte. Ein Unterschied zwischen Frauen und Männern besteht darin, daß die Frauen wirklich das Paradies wollen. Die Männer behaupten das zwar auch, aber was sie darunter verstehen, ist absolute Sicherheit, und die können sie nicht anders erreichen als durch die restlose Unterwerfung ihrer Liebsten und Nächsten und der Umwelt, so weit das Auge reicht. Die meisten Männer. Wie auch immer, abgesehen von der Verausgabung, die ich irgendwann einfach als harte Gymnastik betrachtete, gefiel mir die Tortur, bis hin zu den Kleinigkeiten - Schweiß, Ausdünstungen, Handtücher überall, sein etwas verbrannt riechender Atem, die unablässig gegen das Fliegengitter prallenden Insekten.

Mit der Zeit setzte ihm zu, daß es anscheinend nichts gab, womit er sich bei mir revanchieren konnte. Um mehr Zeit für unser Programm zu haben, gingen wir nicht einmal mehr essen. Er war rundum dankbar. Er rauchte weniger. Das war ein Nebeneffekt seines gesteigerten Wohlbefindens, und es war etwas, das er schon längst hatte tun wollen. Meine leisesten Andeutungen waren ihm eine Hilfe. Ich hatte ihm geraten, es seiner Haushälterin auszureden, Gemüse aus der Gefängnisgärtnerei zu kaufen, so appetitlich es auch aussehen mochte, denn es wurde mit anstaltseigener Jauche gedüngt, und er riskierte beim Verzehr Magen- und Darmbeschwerden. Was auch immer sein ursprüngliches Interesse an mir gewesen sein mochte, ich hatte es durch meine Bemühungen gekippt. Er erwähnte Martin Wade kein einziges Mal.

Ein Geschenk nahm ich doch an: eine wunderschöne, hauchdünne blau-weiße Yakuta. Ich konnte gar nicht fassen, daß sie aus Baumwolle war. Für ihn war das eine Bagatelle, und während ich knetete und zerrte, lag er da und gab sich freien Assoziationen über meine Tugenden und meine Einzigartigkeit hin und dem für ihn so schmerzlichen Thema, daß ich seine Großzügigkeit zurückwies.

Was Geheimnisse anbelangte, so hatte ich mittlerweile mehr als genug Persönliches in Erfahrung gebracht, aber nichts Berufliches, noch nicht.

Verrate mir etwas, das ich nicht wissen darf

Z gefiel mir. Seine gesundheitlichen Fortschritte machten ihn heiter. Wir hatten einiges gemeinsam, etwa das Talent, andere nachzuahmen. Nachdem er mir einmal eine besonders treffende, aber kränkende Imitation dargeboten hatte, sagte ich: Erinnere mich daran, daß ich meine Tochter davor warne, sich mit einem geborenen Imitator zusammenzutun, denn nicht alle sind so nett wie ich. Ach, du hast also eine Tochter? Und ich sagte: Nein, ich meine, wenn ich eines Tages eine habe. Und dann sagte er: Demnach wäre die Heirat zwischen zwei mimetischen Begabungen also keine gute Idee? Ich sah, wie er unter seiner Karotinschicht errötete. Ich war gerührt. Wir waren beide gerührt.

Ich weiß noch, daß ich auf seinen Beinen saß und mich ein wenig ausruhte, als ich beschloß, das Spiel abzukürzen. Die Zeit war reif. Meine Martin-Wade-Phantasien verblaßten. Ich beschloß, etwas zu riskieren.

Du bist einmalig, sagte er gerade, weil er zu der Überzeugung gelangt war, daß ich fremden Leuten ihre Nationalität schon von weitem und auf den ersten Blick ansehen konnte. In letzter Zeit hatte ich ein paar Glückstreffer gelandet. Und zwei Tage zuvor, bei einer Teegesellschaft, hatte er mich aufgefordert, die Nationalität einer ziemlich syrisch aussehenden Frau zu erraten, die neu in der Stadt war und die ich noch nicht kannte. Ich sagte: Ach, die ist Engländerin. Das warf ihn um. Aber es war ein Kinderspiel, weil ich sie kurz zuvor Arvacado statt Avocado hatte sagen hören, was ihm entgangen war.

Du bist einmalig, erklärte er. Noch nie hat eine Frau so viel für mich getan wie du, und trotzdem verlangst du nie etwas von mir. Ach bitte, was kann ich denn bloß für dich tun?

Eigentlich nichts. Ich genoß es. Nichts, es sei denn, du willst eine gewisse Neugier in mir befriedigen.

Nur zu. Worum geht's?

Weiß ich nicht. Verrate mir etwas, das ich nicht wissen darf.

Er verspannte sich augenblicklich. Ich sagte: Also, jetzt mach nicht unsere ganze Arbeit zunichte. Vergiß es.

Aber was ich denn bloß damit meinte?

Ich begann ihn zu kneten und säuselte los. Ich sagte: Das wird dir wahrscheinlich alles pervers vorkommen. Aber irgendwie - und ich weiß, es ist nun mal so, glaub ja nicht, daß ich das nicht weiß -, irgendwie komme ich nicht richtig an dich ran und werde nie richtig an dich rankommen, und das läßt sich wohl nicht ändern, aber es ist schon ein Hindernis. Ja, ich weiß, das klingt jetzt ziemlich kompliziert. Aber du bist ganz offensichtlich eine Art Spion oder Agent, und das macht ja auch nichts, aber du bist nun mal einer. Ich weiß das zufällig. Und so wie die Dinge stehen, wirst du das eiskalt leugnen müssen, also tu dir bitte keinen Zwang an. Aber du weißt, wer ich bin, während ich nicht wissen darf, wer du bist, was ich akzeptiere, weil es zu deinem Auftrag gehört, mir den Wirtschaftsattaché vorzuspielen, und was dabei zwangsläufig rauskommt, ist falsches Bewußtsein.

Er war außer sich. Wir müßten reden. Ich müßte von ihm runtersteigen, und wir müßten uns beide anziehen und in Ruhe reden. Er verlangte einen Drink.

Nachdem er sich das Gesicht zweimal gewaschen und mich auf die Suche nach eventuellen Zigarettenvorräten geschickt hatte, setzten wir uns beide an den Küchentisch.

Er stritt nicht gleich ab, Spion zu sein, sondern verlegte sich auf eine Masche, die ich nicht einmal einer Antwort würdigte. Er wollte wissen, wo um Himmels willen ich eine so hanebüchene Idee aufgeschnappt hätte und von wem.

Dann leugnete er es rundweg, worauf ich sagte: Na schön, aber ich weiß es, und überleg dir mal, ob du es nicht unserer Beziehung zuliebe zugeben könntest.

Was ich damit meinte? Meinte ich etwa, er könnte mich nicht mehr sehen, alles wäre zu Ende, wenn er nicht bestätigte, was ich ihm da unterstellte?

Danach kreiste unser Gespräch um meine Beteuerung, daß ich das keineswegs meinte und daß es mit uns selbstverständlich weitergehen könnte, wie eingeschränkt auch immer. Und dann lud ich ihn ein, sich doch bitte in jeder erdenklichen Weise davon zu überzeugen, daß mein Haus sauber war - keine Mikrofone, keine versteckten Kameras, was er mit den knappen Worten abtat: Ich kenne dich doch.

Was folgte, waren Variationen über ein Thema, das da lautete: Sag mir, wer ich bin. Dann: Ich bin Anthropologin, und ich habe ein artverwandtes Hobby, und das besteht darin, Erkenntnisse über die Wirklichkeit zusammenzutragen und zu versuchen, mit ihr klarzukommen. Er müsse das einfach als meine Marotte betrachten.

Irgendwie wußte ich, daß es nicht mehr auf Spitz und Knopf stand. Er sah zwar nach wie vor betroffen aus, aber dann sagte er: Mal angenommen, ich spiele mit, und wir machen weiter, und ich akzeptiere das Märchen, daß ich der bin, für den du mich hältst: Was würdest du dann erwarten?

Also gut, sagte ich. Das liegt ganz bei dir. Es hat sowieso alles symbolischen Charakter. Du könntest mir etwas verraten, das ich nicht wissen darf, ganz egal was. Einfach nur als Geste. Aber lassen wir das. Ich würde sowieso nie etwas damit anstellen, ich würde es nie weitererzählen, das weißt du doch. Du könntest mir irgend etwas verraten, das längst überholt ist und das ich trotzdem nicht wissen darf. Aber lassen wir's gut sein. Ich komme mir schon ganz neurotisch vor.

In diesem Tenor fuhr ich fort, drängte darauf, das Thema fallenzulassen und unsere Beziehung tapfer - mit dem Unterton tapfer bemüht - weiterzuführen, welche reduzierte Form sie nach meinem cri-de-cœur-artigen Gefühlsausbruch auch annehmen mochte, eine Beziehung, die, da ich fleißigen Gebrauch von Vergangenheitsform und Konjunktiv machte, allem Anschein nach zu Ende ging, und das eher früher als später.

Er fiel mir ins Wort: Du willst also sagen, es geht dir weder um ein bestimmtes Interessengebiet noch um einen bestimmten Fragenkatalog, also um gar nichts Konkretes? Das wundert mich aber.

Ich lachte und sagte: Daran erkennt man die Marotte. Das nennt man jemandem seinen Spleen lassen. Verrate mir irgend etwas in Anführungsstrichen Verbotenes. Nimm etwas ganz Belangloses, Unnützes, Überholtes, irgend etwas, solange es etwas ist, von dem irgend jemand meint, ich dürfte es nicht wissen. Du hast die Wahl, du kannst es als Laune betrachten, oder du kannst mich für eine andere halten als die, die ich zu sein scheine und ja auch bin, wie du weißt.

Du bist so engelsgut zu mir gewesen, sagte er. Aber woher willst du denn wissen, ob ich nicht einfach irgend etwas erfinde, nur damit die liebe Seele Ruh hat? Woher willst du das wissen?

Das ist deine Sache. Du könntest mir vermutlich irgendwas erzählen. Wer bin ich denn? Genau das würde ein kluger Mann wahrscheinlich tun. Du könntest es tun.

Es war spät geworden, also schickte ich ihn nach Hause und sagte, die ganze Geschichte täte mir leid und er solle doch am nächsten Abend zum Essen kommen und mir nach Möglichkeit verzeihen, daß ich dem Drang erlegen sei, einen Blick auf sein innerstes, nicht-öffentliches Selbst werfen zu wollen. Es sei ein spontanes Bedürfnis gewesen, sagte ich, das sicherlich viele Frauen bei ihm empfunden und klugerweise unterdrückt hätten.

Reue ist nicht mein Ding, also machte ich es kurz. Ich zwang mich dazu, ihm zu versichern, daß es letztlich um Offenheit ging, und erstickte fast dabei. Die Welt ist, wie sie ist, sagte ich, und du bist, wie du bist, und wenn ich auf die Tatsache, daß die Männer im Besitz aller Geheimnisse sind und ich so schrecklich gern auch mal eins erfahren würde, neurotisch reagiere, dann bin ich eben so. Ich sagte: Ich verlange ja nicht, daß du mir dein schlimmstes Vergehen beichtest, obwohl so was immer hochspannend ist, oder etwas Schmutziges über die Queen verrätst oder etwas Verteidigungsrelevantes oder irgend etwas, das das perfide Albion in ein schlechtes Licht rückt, oder habe ich so etwas verlangt? Ich wollte ihm noch ein Lächeln abringen, ehe er sich verabschiedete.

Du kannst einen ganz schön durcheinanderbringen, sagte er. Er ging mit nachdenklicher Miene.

Was tat ich da bloß?

Kaum war er weg, fühlte ich mich regelrecht irre. Die ganze Unternehmung war abwegig und unsinnig. Was tat ich da bloß? War das nicht das idiotischste Ziel, das man sich überhaupt setzen konnte?

Ich muß wohl in ein schwarzes Loch gefallen sein. Ich hatte

keinerlei Verbindung mehr mit irgend etwas von Bedeutung. Das Ganze ähnelte vermutlich dem Erlebnis, von dem mir Nelson später einmal berichten sollte. Er war in New York und hatte ein paar Stunden Zeit zwischen Terminen oder Veranstaltungen. Da er ohnehin gerade in der Nähe der New York Public Library war, beschloß er, auf einen Sprung hineinzuschauen. Er freute sich unheimlich darauf. Ich weiß nicht, wo er unmittelbar vorher gelebt hatte, aber offenbar an einem entlegenen Ort, wo es keine Bibliotheken gab, und er war ausgehungert nach Druckerschwärze. Er war voller Vorfreude auf die schier unendlichen Möglichkeiten, Dinge zu überprüfen oder zu aktualisieren. Er betrat den Katalograum, einen riesigen Saal mit Reihen um Reihen von Karteischränken, die ihm den Zugang zu praktisch jedem lesenswerten Schriftstück der westlichen Welt ermöglichen würden. Er betritt also den Saal, und der Schweiß rinnt ihm aus allen Poren, so seine Darstellung. *Nichts interessierte ihn*. Nicht nur, daß ihm entfallen war, was er hatte nachschlagen wollen, *es gab nichts von Interesse*. Diesen Zustand bezeichnete er als die ultimative Trostlosigkeit. *Es gab nichts, was er hätte lesen wollen*. Ihm wurde kalt, aber nicht schwindlig. Er selbst fühlte sich zwar wirklich, aber die stoffliche Welt hatte sich quasi in Papierasche verwandelt, die zu Staub zerfallen würde, wenn er sie berührte. Papierasche war der einzige Vergleich, der ihm passend erschien. Er litt Todesängste. Er meinte, beim Hinausgehen die Füße sehr behutsam aufsetzen zu müssen und nichts berühren zu dürfen. Dann war er draußen, und der Spuk war vorbei. Als er mir davon erzählte, ging ich die Szene noch einmal mit ihm durch, weil ich die Papierasche für einen wichtigen Hinweis hielt. Vielleicht war sie das auch. Eine seiner häuslichen Pflichten als Junge hatte darin bestanden, ständig Zeitungen und Zeitschriften in einem Ofen auf dem Hinterhof zu verbrennen. Sein Vater abonnierte alles und jedes, doch als Nelson ungefähr fünfzehn war, las sein Vater nur mehr sporadisch und hörte schließlich ganz auf, so daß Nelson viele Zeitschriften noch im Streifband verbrannte. Das war eine Qual für ihn gewesen, und er hatte nach wie vor die Bilder vor Augen, wie er in der Asche herumstocherte und wie manchmal vollständige Blätter aus schwarzer oder grauer Asche dalagen, auf denen die Schrift noch zu lesen war.

Er leugnete jede Verbindung.

Schließlich fing ich mich wieder. Die Sache abzubrechen würde mich noch mehr demoralisieren, als abzuwarten, wohin das Ganze führte, egal wie absurd es sein mochte. Und damit legte ich mich schlafen.

Zwei Ablenkungsmanöver

Er erschien mit langem Gesicht. Ich war vorbereitet.

Die erste halbe Stunde füllte ich mit Beteuerungen, wie sehr ich die ganze Geschichte bereute, daß ich unglaublich infantil gewesen sei, daß die gelegentlichen Schlückchen Mainstay während der Massage ihren Teil beigetragen hätten, daß ich ganz aufgelöst wäre. Dank meiner schwarzen Stunden sah ich auch entsprechend aus. Ich bat ihn, die Sache zu vergessen. Es wäre einfach so gewesen, daß dieser Satz: Bitte laß mich etwas für dich tun, in meinen Ohren der Aufforderung gleichgekommen wäre, einen Wunsch zu äußern, weiter nichts. Und ich wollte keinesfalls, daß wir im unguten auseinandergingen, denn ich müßte allmählich an die Heimreise denken, und da sollte nichts Häßliches zurückbleiben.

Außerdem, sagte ich, ist mir klar, daß du dir Sorgen machen wirst, ob so etwas nicht - auf welchen verschlungenen Wegen auch immer - deine Arbeit gefährden könnte. Ich versichere dir, daß mir Arbeit und Beruf heilig sind. Man kann zwischen zwei Jobs in der Versenkung verschwinden und nie wieder auftauchen, aus Altersgründen beispielsweise. Von meiner Abstammung her bin ich hundert Prozent Arbeiterklasse, sagte ich, will heißen, gerade erst aufgestiegen und stolz darauf. Hier spielte ich die mit List erschlichene Information aus, daß er Labour war, was man in seiner Position und in seinem Ministerium anscheinend nur unter Todesdrohungen preisgeben durfte, das war jedenfalls mein Eindruck. Ich habe vergessen, was ich kochte, aber ich weiß noch, daß er das Hauptgericht kaum anrührte. Beim Brot war das anders. Von meinem Selbstgebackenen hatte er noch nie die Finger lassen können.

Da schwitzten wir nun. Offenbar sollte ich aus seinem Verhalten schließen, daß er eine mutige Entscheidung getroffen hatte, die mein ganzes Vorgeplänkel überflüssig machte.

Können wir als Freunde reden, ganz familiär? fragte er schließlich. Er schlüpfte in eine Rolle.

Ich weiß, was du vorhast, sagte ich: Die Onkelrolle ist dir auf den Leib geschrieben. Aber nur zu. Er schmunzelte.

Nun, es gibt ja viele hochinteressante Dinge, nicht wahr? Die Buschmänner etwa. Angenommen, du würdest dich mit den Buschmännern beschäftigen - hier scheint sich so gut wie jeder für sie zu interessieren. Für ihr Schicksal. Traurig, findest du nicht, daß die Südafrikaner sie als Fährtenleser mißbrauchen, um Widerstandskämpfer in Ovamboland aufzuspüren?

Es ärgerte mich maßlos, daß er mir einen solchen Gemeinplatz auftischte. Aber ich sagte lediglich, das sei mir bekannt, weil es in der Rand Daily Mail gestanden habe, und es sei mehr als traurig. Wenn du mich schon von oben herab behandelst, signalisierte meine Haltung, dann aber auf eigene Gefahr. Er verstand.

Entschuldige, murmelte er. Ich spürte förmlich, wie er auf RESET drückte.

Dann: Äh, was ich denn von den Gerüchten hielte, daß Südafrika bestimmte Bakwena-Häuptlinge bestäche, damit diese sich den fünf Millionen Bakwenas anschlössen, die die Buren - mittels ihres Handlangers Mangope hinter der Grenze in Bophuthatswana - bereits kontrollierten, um so Botswana als Strafe für seine mangelnde Kooperationsbereitschaft mit Spaltung und Vernichtung zu drohen? Mangopes Spitzel seien überall. Ich gebe hier nur eine gekürzte Fassung wieder. Mitten in seinen Ausführungen begann ich, die Sätze für ihn zu Ende zu sprechen. Auch ich lese den Economist, sagte ich. Allerdings brauche ich nicht den Economist zu lesen, um über Mangope Bescheid zu wissen. Ich begann nochmals mit der Arie, wir sollten die ganze Geschichte doch einfach vergessen, und wie peinlich es mir sei, überhaupt davon angefangen zu haben, besonders wenn so etwas dabei herauskomme.

Als nächstes hörte ich eine lose Aneinanderreihung von beiläufigen Bemerkungen des Tenors, daß ich einem wirklich angst machen könnte und ob ich das eigentlich wüßte? Anscheinend war ich eine Art Monstrum, das nichts vergaß - eine Anspielung darauf, daß ich ihn, wenn es die Situation erforderte, des öfteren zitiert hatte. Behielt ich tatsächlich ganze Passagen im Kopf, wie es den Anschein hätte? Andererseits sei ich ein Engel. Zwar würde ich beteuern, es sei alles vergessen und vergeben, aber vermitteln würde ich etwas ganz anderes. Also wäre das alles nur pro forma. Er sei schließlich kein Dummkopf.

Ich spielte mit dem Gedanken, ihm kurz zu demonstrieren, daß ich auch die eine oder andere Geschichte auf Lager hatte. Aus meiner Zeit in Keteng wußte ich, daß die Südafrikaner ihre Spitzel und Knechte überall sitzen hatten und daß niemand anders als sie dahintersteckten, wenn unter den Baherero plötzlich die Forderung laut wurde, mitsamt ihrem Vieh nach Namibia zurückkehren zu können. Die Baherero waren nach den deutschen Massakern 1905 mit leeren Händen gekommen und hatten es wieder zu stattlichen Herden gebracht - sie waren die geborenen Viehzüchter. Die Regierung vertrat die Position: Schert euch von dannen, aber laßt die Rinder da. Solche Aktionen sind für die Buren nichts weiter als eine sportliche Übung. Überraschen kann das nicht. Sie säen Zwietracht, wo immer es geht. Aber ich hielt mich zurück, denn ich konnte ihm am Gesicht ablesen, daß er noch etwas anderes in petto hatte.

Sekopololo

Also, er könne mir etwas erzählen, von dem ich garantiert noch nicht gehört hätte. Eventuell sogar etwas, das in die Rubrik Skandal falle. Eine ziemlich bekannte Persönlichkeit sei sozusagen inkognito in Botswana, und dies - mit Unterbrechungen, momentan allerdings durchgehend - schon seit etlichen Jahren, genauer gesagt, seit acht. Er wartete ab, ob das für mich vielleicht auch wieder ein alter Hut wäre, und wirkte erleichtert, als er merkte, daß ich offensichtlich keinen blassen Schimmer hatte, von wem er sprach, sofern er nicht Elizabeth Taylor und ihr angebliches Krankenhausprojekt meinte, was allerdings wirklich lachhaft gewesen wäre.

Aber ich sollte jetzt nicht glauben, daß es sich auch nur im entferntesten um eine offizielle Geheimsache handelte. Ehre um eine Art Gentlemen's Agreement zwischen allen, die von der Anwesenheit dieser Person Kenntnis haben müßten. Diese Person habe der botswanischen Regierung höchst ungewöhnliche Zusagen abgerungen, geradezu unerhörte Zusagen, für ein Projekt, das diese Person in Botswana durchführte, eine sehr fortschrittliche Sache, angeblich ebenso bedeutend wie brisant, ein neues Dorf, im wahrsten Sinn des Wortes aus dem Boden gestampft, und zwar irgendwo im nördlichen Teil der Zentralkalahari. Es war nicht zu überhören, wie sehr er diese Person haßte, um wen auch immer es sich handelte. Klingelte es jetzt bei mir? Nein? Das wundere ihn.

Weiter, sagte ich.

Tja, was könne er noch groß sagen? Er überlegte. Es handle sich um einen Amerikaner, einen schwierigen Menschen, und in Regierungskreisen sei man geteilter Meinung bezüglich der Handlungsfreiheit, die ihm gewährt worden war, besonders was seine Kontrollbefugnisse betraf. Er vertrete den Standpunkt, daß Gutachter und Beobachter nichts als Parasiten seien, deren einziger Beitrag darin bestehe, den Entwicklungsprozeß zu stören und zu unterminieren. Irgendwann werde dieses Neue Jerusalem vollendet sein, und dann erst dürften die Finanziers und die übrige Welt sich ansehen, was sie geschaffen hatten, und die Botschaft verbreiten, die der Armut in Afrika ein Ende bereiten werde. Es gebe sogar einen Tswana-Decknamen für das Projekt, nämlich Sekopololo, was nun wirklich kein Mensch aussprechen könne. Ich wußte, daß Sekopololo soviel heißt wie »Schlüssel«.

Als er den Namen Nelson Denoon nannte, traute ich meinen Ohren nicht. Schon seit dem ersten meiner zahllosen Studienjahre in Stanford war Denoon, abstrakt gesprochen, eine meiner Bêtes noires gewesen. Spontan verband ich mit dem Namen auch frühere leidvolle Erfahrungen an der State University Bemidji in Minnesota, aber da irrte ich mich. Ich war eine glühende Anhängerin der Arbeit dieses Mannes gewesen. Und nicht die einzige. Einmal war er in Stanford, um ein Kolloquium zur Ätiologie der Armut abzuhalten. Leider war die Teilnahme auf den Fachbereich und einige wenige handverlesene Studenten beschränkt. Man mußte schon die Zwischenprüfungen hinter sich haben oder jemanden kennen. Man durfte aber auch rein, wenn man von jemandem gemocht wurde. Wir, die Nichteingeladenen, gingen damals sogar so weit, uns mit einer Art Fanbrief an ihn persönlich zu wenden. Keine Antwort. Natürlich sprachen die Teilnehmer anschließend von einem einzigartigen Erlebnis ober- wie unterhalb der Gürtellinie. Ihre Weltsicht hatte sich gewandelt. Eine Frau war außer sich ob seiner Stimme. Zum Fressen! sagte sie.

Ich erinnerte mich an alles: das lächerliche Bemühen, den gescheiterten Versuch, einen flüchtigen Blick auf den großen Mann zu werfen, lässig wegzustecken. Er hatte einen Klassiker geschrieben, der bei den jüngeren Semestern ungemein populär und bei den meisten Professoren verhaßt war - *Entwicklungsplanung: Der Tod der dörflichen Gemeinschaften*; das Autorenbild auf dem Schutzumschlag erinnerte an die weißen Schauspieler, die in Western die Rolle des renitenten ältesten Häuptlingssohnes spielen. Genau konnte man es auf dem Foto nicht erkennen, weil er direkt von vorn aufgenommen war, aber das glatte, schwarze Haar schien zu einem Pferdeschwanz zurückgebunden. So trug er es auch, als er nach Stanford kam, wie ich von einer Kollegin erfuhr, die bei der Audienz dabeigewesen war und deren Name ich vergessen habe, obwohl mir bei ihr immer als erstes Whoreen einfällt, was der Sache nahekommt. Whoreen ist an der University of South Dakota gelandet, auf dem besten Weg zur Festanstellung mit Pensionsanspruch. Kollegin ist natürlich der falsche Begriff; Kollegen hat man erst, wenn man eine Stelle hat. Jetzt, Anfang 1981, mußte Denoon meinen Berechnungen nach Mitte bis Ende Vierzig sein.

Also kein anderer als der große Nelson Denoon! Der so legendär sarkastisch war. So häretisch! So interdisziplinär! Ökonomie, Anthropologie, ökonomische Anthropologie, in allen politischen Wissenschaften zu Hause, erst recht natürlich in der eigentlichen Entwicklungsplanung, und dazu noch hauptverantwortlich für eine ganze Reihe renommierter Agrarentwicklungsprojekte in Afrika! Und war er nicht erst kürzlich in Tansania gewesen oder war es noch anläßlich eines Streitgesprächs mit Julius Nyerere, oder war ich hinterm Mond, oder war er einfach überall?

Hier war die Rede von einem, der auf gleichem Niveau mit

Paulo Freire oder Ivan Illich stand und der nicht-religiös war, absolut nicht, und insofern nicht als Mystiker abgetan werden konnte. Hier war die Rede vom prototypischen Nutznießer des akademischen Star-Systems, der, selbst längst ein Star, irgendwie dagegen war und es unentwegt angriff, was ihn um so mehr zum Star machte, noch gefragter, noch häufiger zu Symposien eingeladen, immer oben auf dem Podium, nie als Zuträger hinter den Kulissen. Hier war die Rede vom Maximum dessen, was einem die Wissenschaft bieten konnten: zu lehren, wo immer man wollte, Gastdozenturen, Stipendien, zitiert zu werden, durch die Welt zu jetten, ein paar Jahre unverfälschtes Buschleben einzulegen, wenn einem danach war. So sah ich ihn. Dann fiel mir ein, daß er Tansania ja verlassen hatte, nach einer - natürlich - sensationellen Schmährede gegen ein allseits verehrtes Staatsoberhaupt und einen Liebling der Linken, einer Polemik, die - natürlich - als gebundenes Buch erschienen war, bei einem Textumfang, der gerade mal einem längeren Artikel entsprach. Welches gleichermaßen mit höchstem Lob und größter Empörung aufgenommen worden war; wie gehabt.

Er hatte sich weit über das Feld erhoben, das ich als Teil des Fußvolks beackerte. Ich bin nicht gerade stolz auf das, was mein Bild von ihm in mir auslöste. Ein Lehrbuchbeispiel von Neid. Ich war zweiunddreißig, eine Frau, und hatte immer noch keinen Doktor, nicht einmal eine Doktorarbeit, nur einen Abgabetermin, der unerbittlich näher rückte. Ich hatte mir fürs Studium der Menschheit die Titten abgearbeitet, mit dem Ergebnis, daß meine Ziele immer weiter zurückwichen, je hektischer ich ihnen nachjagte. So kam's mir jedenfalls vor.

Z witterte, daß er da etwas hatte, worüber ich Genaueres wissen wollte. Er beobachtete mich. Es war einfach lächerlich, wie ich herumzappelte. Mich zu durchschauen mußte ungefähr so schwer sein, wie in der Küche zu merken, wann der Kompressor des Kühlschranks anspringt.

Ich kannte den Betreffenden also?

Nur vom Hörensagen, sagte ich. Was er mir noch erzählen könne?

Jetzt hielt er mich hin. Er schwor, daß er keine Ahnung hätte, wo das Projekt genau läge. Das werde streng unter Verschluß gehalten. Aber er deutete vage an, es im Handumdrehen herausfinden zu können. Aha, dachte ich, bei entsprechender Gegenleistung, meint er wohl, und wie soll die aussehen, bitte schön?

Ich hatte das verrückte und irgendwie euphorisierende Gefühl, Denoon praktisch schon am Wickel zu haben, bloß weil wir uns zufällig beide in Botswana aufhielten. Das war allerdings nicht ganz abwegig, denn aus weißer Sicht gleicht Botswana einer weitläufigen Kleinstadt. Das Land hat insgesamt nur eine Million Einwohner, einschließlich der Weißen, und das bei einer Fläche, die der von Texas oder Frankreich entspricht, wie man jeder Einleitung einer jeden Projektbeschreibung entnehmen kann. Aber Denoons Anwesenheit erschien mir wie eine Vorsehung. Ich war davon überzeugt, diesmal seine Aufmerksamkeit auf mich ziehen zu können. Vielleicht werden wir den Spieß ja mal umdrehen, dachte ich. Hatte sich dieser Shooting Star also in meine Umlaufbahn verirrt - na um so besser. Ich wollte ihn leibhaftig erleben, wollte sehen, wie er sich hielt. War er immer noch der irische dunkle gutmütige Satan mit der Sioux-Mähne, schwarz wie die Nacht, der durchdringende Blicke nach links und rechts schleuderte?

Die Leute reagierten alle extrem auf ihn. Wann immer das Gespräch auf ihn kam, hörte man bis zum Überdruß das Klischee, daß man entweder hundertprozentig für oder gegen seinen Standpunkt sein mußte, dazwischen gab es nichts. Freundschaften waren in die Brüche gegangen wegen seines Buches. Im Entwicklungsgeschäft brodelt der Haß zwischen verfeindeten Schulen, und die Heftigkeit rührt daher, daß Geld im Spiel ist. Entwicklungsexperten liefern sich erbitterte Kämpfe um Projektgelder zur Inszenierung ihrer Theorien. Nur an Projekten läßt sich ablesen, ob man ganz oben angekommen ist. Anders als, sagen wir mal, in englischer Geschichte, wo der Gipfel darin besteht, in jeder Bibliographie bis ans Ende aller Zeiten aufgeführt zu werden, weil das, was man über die Staatskunst der Tudors herausgefunden hat, alles bisher dazu Verfaßte mit einem Schlag inkorporiert oder umwirft. Im Entwicklungsmetier geht es eher zu wie in der medizinischen Forschung: Der eigene Kurs steht und fällt mit den Stipendien, die man ergattern kann. Der Reiz des normalen Forschungsbetriebs besteht in der Genugtuung, sämtliche Vorläufer und Kollegen subsumieren zu können; sie haben sich für Flüsse gehalten, und nun kommt einer, der sie zu Bächen degradiert, Zuflüssen zu seinem sich majestätisch meerwärts wälzenden Strom. Und Denoon zerpflückte nicht nur auf dem Papier konkurrierende Theorien, er hatte echte Projekte, jede Menge, eines nach dem anderen.

Die Anthropologen hatten ihre ganz besonderen Probleme mit Denoon wegen seiner berüchtigten Verachtung für die Disziplin als solche. Doch die Anthropologie ist auf die Entwicklungsplanung angewiesen und sieht sich zwangsläufig zur Parteinahme für die eine oder andere Schule und für konkrete Projekte genötigt. Es geht nicht zuletzt um Aufträge. Man braucht Plausibilitätsstudien, man braucht begleitende Kompatibilitätsstudien, man braucht Effektivitätsstudien, man braucht Folgestudien verschiedenster Art und Ausführlichkeit. Den größten Rückhalt hatte Denoon im eher linken akademischen Lager, was eigenartig war, denn er vertrat seit Jahr und Tag die Position, daß die Marxisten keine Entwicklungstheorie hätten, die diesen Namen verdiente; seit Lenin verstünde man unter Entwicklung einfach das, was nach der Machtübernahme durch die Vertreter des Proletariats stattfinde. Trotzdem liebten sie ihn. Wie ihnen wohl sein berühmtes: Der Kapitalismus erwürgt Schwarzafrika, der Sozialismus wird es begraben! schmeckte?, fragte ich mich. Er war einer jener Theoretiker, denen man zähneknirschend Bewunderung zollt. Ich mußte wissen, was er trieb. War er für die Entwicklungsplanung immer noch das, was Orson Welles für den Film gewesen war, als er zwischen *Citizen Kane* und *Der Glanz des Hauses Amberson* auf dem Höhepunkt seines Schaffens angelangt war? Hatte er sich jemals einen Schnitzer geleistet, wo wir uns doch alle manchmal einen Schnitzer leisten? Ich wollte ihn sehen, leibhaftig.

Verrate mir wenigstens, ob er verheiratet ist, sagte ich zu Z. Er war es nämlich gewesen, meinen letzten Informationen zufolge. Ich konnte es mir nicht verkneifen. Renommee ist einer Ehe nicht unbedingt zuträglich, so meine Überlegung.

Dazu erzähle ich dir bei Gelegenheit mehr, sagte Z. Eine interessante Frage. Ich würde sagen, jein. Eine interessante Geschichte. Aber noch ungeklärt ist die Frage unserer, äh, Prognose.

Ich war nicht gerade entgegenkommend.

Nun, es gab vielleicht noch etwas, das er mir verraten könnte. Wenn Denoon in Botswana herumreiste, vermied er jedes Aufsehen. Z meinte jedoch, gehört zu haben, daß Denoon demnächst der Stadt einen kurzen Besuch abstatten würde. Auch darüber könnte er Näheres in Erfahrung bringen.

Er hatte mich in der Hand, und er wußte es.

Ob wir uns nicht eine Zeitlang weiterhin sehen könnten, vielleicht einmal die Woche, wo ich ihm doch so sehr mit seinem Rücken geholfen hätte? Deine Hände sind es, die mir unendlich fehlen werden, wenn du abreist, sagte er, deine wunderbaren Hände, deine große Gabe.

Es wurde wieder eine unruhige Nacht, nachdem er mich mit meiner neuen fixen Idee allein gelassen hatte. Ich schlief lächerlich wenig, stand dann auf, putzte das Haus von oben bis unten und schrieb meiner Mutter einen weiteren verlogenen Brief.

2.

DER SOLAR-DEMOKRAT

Ein gefallenes Fest

Ich war unglaublich aufgeregt, als ich Denoon kennenlernte. Es war ein stickiger Abend, an dem immer wieder ein starker heißer Wind blies, was nicht weiter schlimm war, solange ich mit Z Richtung Empfang marschierte, aber nervenaufreibend während der halben Ewigkeit, die wir im Pulk vor den verschlossenen Toren des Hauses ausharren mußten, in das wir eingeladen waren. Unsere Gastgeber, die uns auf der Straße stehenließen, waren der Leiter der USAID-Vertretung Arthur Bemis und seine Frau Ariel. Wir sollten offenbar warten, bis das Empfangskomitee komplett war.

Allein schon ins Hause des AID-Leiters hineinzugelangen galt als Ereignis - wegen der Einrichtung. Angeblich sah es aus wie in Asien. Von der Straße aus wirkte das Anwesen maurisch: umgeben von hohen, pastellrosa Mauern, die verschlossenen Tore bogenförmig mit bunten Kacheln abgesetzt; Palmwedel schlugen über die Mauern. Die wartende Menge bestand zur Hälfte aus Batswana, die man getrost der bourgeoisen Funktionärsschicht zuordnen konnte. Wir hatten uns in Schale geworfen. Z trug tatsächlich einen Kummerbund, für mich eine Premiere. Mein Outfit bestand aus einem schwarzen Rock mit Plisseefalten und einem ebenfalls schwarzen, trägerlosen Top. Zu der Zeit konnte ich nur weite Röcke tragen. Es wurde in mehreren Sprachen geflucht; die Damen duckten und drehten sich vergeblich aus dem Wind, um ihre Frisuren zu schützen. Denoon war in der Schlange nicht zu sehen, was Z mehrfach zu der Bemerkung veranlaßte, es würde ja auch nur gemunkelt, daß er käme.

Schließlich wurden wir aufs Grundstück vorgelassen, aber immer noch nicht ins Haus. Die Mauern boten keinen Schutz gegen den Wind. Das Anwesen hatte etwas ausgesprochen Lunares. Grelle Scheinwerfer tauchten alles in ein fahles Licht, und die Gartenleuchten strahlten so gnadenlos hell, daß sie Nachbilder hervorriefen. Man mußte aufpassen, wo man hinsah. Gattin Ariel war die führende Querulantin der amerikanischen Gemeinde. Die Wasserrationierung, die mit der Dürre einherging, hatte bei ihr das Faß zum Überlaufen gebracht und sie dazu bewogen, ihren Rasen komplett rausreißen und durch flächig verteilten, weißen, aus Südafrika importierten Kies ersetzen zu lassen. Ich habe die braune Pampa entfernt, soll sie verkündet haben. Stühle waren knapp und aus Eisen, das heißt wenig einladend, da ungepolstert. Ariel war von Kopf bis Fuß auf Asien eingestellt, wo sie wiederholt stationiert gewesen waren. Unter denen, die uns händeschüttelnd am Eingang empfingen, war sie mit Abstand die unvergeßlichste Erscheinung. Das stahlblaue Futteralkleid aus chinesischer Seide war ideal für ihre magersüchtige Figur. Sie hatte scharfe Züge und vermittelte den Eindruck, nach Afrika verschleppt worden zu sein, sich aber mit der Situation arrangieren zu wollen. Als er bei Ariel angelangt war, machte Z ein Gesicht, als fürchtete er, sich in der Veranstaltung geirrt zu haben und auf einem Kostümball gelandet zu sein.

Bemis war ein stämmiger, gemütlicher Bankertyp und, wie es hieß, ein cleverer Kopf, was wahrscheinlich stimmte, denn er hatte seine Augen überall. Er und Ariel waren Anfang Sechzig. Aus einer Lautsprecheranlage ertönte schrille exotische Musik, vielleicht die Open-air-Aufnahme eines Gamelanorchesters. Jedenfalls klang es antiquarisch und kratzig. Z erzählte mir, daß die Leute durch die Bank schlecht auf Ariel zu sprechen seien, weil sie ihre Gastgeberpflichten nicht angemessen erfüllte. Erst lud sie eine Ewigkeit nicht ein, und dann versuchte sie, das Versäumte auf einen Schlag wettzumachen, nämlich mit unbefriedigenden Mammutveranstaltungen wie der, die wir gerade miterlebten. Es sprach sich herum, daß wir wohl noch eine Weile im Freien verbringen würden, weil sie mit dem Büfett in Verzug geraten waren - lauter authentische orientalische Delikatessen, die alle gleichzeitig angerichtet werden mußten. Wir waren am Verhungern. Gattin Ariel, sagte Z, sei überdies berühmt für ihre kleinen Portionen. Er prophezeite mir, was wir vorgesetzt bekämen: Quallenfäden - eine scherzhafte Bezeichnung für Glasnudeln - in winzigen Schälchen mit superscharfer Brühe, auf der gehackte Blättchen schwammen, und kieselgroße Fleischstückchen, Saté genannt, in einer noch ätzenderen Soße. Die Saté würden zwischen den Zähnen hängenbleiben. Er hatte Zahnstocher mitgebracht und steckte mir in weiser Voraussicht ein paar zu.

Z hatte eine Brücke von nicht gerade überragender Qualität. Zu trinken gab es reichlich. Eingeladen worden war zu Ehren der District Commissioners, die die Stadt besuchten, um für die Tribal Grazing Lands Policy zu werben. Laut Z war Denoon angehalten, sich unter keinen Umständen öffentlich zur TGLP zu äußern. Es lag nahe, daß er sie ablehnte, da sie das Herzstück der gesamten Bodenreformpolitik darstellte, für die sich die Regierung besonders stark machte.

Was sich mir darbot, war eine Szene, die einem den Wunsch nach schriftstellerischen Fähigkeiten aufdrängt, um das einzigartige und schnellvergängliche Phänomen einer gesellschaftlichen Agonie festzuhalten, in die Leute verfallen, die sonst in jeder Hinsicht arriviert sind, was sie von der Beobachterin unterscheidet. Die Windböen ließen nicht nach. Z behielt recht mit den Saté, allerdings wurden sie schon als Vorspeise serviert. Emissäre mit Tabletts voller Spießchen schwärmten aus, drangen jedoch nie bis in unsere Gefilde vor. Wo bleiben denn die *Leckerbissen*? klagte ein Motswana. Über unseren Köpfen hingen Lampions mit echten Kerzen, keine gute Idee, weil die Papierlaternen wild hin und her tanzten und den einen oder anderen Prominenten mit heißem Wachs bekleckerten. Wir beteiligten uns an der Erstürmung einer Pergola, die auf dem mit Brettern abgedeckten, leeren Swimmingpool errichtet worden war. AID-Leitern ist es untersagt, in Häusern mit benutzbaren Schwimmbecken zu wohnen. War die Konstruktion diesem Andrang gewachsen?, fragte ich mich, als ich zu spüren meinte, wie die Bretter unter mir nachgaben. Ich zog mich zurück und zerrte Z mit mir hinaus in die tobenden Elemente.

Das ganze Ambiente hatte etwas von Alice im Wunderland. Überall da, wo mindestens zweihundert Briten zusammenkommen, stößt man unweigerlich auf eine Reihe von wirklich komischen Nachnamen. Meines Erachtens rührt das daher, daß es diesem Volk erst noch dämmern muß, was für ein Segen es sein könnte, einfach zum nächstbesten Amt für Namensänderungen zu gehen und sich und seine Nachkommen von solchen Peinlichkeiten zu befreien. Aber vielleicht tun sie gerade deswegen nichts dergleichen, weil die Amerikaner es tun, sobald sie merken, daß die Leute sich vor Lachen kringeln, wenn sie sich ihnen namentlich vorstellen. Da waren also: ein Mr. Hailstones, ein Mr. Swinerod, ein I. Denzil Quorme, ein Mr. Leatherhead und ein beleibtes Ehepaar namens Tittings. Und wir waren hier eingepfercht zwischen all diesen Briten mit den absurden Namen. Der Eindruck, unter Arrest zu stehen, wurde noch verstärkt durch das massive Aufgebot von echten Wachmännern, Waygards in blitzsauberen braunen Uniformen, die wie Karyatiden um die allmählich in Aufruhr geratenden Gäste postiert waren. Ich mußte schwer an mich halten. Ich dachte dauernd: Das ist also die Welt, die wir erwachsenen Männern zu verdanken haben, n'est-ce pas? Das also ist die Comédie humaine. Ich ermahnte mich, nicht zu vergessen, daß man im wirklichen Leben kaum einen größeren Fehler machen kann, als zu glauben, jemand wäre nicht ganz auf Zack, nur weil er oder sie debil aussieht. Ungefähr zu dieser Zeit wurde die Anlage hochgedreht, um an der Authentizität des Werkes, das wir hörten, keinen Zweifel zu lassen. Ein gewisser Optimismus keimte auf, als Ariel allem Anschein nach Kurs auf ihr Haus nahm. Das Empfangskomitee hatte sich aufgelöst. Kurz darauf war sie wieder unter uns auf der fieberhaften Suche nach ihrem Hündchen.

Weshalb sollte Denoon einen Zirkus wie diesen besuchen, in dem es außer hohen Tieren nichts zu sehen gab?

Schließlich hatte jemand ein Einsehen und ließ uns ins Haus. Die Gerüchte über das prachtvolle Interieur entsprachen den Tatsachen. Willkommen in Makao, murmelte jemand zu meiner Rechten. Die Einrichtung war dermaßen überwältigend, daß ich mich unwillkürlich fragte, was es die Regierung kosten mußte, dies alles von einem Ende der Welt ans andere zu verfrachten, denn was da herumstand, waren massive Stücke wie Teakholztruhen, lackierte Wandschirme, Bronzeplastiken, ein gewaltiger Gong, blaßgrüne Vasen. Die authentischen Delikatessen schmeckten in etwa so, wie Z es prophezeit hatte. Ich aß, während ich mit gespielter Nonchalance die Räumlichkeiten inspizierte. Ariel war allgegenwärtig, bangte um ihre Besitztümer, sobald ihnen irgend jemand zu nahe kam. Ich betraute Z damit, die Nachzügler draußen im Auge zu behalten, wozu er, trotz der Komödie, die der Wind aufführte, netterweise bereit war. Ich sagte zu ihm, Erklär mir eins: Wir sind hier bei einem hochrangigen Repräsentanten der Vereinigten Staaten in diesem Lande zu Gast, dem wichtigsten Mann nach dem Botschafter, und was vermittelt uns das Ambiente? Stell dir vor, du würdest in die chinesische Botschaft gehen und dort eine nachgebaute amerikanische Blockhütte aus der Zeit um 1830 vorfinden. Da wärst du doch konsterniert. Sollen wir denn daraus schließen, daß letztlich alles unfreiwillig komisch ist? fragte ich. Von Denoon keine Spur.

Ich tat, als wäre ich ganz versessen darauf, die komplette Sammlung von Chinoiserien zu sehen, was mich zwangsläufig von den ausgetretenen Pfaden zu den Privaträumen im rückwärtigen Teil des Hauses führte. Ich stand unter dem unbezähmbaren Drang, mich persönlich davon zu überzeugen, daß Denoon nicht irgendwo versteckt gehalten wurde. Mein Ausflug endete allerdings an der Tür zu einer winzigen Kammer; hinter der erwartete mich ein Schwall eiskalter Luft und ein betagter Chow auf einer Decke, ein Geschöpf, das offensichtlich nicht für das Leben in Afrika geschaffen war. Er fing an zu bellen oder vielmehr zu husten, aber das genügte schon, um eine Hausangestellte auf den Plan zu rufen, die mir in gestrengem Ton erklärte: Mma, er könnte sterben. Dies war übrigens der einzige Raum mit Klimaanlage. Überall sonst befächelten gewaltige Standventilatoren die verschiedenen Tableaus und variierten damit das meteorologische Thema, das von den unablässigen Luftbewegungen draußen vorgegeben war. Bei all dem Kräuseln und Wogen, das sie produzierten, bekam man das Gefühl, sich in einer Unterwasserwelt zu befinden. Es wurde Zeit, daß ich mich unter die Leute mischte, wie sich das gehörte.

Es war offensichtlich, daß meine Bekannten sich nicht auf demselben gesellschaftlichen Niveau bewegten wie die hier Anwesenden. Ich kannte gerade eine Handvoll Gäste, und die auch nur flüchtig - etwa die Bruder-Schwester-Nummer aus Montreal, auf die ich wenige Tage vorher durch das Geschrei eines Knirpses aufmerksam geworden war, der die beiden durch die Einkaufspassage verfolgt hatte. Er wollte sein Spielzeug wiederhaben, das sein älterer Bruder, ohne ihn zu fragen, an die Kanadier verkauft hatte. Die beiden betrieben eine Galerie für naive Kunst, waren hier auf Einkaufsreise und speziell an dem Drahtspielzeug interessiert, das die Kinder in den Squattervierteln und den Dörfern am Stadtrand herstellen. Was der Knirps zurückforderte, war ein wahres Prachtexemplar, ein detailgenau nachgebautes Fahrrad mit Reifen, die sich drehten, mit Pedalen, die sich hoben und senkten, und einem aus einer ausgestopften und zurechtgezwirbelten gelben Supermarkttüte gebastelten Fahrer mit blauen Buchstaben anstelle von Augen, die die Botschaft ergaben, daß sämtliche Produkte vom Umtausch ausgeschlossen waren. Der Fahrer strampelte, wenn man das Rad rollerte. Es war ein Meisterwerk. Sie hielten es in die Höhe wie einen Opferkelch, während der kleine Kerl an ihnen hochsprang. Ich spazierte Bruder und Schwester zu ihrem Zufluchtsort nach, dem Leseraum des British Council, und beobachtete die beiden dabei, wie sie das Spielzeug begeistert ausprobierten, bis ein Batswana sie höflich anzischte.

Auf der Party kamen wir miteinander ins Gespräch. Sie hatten eine Mission in Botswana. Ihnen war zu Ohren gekommen, daß irgendwo unter den Squattern im Old-Naledi-Viertel ein blinder Junge lebte, ein künstlerisches Genie, das aus Drahtresten die unglaublichsten Dinge zauberte - Radios, Lokomotiven, Luftschiffe, alles in großem Maßstab. Ob ich von ihm gehört hätte? Bisher hatten sie ihn nicht aufspüren können, aber sie waren von seiner Existenz überzeugt. Ich ließ durchblicken, daß ich ihnen eventuell weiterhelfen könnte; sie waren genau die Sorte Klientel, auf die ich zu der Zeit baute.

Es war keine lockere Unterhaltung, und ich sagte dauernd das Falsche, weil ich abgelenkt war. Um mich herum gingen Dinge vor, die ich glaubte verstehen zu müssen, etwa als das Hausmädchen hin und her lief und irgend etwas mit den Stehlampen anstellte. Es war belanglos und doch eigenartig - und ließ mir keine Ruhe, bis ich wußte, was sie da tat. Sie träufelte mit einer Pipette ätherisches Öl auf die Glühlampen. Ich drängelte mich zu einer Gruppe Frauen durch, die sich über ihre letzten Ferien unterhielten. Die eine war gerade aus Griechenland zurückgekehrt und fragte sich jetzt, weshalb offenbar alle Griechinnen über vierzig Schwarz trugen. Irgendwer wird ihnen gesagt haben, daß Schwarz schlank macht, erlaubte ich mir zu bemerken. Sie kamen nicht mal auf die Idee, daß ich scherzte.

Etwa zu diesem Zeitpunkt fiel mir auf, daß eine Frau mir anscheinend von Grüppchen zu Grüppchen nachschlich. Sie war fix und fertig.

Vor der Shrimps-Etagere stellte ich sie. Kennen wir uns? fragte ich. Ich habe nämlich den Eindruck, daß Sie mir folgen. Es war nicht unfreundlich gemeint. Sie gab es unumwunden zu.

Sie folge mir, weil ich Amerikanerin sei und mich so selbstverständlich bewege, und weil sie jemanden suche, den sie um einen Gefallen bitten könne. Wenn man sich ihre extreme Verfassung mal wegdachte, war sie der fleischgewordene Traum dessen, wie jede Frau mit vierzig, einundvierzig aussehen möchte. Höhere Tochter, dachte ich. Sie trug die Haute-Couture-Version von Safarikluft, ein Fauxpas, wie ihr klar sein mußte. Auf der Einladung hatte Abendkleidung gestanden, und sie konnte zur Not als gehoben leger durchgehen. Sie sah eindeutig reich aus, was keine schwesterlichen Gefühle in mir wachrief. Ich reagiere geradezu vulgärmarxistisch auf die Reichen, so bin ich nun mal. Nicht, daß ich irgendeine Art von Marxistin wäre. Wahrscheinlich hätte ich eine tolle Marxistin abgegeben, wenn ich in die Szene hineingeboren worden wäre; nur so hätte etwas hängenbleiben können. Pech für den Marxismus. Marxisten erwecken in mir etwa die gleichen Gefühle wie die Griechisch-Orthodoxen, wenn sie in der Neujahrsnacht ihre Märchenmessen zelebrieren, mit den brummenden Bässen der Priester, einem Meer von flackernden Kerzen und überall Blattgold. Es ist zu schön, um wahr zu sein. Allerdings bin ich wesensmäßig insofern Marxistin, als die analytische Suche nach dem Cui bono oder dem materiellen Erklärungsansatz sich im nachhinein fast immer als richtig erweist. Und für marxistische Theoretiker kann ich mich schon deshalb begeistern, weil sie zu regelrechten Bluthunden werden, sobald es um die Kritik des real existierenden Kapitalismus geht. Was aber die Misthaufen von Staaten betrifft, in die sich diese Blüten menschenfreundlichen Denkens verwandelt haben, als sie zerfielen, da kann ich nur sagen, nein danke, bitte nicht. Denoon wußte alles über Marxismus und sprach liebend gern darüber. Marx und Engels waren daran schuld, daß Lenin bei der Machtübernahme noch nicht einmal wußte, wie ein sozialistischer Staat aussehen sollte, weil sie sich nämlich nie die Mühe gemacht hatten, ihn zu beschreiben. Engels stellte sich den vollendeten Kommunismus angeblich als eine Art Shakertum vor, unter Verzicht auf Enthaltsamkeit. Denoon nannte mir den Namen des Mannes, der sich das sozialistische System für Rußland ausgedacht hat. Er ist vollkommen in Vergessenheit geraten. Vielleicht war es Pashukanis. Lenin war es mit Sicherheit nicht. Irgendwo habe ich mir den Namen aufgeschrieben. Aber Denoon nehme ich es heute noch übel, daß er mir nie eine eigene Einschätzung des Marxismus zutraute. Ich behaupte, daß mein Standpunkt dazu stets recht differenziert gewesen ist. Er kannte auch irgendeinen Brief von Marx auswendig, in dem der Meister beklagt, nun sei es für ihn zu spät, noch ein eigenes kleines Geschäft zu gründen. Die Haut der Reichen ist anders, und genau diese Haut hatte die Frau vor mir. Zudem war sie auch noch aschblond.

Sie würde ziemlich bald unangenehm auffallen, wenn ich nicht einschritt. Ihre Augen waren gerötet, und ihre linke Hand hatte Ähnlichkeit mit den geschnitzten Klauen an Möbeln aus dem vorigen Jahrhundert, die einen Reichsapfel umklammern, bloß daß in ihrem Fall der Reichsapfel aus einem Knäuel feuchter Papiertaschentücher bestand. Mir dämmerte, daß dieser Safariblazer bei ihrer Verfassung das ideale Kleidungsstück war, wegen der Akkordeontaschen. Vor meinen Augen fischte sie aus einer dieser Untiefen ein weiteres Papiertaschentuch und zog es unter ihrer Nase durch, ehe sie es der Kugel in ihrer Hand einverleibte. Meine erste Tat bestand darin, ihr diese sanft zu entwinden und sie in eine Steingutvase zu stopfen.

Ich will zu meinem Mann, sagte sie. Aber ich –

Wie bitte? sagte ich.

Aber ich, sie –

Wie bitte? sagte ich.

Diese Männer. Es sind Männer da.

Etwas zusammenhängender, wenn's geht, sagte ich. Ich weiß selbst nicht, weshalb ich so barsch zu ihr war, aber sie forderte es irgendwie heraus und schien auch darauf anzusprechen. Sie wirkte einigermaßen unsicher auf den Beinen. Zum Glück ist die Shrimps-Etagere abgegrast, dachte ich, denn es sah ganz so aus, als könnte sie dagegenfallen.

Würden Sie mit mir mitkommen? fragte sie.

Einen Moment lang glaubte ich, bei aller Not so etwas wie einen Hintergedanken aufblitzen zu sehen, aber der Eindruck verflüchtigte sich, als sie sagte, sie sei Grace Denoon. Schlagartig waren wir Schwestern.

Offenbar fand eine Party innerhalb der Party statt. Und Denoon war dabei. Sie wußte auch, wo. Sie wollte dorthin. Sie hatte jedes Recht dazu. Sie ging ganz selbstverständlich davon aus, daß der Name Denoon keiner weiteren Erklärung bedurfte. Ob ich wohl bereit wäre, sie zu begleiten? Das war ich.

Ich jubelte innerlich, aber mit einem Mal kam ich mir neben ihr schlecht gekleidet vor. Und daran war leider nichts zu ändern. Ich erkannte, daß ihr Rock in Wirklichkeit teure Culottes waren. Demnach gehörte ich an diesem Abend zu den Avec-Culottes, ein Wortspiel, das Denoon später wohlwollend aufnehmen sollte. Im Ausschnitt trug sie ein hauchdünnes limonengrünes Tüchlein, das raffiniert ihre Falten am Hals kaschierte, sofern es da überhaupt was zu kaschieren gab. Ihre Nasenlöcher faszinierten mich: Sie waren winzig, kaum größer als Wassermelonenkerne. Wie bekam sie nur Luft?

Sie kommen also mit? fragte sie.

Selbstverständlich.

Ich bin strenggenommen nicht eingeladen, sagte sie.

Zeigen Sie mir einfach, wo die Sache stattfindet. Sie sind seine Frau. Es ist Ihr gutes Recht.

Ein Glück, daß ich Sie gefunden habe, sagte sie.

Z erschien in dem Augenblick, als ich mit ihr losmarschieren wollte. Er hielt mir eine soeben geöffnete Dose Castle Lager hin, aus deren Öffnung Schaum aufstieg, und sagte, Denoon käme wohl doch nicht, soweit er feststellen könnte.

Ernsthafte Männer

Wieso finde ich es eigentlich so reizvoll, mich Situationen auszusetzen wie der, die einzige oder fast die einzige Frau in einem Raum voller Männer zu sein, die mich wie Luft behandeln? Ich kann nur sagen, daß es mich ungemein anregt. Früher habe ich mir öfter mal ausgemalt, ich würde mich unauffällig unter die Darsteller einer Varietévorstellung mischen, nur um zu sehen, wie die Zuschauer darauf reagierten. Jedenfalls absolvierten wir ein kleines Spießrutenlaufen an ein paar recht reservierten Herrschaften am Eingang vorbei. Ich kam mir vor wie ein Schleppdampfer, weil Grace sich an meinem Rockbund festhielt. Es war nicht einfach, sie dazu zu bringen, mich loszulassen, bevor wir uns an ihnen vorbeizwängten. Seine Frau, sagte ich, sozusagen als Paßwort für das letzte Wegstück vom Vorraum zum eigentlichen Tagungsort.

Die Veranstaltung wirkte etwas improvisiert, jedenfalls auf mich. Wir befanden uns im Gästehaus am äußersten Ende des Anwesens. Die Einrichtung war entfernt worden, statt dessen standen im vormaligen Wohnzimmer Klappstühle für die Zuhörer und ein großer Sessel für den Mann der Stunde. Es war ein sehr kahler, weißer Raum in einem Betonklotz, dessen Fenster auf drei Seiten offenstanden, wegen der Hitze und der unverkennbaren menschlichen Ausdünstungen. Eigentlich war er zu klein für die gut dreißig Anwesenden.

Verschont mich! sagte ich im stillen zu mir, als ich den ersten Blick auf Nelson warf. Damit meinte ich: Verschont mich mit dem Heroischen in allen seinen Erscheinungsformen.

Denn vor mir hatte ich einen leider Gottes wirklich gutaussehenden Mann. Er war natürlich älter als auf den Fotos, die ich von ihm kannte. Seine untere Gesichtshälfte war weicher. Er hatte reichlich Krähenfüße. Sein Haar trug er immer noch auf Indianerart zu einem kurzen Pferdeschwanz nach hinten gebunden, was mutig war, denn mit so einer Frisur verzichtet man auf jede Tarnung für einen zurückweichenden Haaransatz. Seiner konnte sich noch sehen lassen. Sein Haar war immer noch schwarz, obwohl es etwas angestaubt aussah, wie Haar, das über kurz oder lang richtig grau werden wird. Am Scheitel schimmerte jedenfalls das erste Grau. Seine Backenknochen machten noch einiges her. Von vorne ähnelte er mittlerweile mehr einem Slawen als einem Cherokee, aber das lag am Gewicht. Eitel ist der Mann nicht, dachte ich, als ich registrierte, daß sein Haar auf der einen Seite das Ohr bedeckte, auf der anderen nicht; da hätten wir also aller Wahrscheinlichkeit nach einen ernsthaften Mann. Ernsthafte Männer sind mein Fall. Aus diesem Grund war mir Martin Wade so nahegegangen. Und doch bestand zwischen beiden ein Unterschied, wobei ich retro-analytisch sagen kann, daß Martins Ernsthaftigkeit zugespitzter und schuldgetriebener war. Er hatte sich ein paarmal deutlich gegen sein Schicksal aufgelehnt: Es gab kein Entrinnen vor der Pflicht, aber er war ein so begabter Musiker, daß es ihn hart ankam.

Vielleicht hätte ich Bildhauerin werden sollen, mit Schwerpunkt Büsten. Der Kopf ist für mich eine ästhetische Einheit aus Gewicht, Haltung und Form. Die wenigsten Frauen sehen das so. Sie reagieren vielmehr unterbewußt, während sie auf der bewußten Ebene einen ästhetischen Maßstab anlegen, der lächerlich zweidimensional ist, nach dem Motto: Diese Augen! Dieser Mund! Dieses Lächeln! Denoon hatte einen wunderschönen Kopf. Ich führe meinen hoch entwickelten Sinn für Köpfe auf meine kurze Liebäugelei mit der physischen Anthropologie zurück, mit den vielen Frontal- und Profilaufnahmen und Schädel-Meßdaten. Aber damals hatte ich es doch für klüger gehalten, mich nicht auf physische Anthropologie zu spezialisieren. Chancen hätte ich durchaus gehabt. Ja, ich denke, ich kann ohne Übertreibung behaupten, daß ich einmal sogar ansatzweise umworben wurde – und zwar von jemandem, den man durchaus als Star auf diesem Forschungsgebiet bezeichnen kann. Aber ich sagte mir: Wenn es je ein aussichtsloses Spezialgebiet gegeben hat, dann dieses. Wer sich dafür entscheidet, setzt sich doch gleich dem Verdacht aus, irgendeinen neuen Beweis für die Überlegenheit der weißen Rasse erbringen zu wollen. Von mindestens einem definitiven Rassisten in diesem Fach wußte ich mit Sicherheit. Zudem traf man dort ausnahmslos auf verheiratete Männer. Aber ich hätte einsteigen können, um intellektuelles Chaos zu verbreiten. Das hätte gut zu meiner verpatzten Karriere gepaßt. Ich verfalle immer mal wieder in heftige Selbstzweifel und werfe mir vor, mich aus dämlichen, typisch weiblichen Motiven für die Ernährungsanthropologie entschieden zu haben, weil das Nähren uns Frauen doch zweite Natur ist, la la la, und damit auf demselben Trip zu sein wie die vielen Medizinerinnen, die in der Geburtshilfe oder der klinischen Diätetik landen. Bei Denoon waren Nacken und Taille fülliger als nötig. Dem Mann konnte geholfen werden.

Nelsons Kleidung ließ meine Phantasie prompt in die falsche Richtung wandern. Er trug ein grelles Dashiki mit einem naiven Blumenmuster in Rot und Schwarz, irgendeine baumwollene graue Unisex-Hose mit Gummizug und dazu kunstvoll gearbeitete Ledersandalen, wie ich sie noch nie gesehen hatte. Natürlich zog ich den voreiligen Schluß, daß er so angezogen war, um zu demonstrieren, wie wenig die Kleiderfrage jemandem von seiner Ernsthaftigkeit und inneren Stabilität bedeutete. Ich hielt sein Outfit für unnötig provokativ und aufdringlich. Es versetzte mir einen Stich, als mir klar wurde, daß nur ein unbestreitbar schöner Mensch die Implikationen einer solchen Aufmachung zu transzendieren vermag. Später, als ich entdeckte, daß er aus gutem Grund so angezogen war, kam ich mir ziemlich kleinkariert vor. Er stellte sich nämlich als Schneiderpuppe zur Verfügung: Alles, was er am Leib trug oder bei sich hatte, war von Menschen in seinem Projekt hergestellt worden. Er nahm sogar Bestellungen entgegen. Sämtliche Accessoires stammten aus den Werkstätten von Tsau, auch die sonderbare spatenförmige Schultertasche aus Rindsleder und die abscheulichen Lederarmbänder. Seine Garderobe war demnach nicht nur vertretbar, sondern ein Akt der Selbstaufopferung. Aber erst einmal verschaffte mir mein vorschnelles Urteil den Trost, daß dieser Mann zumindest in einer Hinsicht ein bißchen beschränkt war.

Große Abrechnung auf kleinstem Raum

Mein vorläufiger Eindruck? Zunächst einmal imponierte mir Denoon durch seine vollkommen in sich ruhende Haltung inmitten des ganzen Tohuwabohus. Sie machten gerade eine Pause. Das Publikum war auf den Beinen: Man konferierte, begrüßte sich, blickte auf die Uhr, schickte nach mehr Drinks, und über allem lag der Zigarettendunst eines Herrenabends; nur er rauchte nicht. Denoon wirkte auch im Stehen gelassen. Er hatte eine Hand am Fensterrahmen abgestützt und blickte in die Nacht hinaus. Er schien etwa so groß wie ich zu sein oder etwas kleiner, was in Ordnung war, denn Körpergröße wird meines Erachtens leicht zum Fetisch, wenn man sich zuviel Gedanken darum macht, wobei ich natürlich gut reden habe, weil ich selbst groß bin. Er sah sehr stark aus, und ich weiß auch, warum: Mit grobknochigen Handgelenken und Ellbogen verbinde ich immer außergewöhnliche Körperkräfte. Übrigens war es Denoon, der mich auf diesen Zusammenhang hinwies, aber das kam später. Das Licht war fluoreszierend und grell. Egal, wieviel Sonne er glaubte bei seinem dunklen Teint vertragen zu können – meiner unmaßgeblichen Meinung nach setzte er sich ihr zu sehr aus. Hatte er eigentlich mitgekriegt, daß seine Frau gekommen war? Wo steckte sie überhaupt? Und hatte er diese gedankenverlorene Pose eingenommen, um nicht reagieren zu müssen, oder war das alles nur Zufall?

Grace hatte das einzige Versteck im ganzen Raum gefunden. Sie hockte auf einem Klappstuhl hinter einer großen eingetopften Arboricola nahe der Tür. Da ich meine Einführung in diesen Kreis einzig und allein ihr verdankte, ging ich zu ihr. Sie winkte heftig ab, mit verkrampften Bewegungen. Ich trat noch einen Schritt näher und löste damit etwas aus, was ich nur als Zuckungen bezeichnen kann, also unternahm ich keinen weiteren Vorstoß. Sie lehnte den Kopf an die Wand hinter ihr und schob dadurch ihre winzigen Nasenlöcher wieder in mein Blickfeld. So erzielte sie damit eine Wirkung von unendlicher Vornehmheit. Ich ließ Grace in Ruhe. Jetzt gab es für mich erst mal nur noch eins, nämlich Denoon sprechen zu hören. Ich werde hellwach, wenn es um Stimmen geht, und stütze mein Urteil übermäßig auf ihre Eigenschaften. Zudem hatte Whoreen mir von seiner Stimme vorgeschwärmt.

Das könnte interessant werden, dachte ich, als ich die Versammlung musterte. Einige zweifellos aufgeweckte Typen waren dabei, vielleicht keine Genies, aber doch Leute, die einen in Bedrängnis bringen konnten, wenn man sich in der Diskussion auf Terrain vorwagte, für das man nicht genug Faktenwissen mitbrachte. Ich persönlich fühle mich am wohlsten in Gesellschaft von Kandidaten, die die Endrunde erreicht haben, und an denen herrschte hier kein Mangel. Was ich wollte? Ich wollte, daß Denoon sich entweder definitiv als unerreichbar großer Mann entpuppte oder als Mogelpackung – und das hieß mittelmäßig –, damit ich meine lebenslange kopflose Flucht vor der Unintelligenzija und ihren Machenschaften fortsetzen konnte. Ich weiß nicht, was mir lieber gewesen wäre, obwohl ich darüber nachgedacht habe. Natürlich war ich mir dessen bewußt, daß hier das neuntausendste Kapitel der gähnend langweiligen unvollendeten komischen Oper *Ich und das Mittelmaß* gegeben wurde und daß ich nicht über die herausragenden Qualitäten verfügte, die mein blödsinniges Elitedenken hätten rechtfertigen können. Trotzdem regte es sich und machte mich wie üblich verrückt. Die Psychogenese dieses Phänomens ist mir übrigens sehr wohl bewußt.

Ich genoß es, wie man sich bemühte, meine Anwesenheit zu ignorieren.

Schließlich fand ich ein paar Leute, die willens waren, mit mir zu reden, obwohl ich nicht dazugehörte. Einer war eine niedere Charge bei der UNDP, ein Äthiopier. Ich mag die Äthiopier wegen ihrer Mandelaugen. Außerdem erinnern sie mich an Siamkatzen, weil sie so geschmeidig sind. Von ihm erfuhr ich, daß die Linke recht begeistert auf den Ersten Akt reagiert habe, in dem es um die Demontage der kapitalistischen Entwicklungspläne für Afrika gegangen sei. Der Vertreter der Gustav-Noske-Stiftung und die Schweden sahen zufrieden aus, sofern man bei Schweden überhaupt Gemütsregungen feststellen kann. Ich sagte: Der Zweite Akt, sein Angriff auf die sozialistischen Modelle, wird interessant werden, besonders wenn man bedenkt, daß Denoon einmal gesagt hat, der Sozialismus sei vergleichbar mit dem Versuch, mit Rudern stricken zu wollen. In diesem Augenblick sah mich eine höhere Charge vom UNDP im Gespräch mit diesem Mann, der sich daraufhin verdrückte.

Als nächstes stellte ich mich neben einen Motswana von Industrie-und-Handel, der eigentlich unzufrieden hätte sein müssen, es aber nicht war. Das überraschte mich. Botswana ist kapitalistisch. Es gibt jede Menge sozialistische Maßnahmen – staatlich subventionierte Wohnungen, Dienstwagen und so weiter – für die Staatsdiener, aber die politische Klasse in toto kämpft mit Zähnen und Klauen für den Kapitalismus, und deswegen schätzt der Westen dieses Land auch so. Als der frischgebackene Staatspräsident noch Vizepräsident war, hatte er sich im Parlament einmal zu einem Antrag auf Zulassungsbeschränkungen für Spirituosenläden mit folgenden Worten geäußert: Wenn ein Mann durch den Verkauf von Alkohol reich werden kann, dann soll er die Nation betrunken machen. Was hielten sie bei Industrie-und-Handel denn von Herrn Denoon, den sie schließlich mitfinanzierten und der dem kapitalistischen Botswana ans Bein pinkelte, diesem Juwel in der Krone kapitalistischen Erfolges, vergleichbar mit Malawi und der Elfenbeinküste? Offenbar waren sie sehr angetan und fanden das alles »just all right«, eine idiomatische Wendung, die im südlichen Afrika soviel heißt wie bestens. Mich überkam wieder einmal das Gefühl, daß die Batswana Zuschauer bei einem gigantischen Spiel sind, das unter Weißen ausgemacht wird und das Wir Regieren Euer Land heißt.

Gleichzeitig versuchte ich, Grace ein bißchen im Auge zu behalten und mitzukriegen, was sie da hinter der Arboricola trieb. Sie sah nach wie vor etwas durchgedreht aus. Vergiß nicht, daß wir in Afrika sind, sagte ich mir, wo Krankenhauspatienten in Pyjamas frei auf der Straße herumlaufen. Graces funkelnder Blick war nicht weiter beunruhigend. In Westafrika gehören die Irren zum Stadtbild. Außerdem war ich überzeugt davon, daß sich bei ihr etwas Subsidäres abspielte, das mit Raffinesse zu tun hatte, und das empfand ich als beruhigend. Ich hätte ihr gegenüber schwesterlicher sein müssen, aber ich konnte nicht. Sie sah umwerfend gut aus, was ich nicht auf mich wirken lassen durfte, um mich nicht vom Neid auf ihre lächerlich schmalen Hüften und ihren perfekten Busen leiten zu lassen. Meine Brüste haben die falsche Größe für eine aktive Frau. Ideal wären sie für eine, die immer nur faul herumliegt. Ich bin fürs Kinderkriegen gebaut, was das letzte ist, was ich will - aber wenn ich sie so ansah, tröstete mich der Gedanke, daß ich auf den Fall einer Schwangerschaft besser vorbereitet war als sie. Ihr Busen war insofern ideal, als er sich bestens dazu eignete, ringsherum flegelhaftes Verhalten zu provozieren, falls sie sich aufrichtete und Luft holte, und ideal insofern, als sie eine Prozession von Männern in einem engen Zugkorridor an sich vorbeilassen konnte, ohne ihnen den Rücken kehren zu müssen. Natürlich brodelte da irgend etwas Unaussprechliches zwischen ihr und ihrem Mann. Und sie hatte diesbezüglich etwas vor. Eine meiner

Gaben besteht darin, daß ich einen Raum betreten und ziemlich auf Anhieb diejenigen, die nur ihre Runden drehen und auf Empfang eingestellt sind, von denen unterscheiden kann, die aktiv auf irgend etwas aus sind.

Ich hätte mich ihr gegenüber als besserer Mensch verhalten müssen. Aber ich war blockiert. Sie hatte ein herzförmiges Gesicht und perfekte Zähne. Sie war das wandelnde Modell für ihre Kleidergröße, welche sie auch immer haben mochte, gut proportioniert und so weiter. Ich fragte mich, ob sie vielleicht aus den Südstaaten stammte, denn es umgab sie eine Aura der Koketterie, obwohl sie im Augenblick alles andere als kokett war. Sie war unglücklich und heckte irgendeinen abwegigen Plan aus. Sie hätte eine meiner Mitschülerinnen an der High School gewesen sein können, die neunhundert Kaschmirpullover besaßen, Kaschmir, das aus ihren Kleiderschränken hervorquoll wie Kleenex aus der Schachtel. Ich habe Denoon nie gefragt, ob sie aus dem Süden stammte. An meiner High School definierte sich Status darüber, wie selten ein Mädchen dasselbe anhatte, insbesondere wie selten es denselben Pullover trug. Meiner unmaßgeblichen Meinung nach sollte das Leben nicht leidvoller als nötig sein. Ich erinnere mich gut an all die verzweifelten Improvisationen und Tarnmanöver, mit denen ich den beschämend kurzen Zyklus meiner Garderobe zu kaschieren versuchte. Die Erinnerung daran tut mir noch immer in der Seele weh.

Woher kam Denoon überhaupt? fragte ich mich. Aus welcher Schicht, aus was für einem Milieu? Denoon war für mich nicht mehr als ein irischer Name, weitere Indizien gab es nicht. Natürlich kam ihm zugute, daß er als ein in höheren Regionen schwebender Intellektueller keiner Klasse mehr angehörte. Ich mußte mir ins Gedächtnis rufen, daß die Informationen, die ich suchte, nicht durchs Hinstarren zu erhalten waren.

Es wurde Zeit für den nächsten Akt.

EINE FARCE, MIT MENSCHENBLUT GESCHRIEBEN:
DIE ZERSTÖRUNG AFRIKAS, BESCHLEUNIGT
DURCH IHRE WOHLTÄTER, ANWESENDE
NICHT AUSGENOMMEN

ZWEITER AKT

DENOON:

Ich weiß sehr wohl, daß ich mit dem Wort Sozialismus eine Einrichtung anspreche, die sich hierzulande einer gewissen Beliebtheit erfreut. Verständlicherweise.

EINE CLAQUE JUNGER MÄNNER VON DER BOTSWANA SOCIAL FRONT:

Hyah, hyah!
Semiparodistische Wiedergabe der Hear-Hear-Rufe, wie sie im botswanischen Parlament zu hören sind.

DENOON:

Ehé. Da ich so wenig Schmeichelhaftes zu den Erträgen des Kapitalismus in Afrika zu sagen hatte, möchte ich gleich feststellen, daß ich den Sozialismus keinesfalls als Allheilmittel betrachte, nur für den Fall, daß einer der hier Anwesenden diesem Fehlschluß erliegen sollte.

EIN MARXIST, ISAAC MBAAKE, JUGENDSEKRETÄR DER BOTSWANA SOCIAL FRONT:

Keine Sorge, wir wissen alle, wofür du bist. Du bist für den Suigenerismus, also glaub ja nicht, daß du uns noch überraschen kannst. *Zum Abschluß ertönte sein berühmtes bellendes Lachen, sein Markenzeichen.*

EIN SCHWEDE:

Ich meine, bisher gab es keine Zwischenrufe, oder? Ich meine, wir haben nachher noch reichlich Gelegenheit, Fragen zu stellen ...

DENOON:

Aber nein, das ist schon in Ordnung. Ich kenne Isaac. Wir sind Genossen. Er würde das nicht so formulieren, aber ich tue es.

Ihr könnt mich ruhig unterbrechen, aber bitte in Maßen, Genossen.

Ehé. Zunächst einmal muß ich wie immer klarstellen, daß ich keinem System per se ablehnend gegenüberstehe. Ich bin, wenn ihr so wollt, ein Sammler von Systemen, das heißt, ich glaube nicht an sie, aber ich finde sie hochinteressant. Ich verlange nur, daß wir an jedes System dieselben Fragen richten. Erstens: Welche Früchte wirft es ab? Und zweitens oder möglicherweise sogar erstens: Wieviel Zwang muß es auf den einzelnen ausüben, um zu funktionieren?

Voilà, das war sie also, die berühmte Stimme, ein wundervoller sonorer Baß, genau wie versprochen. Was für ein Vorzug! Und noch besser war, daß er offenbar nicht einmal ahnte, was er da besaß. Als ich ihn wesentlich später zum ersten Mal darauf ansprach, ging er kaum auf das Thema ein. Er freute sich zwar über mein Kompliment und konnte sich daran erinnern, daß andere vor mir etwas Ähnliches gesagt hatten, aber in Gedanken war er schon nicht mehr dabei. Es gibt Schauspieler mit betörenden Stimmen, aber das ist etwas anderes, weil wir wissen, daß sie wissen, was für herrliche Stimmen sie haben: Stuart Whitman zum Beispiel. Wenn sie sprechen, ist es, als hielten sie ihre Stimmen an der Leine wie einen Borzoi auf dem Weg zur Hundeausstellung.

Es folgte einiges mehr zur rechten Einstellung gegenüber Systemen. Da gebe es zum Beispiel ein sehr gutes Buch mit dem Titel Guild Socialism Restated; *nicht daß er Gildensozialist sei ... man müsse Pluralist sein und sich die Vorzüge eines jeden Systems zu eigen machen, nachdem es bestimmte Bewährungsproben bestanden hätte ... Alle Systeme seien zusammengesetzt oder Mosaiken.*

Was er da von sich gab, war gut gemeint, aber pro forma. Er hielt sich zu lange damit auf.

DENOON:

Um also gleich vorweg Bilanz zu ziehen, will ich euch die fünf gewichtigsten Einwände gegen die sozialistische Lösung für Afrika nennen, wobei ich unter Sozialismus das verstehe, was auch die Genossen darunter verstehen: das orthodoxe Modell, wie wir es in Kuba finden oder in der DDR oder in Burma oder bis vor kurzem in Guinea. *Ungefähr an dieser Stelle hängte er alle Anwesenden mit einem Witz über kubanischen Sozialismus als sozialem Kubismus ab.*

Er kam einfach nicht zur Sache. Er nahm zuviel vorweg, umwarb sein Publikum zu sehr. Die Genossen müßten froh sein, daß er hier nur fünf Einwände hätte; beim Kapitalismus seien es immerhin neun gewesen. Ob er auch alle neun genannt habe? Zudem sollte jeder eines bedenken: Wenn der Sozialismus sich in Afrika durchsetze, dann in einem Afrika, das bereits zu drei Vierteln dem weltweiten kapitalistischen System einverleibt sei, und den Sozialismus zu verwirklichen sei etwas ganz anderes, als sich mit seinen besten Freunden auf eine verlassene Insel zurückzuziehen und etwas ganz Neues aus der Taufe zu heben. Er trieb einen zur Verzweiflung mit seinen Vorbehalten. Ach, und ob die Genossen übrigens wüßten, daß Karl Marx nie einen Fuß in eine Fabrik gesetzt habe?

DENOON:

Alle Studentinnen und Studenten, die für UBScope schreiben, beschließen ihre Artikel mit den Worten HOCH DER WISSENSCHAFTLICHE SOZIALISMUS - in Großbuchstaben.

Und dann wandern diese Artikelschreiber in den Staatsdienst ab, und man hört von ihnen nie wieder etwas zu diesem Thema; bestenfalls halten sie in ihrem Herzen ein Flämmchen am Brennen und geben ihre Stimme der Botswana Social Front, der Boso.

Ich sage, die Leute, die immerfort Sozialismus und nichts als Sozialismus predigen, benutzen dies als Vorwand für Untätigkeit - und, schlimmer noch, ernten unterdessen die Früchte, die ihnen als Angehörigen einer vom Kapitalismus bevorzugten Klasse zufallen, während er die breite Masse in immer tieferes Elend treibt.

Und ich sage, wenn sich eines Tages wie durch Zauberhand die Straßen mit Menschen füllen und das Volk diejenigen, die heute Hoch der wissenschaftliche Sozialismus schreien, hinter ihren Schreibtischen hervorholt und erklärt: Der Tag der Abrechnung ist gekommen, dann, sage ich, wird die erste Stufe der Katastrophe erreicht sein.

Denn euer Sozialismus ist nur eine rhetorische Antwort auf reale Probleme.

Und wißt ihr, warum? Ich will es euch sagen.

Gott sei Dank, dachte ich. Ich fühlte mit ihm, denn bisher hatte er sich schwergetan, die richtige Diskursebene zu finden. Zum einen, weil er zuviel zu sagen hatte. Zum anderen merkte ich, daß es ihm gefiel, sich im Verlauf seines Vortrags Feinde zu schaffen, die Zuhörer in ein fröhlich gestimmtes gegnerisches Lager zu manövrieren. Ich durchschaute ihn. Außerdem, fand ich, war zu spüren, daß er die Leute mochte, die er in antagonistische Positionen drängen wollte. Zudem hatte er es natürlich mit einer sehr heterogenen Gruppe zu tun und war bestimmt nicht daran interessiert, mit den klügsten Köpfen ins Gespräch zu kommen, aus dem einleuchtenden Grund, daß die sich ja längst entschieden hatten - dabei mußte er sich aber ihren Respekt erhalten, weshalb er geschickt andeutete, daß er nicht alles ins Feld führte, was er wußte oder hätte sagen können. Er hatte es auf die Jugend abgesehen, aber das war riskant. Eine Gefahr bestand darin, daß er sie scheinbar von oben herab ansprach. Ob es nun an ihrem Alter lag oder daran, daß sie Afrikaner waren, jedenfalls hatten sie einen engeren Rahmen politischer Bezugspunkte, mittels derer sie etwas einordnen konnten, oder besser gesagt, einen anderen Rahmen. Seine Sprechweise näherte sich dem afrikanischen Englisch an. Wer abstreitet, daß er langsamer und betonter spricht, wenn er mit Afrikanern Englisch redet, der lügt. Das Englisch, das Afrikaner in der Schule lernen, ist ein übertrieben artikuliertes Englisch, mit betonten Konsonanten. Alle wissen es, und trotzdem fühlt man sich herablassend, wenn man so redet, und kommt dabei ins Schwitzen. Und noch etwas, womit er nach meinem Dafürhalten zu kämpfen hatte, war seine Überzeugung, auf alles eine Antwort zu haben. Er hatte diese Fragen von Grund auf durchdacht. Das schlug sich weniger in Arroganz nieder als in einer unerschütterlichen Gewißheit, die genauso irritierend sein kann. Meine Analyse beruht zum Teil auf nachträglichen Einsichten, aber das meiste ging mir bereits in der damaligen Situation nach und nach auf und wurde in späteren Diskussionen von Nelson nur noch bestätigt.

MBAAKE:

Ehé, dann müssen wir wohl untergehen, während die Makhoa noch darüber streiten, wie wir leben sollten.

DENOON:

Genau das meine ich ja – ihr geht jetzt schon unter, nicht ihr persönlich, aber viele eurer Landsleute, und auf den Sozialismus zu warten hält den Untergang nicht auf.

Und wieder *wich er vom Thema ab. Er gestattete sich eine Reprise zum Thema Kapitalismus, in der es darum ging, daß der weiße Westen oder seinetwegen auch die Marktwirtschaft alljährlich fünf Prozent der Wälder Westafrikas abholzte, was die Dürre verschlimmerte, die den gesamten Süden austrocknete. Ich stellte mir einen Denoon vor, der eine Veranstaltung mit den Worten einleitete: Guten Abend, gestatten Sie mir zunächst einen kleinen Exkurs, was ich ihm auch irgendwann sagte.*

DENOON:

Ohne Wasser kein Sozialismus. *Er ließ seine Worte wirken, um zu verdeutlichen, daß der Kapitalismus das westliche und südliche Afrika im Würgegriff hielt, was irgendwann zu einer totalen Dürrekatastrophe führen würde. Es war nicht sehr geschickt. Selbst ich hätte das besser gekonnt. Was er da zum besten gab, war ein etwas konfuses Amalgam: profitorientierte Entwaldung einerseits und Vertrieb von Wasserpumpen im Süden andererseits.* Und dann sagt der weiße Westen: Ach, Dürre ist das Problem? Hier, kauft doch ein paar Wasserpumpen, wir leihen oder schenken euch sogar die Bohrausrüstung, und treibt eure Rinder immer tiefer in die Kalahari hinein und zerstört dort die Weideflächen, und in der Zwischenzeit könnt ihr in Lobatse gleich ein ganzes Brunnenfeld einrichten und die letzten Reserven an fossilem Wasser in dieser Region herauspumpen, damit der Aufbau weitergeht und noch mehr Menschen auf Flächen angesiedelt werden können, die sich langsam in Wüste verwandeln. Ach, und übrigens, kauft uns doch bitte noch mehr Diesel für eure Pumpen ab, vielen Dank auch.

Keiner sagt, abwarten und zusehen. Ich sage das genaue Gegenteil. Ihr müßt euch, wir müssen uns noch heute, sofort, umschauen und verhindern, daß wir vernichtet werden.

Karl Marx war ein Lakhoa, wenn ich mich recht entsinne. Und in seiner Theorie, an die sich viele von euch so gern klammern, nehmen die natürlichen Ressourcen leider nur den Stellenwert eines *Produktionsfaktors* ein, und zwar eines unerschöpflichen. Das heißt –

EINE STIMME:

Daß du nichts Eiligeres zu tun hast, als uns den Katechismus der autochthonen Entwicklung zu lehren, stimmt's? Damit wir noch rechtzeitig gerettet werden können.

DENOON:

O Gott! *Das klang bitter.* Den Begriff autochthone Entwicklung verwende ich schon seit 1968 nicht mehr. Und ich bin nicht hier, um irgend jemanden darüber oder über irgendeine andere Strategie zur Rettung der Dritten Welt oder der ganzen Welt zu belehren. Heute abend nicht. Heute abend sparen wir uns jede hybrische Pflichtübung.

Ich möchte nur eben noch sagen: *Ich ahnte, daß jetzt ein weiterer Schlenker folgen würde. Am liebsten wäre ich auf der Stelle der Boso beigetreten. Der Mann brauchte dringend einen Lektor für seine Reden. Ich hätte ihn anbrüllen mögen: Die fünf Todsünden des Sozialismus nennen oder hinsetzen!*

Ich möchte nur eben noch sagen: Sofern ihr aber zusehen und warten wollt, bis der Disput zwischen kapitalistischen Makhoa und sozialistischen Makhoa für die eine oder andere Seite entschieden ist, *mittlerweile sprach er, ohne es zu merken, reines afrikanisches Englisch*, dann vergeßt es lieber. Denn der Kapitalismus hat längst gesiegt. Die weltweite kapitalistische Republik ist längst Realität. Mütterchen Rußland steht bei den großen Banken in der Kreide, und zwar mit jedem Tag tiefer, ganz zu schweigen von Polen. Der Markt tritt seinen Siegeszug an, der Markt kommt! könnte man sagen. Während der Sozialismus zerfällt.

Und doch geht der Streit weiter, versteht sich: an den Universitäten.

Ich sage lediglich, daß die Bekehrung Rußlands hinter dem Rücken der Generale und Kommissare stattfindet. Vielmehr stattgefunden hat.

Stöhnen und mißbilligendes Raunen von links.

DENOON:

Aber jetzt würde ich gern auf den Sozialismus zurückkommen.

Nehmen wir an, ihr wollt Schluß machen mit dem Privateigentum an Produktionsmitteln und alles dem Staat unterstellen. Na gut, aber dann müßt ihr auch bereit sein, fünf Aufschläge zu bezahlen, fünf beachtliche Aufschläge. Es handelt sich um regelmäßige Kosten, die nie wegfallen werden. Sie sind eurem System immanent.

Zudem sind es Kosten, die in der Literatur - oder besser »reiteretur« - kaum Berücksichtigung finden.

Aber fahren wir fort.

Der erste Kostenfaktor erwächst daraus, daß ihr den Markt verliert, der sich selbst reguliert, und somit gezwungen seid, die Verteilung zu dirigieren. Zu diesem Zwecke müßt ihr Leute bezahlen, eine Menge Leute. Historisch gesehen waren hierzu stets fünfundzwanzig bis dreißig Prozent der gesamten Arbeiterschaft erforderlich. Ihr müßt diese Arbeiter aus der Produktion sprich der Herstellung von Gütern abziehen, damit sie diese eine Funktion übernehmen, dirigistisch zu verteilen, und das so gut wie möglich, was in der Regel heißt, nicht besonders gut. Ihr müßt die richtigen Leute dafür finden - was in Afrika nicht so einfach ist, woran zum Gutteil, aber nicht allein der Kapitalismus schuld ist -, müßt sie ausbilden und bezahlen. Viele von ihnen werden zu den begabtesten ihrer jeweiligen Generation gehören. Und sie werden ihre ganze Intelligenz dieser einen Funktion widmen müssen. Das ist der erste Kostenfaktor.

MBAAKE:

Ich möchte die Genossen nur daran erinnern, daß der Genosse Redner einmal gesagt hat, der Sozialismus sei in etwa dasselbe, als wolle man mit Rudern stricken. Man kann es tun, aber nicht besonders lang, und das Ergebnis läßt einiges zu wünschen übrig, hat er gesagt. Und außerdem hat der Genosse Redner gesagt, *jetzt las er von einem Zettel ab*, und das vor nicht allzu langer Zeit, also nicht 1968: Der Kapitalismus erwürgt Schwarzafrika; der Sozialismus wird es begraben. Das hat er gesagt.

DENOON:

Das stimmt. Ich wollte provozieren. Wenn ich dann zum Kostenfaktor zwei kommen dürfte.

Der besteht darin, daß ihr im Sozialismus Geld beiseite legen müßt, um Technologie zu kaufen, immer neuere und bessere Technologie und immer von den marktwirtschaftlichen Systemen. Und das auf ewige Zeiten. Denn im Sozialismus gibt es leider keine Erfindungen, will heißen Innovation. Wenn ihr mich fragt, weshalb das so ist, muß ich gestehen, daß ich es auch nicht weiß. Ich habe meine Vermutungen. Aber neue Erfindungen sind in allen nicht-marktwirtschaftlich orientierten Systemen äußerst rar, nicht nur im Sozialismus.

Wenn ihr also das Neueste haben wollt, werdet ihr es stehlen oder kaufen müssen. Ansonsten müßt ihr drauf verzichten.

Doch auf Regierungsebene zeigt sich, daß die Herrschenden lieber nicht verzichten wollen, besonders dann nicht, wenn irgendwelche hervorragenden Waffen angeboten werden. Und darauf könnt ihr euch verlassen: Der Westen wird immer neuere und schönere Waffen und Spielsachen produzieren. Ich denke doch, das ist uns allen klar.

MBAAKE:

Wenn du bitte die <u>immanenten</u> Probleme des Sozialismus zügiger zur Sprache bringen würdest, könnten wir eventuell auch noch zu Wort kommen. Wenn es dir nichts ausmacht. Du erzählst uns eh nur Gewäsch. Wir wissen doch, daß der

Sozialismus kommt, egal, was uns die Makhoa erzählen. Und zwar deshalb, weil die Afrikaner schon immer Sozialisten gewesen sind; in unseren Dörfern waren wir schon Sozialisten, bevor Karl Marx geboren wurde, bevor sein Großvater geboren wurde. Der Sozialismus liegt uns im Blut. *Mbaake hatte offenbar keine Lust mehr, bei jedem Einwurf erneut aufstehen zu müssen, und lehnte sich schon prophylaktisch an die Wand.*

BOSO-STIMMEN:

Hyah, hyah!

DENOON:

Also, das bringt mich in Versuchung. *Das war mir klar.*

Ich würde mich liebend gern über den afrikanischen Sozialismus unterhalten und darüber, ob das Dorf jemals eine wirklich sozialistische Institution gewesen ist. *Ich beschwor ihn im Geiste, es sein zu lassen.*

Zu dieser Frage ist schon sehr viel Unsinn geschrieben worden. *Ich bestürmte ihn im Geiste, sich an sein Konzept zu halten – unter anderem deshalb, weil es mich interessierte.*

Der dritte Kostenfaktor, den ihr in keiner Boso-Broschüre je finden werdet, betrifft die Unterdrückung des besitzorientierten Individualismus. Der Sozialismus, könnte man sagen, gleicht einer einjährigen Pflanze, der besitzorientierte Individualismus hingegen ist perennierend. Diese Kosten müssen aufgeschlagen werden auf die Kosten für die Bekämpfung der allgemeinen Kriminalität, die bislang in keinem sozialistischen Land ausgerottet worden ist. Ich meine damit die Kosten für die Unterdrückung einer neuen Kategorie von Aktivitäten, von Wirtschaftsverbrechen wie Spekulation oder Hamstern, auf die die Todesstrafe stehen würde. Es hat ja geheißen, alle Verbrechen, aber besonders diese Art von Kriminalität, würden verschwinden, sobald der Kapitalismus überwunden ist und der neue sozialistische Mensch sich entfalten darf. Nur gibt es eben keinen neuen sozialistischen Menschen, keinen Homo beneficus. Und es hat ihn auch nie gegeben. Gewiß, wenn sich jemand bei Lenin über die eiserne Hand beklagte, die das

Volk zu spüren bekam, hat er gesagt, man könne kein Omelett zubereiten, ohne ein paar Eier zu zerschlagen. Aber jetzt ist das Omelett fertig, und seine Nachfolger zerschlagen immer noch Eier. Dritter Kostenfaktor.

Ich hoffe, daß ihr mir zumindest folgendes abnehmt: Ich will nicht behaupten, daß es allein deshalb unmöglich ist, kooperative ökonomische Strukturen zu verwirklichen, weil wir uns zu ihrem Erhalt auf den guten alten Homo oeconomicus verlassen müssen. Nein. Ich behaupte, es ist möglich, aber man muß listig sein wie eine Schlange. Und damit zum vierten Faktor.

Viertens. Was immer euch - oder sonstwem - im Hinblick auf eine sozialistische Industriewirtschaft für Botswana vorschweben mag, vergeßt dabei nicht, daß das Land - wie ganz Afrika - agrarwirtschaftlich strukturiert ist. Zeigt mir ein sozialistisches Land, und ich zeige euch die Notwendigkeit zur Einfuhr von Nahrungsmitteln. Schon heute lebt ihr, leben wir, von den Lebensmittelspenden des Westens. Mir fällt auf, daß Boso neuerdings von Kollektiven für Ackerbau und Viehzucht redet. Glaubt mir, die praktische Durchsetzung des Sozialismus - also die Umwandlung von Landarbeit zu Lohnarbeit - hat sich überall als Katastrophe erwiesen. In der Landwirtschaft - mit Ausnahme des Sonderfalles der Kibbuzim - funktioniert der Sozialismus nicht. Die letzte der vielen Rinderfarmkooperativen, die in Kenia gegründet wurden, als das Land unabhängig wurde, hat im vergangenen Jahr aufgeben müssen. Wenn ihr euch eine einzige meiner Thesen vom heutigen Abend vornehmt, um sie zu prüfen und zu widerlegen, dann bitte diese.

Ein Grund, weshalb ihr Nahrungsmittel werdet einführen und bar bezahlen müssen, ist der, daß ihr als sozialistisches Land erst dann mit Lebensmittelspenden rechnen könnt, wenn euer Volk kurz vor dem Verhungern ist, wie in Mosambik.

Fünf war ein Debakel. Er brachte keine Systematik zustande, und während seiner Ausführungen langweilten sich etliche Zuhörer tödlich. In den Notizen, die ich mir an jenem Abend noch zu Hause machte, steht, es gäbe zwei Möglichkeiten, um gesamtgesellschaftlichen

Mehrwert abzuschöpfen: zum einen über den Staat durch Steuern, zum anderen über freiwillige individuelle Leistungen, das heißt, das Volk müsse sich abrackern und zum Sparen zwingen. Ich glaube, seine Ausführungen liefen darauf hinaus, daß die Kapitalakkumulationsrate in Systemen, die sich auf erstere Methode verlassen, weit niedriger wäre, was dann die Notwendigkeit zur Folge hätte, für immer und ewig bei den ertragreicheren marktwirtschaftlichen Systemen Kapital aufnehmen zu müssen.

Dazu gehörten irgendwie auch seine Ausführungen über die generell unterentwickelte Anpassungsbereitschaft sozialistischer Systeme, was nichts anderes hieß, als daß effiziente Bereiche in einem nicht mehr vertretbaren Maße ineffiziente subventionieren müßten. Firmengründungen und -schließungen wären nicht an Erfolg gebunden, und da die Menschen ein politisch begründetes Recht auf Arbeit hätten, würden sich ineffiziente Produktionsbereiche vermehren und der Ökonomie zum Klotz am Bein werden. An dieser Stelle lauschte ich mehr der Stimme als dem Mann.

Ich ertappte Grace dabei, wie sie mich beobachtete. Ich war wohl ziemlich hingerissen. Mir schien, als würde in ihren Augen Triumph aufblitzen, bevor sie wieder wegsah.

Sein Schluß war gut und lautete in etwa: Der orthodoxe Sozialismus, dem man gern anhängen könne, sei als System schwerfällig, starr und zugleich zerbrechlich, weil er Entscheidungen zentralisiere und es keine Risikostreuung gebe und weil exorbitante, regelmäßig wiederkehrende Kosten entstünden, wie sie die Ökonomien der sogenannten Rivalen nicht kannten. Und schließlich sei er ein System, das aller Wahrscheinlichkeit nach von diesen sogenannten Rivalen dauerhaft abhängig bleiben würde. Und obwohl die Erträge im Sozialismus gleichmäßiger verteilt würden - was ihn ja gerade auszeichnete -, so gebe es doch langfristig eine Tendenz zur Ungleichheit, die fragwürdig sei. Und nicht zuletzt müsse man die Unverträglichkeit von Sozialismus und Agrarwirtschaft berücksichtigen, auf die er hingewiesen habe.

Es gab jede Menge Pro- und Kontra-Zwischenrufe. Plötzlich war jemand von der russischen Botschaft zugegen, und man rechnete offenbar mit seiner Wortmeldung, aber er zuckte bloß die Achseln.

Er war leider eben erst hereingekommen. Mbaake konnte kaum an sich halten und machte die wedelnde Handbewegung, die botswanischen Trampern den ausgestreckten Daumen ersetzt und mit der er natürlich blanken Sarkasmus zum Ausdruck brachte.

DENOON:

Ich möchte nur eben noch –

Weitere Zwischenrufe, darunter »Ow!« und »Menschewik«.

DENOON:

Genossen, ich möchte nur eben noch –

Wenn ich darüber nachgrüble, ob ich bei Denoon auch dauerhafte Spuren hinterlassen habe, woran umgekehrt ja kein Zweifel besteht, fällt mir eines ein: Ich habe es ihm ausgetrieben, die einleitenden Worte »Ich möchte nur eben noch dies« und »Ich möchte nur eben noch das« über Gebühr zu strapazieren. Ich konnte ihn davon überzeugen, daß diese Floskel unweigerlich als präapologetisch empfunden wird. Insbesondere warnte ich ihn davor, Telefongespräche auf diese Weise zu beginnen. Das leuchtete ihm ein, und nach einigen Rückfällen schaffte er es sogar, ganz darauf zu verzichten.

MBAAKE:

Einen Augenblick bitte, Genosse, *letzteres sarkastisch*, du stiftest doch bloß Verwirrung. Erst verdammst du den Kapitalismus, weil er Sklaven hervorbringt, und dann meinst du, wir müßten uns vom wissenschaftlichen Sozialismus lossagen, sonst würden wir fünffach draufzahlen. Also sollen wir die Hände in den Schoß legen und tatenlos zusehen, wie die Weißen ringsum alles an sich reißen. Dabei ist es doch so, daß Karl Marx erst sehr spät herausgefunden hat, was wir schon längst praktizierten und noch praktizieren würden, wenn der weiße Mann uns nicht seit Jahren daran hindern würde. Und wenn wir uns auf den Sozialismus rückbesinnen, werden wir, was du unterschlägst, vom weißen Mann umgebracht, siehe Asegyefo Nkrumah.

Also erkläre uns doch endlich, was dieser Suigenerismus ist, zu dem wir uns hinwenden sollen, und was – *dies sehr schneidend* – autochthone Entwicklung bedeutet.

DENOON:

Ich wiederhole: Den Begriff, den du verwendest, habe ich seit zwölf Jahren nicht mehr benutzt.

Und ich möchte nur eben noch sagen, daß dies ein Exkurs war, denn eigentlich wollen wir doch über das Dorf sprechen und sehen, ob wir hier und heute irgendwelche Ideen zur Rettung des Dorfes entwickeln können.

Worauf ich bislang hinauswollte, ist folgendes: Erstens, der Kapitalismus zerstört überall die Dörfer, blutet sie aus, tötet sie ab, stranguliert sie, raubt ihre jungen Männer. Ich hoffe, da sind wir uns einig, denn ich meine, unter den Genossen große Zustimmung zu diesem Punkt bemerkt zu haben.

Und zweitens, kann der Sozialismus die Dörfer retten? Ich habe geglaubt, daß die Frage mit einem Ja beantwortet werden wird, und wollte mein Nein vorwegnehmen, um Zeit zu sparen.

Heute abend spreche ich von Systemen im allgemeinen nur, um möglichen Einwänden vorzubeugen. Die erste Frage lautet demnach: Was zerstört das Dorf? Antwort: der Kapitalismus. Die zweite: Was kann das Dorf retten? Antwort: das Warten auf den Sozialismus. Die erste Antwort ist richtig, die zweite ist falsch. Doch nun zum Dorf –

EINE STIMME:

Dann handelt es sich also um eine Fata Morgana, wenn wir die Revolution vor unseren Augen anbrechen sehen?

DENOON:

Ach ja, die Revolution.

Es gibt nichts Aufregenderes als die Revolution oder sagen wir die Revolte, denn die ganze Metaphorik der Revolution nährt sich aus der Revolte, die etwas vollkommen anderes ist.

Ich entferne mich jetzt so weit von unserem Thema, daß ich schon etwas unruhig werde.

Vielleicht sollte ich nur eines anmerken: Wer meint, der Sozialismus sei der Weg, ein Weg, um das Dorf zu retten, muß wissen, daß die Revolution der denkbar schlechteste Weg zum Sozialismus ist - eindeutig, ohne Wenn und Aber der schlechteste.

Das meinte ich auch, als ich vor langer Zeit einmal sagte, der Sozialismus sei die Fortsetzung der romantischen Bewegung mit allen Mitteln. Das war eine Parodie auf Clausewitz und einige andere Leute, Sozialisten, die es heute nicht mehr gibt, wie zum Beispiel die Black Panther Party. Revolution steht für Revolte, und Revolte ist Ikone und Herzstück des Sozialismus.

Ihr alle wißt, warum! Sozialisten, besonders junge Sozialisten, schwärmen für die Idee der Revolution. Jeder Zirkel von Soziologiestudenten und Buchhändlern nennt sich gleich Revolutionäre Partei der Linken oder Partei der Revolutionären Linken oder Linke Revolutionäre Volkspartei - wie auch immer, solange nur das Wort Revolution im Namen vorkommt. Und das ist durchaus verständlich. Alles, was wir uns von einer Gesellschaft wünschen, tritt in denjenigen zu Tage, die revoltieren, die sich erheben. Spontaneität! Spontane Hierarchie! Selbstaufopferung! Die ganze Nacht aufbleiben! Arbeiten bis zum Umfallen! Kühnheit! Kameradschaft! Die große Party hinter den Barrikaden - was ist das für ein Gefühl, wenn man die Polizei aus dem Viertel verjagt hat! Eier umsonst, alles umsonst... bis die Läden leergeplündert sind. Ein Mann, eine Waffe! Nicht zu vergessen das Hochgefühl, wenn man die Tore der Gefängnisse aufbricht! Was für ein großer Augenblick! Das ist der Augenblick, den der wahre Sozialist heiß und innig liebt und von dem er glaubt, er werde am Tag danach in der Gesellschaft weiterleben.

Hier meldet sich intellektuelle Vereinsamung zu Wort, dachte ich. Es war nicht zu übersehen, daß er immer mehr in eine Art hysterischen Redezwang geriet, je häufiger er unterbrochen wurde. Schlenker hierhin, Schlenker dorthin. Was bedeutete Mbaake schon ein Clausewitz? Da wollte Denoon die Jugend für sich gewinnen und redete von Clausewitz! Der Mann war eindeutig zu einsam. Ich hatte keine Vorstellung, mit wem er sein Buschleben teilte, aber die Szene, die sich hier abspielte, ließ mich vermuten, daß es Leute waren, die als

Diskussionspartner einiges zu wünschen übrigließen. Diese Art von Hysterie war mir durchaus vertraut. Ich hatte das gleiche erlebt, als ich von den Tswapong Hills nach Keteng gekommen war. Der Mann konnte bestimmt von mir profitieren. Ich rede für mein Leben gern, das liegt auf der Hand. Außerdem freute es mich, wie gut ich seiner Marathonrede folgen konnte, obwohl das Thema etwas außerhalb meiner akademischen Domäne lag. Ich rede für mein Leben gern. Ich gelte sogar als gute Erzählerin, mit Betonung auf -in. Beispielsweise kann ich mir jeden Witz merken. Aber ich merke mir ja ohnehin alles.

Außerdem tat er noch etwas anderes, was ich für zwanghaft hielt, nämlich Dinge zu sagen, die in anderen Kreisen vielleicht Lacher hervorgerufen hätten, aber nicht hier. Wen interessierte schon, daß er bekanntermaßen Feuer und Flamme für halbe Sachen war und daß er, wäre er bei der Oktoberrevolution dabeigewesen, gesagt hätte: Etwas *Macht den Sowjets?*

Genauso zwanghaft und ein Aspekt derselben Sache war es, en passant Bücher wie Soil and Civilization *oder* Evolutionary Socialism *zu empfehlen, die kein Mensch in Botswana kaufen konnte, nicht mal ein Multimillionär. Selbst in London und New York waren sie schwer aufzutreiben, was er später heftig bestritt.* Soil and Civilization *habe er nur erwähnt, weil dessen Kernsatz »Der Mensch ist ein Parasit auf der Erde« für ihn eine Erleuchtung gewesen sei, als er ihn zum ersten Mal gelesen habe. Ich bin auch der Meinung, daß der Mensch ein Parasit ist, aber ich beharrte darauf, daß Bekehrungsversuche, gespickt mit beiläufigen Erwähnungen von Büchern, die kein Zuhörer in die Finger kriegen kann, die Leute bloß verrückt macht. Wir sind hier in der Dritten Welt, sagte ich ihm. Erwähne nur Bücher, die du hast oder von denen du zumindest Sonderdrucke mit den wichtigsten Passagen besorgen kannst.*

DENOON:

Um zu verdeutlichen, daß die Stimmung, die zu Beginn einer Revolte Wellen schlägt, wieder verebbt: Der Augenblick ist artifiziell und verdankt sich einer hohen Adrenalinausschüttung und dergleichen. Die Gefängnisse füllen sich wieder. Schaut euch Algerien an. Selbstverständlich wäre hierzu noch sehr viel mehr zu sagen, und ich sehe, daß der werte Kollege von der Kommunalverwaltung schon ein ganz unglückliches Gesicht macht.

Sosehr ich also zu schätzen weiß, daß ihr mir Gelegenheit gebt, mich ganz spontan zu äußern, *er tat es schon wieder*, sollte oder muß ich vielmehr zum Thema zurückkehren, nämlich der Frage, wie wir, wir alle, aus allen Lagern, uns zusammentun können, um die Dörfer Botswanas zu retten und zu erhalten. Also zurück zum Dorf.

BOSO-STIMMEN:

Ja, zurück zum Dorf! Zurück zum Dorf! Geh zurück zum Dorf! *Geh zurück zum Dorf! setzte sich als Zwischenruf durch. Denoon wartete geduldig, bis der Tumult sich wieder gelegt hatte.*

DENOON:

Zurück zum Dorf –

MBAAKE:

Du willst uns also weder verraten, was autochthone Entwicklung bedeuten soll, noch wie dein großer Plan aussieht, nicht einmal einmal einmal in Grundzügen. *Mbaake war aufgeregt, was sich nicht in Stottern niederschlug, sondern in einem Wortwiederholungssyndrom. Ich vermutete, daß er einen Trumpf aus dem Ärmel zu ziehen gedachte.*

Und auch nichts über unsere Vorfahren, ob sie nun Sozialisten waren oder was auch immer.

DENOON:

Ich will hier, wie gesagt, über ein paar Dinge sprechen, die jetzt, das heißt schon heute, in den Dörfern getan werden können. Insbesondere könnte ich über Formen von minimaler Bodenbearbeitung reden, über Feldfrüchte, die bei den Makhoa in Europa beliebt sind und für die sie ordentlich bezahlen, über –

MBAAKE:

Ehé. Also darüber, wie wir ein paar Blumen im Sandveld anbauen können und dergleichen, yah.

Nun, das würden wir auch gern wissen.

Aber aber man sieht, es ist immer das gleiche mit dem weißen Mann, denn wieder einmal sagt uns ein Lakhoa, was wir hören sollen und was nicht. Das alte Lied.

Du nennst uns Genossen, aber du behandelst uns wie kleine Jungen.

DENOON:

Genosse, ich bin hierin an die Weisungen deiner Regierung gebunden, wie du sehr wohl weißt.

Ich täte wirklich nichts lieber, als hier die ganze Nacht über alle diese Fragen zu diskutieren.

Aber, Rra, ich bin ein Gast in diesem Lande. Ich –

MBAAKE:

Lieber Genosse, was kannst du über dein dein Allerheiligstes verlauten lassen, dein dein Neues Jerusalem, statt über die Blumen im Sandveld?

Was ist ... was ist denn, ist denn, wenn du uns das mal sagen würdest ... was ist diese, *sehr verschlagen*, Solardemokratie?

Oder darf der weiße Mann ständig neue Geheimnisse in unserem Land aushecken, während wir in unserem eigenen Land betteln müssen, um sie zu erfahren?

DENOON:

Wenn du vermutest, daß an der Sache irgendwas Finsteres –

MBAAKE:

Aber nicht doch, Genosse. Wann hat uns der weiße Mann denn je etwas Böses getan oder hinter unserem Rücken gemauschelt? Oder ist dir so etwas bekannt?

Die Erwähnung der Solardemokratie stellte offenbar irgendeine Art Grenzüberschreitung dar. Zur Abwechslung war Denoon eiskalt.

MBAAKE:

Was kannst du uns also über diese diese Stadt der Sonne sagen, yah?

DENOON:

Nach einer langen Pause. Etwas Derartiges existiert nicht. *Eine weitere Pause.* Die Solardemokratie ist ... ist noch ... *Er ließ den Satz unvollendet und nahm einen Schluck Wasser.*

Der seltsam abwartenden Haltung im weißen Lager lag offenkundig die Neugier zugrunde, ob die Boso-Sticheleien Denoon dazu provozieren würden, irgend etwas über sein Projekt zu verraten, das sie gern gewußt hätten. Doch hinter der Passivität verbarg sich spürbare Spannung. Wir spitzten alle die Ohren.

Der Permsec von der Kommunalverwaltung war gegangen. Das mußte etwas zu bedeuten haben.

Die Spannung stieg weiter, als der Permsec wieder auftauchte und seinen Chef mitbrachte, den Minister Kgosetlemang höchstpersönlich, was sofort den Einsatz erhöhte. Kgosetlemang war neu im Amt und ein knallharter Bursche. Als Scharfmacher der mächtigen Fraktion um Serowe in der BNP hatte er sich nach oben gekämpft. Die Botswana National Party haßte die Botswana Social Front, diese marxistischen Emporkömmlinge, die bei den jüngsten Wahlen wider Erwarten zwei Sitze im Parlament gewonnen hatten. Und Kgosetlemang haßte Mbaake aus ganz persönlichen Gründen. Es hieß, Mbaake habe eine von Kgosetlemangs Mätressen verführt, sofern verführen der richtige Ausdruck dafür war: Z hatte mir das erzählt.

Die Spannung, die aufkam, als die Antagonisten Stellung bezogen, hatte etwas nahezu Erotisches. Würde Kgosetlemang dem Ganzen ein Ende setzen oder, was wahrscheinlicher war, eine Art Stegreifrede halten? Im Augenblick versuchte er, seinen Permsec dazu zu bewegen, irgend etwas zu tun oder zu sagen. Jeder hier hatte sein eigenes Bild davon, was Denoon in der Kalahari trieb, ein Mosaikbild, zusammengesetzt aus fehlerhaften und fehlerfreien Steinchen. Solardemokratie war neu, klang überzogen und überzeugend; würde Denoon mehr dazu sagen oder nicht? Heute abend würden Memcons verfaßt werden. Vielleicht war der Stoff ja sogar gut genug für ein Fax.

Über Denoons Gesicht glitt ein Ausdruck, den ich hinreißend fand. Er war kaum wahrnehmbar, wie der Schatten einer Wolke, der über eine Stelle in der Landschaft hinweghuscht, in deren Betrachtung man gerade versunken ist. Insgesamt hatte sich Denoon bislang wacker geschlagen, das mußte ich ihm bei aller Beckmesserei zugestehen. Aber jetzt schlug seine Haltung um. Heraldisch gesprochen wechselte er von sitzend zu aufsteigend. Rein äußerlich war ihm nichts anzumerken, aber wer meine Sorte Antennen hat, konnte registrieren, daß aus Spiel urplötzlich Ernst wurde. Ich fand es aufregend. Es war so maskulin.

Dies war natürlich, wie ich heute weiß, Nelsons Reaktion auf einen weiteren Beweis dafür, daß er an höchster Stelle Feinde hatte, denn die spitze Bemerkung über Solardemokratie spielte auf ein Dokument an, das angeblich geheime Verschlußsache, angeblich reines Planspiel, angeblich nur zwei Kabinettsmitgliedern bekannt war. Die meiste Zeit hatte er ex cathedra gesprochen, aber jetzt erhob er sich, trat hinter seinen Sessel, wandte sich den Zuhörern zu und packte die Blätterknäufe oder wie immer die Dinger heißen, die oben herausragten. Grace verpaßte die Szene. Kgosetlemang rückte schon von den hinteren Reihen vor. Denoon liebt die Zeile Denn die Nacht ist fort und das Schwert gezückt, und die Scheide ist fortgeschleudert die sein Vater, ein Trunkenbold, gern zitiert hatte - und mit diesen Worten verbinde ich, was jetzt folgte.

DENOON:

Solardemokratie - was könnte darunter zu verstehen sein? Bei meinen Kollegen und guten Freunden von der Kommunalverwaltung muß ich mich für das entschuldigen, was ich offenbar im Begriff bin zu tun. Ich bitte sie um Verzeihung.

Aber nehmen wir einmal an, wir hätten ein Land vor uns, ungefähr von der Größe Frankreichs, dessen Grenzen nicht bedroht sind, da es aufgrund seiner Umsicht und aufrechten Haltung und seines Parlaments im weißen Westen wohlgelitten ist, mit nur einer Million Einwohnern und Millionen Hektar staatseigenem Land, das zum größten Teil unbewohnt und ungenutzt ist. Nehmen wir weiterhin an, daß in diesem Land im Schnitt zweihundertundzwanzig Tage im Jahr die Sonne scheint, sie ergießt sich, sie strömt hernieder, ein wahrer Goldregen, der versickert, weil niemand sich die Mühe macht, einen Eimer darunterzuhalten.

In diesem Land leben auch ein paar Weiße, genaugenommen sogar zu viele. Weiße, die für Afrika die falsche Haut mitbringen. Für uns ist die Sonne Gift, und es wäre wahrscheinlich besser, wir würden es gleich zugeben und wieder verschwinden. Viele dieser Weißen sind Experten und Berater, die vor den stahlgrauen Himmeln des Nordens geflohen sind und mit einem Kohleklumpen in den Händen herkommen, den ihr anbeten sollt, oder mit Kraftstoff, den sie verkaufen wollen. Sie finden die Sonne malerisch, mehr nicht.

Und nehmen wir an, die Batswana, oder vielmehr die Einwohner dieses Landes wollten - aus welchen Gründen auch immer - sämtliche mechanischen Arbeitsgänge mit Hilfe der kostenlosen Energie der Sonne bewältigen. Heizen, Kühlen, Kochen, Transport, Wasserförderung, jeder denkbare Arbeitsgang ließe sich direkt oder indirekt aus dieser gigantischen, unerschöpflichen Quelle speisen, ja selbst die gesamte Industrie, denn aufgrund der geographischen Bedingungen könnte man weitaus mehr Kollektoren aufstellen, als für die Industrie eines Landes mit einer Million Einwohnern jemals benötigt würden.

Die Sonne ist an diese Menschen verschwendet, solange sie ihr Potential nicht erkennen und nutzen. Sie könnten, ihr könntet, reich sein, aber nur, wenn ihr euch für etwas entscheidet, das besser ist als Reichtum.

Wäre ich Philosoph und König dieses fiktiven Landes mit nur einer Million Einwohnern - was würde ich meinem Volk sagen?

Ich würde ihm sagen: Der Wandel ist innerhalb einer Generation machbar. Wenn ihr eure Kinder entsprechend ausbildet, könnten sie die Sonnenkraft beherrschen. Sie könnten etwas Besseres als reich sein: Sie könnten frei sein.

Einige Ausländer rollten ostentativ die Augen. Es schien ihn nicht zu stören.

Ihr könntet das erste Land sein, das seiner Bevölkerung ein Leben in Freiheit gewährt, ein Leben, das sie der Kunst, den

Wissenschaften, der Gelehrsamkeit und je nach Lust und Laune auch dem Sport widmen könnte. Arbeit wäre eine Frage von Vereinbarungen: einen halben Tag, eine Woche am Stück, wechselweise ein Jahr Arbeit und ein Jahr Pause, verschiedene Arbeitszeiten und -formen in verschiedenen Städten, Regionen, wie es euch gefiele. Euer Land könnte das erste sein, das die selbstbestimmte individuelle Entwicklung zum obersten Ziel von Politik und Wirtschaft erklärt.

Eure Dörfer könnten den großen europäischen Universitäten des frühen Mittelalters gleichen, denn auch wir leben heute in einem Mittelalter eigener Ausprägung; eure Dörfer könnten wie Sonnen und Sterne strahlen, weil ihr eure Erfahrungen mit der Sonnenenergie in ganz Afrika und darüber hinaus verbreiten könntet. Botswana - oder vielmehr dieses Land - könnte ein Garten mit wunderschönen und einzigartigen Dörfern werden. Ihr könntet das erste Land sein, das seine Kinder sich zu fragen lehrt, welche Tätigkeit sie am meisten befriedigen würde, um sich dann dafür auszubilden.

Natürlich sage ich euch das alles als Lakhoa, als Vertreter der Rasse, die euch die Hüttensteuer auferlegt hat, um euch zu Sklaven des Geldes zu machen, und die euch noch heute erzählt, daß der Sinn des Lebens darin besteht, reich zu werden, und daß man sein irdisches Leben am besten dazu nutzt, ein System zu vervollkommnen, das ein paar wenige reich werden läßt, ein paar wenige nur, aber was soll's.

Aber ich sage euch, daß ihr Dörfer zu Motoren der Beschaulichkeit machen könnt. Die Verhältnisse sprechen für euch, wenn ihr euer Bevölkerungswachstum kontrolliert, wenn ihr in euren Schulen radikale Veränderungen durchführt. Eure Frauen könnten als erste von sich behaupten: Ich verrichte die Arbeit, die mir gefällt, genau wie die Männer und genau nach meinen Bedingungen. Eure Kinder könnten als erste sagen: Wir tun dieses oder jenes, weil es uns gefällt, und nicht weil die Makhoa oder die Kirche es uns vorschreiben oder der Vater oder der Staat oder die eiserne Hand des Hungers oder der Drang, reicher zu werden als der Nachbar und hinter Mauern zu leben, die von Hunden und Waygards patrouilliert werden.

Natürlich könnten diese Menschen eine solche Demokratie, wenn sie sie denn wollten, nur errichten, indem sie ihre Dörfer retten und bewahren, statt sie in die Sümpfe von Old Naledi zu entleeren, wo man den lieben langen Tag nichts anderes hört als: Ich hab kein Geld, bitte gebt mir etwas Geld, Ga ke na madi, Ga ke na madi, Kopa madi. Tagelöhner, Bettler, kleine Jungen, die eure Geldburgen belagern und madi, madi, madi rufen. Old Naledi, wo ihr Diebe heranzieht. Während über euren Köpfen Tag für Tag eine große Maschine hin und her rollt und Reichtümer verströmt, für die sich kein Abnehmer findet. Und keine Abnehmerin.

An dieser Stelle hob er seine hohlen Hände in einer arg priesterlichen Geste, und ich dachte, damit wäre der Exkurs beendet. Er war holprig gewesen und an manchen Stellen vielleicht ein wenig unwahrhaftig, aber darüber konnte ich hinwegsehen, weil es eine Stegreifinszenierung gewesen war. Auch der pastorale Ton störte mich etwas, aber in Anbetracht dessen, worauf Denoon abzielte, war er vielleicht doch nicht so unangemessen. Das schien das Ende seiner Ausführungen zu sein. Ich fragte mich, was als nächstes passieren würde, denn jetzt müßten Rechte wie Linke, wenn sie ihm entgegnen wollten, entweder zugeben oder leugnen, daß sie blind gegen die Sonne waren, diesem Deus ex machina, der mit Sicherheit mehr Aufmerksamkeit verdiente, als ihm im Schrifttum beider Lager gewidmet wurde. Denoon hatte das Terrain gewechselt.

Aber er war noch nicht fertig.

Verblüffenderweise stieg er jetzt auf perfektes Tswana um und brachte seinen Cri de cœur noch einmal vor. Und er machte seine Sache <u>ausgezeichnet</u>. Ich sagte mir: Hier erlebst du eine Ausnahmeerscheinung. Er beherrschte die Sprache so gut wie ich damals. Es unterlief ihm nicht ein einziger Fehler bei den Zeiten. Auf Tswana hörten sich seine Sprüche an wie eine Arie. Im Englischen hatte mich seine Intonation gestört, in Tswana war das nicht der Fall. Ich war gerührt.

Ich hatte gehört, daß die Batswana ihn Rra Puleng nannten, was etwa heißt Mann wie Regen oder Gut wie Regen, das höchste Lob, das die Batswana jemandem aussprechen können. Regen bedeutet auch Wohlstand, und dieses Wortelement findet sich sogar in der Währung wieder, dem Pula. Mbaake war ziemlich durcheinander. Kaum ein Weißer, der damit befaßt ist, den Schwarzafrikanern zu sagen, was sie tun sollen, kann das in ihrer Landessprache ausdrücken. Denoon hatte ihm persönlich seinen Respekt bezeugt. Mein einziger Einwand gegen die Tswana-Version war, daß Denoon den Bruchteil einer Sekunde länger als unbedingt nötig mit geschlossenen Augen dastand, als er endete.

Als ich mich später mit ihm über diesen kurzen Moment unterhielt, wurde mir allerdings klar, warum: Es war für Denoon eine große Erleichterung gewesen, daß die Solardemokratie zur Sprache gekommen war und man ihm den Anlaß zu seiner Arie geliefert hatte.

Aber er fürchtete, daß man ihm nun mit der Litanei: Keine Dämme, keine Straßen, keine Touristen kommen würde, einer Vulgarisierung seines früheren Werkes über autochthone Entwicklung. Zwar gab es gute Argumente für jeden einzelnen Punkt dieser Litanei, aber es war eine recht mühselige Angelegenheit. Inzwischen war er mit den Gedanken viel weiter. Er hatte eine noch umfassendere Theorie, die sich noch schwerer verdichten ließ. Den Suigenerismus gab es also wirklich.

Ich fand das alles erotisch. Ist es etwa nicht erotisch, jemanden zu erleben, der ohne große Mühe die beiden Systeme auseinandernimmt, die die Welt spalten, noch dazu in recht überzeugender Manier, und dann auch noch etwas vollkommen Eigenes und Überlegenes in petto hat? Ist es etwa nicht erotisch, wenn er sich nicht darum reißt, seine Erkenntnisse unter die Leute zu bringen, sie nicht am Ärmel packt, damit sie ihm zuhören, was doch die übliche Begleiterscheinung derartiger Missionen ist?

Wenn ich zurückdenke, ist mir natürlich klar, daß ich nie eine Ladung ausgewachsenen Denoonismus abbekommen habe. Zum Teil lag das daran, daß wir die ganze Zeit, die wir zusammen waren, soviel anderes zu tun hatten. Gelegentlich sagte er zwar, er habe ein komplettes Gedankengebäude ausgearbeitet, aber dann stritt er es wieder ab, ganz oder teilweise. Oder er behauptete, seine Strategie sei es, immer nur Teilstücke eines Systems zu entwickeln und unter die Leute zu bringen, so daß sie sich selbst überlegen müßten, wie sich die Teile auf wundersame Weise zu einem transzendenten neuen Ganzen zusammenfügen würden. Ich hatte immer eine ungefähre Vorstellung von seiner geistigen Provenienz; sogar in seiner kleinen Arie über die Solardemokratie wurde sie deutlich. Er war ein radikaler Dezentralist; die Elemente seines Systems waren eine merkwürdige Mischung kollektiver und mikrokapitalistischer Einrichtungen, die er in Tsau geschaffen hatte. Ich habe ihn wiederholt gedrängt, seine Vorstellungen in ausführlicher Form zu Papier zu bringen, beispielsweise seine in meinen Augen etwas verblendeten Thesen zur Solartechnologie, aber damit rannte ich nur gegen die extreme Position an, die er, aufgrund persönlicher Erfahrungen gegenüber der literarisch-akademischen Verbreitung von Glaubensbekenntnissen, einnahm: Es sei Zeitverschwendung, oder es gebe vielmehr soviel dringlichere Aufgaben, daß dafür keine Zeit bliebe.

Zum einen lag es an seiner übermäßigen Angst vor Vulgarisierung. Er dachte sich nichts dabei, die Systeme anderer flüchtig oder epigrammatisch abzuhandeln, aber sobald es um eine Auslegung des Denoonismus ging, war eine Seminaratmosphäre vonnöten und viel Zeit, la la la. Bestimmte Leute nannte er Genre-Marxisten, darunter einige, die es eigentlich nicht verdienten. Zum Teil entsprang seine Angst vor Vulgarisierung der Karikatur, zu der man die autochthone Entwicklung nach Erscheinen seines Buches entstellt hatte. Und er konnte jede Menge Belege dafür anführen, wie kluge Ideen parodistisch verzerrt worden waren, der Positivismus beispielsweise, der sich in Brasilien zu einem spiritualistischen Kult gewandelt hatte und so verkommen war, daß August Comtes Mätresse als eine seiner Heiligen fungierte. Und das war nur ein Beispiel von vielen. Wenn er es mit der studentischen Linken in Botswana zu tun hatte, nannte er sich gern einen wissenschaftlichen Utopisten: Ich bin wissenschaftlicher Utopist. Dies war ein bewußtes Oxymoron, das einerseits auf Marx' bekannte Verachtung für die utopischen Sozialisten anspielte, denen er sich so haushoch überlegen fühlte, und andererseits auf die absolut unerschütterliche Überzeugung der Studenten, daß der Sozialismus eine Wissenschaft sei. Ich hätte ihn noch mehr unter Druck setzen sollen. Es wäre schön, wenn es einen bedeutenden Text von ihm gäbe, einen Klassiker. Aber den wird es jetzt nicht mehr geben. Es sei denn, ich irre mich. Vielleicht irre ich mich ja.

Der Augenblick, nachdem er geendet hatte, war noch in anderer Hinsicht wundervoll: Ich empfand ihn nicht nur als erotisch, sondern auch als nationalistisch befriedigend. Rra Puleng war Amerikaner. Es hat schon einige Rra Pulengs gegeben, und auch die waren Amerikaner gewesen. Mich hat nie jemand Mma Puleng tituliert, was aber durchaus hätte der Fall sein können, wenn es bei den Batswana Sitte wäre, die Existenz von Frauen zur Kenntnis zu nehmen. Kein Brite wurde meines Wissens je Rra Puleng genannt, und es heißt, daß selbst Sir Seretse Khamas Frau der Landessprache kaum mächtig ist. Außerdem gab es Grund genug, sich dafür zu genieren, Amerikaner oder Amerikanerin zu sein. Reagan als neuen Präsidenten fand Denoon, wie ich noch herausfinden sollte, derart peinlich, daß er seinen Namen nicht in den Mund nahm und ihn in den ersten paar Monaten unserer Bekanntschaft nur The Brazen Head nannte, was sich auf die hohlen Götzenbilder aus Metall bezieht, zu deren Anbetung die babylonischen Priester ihre Schäfchen verführt haben und die mit Sprach-Rohren ausgestattet waren, die in die Tiefen der Tempel hinabführten, von wo aus die Priester ihre Götzen zum Sprechen brachten.

Der Zauber wirkte noch nach. Kgosetlemang, der bereits auf Denoon losmarschiert war, blieb stehen. Mbaake machte nach wie vor sein Tramper-Handzeichen, aber jetzt nur noch halbherzig. Seinem Gesichtsausdruck nach zu urteilen, wollte er etwas Höfliches sagen. Und dann standen alle auf, auch die Weißen.

Nicht aus Hochachtung. Ein Wunder geschah. Einen kurzen Moment fühlte sich alles tot an. Die Lampen flackerten und brannten dann matter, fast orangegelb.

Ein Lärm brach los, wie ich ihn in meinem Leben noch nicht gehört hatte: ein Brausen und zugleich ein Brodeln oder Zischen. Es donnerte und roch nach Ozon. Es hörte sich an, als kehrte die See mit einer Flutwelle zurück, um Botswana, ihr einstiges Eigentum, wiederzuerobern.

Es war ein Sandregen, mein erster. Aber von sintflutartigen Ausmaßen. Mittlerweile gibt es sie öfter, wegen der Dürre. Doch mein einziger Gedanke war: Afrika! Hier lernst du nie aus!

Grace tritt auf und ab

Die Vorstellung war beendet. Leute, die draußen herumgestanden hatten, wollten auf der Stelle rein, und Leute, die drin waren, wollten raus. Sie machten sich Sorgen um ihre Frauen und ihre Autos. Sand konnte in die Kühlergrills eindringen, und wegen der Hitze hatten viele ihre Autofenster aufgelassen. Die Waygards, die vor dem Sturm ins Haus geflüchtet waren, rissen sich ihre Hemdschöße aus den Hosen, verstreuten dabei eine Menge Sand und lachten wie verrückt. Auch ich wäre nach draußen gegangen, um zu gucken, wäre ich nicht auf Denoon fixiert gewesen. Normalerweise interessiert mich ein Naturschauspiel genauso sehr wie meine Mitmenschen, aber ich rührte mich nicht von der Stelle. Ich hatte mir in den Kopf gesetzt, mit Denoon anzubandeln, aber ich mußte mich beeilen, denn Z war sicherlich auf der Suche nach mir, um sich zu vergewissern, daß ich nicht im Sand ertrunken war, und bei meiner ersten Begegnung mit Denoon sollte nichts auf eine Verbindung mit Z hinweisen.

Ehe ich wußte, wir mir geschah, schob mich jemand vorwärts. Es waren Frauenhände, Graces Hände. Sie hielt mich an den Hüften und bugsierte mich durch die sich verlaufende Menge auf Denoon zu. Ich frage mich, warum ich mich nicht gewehrt habe, denn wenn überhaupt etwas in meinem Wappen steht, dann noli me tangere. Seitdem ich imstande bin, dagegen vorzugehen, habe ich immer unmißverständlich klargestellt, daß mich niemand anfassen darf, bevor ich ihn nicht dazu aufgefordert oder selbst den ersten Schritt gemacht habe. Dieses ganze von Männern initiierte Betatschen und Küssen, das neuerdings um sich greift, ist nichts anderes als Aggression ohne Gewaltanwendung. Es ist Duldsamkeitstraining und muß bekämpft werden, bis die generelle Valenz der Geschlechter ausgeglichen ist, denn beim derzeitigen Stand der Dinge kommt es einem Freibrief gleich, wenn die erste Berührung von der Frau ausgeht. In diesem Punkt kann ich ohne weiteres militant werden. Der Himmel bewahre mich davor, jemals in so einem aquariumartigen Büromilieu arbeiten zu müssen, wo freundliches Tätscheln an der Tagesordnung ist. Ich kenne solche Läden. In Stanford habe ich mich zu diesem Thema nicht immer konsequent verhalten. Ich war dort zu der Zeit, als die Beziehungen zwischen Lehrenden und Studenten ach so locker wurden. Das Komische war nur, daß diese ganzen Körperkontakte mir zum Beispiel nie eine auch nur etwas ausführlichere Bemerkung neben der unweigerlichen Zwei plus auf meinen Seminararbeiten eingebracht haben. Ich bin davon überzeugt, daß die Küsserei und Tätschelei in Stanford schlimmer grassierte als anderswo - wegen der unsäglichen Psychobewegung und den lauen Lüften, die von den Spinnerseminaren in Esalen zu uns herüberwehten; das Institut lag nicht nur in der Nähe, sondern erlebte damals seine Blütezeit. Ich wäre dafür, daß Frauen, die im Büro arbeiten und sich gern betatschen lassen, eine entsprechende Plakette tragen.

Nelson hat sich immer darüber beschwert, wie schwierig es war, von mir einen Kuß zu ergattern. Nicht zu ändern, mußte ich ihm schließlich sagen. Für mich hat ein Kuß nämlich mit Fleischeslust zu tun. Wörtlich sagte er: Dir einen Kuß abzuringen, erfordert in etwa genausoviel Aufwand, wie eine durchschnittliche Frau dazu zu bewegen, daß sie sich auf mein Gesicht setzt. Selbstverständlich sehe ich meinen Mund als Ersatz für das an, was er neckisch mein je ne sais quoi nannte. Ich müßte lügen, wollte ich es abstreiten. Wir hatten noch andere alberne Namen für meine Scham, sein liebster war sí-señor. Einer unserer kleinen Streits entspann sich um die Frage, weshalb nur Frauen eine Scham haben, weshalb also nur ein Geschlecht etwas zwischen den Beinen hat, dessen es sich schämen muß. Er behauptete nämlich felsenfest, der Begriff gelte für beide Geschlechter, bis ich ein brauchbares Lexikon auftreiben und ihn eines Besseren belehren konnte. Mir fiel auf, daß wir mehr Scherznamen für mein Geschlecht erfanden als für seines, also dachte ich mir ein paar Sachen aus, die ihn amüsierten. Ohne Spaß läuft bei mir nichts. In punkto Verspieltheit war er bisher wohl etwas kurzgehalten worden. Er hatte Talent. Wenn ich zum Beispiel seinen Schwanz streichelte, sagte er gern, ich liefe Gefahr, gleich die Rechnung aufgestellt zu kriegen. Damit wollte er mich nicht erniedrigen.

Ich glaube, weshalb ich mich von ihr bugsieren ließ, lag vor allem daran, daß ich Denoon bedauerte, diese Frau zur Frau zu haben. Und ich wollte ihm die Peinlichkeit ersparen, daß ich mich umdrehte und sie k.o. schlug. Aber noch etwas anderes machte mich ungewöhnlich friedfertig. Was sie letztlich vor dem Unglück bewahrte, das sie herausforderte, ohne es zu ahnen, war ein Gefühl von Schicksalhaftigkeit, das mich erfaßt hatte. Es war das Gefühl, daß alles so sein mußte, weil es in den Sternen stand.

Wenn ich mir die Szene vor Augen führe, wie ich Denoon entgegengeschoben wurde, erscheint mir alles nebulös, verlangsamt, wie in der Kurzgeschichte, die glaube ich Der Kuß heißt, nur umgekehrt. Im Gegensatz zu den meisten Frauen behalte ich immer Titel und Autorennamen. Das ist mir wichtig. In diesem Fall lag ich allerdings insofern daneben, als ich dachte, Der Kuß wäre ein Titel, der mir in fast allen Anthologien unterkommen würde, aber ich stieß nie wieder darauf. Wenn ich jetzt Leuten davon erzähle, halten sie die Geschichte für eine feministische Ente von mir. Der Kuß ist eine kurze, zweiseitige Schilderung dessen, was ein Mann sieht, wenn er die Augen offenläßt, während sich sein Gesicht dem der Frau, die er küssen will, nähert. Ihre Augen sind natürlich geschlossen, wie es die Konvention verlangt. Während er sich zum Kuß hinabbeugt, gleicht ihr Gesicht zunächst einer ebenmäßigen Maske der Schönheit. Bei näherer Betrachtung verwandelt es sich jedoch in eine Mondlandschaft mit Kratern, mit ölig schimmernden Stellen und deutlich hervortretendem Gesichtshaar. Im Grunde geht es selbstverständlich um Frauenhaß. Ihre Metamorphose zum Häßlichen ist das Ergebnis nächster Nähe, weiter nichts; eigentlich ist sie eine schöne Frau. Ich habe versucht, zu rekonstruieren, wo ich die Geschichte gelesen habe und wer sie geschrieben hat. Der Autor war Engländer, da bin ich mir sicher. Wenn ich andere Frauen frage, ob sie sie kennen, und beiläufig erwähne, daß ich glaube, der Autor wäre Engländer, sagen sie meistens: Ach, dann muß es was Schwules sein.

Nelson hatte große Schwierigkeiten, sich in meine Dissertationspanik einzufühlen. Das alles lag so weit hinter ihm. Und er war so anti-akademisch eingestellt. Und ihm war alles so leichtgefallen. Als er endlich aufgehört hatte, mich mit spöttischen Vorschlägen zu anderen Forschungsbereichen und Dissertationsthemen mundtot zu machen, kamen hin und wieder sogar ganz interessante Anregungen von ihm. Er meinte, es müßte doch eine Doktorarbeit dabei abfallen, wenn man per Computer den Korpus aller Kriminalromane seit Entstehen des Genres analysieren und eine ansteigende Kurve für weibliche gegenüber männlichen Mordopfern finden würde. Das sei doch kein schlechter Ansatz. Ich entgegnete ihm, das reiche für eine Seminararbeit, aber nicht für eine Dissertation. Dann sollte ich eben weitere wesentliche Daten berücksichtigen, meinte er. Er war auch davon überzeugt, daß die durchschnittliche Zahl von Morden pro Krimi anstieg. Für einen anderen Aspekt beim Abfassen einer Doktorarbeit hatte er anfangs allerdings überhaupt kein Verständnis und wollte ihn nicht mal als Problem anerkennen: Man schreibt seine Diss und muß dann feststellen, daß man aufgrund der Riesenmenge von Doktorarbeiten, die heutzutage produziert werden, die Hälfte oder ein Drittel einer anderen Arbeit dupliziert hat. Ich sagte: Du kannst darüber nur so reden, weil du ein origineller Denker bist. Das ärgerte ihn.

Jedenfalls verlief meine langsame Annäherung an Denoon umgekehrt wie Der Kuß. Er sah um so besser aus, je geringer der Abstand wurde. Sein Kinn wirkte blauer, obwohl das vermutlich an dem Licht des sonderbar fluoreszierenden Doughnut lag, unter dem er stand. Sein äußeres Erscheinungsbild ließ nichts zu wünschen übrig. Das Weiße in seinen Augen war vorbildlich weiß. Er lächelte Kgosetlemang an - die Veranstaltung konnte offenbar als beendet betrachtet werden -, und ich sah, daß sein Zahnfleisch so gesund war wie mein eigenes, was einiges heißen will. Ich pflege mein Zahnfleisch. Menschen, die im Busch leben, halten sich oft nicht mit Mundhygiene auf, ganz zu schweigen von anderen Kleinigkeiten. Aber bei ihm schien alles gut in Schuß zu sein. Ich pflege meine Zähne deshalb so zwanghaft, weil der Film *I Wake Up Screaming* in meiner Vorstellung nur von einer Frau handeln kann, die immer noch auf der Suche nach dem Partner fürs Leben ist und mittlerweile ein Gebiß trägt. Meine Ängste erstreckten sich weit in die Zukunft.

Er war richtig für mich und umgekehrt. Ich wußte es und

wollte es nicht, weil es stimmte, obwohl er ungefähr fünfzehn Jahre älter war als ich. Was sagte das über mich aus? Ich wollte es auch deshalb nicht, weil ich die Gattenwahl schon als Konzept nicht leiden kann. Einer meiner unerschütterlichsten Vorbehalte gegen die Welt betrifft die Gattenwahl: Daß nämlich jeder irgendwann physisch bei genau dem Partner landet, den er oder sie verdient, jedenfalls aus der Sicht eines idealen Beobachters, sofern nicht Geld oder Macht den Vorgang verfälschen. Ich weiß natürlich, daß das ungefähr dasselbe ist, als wollte ich mich über die Photosynthese erregen oder darüber, daß ich in einem Körper stecke, der in regelmäßigen Abständen defäkieren muß. Meist läuft es auf zueinander passende Gesichter hinaus. Als ich die einschlägige Literatur studierte, bezeichnete ich sie privatim als Visagismus. Ich werde mich wohl nie damit abfinden können. Weshalb kann nicht jede Gattenwahl auf dieser Welt seelisch motiviert sein, statt unweigerlich und grundsätzlich über die passende physische Verpackung zu erfolgen? Selbstverständlich kennen wir alle die Antwort: Weil wir sonst die Evolution durcheinanderbringen würden. Trotzdem belastet es mich. Wir wissen, was wir sind.

Er war bei guter Gesundheit. Das bewiesen seine Reflexe. Es sprach von Aplomb, daß er es verstand, das Gespräch mit Kgosetlemang zu beenden und sich gleichzeitig der Dampfwalze, bestehend aus mir und seiner überdrehten Frau, zuzuwenden.

Auf Anhieb erkennen zu können, ob jemand bei guter Gesundheit ist, ist ein Trick oder ein Irrglaube, den ich mir zugelegt habe, als ich für einen Scharlatan von Ernährungstherapeuten in Belmont als Sprechstundenhilfe arbeitete. Ich tippte darauf, daß Denoon einen reinen, frischen Atem haben würde, und lag richtig. Inzwischen hoffte ich, daß Denoon der wäre, der er zu sein schien, oder noch mehr. Der einzig verbleibende Unsicherheitsfaktor war seine Körpermitte. Ich wünschte mir die Macht eines Impresario oder wer immer es ist, der Frauen, die sich um eine Rolle in einer Revue bewerben, befehlen kann, die Röcke zu lüpfen, um ihre Schenkel zu prüfen. Ein Dashiki vermag ein langes Sündenregister zu verbergen. Und eine spannungsgeladene Begegnung wie die bevorstehende veranlaßt einen automatisch dazu, den Bauch einzuziehen. Ich wollte zu gern wissen, wie dick er war. Das Ausmaß seines Problems zu kennen hätte mich beruhigt. Fett ist bei mir extrem besetzt, was insofern Vorteile hat, als ich dadurch einen guten Einfluß auf Freundinnen ausübe, die abnehmen müssen. Doch unter der Oberfläche lauert der Berg meiner Mutter und die Angst vor den Auswirkungen, die ihre Körperfülle letzten Endes auch auf mich haben könnte. Ein Dashiki ist so was wie ein Kittel. Meine Mutter trug immer Kittel, auch dann noch, als sie in den Kindergärten des südlichen Minnesota längst zur Persona non grata geworden war, weil sie wiederholt etwas von dem Essen der Kinder für sich abgezweigt hatte.

Grace schob nicht weiter. Ich war großzügig. Ich gab ihr Schützenhilfe, indem ich ihr einen komplizinnenhaften oder schalkhaften Blick zuwarf, der mir einige innere Stärke abverlangte.

Er sagte, Hallo, Grace. Seine Stimme war perfekt auf die Situation abgestimmt: eine Nuance argwöhnisch, dabei aber freundlich und nur leise drohend. Er sah an mir vorbei. Bis jetzt hatte er meine Anwesenheit kaum wahrgenommen.

Hier ist eine Frau, die du unbedingt kennenlernen mußt, sagte sie mit verzückter Stimme. Sie war genau wie er mit einer überdurchschnittlichen Stimme gesegnet. Hieß das, daß die beiden irgendwann einmal füreinander bestimmt gewesen waren? Wenn doch nur ihre Stimmen zusammenbleiben könnten, dachte ich, und die Verpackungen getrennte Wege gehen. Ihre Stimme war mir vorher nicht aufgefallen.

Eines war mir jedenfalls klar: Ihr Zusammenspiel funktionierte nicht mehr; ihre Beziehung war am Ende, ob sie nun bereit war, sich das einzugestehen, oder nicht. Alle beide taten mir leid, aber andererseits frohlockte ich innerlich, ehrlich gesagt.

Wir bildeten ein stimmig angeordnetes Dreieck.

Du hast ihr heute abend gefallen, sagte Grace.

Ach ja? Nelson sprach mich direkt an.

Ich habe was übrig für Tiraden, sagte ich. Das rutschte mir so heraus, und kaum war es mir über die Lippen, wußte ich, daß ich unverschämt wirken mußte und ganz offensichtlich so, als wollte ich der Schwäche für Wortspiele schmeicheln, die er an diesem Abend bewiesen hatte. Es war so offenkundig, daß ich rot wurde. Aber im selben Moment dachte ich auch: Was soll's. Tatsache ist, daß man ungefähr zehn Sekunden Zeit hat, auf jemanden einen Eindruck zu machen, dem man das erste Mal begegnet. Und bei den Großen und Beinahe-Großen geht es noch schneller, denn ihre Größe beruht unter anderem auf der Fähigkeit, blitzschnell zu erkennen, wer von den Leuten, die sie belagern, ihnen von Nutzen sein kann und wer nicht. Also schlug ich zu. Ich war mir bewußt, daß ich bei dem Gewicht, das ich damals auf die Waage brachte, niemanden kraft Schönheit betören konnte. Aber das Eisen war heiß. Ich erreichte als erste den Unfallort, will heißen ihre verunglückte Ehe. Ich wußte, daß ich rot wurde. Doch auch wenn ich die Farbe wechsle, ist mein Teint ein Pluspunkt, deswegen schadete es nicht.

Da ich Erfahrungen an der Peripherie so mancher Beinahe-Großen gesammelt hatte, fürchtete ich, daß gleich ein mir schon wohlbekanntes Phänomen auftreten würde, nämlich eine Verschattung des Blicks, so als senkte sich eine feine Membrane über die Augäpfel. Sie schauen einen zwar weiterhin an, aber ohne einen zu sehen, als ob man nicht auf ihrer Stufe stünde oder aber zu der Art Beute gehörte, an der sie kein Interesse haben. Das Phänomen ist in der Natur wohlbekannt. Man nennt es die Nickhaut. Diverse Reptilienarten haben sie, und man sagt sie auch dem großen chinesischen Schurken Fu Manchu nach, einem von Nelsons Kinderbuchhelden, wie ich bei einer späteren Erörterung unserer ersten Begegnung erfahren sollte. Denoon bestritt, daß er jemals so etwas tat. Ich vertrat die Position, daß die Großen gar nicht anders könnten, aber schließlich mußte ich einräumen, daß ich ihn nie dabei ertappt hatte, nicht ein einziges Mal. Er betrachtete sich als eingefleischten Demokraten. Daran ließ er nicht rühren.

Wieso Tiraden? fragte er.

Ich antwortete auf Tswana, sehr forsch, leicht parodistisch: Na zum Beispiel die Tirade die Sonne als Kuh, die niemand sich die Mühe macht zu melken. Das war ein weiterer Pfeil, der treffen sollte, ehe das Fallgitter niedersauste, und der mehrere Ziele ansteuerte. Er rückte meine Fähigkeiten ins rechte Licht: Ich war etwas Besonderes. Außerdem ließ ich ihn indirekt damit wissen, daß er bei seiner Beschreibung der Sonne eine Chance vertan hatte, weil er nicht auf den Vergleich mit einer Kuh gekommen war. In Botswana gilt der Vergleich mit einer Kuh als das Allerhöchste - übrigens bei sämtlichen Bantu-Völkern, nicht nur bei den Tswana. Die Gottheit mit der feuchten Nase, so wird sie auch genannt. In diesem oder einem späteren Zusammenhang benutzte ich übrigens die Wendung »trockener Regen« für Sonnenlicht. Er war entzückt über diesen Ausdruck, der sich in der auf Tswana verfaßten, irgendwann später veröffentlichten Broschüre über Solardemokratie wiederfand. Ich werde es wohl doch nicht schon damals gesagt haben.

Wenn ich zu lang bei diesem Augenblick verweile, dann nur, weil ich es nicht ändern kann. Die Liebe ist von großer Bedeutung, und die Gründe dafür, warum wir sie erringen oder warum sie uns versagt bleibt, sind wichtig. Die Anzahl der Frauen in meiner Generation, die rückblickend jemanden als »meine große Liebe« bezeichnen, in welchem Zusammenhang auch immer, dürfte verschwindend gering sein. Ich mußte wissen, wie meine Chancen standen. Liebe ist anstrengend. Jemanden zu erobern ist anstrengend. Womit ich sagen will, wenn unsereins dazu verdammt ist, sich nach Liebe zu sehnen, dann dürfen wir nicht aus dem Spiel aussteigen, solange wir noch spielen können. Dabei wäre das Spiel von seiten der Männer aus doch soviel einfacher. Sie setzen niemals auf die Liebe als solche, nie. Sie setzen auf die Frauen. Und für Männer ist die Liebe das Destillat oder der Inbegriff dessen, was sie mit jeder einzelnen Frau erlebt haben und was nicht ausgesprochen schmerzlich war. Hier besteht ein Widerspruch, den ich leider auch nicht auflösen kann. Was mich antrieb, war das Gefühl, der absoluten, ja sogar der großen Liebe eines anderen wert sein zu wollen. Und für mich kann das nur heißen, der Liebe eines Mannes, ob's mir nun paßt oder nicht. C'est ça. Hier stehe ich, da stand ich. Ich weiß nicht, ob es heute einen größeren Kraftakt bedeutet als früher, aus einem Mann Liebe herauszuholen, aber letztlich weiß ich es doch: Es ist schwieriger. Es ist schrecklich. Es ist eine Prüfung, die sich mit Worten nicht beschreiben läßt. Wenn ich depressiv werde, fühle ich mich so, wie es in einem von Denoons Lieblingszitaten zum Ausdruck kommt: *»Ein bittres Mahl stand heiß im Dampf und ein Mund aus, der es äße«* Männer sind wie gepanzerte Wesen, turmhohe Gebilde aus Eisen und Leder, sogar aus Mauern, und uns wird gesagt, all das werde ganz von allein abfallen, wenn wir nur den richtigen Nerv treffen, und dann würde leidenschaftliche Hinwendung hervorsprudeln. Und wir wissen auch, daß dieses Wunder gelegentlich einer unserer Schwestern widerfährt oder widerfahren ist. Damit schließt sich der Kreis zu meiner Einstellung dem Küssen gegenüber, mit der er sich nie anfreunden konnte. Jeder will geküßt werden, das versteht sich von selbst. Aber ich will Küsse aus einer Quelle, die heftig sprudelt, von einem Menschen, der erregt ist. Deshalb sind die kleinen Mottenflügelküsse von Männern, die uns nur den Stempel ihrer Überlegenheit aufdrücken wollen, auch so unerträglich.

Selbstverständlich war mir bei all meiner Taktiererei durchaus bewußt, daß ich mich bestenfalls am Rande des Vororts von dem befand, was wir alle suchen oder im Zentrum vermuten. Doch zum damaligen Zeitpunkt war ich soweit, daß selbst die flüchtige Berührung mit echter Liebe etwas gewesen wäre, das ich an mein Herz gedrückt hätte, um mir zu beweisen, daß meine Theorie über mich nicht falsch war. Theorien können reaktionär und trotzdem anwendbar sein.

Natürlich war Grace betrunken. Daran gab es gar keinen Zweifel. Ich hatte eine Betrunkene hierhergeführt und es bis jetzt nicht gemerkt. Wie ich das hatte übersehen können, ist eine Fallstudie zum Einfluß der Motivation auf die Wahrnehmung. Er mußte annehmen, daß sie ohne mein Zutun nicht erschienen wäre. Grace wankte.

Wie gefällt sie dir? fragte Grace.

Ich dachte, du wolltest am Dienstag abreisen, Grace. Das war doch abgemacht, dachte ich.

Du hast geglaubt, ich wäre fort, sagte sie. Aber ich habe sie gefunden. Wie gefällt sie dir?

Letzteres überging er. Er sagte: Grace, es war doch eindeutig abgeklärt, wann du abreisen würdest. Ich muß zurück nach ... ich muß zurück.

Aber Nel, ich hab noch ein paar Dinge zu erledigen. Man darf übrigens Nel zu ihm sagen. Aber ich verschwinde bald.

Aha. Und wann genau?

Sei doch nicht so ungeduldig, sagte sie. Er läßt sich von mir scheiden, sagte sie zu mir.

Er blies die Backen auf.

Alle wollen die Scheidung, sagte sie. Wie kommt das?

Das ist nicht besonders erfreulich, Grace, sagte er in etwas strengerem Ton.

Bin ich nie, sagte sie. Ja, ja, ich weiß. Dann redet doch ihr beide. Das ist bestimmt erfreulicher, könnte *ich* mir jedenfalls vorstellen.

Sie stand übertrieben stramm, in einer Parodie backfischhafter Konzentration, die ihr nicht ganz gelang. Aus unerfindlichen Gründen wollte sie sich auf die Zehenspitzen stellen. Sie wankte bedenklich, und als wir nach ihr griffen, gerieten wir aneinander. Mein Ellbogen stieß gegen seinen Leib, lieferte mir aber keinerlei Information.

Ich holte ihr einen Stuhl, und sie setzte sich. Er hob die rechte Hand über den Kopf und drückte sich dann die Fingernägel auf den Scheitel - eine der Akupressur verwandte Methode der Selbstberuhigung, auf die er nur in extremis zurückgriff, soweit ich weiß.

Damit wurde jede Kommunikation zwischen uns irgendwie peinlich oder unmöglich, wenn mir nicht ein rettender Einfall kam.

Das Publikum kehrte jetzt kleckerweise zurück. Ein netter, sehr bescheidener, ernsthafter junger Motswana, der im Botswana Book Centre arbeitete, näherte sich ehrerbietig und nichtsahnend unserer Schlangengrube. Ich kannte ihn, denn wann immer ich in den Buchladen kam, las er aus irgendeinem Grund einen Penguin-Klassiker wie *Die Mühle am Floss*. Seine eigentliche Aufgabe war es, die Stapel Rand Daily Mail und Star in den vorderen Teil des Ladens und die unverkauften Zeitungen wieder nach hinten zu schleppen, was er auch tat. Aber dazwischen huschte er immer schnell zu seiner Lektüre zurück.

Er wollte mit Denoon sprechen, doch Grace winkte ihn zu sich.

Afrika ist riesig, nicht wahr? sagte sie. Ich finde es riesig.

Er war sprachlos, stimmte ihr aber zu. Nelson erlöste ihn.

Er wollte von Nelson wissen, was man gegen die Buren unternehmen könne. Mich aber interessierte plötzlich viel mehr die

Frage, ob Grace dumm war oder nur betrunken. Karikierte sie sich selbst aus Verzweiflung oder einer Art Trotz? Wie gescheit war sie? Hatte sie Denoon deshalb nicht halten können, weil sie ein bestimmtes Intelligenzniveau unterschritt?

Ich ging zu ihr.

Es hatte keinen Zweck. Sie wollte offenbar nicht reden. Ihr Teil der Konversation blieb auf Kopfnicken und -schütteln beschränkt. Sie mochte sich nicht mit mir zum Essen treffen. Sie mochte nicht von mir ins Hotel zurückbegleitet werden, nein nein nein.

Denoon machte gerade einen lakonischen Vorschlag zum Thema Sanktionen. Der beste Weg, eine weiße Revolte gegen die Regierung in Südafrika anzuzetteln, sei der, die vier großen internationalen Autoreifenhersteller zu einem Lieferboykott zu bewegen. Dann würden in Südafrika in weniger als einem Jahr die Reifen ausgehen.

Der Permsec von der Kommunalverwaltung, der sich neben Denoon postiert hatte, wartete nervös darauf, daß sich noch einmal genügend Zuhörer einfanden, weil er sich für ihr Kommen bedanken wollte. Schließlich verzog er sich unverrichteterdinge.

Denoon ging zu Grace, um ihr auf die Beine zu helfen. Er sagte etwas, und sie erwiderte: Du glaubst, ich finde Afrika unerfreulich, aber das stimmt nicht. Ich könnte hier sehr glücklich sein. Sehr sogar.

Old Naledi

Den Gutteil des folgenden Tages verbrachte ich damit herauszufinden, wo Denoon in Gaborone abgestiegen war. Natürlich bekam ich noch einmal sämtliche Antinomien über ihn zu hören. Er habe auf die amerikanische Staatsbürgerschaft verzichtet versus er sei im Begriff heimzukehren, um die South Bronx zu retten. Er habe eigenes Vermögen versus er habe irgendwann seinen ganzen Besitz an die Armen verteilt. Er sei ein Genie versus er sei am Ende, ein Spinner. Sein Geheimprojekt liege in der Kalahari versus im Tuli Block. Sein Projekt trage sich selbst versus es stünden ihm unbegrenzte Mittel von Histadrut und/ oder Olivetti zur Verfügung. Stutzig machte mich, daß nur in dem einen Punkt Einhelligkeit herrschte: Mit seiner Frau sei es vorbei, nachdem sie einen letzten verzweifelten Versuch unternommen habe, ihn in die Enge zu treiben und zu einer Versöhnung zu bewegen.

Ich hatte die feste Absicht, ihn aufzuspüren und mich ihm als Freiwillige anzudienen, für eine befristete Mitarbeit in seinem Projekt. Ich hatte mehr zu bieten, als er bisher ahnen konnte. Bei meinem Aufenthalt im Busch hatte ich aus purer Langeweile ein paar Brocken Saherero gelernt. Ich muß gestehen, daß ich mir am Abend zuvor überlegt hatte, ihn mit einem herzlichen Wapenduka! zu begrüßen, was ich dann aber Gott sei Dank als vollkommen gekünstelt verworfen hatte. Im übrigen kann man nur dann wirklich perfekt Saherero sprechen, wenn man sich die beiden Vorderzähne ausschlagen läßt, wie die Baherero es tun, und das ist wahrhaftig zuviel verlangt. Aber ich wußte, daß auch Baherero an seinem Projekt beteiligt waren, jedenfalls ein paar.

Um sieben Uhr abends wagte ich mich nach Old Naledi. Er war dort bei einer Familie namens Tutwane untergebracht. Das Squatterviertel von Gaborone hat zwei Teile: Old Naledi und New Old Naledi.

New Old Naledi ist der Teil, wo die Weltbank begonnen hat, die Hütten einzuplanieren und für die Bevölkerung Wohn- und Geschäftsrohbauten zu errichten. Zu jedem Rohbau gehören eine eigene Wasserpumpe und ein Stromanschluß. Die Rohbauten sind, wie der Name schon sagt, roh – das heißt, es fehlen Decken, Fenster und Türen.

Aber Denoon wohnte natürlich in Old Naledi, wo die Lehmhütten zerfallen, wo Löcher in den Hauswänden mit Lumpen gestopft und die Blechdächer mit Kopfsteinen beschwert werden. Ich sprang über Gräben und wurde immer heiserer, weil ich andauernd Footsek! schreien mußte, um die furchterregenden streunenden Ridgebackhunde zu verscheuchen. Footsek ist Afrikaans und das einzige, was sie irgendwie stoppen kann. Die Sonne war pfirsich- und blutfarben untergegangen. Es wurde dunkel. Niemand, den ich nach den Tutwanes fragte, wollte mir irgendeine Auskunft geben. Ich konnte es keinem verübeln: Schließlich hätte ich sonstwer sein können.

Mich befiel allmählich leise Verzweiflung, denn mein Plan setzte voraus, daß ich ungefähr zur Essenszeit bei den Tutwanes eintraf, um die ungeschriebene Regel der Tswana-Kultur auszunutzen, nach der man ins Haus eingeladen wird, wenn man zur Essenszeit vorbeischaut. Für die Weißen hat diese Konvention ein bißchen was von Schwindel, jedenfalls was sie selbst angeht, denn es dürfte ihren Batswana-Gästen nicht entgangen sein, daß keine weiße Familie sich jemals ernsthaft aufgefordert gefühlt hat, sich daran zu halten. Außerdem essen die Batswana ihre Hauptmahlzeit mittags, und das Abendessen ist eher eine improvisierte Angelegenheit.

Ich war drauf und dran, mich geschlagen zu geben. Über Old Naledi hängt eine Rauchdecke, die einem die Tränen in die Augen treibt. Der Rauch stammt von offenen Feuern, und es vergeht einem jegliche Lagerfeuerromantik, wenn man eine Stunde lang hier herumgelaufen ist.

Vielleicht wurde ich auch wegen meiner Kleidung falsch, das heißt als halbamtlich eingeschätzt. Ich hatte es für klug erachtet, buschtauglich auszusehen, und trug daher ein neues khakifarbenes Ensemble aus Rock und Bluse. Ich hätte ja Jeans angezogen, aber je weiter unten sie sich in der botswanischen Hackordnung befinden, desto unmöglicher finden es die Leute, wenn Frauen Hosen tragen, und Old Naledi ist Traditionopolis, weil die Squatter die jüngsten und unbedarftesten Zuwanderer aus dem Busch sind. Außerdem glaube ich, daß ich mit jedem Schritt nach Old Naledi hinein immer ängstlicher wurde und deshalb immer offizieller tat. Ich merkte, daß ich meine Hautfarbe ganz bewußt einsetzte, aber ich konnte nicht anders.

Es war wie ein Horrorspaziergang durch einen Vergnügungspark; man schlendert relativ unbekümmert durch die Dunkelheit, und plötzlich steht aus dem Nichts irgend etwas vor einem, das einen zu Tode erschreckt - ein knurrender Ridgeback oder ein uralter Mann, der einem etwas aus seinem Sack verkaufen will, dabei aber einen Dialekt spricht, den man nicht versteht. Leute verschwinden in ihren armseligen Hütten, hocken da im Dunkeln und regeln ihre Geschäfte im Dunkeln, und das macht sie für unsereinen zu einer fremden Spezies, trotz aller Kurse und aller Praxis.

Ich mußte aufpassen, daß ich nicht ausrastete. Mittlerweile war ich tief in das Labyrinth vorgedrungen, das den trostlosesten Teil von Old Naledi darstellt, den Teil, der Kgale Hill am nächsten liegt. Dort gibt es einen Steinbruch, von dem der feine Staub herüberweht, der sich auf alles legt, bis es aussieht wie ein Gemälde der Vorhölle im Sfumato-Stil - ohne erkennbare Ecken oder Konturen. In meinen Mundwinkeln und auf meinen Wimpern hing feiner Staub. Ich hatte vor allen Dingen anständig aussehen wollen, und jetzt das.

Old Naledi läßt sich gar nicht überzeichnen. Man gelangt dorthin, indem man über einen Graben mit schwarzer, widerlicher Brühe springt, wahrscheinlich abgelassenem Getriebeöl vom nahegelegenen Werkhof der Central Transport Organisation. Kein Mensch kannte die Tutwanes, geschweige denn Rra Puleng. Ich versuchte mein Glück bei jedem, selbst bei einem spindeldürren Kerl, der ein Netz frischer Rinderknochen auf der Schulter an mir vorbeitrug, mit blutgetränktem Hemd und einem Hammer im Gürtel. Drei Frauen saßen in einem Hof mit einem Palisadenzaun aus verrosteten Kfz-Blattfedern, die wie Fänge aufragten. Ich sprach sie an. Sie antworteten mir auch, aber ohne sich bei ihrer Tätigkeit stören zu lassen, die aus einem munteren Gespräch bei gleichzeitiger Verarbeitung von Zuckerrohr bestand - das heißt, sie zerkauten die Rohrstücke zu Brei und spuckten zwischendurch die weißen Fasern aus, als wären sie landwirtschaftliche Maschinen. Ihre Richtungsangaben waren ausgesprochen widersprüchlich. Ich sollte sowohl nach bophirimatsatsi als auch nach botlhabats-atsi gehen, also nach Westen und nach Osten. Die Tatsache, daß ich Tswana sprach, schien niemanden sonderlich zu beeindrucken. Vielmehr machte es die Leute noch mißtrauischer. Einige schienen mich dafür sogar zu hassen.

Dann entdeckte ich etwas, das aus der Entfernung wie ein Spielplatz aussah, mit weit verstreut herumliegenden blauen und weißen Klötzen. Ich nahm dieses Gelände als Wegweiser, bis ich merkte, daß es sich um ein Shebeen handelte und daß die Klötze leere Chibuku-Kartons waren, die da zu Hunderten herumlagen. Ein paar der noch aufrecht stehenden Zecher zeigten ein gewisses Interesse an mir. Ich würde einen Bogen schlagen müssen. In Botswana wird uns hoch und heilig versichert, daß die Batswana-Männer keine weißen Frauen vergewaltigen. Das können sie sich meinetwegen auf Botschaftsempfängen erzählen.

Versprecher unterlaufen mir selten. Wenn ja, dann weiß ich, daß meine Nerven überstrapaziert sind. Deswegen war ich geradezu entsetzt, als ich mich bei der Schilderung meiner Odyssee durch Old Naledi sagen hörte, sobald ich das Shebeen und die Kerle gesichtet hätte, sei mir klar gewesen, daß ich ihnen die kalte Brust zeigen mußte. Ein klarer Fall von Leistungsstreß. Natürlich hatte ich die kalte Schulter zeigen und sich an die Brust schlagen miteinander vermischt. Er bewies wahres Taktgefühl, indem er vorgab, meinen Ausrutscher nicht zu bemerken. Keiner von uns beiden sprach es an, trotzdem wand ich mich innerlich. In Tsau habe ich mich irgendwann einmal bei ihm dafür bedankt, daß er es ignoriert und mich damit nicht aufgezogen hat - aber damit war der Bann gebrochen, und von da an konnte ich sicher sein, daß er sich ständig mit diversen Abwandlungen meines Versprechers über mich lustig machte - à la: Dürfte ich dir wohl an die Schulter schlagen, oder: Zeig mir doch mal deine kalte Brust. Dennoch war es ein Beweis seines Edelmuts, daß er diese erste Fehlleistung in seinem Beisein überging, und wahrscheinlich sogar ein Grund dafür, daß ich nicht aufgab, trotz unserer ansonsten nicht gerade verheißungsvollen Begegnung bei den Tutwanes.

Ich war am äußersten Rand von Old Naledi angelangt, wo es keine Hütten mehr gibt und der Busch beginnt. Ein Trampelpfad führte direkt in den Busch, und daneben spielten Kinder. Mindestens sechs Bana hatten sich zu beiden Seiten des Pfads aufgestellt, so daß jedes von ihnen ein Stück Spielraum vor sich hatte. Jeweils das letzte Kind am Anfang der Reihe auf der linken Seite mußte in den Busch laufen, und von dort einen Farbtopfdeckel zwischen den gegnerischen Reihen hindurch zurück zum Anfang rollen, nach dem dann beide Seiten mit Steinen warfen. Irgend jemand zählte mit. Mit jedem Treffer rückten die Spieler auf beiden Seiten eine Position weiter, genau wie beim Volleyball. Es waren kleine Kinder etwa zwischen sechs und zehn und natürlich alles Jungen, in zerlumpten kurzen Schuluniformhosen, während das Publikum aus drei kleinen Mädchen bestand. Ich war während der entscheidenden Phase aufgetaucht. Bald würde es zu dunkel zum Spielen sein, und sie versuchten, noch einen Zahn zuzulegen, damit die Meisterschaft entschieden werden konnte, bevor sie aufhören mußten.

Tja, sagte ich mir. Und ohne viel Federlesens trat ich wie eine Geistererscheinung aufs Spielfeld, fing den Farbtopfdeckel im Rollen auf, bevor sie einen Stein schleudern konnten, und verbarg ihn hinter meinem Rücken, was sie völlig überraschte.

Sie reagierten, als wären sie Erwachsene. Sie erhoben und berieten sich wie Soldaten. Ich hatte erwartet, daß sie bei der Intervention einer weißen Riesin in alle Richtungen davonstieben würden. Ich erklärte der versammelten Mannschaft, daß ich wissen wollte, wie ich zum Haus der Tutwanes käme. Dann würde ich ihnen ihr Spielzeug wiedergeben.

Ich wünschte, ich hätte eine Videoaufzeichnung davon, wie sie die Sache regelten. Sie waren ausgesprochen höflich, aber schließlich war auch ich sehr höflich gewesen, hatte die ganze Sache mit Dumelang, bo bana und so weiter eingeleitet. Binnen drei Minuten waren wir uns einig. Ich versuchte, mir amerikanische Kinder in einer vergleichbaren Situation vorzustellen. Sie wären zur Polizei oder zu ihren Müttern gerannt. Zu den größten Fehlern der US-amerikanischen Gesellschaft gehört laut Denoon, daß sie sich gegen unbeaufsichtigtes Kinderspiel verschworen hat, hauptsächlich mittels Fernsehen und Sportarten wie Little League Baseball, die von Erwachsenen kontrolliert werden. Wenn man den Jungen in dieser Hinsicht Freiraum gewährte, so seine Theorie, dann würden sie im Spiel sämtliche Staatsformen vom Faschismus über Feudalismus bis hin zur Demokratie durchlaufen. Statt dessen gebe es ein diffuses und inhibiertes Liebäugeln mit dem Faschismus, das auf der Erwachsenenebene ausgelebt werde. Der Mann ging schwanger mit Theorien. So behauptete er auch, daß Infarktrate und Treppensteigen im Wechselverhältnis zueinander ständen, ergo bedeute der Siegeszug von Bungalow-Bauweise und Fahrstuhl im weißen Westen auch einen Siegeszug von Herzkrankheiten. Der Niedergang des Wannenbads zugunsten des Duschens sei ein vergleichbares gesundheitliches

Fiasko für die Bevölkerung, weil das Baden etwas physiologisch Einzigartiges bewirke, das mit dem Nervus vagus zusammenhänge. Seine besondere Sympathie für rauhe Jungenspiele beruhte zum Großteil darauf, daß er meinte, in dieser Hinsicht zu kurz gekommen zu sein. In East Oakland, wo er aufgewachsen war, gab es seinerzeit überall unbebaute Grundstücke und Banden, die Schlammschlachten ausfochten, Hütten für die Banden bauten, sich untereinander verbündeten. Aber für Nelson herrschte an Wochenenden Präsenzpflicht bei Kirchgängen und Einkaufsfahrten, was ihn daran hinderte, sich diesen politischen Experimenten, wie er sie nannte, voll und ganz zu widmen. Die treibende Kraft hinter dieser Wochenendgefangenschaft war seine Mutter, was er ihr selbst im nachhinein nur schwer vergeben konnte. Aus spiritueller Vereinsamung heraus hatte sie ihn stets bei sich haben wollen, das vermutete er jedenfalls. Seinem Vater aber konnte er nie verzeihen, daß er nicht interveniert und ihn befreit hatte, wenigstens vom Einkaufen.

Die Tutwanes waren in Old Naledi wohlbekannt. Unser Deal besagte, daß zwei der Bana mich hinbringen würden, nachdem ich ihnen den Farbtopfdeckel zurückgegeben hatte. Das tat ich, und dann zogen wir los.

Intellektuelle Liebe

Ich hatte nicht anbieten wollen, für Auskünfte zu bezahlen - eine Vorsichtsmaßnahme, weil ich nicht als weiße Ignorantin mit mehr Geld als Verstand hatte dastehen wollen, die sich in einer Gegend herumtrieb, wo sie nichts zu suchen hatte. Aber jetzt war es okay, und so gab ich meinen kleinen Kavalieren ein paar Thebe, bevor sie blitzschnell verschwanden.

Das Heim der Tutwanes war eine angenehme Überraschung - sehr gut in Schuß und gepflegt. Ein niedriger Windschutz umgab das Grundstück. Das Haus war ein recht ansehnliches Ovaldavel, frisch getüncht, mit einem anständigen Grasdach. Aus einem mit Elefantengras abgezäunten Eckchen neben dem Haus drangen Waschgeräusche. Am Zaun standen Holzzuber mit verschiedenen buschigen Pflanzen. Der Hof bestand aus gestampftem Lehm und war sauber gefegt. Und in einer Ecke des Grundstücks stand ein Plumpsklo, ebenfalls frisch getüncht. Ich mußte mal.

Wenn ich die Zeit zurückdrehen und die ersten drei Minuten chez Tutwane neu choreographieren könnte, würde ich es tun. Allerdings würde ich nach wie vor auf schnellstem Wege zum Häuschen müssen, egal, wie die neue Choreographie aussähe, was der vermaledeiten weiblichen Blase zu verdanken ist. Falls es eine evolutionäre Rechtfertigung für die Pygmäenblase gibt, die dem weiblichen Geschlecht zugedacht worden ist, würde ich sie gerne mal hören.

Während ich am Tor stand und koko rief, trat der Solardemokrat rückwärts aus dem Elefantengras hervor, eine Schüssel Schmutzwasser in den Händen, die er vorsichtig und in einer geraden Linie am Rande der Bepflanzung zu entleeren begann. Das Gießen gab den Ausschlag. Meine Situation wurde unhaltbar.

Er hatte sich wohl gerade den Oberkörper gewaschen, jedenfalls trug er nichts weiter als abgeschnittene Jeans und diese ungeheuerlichen kothurnenartigen Sandalen. Er hörte mich den Torriegel hochreißen, drehte sich um, sah mich dort im Dämmerlicht stehen und zog sich seltsamerweise hinter das Elefantengras zurück. Damals war mir nicht klar, daß er das aus Schamhaftigkeit tat. Er verschwand, um sich ein Hemd überzuziehen. Ganz unnötig. Sein Bauch konnte sich sehen lassen, war sogar besser, als ich erwartet hatte. Ein kleiner altersbedingter Ansatz zum Embonpoint war unverkennbar, aber selbst dem konnte mit drakonischen Maßnahmen wie Diät und Gymnastik abgeholfen werden.

Ich rannte aufs Örtchen. Es war sehr sauber und ordentlich, und an einem Dorn an der Wand hing Zeitungspapier. Es war dunkel. Ich erledigte mein Geschäft hauptsächlich per Tastsinn. Auf dem Boden stand eine Kerze, die ich nicht anzündete. Aber ich merkte auch so, daß der Toilettensitz nicht ganz der Norm entsprach.

Ich meinte, Nelson aus der Ferne, Warten Sie! rufen zu hören. Im nächsten Moment hatte ich den Eindruck, daß er direkt vor dem Häuschen stand, aufgebracht. Ich beeilte mich. Beim Hinausgehen stellte ich fest, daß die Öffnung im Toilettensitz tatsächlich nicht die übliche Form hatte, sondern einem um neunzig Grad gedrehten Schlüsselloch glich.

Er war ungehalten und rot im Gesicht, was farblich gut zu seinem grellen Dashiki paßte.

Hab ich was falsch gemacht? fragte ich ihn. Sie erinnern sich doch an mich - von gestern abend?

Hallo, ja. Hören Sie, haben Sie eben uriniert? Tut mir leid, daß ich Sie das fragen muß. Das Ding sollte eigentlich abgeschlossen sein.

Ja, genau, sagte ich verblüfft.

Er war ärgerlich, keine Frage, aber mehr über sich selbst. Das Thema war ein bißchen intim für eine so junge Bekanntschaft wie die unsere. Auch mir war es peinlich.

Während ich mich wiederholt entschuldigte, und zwar zunehmend zerknirschter, klärte er mich auf. Die Leute, die in diesem Haus wohnten und die verreist waren, hatten sich freundlicherweise erboten, die Erprobung einer kompostierenden Latrine zu übernehmen. Das Funktionsprinzip des Örtchens bestand darin, Urin und Kot zu trennen, das heißt, den Urin getrennt abzuleiten. Allem Anschein nach war ich das einzige gebildete menschliche Wesen, das noch nie von der weithin bekannten Tatsache gehört hatte, daß Urin eine vernünftige Kompostierung von Kot verhindert. Folglich mußte ich die einzige mit Fragen der Entwicklungshilfe vertraute Person sein, die sich nicht darüber im klaren war, daß die dringendst benötigte wissenschaftliche Erfindung der Welt nicht die drahtlose Übertragung von elektrischer Energie war, sondern ein Präparat, das den Harnstoff zu neutralisieren vermochte, wenn der mit Fäzes zusammenkam. Das hatte ich nun wirklich nicht gewußt, wie ich zu meiner Schande eingestehen mußte. Da eine solche Erfindung noch ausstand, konnte man einstweilen nur mit dieser burmesischen Toilette experimentieren, deren korrekte Benutzung allerdings eine gewisse Disziplin erforderte, die neben den Konfuzianern im Fernen Osten bislang nur die Tutwanes aufbrachten. Denoon selbst hatte den Zuschnitt der Öffnung leicht abgewandelt. Man mußte nichts weiter tun, als zum Zwecke des Urinierens etwas nach links zu rutschen und für das andere Geschäft nach rechts. Die Agrarwirtschaft der gesamten Dritten Welt wartete sehnsüchtig darauf, daß dieses Füllhorn natürlichen Düngers sich bewährte, und ich war der Sache nicht eben förderlich gewesen.

Schließlich sagte ich: Es tut mir wirklich *schrecklich* leid, aber ich kann das nicht in einem fort beteuern, sonst komme ich mir bald vor wie eine Maschine.

Das holte ihn offenbar ins Hier und Jetzt zurück.

Die Geschwindigkeit, mit der Leute einsehen können, daß das Kind in den Brunnen gefallen ist, stellt einen wichtigen Gradmesser für ihren Realitätssinn dar. In dieser Hinsicht waren wir beide fix. Er überwand seinen Ärger über mich zügig. Mir ging es nicht anders; ich hatte mir zu Beginn des Rennens selbst ein Bein gestellt, und jetzt mußte ich aufholen, was noch aufzuholen war.

Als nächstes würde er wahrscheinlich wissen wollen, was ich hier zu suchen hatte. Aber er verhielt sich sehr anständig. Er nehme an, daß ich wegen seines Projektes gekommen sei. Wir könnten uns gern darüber unterhalten, sagte er, aber ich solle von vornherein wissen, daß es im Projekt keinen Bedarf gebe, weder an Freiwilligen noch in sonstiger Hinsicht. Tsau war immer »das Projekt«.

So wie sich die Sache angelassen hatte, würde ich mich an diesem Abend wohl kaum nach Tsau reden können. Was mir blieb, war die nachrangige Aufgabe, ihn davon zu überzeugen, daß ich als Kollegin zu betrachten war. Damit er mich nicht mit einer Weltenbummlerin verwechselte, einer aus dem Pulk junger Leute aus der Ersten Welt, die auf der Suche nach billigem Stoff und dem Unverdorbenen schlechthin am selbstgeschnitzten Bettelstab durch die Dritte Welt ziehen und sich in den überladenen Billigbussen und Fähren breitmachen, auf die die unfreiwillig Armen angewiesen sind. Es mußte ihm klar werden, daß ich ein qualifiziertes Individuum war. Das war eine Herkulesarbeit.

Er machte uns Tee.

Wir setzten uns. Er nahm mir gegenüber Platz.

Und Sie mögen die Batswana? fragte er. Ich witterte einen Abgrund.

Ich weiß es noch nicht, sagte ich. Offenbar war das die richtige Antwort.

Danach schwiegen wir.

Ich machte einen Vorstoß mit: Verraten Sie mir doch mal, wie man in einem Projekt verschwindet. Ich bin skeptisch. Sie sind ein Lakhoa. Ich kann mir nicht vorstellen, daß es reicht, die Sprache zu sprechen.

Doch, das kann reichen, sagte er. Man muß nur wissen, was man tut. Wie man mit einem Motswana einen Deal macht, zum Beispiel.

Ich sagte: Erzählen Sie doch mal.

Makhoa beschließen ein Geschäft im Stehen und per Handschlag. Bei den Batswana aber wird grundsätzlich nur im Sitzen oder Hocken verhandelt. Vielleicht hat das damit zu tun, daß so alle auf der gleichen Ebene sind, denn wenn Männer stehen, wird immer einer der Größere sein. Aber wenn sie auf dem Boden hocken, dann können sich zumindest vorübergehend alle gleich groß fühlen. Wie dem auch sei. Ein Geschäft, das im Stehen abgeschlossen wird, ist für einen Motswana nicht ganz real, besonders dann nicht, wenn es um eine wichtige Sache geht. Das teilt er einem natürlich nicht mit, aber er fühlt sich nicht wirklich an die Abmachung gebunden, das heißt, er kann sie einhalten oder auch nicht. Übrigens bin ich mir durchaus bewußt, daß ich ausschließlich von Männern rede. Von Traditionalisten.

Zweifellos wollte er mir damit imponieren - aber warum, wenn eine Vertiefung unserer Bekanntschaft völlig außer Frage stand, wie er mir zu verstehen gegeben hatte?

Aber es können sich auch sonst allerhand Komplikationen auftun, die man vermeiden muß, sagte er. Möchten Sie wissen, was das größte Problem in den meisten Projekten ist, wenn sie erst einmal einigermaßen ins Rollen gekommen sind?

Das wollte ich. Natürlich glaubte ich, begriffen zu haben, daß das Allerschlimmste die fatalen Folgen des Harnstoffs für die Fäzes wären. Aber nichts da - jetzt bewegte er sich nämlich auf einer höheren Ebene, der psychosozialen. Die richtige Antwort lautete Ressentiment: Ob mir der Begriff geläufig sei? Ich war gottfroh, daß ich den Mund gehalten hatte. Zufällig kannte ich den Begriff, der in Amerika sehr ungebräuchlich ist, was mir einen kleinen Coup erlaubte. Es gibt nämlich einen Klassiker, der das Thema eingehend behandelt, *Der Neid in der Gesellschaft* von irgendeinem Schoeck. Ich hatte das Buch gelesen, Denoon nicht. Er konnte nie gut zugeben, etwas nicht gelesen zu haben, das mit einigem Recht als echter Klassiker bezeichnet wurde. Manchmal erniedrigte er sich so weit, daß er sagte, er kenne das Werk, von dem die Rede war. Es war ein untrügliches Zeichen dafür, daß er verschämt unterschlug, es gar nicht oder nur zum Teil gelesen zu haben. In meiner Zeit legte er diese Unsitte jedoch ab.

Natürlich kenne ich den Begriff Ressentiment, sagte ich. Er stammt aus der französischen Soziologie und umschreibt eine sich verdeckt äußernde Verbitterung, insbesondere gegenüber Wohltätern. Dann erwähnte ich Schoeck und war überrascht, wie sehr es ihn kränkte, dieses Buch nicht zu kennen. Allerdings tröstete es ihn etwas, daß ich mich nicht an Schoecks Vornamen erinnern konnte.

Gut, sagte er, nehmen wir also an, wir sprechen von einer typischen Ansammlung armer Afrikaner, Bauern, und jetzt kommen weiße Experten daher, um die Entwicklung zu fördern, sagen wir mal, indem sie ein integriertes landwirtschaftliches Entwicklungsprogramm auf die Beine stellen, das den allerneuesten Erkenntnissen entspricht. Die Zeit vergeht. Die Maßnahmen zeigen Wirkung. Und jetzt passiert etwas Merkwürdiges: Gerade die Tüchtigsten, die Kompetentesten unter den Armen, diejenigen, die sich am besten bewähren und einem geistig am nächsten stehen, werden diejenigen sein, die uns mit Leis und Buketts aus Ressentiment überhäufen. Warum? Was läßt sich dagegen tun? Ich spreche hier übrigens von einem ganz normalen, einem gängigen Entwicklungsprojekt.

Für mich hatte das Ganze etwas von verdecktem Einstellungsgespräch. Ich mußte mir sagen, daß dem nicht so war.

Kein erwachsener Mensch läßt sich gern helfen, sagte ich. Per definitionem. Wahrscheinlich müßte ich jetzt erwachsen spezifizieren und sagen, männlicher Erwachsener; bei Frauen ist es etwas anderes. Aber nehmen Sie die Franzosen und die Briten und uns. Man sollte doch meinen, daß sie zumindest so tun, als könnten sie uns leiden, wo es schließlich nur eine knappe Generation her ist, daß wir sie davor bewahrt haben, dem Dritten Reich als Provinzen einverleibt zu werden. Frauen lassen sich helfen, aber wehe, man will Männern helfen. Nationen sind männlich. Ich bildete mir ein, daß er an dieser Stelle etwas aufmerksamer zuhörte. Ich hatte recht. Später gab er es zu.

Nach einem etwas sehr bemühten Exkurs, in dem er überdeutlich machte, daß ich auch nicht im entferntesten meinen dürfe, er habe das Thema Ressentiment angeschnitten, weil diese Schimäre im Projekt aufgetaucht wäre, kamen wir auf den Antiamerikanismus zu sprechen. Die genaue Verbindung ist mir entfallen. Ich weiß nur noch, daß er zahlreiche feine Unterscheidungen in bezug darauf traf. Der britische Antiamerikanismus zum Beispiel sei kaum der Rede wert, weil er lediglich eine weitere Facette des wichtigeren Phänomens der britischen Selbstverliebtheit darstelle. Das einzige Volk, das die Briten je gemocht hätten, während sie es der Krone unterwarfen, seien diese romantisch-verwegenen Päderasten aus der Sahara gewesen, die Beduinen in ihren malerischen Gewändern. Die Franzosen und die Briten könnten ihn mal, besonders die Briten. Es gab nur zwei europäische Länder, die in seinen Augen Gnade fanden, nämlich Italien und Dänemark, und zwar deshalb, weil sie die einzigen gewesen waren, die versucht hatten, ihre Juden im Zweiten Weltkrieg vor Verfolgung zu schützen. Alle anderen waren entweder mit fliegenden Fahnen übergelaufen oder hatten hübsch stillgehalten, was auf dasselbe hinauslief. Als Churchill nach einer kleinen Aufmerksamkeit zum Zeichen seiner Wertschätzung für FDR gesucht hatte, war er auf eine prunkvolle Privatedition der antisemitischen Gedichte Kiplings verfallen. Und heute - Ironie des Schicksals - machten sich die Israelis unmöglich.

Im Verlauf des gesamten Gesprächs erlebte ich immer wieder mit Bewußtseinstrübungen oder Blackouts vergleichbare, allerdings mit Text unterlegte Ausfallerscheinungen. Während dieser Phasen fragte ich mich ungläubig, ob es wirklich sein konnte, daß ich zum Auftakt dieser Begegnung in das Hauptreagenzglas eines Experiments zur Errettung der Ärmsten der Armen uriniert hatte. Es war, als würde ich die Zwischentexte eines Stummfilms lesen.

Dann reizte er mich bis kurz vorm Platzen, und daß ich mir das nicht anmerken ließ, war eine ordensreife Leistung. Sosehr es auch mit Amerika bergab ging, er trage dafür keinerlei Verantwortung. La-ti-ta, dachte ich. Und weshalb trage er dafür keine Verantwortung? Erstens wähle er immer, per Briefwahl, wenn nötig, und er stimme immer für den Kandidaten einer Minderheitspartei, deren Programm am quersten zu dem lag, was zunehmend landesweit Praxis wurde. Es gebe ein winziges Splitterrelikt der ursprünglichen Debsian Socialist Party, für die er eine Schwäche gehegt habe. Leider stelle sie jedoch keinen Präsidentschaftskandidaten mehr auf. Nicht, daß er ein Genresozialist sei, betonte er unnötigerweise noch einmal. Und zweitens zahle er, dank der Auslandsbefreiung, seit neunzehn Jahren keine Steuern mehr an Washington. Ich sah rot. Zumindest dieses Thema, so schwor ich mir im stillen, würde ich wieder aufs Tapet bringen, meinetwegen auch peu à peu, sobald es gefahrlos möglich war. Ich mußte an den halbunsterblichen Edmund Wilson denken, der es, abgelenkt durch den Ruhm, jahrelang verschlampt hatte, seine Steuern zu bezahlen, um sich dann, als das Finanzamt bei ihm anklopfte, in die Antikriegsfahne zu hüllen. Jeder anständige Mensch verspürt den Drang, keine Steuern mehr zu zahlen, wenn die Realpolitik gar zu ungeheuerlich wird, aber in Amerika hat der Durchschnittsbürger nicht die Möglichkeit, keine Steuern mehr zu zahlen. Was da auf dem Spiel steht, ist die Kreditwürdigkeit. In diesem Augenblick war ich heilfroh, daß ich nie berühmt werden würde. Dieser Mann hielt sich für ach so integer, obwohl er sich lediglich glücklich schätzen konnte, so genial zu sein, daß er in Bereiche vorgerückt war, wo ihn selbst eine Regierungspolitik, die er verabscheute, nicht dazu zwang, über Steuerboykott oder die Aufgabe seiner Staatsbürgerschaft nachzudenken. Natürlich war ich mit ihm einer Meinung über Chile und Guatemala, aber mußte ich mich nun für moralisch verwerflicher halten, weil ich unter Brazen Head Dinge mitfinanzierte, die meine schlimmsten Alpträume übertrafen? Nicht, daß ich jemals besonders viel hatte zahlen müssen. Blinde Privilegiertheit sprach aus Denoon und Elitedenken. Ich mußte an den armen, glücklosen proletarischen Deserteur denken, den Eisenhower erschießen ließ, während Ezra Pound weiterdichten und den Rest seines Lebens Petits fours essen durfte. Es verschlug mir den Atem. Aber es scheint nun mal mein Schicksal zu sein, gegen meinen Willen auf Vertreter gewisser Eliten anzusprechen, die ich intellektuell ablehne. Im Lauf der Zeit habe ich Denoon gegenüber in dieser Hinsicht eine alles verzeihende Haltung entwickelt; immerhin hatte ich es mit dem Sohn eines Mannes zu tun, der so gesinnungstreu war, daß er wutentbrannt den

Familienstaubsauger zertrümmerte, nachdem er einer Zeitschrift entnommen hatte, daß die Firma Electrolux einem Nazi-Kollaborateur gehörte.

Ich hatte das dringende Bedürfnis, von diesem Diskurs auf ein beschaulicheres Thema mit weniger Fallgruben auszuweichen, deshalb fragte ich ihn, ob sein Projekt je irgendwelche Anthropologen beschäftigt habe. Das war ein schwerwiegender Fehler, denn aus seiner Sicht verdiente die Anthropologie nicht mal den Namen Wissenschaft. Nein, kein Anthropologe sei jemals auch nur in die Nähe des Projekts gelassen worden. Die großen Namen in der Anthropologie: größtenteils Mittelmaß. Einige waren Kotzbrocken. Malinowski hatte die Trobrianderinnen gevögelt. Boas hatte Geschichten über die Tlingits erfunden; wenn man sich mal die Mühe machte, seine Feldnotizen unter die Lupe zu nehmen, dann erinnerten diese nur sehr entfernt an das, was in seinen Büchern zu lesen stand. Seit vierzig Jahren keine theoretischen Fortschritte. Anthropologie? Ein einziges Wiederkäuen, eine Sammlung von Anekdoten. Die wenigen interessanten Beiträge zur Anthropologie, die es gab, stammten von wohlhabenden Dilettanten wie Theodore Besterman. Worin unterschied sich die Anthropologie letztlich von der Soziologie? Und so ging es weiter. Mit seinen Anathemata war kaum mitzuhalten. Ich stimmte ihm immer halbwegs zu, obwohl ich hätte laut schreien mögen – wegen der Implikationen für meine Wenigkeit. Ich sagte mir, er wolle mich wohl auf die Probe stellen, zusehen, wie ich damit zu Rande kam, daß mein Fach für jemand anders ein Alptraum war und ich die Standarte einer Disziplin trug, die genauso zum Instrument sozialer Kontrolle mutierte wie die Industriepsychologie, dieses Feigenblatt für multinationale Konzerne und die Weltbank. Anthropologische Institute hätten sich für die Tarnung von CIA-Unternehmungen hergegeben. Er könnte Namen nennen. Und so weiter und so weiter. Muß denn alles zu einer Quälerei ausarten? fragte ich mich. Die Anforderungen des Promotionsstudiums sind schon schlimm genug. Die akademisch schwächeren Schwestern werden mittels Belastbarkeitsprüfungen aus den Seminaren vertrieben, nur die Härtesten bleiben übrig. Er hatte recht und gleichzeitig unrecht. Ich glaube, ich blieb einigermaßen ausgewogen. Er machte mich fix und fertig. Ich mußte mich beherrschen. Ich denke, ich ließ sehr wohl durchblicken, daß ich mich bei einigen seiner Seitenhiebe mit Kommentaren zurückhielt. Ich denke, das tat ich. Die Anthropologie läßt sich nicht so einfach vom Tisch wischen, auch wenn sie bislang nur Daten sammelt. Es galt, Sympathie mit seinem eingefleischten Ikonoklasmus zu zeigen, ohne deswegen gleich einzuräumen, daß ich wissentlich Scharlatanerie betrieb. Zum Glück war irgendwann Schluß damit. Ich wurde erlöst, weil irgendwo in einer nahegelegenen Baracke eine Frau zu schreien begann. Denoon lief zum Zaun und horchte in die Dunkelheit, aber sie hatte aufgehört.

Intellektuelle Liebe und einen Mentor zu gewinnen sind zwei verschiedene Paar Schuhe, auch wenn etliche Frauen, mit denen ich die Frage diskutiert habe, beides gern gleichsetzen. Ich betrachte das ganze Mentorenkonzept mit Argwohn und Unbehagen. Das kann ich mir auch erlauben, weil ich nie davon profitiert habe. Nelson war nicht mein Mentor, zu keiner Zeit. Mit ihm war es immer ein Geben und Nehmen. Doch von meiner Seite aus handelte es sich um intellektuelle Liebe, die etwa an diesem Abend begann.

Die intellektuelle Liebe ist, glaube ich, ein besonderes Risiko für Frauen mit höherer Bildung. Es müssen bestimmte Voraussetzungen gegeben sein. Wir lernen jemanden kennen – ich würde dies ja präzisieren: jemanden vom anderen Geschlecht, aber das ist wohl übertriebene Engstirnigkeit meinerseits –, der bei uns den Eindruck erweckt, einige bestechende und wohlfundierte Antworten auf Fragen wie, Was wird aus der Welt? zu kennen. Damit meine ich keineswegs Fragen nach dem Sinn des Lebens. Wovon mich Denoon wirklich überzeugen konnte, war unter anderem, daß alle bisher gegebenen Antworten auf die Frage, Worin besteht der Sinn des Lebens? auf das hinauslaufen, was irgendein hypostatisiertes höheres Wesen von einem verlangt, das heißt wie und zu wem oder was wir in einer Gehorsamkeitsbeziehung stehen sollten. Beweisen läßt sich das dadurch, daß niemand, der von der absoluten Zufälligkeit des Ursprungs und der Evolution von Leben überzeugt ist, behaupten würde, er hätte den Sinn des Lebens erfaßt. Folglich ist die intellektuelle Liebe grundsätzlich etwas für den säkularen Geist, denn sobald wir feststellen müssen, daß jemand, wie intelligent auch immer, Thomist oder Bahai ist -was er zu erwähnen versäumt hat -, wird er für uns prompt zu einem Sklaven von etwas Uninteressantem.

Was uns für die intellektuelle Liebe anfällig macht, ist das Gefühl, einem geistigen Suchscheinwerfer zuzusehen, der gemächlich hierhin und dorthin wandert und einzelne Abschnitte eines Terrains erhellt, das uns zwar immer schon unsicher oder unwegsam vorgekommen sein mag, ohne daß wir aber je die Zeit oder die Energie aufgebracht haben, es zu erkunden, noch die innere Stärke, es definitiv links liegenzulassen. Der Suchscheinwerfer liefert uns Bestätigung. Ich denke etwa an Nelsons Äußerungen zu dem einst populären Norman O. Brown oder zum Dekonstruktivismus, obwohl das natürlich alles viel später kam. Denoon war die Antwort auf etwas, von dem ich nur sehr dunkel ahnte, daß es mich umtrieb, nämlich die Flut von Dingen, zu denen ich glaubte eine Meinung haben zu müssen, etwa die das Zentrum-Peripherie-Modell oder die inflationäre Hypothèse Girardien. Man kriegt ja kaum etwas mit von den umwälzenden Neuerungen, die ständig produziert werden, bevor sie sich in Bibliographien wiederfinden, durch die man sich dann durchackern muß. Aber paradoxerweise hofft man gerade bei den universellsten oder summarischsten Urteilen, die einem geboten werden, auf einen Hauch von Vorläufigkeit. Dieses Gefühl hatte ich beispielsweise bei Denoons durchaus ernstgemeinter Behauptung, das Christentum sei aus einer Art Polizeisozialismus hervorgegangen, Paulus sei ein Agent provocateur des kaiserlichen Roms gewesen, der es darauf angelegt habe, dem militanten messianischen Judentum den Garaus zu machen und es durch zahnlose Nächstenliebe zu ersetzen. Etwas Humor gehört schon dazu. Und es muß zumindest ein Hauch Unbekümmertheit in den Behauptungen liegen, die unser Held aufzustellen vermag. Denoon hatte eine Schwäche für Aphorismen. Meines Erachtens gab er oft Druckreifes von sich. Und das ohne nennenswerte Eitelkeit. Er äußerte sich sehr sachlich und nannte mit fast manischer Gewissenhaftigkeit die Urheber von Begriffen oder Wendungen, die der Hörer für seine Erfindungen hätte halten können, wie bei: Gesellschaft - ein Inferno von Erlösern;

eines seiner Lieblingszitate und eines, bei dem ich ihn bitten mußte, mir nicht immer wieder den Autoren zu nennen, nämlich E.M. Cioran, ein Name, den ich mein Lebtag nicht vergessen werde.

Nelson hatte auch Interessantes zu den Buren beizutragen, unserem letzten größeren Thema bei den Tutwanes. Ich war bereits etwas flügellahm, aber das brachte mich wieder auf Trab. In Gaborone, besonders im Dunstkreis der Botschaften, redet alle Welt über die Buren, aber keiner unternimmt etwas gegen sie, wie ich einmal sagte, was gut ankam. Die Buren fallen ständig in Botswana ein und bringen Leute um, wenn ihnen gerade danach ist. Sie tun es noch heute. Wir haben immer darüber spekuliert, wann der nächste Anschlag fällig wäre, wie sehr sie die Daumenschrauben anziehen würden, wann sie die Bahnstrecke nach Ramatlabama stillegen würden und so weiter. Jeder, der irgend etwas Neues oder Scharfsichtiges über die Buren zu sagen hatte, konnte sich der allgemeinen Aufmerksamkeit sicher sein. Ich fand Denoons Momentaufnahme der burischen Bedrohung so interessant, daß ich mir wenigstens die Kernsätze notierte, sobald ich unter der nächsten Straßenlaterne angekommen war. Wenn ich schon nicht zum Projekt eingeladen wurde, wollte ich mir wenigstens ein paar seiner Gedanken mitnehmen, für alle Fälle. Spare in der Zeit, so hast du in der Not, lautet mein Motto.

Der Irrsinn der Buren entspringt dem Nationalismus, hatte er gesagt. Die Buren haben erst seit 1948 oder 1950 das Gefühl, daß sie in Südafrika am Hebel sitzen - also erst, seit sie endlich die Briten abservieren konnten. Und dann hatten sie sich sozusagen gerade gemütlich an der Tafel niedergelassen, als ausgerechnet die *Kaffern* daherkamen und erklärten: Aus der Traum, die Küche bleibt kalt. Außer Vorspeisen gibt es nichts. Die Buren erinnerten ihn an die USA, denen ihre Pax Americana auch nur vom Ende des Zweiten Weltkrieges bis in die Sechziger hinein vergönnt war. Er sagte, der Nationalismus, den man hat zappeln lassen, sei der schlimmste. Und er fügte hinzu, daß die Buren tatsächlich der Staat seien, da über die Hälfte aller erwachsenen burischen Arbeitskräfte im Staatsdienst beschäftigt war, ein Phänomen, das seinesgleichen suchte.

Dazu kam die Apartheid als Manifestation einer im Grunde

männlichen Form von Wahn, die Ähnlichkeit mit dem Sport habe. Er sagte: Dies ist nichts anderes als eine besondere Spielart des Wetteiferns um Bestleistung – wie bei den kretischen Hirten, deren Hierarchie sich auf den Erfolg beim Diebstahl von Schafen gründet. Schwarze zu unterdrücken ist ein Nationalsport. Bedenken wir doch, welches Handicap die Buren auf sich nehmen. Eine winzige Minorität hält eine überwältigende schwarze Mehrheit in Schach, die tagtäglich größer und wütender wird. Solange die Buren das schaffen, zählt das viel mehr als jede olympische Medaille, um die die Buren sowieso nicht kämpfen dürfen. Ihr Spiel heißt Triumph des Willens. Ich kenne jede Menge Buren, sagte er, und die Buren *wollen* in die South African Defence Force, sie wollen an die Grenze, sie wollen wie Statthalter im Triumph durch die Townships ziehen. Die englischsprachigen Südafrikaner wollen es nicht, und sie sind es, die den Wehrdienst verweigern oder nach Übersee verschwinden, wenn der Einberufungsbefehl kommt. Die weißen Exilanten, die man in Gaborone trifft, sind englischsprachig, die meisten jedenfalls. Spricht man mit einem Buren, wird er einen als erstes fragen, ob man Wehrdienst geleistet hat, egal, woher man stammt. Wenn man das verneint, bricht er zwar nicht gleich das Gespräch ab, wird aber emotional sehr distanziert. Ich kenne die Buren, sagte er.

Seine Analyse hatte nichts Bravouröses. Im Gegenteil, ich spürte, wie er beim Reden immer deprimierter wurde.

Und was wird das Ende vom Lied sein? fragte ich.

Das weiß ich nicht, aber das Ende wird kommen, sagte er, und es gibt da etwas sehr Amüsantes, das die Buren sich selbst eingebrockt haben, was sie aber erst begreifen werden, wenn alles vorbei ist. Womöglich der dümmste Fehler, den die Buren je gemacht haben, war es, daß sie die Kung-Fu-Filme in die Townships haben Einzug halten lassen. Sie haben geglaubt, sie verbreiteten kulturellen Müll zur Ablenkung der Massen. Aber ich sage Ihnen schon heute: Eines Tages wird jemand den Einfluß der Kung-Fu-Filme auf den Befreiungskampf untersuchen und herausfinden, daß er beachtlich war. Denn Kung-Fu-Filme, wiewohl sie tatsächlich Müll sind, erteilen immer wieder aufs neue die wertvolle Lektion: Vergeltung muß sein. Das Christentum propagiert das Gegenteil, und jahrelang haben sich die gebildeten schwarzen Führer daran gehalten. Und plötzlich taucht da etwas anderes auf, eine Serie hervorragender Gewußt-wie-Illustrationen, die die jungen Männern lehrt: Bildet Gruppen, geht mit bloßen Händen gegen den Feind vor, gegen die korrupten Kung-Fu-Klubs, die die Gangster oder die böse Dynastie unterstützen, akzeptiert Disziplin und Feinddenken, tut euch zusammen, gebt nicht auf, rächt eure Brüder. Ach, und übrigens, laßt auch hier und da ein paar Frauen als Kämpferinnen zu.

Ich hatte für mich herausgeschlagen, was ich konnte. Es war klüger zu gehen, anstatt entlassen zu werden.

Ich stand auf und sagte: Wissen Sie, daß die Batswana den gleichen Namen für die Sterne haben wie die Sumerer, nämlich leuchtende Herde, letlhape phatsimo?

Ich ging zum Tor. Mein Aufbruch war etwas abrupt und verunsicherte ihn eine Spur, was mir nur recht war.

Wollte er nicht wenigstens noch einmal darüber nachdenken, ob er mich nicht doch als Freiwillige gebrauchen könnte?

Ein verlockendes Angebot, aber leider muß ich nein sagen, erwiderte er. Unwiderstehlich würden Sie allerdings, wenn Sie etwas von Böttcherei verstünden. Oder von Taxidermie.

Da muß ich leider passen, sagte ich.

Das war's. Er wollte noch wissen, ob ich eine Taschenlampe dabei hätte, und ich sagte nein, als hätte er eine höchst alberne Frage gestellt. Ich wollte selbstverständlich beweisen, wie gut ich mich im Dunkeln zurechtfand sprich an die nächtlichen Verhältnisse in Dörfern gewöhnt war. Pures Bravado, denn in Wirklichkeit hatte ich Angst. Aber ich schritt mutig ins schwarze Labyrinth von Old Naledi hinaus, als täte ich nichts lieber und als wäre ich ein Mensch mit einem funktionierenden Orientierungssinn.

Es war sehr anregend, sagte er, als ich losmarschierte.

Den ganzen Weg nach Hause schmeichelte ich mir, wenigstens ins Foyer seines Bewußtseins vorgedrungen zu sein. Zwischendurch glaubte ich es sogar. In jedem Falle würde er mich wiedersehen.

Noch einmal Grace

Jetzt, da für mich der Abschied kam, empfand ich geradezu zärtliche und wehmütige Gefühle für Gaborone, sogar für die Einkaufspassage. Es war alles geregelt. Ich bereitete mich darauf vor, zu Denoons Projekt vorzudringen. Ich war entschlossen. Er würde eine Überraschung erleben.

Die mir ebenso liebgewordene wie verhaßte Einkaufspassage ist eine halbgepflasterte Straße und zieht sich drei Blocks entlang, die das Herzstück des Geschäfts- und Straßenlebens von Gaborone bilden. Die Läden sind pseudomodern, mit Auslagen voller Polyester und Punktstrahlern, flankiert von Lautsprechern, aus denen Kaufhausmusik dröhnt, und mit einem Inventar, wie es für die Dritte Welt typisch ist: massenweise Artikel, die niemand braucht, leere Regale, wo die lebensnotwendigen Dinge liegen müßten - Pinzetten zum Beispiel, wobei mir schon eine gereicht hätte. Die Ladeninhaber sind überwiegend Chinesen oder Inder; ein paar Batswana spielen Strohmänner für Südafrikaner. Die Auswahl an Geschäften entspricht dem üblichen Bild: Eisenwarenhandlungen, Bekleidungsgeschäfte, Apotheken, Imbisse, Fleischereien, ein oder zwei medizinische Ambulanzen. Die wirklich großen Bauten stehen am Anfang und am Ende der Passage: die Banken, die Botschaften. Zu beiden Seiten des breiten Mittelstücks der Passage zwischen dem Capitol Cinema und dem President Hotel hat die Stadtverwaltung Steinbänke unter schirmartigen Metalldächern aufgestellt. Dazwischen stehen Dornbäume. Lieb war mir die Passage wegen der Comédie humaine, verhaßt, weil sie ein wahres Musterbeispiel für die westliche Vision dessen ist, was aus Afrika werden soll, und weil die südafrikanischen Waren, unter denen sich die Regale biegen, totaler Ramsch und trotzdem überteuert sind. Südafrikanisches Schuhwerk ist mein persönlicher Alptraum und ein absoluter Witz. Ein paar arme Teufel, überwiegend weibliche, breiten ihre Karosses unter den Bäumen aus und verkaufen je nach Jahreszeit Produkte wie gebratene Mopane-Würmer oder Maiskolben - aber es sind nur noch wenige. Als die Passage errichtet wurde, mußte der traditionelle Markt weichen; die Stände wurden als feste Buden weit weg an der Bahnlinie neu aufgebaut, wo der Markt heute vor sich hin kümmert, aber wenigsten die Makhoa nicht mehr stört, die viel lieber keimfrei einkaufen, auf Vinylfliesen und zu den Klängen des Melachrino-Streichorchesters oder ähnlich betagter Kapellen.

Ich machte gerade meinen zweiten Anlauf, irgendwo eine Pinzette zu ergattern, und versuchte Botschem mit schierer Willenskraft dazu zu zwingen, welche auf Lager zu haben. Wenn ich etwas verzweifelt will, wende ich die beileibe nicht immer erfolglose Methode an, bis zum bitteren Ende so zu tun, als gäbe es gar keinen Zweifel daran, daß ich es auch bekomme. In drei Tage harter Arbeit hatte ich alles zusammengekriegt, was ich für meine Expedition zu Denoons Projekt zu benötigen meinte, mit zwei kleinen Ausnahmen: einer Pinzette und der Kenntnis der genauen Lage von Denoons Projekt.

Aber dann wurde ich Zeugin eines Aufruhrs am hochherrschaftlichen Treppenaufgang, der von der Passage zum Balkon des President Hotel hinaufführt.

Bitte nicht, dachte ich, nicht noch mehr abnorme Psychologie. Es war Grace, die sich rücksichtslos durch den zum Mittagessen hinaufströmenden Pulk hinunterkämpfte und meinen Namen rief. Um ihre Panik zu mildern, blieb ich wie angewurzelt stehen und winkte.

Wenn wir reden mußten, dann irgendwo anders. Es war grell und heiß, und schon jetzt zogen wir die Aufmerksamkeit der Passanten auf uns. Die Batswana lieben es, wenn Weiße sich zum Gespött machen, indem sie sich prügeln oder öffentlich Zuneigung bekunden. Grace sah genauso aufgelöst aus wie beim letztenmal und mußte sich mir auch noch im Laufschritt nähern. Dadurch blieb niemandem verborgen, daß sie beschlossen hatte, sich vom BH-Zwang zu befreien – ein Schritt auf dem durchaus gangbaren Weg, das Leben im Herzen der Finsternis auszukosten, wo einen niemand kennt. Eine kräftige Fahne Mainstay wehte ihr voraus. Sie trug die gleiche Art von Ensemble wie am Abend bei den Bemis'. Ihre Tränensäcke waren geschwollen, aber sonst war sie adrett, sauber und aufgebracht.

Sie mußte erst einmal Luft holen. Mein Eindruck, daß sich

hier stimmungsmäßig etwas aufgeschaukelt hatte, wurde in zweierlei Hinsicht bestätigt. Sie hatte ein Band mit Leopardenmuster im Haar. Und ich entdeckte auf dem Balkon den stadtbekannten burischen Kleiderschrank Meerkotter, der ihre Bewegungen mit Besitzerstolz verfolgte und in jeder Faust einen Drink hielt, wovon einer offensichtlich für sie bestimmt war. Er war, glaube ich, der örtliche Vertreter irgendeines südafrikanischen Baufirmenkonsortiums. Vor allem aber war er ein unverbesserlicher Wüstling und Lebemann, der sämtliche Mahlzeiten im Brigadier Room des President einnahm, meist in Begleitung einer seiner diversen und zahlreichen botswanischen Teenie-Bräute, denen er dort ein Rumpsteak spendierte. Er trieb es gern bunt, also ohne Ansehen der Rasse, und war ungemein stolz auf das, was Edgar Rice Burroughs seine stählernen Muskeln genannt hätte. Seine Unterarme waren so dick wie Weichspülerflaschen. Sofort drängte es mich, Grace vor ein paar Gefahren zu warnen, die er mit sich brachte. Ich hielt ihn für infektuös. Und überdies wurde neuerdings gemunkelt, er sei fest mit einer echten Schönheitskönigin verbandelt. Idol Mketa, so hieß sie, war berühmt für ihre Frisuren - eindrucksvolle Kunstwerke; die neueste erinnerte an eine Auslage mit Koffergriffen - und für ihre heftige Eifersucht.

Meerkotter galt als guter Fang. Eine Methode, sich zu rächen, zu der betrogene Batswana-Frauen greifen, besteht darin, ihre Rivalin zu verbrühen. So was, fand ich, sollte Grace schon wissen. Außerdem hieß es, Meerkotters Glasauge sei Folge eines weiblichen Racheaktes, was vielleicht erwähnenswert war, wenn auch nur als kleiner Hinweis auf die Art Milieu, in dem Meerkotter herumdümpelte.

Wir begrüßten einander. Da gebe es etwas, was sie mir einfach unbedingt sagen müsse, sagte sie.

Sie trug ein kleines rotes Halstuch und sah damit aus wie eine Pfadfinderin. Ich äußerte mich lobend. Es ist von hier, sagte sie, ein Geschenk. Jemand hat es mir geschenkt.

Ich wollte sie warnend darauf hinweisen, daß man in Gaborone aufgrund der Höhenlage schon von wenig Alkohol betrunken wird. Aber sie ließ mich nicht zu Wort kommen.

Ich weiß mit Sicherheit, daß Sie Nelson gefallen.

Die Sonne frißt uns auf, sagte ich. Lassen Sie uns irgendwohin gehen, aber nicht ins President.

Irgendwohin, wo wir was trinken können, meinte sie zustimmend. Sie nahm meinen Ellbogen in eine Art Schraubstockgriff und begann, mich auf die andere Straßenseite zu zerren, als wüßte sie genau, wohin sie wollte. Das mußte am Alkohol liegen, der in ihrem Kopf die Schwingen ausbreitete, mit dem Ergebnis, daß sie genau über die Matte einer Frau lief, die Langbohnen verkaufte, und ihr beinahe auch noch auf die Hand trat. Grace wußte mitnichten, wohin sie wollte, deswegen übernahm ich die Führung. Sie war komisch. Sie wirkte labil auf mich. Gut möglich, daß er ihr Mandrax verpaßt hatte, an das er laut Gerüchteküche leicht herankam.

Ich wechselte die Richtung und manövrierte uns hinaus aus der Passage und über die King's Road auf den langen, staubigen Weg, der nach White City führt, das verlotterte, ungepflasterte Einkaufsviertel, wo es weit bescheidener zugeht und einige der Läden tatsächlich im Besitz von Batswana sind. Das Viertel heißt angeblich deshalb White City, weil die meisten Gebäude einst weiß gewesen sein sollen.

Ich führte sie ins Carat Restaurant, ein winziges Kabuff, das einer Motswana gehörte, die ich gut leiden mochte, und das dem Untergang geweiht war, weil es dort zuviel Essen für zuwenig Geld gab. Heute existiert es nicht mehr.

Grace wollte ein Bier. Auf Tswana modifizierte ich die Bestellung insofern, als das Bier erst serviert werden sollte, nachdem sie mit ihrem Salat angefangen hatte, geraspelte rote Bete und Baked Beans, und dann bitte zusammen mit einem extra starken Tee. Ich konnte sie davon abhalten, Pommes zu bestellen, die im Carat so roh serviert wurden, daß sie aussahen, als wären sie aus Acryl.

Sie war total betrunken. Sie sagte: Mögen Sie die Four Seasons? Wenn ja, dann wären Sie nämlich die erste außer mir.

Ich versicherte ihr, von den Four Seasons bisher nur Gutes gehört zu haben, weil ich natürlich an die Nobelhotels dachte und an den Luxus, den sie boten, bis sie plötzlich lossang: Dawn go away, I'm no good for you ..., mit einer gequetschten, etwas weinerlichen Stimme. Sie meinte die Popgruppe Four Seasons.

Ich traute meinen Ohren nicht. Ich ließ sie ein ganzes Stück von dem Song singen.

Wann würde sie auf Denoon zu sprechen kommen? Im Rückblick erscheint ihre Verehrung der Four Seasons seltsam, und vielleicht hat sie dazu beigetragen, daß es mit Nelson schiefging, denn zu seiner persönlichen Hitliste der stupidesten Popsongs aller Zeiten gehörte Walk Like a Man, Talk Like a Man, gesungen in dem schrillen Falsetto des Leadsängers der Four Seasons. Ich meine sogar, daß der Song in puncto Gesamt-Stupidität an erster Stelle stand während der erste für Einzelzeilen-Stupidität – von Hartherzigkeit ganz zu schweigen – an Now laughing friends deride tears I cannot hide ging.

Ich machte mir Sorgen um Grace. Sie war unterbehütet. Ich brachte das Gespräch beiläufig auf Meerkotter. Sie gehe mit ihm aus, so ihre Formulierung. Ich versuchte, sie behutsam aufzuklären. Das kam nicht gut an. Entweder nahm sie nur sehr wenig davon auf, oder ich machte Meerkotter dadurch in ihren Augen nur noch exotischer und interessanter. Ich erlaubte mir, die Sache mit dem Glasauge zu erwähnen. Meine Worte schlugen zu meiner Verblüffung ein wie eine Bombe. Sie begann zu weinen.

Sie konnte gar nicht mehr aufhören. Ich wollte wissen, was sie denn daran so erschüttert hatte. Schließlich erzählte sie es mir.

Manchmal erfährt man Dinge, bei denen man sich fragt, ob die Welt eigentlich Fiktion ist. Das Glasauge hatte sie zum Weinen gebracht. Daß Meerkotter eins hatte, war ihr noch gar nicht aufgefallen, aber ihr Vater hatte eins gehabt, und mit aus diesem Grund war sie Feministin geworden. Sie hatte einen etwas jüngeren Bruder, und dieser Bruder hatte dem Vater bei bestimmten Dingen, die mit dem Auge zusammenhingen, helfen dürfen – etwa beim Reinigen. Sie nie. Und dabei war sie angeblich die einzige, die ihren Vater jemals wirklich geliebt hatte. Ihr Bruder hatte ihn nur enttäuscht, von vorne bis hinten. Daß sie sich als Feministin betrachtete, rührte mich irgendwie und half mir, geduldiger mit ihr zu sein.

Schließlich machte ich dann aber doch den ersten Schritt und sagte: Was wollen Sie mir denn über Ihren Mann erzählen – über den möchten Sie doch eigentlich sprechen, oder, Grace?

Sie schluchzte kurz auf und bejahte. Ich sollte wissen, daß es zwischen ihr und Nelson aus sei. Nelson sei frei, und sie wolle ihn wenn möglich glücklich sehen. Sie habe einen sechsten Sinn dafür, wer Nelson gefallen könnte und wer gut für ihn sei, und sie hoffe, ich könne ihr die Umstände verzeihen, unter denen sie uns miteinander bekannt gemacht habe, aber es sei nicht viel Zeit gewesen. Ob ich ihn seither wiedergesehen hätte?

Ich sagte, das hätte ich, und daß er mir gefalle und daß mich seine Arbeit interessiere.

Gefallen Sie ihm auch? fragte sie mich.

Ich sagte, das wisse ich nicht, aber die Frage sei müßig, denn er würde zu seinem geheimen Projekt zurückkehren. Und das Projekt schien ja in der Tat ein Geheimnis zu sein, jedenfalls was seine geographische Lage anbetraf.

Sie hob einen Finger und zwang sich, etwas zu essen. Vermutlich wollte sie für diese Phase des Gesprächs nüchterner sein. Ich wartete. Bisher hatte mir keiner den Standort verraten wollen, nicht einmal Z. Ich konnte mir gut vorstellen, daß die Solardemokratie-Arie zu gewissen mulmigen Gefühlen und einer verschärften Maulkorbpolitik Anlaß gegeben hatte. Doch aus unerfindlichen Gründen war ich deswegen nicht verzweifelt. Ich vertraute darauf, daß mir schon noch rechtzeitig ein Weg einfallen würde, um an diese Information ranzukommen.

Ich weiß, wo es ist, sagte sie. Meine Anwälte haben es vor Urzeiten aus ihm herausgequetscht. Ich kann es Ihnen sogar aufzeichnen.

Ich zog meinen Notizblock heraus. Es gab einen Gott.

Sie wußte es tatsächlich.

Es heißt Tsau, sagte sie, und liegt genau auf der Achse zwischen einem Ort, der so klingt, als müßte er eigentlich in China liegen, Kang, und dem Wildreservat im Osten der Zentralkalahari. Ich korrigierte ihre Aussprache. Mir stockte der Atem. Ich wußte sogar ungefähr, wo Tsau war. Es mußte etwa einhundert Meilen von Kang entfernt sein. Alles war auffindbar. Sie sah mir meine Erregung an.

Sie dürfen es natürlich nicht weitererzählen, sagte sie, weil das, was er bisher unterschrieben hat, auch den Passus enthält, daß ich mit niemandem darüber sprechen darf. Es muß also unter uns bleiben. Schwören Sie's mir. Nicht mal ich durfte je dahin.

Ich schwor es ihr. Wir atmeten tief durch.

Aber warum weihte sie mich ein? In diesem Moment formten meine Gedanken einen Bolus, eine Kapsel, um ein Wort zu gebrauchen, das ich Denoon verdanke und ohne das ich anscheinend nicht mehr auskommen kann. Spielte da etwa Rachsucht mit, oder versuchte sie, mich mit ihm zu verkuppeln, um juristischen Vorteil daraus zu schlagen? So äußerte sich mein realpolitischer Hirnlappen. Der andere spürte, daß es hier um etwas Persönliches ging und nicht um einen schmutzigen Trick. Es war, wie gesagt, ein Bolus.

Ich weiß genau, wie Sie sind, sagte sie. Ich hatte Sie schon ausgesucht, bevor ich irgend etwas über Sie wußte, abgesehen davon, wie Sie aussehen, aber mittlerweile finde ich, daß Sie ideal sind. Jeder hat eine Meinung über Sie.

Das ging mir runter wie Öl.

Sie machen auf mich den Eindruck einer starken Persönlichkeit, sagte sie. Eine wie Sie hat bestimmt viele Geschwister. Ich verneinte und sie war überrascht.

Ich drängte zum Aufbruch. Auf dem Rückweg zum President nahm sie ein-, zweimal meine Hand.

Ihr südafrikanischer Muskelprotz wartete ungehalten am Fuß des Treppenaufgangs auf sie.

Wir erlebten einen überschwenglichen Augenblick, als sie mich ein bißchen ungestüm fragte, ob ich ihr schreiben würde. Meerkotter war dabei, sie fortzuzerren.

Ich habe keine Adresse von Ihnen, sagte ich. Sie riß sich von Meerkotter los, angelte eine Minigeldbörse aus ihrem Blouson und begann, darin zu kramen. Wieder zog Meerkotter an ihr. Ich wurde wütend und muß ihm so was wie einen Medusablick zugeworfen haben, denn er nahm seine Hände weg und ließ sie weitersuchen. Schließlich hatte sie ihr Scheckheft gefunden und riß ein Formular heraus, das sie mir aufdrängte. Da steht meine Adresse drauf, sagte sie. Sie wohnte in Cos Cob. Ich wollte den Scheck nicht, aber in dieser hektischen Situation fiel mir auch nichts Besseres ein.

Ach, sagte sie, wissen Sie übrigens, was Bruxismus ist? Ich habe vergessen, es zu erwähnen.

Nächtliches Zähneknirschen, sagte ich.

Nelson hat diese Angewohnheit. Ich wußte doch, daß Sie gescheit sind.

Mir fiel ein, daß ich die Adresse von dem Scheck abreißen konnte, was ich auch tat.

Urplötzlich empfand ich etwas sehr Verwirrendes für sie. Ich hätte ihr gern gesagt, Ich weiß, daß Sie so, wie Sie jetzt sind, nicht immer gewesen sind. Ich glaube, ich liebte sie dafür, daß sie mir geholfen hatte. Ich hätte gern etwas in der Art gesagt wie: Auch ich werde nicht immer so sein, wie ich jetzt bin. Aber wie hätte ich das ausdrücken können?

Meerkotter schob sie die Stufen zum Hotel hoch.

Wahrscheinlich geh ich nach Mailand, sagte sie. Ich glaube, sie wollte mich beruhigen.

Kang

Einmal wöchentlich schickt die Regierung einen riesigen Bedford, einen Lastwagen mit offener Ladepritsche, die zweihundertfünfzig Meilen von Lobatse nordwärts nach Kang. Aber die eigentliche Fahrt beginnt schon in Gabs, von wo aus es erst einmal das kurze Stück südwärts nach Lobatse geht. Der Laster transportiert Säcke mit Maismehl von der Welthungerhilfe, Baumaterial, Post, Seife und verschiedenes mehr. Die Fracht türmt sich zu einem gewaltigen Berg unter einer Plane, an deren Laschen sich die Mitfahrenden festklammern dürfen, die zuvor bei der CTO eine Haftungsausschlußerklärung unterschrieben haben. Die Lastwagen fungieren auch als eine zusätzliche inoffizielle Buslinie für Leute, die unterwegs zusteigen wollen. Im Normalfall kann man acht bis zehn Passagiere mitsamt ihrer Habe auf der Ladefläche verstaut sehen.

Und nun war ich mit von der Partie und wartete auf Jwaneng, wo der eigentliche Spaß beginnen sollte, weil wir dort den Asphalt hinter uns lassen und abwechselnd durch Sand, über Waschbrettpisten und sonstige unbefestigte Straßen nach Maun weiterfahren würden. Jetzt war Gelegenheit, Gedanken nachzuhängen, denn noch befanden wir uns in der prädämonischen

Phase, wo der Verkehr auf der Verbindungsstraße Gaborone-Lobatse unsere Geschwindigkeit auf Normalmaß drosselte und uns sogar dann und wann zum Anhalten zwang. Bei Sonnenaufgang hatten wir so einen unfreiwilligen Zwischenstopp nahe einer der wenigen Erhebungen in diesem Teil des Landes, dem kleinen Massiv kalkdurchzogener Felswände inmitten der Ebene hinter Ootse, wo die Balz- und Brutstätten der Fahlgeier liegen. Sie tun es nur hier und an einer ähnlichen Stelle in den Magaliesbergen. Ergo sind sie dem Untergang geweiht, denn die Zivilisation kriecht von Ootse aus immer weiter die Hänge hoch, immer dichter an die Horste heran. Ich kann sie gut verstehen, dachte ich. Das Ambiente ist entscheidend - in der Liebe wie in der Balz.

Alles war bestens. Mit meinem Leben hatte ich reinen Tisch, um nicht zu sagen tabula rasa gemacht. Ich hatte spaßeshalber einen Privatflohmarkt abgehalten und dabei sogar Geld eingenommen. Ich hatte Pakete aufgegeben und meinen Besitz auf das zusammengestrichen, was ich tragen konnte. Ich hatte mich überall da bedankt, wo es angebracht gewesen war. Ein paar falsche Fährten auszulegen war unumgänglich gewesen. Ich hatte es für das beste gehalten, den Eindruck zu erwecken, ich würde in die Staaten zurückkehren. Ich hatte alles dabei, was ich für meinen Feldzug brauchte, einschließlich einer Pinzette von Botschem. Ich hatte eine Camping-Ausrüstung in Light-Version. Ich hatte eine Karte von den Wasserstellen entlang der Route, der ich von Kang nach Tsau folgen wollte, obwohl sie ruhig ein bißchen aktueller hätte sein dürfen. Sie war sechs Jahre alt, aber da sie während einer früheren Dürreperiode angefertigt worden war, würde sie vermutlich genau genug sein.

Wir kamen nur schubweise voran, und so blieb mir Zeit, zwischen den einzelnen Spurtversuchen mit meiner Co-Passagierin zu reden, einer jungen schwangeren Frau aus Mogoditsane, die glaubte, ihre Kusine könnte ihr einen Job als Putzfrau im Schlachthof von Lobatse beschaffen. In ihren Fragen schwang ein gewisses Bedauern darüber mit, daß ich in meinem vorgerückten Alter unverheiratet und kinderlos war. Sie war ebenfalls unverheiratet. In den botswanischen Dörfern ist es üblich, daß Frauen erst einmal ein Kind bekommen, um ihre Heiratsfähigkeit unter Beweis zu stellen.

Ihre Sache, dachte ich, wobei mir einfällt, daß ich lieber auf Wendungen verzichten sollte, die außer für mich und Denoon bedeutungslos sind. Wirst schon sehen, was du davon hast! ist auch so ein Spruch, den ich mir aus demselben Grund abgewöhnen muß. »Ihre Sache« geht auf ein älteres jüdisches Ehepaar zurück, das mit dem Peace Corps nach Botswana gekommen war und eine Reihe schwieriger kultureller Anpassungsleistungen erbringen mußte, deren am häufigsten genannte damit zusammenhing, daß ihre indischen Nachbarn über ihnen jeden Tag Reis aßen. Die Roths hielten es für weit sinnvoller, sich die täglich benötigten Kohlehydrate mittels Kartoffeln einzuverleiben. Mr. Roth fand genau wie seine Frau, daß die Inder merkwürdig waren, doch als sie nicht aufhörte, sich auch in Gesellschaft staunend darüber zu äußern, würgte er ihre Endloserörterung des Inder-und-Reis-Problems ab, indem er sagte: Ihre Sache. Ich habe Nelson diese Geschichte erzählt, und er fand sie genauso obskur komisch wie ich, so daß die Wendung zum Kürzel für immer wiederkehrende Probleme von Zeitgenossen wurde, die Dinge taten, die wir eigenartig oder störend fanden, obwohl sie uns eigentlich hätten egal sein können. Der Ursprung von »Wirst schon sehen, was du davon hast!« war ein Teich in einem Park in Oakland, in dem sich Gänse und Enten tummelten - und eine Horde hispanischer Jungen; einmal forderte ein zehn- oder elfjähriger Anführer einen fünfjährigen Kumpanen auf, eine Ente zu bepinkeln. Der Fünfjährige zierte sich, kam aber dann der Aufforderung nach und rannte mit entblößtem Schniedel hinter den Enten her, während ihn die Älteren mit dem Ruf, Wirst schon sehen, was du davon hast! anfeuerten. Es war eine Tat im Sinne wissenschaftlichen Forscherdrangs. Kann es ein eindrucksvolleres Beispiel für fragwürdige und doch mit allen Kräften vorangetriebene Unternehmungen geben, und wo ist Denoon, der das versteht, und was tut er jetzt?

Einer meiner Reize besteht darin, daß ich mich nie langweile, denn jede Zäsur aktiviert automatisch mein persönliches Freizeitprogramm, das die Hinterfragung meiner eigenen Motive zum Thema hat. Ich betrachtete meine Co-Passagierin. Konnte das, was mich nach Tsau trieb, ein Kinderwunsch sein, den ich mir nur noch nicht eingestanden hatte? Lief das Ganze letztendlich auf eine solche Idiotie hinaus? Ich denke und hoffe, daß ich durchschnittlich mütterlich veranlagt bin, aber ich habe wohl etwas gegen die Vorstellung, daß der Wiederholungszwang, wie ich für mich den Drang zur Fortpflanzung nenne, hinter jedem Schritt lauert, den wir während unserer fruchtbaren Jahre unternehmen.

Ich betrachte mich keineswegs als antimütterlich, aber ich empfinde auch nicht den zwanghaften Wunsch, mich zu wiederholen. Ja, wenn ich im Leben bereits viel erreicht hätte oder in nächster Zukunft erreichen könnte, dann würde ich vielleicht anders darüber denken. Außerdem war mir bislang noch kein derart beeindruckendes Exemplar des männlichen Geschlechts über den Weg gelaufen, daß ich gemeint hätte, zu seiner Verdopplung beitragen zu müssen. Stürmten diese Frage etwa deshalb gerade jetzt auf mich ein, weil der Impetus meines Plans, zu Denoon vorzudringen, zum erstenmal und physisch spürbar abklang? Ich war auf dem Weg, aber passiv, untätig, mit einer schwangeren Frau an Bord. Denoon hatte, soviel ich wußte, keine Kinder, und das war interessant. Aber andererseits: Wenn die Frage der Wiederholung so uninteressant war, warum sollte dann die Tatsache seiner Kinderlosigkeit interessant sein? Wartete auch er auf die ideale Partnerergänzung, das fehlende Puzzlestück, um seine innere Ganzheit zu erlangen und so den Wunsch nach Fortpflanzung freizusetzen? Daß ich unter dem Banner bedingungsloser Liebe aus meiner Ecke und hinein in die freudige Bejahung der Mutterschaft getrieben werden könnte, war etwas, das ich anscheinend stillschweigend voraussetzte, aber die Frage mußte auch im Kontext der Bevölkerungsproblematik gesehen werden, und in der Hinsicht bin ich fanatisch, auch heute noch. In den Städten der Dritten Welt könnte einem ständig das Herz brechen angesichts der Kinder ohne ein richtiges oder nennenswertes Zuhause – all der überschüssigen, im wahrsten Sinne erbarmungswürdigen Kinder, für die man sofort etwas tun müßte, Krippen einrichten oder Schulen, irgend etwas. Ja, und wer will schon solche Jugendlichen, wie ich eine war? Pas moi. Denoon sagte einmal: Ist dir klar, daß neunzig Prozent aller Jugendlichen, die jemals gelebt haben, heute auf der Welt sind? Ich glaube, ich wollte die Frage der Fortpflanzung nach dem

Motto abgewägt wissen: Nun, sollen wir uns fortpflanzen? Oder: Für wen halten wir uns denn, daß wir uns fortpflanzen wollen? und so weiter, à la Immanuel Kant. Natürlich käme dabei eine verschwindend kleine Weltbevölkerung heraus.

Oder hielt ich mir den Wiederholungszwang auf einer noch tieferen Ebene vom Leib, sprich mit vagen Selbstzurechtweisungen der Art, daß mir in meinem wunderbaren Kulturkreis mehr Möglichkeiten offenstanden, als ich je ausschöpfen konnte, mehr als je zuvor, zum Beispiel das Leben einer alleinerziehenden Mutter dank künstlicher Befruchtung via Freund oder Samenbank. Oder, nur der Vollständigkeit halber, wie stand es denn mit einer Beziehung zu einer Frau? So was gibt's ja auch. Ich habe keine Neigungen in diese Richtung, aber schließlich hatten die vermutlich auch einige der Frauen aus meinem Bekanntenkreis nicht, die überraschenderweise in dieser Kategorie landeten, meist jenseits der Vierzig oder Fünfzig. Ich konnte mich sogar entsinnen, von einer Frau gehört zu haben, die eine Therapie machte, nur um ihre Heterosexualität zu überwinden, wahrscheinlich als Reaktion auf das magere Angebot an akzeptablen Männern. Moment, bedenke die Quelle, sagte ich mir, als mir einfiel, daß diese Geschichte die Paradenummer eines Mannes war, mit dem ich eine kurze, stürmische Affäre hatte. Sie endete, als mir dämmerte, wie abgrundtief dumm jemand sein mußte, dessen geistiges Niveau sich darin offenbarte, daß er ein paar Takte von Two Different Worlds pfiff oder summte, wann immer wir zufällig an einem gemischtrassigen Paar vorbeikamen. An Gary war weiß Gott nichts Interessantes, oder sagen wir lieber, das Interessanteste an ihm war seine Laktoseunverträglichkeit, was als Indikator für seine sonstigen Qualitäten dienen konnte. Ich glaube, ich mag Kinder. Ich weiß, daß ich aufgeweckte Kinder mag. Ich würde vielleicht etwas ungeduldig darauf warten, daß mein Kind zu sprechen anfängt. Ich habe nie ein Haustier haben wollen. Meine Mutter schenkte mir mal einen Hund, und ich hab's auch mit ihm versucht – und aufgegeben, weil er nicht mit mir reden konnte. Vielleicht besteht da ein Zusammenhang. Säuglinge lassen mich nicht dahinschmelzen und lösen bei mir auch keine emotionale Synästhesie aus. Die erwünschte Kind-Hund-Bindung hätte vielleicht geklappt, wenn meine Mutter ihn mir geschenkt hätte, als ich noch jünger war. Aber als ich ihn bekam, hatte ich schon zu hohe Erwartungen. Ich war frühreif.

In Lobatse boten die Fahrer einen Platz vorne bei ihnen in der Kabine an. Alle lehnten ab, außer mir. Die Fahrerkabine war geräumig, und ich dachte, das könnte eine Zeitlang ganz erholsam sein und mir zumindest Gelegenheit geben, die Hanfstacheln aus meinen Handballen zu entfernen. Es ging bestens, bis wir vor Kanye einen Umweg auf schlechter Fahrbahn fahren mußten. Zu meinen Füßen stand eine offene Kiste, in der ein Wagenheber mit Kurbel lag. Und über diese Waschbrettpiste fuhren wir mit einer Geschwindigkeit, die zwar nur einen Vorgeschmack auf das bot, was später die Norm darstellen sollte, aber dennoch überhöht war, mit dem Resultat, daß bei jedem Huckel dreißig Pfund Eisen hochschwebten und sich in dem Freiraum zwischen meinen Knien drehten, ehe sie wieder runterkrachten. Ich hänge an meinen Füßen, deshalb fragte ich den Ersatzfahrer - der ein vernünftiger Familienvater zu sein schien und kein Draufgänger wie der teuflische kahlgeschorene Halbstarke am Steuer -, ob wir nicht mit vereinten Kräften den Wagenheber unter den Sitz bugsieren könnten. Er tat so, als hörte er mich nicht. Schließlich kam dieser Vorschlag ja von einer Frau. Außerdem trug die stete Bedrohung wichtiger Gliedmaßen wahrscheinlich dazu bei, alle wach zu halten. Als wir in Kanye hielten, hieß es daher für mich wieder: al fresco.

Die geteerte Straße endet an der Sekgoma-Pfanne, die aussieht wie die Ohrmuschel der Hölle, was die Sache ganz gut trifft, denn auf der Ladefläche eines Bedford durch den Busch zu brettern, wenn dieser Bedford gemäß der CTO-Theorie über das Befahren von unbefestigten Pisten gehandhabt wird, ist gleichbedeutend mit einem Flug durch die Hölle. Die Pfanne war von Buschfeuern verwüstet: Was einst Dornbäume gewesen waren, glich jetzt Kandelabern und Masten. Die Erde war verkohlt; hier und da häuften sich Verwehungen aus grauer und weißer Asche auf. Wir waren vier auf der Ladefläche, vier Frauen. Ich mußte an den Wirtschaftsattaché der amerikanischen Botschaft denken, der immer wieder gern erklärte, Botswana habe seine wahre Berufung verfehlt: Seiner Meinung nach gab es die perfekte Kulisse für Am-Tage-danach-Filme ab, in denen die zahlenmäßig hoffnungslos unterlegenen Guten durch die Post-Kriegsödnis laufen und die letzte geschlechtsreife Frau vor dem Abschaum des Lumpenproletariats beschützen.

Ein Bedford hat keinen Allradantrieb, insofern ist die Volle-Kanne-Fahrmethode der CTO vielleicht nicht ganz verkehrt. Es geht darum, so schnell über die quergeriffelten Pisten zu fahren, daß die Reifen nur in Kontakt mit den Erhebungen kommen, wodurch diese praktisch zu einer durchgehenden Oberfläche werden. Außerdem soll einen die halsbrecherische Geschwindigkeit über die sporadischen Stellen aus glattem Sand hinwegtragen. Es ging los. O! Auf diesem Weg liegt Wahnsinn! dachte ich, und dieser Ausruf wurde zur Überschrift für die Fahrt von der Sekgoma-Pfanne nach Kang.

Der Wind zerrte alles fort, was meine Haare bändigte, bis ich ergeben dachte, So soll es sein. Von meinem langen Haar hatte ich mich aus ästhetischen Gründen nie getrennt, entgegen allen Regeln für das Buschleben. Die Wucht des Fahrtwinds machte jedes zusammenhängende Denken unmöglich. Ich stand aufrecht im Wind, das Hemd im Rücken gebläht wie ein Schildkrötenpanzer, und sang die Marseillaise. Schneller! murmelte ich gelegentlich. Denoon ist der einzige mir bekannte Nicht-Franzose, der sämtliche Strophen der Marseillaise auswendig weiß. Er kannte auch andere Hymnen, vorzugsweise die kleiner Länder. Er fand Hymnen an sich lächerlich. Er fand, daß es Hymnen für Berufe geben müßte. Für Köche etwa La Mayonnaise. Er konnte eine wirklich komische englische Version der Burenhymne *Die Stem* zum besten geben, die ich auf Band habe.

Wir hielten ein paarmal auf dem Wege nach Kang, einmal, um eine Tramperin aufzulesen, eine junge Lehrerin, und um der ganzen Mannschaft Gelegenheit zu geben, sich zu erleichtern, und noch einmal, als wir außerhalb von Mabuasehube auf tiefen Sand stießen, die Beifahrertür aufflog und die Lehrerin samt Wagenheber und Kurbel auf die Piste flog. Zum Glück war es weicher Sand. Sie tat sich nichts. Dieser oder ein etwas früherer Stoß hatte einen Karton Daylight-Seife platzen lassen, und nun pflasterten Seifenstücke unseren Weg. Die Fahrer waren sehr pingelig, das mußte man ihnen lassen. Sie erklommen den Gipfel der Ladung, um uns Passagiere von hoch oben mit Rufen und

Richtungsangaben zu unterstützen, während wir alle verlorenen Stücke einsammelten. Das war unsere längste Pause.

Wir steckten im Sand fest, und da wieder rauszukommen, schien gar nicht so leicht zu sein. Als die Pannenausrüstung hervorgezerrt wurde, erlebten wir eine große Überraschung, denn sie enthielt nichts weiter als einen Ersatzvergaser - keine Schaufel, keine der hundertprozentig zuverlässigen und bewährten Matten, wie sie im gesamten Sahel benutzt werden, keinen Verbandskasten. Genaugenommen handelte es sich auch nicht um einen Ersatzvergaser, sondern um einen, der irgendwann in der Vergangenheit den Geist aufgegeben hatte.

Offenbar würden die beiden Fahrer uns da kraft purer Erfahrung wieder rausholen. Ich ließ mich darüber belehren, wie lange sie diese Route nun schon erfolgreich befuhren - es waren Ewigkeiten. Der Halbstarke mußte seine erste Tour absolviert haben, als er noch in den Windeln lag. Ich hoffte nur, daß sie recht behielten, denn falls nicht, würden wir an Ort und Stelle kampieren müssen, worauf ich nicht gerade scharf war. Es wäre keine Katastrophe gewesen: Wir hatten Wasser, obwohl das Trinkwasser für uns mit demselben Schlauchstück gezapft wurde, mit dem sie auch den Tank aus dem Reserve-Benzinfaß auffüllten. Ich wurde gefragt, weshalb ich so viele Fragen stellte.

Mit einem Kniff, der die Lebenszeit des Getriebes zweifellos um Jahre herabsetzte, nämlich einem gnadenlosen Hinundherschalten zwischen Vorwärts- und Rückwärtsgang, holten sie die Karre schließlich aus dem Sand. Und wieder flog Botswana als eine sepiafarbene, hitzeflimmernde Rollkulisse vorbei. Irgendwann war ich zu ausgedörrt, um auch nur in Gedanken vor mich hin zu summen. Ich mußte sogar mein privates Reisespiel einstellen, das darin bestand, zu erraten, wann der glitzernde Dekor an der Straße - Dosen, Flaschen und Glasscherben, ausdünnen und schließlich verschwinden würde. Er verschwand nicht. Ich dachte an nichts mehr.

Ich war erschöpft, aber zunehmend euphorisch. Das war Reisen in Reinkultur. Das war Geschwindigkeit, das berauschende Gefühl, das für anhaltende Transitzustände typisch ist. Ich ahnte noch nicht, daß es sich dabei um etwas eher Verwerfliches handelte. Für jemanden, der so weitgereist wie er war, redete

Denoon äußerst abfällig über Menschen, die gern reisten. Von allen Leidenschaften fand er angeblich die fürs Unterwegssein am langweiligsten. Ein Reisefreak, behauptete er, wird dir selten auch nur eine interessante Beobachtung schildern können. Er kann dir Namen und Anzahl der Orte nennen, an denen er gewesen ist. Wenn du Glück hast, weiß er auch noch, ob es irgendwo fantastisch billig oder halsabschneiderisch teuer war. Die Quintessenz des Ganzen war etwas, das Robert Louis Stevenson einmal geschrieben hat: Ich reise nicht, um irgendwohin zu gelangen, sondern um unterwegs zu sein, was pikanterweise als Aufdruck das Papier ziert, in das einem die Banana-Republic-Läden die Einkäufe wickeln. Nelson war gegen Reisen als Freizeitbeschäftigung. Darin war er Puritaner. Wenn einen die Arbeit zum Reisen zwang, na schön. Dann war es vermutlich auch okay, es zu genießen. Aber er verabscheute den Tourismus und fand, die Leute sollten lieber zu Hause bleiben und etwas Phantasieanregendes aus ihren Hinterhöfen machen. Es fuchste mich, wie blind Denoon für die Tatsache war, daß er es sich leisten konnte, das eine zu tun, ohne das andere lassen zu müssen. Und als ich ihn damit konfrontierte, wollte er nichts davon hören, jedenfalls zu Anfang.

Plötzlich verstummte der Krach, und wir waren in Kang. Das Tagwerk war vollbracht. Es kam etwas abrupt. Ich fühlte mich wie eine von Gurdjieffs Jüngern, die das Maß ihrer Unterwürfigkeit dadurch bezeugten, daß sie auf sein Geheiß hin mitten in jeder beliebigen Tätigkeit erstarrten, selbst wenn sie gerade von der Hinterbühne direkt aufs Publikum zupreschten. Natürlich segelten viele von ihnen in fantastisch erstarrten Posen direkt in den Orchestergraben und donnerten glorreich zwischen Stühle und Notenständer.

Der Mond stand am Himmel. Wir parkten unter den Schwingen eines wunderschönen, symmetrisch gewachsenen Baumes. Ich spürte noch das Vibrieren und war etwas benommen, als ich meine Ausrüstung zusammenklaubte und mich auf Herbergssuche zu den Schwestern einer Mission begab, die komischerweise Mary, Star of the Sea hieß – so jedenfalls hatte ich es verstanden.

Die Schwestern

Kang hat etwas Liebliches. Die Hütten liegen weit verstreut, aber das Zentrum befindet sich unter dem Baldachin einer Gruppe verschiedenartiger Akazien. Überall blühte rote Aloa. Früher einmal war Kang ein Regierungsposten gewesen, und noch heute tun dort ein paar Beamte Dienst, die aber ständig auf Jagd sind oder auf Tagungen oder im Urlaub, was die Bauern und Hirten vom Stamm der Bakgalagadi, die in Kang leben, nicht weiter stört. Ich merke, daß ich schon wieder »Stamm« sage, obwohl das Wort nicht mehr politisch korrekt ist, aber ich kann's mir nun einmal nicht abgewöhnen. Die bedeutenden Stämme hänseln und verachten die Bakgalagadi als hoffnungslose Hinterwäldler, die nur eine Stufe höher stehen als die absoluten Underdogs, die Basarwa. Gelegentlich stolpert man in den denkbar entlegensten Ecken Afrikas über einen verträumten Lakhoa, der Jahr um Jahr bleibt, unfähig fortzugehen, festgehalten vom besonderen Genius loci. So etwas konnte ich mir in Kang gut vorstellen. Das Dorf ist verschlafen und blütenträchtig. Der Erdboden besteht aus feinem dunkelgrauen Sand, fast so weich wie Puder, und ist von einem Netz aus Ranken überzogen, die an kriechende Myrte erinnern, mit kleinen, zähen weißen Blüten, viel zu schön zum Drauftreten. Hier findet man eine Stille, die nur vom gelegentlichen Bimmeln der Ziegen- und Kuhglocken unterbrochen wird. Der Baustil ist traditionell: Die Rondavels der Männer und die fürs Gemeinschaftsleben sind mit bündig geschnittenem Gras gedeckt, die der Frauen mit lose herabhängendem. Die Menschen gehen in Lumpen, die Armut ist unübersehbar, und doch macht der Ort den Eindruck, als wäre fürs Wesentliche gesorgt. Kang ist nicht demoralisiert. Die Hecken rings um die Lolwapas sind gepflegt.

Weiße sind in Kang eine Quantité négligeable. Es gibt natürlich den burischen Kaufmann und Geldverleiher. Es gibt die sechs franziskanischen Missionsschwestern von Mary, Star of the Sea, bei denen ich übernachtete. Und es gab angeblich auch ein paar Weiße an der halbfertigen neuen Gesamtschule vor den Toren von Kang. Ich machte einen Umweg dorthin. Der Schulkomplex –

ganz aus rosa Zement - wirkt sehr futuristisch. Bei den Erschließungsarbeiten des Geländes hat man den schweren Fehler begangen, alles an Bodenranken und Gras rauszureißen, was man zu fassen kriegte, mit der Folge, daß nun der Sand durch jede Ritze dringt.

Der Däne, der mich auf einen Tee einlud, war besessen von dem Zwang, der Sandplage Herr zu werden. Als ich eintraf, schüttelte er einen Teppich aus. Als wir uns hinsetzten, wischte er mit der Handkante in einer Tour über die blitzblanke Tischplatte zwischen uns. Die anderen Lehrer waren fort, und er stand kurz vor dem Aufbruch. Er war verbittert. Er hatte Wasser vergeudet und war dafür belangt worden: Man hatte ihn dabei erwischt, wie er kübelweise Wasser auf die Sandverwehungen vor seinem Bungalow goß, um sie niederzuhalten. Die für die Durchführung des Projektes verantwortliche italienische Baufirma war inzwischen pleite. Er hatte von allen am längsten geglaubt, daß die Regierung für die zügige Wiederaufnahme der Bauarbeiten sorgen würde. Aber genau darin bestand sein Dilemma, wie er konstatieren mußte: Er war einfach gutgläubig. Und nun nahm er sich die Zeit, sein Leben zu überdenken.

In Kang zu sein heißt, im stillen Herzen von nirgendwo zu sein. Richtung Norden gibt es nichts als Busch, Hunderte Meilen von Busch, bis nach Angola hinein. Im Westen liegt die Kalahari und dahinter Namibia, das heißt nicht enden wollende Leere bis zum Atlantik, abgesehen von dem winzigen Flecken Gobabis. Auch der Osten ist Kalahari, und zwar ihr ödester und gottverlassenster Teil, das Central Kalahari Game Reserve. Nach Westen hin wird die Wüste immer trockener und steiniger, aber in nördlicher, südlicher und östlicher Richtung besteht sie aus ebenem bis sanft hügeligem Dornveld mit vereinzelten Baum- und Strauchgruppen, zumeist jedoch heißen, trockenen Grassavannen ohne einen Tropfen Oberflächenwasser, mit absurden Sukkulenten, die in irgendeinem Pflanzenführer finden zu wollen reine Zeitverschwendung wäre.

Tsau, der Nabel meines Idioversums, lag genau östlich von hier im Wildreservat, hundert Meilen entfernt. Ich spitzte die Ohren, aber nicht ein einziges Mal fiel der Name Tsau oder Denoon. In Kang war jede Unterhaltung mühsam, womit ich nicht gerechnet hatte. Anscheinend bevorzugten die Menschen hier die Stille, was ich langsam zu verstehen begann.

Ich liebte die Stille in Kang. Während meiner Zeit im Busch war ich zum erstenmal in meinem Leben direkt mit der Stille konfrontiert worden, und ich hatte sie zu schätzen gelernt, aber dieses Gefühl wurde von einer latenten Beunruhigung begleitet: Ich lauschte ständig nach irgendwelchen Gefahren, Eindringlingen, die hinter dieser Stille lauern mochten. In Kang fühlte ich mich immer sicher. Natürlich hatte ich gerade erst die ohrenbetäubende Fahrt hinter mir. Jedenfalls stellte ich fest, daß ich ein extremes Bedürfnis nach Stille hatte und daß Kang diesem Bedürfnis zu entsprechen schien. Die Schwestern beschränkten ihre Unterhaltung auf ein Minimum, und das nach meinen Beobachtungen nicht etwa, um irgendwelche doktrinären Regeln zu befolgen, sondern weil es ihnen so lieber war. Ich begann mich zu fragen, ob der Erfolg klösterlicher Einrichtungen nicht teilweise auf der parasitären Ausnutzung des tiefen Verlangens nach Stille beruht, das manche Menschen haben, ohne sich dessen bewußt zu sein. Denoon hielt durchaus etwas von dieser Idee, obwohl er andererseits meinte, der Sinn für Stille würde den Menschen durch die Zivilisation systematisch aberzogen, und das um einen hohen Preis, wenn es zum Beispiel stimmte, daß Lammfleisch in den USA allmählich unbezahlbar wurde, weil sich immer weniger Menschen fanden, die imstande waren, die Stille und die Einsamkeit des Schäferlebens zu ertragen. Er behauptete, es habe sogar einmal ein entsprechendes Umschulungsprogramm für Sozialhilfeempfänger gegeben - die Arbeit wird nicht schlecht bezahlt -, das aber ein grandioser Reinfall gewesen wäre, weil gerade die Armen eine hartnäckige Aversion gegen Stille hätten. Wahrscheinlich fand er deshalb meine positive Einstellung zur Stille recht interessant. Nicht nur, daß ich als Kind aus sozial schwachen Verhältnissen gerade in diesem Punkt hätte deutlicher geprägt sein müssen, nein, ich teilte nicht einmal mehr die uns Amerikanern anerzogene Abscheu vor Stille, die sich etwa in dem blanken Entsetzen niederschlägt, das uns befällt, wenn bei einem Rendezvous oder einer Dinnerparty die Unterhaltung stockt. Hier wurde deutlich, daß Denoon sich selbst nicht mehr als Amerikaner betrachtete. Als was er sich betrachtete, stand auf einem anderen Blatt. Doch ihm war die Stille noch viel wesentlicher als mir - trotz aller ernsthaften Gedanken, die ich mir über dieses Thema machte. In der Zeit unseres Kennenlernens, die ich für mich die Phase des Werbens nenne, stürzten wir uns in den unvermeidlichen Austausch unserer schönsten Erinnerungen respektive unserer unangenehmsten Erlebnisse. Als mein unangenehmstes Erlebnis war mir trivialerweise nur eingefallen, daß ich einst zum Löschen eines Herdbrandes nichts anderes zur Hand gehabt hatte als ein mit Streu gefülltes Katzenklo. Ich hätte schon etwas höher ansetzen sollen. Er erinnerte sich daran, wie sein Vetter zum erstenmal Lord Jim las, während unentwegt dieselbe Seite einer Doors-LP auf der Stereoanlage dudelte. Er beschrieb die Situation mit Inbrunst. Natürlich war er auf seine Weise auch trivial.

Ich weiß nur, daß in Kang die Stille fast poetisch oder, genauer gesagt, das Verhältnis von harmlosem Lärm und Stille vollkommen war. Ich denke, diese Art Stille findet man nur tief im Landesinneren. Ab und zu säuselte der Wind in den Dornbäumen, doch selbst diese Laute waren immer eine Überraschung. Und ich war das Reden leid. Während der letzten Tage in Gaborone hatte ich alle meine sprachlichen Register gezogen - Selbstanpreisungen, Versprechen, Überredungskünste, Notlügen, und das von morgens bis abends. Ich war nur zu bereit, damit aufzuhören.

Die Mission bestand aus einer Reihe von Squaredavels auf dem Grat der Steilseite der Kang-Pfanne. Die Schwestern leiteten eine winzige, völlig überlaufene Klinik und versuchten, bislang vergeblich, ein Wohnheim mit angeschlossener Grundschule für Basarwa-Kinder einzurichten. Ich mochte die Schwestern, deren Neugier allerdings sofort erstarb, als ich das Wort Anthropologie aussprach. Ihre Augen bekamen einen entrückten Ausdruck. In diesem Teil der Welt sind wir nichts Ungewöhnliches. Eine der Schwestern führte mich in die Pfanne hinunter, damit ich mich selbst davon überzeugen konnte, wie katastrophal die Dürre war. Bei Kang ist die Pfanne ziemlich tief, und mich befielen nicht zum erstenmal Zweifel an der landläufigen Erklärung für die Entstehung dieses Phänomens - es heißt, der Wind würde die Bodenvertiefungen im Lauf der Jahrtausende aushöhlen, und als Beweis dafür gilt, daß der der vorherrschenden Windrichtung direkt entgegengesetzte Rand angeblich immer der höchste ist. Dabei erinnern die Pfannen vielmehr an Vulkan- oder Einschlagskrater. Wir stiegen hinab in das gleißende Tal. Seit drei Jahren war hier so gut wie kein Regen mehr gefallen. Eine von Hand ausgehobene Grube am Grund der Pfanne hatte vorübergehend als Tränke für Rinder gedient, lag aber jetzt voller Knochen. Dort brachte sie mich hin. Der Boden der Pfanne war festgebacken und aufgerissen. Darauf zu gehen war, als würde man über Tonscherben gehen. In einige Spalten konnte man den Arm bis zum Bizeps hineinstecken, dann berührten die Finger eine feuchte, pastöse Masse, die schon zu Gips getrocknet war, bis man die Hand wieder hervorgezogen hatte. Die festgewordene Schicht konnte man nur von den Fingern lösen, indem man sie gegen etwas Hartes schlug.

Aus anthropologischer Sicht fand ich es hochinteressant, daß es weibliche Franziskaner gab, Frauen, die einer der vielen einbalsamierten Männerträume dazu veranlaßt hatte, sich einem Leben in der Wildnis zu weihen. Ich habe nichts gegen den heiligen Franz von Assisi, glaube ich jedenfalls. Ich kenne ihn nur von Abbildungen. Aber aus anthropologischer Perspektive war es doch interessant, daß die Knochenarbeit in dieser Mission am Ende der Welt ausschließlich von sehr netten Frauen geleistet wurde. Das gilt für Afrika im allgemeinen, für die Lutheraner und für alle anderen auch. Selbst wenn eine Frau ihren eigenen Orden genehmigt bekommt, wie Mutter Theresa, sind es doch immer wieder die Frauen, die das Kochen und Putzen und die Krankenpflege besorgen, während sich kleine Abordnungen von Männern der angenehmen Arbeit des Bekehrens widmen dürfen. Wie gesagt, ich war neugieriger auf die Schwestern, als sie auf mich waren. Das mag daran liegen, daß wohltätige Menschen, die es bis zur Selbstaufopferung treiben, und das als Dauerbetätigung, sich oft in einer Art Trance zu bewegen scheinen. Als wir unten in der Pfanne waren, merkte ich, daß ich auf ein Phänomen wartete, das ich bei Missionarinnen gewohnt war, nämlich ein kurzes Aufblitzen sündigen Hochmuts. Sie streben natürlich danach, keinen Stolz auf die Entbehrungen zu zeigen, die sie um der Liebe Jesu willen auf sich nehmen, aber manchmal straucheln sie eben doch. Meine Begleiterin fragte, ob ich gehört habe, daß eine Nonne in Sambia von einem Elefanten zu Tode getrampelt worden sei. Da sah ich sie aufblitzen, die Sünde. Und ich hörte den bedauernden Unterton, als sie sich um der Wahrheit willen genötigt fühlte hinzuzufügen, daß es keine Schwester ihres Ordens gewesen war. Ich drückte mein Bedauern in angemessener Form aus und schämte mich meiner gehässigen Natur.

Ich brauchte eine Woche, um meine Ausrüstung zu vervollständigen und mich zu verproviantieren, und ich hätte ganz gern noch länger gebraucht. Ich schob die Sache vor mir her. Es war schwer, aus Kang wegzugehen. Offenbar war ich nicht die einzige. Eine der Schwestern widersetzte sich standhaft der Order, nach Racine zurückzukehren. Die Zeit, die ich damit verbrachte, in der Klinik auszuhelfen, machte mich noch träger oder unentschlossener, weil sie eine innere Generaldiskussion auslöste – frei nach dem Motto: Was wäre denn so schlimm daran, sich für einen Beruf im Gesundheitswesen zu entscheiden? Und: Was ist eigentlich so fesselnd an der sogenannten Wissenschaft vom Menschen? Was konnte ich denn dagegen haben, etwas für jemanden zu tun, dessen Wangen wie Stecktafeln aussahen? War es soviel besser, ein Leben zu führen, das darauf hinauslief, ständig gegen die zunehmend kürzer werdende Aufmerksamkeitsspanne der Söhne und Töchter der amerikanischen Mittelschicht anzukämpfen? Ich wußte, daß ich für ein Medizinstudium schon zu alt war. Einer Bekannten von mir, die drei Jahre jünger ist als ich, hatte man gesagt, sie sei zu alt für Veterinärmedizin. Aber die Schwestern hier praktizierten Medizin. Und sie wirkten zufrieden, lebten nicht schlecht, ungeachtet fehlender männlicher Präsenz. Sie waren alle ein bißchen korpulent, aber offenbar voll und ganz bereit, in dem Körpergewicht, bei dem sie sich eingependelt hatten, den Willen Gottes zu sehen, wie er sich im Wechselspiel von Genen, Diät und körperlicher Betätigung offenbarte. Es beschäftigte sie einfach nicht weiter. Der vorherrschende Frauentyp in Amerika dagegen scheint entweder durch magere Frauen repräsentiert zu sein, die sich eine Amenorrhöe anjoggen, oder durch Frauen, die so fett sind, daß sie kaum einen Schenkel am anderen vorbeischieben können, wenn sie sich in Bewegung setzen müssen, siehe Mom. Die Krux war nur, daß das Gesundheitswesen, jedenfalls aus meiner Sicht, keine Rätsel in sich barg. Die Anthropologie dagegen schien selbst in meinem eher profanen Bereich mit dem grundlegenden Mysterium hinter allen Dingen verknüpft zu sein, womit ich wahrscheinlich das große Mysterium meinte, warum die Welt so unerfreulich sein muß.

Was mich letztlich doch zum Aufbruch trieb, war das Wasser in Kang. Es war trübe und schmeckte bitter. Die Schwestern wußten das ebenfalls, nahmen es aber, wie ich fand, fast beängstigend gelassen hin. Als ich sie endlich direkt darauf ansprach, zeigte sich, daß sie fast schon stolz auf das waren, was sie da tranken. Das Wasser in Kang ist angeblich reich an natürlichen Nitraten. Die zuständige Behörde hat es untersuchen lassen und als sensationell weit über den kritischen Grenzwerten liegend eingestuft. Nun ist sich die Fachwelt darüber einig, daß eine derartige Nitratkonzentration beim Menschen zu einer Nierenvergiftung, der Methämoglobinämie, führen kann. Doch weder die Einheimischen, die seit Generationen dieses Wasser trinken, noch die Schwestern zeigten irgendwelche Anzeichen von Nierenleiden. Es gab keine praktikable Filtertechnik, und selbst wenn, hätten sie es nicht richtig gefunden, von ihr Gebrauch zu machen, solange die entsprechende Technik nicht auch den Armen Kangs zur Verfügung stand. Es handelte sich demnach also um ein medizinisches Wunder und einen Beweis dafür, daß Gott seine schützende Hand über Kang hielt. Das sagten sie. Und für mich wurde es Zeit, in die Gänge zu kommen.

Den Schwestern log ich vor, ich würde etwa fünfundzwanzig Meilen weiter östlich zu einer Gruppe stoßen, die Erhebungen zum ländlichen Einkommensniveau durchführte, was selbst in ihren Augen ein ziemlich harmloses Unternehmen hätte sein müssen. Trotzdem wollten sie mit mir ein ernstes Wort über Buschexpeditionen ohne Begleitung reden. Es ging um die Gefahr sexueller Übergriffe, obwohl das alles nur andeutungsweise zur Sprache gebracht wurde. Zum einen wollten sie von mir die Zusicherung, daß ich die entsprechenden Behörden, also die Distriktverwaltung in Kanye und Maun, von meiner geplanten Reiseroute unterrichtet hätte, was ich mit einem glatt gelogenen Ja beantwortete. Genau das hatte ich aus Übervorsicht unterlassen: Woher sollte ich denn wissen, ob Denoon nicht irgendeine Art Frühwarnvereinbarung mit dem Ministerium für kommunale Verwaltung getroffen hatte, um Journalisten und superschlaue Promotionskandidatinnen abzuwehren? Ich gab Bonmots zum besten wie: Bitte bedenken Sie, daß die Batswana den Körpergeruch weißer Frauen abstoßend finden, was an unserem hohen Fleischverzehr liegt. Schließlich mußte ich zu der Notlüge Zuflucht nehmen, daß ich eine Pistole dabeihätte, eine Idee, die mir, kaum hatte ich sie ausgesprochen, gar nicht so dumm erschien. Während meiner ganzen Zeit im Busch bei Tswapong hatte ich nie das Bedürfnis nach einer Waffe verspürt, aber jener Teil der Wildnis war weniger abgelegen, und man traf dort immer wieder auf versprengte Farmen und Ranches. Und wenn es wilde Tiere in den Tswapong Hills gab, dann jedenfalls nicht in dem Ausmaß und von dem Kaliber wie in der Zentral-Kalahari. Am nächsten Tag hörte ich mich ein bißchen um, aber in ganz Kang gab es keine Feuerwaffen zu kaufen, jedenfalls nicht für mich. Also betete ich mir erneut die ganzen Gründe dafür vor, warum ich ursprünglich gemeint hatte, eine Waffe sei vollkommen überflüssig, und damit war's dann auch gut.

3.

MEINE EXPEDITION

Die Buckligen

Ich muß mich unbedingt kürzer fassen.

Ich dachte, ich würde vier Tage à fünfundzwanzig Meilen brauchen, um Tsau zu erreichen, den Ort, den ich aus praktisch-psychologischen Gründen in letzter Zeit privat lieber Pellucidar nenne, nach einem der Tarzan-Romane. Ich brauchte aber gut sechs oder gut sieben Tage, eins von beidem. Gegen Ende kam ich in arge Bedrängnis. Tsau Pellucidar zu nennen hat etwas Distanzierendes, aber auch Treffendes. Pellucidar klingt so, wie mir Tsau vorkam - in einer bestimmten Hinsicht: Es war, als befände ich mich zum erstenmal in meinem Leben an einem Ort mit den richtigen Lichtverhältnissen. Ich habe dieses Buch nie gelesen, aber ich vermute, daß Pellucidar eine der zahlreichen seltsamen versunkenen und doch noch bewohnten Städte war, die Tarzan aufsuchte, irgendwo in Afrika, versteht sich, möglicherweise aber auch im Erdinnern, so daß sich strenggenommen nur der Zugang in Afrika befand. Es paßt also alles. Nelson war als Junge ein wahrer Fan der Tarzan-Romane gewesen. Die erste Mahlzeit, die er persönlich für uns beide kochte, war ein Currygericht, das er Rice Edgar Burroughs nannte, weil es einige von Tarzans Lieblingszutaten enthielt, welche auch immer.

Irgendwo habe ich noch eine Liste der Autoren von Nelsons liebsten Jugendbüchern. Die meisten kannte ich nicht - etwa Roy Rockwood und Talbot Mundy. Inzwischen denke ich, daß ich deshalb so viele Details aus seiner Jugend kenne, weil seine Geschichten darüber eine Form von Irreführung darstellten, wobei ich lange brauchte, um das zu durchschauen. Ich wollte Genaueres über seine Ehe und generell über seine wichtigsten Bindungen hören, und statt dessen bekam ich die Tausendundeinenacht seines Lebens als Junge geboten: Denoon, wie er ein ums andere Mal raffiniert Rache an den pharisäerhaften Nachbarjungen übte, die ihn offenbar gern quälten und daran hinderten, ungestört in den Baumhäusern zu sitzen und zu schmökern, die er sich als Lesepavillons baute. Andererseits muß fairerweise gesagt werden, daß er das Lesen quasi zur Religion erhoben hatte. Sax Rohmers gesammelte Werke in einem Sommer hintereinander durchzulesen führte er als Beispiel für ein absolut lustvolles Erlebnis an. Gleichzeitig war es ein klassisches Beispiel dafür, wie man etwas Absolutes erlebte, ohne dessen Einmaligkeit zu begreifen, weil man irrigerweise annahm, dieser Moment sei nur der erste von vielen gleichartigen und gleichwertigen, die das Leben für einen bereithielt. Vermutlich wünschte Nelson, er hätte seine Lektüre noch mehr ausgekostet, vielleicht nach jedem Absatz mit einem lustvollen Ah! innegehalten. Er schien die Idee originell zu finden, daß man jedes Vergnügen, das man erlebt, bewußt wahrnehmen und sich passim daran weiden soll. Ich deutete an, daß das für mich arg nach dem guten alten Wassermannprinzip Hier und Jetzt klang, aber davon wollte er nichts wissen. Vermutlich lasse ich mir hier eine kleine Vulgarisierung zuschulden kommen. Jedenfalls war es die Lektüre von Sax Rohmer gewesen, genauer gesagt eines Buches mit Nelsons liebstem Sax-Rohmer-Helden Morris Klaw, dem träumenden Detektiv, einem Wunderknaben, der Kriminalfälle löst, indem er Eisenkraut inhaliert und dann einschlummert, der die vandalisierenden Nachbarjungen durch einen Überfall auf sein Baumhaus ein jähes Ende bescherten. Denoons Familie besaß ein Sommerhäuschen in einem feuchten Redwood-Wald am Russian River. Seine Rache war wieder einmal genial, aber die Einzelheiten sind mir entgangen. Hin und wieder, meist gegen Morgengrauen, bin ich im Verlauf der tausendundeinen Nacht doch eingedöst.

Es gab etwas Formelhaftes an der Art, wie er seine Probleme mit gleichaltrigen Feinden gelöst hatte, bedeutete ich ihm; ob er wüßte, was ich meinte? Er überlegte. Er hatte keine Ahnung. Ich skizzierte es ihm. Ich sagte: Nach vollzogener Rache hast du regelmäßig erneuter Verfolgung vorgebeugt, indem du zum Anführer deiner Peiniger geworden bist, jedenfalls bis zum Zeitpunkt deines nächsten Umzuges. Ich kann dir mehrere Situationen aufzählen, in denen du deine früheren Feinde zu einem Klub zusammengefaßt hast, in dem du der Präsident warst, und dann diesen Klub mit zeitaufwendigen Unternehmungen beschäftigt gehalten hast, an denen du nur sporadisch teilzunehmen brauchtest, quasi als Koordinator, so zum Beispiel mit dem Bau gewaltiger Wallanlagen auf leeren Grundstücken, um für

Schlammschlachten mit Jungen aus anderen Vierteln gerüstet zu sein, die allerdings fast nie stattfanden. Wir alle leben bestimmte Muster aus, sagte ich. Vielleicht lag es an dieser Erklärung, daß seine Obsession, mir aus seiner Kindheit zu erzählen, allmählich nachließ, vielleicht aber auch daran, daß unsere Beziehung echte Fortschritte machte. Irgend etwas half jedenfalls.

An dem Tag, als ich Kang verließ, stand ich um fünf Uhr auf, zog mich lautlos an und war im Begriff, mich aus dem Hof der Mission hinauszustehlen, als mich die gesamte Schwesternschaft mit Behüt-dich-Gott und Tüten voll hartgekochter Eier und ähnlichen Leckerbissen abfing. Ich war die Liebenswürdigkeit selbst, obwohl ich auf die Schnelle gar nicht wußte, wo ich den zusätzlichen Proviant unterbringen sollte, den sie mir aufdrängten. Ich hatte alles bis auf die letzte Unze genau berechnet. Meine zwei Esel waren so schwer bepackt, daß sie schon Schlagseite hatten. Ich weiß, ich bin zickig, aber ich empfand tatsächlich leisen Groll darüber, daß sie sich zwischen mich und eine der großen, unverwässerten Freuden im Leben drängten - sich in aller Herrgottsfrühe auf den einsamen Weg zu einem gefahrenvollen und bedeutungsschweren Ziel zu machen. Ich finde, so was läßt sich nur allein genießen, aber warum ich das finde, weiß ich nicht. Es war schon ein netter Bahnhof, den sie mir da aufzwangen.

Am Ortsrand von Kang passierte dann etwas, das mir wieder einmal zeigte, daß man außergewöhnliche Erfahrungen nicht voreilig deuten sollte. Ich war fast auf dem Weg angelangt, der zur Grundschule führte, als ich stehenblieb, um zuzuschauen, wie die Kinder zum Unterricht liefen, ein nicht abreißender Strom, und plötzlich dachte ich: O Gott! Nein! denn was ich da an mir vorbeiziehen sah, war ein Gänsemarsch kleiner Buckliger - jedes Kind hatte einen Buckel. Ich dachte: So viele Bucklige auf einem Fleck in der Kalahari! Was für ein Feldbericht! Warum ist darüber nie etwas veröffentlicht worden? Wie kann das möglich sein? Doch dann verschwand der Buckel eines kleinen Mädchens vor meinen Augen. Ein Blechnapf lag plötzlich zu ihren Füßen, und einer ihrer Mitschüler kickte ihn in meine Richtung. In Kang war es üblich, den Maismehlnapf auf dem Rücken zur Schule zu tragen, unter dem strammgezogenen Pullover - was für eine simple Erklärung. Mit diesem Eindruck brach ich nun auf ins Ungewisse: Wieder einmal war mir bestätigt worden, daß sich das scheinbar Geheimnisvolle oft als recht banal auflöst. In Anbetracht der mir bevorstehenden Ereignisse war diese Einsicht heilsam. Sie hat mir in der Wüste mehr als nur einmal als Talisman gedient.

Löwen

Der erste Tag hätte nicht besser verlaufen können. Die Hitze war erträglich. Am Nachmittag zogen Wolken auf. Mit den Extrarationen und dem Reservewasser - das ich unbedingt hatte mitnehmen wollen, für den Fall, daß wir durch verbrannte Gebiete müßten, die ausgedehnter waren, als sie sein sollten, oder eine Wasserstelle verfehlten - sahen meine Esel aus wie Galeonen. Sie hatten auch Namen. Der größere und ältere hieß Baph, was die Kurzform von Baphomey ist. Der Herero, der mir die Tiere verkauft hatte, war nicht bereit gewesen, mir Ursprung oder Bedeutung dieses Namens zu erklären. Denoon flippte regelrecht aus, als er ihn hörte, was ich mir nie so recht erklären konnte. Vielleicht war Baphomey eine Verballhornung von Baphoumedi, womit, grob gesagt, eine Gruppe unvernünftiger Leute bezeichnet wird, oder von bapola, einem Verb, das ungefähr bedeutet, eine Tierhaut zu dehnen und festzuzurren. Keine der beiden Assoziationen war besonders angenehm. Der jüngere Esel hieß Mmo - die Abkürzung von Mmoduhadi, Faulpelz. Das war zumindest eindeutig. Ich betrachtete die Esel als die Jungs, meine Jungs.

Der Grasbewuchs wurde dünner und wich Flecken von hartem Boden und reinem Sand. Bäume wurden spärlicher. Die letzte Rinderherde sah ich um zehn und am frühen Nachmittag die letzte streunende Kuh. Zum Glück schienen meine Jungs bezüglich der verfügbaren Grassorten nicht wählerisch zu sein. Gegen Abend fand ich meine erste Wasserstelle genau dort, wo sie sein sollte, obwohl ich in dem trockenen Flußbett tiefer graben mußte, als ich erwartet hatte. Aber schließlich lief die Rinne, die ich gezogen hatte, voll. Wir blieben. Ich band meine Tiere fest, ließ den Sicherheitsverschluß meines Pop-up-Zeltes aufschnappen und machte den Reißverschluß hinter mir zu. Dann aß ich die hartgekochten Eier, was ein Fehler war. Ich weiß überhaupt nicht mehr, worüber ich an diesem Tag nachdachte. Ich vermute, daß ich mental von dem sirrenden Gefühl zehrte, das einem der Beginn einer großen Aktion beschert. Ich war sogar zu müde, um Tagebuch zu schreiben. Ich schlief wie ein Stein.

Um zwei Uhr morgens wachte ich auf, elektrisiert von dem Gedanken an Löwen. Ich wußte, daß ich in meinem Zelt wohl nicht gefährdet war, schließlich gab es keine belegten Berichte darüber, daß Löwen je in ein geschlossenes Zelt eingedrungen wären. Außerdem war jetzt nicht die Zeit der Hufwildwanderungen, die die Löwen anlocken, und diese Routen verliefen ohnehin in einer Kurve weit westlich und nördlich von meinem Marschweg. Doch jetzt, in den frühen Morgenstunden, fragte ich mich natürlich, wie vieles von dem, was einem in Afrika erzählt wird, zum Reich der Märchen gehört. Ich mochte in Sicherheit sein, aber was war mit meinen Jungs? In Gaborone gab es eine Sehenswürdigkeit, einen sogenannten Löwenpark, und die Touristenattraktion war die Fütterung, wenn den Löwen über den Maschendrahtzaun hinweg frisches Eselfleisch vorgeworfen wurde. War die Löwe-Zelt-Kopula ein Ammenmärchen, und jagten Löwen tatsächlich nur nachts? In Gaborone gab es einen Mann, mit dem ich gelegentlich einen zur Brust genommen hatte: den Löwenmann. Er war einer meiner Informanten gewesen. Er gehörte zu denen, die mir Mut gemacht hatten. Allerdings war er selbst vom Löwenforscher zum Besessenen avanciert. Er hockte in Bars herum und ließ sich Drinks spendieren. Ich erinnerte mich daran, daß er mir eines Abends geschildert hatte, wie Löwen die gewaltigen Kaffernbüffel reißen: Während ein Löwe sich im Maul des Büffels verbeißt und ihn praktisch erstickt, zerfleischen die anderen dem Tier die Beine. Der Löwenmann wollte nie wieder einen Löwen sehen. Es war zwar unsinnig, aber ich verbrachte ein gut Teil der restlichen Nacht mit Horchen.

Kleiner Wahn

Am nächsten Tag quälte ich mich hoch und schwor mir, fortan jeden Abend vorsichtshalber entweder ein kreisförmiges Feuer oder zumindest ein großes Lagerfeuer zu machen und die Jungs daneben anzupflocken. Außerdem ärgerte ich mich über meinen unmäßigen Eierkonsum vom Vorabend, denn jetzt war ich natürlich verstopft. Und so ging es weiter.

Es hat geraume Zeit gedauert, bis Denoon meine berufliche Identitätskrise auch nur halbwegs ernst nahm. Die Welt war mein' Auster, wenn ich mich nur in den Griff bekam, lautete seine erste Losung. Ob ich nicht zum Beispiel übers Reisen schreiben könnte? Ich reiste doch so gern. Konstipation als ständiger Reisebegleiter? So ein Artikel ließe sich doch bestimmt irgendwo gut verkaufen. Diese Aufforderung stand im Zusammenhang mit seinem Vorschlag, daß ich eine Zeitschrift namens Wahre Reiseerlebnisse gründen sollte, analog zu Wahre Kriminalfälle und Wahre Detektivgeschichten – ein Reisemagazin, in dem zur Abwechslung nur die reine Wahrheit geschrieben würde, mit dem Ergebnis, daß mehr Leute zu Hause blieben, ein nach seinem Dafürhalten äußerst begrüßenswertes Ziel. Der Tourismus korrumpiert, war sein Kredo. Ich war ideal geeignet für Wahre Reiseerlebnisse, weil ich laut Denoon noch nie in einem Land gewesen war, in dem es mir gefallen hatte. Einschließlich der schönen Neuen Welt.

Selbstverständlich steuerte ich auch meinen Teil an Berufsvorschlägen für ihn bei. Wenn einer von uns niedergeschlagen war, sagte der andere oft: Na gut, du könntest immer noch dieses und jenes tun, und damit gingen wir an die Startblöcke. Begonnen hatte das Ganze als eine harmloses Methode, um Momente von Mutlosigkeit zu überwinden. Dann eskalierte es. Der Grundgedanke war, daß derjenige, der beim anderen eine gedrückte Stimmung wahrnahm, das Recht hatte, sich für ihn eine neue Berufung auszudenken, die akzeptiert werden mußte und deren Praktizierung Depressionen zwangsläufig ausschloß. Das Spielchen blieb vom Grundtenor her Blödelei, aber irgendwann begriff ich es mit wachsendem Unmut als eine verdeckte Methode zur Unterlaufung meiner depressiven Verstimmungen, denn natürlich sah er mich lieber fröhlich. Als er mir schließlich wesentlich mehr neue Berufungen zugeschoben hatte, als ich ihm je realistischerweise würde zuschieben können, reichte es mir; ich zwang ihn, ernsthaft darüber zu reden, mit dem interessanten Ergebnis, daß er in unserem Zeitvertreib eine entfernte Variante des Spiels wiedererkannte, zu dem er seinen armen jüngeren Bruder während der langweiligen Autofahrten ihrer Kindheit verführt hatte. Es bestand darin, daß jeder von ihnen aus dem Spektrum von Behausungen, an denen sie vorbeifuhren, das Haus auswählen durfte, in dem der andere bis an sein Lebensende wohnen mußte. Ziel war es, dem anderen die übelstaussehende, übelstgelegene Bruchbude aufzudrücken, die ihnen auf der jeweiligen Fahrt unterkam. Aber Denoon als der Ältere hatte natürlich den längeren Atem und wußte, daß sein kleiner Bruder sich vorschnell entscheiden würde, wohingegen er, Denoon, wenn er sich geduldete, etwas noch unendlich viel Schäbigeres für den Bruder finden konnte als der für ihn. Er gewann immer. Er entdeckte Schuppen auf unterspülten Klippen oder gespenstische Hütten mitten auf Friedhöfen. Denoon gewann dieses Spiel, aber er gewann obendrein das weit wichtigere Metaspiel, nämlich seinen Bruder immer wieder zu einer neuen Spielrunde zu bewegen. Stolz war er nicht darauf. Aber es interessierte ihn, sich das alles noch einmal vor Augen zu führen. Unser Gespräch darüber rief ihm ein ähnlich strukturiertes Spiel in Erinnerung, zu dem er seinen Bruder hatte überreden können, weil der natürlich um jeden Preis mithalten wollte. Peter war vier Jahre jünger. Dieses Spiel konnten sie nicht im Auto spielen, denn sie mußten auf Verzeichnisse und Bücher zurückgreifen. Du tust mir gut, sagte Denoon, wenn wir in diese Bereiche vordrangen. Du erstaunst mich. Nelson schlug Peter also vor, jeder solle das Erstgeborene des anderen taufen dürfen oder vielmehr den Erstgeborenen, denn interessanterweise ging es immer um Jungen. Wenn er davon erzählte, war ich regelrecht dankbar dafür, daß ich keine Geschwister hatte. Was sich hier auftat, waren fremde Welten. Der Name mußte belegt sein entweder dadurch, daß er in den Namenslisten vorkam, die zum Register von umfangreichen

Wörterbüchern gehören – und die für Peter wegen seines zarten Alters und seiner mangelnden Phantasie die einzige Quelle darstellten –, oder in einem anderen gedruckten Text. Und wieder konnte er sich darauf verlassen, daß sein Bruder eine vorschnelle Wahl treffen und sich mit einem Namen wie Percy begnügen würde, weil das irgendwie unmännlich klang, worauf Denoon während der ersten Runden vielleicht mit Uriel konterte und so die Assoziation Körperausscheidungen ins Spiel brachte. Damit hatte Denoon gewonnen, und sein Bruder konnte ihm nur noch frustriert entgegenbrüllen, daß er dann eben Percy zurücknehmen und Nelson irgendwie zwingen würde, seinen Sohn Shitler zu nennen. Denoon hielt stets Ausschau nach demütigenden Namen. Im letzten Spiel dieser Art, das zugleich zu Denoons größtem Triumph wurde, sah sich sein Bruder gezwungen, Dong als Namen für seinen Erstgeborenen zu akzeptieren, nach Dong Kingman, dem Maler, wobei Dong damals ein Slangwort für Penis war. Die Regeln dieses Spiels und zugleich der Köder, der Peter immer wieder zum Weitermachen verleitete, lautete, daß mit jeder neuen Runde das Ergebnis des vorausgegangenen Spiels annulliert wurde. Ich blickte in einen wahren Mahlstrom der Unterdrückung. Wenn die beiden Cowboy spielten, dann verleitete Denoon seinen Bruder dazu, sich zum Beispiel Roy Sputum, Sheriff von Prostata County zu nennen, weil Peter die Bedeutung dieser Worte noch nicht kannte. Diese Spiele dauerten manchmal tagelang. Wo waren denn eigentlich eure Eltern die ganze Zeit? wollte ich wissen. Sie seien anderweitig »beset« gewesen, erklärte er; »beset« ist der afrikaanse Ausdruck für beschäftigt und besetzt, der auch auf den WC-Türen in Flugzeugen der South African Airways steht.

Am zweiten Tag veränderte sich das Terrain. Es gab langgezogene Senken und Erhebungen. Ich ließ die Jungs ausgiebig grasen, wann immer sie Lust dazu hatten. Gegen Mittag erlebte ich mein erstes seltsames Phänomen, und zwar in Zusammenhang mit dem Licht. Urplötzlich gab es einen Überfluß an Licht. Mir war, als würde ich zuviel Licht abbekommen, obwohl ich eine Sonnenbrille mit fast schwarzen Gläsern trug. Der Himmel war wolkenlos. Ein irrationales Indiz oder Zeichen dafür, daß es zuviel Licht gab, sah ich darin, daß ich knapp über dem

Horizont ein kaum sichtbares Flackern am Himmel wahrzunehmen glaubte. Ich versuchte, diese Vorstellung aus meinem Kopf zu verbannen, aber sie war hartnäckig. Weil ich meinte, daß sich da vielleicht eine akute Unterzuckerung meldete, aß ich ein paar Rosinen. Aber die eigenwillige Ideenbildung übers Licht ließ sich nicht wegessen.

Meine Sonnenbrille fühlte sich mit einem Mal schwer und störend an. Zudem schien sie etwas Wichtiges zu verhindern. Ich gelangte zu der Überzeugung, daß sie mich davon abhielt, die wahren Farben der Kalahari zu sehen, und daß das für mich riskant werden könnte. Ich würde mich in Gefahr bringen, wenn ich mein Gefühl für die echten Farben nicht in regelmäßigen Abständen aktualisierte, indem ich die Brille abnahm. Ich gab dieser Einbildung nach, hauptsächlich, um sie aus der Welt zu schaffen, aber jedesmal wenn ich die Sonnenbrille hochschob, verstärkte sich das Gefühl einer unterdrückten, in der Landschaft wirkenden Vibration, die ich nur dann deutlicher erkennen würde, wenn ich beim nächstenmal genauer und länger hinsah. Das sind chemische Vorgänge im Gehirn, sagte ich mir, hockte mich hin und ließ den Kopf zwischen den Knien herabhängen. Dann stand ich wieder auf, zog mir den Mützenschirm tiefer in die Stirn, setzte die Brille auf und dachte an die Buckligen von Kang.

Zwanzig Minuten lang ging alles gut, dann kehrte der Wahn wieder, diesmal in neuem Gewand, nämlich in Form der Annahme, daß ich dann und nur dann, wenn ich meine Sonnenbrille einfach wegließ, die wahre und essentielle Farbe der Natur sehen könnte. Ich war mir sicher, daß das, was wir gemeinhin als wunderschöne Einzelfarben sehen, nur Verfälschungen und Verzerrungen der echten Farbe der Wirklichkeit sind, die überwältigend und sensationell und nur unter extrem seltenen Bedingungen erfahrbar ist. Es war keine Halluzination. Es war so etwas wie Traumwissen, nur anders. Ich wußte, daß ich mir das aus irgendeinem tief in meinem Inneren verborgenen Grund selbst antat. Trotzdem empfand ich Handlungsbedarf. Ich sagte mir laut: Hier geht es um Selbstbeschädigung, um Selbstwert, um das, was wir uns selbst bedeuten, und ähnlichen populärpsychologischen Quatsch. Dieses Erlebnis war in jeder Hinsicht eigenartig. Wollte ich mir einreden, daß ich umdrehen und nach Kang zurückkehren sollte, bevor es zu spät war, weil der Marsch durch die Kalahari ohne Sonnenbrille etwas für Buschmänner war, deren Augen sich vermutlich vor Jahrtausenden auf den Überfluß an Licht eingestellt haben, und nichts für eine bereits leicht panische Lakhoa? Auf einer Reise wie dieser kommt irgendwann immer der Punkt, an dem es kein Zurück mehr gibt. War dies also eine ideationale Reaktion auf die nur noch mit Mühe zu leugnende Tatsache, daß ich mich übernommen hatte? War mein findiges Unterbewußtes etwa auf den einen Gegenstand verfallen, den ich nur wegzuwerfen brauchte, um mir den langen Weg nach Tsau praktisch zu verunmöglichen, der mich jedoch dazu zwang, den umgehenden Rückzug nach Kang und in die Sicherheit anzutreten? Was mich davor bewahrte, daß dieser Wahn voll zuschlagen konnte, war wohl in erster Linie der Klang meiner eigenen Stimme, ganz unabhängig von den Worten, und zum zweiten die Erinnerung daran, einmal von jemandem gelesen zu haben, der sich in der Kalahari verirrt und dieses Abenteuer überlebt hatte. In seinem Bericht war davon die Rede gewesen, daß er den kritischen Punkt überwinden mußte, an dem er die Wüste als einen Organismus empfand, als eine »Gestalt«, die ihn dazu bringen wollte, durch Selbstaufgabe zu einem Teil von ihr zu werden. Demnach war mein Sonnenbrillenwahn das Pendant zu dem Gefühl, das Verirrte in der Arktis überkommt, daß sie sich nämlich sehr viel wohler fühlen würden, wenn sie ihre Mützen und Handschuhe auszögen. Aber dann verflog der Wahn nicht minder plötzlich, als er sich eingestellt hatte, und wir zogen ohne Zwischenfälle weiter.

An diesem Abend machte ich alles richtig. Ich sammelte bis zur Erschöpfung Holz für ein ringförmiges Feuer, brachte uns alle innerhalb des Kreises unter, kroch in mein Zelt und schloß die Augen. Prompt kreuzten Löwen in nächster Umgebung auf. Vielleicht war es auch nur einer. Ich hörte dieses Brüllen, das keinem anderen Laut auf der Welt gleicht. Ich spürte es bis in jede Faser. Das ist der Lohn für die ganzen Sicherheitsvorkehrungen, war mein erster Gedanke. Ich zwang mich, den Kopf aus dem Zelt zu stecken und einen Blick zu riskieren. Meine Jungs standen dicht aneinander gedrängt und zitterten zum Erbarmen.

Ich spähte nach dem Widerschein von Löwenaugen draußen im Dunkeln, konnte aber nichts sehen. Alles, was ich tat, tat ich mit einer Hand an der Zeltklappe.

Ich ging noch einmal alles durch, was ich über Löwen wußte. Löwen brüllen nur nach dem Fressen zum Beispiel. Das Paradoxe war, daß ich in dieser Nacht letztlich besser schlief als in der Nacht zuvor. Ich schlief mit dem Buschmesser in der Faust ein.

Am nächsten Morgen kriegte ich kaum einen Bissen runter. Ich hatte eine Todesangst im Leib. Ich konnte hier sterben, das stand fest.

Ich trödelte mit dem Aufbruch, um etwaigen Löwen genügend Zeit zu geben, torpide zu werden. Löwen sind tagsüber torpide, so lautete ein Kernsatz meiner Löwenkunde.

Musik

Wer glaubt, allein die Kalahari zu durchqueren sei langweilig, der täuscht sich gewaltig. Es ist, als wäre man ein selbständiger Kleinunternehmer: Immer gibt es etwas, das erledigt werden muß, wenn der kleine Betrieb überleben soll. Zum Beispiel tut man gut daran, überall dort, wo das Gras dicht ist, mit einem Stock vor den Füßen hin und her zuschlagen, um etwaigen Schlangen zu signalisieren, daß sie verschwinden sollen. Aber das reicht nicht, denn es gibt Vipernarten, die sich um Lärm nicht scheren und sich einfach flach machen, wenn sie einen kommen hören, so daß man um so eher auf sie drauftritt, deswegen muß man eigentlich bei jedem Schritt achtgeben. Dann darf man auch nicht direkt unter Ästen durchgehen, ohne vorher scharf hinaufgesehen zu haben, für den Fall, daß da oben Mambas oder Boomslangs herumlungern. Und man muß seinen Wachsamkeitspegel ständig überprüfen, weil einem die Unterarmmuskeln, vor allem die Streckmuskeln, von der völlig ungewohnten Bewegung des Stockschlagens zu brennen anfangen. Obendrein muß man vor der Sonne auf der Hut sein. Ich schmierte mich unablässig mit einem Zeug ein, das ich für drei Pula bei Botschem gekauft hatte und das angeblich einen hohen Lichtschutzfaktor hatte, und trotzdem kriegte ich überall rote Streifen und Flecken. Und schließlich gilt es auch noch, auf Zecken zu achten. Nur in einer Hinsicht hatte ich Glück: in puncto Dehydration. Es war Mitte April, das heißt Herbst, und ideales Marschwetter. Im Sommer kann man damit rechnen, bei einem Tag Fußmarsch in der Sonne ungefähr drei Liter Wasser zu verlieren.

Es bedarf allerdings, wie ich ansatzweise ja bereits zu spüren bekommen hatte, einer gewissen mentalen Disziplin, um Einöden wie die Kalahari zu überstehen. Angst allein reicht nicht aus, um einen zu beschäftigen und in Gang zu halten. Im ganzen aber, finde ich, habe ich meine Sache gut gemacht, was einige weibliche Leichtgewichte an der amerikanischen Botschaft in Staunen versetzt hätte, die mich, wie ich erst später erfuhr, aufgrund ihrer Einschätzung meines Lebensstils - oder nach ihrem Dafürhalten wohl eher Lebenswandels - die Stimmungskanone von Gabs nannten.

Ich war nervös, und auch meinen Tieren schien das Löwentrauma noch in den Knochen zu stecken. Während wir uns weiterschleppten, fing ich an zu singen. Anfangs sang ich eigentlich für mich, merkte aber, daß das offenbar auch die Jungs beruhigte, besonders Mmo. Es ist zwar albern, aber ich hatte den Eindruck, daß ihnen ganze Lieder besser gefielen als durch Summen verbundene Fragmente. Wie sich herausstellte, kannte ich tatsächlich nur wenige Melodien vollständig und bei noch wenigeren mehr als eine Strophe Text. Vermutlich kenne ich mein Liederrepertoire genauer als andere das ihre - professionelle Sänger ausgenommen. Ich weiß so ungefähr, von welchen Liedern ich nur den Refrain kenne. Ich weiß, welche von den Liedern, die ich kenne, sich für mich in der Wüste überraschenderweise als unsingbar erwiesen. You Are My Sunshine ist das beste Beispiel für einen Song, den ich plötzlich abscheulich fand, obwohl ich bislang nie etwas gegen ihn gehabt hatte. Dafür gibt es andere Lieder, die man früher vielleicht nur halbherzig gesungen hat, die einem in der Wüste aber plötzlich Seelenfrieden schenken und unverzichtbar werden, wie Die Gedanken sind frei. Man wundert sich über die Menge von Liedern, die im Gedächtnis derartig miteinander verschmolzen sind, daß man die einzelnen Versatzstücke nicht mehr trennen kann, zum Beispiel What do you want for breakfast my good old man? What do you want for breakfast my honey, my lamb? Even God is uneasy say the bells of Swansea. And what will you give me say the bells of Rhymney? Und es gab Lieder, die ich von vorn bis hinten kannte, ohne daß sie mir, soweit ich mich erinnerte, besonders aufgefallen wären, als sie populär waren: Heart of Glass zum Beispiel, das seitdem zu meinen Lieblingsliedern gehört. Lieder helfen Streß abbauen, was zweifellos der Grund dafür ist, daß die burischen Foltermeister den Leuten in Isolationshaft das Singen verbieten.

Ich sang so unentwegt, daß es mich immer nervöser machte, wenn ich damit aufhörte - es lag an der Atmosphäre. Ich habe einmal kurz als Aushilfe in einem Heim für verwahrloste Kinder gearbeitet, und die bestadaptierten, fröhlichsten und aufgewecktesten Kinder - drei Schwestern, die ihrer Mutter weggenommen worden waren, weil die sie stets an einen Heizkörper gekettet hatte, damit sie keinen Unfug anstellten, während sie ihre Runden drehte - sagten auf meine Frage hin, was sie denn die ganze Zeit getan hätten, in der sie allein gelassen wurden: Wir haben gesungen. Der aufmunternde Effekt, den das Singen auf meine Tiere hatte, war keine Einbildung, was mich an die Phase erinnert, als es mich bedrückte, daß meine Träume im Vergleich zu Denoons so allerweltsmäßig und schlicht waren. Er behauptete, er würde selten träumen, aber wenn, dann wären seine Träume so einzigartig wie Stücke von Fabergé oder Kafka. Er hatte noetische Träume, und sie hinterließen ihm immer einen Sinnspruch oder einen Sinneseindruck, der etwas Okkultes oder Fundamentales über die Welt verriet. Einer davon war die Überzeugung, mit der er eines Morgens aufwachte: daß die Musik das Überbleibsel eines Mediums war, das in grauer Vorzeit ein Mittel der Verständigung zwischen Mensch und Tier dargestellt hatte - ich vermute im Sinne von Mensch Pfeil Tier und nicht etwa von Enten, die Flöte spielen, um sich dem Menschen verständlich zu machen. Unser Zusammenleben relativierte allerdings sein Verhältnis zu diesen Träumen, besonders nachdem ich einem seiner Sinnsprüche der Erkenntnis gegenüberstellte, mit der ein berühmter Surrealist einmal erwachte und die er für bedeutend genug erachtete, um sie in Druck zu geben: Schlag deine Mutter, solange sie noch jung ist. Ich habe mich immer bemüht, Denoon zumindest soweit zu bringen, daß er seine Einsichten auf ein, zwei Sätze reduzierte. In Wirklichkeit finde ich Träume nämlich albern. Für mich sind sie ein schillernder Haufen Müll. Ich habe hauptsächlich Racheträume, in denen ich wichtigen Gestalten aus meiner Vergangenheit Dinge sage wie: Du hast den Verstand einer Blechtrommel. Ich sang weiter.

Kann man eigentlich ernsthaft stolz auf seine Träume sein? Denoon war es.

Gedichte deprimierten mich eher. Dann und wann schaltete ich auf Gedichte um und stellte fest, daß ich eine Menge kannte. Meine Einstellung zu gereimten Gedichten änderte sich grundlegend. Respekt keimte auf. Außer Dover Beach gab es in meinem Bestand fast nichts Ungereimtes. Ich kann ziemlich viel Kipling. Ein bißchen Vachel Lindsay. Schließlich verfiel ich auf eine Strophe von Elizabeth Bishop, die sich immer wieder gnadenlos zwischen Verse anderer Gedichte schob und mich sowohl durch ihre Hartnäckigkeit als auch ihren Inhalt zur Weißglut trieb: Far down the highway wet and black, I'll ride and ride and not come back, I'm going to go and take the bus, and find someone monagomous. Ich mußte sie mit Opernarien exorzieren.

Ernstliche Schwierigkeiten

In ernstliche Schwierigkeiten geriet ich am vierten oder fünften Tag meiner Expedition. Es kam dazu, weil ich etwas tat, wovor ich gewarnt worden war, es in der Wüste zu tun: Ich unterzog mein Leben einer kritischen Betrachtung oder dachte vielmehr über einen ganz speziellen Aspekt meines Lebens nach: Wem würde ich wohl am meisten fehlen, falls man mich als vermißt meldete? Außerdem dachte ich ganz generell darüber nach, wie einfach es wäre, in der Kalahari buchstäblich zu verschwinden, wie rasch man zu Staub zerfallen und in alle Winde zerstreut würde - ein relativ naheliegender Gedanke. Leute wie der Löwenmann hatten mir geraten, meine Wahrnehmung in meine äußeren Organe zu verlegen, in meine Haut, meine Augen und Ohren, meine Beine, also nichts weiter zu sein als ein Meßinstrument, solange ich mich in der Wüste aufhielt. Man hatte mir auch geraten, nicht für alles Merkwürdige, das mir widerfuhr, Erklärungen zu suchen - etwa für den Drang, wie angewurzelt stehenzubleiben, den ich in der Tat ein paarmal hatte. Aber das konnte genausogut ein Phänomen aus der Kategorie sich selbst erfüllende Prophezeiung sein. Der Grund für diese gedanklichen Abschweifungen war wohl der, daß ich genug vom Singen und Deklamieren hatte, das mir während des ersten Streckenabschnitts meines Wahns so hilfreich gewar. Zudem war mir geraten worden, sämtliche landläufigen Vorstellungen, all die bizarren Details über die Buschmänner, die San, zu vergessen. Dabei kannte ich gar keine Details, wollte sie aber unbedingt erfahren, also hatte ich dem Löwenmann noch ein paar Drinks spendiert. Sein Gesicht war zerfurcht, aber so respektgebietend, daß einem schwindlig werden konnte. Offenbar behaupten die San, daß sie die Sonne brennen hörten, wozu ich bloß sagen kann: Na und? Der Löwenmann war mir als absolute Autorität in Sachen Kalahari angepriesen worden. Er sah auch aus wie eine Autorität, aber eine Autorität, die für den nächsten Schluck lebte, wie mir schien. Die San behaupten, sie würden die Sonne leise zischen hören, sagte er, während ich mich fragte, ob er sich das ausgedacht hatte, weil ich an seinen Lippen hing und auf die Wahrheit über die Kalahari lauerte. Es gab eine Frau, die mir alles hätte sagen können, was ich wissen wollte, eine Person, der ich blind vertraut hätte, weil sie das Leben in der Kalahari aus eigener Erfahrung kannte, aber sie war nicht mehr da. Sie war der Regierung nicht länger genehm gewesen. Eines weiß ich mit Sicherheit: Der Löwenmann färbt sich die Haare. Ich hatte ihm gegenüber im dunkeln gelassen, ob ich selbst in die Kalahari wollte, aber er wußte Bescheid.

Als ich am nächsten Morgen das Lager geräumt hatte und mich gerade mit der Frage herumquälte, ob ich den Jungs auch genug Wasser gab - wir hatten mindestens eine Wasserstelle verfehlt und mußten rationieren -, glaubte ich plötzlich, ein kurzes, scharfes Geräusch zu hören, das nur ein Gewehrschuß sein konnte; einen einzigen Schuß, so wie der Löwe nur einmal gebrüllt hatte. War das etwas Alltägliches, etwas so Normales, daß man sich nicht darum zu kümmern brauchte? Wir befanden uns in einer sehr verlassenen Gegend. Bei dem Geräusch wurden mir die Knie weich. Aber danach blieb es still. Wir zogen weiter.

Ich versuchte, mir selbst Mut zu machen, indem ich mir im Hinblick auf die Geschichten des Löwenmannes sagte, daß der Wunsch, Geschichten zu erzählen, nicht immer das gleiche ist wie der Wunsch, die Wahrheit zu erzählen, als wir an einen Ort gelangten, der mir von Anfang an zuwider war: eine grasbedeckte, dichtbewaldete Senke. Das Gras war hart und graugrün und bestimmt so sauer, daß meine Jungs es verschmähen würden, wenn sie nicht absolut am Ende waren. Aber mir schien, ich hatte gar keine andere Wahl, als die Senke zu durchqueren, die sich ziemlich weit hinzog. An einigen Stellen gab der Boden nach. Die Atmosphäre hatte etwas von klösterlicher Abgeschiedenheit. Die Bäume, niedrige Dornbäume, wirkten auf mich sehr uniform, fast wie Bäume in Kinderzeichnungen. Sie waren übersät mit Lehmnestern, Webervogelnestern, bis zu sechs in einem Baum. Aber es gab keine Vögel. Die Nester waren tot. Nicht nur die Vögel fehlten, sondern auch das leise, fast unhörbare Rascheln von Tieren wie Springhasen und Eidechsen, deren Gegenwart man zu ahnen lernt. Ich mußte dauernd gähnen, ohne jeden Grund.

Was mich, wenn ich ehrlich sein soll, vor allem in dieses Wäldchen gezogen hatte, war mein Notstand in Sachen Verdauung. Hier hatte ich das Gefühl von Ungestörtheit. Hier waren wir außer Sicht. Ich hoffte inbrünstig auf ein Zeichen dafür, daß dies der Ort war, wo ich zumindest in dieser einen Hinsicht zur Normalität zurückfinden würde, daß dieser Sichtschutz vielleicht etwas hervorbringen würde. In den meisten Teilen der Kalahari hockt man doch in jeder Richtung meilenweit wie auf dem Präsentierteller.

Aber hier gab es auch eine ungute »Gestalt«, die ich deutlich spürte und sogar auszuschmücken begann, etwa indem ich die Luft nicht nur schwer, sondern regelrecht faulig fand und so weiter. Heute denke ich, daß es dort vielleicht wirklich eine barometrische Unregelmäßigkeit gab. Wir drangen tiefer ins Dickicht vor. Meine Jungs waren unruhig und zeigten das unmißverständlich, was mir obendrein zu schaffen machte. Wären sie ruhig geblieben, hätte ich meine eigenen unguten Schwingungen nicht ganz so ernst nehmen müssen, aber sie wurden um so kopfscheuer und überdrehter, je weiter wir marschierten. Worauf beruhen all die Legenden über Hunde und Pferde, die angeblich die Anwesenheit von Geistern wittern? fragte ich mich. Wenn dies ein multikulturelles Phänomen ist, muß es dann nicht eine reale Grundlage haben? Die Batswana glaubten jedenfalls daran.

Vor allem aber fragte ich mich, wieso mich mein Lebensweg an einen derart furchterregenden Ort geführt hatte, wenn ich wirklich so intelligent war wie angenommen. Der Grund lag in der Fixierung auf ein anderes menschliches oder, genauer gesagt, männliches Wesen. Doch wieso hatte das Wissen, daß Frauen dieser Art Fixierung weit häufiger zum Opfer fallen als Männer, nicht ausgereicht, um mich zu bremsen, um mich davon abzuhalten, in jeder Hinsicht so überstürzt zu handeln? Irgendwie war dieser Ort schlimmer als alles bisher Dagewesene, viel schlimmer als das Löwengebrüll, das ich in meinem überspannten Zustand bereits zu etwas vielleicht nur Geträumtem umdichtete. Außerdem war mir vollauf klar, daß ich mich zwischen diesen Bäumen nicht genügend würde entspannen können, um mich körperlichen Vorgängen zu widmen.

Ich führte Baph an einem Strick, der von seinem Zaumzeug abging. Mmo lief an einem Halfter, das an Baphs Tragegurt festgebunden war. Mmo machte von den beiden die größeren Sperenzchen. Ich wollte, wie schon ein paarmal zuvor, etwas mehr Ruhe verbreiten, indem ich auf den Platz zwischen den Jungs wechselte und sie als Gespann führte. Ich band Mmo los, und dabei verlor ich ihn. Schlagartig.

Es passierte, weil ich nur einen Kompaß mitgebracht und das periodisch auftretende dringende Bedürfnis entwickelt hatte, mich zu vergewissern, daß er noch da war, wo er sein sollte, nämlich in meiner linken Brusttasche. Es beruhigte mich, die Tasche zu berühren. Und so ließ ich Mmos Strick nur für die Millisekunde los, die nötig war, um mir an die Brusttasche zu fassen. Das tat ich nun nicht zum ersten-, aber zum letztenmal. Mmo schoß davon wie ein geölter Blitz. Ich hätte nie geglaubt, daß er sich so bewegen konnte, so behende und zielstrebig. Ich war wie vor den Kopf geschlagen. Ich glaubte, ihm unwissentlich etwas angetan, ihm weh getan zu haben. Der Schreck lähmte mich.

Was machte er bloß, und was sollte ich bloß machen? Ich hatte ihn gut behandelt, fand ich. Ich verlor kostbare Zeit mit sinnlosen Gedanken darüber, was ich ihm wohl angetan haben könnte. Außerdem schien es mir undenkbar, daß er nicht gleich ein Einsehen haben und zurückkehren würde. Schließlich nahm ich doch die Verfolgung auf, aber Baph wollte nur Schritt gehen. Baph jetzt loszulassen war ein Unding, und der Gedanke, Baph an einem Baum festzubinden und dann Mmo in vollem Karacho hinterherzurennen, kam mir erst gar nicht.

Ich ließ mir sogar die Zeit, mich ein, zwei Sekunden mit Klassenhaß zu benebeln. Nie war ich eins dieser jungen Mädchen gewesen, die alles Glück der Erde auf dem Rücken der Pferde erlebten. Dafür mußte man Geld haben. Wäre ich in meinem Leben nur einmal länger als zehn Minuten der Gesellschaft von Pferden ausgesetzt gewesen, hätte ich vielleicht besser gewußt, was jetzt zu tun war oder was ich hätte unterlassen müssen, um zu verhindern, daß mein Junge sich auf- und davonmachte und mich dadurch vielleicht dem Verhängnis überließ. Wahrscheinlich gibt es einer jungen Frau ein herrliches Machtgefühl, wenn sie ihre Schenkel um ein stattliches, nacktes männliches Biest legen und es zwingen kann, auf Kommando über Hindernisse zu segeln und ähnliches mehr. Vielleicht ist dies eine der Quellen für die Selbstsicherheit, um die man reiche Frauen beneidet, auch wenn die Quellen der Selbstsicherheit für die Reichen ungefähr so zahlreich sein dürften wie Sandkörner in der Wüste Gobi. Ich hatte mal ein paar dieser allerliebsten schwarzbehelmten Mädels gekannt, die bei Turnieren mitritten – oder vielmehr war ich mir ihrer Existenz bewußt gewesen. In der Zwischenzeit hatte Mmo schon ungefähr hundert Meter hinter sich gebracht und blickte jetzt über die Schulter zu mir zurück.

Schließlich besann ich mich, band Baph fest und rannte Mmo hinterher. Es war zu spät. Mittlerweile hatte ich eine Heidenangst, mich zu weit von Baph zu entfernen, eine Heidenangst, daß ihm während meiner Abwesenheit etwas zustoßen könnte. Jeder meiner Spurts trieb Mmo in noch unerreichbarere Ferne, und Baph tobte, sobald ich einen neuen Anlauf nahm. Zu allem Überfluß wurde mir klar, daß ich die Esel-Entsprechung zu Miez, Miez! nicht kannte. Es mußte doch etwas geben, das die botswanischen

Treiber riefen. Aber aus lauter Stolz und Ungeduld hatte ich nicht einmal danach gefragt. Das demoralisierte mich mehr als alles andere. Selbst wenn ich bis in die Zone vordrang, wo er kopfscheu wurde, was dann?

Mmo galoppierte weiter und verschwand von der Bildfläche. Ich versuchte zu überschlagen, womit und mit wieviel er bepackt war - einem Teil des Eselfutters, einem Teil des Wassers und meinem Zelt. Tu das nie wieder, riet ich mir genialerweise für die Zukunft.

Wahrscheinlich hätte ich mir Baph schnappen und ungefähr in die Richtung loszockeln müssen, die Mmo eingeschlagen hatte, für den Fall, daß er es sich doch noch anders überlegte und umkehrte. Aber das war undenkbar. Mmo marschierte nicht auf Tsau zu, sondern gen Heimat. Außerdem wußte ich nicht, wie lange sich ein solches Spiel hinziehen konnte. Und auf jeden Fall war ich überzeugt davon, daß ich überhaupt keinen vernünftigen Plan fassen konnte, bis ich aus dem Wäldchen heraus und in ein weniger fluchbeladenes Terrain gelangt war.

Nach dem Grauen Ort

Wir ließen den Grauen Ort, wie ich ihn nun im stillen nannte, hinter uns und machten dann Rast. Ich streichelte Baph wie verrückt. Wir hatten nur noch sehr wenig Wasser übrig.

Ich fühlte mich schuldig. Egal, welchem Risiko er mich durch sein Durchbrennen ausgesetzt hatte - für Mmo sah es ganz düster aus. Offenbar war ich den Tieren gegenüber zu nachlässig gewesen, nicht liebevoll genug, nicht genügend auf sie eingestimmt. Es waren die Saumtiere, an deren Last mein Überleben hing. Und ich hatte sie im Stich gelassen - oder jedenfalls eins von ihnen.

Was konnte ich jetzt tun außer dem, was ich ohnehin schon tat, bloß schneller? Etwa zu diesem Zeitpunkt stellte ich leicht angewidert fest, daß in meiner Reaktion darauf, wie weit es mit mir gekommen war, auch eine Spur Beflügeltsein mitschwang. Offenbar gefiel es mir insgeheim, daß die Latte höher gehängt worden war. Dabei verurteile ich diesen Hang im Menschen. Ich hatte ihn stets als eine rein männliche, pathologische Erscheinung betrachtet, und nun mußte ich ihn bei mir selbst registrieren, wie abgeschwächt auch immer. Ein junger Taugenichts versucht sich mit einem Kopfschuß umzubringen; als er es aber nur schafft, sich zum Blinden zu schießen, packt ihn die wilde Entschlossenheit, Jura zu studieren, über seine neue Behinderung hinauszuwachsen und ein steinreicher Anwalt zu werden, was ihm gelingt. In solcher Gesellschaft fand ich mich in der Kalahari wieder.

Denk an die Buckligen, deute nichts, sagte ich mir. Du wirst anormal sein, bis dies überstanden ist, weil kein Mensch, der die Kalahari allein durchquert, nach dem zweiten Tag normal bleiben kann. Oberflächlich gesehen ging es mir danach besser. Daß wir uns wieder in einem eher standardmäßigen Teil der Ödnis befanden, trug sicherlich dazu bei.

Ich mußte also nichts weiter tun, als umgehend nach Tsau zu gelangen. So lautete meine neue Patentlösung. Nichts anderes interessierte mich mehr. An diesem Nachmittag kreuzten ein paar Strauße unseren Weg, aber ich achtete kaum auf sie, obwohl sie zu den wenigen Vögeln gehören, denen ich überhaupt etwas abgewinnen kann. Ein Grund, warum ich es so eilig hatte, lag darin, daß mein Zelt weg war, was hieß, daß wir abends relativ früh Rast machen mußten, damit ich ausreichend Holz sammeln konnte, um mehrere große Feuer die ganze Nacht über am Brennen halten zu können. Das lax oder pro forma zu handhaben war nicht drin. Wir legten ein neues Tempo vor, und Baph zog zunächst auch brav mit.

Wir waren zu schnell. Schneller zu marschieren bedeutete, öfter Pausen einlegen zu müssen. Während einer Rast schlief ich, an einen Baum gelehnt, im Sitzen ein und wachte davon auf, daß Baph, dessen Halfterstrick ich mir ums Handgelenk gebunden hatte, mich umriß. Wir zogen weiter. Ich drängelte. Ich brachte Baph sogar dazu, über kurze Strecken in leichten Galopp zu fallen.

Ich jammere eigentlich nie, aber jetzt jammerte ich. Wir sind noch nicht in Tsau, jammerte ich, als glaubte ich, durch schiere Not erzwingen zu können, daß Tsau sich vor uns aus dem

Erdboden erhob. Es ärgerte mich, daß wir unser Ziel nicht in Vogelfluglinie ansteuern konnten, weil die restlichen Wasserstellen um einiges südlich oder nördlich der Route lagen. Warum hatte ich nur so oberflächliche Berechnungen darüber angestellt, wieviel Zeit diese Abweichungen in Anspruch nehmen würden?

Unser Rastplatz an diesem Abend war eine makabre Stätte. Meine Karte hatte uns zu einer verlassenen Rinderstation geführt, wahrscheinlich einer deutschen aus der frühen Zeit des Protektorats, die offensichtlich schon seit Jahren eine Ruine war. Es gab zusammengebrochene Ställe und Gatter, ein geborstenes und umgekipptes Tauchbecken, Rohre, Fundamente und im Zentrum der Anlage eine Ochsenpumpe, das heißt ein schmetterlingsförmiges Eisengeschirr, in das zwei Ochsen gespannt und dann endlos im Kreis herum getrieben werden konnten, um Wasser zu fördern. Die Nägel, auf die ich hier und da trat, waren echte Antiquitäten. Eigentlich hätte mir diese Lokalität noch finsterer erscheinen müssen als der Graue Ort, aber so empfand ich es nicht einen Augenblick lang. Dafür hatte ich es viel zu eilig.

Ich war manisch. Ich zerrte halbvergrabene Balken aus der Erde, schleifte alte Bohlen und Pfosten von den entferntesten Ecken des Anwesens herbei und häufte alles kreisförmig um die Pumpe herum an. Das meiste Holz wanderte auf den mittleren Stoß, neben dem ich schlafen und von dem ich ab und an Nachschub auf die äußeren Feuer werfen würde. Was von der Anlage noch übrig war, machte ich praktisch dem Erdboden gleich. Dies war Brandstiftung, kein Kampieren. Ich hoffe nur, daß die Stätte nicht von historischem Wert war. Nichts konnte mich bremsen, nicht einmal die nackte Angst, daß das Wasser nicht reichen würde. Schon beim ersten Rundgang hatte ich mir gesagt, daß tief unten im Brunnenschacht etwas glitzerte, das Wasser sein mußte. Wie ich da rankommen wollte, blieb abzuwarten. Die Apparatur war festgerostet, irreparabel. Aber dieses Problem hob ich mir für den nächsten Morgen auf. Selbst als ich merkte, daß ich genug Holz hatte, sammelte ich weiter. Das Essen schob ich hinaus. Ich hatte nicht daran gedacht, Handschuhe mitzunehmen, und binnen kurzem waren meine Hände gespickt mit Splittern, um die ich mich später würde kümmern dürfen. Ich weiß, was ich tat. Ich übertrieb die Vorbereitungen für die Nacht, weil mir vor der nächsten Aufgabe graute: Inventur zu machen und mir anzusehen, wie sich Mmos Flucht auf meine Vorräte ausgewirkt hatte.

Ich breitete aus, was übrig war. Wir würden es schaffen, dachte ich, wenn Tsau dort lag, wo es meiner Schätzung nach liegen mußte. Essen für mich gab es mehr als genug, besonders bei meiner derzeitigen Appetitlosigkeit. Aber Wasser war knapp. Ich hatte zwei Plastikkanister à zwanzig Liter, von denen der eine leer und der andere noch zu einem Drittel mit Wasser für Baph gefüllt war. Ich hatte zwei Feldflaschen, eine davon voll. Es gab gerade noch genug Hafer, um Baph zweimal halbwegs zu füttern. Wenn wir es schafften, würde er hungrig ankommen.

Ich hatte in Kang ein neues Tagebuch begonnen. Dieses Heft war weg. Somit konnte ich auch das genaue Datum nicht rekonstruieren. Ich hatte mir nicht gemerkt, welches Datum über meinem Abschied-von-Kang-Eintrag stand. Dafür waren mir aber alle meine Tswapong- und Gaborone-Tagebücher geblieben.

Ein guter Gradmesser für den Zustand, in dem ich mich befand, war meine Reaktion darauf, daß ich keinen Spiegel mehr hatte. Meine sämtlichen Toilettenartikel waren mit Mmo verschwunden. Das brachte mich total aus der Fassung. Mir war, als hätte ich meine linke Hand verloren. Ich hätte meinen Erste-Hilfe-Kasten für meinen Spiegel und Kamm hergegeben. Es war irrational. Wie sollte ich mich ansehen, mich begutachten, bevor ich in Tsau ankam? Ich würde doch wissen müssen, wie ich aussah. Das hatte für mich eine Riesenbedeutung, denn mir war klar, daß ich vor Angst und Erschöpfung regelrecht vom Fleische fiel. Ich ging davon aus, daß ich eine Ketonämie entwikkelte, weil ich nur von Eiweiß und Wasser lebte - von Sardinen und Wasser, Thunfisch und Wasser, widerlichen Wiener Würstchen und Wasser. Wenn ich schnell abnehme, sieht man das als erstes im Gesicht; dann schmelzen Brüste, Hüften, Bauch. Und deshalb brauchte ich einen Spiegel. Ich fühlte mich vom Leben verraten, vom Pech verfolgt. Jetzt würde ich Denoon unter die Augen treten müssen, ohne mehr als nur eine vage Vorstellung davon zu haben, wie ich aussah, und noch dazu ungekämmt. Ich war halb irre. Ich dachte sogar daran, mir aus den Nägeln im Sand einen Kamm zu basteln.

Ich zündete das Feuer an. Es war ein Spektakel.

Baph muß wirklich vollkommen erschöpft gewesen sein, denn er ging in die Knie, kaum hatten wir angehalten. Ich schlief halb auf ihm beziehungsweise schlief so halbwegs, nachdem ich uns beide mit einer Plane zugedeckt hatte.

Die Aprilnächte in der Kalahari sind kalt, aber uns war heiß. Dreimal stand ich auf, um meinen Päan auf Hitze, Licht und Zerstörung neu anzustimmen. Ich verbrannte alles. Noch als der Tag anbrach, legte ich für das große Schauspiel nach.

Der Brunnen

Der Tag begann mit der Tortur, Wasser für uns hochzuangeln.

Und zwar praktisch löffelweise.

Das Futterrohr der Ochsenpumpe hatte einen Durchmesser von etwa acht Zoll. Zwischen Schafttgestänge und Wand des Futterrohrs hatte ich ungefähr drei Zoll Luft, nachdem ich den Schaft mit roher Gewalt so weit wie möglich zur Seite gehämmert und gehebelt hatte. Meine Feldflasche war viel zu dick, um in den Spalt zu passen. Ich wußte mir keinen Rat. Idealiter brauchte ich so etwas wie eine Bajonettmuffe, die ich zum Wasserschöpfen hinunterlassen konnte.

Schließlich verfiel ich darauf, die zu meiner Feldflasche gehörige Tasse zu einer Travestie ihrer selbst zusammenzuquetschen, -klopfen und -knittern, indem ich die Seiten einschlug und den Boden hochbog und den Himmel beschwor, daß dabei kein Loch oder Riß entstand. Als ich aufhörte, sie zu bearbeiten, war sie platter als eine Zigarettenschachtel und würde etwa einen Deziliter Wasser fassen. Ich hatte eine Zehn-Thebe-Münze in den Schacht fallen lassen und geschätzt, daß ich in etwa vierzig bis fünfzig Fuß Tiefe auf Wasser stoßen würde. Ich hatte hundert Fuß Nylonschnur. Ich bohrte zwei Löcher in den Tassenrand, durch die ich die Schnur zog.

Beim ersten Versuch schien der Schöpfbecher, flachgedrückt und zerknautscht wie er war, eine Ewigkeit zu brauchen, um vollzulaufen, obwohl ich, als er ins Wasser platschte, heftig an der

Schnur riß, um ihn zu kippen. Deshalb versah ich ihn vor dem zweiten Abseilen mit einem Senkblei aus Eisenschrott, den ich auf dem Gelände zusammensuchte, und dann ging es besser.

Aber es dauerte Stunden, bis ich genug Wasser hatte, um alle meine Gefäße zu füllen. Dazu mußte ich die ganze Zeit in einer mörderischen Stellung hocken. Meine Knie und mein Rücken litten Höllenqualen. Wer immer es war, der gesagt hat, er messe sein Leben in Kaffeelöffeln, hat von mir an jenem Tag gesprochen.

Ich sorgte dafür, daß Baph vor unserem Aufbruch soviel wie möglich soff. Das war nicht ganz einfach, weil ich in dem zusammenfaltbaren Tucheimer, aus dem er vorzugsweise trank, einen Riß entdeckte, was bedeutete, daß ich den Riß zusammenkneifen mußte, während er in aller Ruhe trank, und das ging nur, wenn ich eine Stellung einnahm, die dazu angetan war, meinem ohnehin gemarterten Rücken den Rest zu geben. Dann endlich konnten wir aufbrechen.

Aufrecht zu gehen war eine Zeitlang himmlisch.

Ein Nadir

Was dann geschah, ist mir im großen und ganzen nur als Medley in Erinnerung geblieben. Tagebuch zu führen war nicht mehr drin. Möglich, daß ich zwei gleiche Tage erlebte, möglich, daß ich mir einen davon nur eingebildet habe.

Wir zogen bis zum späten Abend weiter. Als wir Rast machten, reichte meine Kraft nur für ein kleines Feuer, aber der Termitenhügel gleich dahinter bot, wie ich mich zu erinnern glaubte, ebenfalls einen gewissen Schutz vor Löwen, und so ließen wir uns zwischen Feuer und Termitenhügel zur Ruhe nieder. Ich schlief wie üblich angebunden an Baph. Er hatte sich inzwischen an Feuer gewöhnt. Diesmal blieb er die ganze Nacht über stehen. Die nächtliche Szene, daß ich den im flackernden Feuerschein liegenden Termitenhügel betrachte, spielt sich vor meinem inneren Auge zweimal ab, was eigentlich nicht sein kann.

Am Morgen erwachte ich mit zwei Liedern im Kopf, von denen ich vergessen hatte, daß ich sie kannte: The Old Triangle, drei Strophen, und Sag mir, wo die Blumen sind, alle Strophen. Beides waren ausgezeichnete Treck-Lieder.

Das Terrain wurde schwieriger. Wir mußten eine Reihe von langgestreckten mittelhohen Dünen überwinden, die genau in nord-südlicher Richtung verliefen. Die Wellentäler waren vergrust, hier und da wuchs büschelweise metallisch schimmerndes Gras. Jetzt, wo wir immer häufiger bergauf gingen, mußte ich Baph ziehen, während er zuvor anstandslos und willig gekraxelt war. Meine Lippen schwollen an, weil ich ausgerechnet die Zinksalbe in meinem Waschbeutel statt im Verbandskasten aufbewahrt hatte. Dies zog einen weiteren, allerdings weniger akuten Anfall von Spiegelwehmut nach sich.

Hinter den Dünen erstreckte sich Flachland bis in die grelle Ferne. Wo blieb Tsau? Tsau sollte allmählich auftauchen. Der Ort lag am Fuß und teilweise an den Hängen eines stattlichen, grünen, dreihundert Fuß hohen Koppie mit einer unverkennbar konischen Form. Zumindest hätte ich die Kette flacher roter Hügel entdecken müssen, hinter denen Tsau lag, nur acht Meilen weiter, oder das trockene Flußbett, das sie durchschnitt und das in weitem Bogen bis dicht an das Koppie von Tsau führte.

Im Osten war die Erde grau und gelb gescheckt, unterbrochen von dichten, schulterhohen Sträuchern, um die wir lieber einen Bogen machten. Im Norden hatte es erst kürzlich gebrannt. Wir stießen auf verkohltes Gestrüpp und auf schwarze, scharfkrustige Erde. Der Himmel glühte so weiß wie das Innere einer Seemuschel.

Der Sandsturm, der uns dann überraschte, mußte natürlich von Norden her anrücken – einfach nur Steinchen und Sand wären nicht lästig genug für uns gewesen, nein, wir mußten auch noch Asche und Rußflocken abkriegen. Baph merkte vor mir, daß etwas im Anzug war, sonst hätte er sich wohl kaum urplötzlich wie ein Mensch auf den Hintern gesetzt. Im Norden erschien eine dunkle Schliere, die sich bewegte. Da und dort konnte ich Windhosen erkennen. Ich drehte der dräuenden Schliere den Rücken zu und drückte Baphs Kopf an mich, um sein Maul zu schützen. Dann erfaßte uns die Windwalze.

Glücklicherweise war es kurz, wenn auch schmerzhaft. Als ich mich hinterher abklopfte, gab ich mir alle Mühe, die Krümel und Ascheflocken von meiner Kleidung abzuschnippen, um sie nicht zu verreiben und mir damit eine Art Tarnanstrich zu verpassen. Aber es war vergebliche Liebesmüh. Ich klopfte auch Baph ab und tupfte ihm den Dreck aus den Augen. Sie tränten. Er sah überhaupt ziemlich mitgenommen aus. Deshalb wunderte es mich auch nicht, daß er sich nicht von der Stelle rührte, als ich ihn weiterziehen wollte. Ich bestand nicht darauf. Dafür war die Sache zu ernst. Nachdem ein letzter Versuch, so fest zu ziehen, wie ich konnte, keinerlei Ergebnis zeitigte, setzte ich mich neben ihn.

Das war mein absoluter Tiefpunkt. Baph mußte einfach aufstehen. Ich konnte die Wasserkanister nicht schleppen.

Jetzt hieß es, noch einmal alle Kräfte zu mobilisieren. Mich abzureagieren half mir auch nicht weiter. Ich muß dringend baden, schrie ich, und, Tu das nie wieder, aber eigentlich nur pro forma.

Ich machte mir klar, daß es kein halbwegs normaler Mensch als Tragödie betrachten würde, wenn ich hier und jetzt umkäme. Damit könnte ich mich höchstens für die Kategorie Trapezkünstlerin, die in den Tod stürzt, qualifizieren oder für die Art von Mitleid, die bei einer Party Leuten auf Krücken zuteil wird, wenn klar ist, daß sie sich ihre Verletzungen beim Skifahren in Gstaad oder einem ähnlichen Obere-Mittelschicht-Paradies-auf-Erden zugezogen haben. Bedauernswert, aber so bedauernswert nun auch wieder nicht.

Letzten Endes brachte ich Baph auf die Beine, indem ich ihn mit einem Kugelschreiber abstach oder vielmehr ins Hinterteil stach – es floß kein Blut, aber ich stach gnadenloser auf ihn ein, als ich mir das je zugetraut hätte. Mir graut immer noch vor mir selbst.

Er stand auf und benahm sich wie ein Engel.

Während wir weitermarschierten, beschloß ich, mir die Erdnußbutter von den Lippen zu wischen. Mir war übel von dem Geruch. Die Erdnußbutter hatte die Zinksalbe ersetzt. Aber jetzt fand ich, daß meine Lippen ohnehin rettungslos verbrannt und geschwollen waren, und eine Millisekunde lang konnte ich mich sogar darüber freuen, daß es keinen Spiegel gab, in dem sie zu sehen wären.

Die Nacht brach herein, aber an ein Lager war gar nicht zu denken, denn wie ich die Sache sah, konnte uns nur noch der Impetus retten. Wir mußten Tsau erreichen. Wir würden das Wasser aufbrauchen, das wir noch hatten, und die letzte Wasserstelle auslassen.

Solange Baph gehen konnte, konnte ich auch gehen. Das war übrigens ein zweiter Grund dafür, daß wir nicht anhielten: Er schleppte sich nur noch im Schneckentempo voran. Und den letzten Ausschlag fürs Weitermarschieren gab das Geierpaar, das uns im Lauf des Tages entdeckt hatte und seitdem verfolgte. Das konnten wir überhaupt nicht nicht gebrauchen. Aber Geier lassen einen nachts in Frieden. Sie verschwinden irgendwohin, um zu schlafen. Und ich sah durchaus die Chance, daß ihnen anderntags etwas noch verlockender Protomoribundes als wir beide unter die Augen kommen würde.

In dieser Nacht wurde ich endlich mein Körper, mein Körper und mein Atem – eine Erfahrung, die in etwa dem entsprechen mochte, was die Vervollkommnungslehre des Löwenmannes für mich vorgesehen hatte. Ich spürte keinerlei Schmerzen beim Gehen. Ich hatte keinerlei strafende Gedanken, die ganze Nacht über nicht. Es war sehr kalt, und auch das empfand ich als angenehm. Zweifellos war mein Zustand von der Biochemie bestimmt, die sich bei höchster Bedrohung zusammenbraut, genau wie Livingstones religiöse Verzückung, als ihn ein Löwe anfiel und sich in seiner Schulter verbiß.

Tsau erscheint

Vermutlich befand ich mich in einer Art Fugue, bis am folgenden Nachmittag urplötzlich die rötlichen Hügel erschienen, die signalisierten, daß Tsau nur noch acht Meilen entfernt war. Es handelte sich tatsächlich um so etwas wie eine Erscheinung: Erst waren sie nicht da, und dann waren sie da.

Innerlich empfand ich diesen Moment ungefähr so, als würde ein gewaltiger, aber kaum hörbarer Akkord angeschlagen. Und dann war ich hellwach. Mir schien, als fiele ich aus großer Höhe in meinen Körper zurück. Alles schmerzte gleichzeitig: Meine Eingeweide taten mir weh, meine Hände pochten von den zahlreichen kleinen Entzündungen, die die nicht entfernten Splitter verursacht hatten, meine Zunge fühlte sich aus irgendeinem Grund wie Balsaholz an, desgleichen meine Lippen. Baph stank, was mir bis jetzt nicht aufgefallen war, und wie er atmete, klang besorgniserregend.

Bis heute habe ich von der vorausgehenden Nacht nur in Erinnerung, daß ich durch die Dunkelheit und durch unstete, wechselhafte Winde marschiert bin. Ein paarmal, je nach Windrichtung, schien mir, als vernähme ich aus weiter Ferne ein Geräusch wie von klirrendem Glas. Aber das hielt ich - fälschlicherweise, wie sich herausstellen sollte - für eine dem Geisterschuß von vor ein paar Tagen vergleichbare Anomalie.

Die Hügel erschienen und mit ihnen das trockene Flußbett, das in Schlangenlinien, aber auf jeden Fall bis an den Ortsrand von Tsau führen würde.

Bald hatte ich die Hügel selbst erreicht.

Ich wollte Tsau sehen. Ich empfand es rein physisch als unverzichtbar, mein Ziel vor Augen zu haben.

Zu meiner Linken, am Hang eines Hügels, erhob sich ein seltsamer, deutlich herausragender Buckel. Darauf wuchsen Bäume, die aussahen wie Petersilie; Schirmakazien, dachte ich. Ein mit Steinen markierter Pfad führte zu diesem Buckel und auf ihn hinauf, und am Anfang des Weges stand unverkennbar ein Pfosten. Ich band Baph daran fest und stieg hoch.

Der Buckel erwies sich als kultivierte Anlage. Aus den Bäumen klang Geläut. Der Fuß des Buckels war von totem Besenginster eingesäumt. Unter den Bäumen entdeckte ich verschiedene Möbelstücke.

Ich triumphierte.

Es war eindeutig, daß diese Erhebung von Menschenhand ausgebaut und so gestaltet worden war, daß sie jedem oder jeder von Westen heranziehenden Reisenden einen ersten umfassenden Blick auf Tsau ermöglichte. Und nun blickte ich auf Tsau hinunter.

Die meisten Koppies sehen aus wie verwitterte Pyramiden mit abrasierten Spitzen, und ihre Hänge sind gewöhnlich nur stellen-

oder streifenweise bewachsen. Doch das Koppie, an dem Tsau lag, war anders und klassisch. Es war gewaltig. Es war ein richtiger Inselberg, der sich in majestätischer Einsamkeit aus der Ebene erhob. Er war gleichmäßig und dicht bewaldet bis knapp unter die Kuppe, auf der riesige, rougerote knollenförmige Felsen wie Ruinen saßen.

In der Ebene breitete sich eine Siedlung kleiner Häuser wie ein offener Fächer vor mir aus. Weitere Behausungen oder jedenfalls weitere Gebäude waren an den unteren Hängen des Koppie zu erkennen. Nicht alles, was ich sah, konnte ich auch interpretieren. So rätselte ich über die Bedeutung der drei in einer Reihe angeordneten, flimmernden weißen Streifen oder Schlitze, die ich hoch oben am Koppie sah und die sich später als geflügelte Zylinder entpuppten, als Windfänge für die avantgardistischen Windmühlen, die Denoon in Tsau installiert hatte. Und genauso unerklärlich fand ich den Sterntaler-Effekt, die Fülle von glänzenden und blitzenden Lichtreflexen, die ganz Tsau abstrahlte. Aber auch hierfür gab es eine Erklärung.

Der letzte Zipfel eines breiten Bandes abgezäunter Felder, die wie mit dem Lineal anlegt schienen, wurde weit hinten im Osten sichtbar. Wo sind nur die altvertrauten ungleichförmigen Tswana-Maisfelder? fragte ich mich. Aber im großen und ganzen war ich begeistert von dem, was ich sah.

Ich war emotional nicht auf dem Damm.

Von der Krone einer großen Akazie hing an einer Kette die Antwort auf das Rätsel der kristallenen Töne, die ich in der Nacht gehört hatte: eine Glasglocke, so groß wie ein Zweiliterkrug. Sie war formvollendet. Etwas Vergleichbares hatte ich noch nie gesehen. Das Glas war dickwandig und von demselben Blaugrün wie die Isolatoren an Hochspannungsleitungen, und der Klöppel glich einer länglichen eisernen Träne. Sie erschien mir wie das schönste Ding auf Erden. Ich wollte sie haben. Ich mußte mir mit aller Gewalt sagen, daß die Glocke aus gutem Grund dort hing, auch wenn ich mir nicht vorstellen konnte, worin der bestand. Tsau war acht Meilen entfernt, und der Gedanke, daß diese Glocke irgendeine Alarmfunktion erfüllen könnte, schien mir absurd. Außerdem war sie so aufgehängt, daß sie schon schlagen mußte, sobald eine anständige Brise durch den Baum fuhr. Ich schüttelte die Äste, damit sie ihre Töne herabregnen ließ. Sie waren wie kühles Wasser. Ich muß wohl dringend ein Ventil gebraucht haben, denn ich rüttelte geradezu autistisch weiter an den Ästen, bis ich merkte, daß mir das Blut aus den Armen wich.

Ich glaubte, ein Paar Hörner fünfzehn Fuß vom Glockenbaum entfernt aus der Erde ragen zu sehen, weiter unten auf der Tsau zugewandten Seite des Buckels. Nun lassen sich Schädel von Huftieren überall in der Kalahari finden, deshalb hatte ich bislang auch keine Notiz davon genommen. Aber diese Hörner waren ungewöhnlich dick und, wie ich feststellte, aus Holz geschnitzt und weiß lackiert. Mir schoß durch den Kopf, daß es sich vielleicht um einen rituellen Ort handelte, was auch den hohen Arbeitsaufwand erklärt hätte, der in diese Kultstätte, oder was immer es sein mochte, eingegangen war.

Ich scharrte den Sand über dem U weg, das diese beiden Hörner bildeten. Sie saßen auf dem an Scharnieren befestigten Verschlußdeckel eines schmalen, tiefen, glasierten Keramiktanks, der tatsächlich Wasser enthielt. Im Tank hing eine eiserne Kelle mit einem drei Fuß langen Stiel. Das Wasser roch rein und süß. Ich hatte keine Chlortabletten mehr, deswegen trank ich es nicht, aber ich konnte mich damit waschen - oder zumindest abspülen, denn Seife hatte ich nicht.

Die Zisterne weckte meine Neugier. Da ich wissen wollte, wie sie gespeist wurde, ging ich zurück und sah mir den Baum genauer an. Er war ein Kunstwerk. Dieser Baum beherbergte einen komplexen Mechanismus zum Aufsammeln von Regenwasser. Aus Keramikbecken, die in die glattgeschmirgelten Gabeln der dicksten Äste eingelassen waren, führten Schläuche aus Polyvinylchlorid der Zisterne Wasser zu. Die dünneren Schläuche liefen, sorgsam gebündelt und in einer Halterung eingefaßt, an der Tsau zugewandten Seite des Baumes zusammen, ehe sie am Fuß in den Hauptsammelleiter mündeten, der zu der versiegelten unterirdischen Zisterne führte. Damals konnte ich es noch nicht wissen, aber dies war mein erster Kontakt mit dem Dschungel aus Erfindungen, als den ich Tsau so oft empfinden sollte. Die Zisterne war eine Weiterentwicklung der Methode, hohle Bäume zum Regensammeln zu verwenden. Aber ich war nicht nur beeindruckt, sondern auch irritiert: Wieviel Arbeitsaufwand mochte in diese Konstruktion geflossen sein? Übrigens waren auch andere Bäume dem System angeschlossen. Wie viele Menschen würden je Gebrauch davon machen? Wie konnte sich der Aufwand für seine Errichtung und Wartung - denn vermutlich mußte man ab und zu die Sammelbecken reinigen und die Schläuche durchpusten - je rechtfertigen lassen? Aber dann rechtfertigte ich seine Existenz zumindest für mich, indem ich von dem offenbar reichlich vorhandenen Wasser verschwenderisch Gebrauch machte.

Doch zuerst marschierte ich mehrmals zu Baph hinunter, um ihn mit Wasser zu übergießen und zu bewegen, mit mir hinauf in den Schatten zu kommen. Er sperrte sich. Ich wusch ihm die Augen aus und gab's auf.

Ich unterbrach meine Waschungen immer wieder, um auf Tsau hinunterzuschauen. Zuerst wusch ich mir Gesicht und Hände, was sich unzureichend anfühlte; dann begann ich, mich unter dem Hemd abzutupfen, was auch nicht viel besser war. Letztlich entblätterte ich mich Stück für Stück unter dem sengenden Himmel und benetzte mich von oben bis unten mit dem köstlichen Wasser. Meine Füße waren in einem unbeschreiblichen Zustand. Ich fand es irgendwie hochbefriedigend, an diesem Ort nackt dazustehen. Es war Ausdruck meiner Verachtung für die Kalahari und eine Form, ihr zu sagen: Kehr zurück zu dem, womit du beschäftigt warst, ehe ich den Gleichlauf deines Lebensrhythmus gestört habe. Es war ausgesprochen pubertär. Ich glaube, ich vollführte sogar einen Reigen erfundener Eurythmiebewegungen, deren eigentlicher Zweck darin bestand, der Kalahari meinen Allerwertesten hinzustrecken, der Kalahari, die ich jetzt ungehemmt als das empfinden konnte, was sie in Wirklichkeit ist: ein Organismus, der einen leiden sehen will. Dazu kam eine persönliche Gerechtigkeitseuphorie. Ich überlegte rhetorisch: Wie viele Frauen können mir das nachmachen, Frauen, die nicht die Unterstützung gewaltiger Männerapparate haben oder von männlichen Ortskundigen geführt werden? und so weiter. Ich hatte improvisiert, und ich hatte gewonnen.

Ich zog eine frische Unterhose und ein neues T-Shirt an, trotz der potemkinschen Art meiner Toilette. Ich zog frische Socken an. Mein Haar konnte ich vergessen; es war eine einzige verfilzte Matte. Ich war so weit wiederhergestellt, wie ich optimalerweise erwarten konnte.

Obwohl ich ein Wrack war, wurde es jetzt Zeit, Denoon einen möglichst guten Abklatsch meiner selbst zu bieten und meine Hülse von Esel nach Tsau und in die Obhut anderer zu schaffen.

Wegweiser, kein Knoblauch

Wegweiser markierten den Pfad nach Tsau. Alle halbe Meile ragte mal zur Linken, mal zur Rechten ein etwa drei Fuß hoher, hölzerner Wegweiser aus der Erde. Oben auf dem Pfosten saß jeweils ein Querholz, an dessen Enden Trauben dunkler, auf Angelleine aufgezogener Glasscheiben hingen. Man näherte sich Tsau also durch einen Korridor lieblichen Klirrens. Ich fragte mich, welches Motiv wohl dahinter steckte. Jedenfalls menschliches Streben, soviel stand fest. Die Pfosten und Querhölzer waren geschnitzt; nicht übertrieben kunstvoll, aber immerhin verziert, mit spiralförmigen Hohlkehlen zum Beispiel. Einfach losgehen und nur so zum Spaß die heulende Ödnis innenausstatten, sollte das der Gedanke sein, der dahinterstand? Die Wegweiser waren in unregelmäßigen Abständen errichtet; zur Vermessung konnten sie also nicht dienen.

Ich fand die Wegweiser bedrückend, bis mir klar wurde weshalb, was mich noch mehr bedrückte. Ich merkte, daß sie bei mir ominöse Assoziationen weckten, denn so bescheiden sie auch waren, stellten sie doch Homologien der Kreuze und Galgen dar, die von Zenturionen und ihresgleichen aufgepflanzt worden waren, um Reisende bei ihrer Ankunft in einer unterworfenen Stadt zu gemahnen, daß die Herrscher grausam waren und keine Rebellion duldeten, wie beim Untergang des Römischen Reiches und in der Blütezeit der Jesus-Filme. Was nun folgte, war ein weiteres hervorragendes Beispiel dafür, auf welche Marginalien sich mein Geisteszustand in der Wüste konzentrierte. Ich erlitt einen Anfall von Reue angesichts der vielen Stunden, die ich als junges Mädchen im Kino verschwendet hatte. Ohne Erwachsenenbegleitung ins Kino zu kommen war einer der wenigen Vorteile meiner ungewöhnlichen, nicht altersgemäßen Größe gewesen. Aber ich dachte: Wäre ich heute vielleicht gelassener und würden mich nicht so viele vorfabrizierte Bilderfluten überrollen und gäbe es jedenfalls nicht dieses durchgängige Tohuwabohu hinter der Tapisserie meines Verstandes, wenn ich nicht wie eine Irre ins Kino gerannt wäre, um meinen präadoleszenten Kummer zu betäuben, so bodenlos er auch gewesen sein mochte? Genausogut hätte ich mir mehr Schallplatten aus der Bibliothek entleihen, mich in der Musik verlieren und mir gleichzeitig systematischere Kenntnisse der großen Komponisten aneignen können, was außerdem den Vorteil gehabt hätte, kostenlos zu sein.

Beim nächsten Atemzug befiel mich eine gänzlich neue Angst: Aus heiterem Himmel gewann ich die Überzeugung, daß es in Tsau keinen Knoblauch gab. Ich wollte mich auf Knoblauch freuen können, womit ich frischen Knoblauch meinte, nicht Knoblauchpulver oder -salz. Ich habe eine ausgesprochene Schwäche für dieses Gewürz. Meine Mutter hatte ihm – für sich und für mich – abgeschworen, angeblich weil er ihr nicht bekam. Doch der wahre Grund war der, daß die Armen, die sie am besten kannte, die Italiener, Knoblauch aßen und ausdünsteten. Und uns sollte niemand nachsagen können, daß wir nach Knoblauch stanken. Wir mochten zwar arm sein, aber um uns das nachzuweisen, würde man schon scharfsinniger kombinieren müssen – etwa die Risse in unserer Kleidung mit dem fehlenden Schneidezahn meiner Mutter. Für mich war persönliche Befreiung identisch mit kulinarischer Befreiung, und bei der war die entscheidende Entdeckung das Wunder Knoblauch.

Sage keiner, ich wäre nicht meine eigene Sozialarbeiterin. Mein liberales Selbst versuchte mir nun sanft, die Vorstellung nahezubringen, daß sich in meinem Heißhunger auf Knoblauch die Stimme der Homöostase meldete, daß mein Körper sozusagen nach Phosphor schrie. Doch mein wahres Selbst entgegnete, daß Phosphorbedarf ein Verlangen nach Brunnenkresse und nicht nach Knoblauch auslösen würde und daß ich doch nicht ernsthaft behaupten wollte, Sinn und Zweck meines langen Marsches nach Tsau bestünde darin, eine Riesenportion Bœuf en daube zu ergattern. Für Denoon waren Liberale ein rotes Tuch, und ich konnte ihn erst aus seiner absurden Einstellung herauskatapultieren, als ich ihm erklärte, seine aphoristische Definition des Liberalismus - nämlich im selben politischen Atemzug zu beunruhigen und zu beschwichtigen - sei Humbug und unbegründet. Eigentlich finde ich, wir sollten alle Liberale sein. Als zwischen uns der Auflösungsprozeß einsetzte, habe ich - was ich heute bereue - zu ihm gesagt: Ich gebe dir tausend Dollar, wenn du mir erläutern kannst, weshalb man dich angesichts deiner grundsätzlichen politischen Position, so wie sie sich in unseren Diskussionen herausgeschält hat, nicht als Liberalen einstufen soll. Jedenfalls raunte mir mein liberaler Inkubus jetzt zu, daß Tsau sich womöglich als der Ort, ja, der Kurort entpuppen würde, wo es mir endlich gelingen könnte, mich von den verschütteten kulturellen Mustern meiner Adoleszenz und/oder merkwürdigen Gelüsten wie dem nach Knoblauch zu befreien. Und so wankten ich und mein struppiges Tier auf Tsau zu, musikalisch begleitet von nicht nachlassendem Gebimmel und Geklirr.

Noch heute mache ich mir Vorwürfe in der Frage von Denoons Vitromanie, deren Auswüchse ich schon damals, ohne es zu wissen, miterlebte. Nelson schwärmte für Glas. Ob mundgeblasen, ob gepreßt, egal wie, er war verrückt danach. Hätte ich bei diesem Thema gezielter nachgebohrt, so wäre womöglich einiges schneller klargeworden. Dies ist ein gutes Beispiel dafür, wie ich manche Dinge schleifen lasse. Ich weiß selbst nicht, weshalb ich nicht mehr daraus gemacht habe, aber vielleicht lag es daran, daß ich von seinen vitromanischen Schlüsselerlebnissen zu einem Zeitpunkt erfuhr, als ich noch dankbar war, daß überhaupt dieser oder jener Brosamen vom Tisch seines Geistes für mich abfiel, oder weil er sich damals in anderer Hinsicht verletzlich fühlte und ich dieses Thema aus Rücksicht auf ihn vertagte. Aber seine Vitromanie war irgendwie von zentraler Bedeutung.

Denoons besonderes Verhältnis zu Glas läßt sich auf folgendes Urerlebnis zurückführen: Denoon ist noch ein kleiner Junge, als sein Vater wegen Alkoholmißbrauchs vom hochangesehenen Mitarbeiter in einer Werbeagentur zum kleinen Vertreter für Druckerfarbe und Industrieharze absteigt. Die Familie lebt südlich von San Francisco, auf der Halbinsel. Ich glaube, Nelson geht recht gern zur Schule, und das Haus, in dem die Familie zur Miete wohnt, grenzt an das weitläufige Gelände einer ehemaligen Farm oder Obstplantage im Schatten des Coast Range. Ich glaube, sie leben in der Nähe von Belmont.

Zwei Umstände kommen zusammen. Nelson entdeckt im nahegelegenen Obstgarten eine Flaschenhalde. Zum zweiten erbt er einen Eimer voller Korken, da sein Vater den Versuch eingestellt hat, seinen Alkoholkonsum mittels Önophilie und Heimkelterei zu kontrollieren. Nelsons Vater war ein gewiefter Trinker, laut Nelson ein Meistertrinker, der zu diesem Zeitpunkt das Kunststück fertigbrachte, seine leeren 0,7-Liter-Flaschen unbemerkt im Wald und auf der Halde verschwinden zu lassen. Ich weiß nicht mehr, ob es eine bereits bestehende Müllkippe war, auf der schon ein Schwung leerer Flasche herumlag, als Nelsons Vater sie in Gebrauch nahm, aber vermutlich war das der Fall.

Nelson ist elf oder zwölf und sich höchstens in sehr elliptischer Weise dessen bewußt, welche Ausmaße der Alkoholkonsum seines Vaters angenommen hat. Schon bald wird er entdecken, wie heftig der Krieg über die Trinkgewohnheiten seines Vaters entbrannt ist, aber vorerst hört er nur leise Kriegsgerüchte.

Für ihn gab es keinerlei heimliche oder unbewußte Motivation, die sein Tun unter der Oberfläche dirigierte. Da war er sich ganz sicher. Sein Projekt war ästhetischer, zufälliger Natur. Rückblikkend konnte er klar erkennen, daß es maßgeblich dazu beigetragen hat, das elterliche Abkommen über die Trinkgewohnheiten seines Vaters als Fiktion zu entlarven. Dieses Abkommen besagte, daß sein Vater ausschließlich zu festgesetzten Zeiten ein festgesetztes Quantum trank. Selbstverständlich konsumierte sein Vater heimlich Unmengen Alkohol und benutzte die erlaubten Dosen dazu, seine Exzesse zu kaschieren. Nelson sah den Beweis für den ultimativ unschuldigen Charakter seines Projekts darin, daß er es ganz ad hoc in Angriff nahm.

Was immer sonst noch mit hereinspielt, es handelte sich zunächst um einen Impuls, der sich gegen Verschwendung richtete. Das Kind ist des Mannes Vater. Sein Projekt entlarvte ihn ab ovo als den teuflischen Wiederaufbereiter und Wiederverwerter, der er in reiferem Alter werden sollte. Dabei fällt mir ein, daß eine Quelle von Spannungen zwischen uns in seiner Aversion gegen den Gebrauch unschuldiger Klischees meinerseits lag – beispielsweise: Das Kind ist des Mannes Vater. Er gab mir äußerst subtil zu verstehen, daß er wünschte, man würde sie meiden und sich statt dessen origineller und ästhetischer ausdrücken, etwa wie die Iren oder sein Vater. Als ich dagegenhielt, daß das ländliche irische Idiom in Wirklichkeit von Klischees wimmelte, nur eben Klischees, die er nicht kannte, war er sauer. Ich behauptete auch, daß es durchaus ästhetisch sein könnte, wenn man sich der Klischees bewußt bediente, wie es in meinem Fall der Fall war. Er stimmte mir nur pro forma zu, und ich merkte auch in Zukunft sehr deutlich, daß er es überhaupt nicht leiden konnte, wenn ich zur Selbstdarstellung Klischees verwandte. Ich nehme deshalb an, daß sein Vater ein sehr eloquenter Redner gewesen sein muß, selbst inter pocula. Denoons Einstellung hatte übrigens zur Folge, daß ich meinen inneren Diskurs von Zeit zu Zeit mit Klischees vollstopfte, weil ich mir ein so unschuldiges Vergnügen nicht ganz wegnehmen lassen wollte, und daß ich ihn ein paarmal zu einem Spiel verleitete, bei dem wir ausschließlich in Klischees redeten und bei dem derjenige verlor, dem die Klischees zuerst ausgingen. Ich gewann immer – allerdings spielte er auch nie mit derselben Hingabe wie ich. Das Projekt begann also mit weggeworfenen Flaschen und überflüssigen Korken. Ich hätte ihn liebend gern auf die interessante Tatsache hingewiesen, daß ein Kind, selbst wenn es schreckliche Monster als Eltern hat, sich fürchterlich bemühen wird, die ein, zwei Dinge aufzustöbern und festzuhalten, die ihm auch nur halbwegs bewundernswert erscheinen, beispielsweise frei flottierende Eloquenz. Und dann fügte er den Flaschen und Korken noch einen weiteren Abfallstoff hinzu: Kreppapier.

Die Familie wohnt in der Nähe einer High School. Während der Footballsaison und bei Heimspielen rollen Autos und Busse an, die mit Kreppapiergirlanden in den Farben des Gastteams behängt sind. Die Heimmannschaft ist schwach und verliert meistens. Traditionsgemäß zieht das siegreiche Team nach dem Spiel laut hupend durch die Innenstadt von Belmont, wo es seinen Kreppapierschmuck freigebig in den Straßen verteilt – eine triumphale und verächtliche Geste. Er empfindet das als

Beleidigung für Belmont, auf die man während des Spiels angemessen reagieren muß, etwa indem man während des Spiels die geparkten Wagen und Busse ihres Kreppapiers beraubt. Für diese Tätigkeit rekrutiert er Teams aus den Reihen der Jungen, die demnächst in die Mannschaft der Belmont High School aufgenommen werden sollen, darunter seinen Bruder Peter.

Das ist riskant, aber er läßt nicht davon ab. Er wird zum Lagerverwalter für das enteignete Kreppapier, das er in einem Schuppen bei sich daheim sammelt, und dabei fällt ihm zufällig auf, daß Kreppapier, wenn es vollregnet, seine Farbe abgibt. Also fängt er an, Kreppapier in Krügen einzuweichen, um verschiedene Farben zu gewinnen. Vor Augen hat er die Apotheke, die seine Mutter frequentiert, und die zwei riesigen Glasgefäße mit wunderschönem farbigen Wasser, die dort im Schaufenster stehen. Mir fiel auf, daß er offenbar ewig von seiner Mutter mitgeschleift wurde, wenn sie Apotheker und Ärzte aufsuchte, was oft vorkam. An dieser Stelle wurde ich hellhörig. Weshalb mußte er immer mit? Die mich verblüffende Antwort lautete, daß seine Mutter auf Ärzte unwiderstehlich wirkte. Der Familienmythos, in den er schon als Junge eingeweiht wurde, besagte, daß seine Mutter so anziehend war, daß Ärzte in Versuchung kamen, ihre ethischen Grundsätze über Bord zu werfen und ihr unsittliche Anträge zu machen. Anscheinend war sie auf eine verhuschte und zarte Weise betörend schön. Sie fühlte sich wohler, wenn ihr Sohn dabei war, selbst wenn er nur im Wartezimmer saß. Und sie nahm ihn auch in den Untersuchungsraum mit, falls die Konsultation einen so unverfänglichen Grund hatte wie ihre chronische Rhinitis. Ich sagte, Hast du dich eigentlich nie gefragt, ob diese Arztbesuche nicht auch eine indoktrinäre Funktion erfüllten, nämlich dir den Gedanken einzupflanzen, daß weibliche Schönheit machtvoll und gefährlich ist? Hatte er nicht. Seine Mutter war ihm immer bemitleidenswert erschienen, weiter hatte er das Thema nie verfolgt.

Nelsons Vaterimago bestand aus einem Mann, der jedes Fitzelchen seiner beachtlichen Intelligenz und Energie darauf verwandte, eine dem Schein nach produktive Mittelschichtsfassade aufrechtzuerhalten, während er heimlich und kontinuierlich die Latten auf den Hürden vor diesem Ziel immer höher hängte, indem er immer tiefer in die Arme des Alkohols sank. Ich war bereit einzuräumen, daß die Bahn seines Vaters keine gleichmäßige Abwärtskurve beschrieb, aber ich konnte kaum glauben, daß Nelson mit zwölf noch ein derartiges Unschuldslamm war, wie er behauptete. In dem Alter wußte ich schon genau, was mir die trostlose Matrix bescherte, in der ich steckte. Weshalb erfolgte das Aufdämmern der Erkenntnis, das Nelson mit seinem Flaschenprojekt beschleunigte, überhaupt so spät?

Nelson begann zunächst ganz nebenbei eine Flaschensammlung anzulegen, oder vielmehr eine Sammlung gefärbten Wassers. Er holte sich leere Flaschen von der Flaschenhalde seines Vaters, löste die Etiketten ab, füllte sie mit dem gefärbten Wasser verschiedenster, durch das Einweichen von Kreppapier in wechselnder Abfolge erzielter Schattierungen und verkorkte sie. Diese Tätigkeit fand am entlegensten Ende des Grundstücks statt, nicht heimlich, wie er sagte, aber privat. Zunächst war das Ganze planlos, aber er begann konzentrierter daran zu arbeiten, als ihm klar wurde, worin die nächste Projektphase bestehen würde. Er holte sich dafür nicht nur Alkoholflaschen, sondern alle Flaschen, in deren Hälse ein Korken paßte, also auch Saft- oder Limonadenflaschen. Daß die Sammlung, an der er arbeitete, einzig und allein aus Alkoholflaschen bestanden hätte, war eine Verleumdung, die ihm sein Lebtag zu schaffen machte.

Zuerst war es nichts weiter als eine Ansammlung von Flaschen mit gefärbtem Wasser, eine Assemblage, die er irgendwie gern betrachtete. Dann fing er an, sie mal nach Größe, mal nach Farbton zu ordnen. Schließlich kamen auch irgendwelche Vorräte oder Proben von Industrieharzen ins Spiel, die durch den Wiederaufstieg seines Vaters ins Werbefach wertlos geworden waren, aber auf keinen Fall dem Müll zugeschlagen werden durften. Was also sollte man mit ihnen anfangen? Etwas, das etliche der Harze konnten, war, Glas unzertrennlich mit Glas zu verbinden. Und diese Entdeckung gebar das Objet d'art, eine Flaschen konstruktion wie eine Hochzeitstorte aus mehreren Etagen. Hinten blieb eine Öffnung, durch die man eine Wunderkerze oder normale Kerzen oder eine Taschenlampe oder sogar eine Petroleumlampe im Innern des Gebildes aufstellen konnte, um sich dann davorzusetzen und das Moirieren, oder wie immer die unvergleichlichen Effekte der Lichtquelle heißen mochten, gemütlich zu betrachten. Nelson dachte sogar voraus und plante, den Plattenteller eines Phonographen einzubauen, um die Lichtquellen zum Rotieren zu bringen, was noch gewaltigere Effekte hervorbringen würde. Das, fand er, wäre die Krönung. Er hatte bereits begonnen, sein Taschengeld zu sparen, um Verlängerungskabel zu kaufen, von denen er jede Menge brauchen würde. Doch zum krönenden Abschluß seines Projekts sollte es nie kommen.

Ich wünschte, ich wüßte, weshalb mir die Frage keine Ruhe läßt, wie unschuldig Nelson damals war. Vielleicht opponierte er ja auch mit einer Art mentaler Körpersprache dagegen, das durchmachen zu müssen, was letztendlich doch passierte. Ich betrachtete das Ganze als Götterdämmerung für ihn, selbst wenn er es nicht so sah. Irgendwie wäre es mir lieber gewesen, wenn sein Projekt einen bewußten Angriff auf seine Eltern dargestellt hätte, die ihn so verletzten. Dann wäre es zumindest etwas erträglicher gewesen, das alles für ihn noch einmal zu durchleben. Ich stürzte mich also auf Fakten wie Nelsons Bemerkung, daß etwas, was er an seinem Vater von kleinauf nicht leiden konnte, dessen Pingeligkeit in der Frage gewesen war, welches Getränk in welches Glas gehörte - also Sekt nur in Sektflöten, Cognac in Schwenker und so fort, weshalb ein scheinbar endloses Repertoire an Trinkgefäßen bereitstehen mußte, die sich nur minimal voneinander unterschieden, deren Verlust aber - ob durch Bruch oder Schwund - erbitterte Beschwerden und Beschuldigungen an die Adresse seiner Mutter nach sich zog. Ich merkte, daß ihm dieses Thema schon auf den Nägeln gebrannt hatte, bevor er seine, wie er sie nannte, Flaschenwehr schuf. Er gestand, daß es peinvolle Szenen gewesen waren. Er gestand, daß aus jetziger Sicht möglicherweise ein gewisser Widerspruch darin gelegen hatte, eine Sammlung von Weingläsern zu besitzen, die einem Marquis alle Ehre gemacht hätte, und ein Auto, dessen Trittbrett auf der Straße schleifte und Funken sprühte. Aber sein Vater interessierte sich eben einfach nicht für Autos. Das Flaschenprojekt war eine Sache für sich. Es verkörperte, auf einen Nenner gebracht, den Drang nach künstlerischem Ausdruck, die natürliche Erhöhung verfügbarer Gegenstände zu immer komplexeren und augenfälliger ästhetischen Gebilden.

Ich fragte ihn, wie es gewesen war, wenn er von Zeit zu Zeit ein Weinglas zerbrach, was ihm beim Spülen ja passiert sein mußte. Schrecklich, sagte er, bis er zu einem solchen Abwasch-Experten geworden war, daß es nicht mehr vorkam.

Und nun thronte seine Kollektion draußen auf einer Lichtung in einem Erdbeerbaumdickicht. Ich glaube, daß es seinem Bruder zu auserwählten Zeiten gestattet war, das Allerheiligste des älteren Bruders aufzusuchen. Die Flaschenhalde seines Vaters lag viel näher am Haus, in einem Bachbett. Nelson hält seine Werkstatt deswegen für so geschützt, weil beide Eltern nachweisliche Stubenhocker sind. Wenn die Mutter das Haus verläßt, dann zur Vordertür hinaus, um einzukaufen oder in die Kirche oder zum Arzt zu gehen. Nelsons Vater hat ein Arbeitszimmer und benutzt es ausgiebig.

Es ist früher Abend. Nelson hat sich angewöhnt, vor dem Essen nach draußen zu gehen, sein Flaschengebilde zu erleuchten und es eine Zeitlang zu bewundern. Ihm bleibt genug Spielraum, da meist spät gegessen wird, weil sein Vater vorher noch wichtige Dinge in seinem Arbeitszimmer zu erledigen hat – nämlich seinen Alkoholpegel zu erhöhen –, was in der Regel alles gewaltig verzögert. Nelson findet sich damit ab, auch wenn ihm das späte Essen überhaupt nicht paßt, weil er und sein Bruder abwaschen müssen, wogegen er nichts weiter einzuwenden hat, als daß er sich nie auf eine feste Zeit freuen kann, zu der er fertig und damit frei ist. Manchmal wird seinem Vater das Essen sogar an den Schreibtisch gebracht.

Ich wollte wissen, was sein Vater in Klausur denn angeblich so alles tat. Es waren zwei Dinge. Zum einen informierte er sich, was in jenen Tagen hieß, daß er den Socialist Call las, den er abonniert hatte, dann den Militant und die Weekly People, die er mit nach Hause brachte, um schließlich einmal pro Woche den ganzen Haufen Zeitungen Nelson zum Verbrennen zu übergeben. Von irgendwoher bezog er außerdem den Despatcher, eine Publikation der Schauermannsgewerkschaft, zu der Zeit eine von den damals maßgeblichen Stellen überaus gefürchtete Organisation. In jenen Tagen, sagte Nelson, war San Francisco so links, daß man den Militant und die Weekly People genauso am Zeitungsstand kaufen konnte wie den Chronicle oder den bösartigen Examiner. Nelson betrachtete seinen Vater als Fan der Linken. Sein Vater gehörte keiner linken Organisation an und beteiligte sich an keiner linken Aktion - beides hätte gefährlich sein können. Der Grund, weshalb sein Vater zum passiven Bewunderer der Linken geworden war, lag laut Nelson darin, daß es seinem Vater das Herz gebrochen hatte, als eine Kampagne namens »Kampf der Armut in Kalifornien« durch die Schikanen und verleumderischen Propagandatricks erstickt wurde, deren Drahtzieher in der Filmbranche saßen - wir sprechen hier von den dreißiger Jahren. Außerdem haßte er Stalin für das, was er den guten Linken angetan hatte. Als Nelson mit seinem Vater endlich erwachsene Gespräche über den Sozialismus führen konnte, stellte sich heraus, daß schon der Gedanke, einer Gruppe offen beizutreten, unmöglich gewesen war, weil er Frau und Kinder hatte. Nelson glaubte ihm. Seine zweite Beschäftigung bestand in der Erstellung von statistischen Kurven, die aufzeigen sollten, wann mit der nächsten Depression zu rechnen war. Dies erforderte den massiven Einsatz einer Addiermaschine, deren Lärm, wie ich bemerkte, außerdem den Vorteil gehabt haben muß, die Familie daran zu erinnern, daß da drin ernsthaft gearbeitet wurde.

Jedenfalls sehen wir nun Nelson, wie er im Zwielicht hockt und vor seinem Werk meditiert. Das Objekt hatte beachtliche Ausmaße: Die unterste Etage war fünf Fuß breit, die Spitze immerhin vier Fuß hoch. Das einzige nicht rein ästhetische Motiv, von dem er einräumte, es könne sich in sein Projekt eingeschlichen haben, war etwas, das er als Kathedralismus bezeichnete. Von seiner kirchenbesessenen Mutter war ihm per Osmose vermittelt worden: Das bedeutendste von Menschenhand geschaffene Werk aller Zeiten ist die Kathedrale.

Nelson hört jemanden heranschleichen.

Es ist sein Vater, betrunken, der in sein Blickfeld tritt und, kaum daß er deutlich erkennen kann, was Nelson da gebaut hat, erst ungläubig, dann gekränkt, dann wütend reagiert.

Offensichtlich interpretiert er das Werk augenblicklich als Verhöhnung seiner Trunksucht; seine versteckten Weinflaschen sind vollzählig ausgegraben, neu gefüllt und angestrahlt worden, damit alle Welt sie sehen kann. Nelson duckt sich, aber sein

Vater macht auf dem Absatz kehrt und stürmt durch die Dunkelheit zum Haus zurück. Damit hat es jedoch keineswegs sein Bewenden. Nelson weiß das und rührt sich nicht von der Stelle. Kein Wort ist gefallen.

Nelsons Vater kehrt zurück, diesmal bewaffnet mit einer Rohrzange und einem Pickel. Nelson schnürt es das Herz ab. Er ist von seinem Vater nie körperlich bedroht worden. Im Gegenteil, sein Vater lehnt körperliche Züchtigung prinzipiell ab, und Nelson ist mehrmals Zeuge davon geworden, wie er seine Mutter wegen diesbezüglicher Ausrutscher zurechtgewiesen hat.

Denoons Vater war eher klein und sehr hellhäutig und trug eine blonde Oberlippenbürste, von furchterregend also keine Spur. Nelson hat den dunklen Teint seiner Mutter; da auch sie eher zierlich gebaut war, ist unklar, wo Nelsons Bärenstatur herstammt. Sie hatte einen verstorbenen Bruder, dem Nelson angeblich zum Verwechseln ähnlich sieht.

Nelson hört zum erstenmal in seinem Leben das Wort Schwanzlutscher.

Sein Vater schleudert die Zange gegen die Flaschenwehr.

Es entsteht einiger Schaden, aber der Vater hat schlecht gezielt. Die Taschenlampe oder Kerze brennt noch, daher bleibt auch die leuchtende Botschaft noch stehen.

Nelson hatte keine Gelegenheit bekommen, sein Gebilde zu erklären.

Jedenfalls hat die Zange die Flaschen im äußeren Teil der untersten Etage zerschmettert, aber im Kern schimmert weiter der Affront. Somit ist es an der Zeit, die zweite Waffe zu erheben, den Pickel.

Nelson leidet Höllenqualen, umtanzt schützend sein Werk, achtet aber darauf, daß er jederzeit in Deckung gehen kann, sollte Pater Monster zum zweitenmal losschlagen.

Er muß etwas gesagt haben, um seinen Vater zur Besinnung zu bringen, aber an den Wortlaut kann er sich nicht erinnern. Sein Vater beginnt, den Pickel durch die Luft zu schwingen.

Als ich die Geschichte zum erstenmal hörte, schoß mir zuallererst durch den Kopf: Heirate, du wirst es bereuen; heirate nicht, du wirst es auch bereuen. Es war eines der wenigen Dinge, die ich zu Denoons ohnehin kopflastigem intellektuellen Arsenal beisteuern konnte. Irgendwie hatte er es versäumt, Kierkegaards großartiges *Entweder - Oder* zu lesen, eine Tortur bis auf den einen kleinen Abschnitt, dessen Überschrift ich vergessen habe, der aber diese Perle enthält. Und ich dachte natürlich: Hast du einen Vater, du wirst es bereuen; hast du keinen Vater, du wirst es auch bereuen; ich dachte an mich selbst. Es wurde zu einem von Nelsons Lieblingszitaten und bereitete mir etwas Kummer, wenn er es im Zusammenhang mit unserer Verbindung benutzte. Wären wir tatsächlich verheiratet gewesen, dann hätte ich ihm die Zusicherung abverlangt, es in meiner Anwesenheit nicht öffentlich zum besten zu geben. Er verwendete diesen Aphorismus zwar nur als weitläufigen oder komischen Ausdruck dafür, daß Rechnungen nie aufgehen, aber es versetzte mir doch jedesmal einen kleinen Stich. Immerhin hat es eine Phase gegeben, in der wir so gut wie verheiratet waren, jedenfalls den wichtigsten Kriterien nach.

Hast du geschrien oder geweint? fragte ich ihn. Wie war dir zumute, als du gesehen hast, daß er kurz davor war, dein Werk zu zerstören, ohne auch nur einen Augenblick erkennen zu lassen, daß er es als etwas Außergewöhnliches betrachtete?

Was das Pathos des Ganzen noch erhöht, ist Nelsons Wissen um die entbehrungsreiche Kindheit seines Vaters - der beispielsweise zu einer Farmerfamilie in Pflege gegeben worden war, wo man ihm erklärt hatte, er müsse das Wasser für das Vieh trinken und dürfe das Wasser für die Menschen nicht anrühren -, denn seit Nelson diese und andere Geschichten kennt, hat er die leidenschaftliche Phantasie entwickelt, die Zeit zurückzudrehen und an der Seite seines Vaters zu stehen, als sein Kumpel, um gegen dieses Unrecht anzukämpfen und ihn da herauszuboxen.

Hast du gebettelt, gefleht? fragte ich ihn. Er hatte protestiert, aber wie genau, konnte er nicht sagen.

Hat er in irgendeiner Weise zu erkennen gegeben, daß er wenigstens die Mühe sah, die du dir mit dieser Schöpfung gegeben hast, denn gerade solche schöpferischen Leistungen wünscht man sich doch von seinen Kindern, und wenn auch nur, damit sie sonst keinen Unfug treiben? Er war betrunken, sagte Nelson.

Sein Vater schwingt den Pickel schwerfällig über dem Kopf, als wäre er ein Baumstamm, tatsächlich aber ist er so betrunken, daß der Pickel, als er ihn losläßt, durch die Erdbeerbäume davonfliegt, die Flaschenwehr gänzlich verfehlt und an einem Abhang landet, wo er im hohen Gras verschwindet.

Diese Details sind schrecklich.

Hol ihn, sagt oder brüllt Nelsons Vater und meint damit den verlorenen Pickel. Offensichtlich will er ihn haben, um einen zweiten Versuch zu machen. Und offensichtlich weiß er, daß er zu unsicher auf den Beinen ist, um selbst loszugehen und das Ding zu suchen.

Hättest du nicht deine Mutter holen können? lautete meine Frage. Dazu sind wir doch da, sagte ich. Aber er behauptete, daran hätte er nie gedacht, was mich vermuten läßt, daß Nelson - mag er sagen, was er will - damals schon sehr wohl wußte, wie grausam sein Vater mit seiner Mutter umspringen konnte, und sie da heraushalten wollte, um sie zu schützen.

Nelson weigert sich, den Pickel zu holen.

Gut, sagt darauf der Vater, dann nehme ich eben die Zange. Woraufhin sein Vater auf das schon teilweise zerstörte Gebilde zuwankt, um die Zange aus den Scherben zu fischen, in denen sie liegt.

Was Nelsons Denken jetzt vollkommen beherrscht, ist die Furcht, daß sein Vater stolpern und in die scharfen Glaszacken stürzen, sogar von ihnen aufgespießt werden und sterben könnte, und er, Nelson, dafür verantwortlich wäre - als Erbauer dieser gefährlichen Konstruktion.

Er sieht keine andere Wahl, als loszugehen und den Pickel schnellstmöglich zu suchen und seinem Vater zu bringen, damit der sein Zerstörungswerk vollenden kann, was dann auch tatsächlich geschieht.

Gott lenkt seine Schritte im Dunklen geradewegs zum Pickel.

Er übergibt den Pickel seinem Vater, und der zertrümmert die Flaschenskulptur restlos, wobei er von Kopf bis Fuß naß wird und noch dazu einen guten Anzug ruiniert.

Ich habe Nelson nie davon überzeugen können, daß der Fatalismus, den er rückblickend in bezug auf dieses Ereignis entwickelt hatte, unangebracht und einer genaueren Überprüfung würdig war. Wie kommt es, fragte ich ihn mehr als einmal, daß es mir, wann immer ich diese Geschichte höre, schlechter geht als dir, der du sie erlebt hast? Einmal verstieg er sich sogar zu der Behauptung, es hätte schlimmer kommen können; sein Vater hätte ihn zwingen können, das Ding selbst zu zertrümmern. So ist das wohl unter Männern.

Ich weiß nicht mehr, wie oft und auf welch unterschiedliche Weise ich versucht habe, ihm zu erklären: Das war nicht irgendein Erlebnis in deiner Kindheit, das war prägend. Bestenfalls bekam ich ein Mag sein zur Antwort. Allerdings sagte er einmal, und zwar recht leidenschaftlich, bevor er das Thema wechselte: Wie oft kann es deiner Meinung nach vorkommen, daß jemand, der eigentlich noch ein Kind ist, in die Lage gerät, seinen Vater vor schweren Verletzungen oder dem Tod zu retten? Ich glaube, daraufhin habe ich diese Geschichte nie mehr angesprochen.

4.

TSAU

Die Aussicht auf Rettung kann einem zum Verhängnis werden

Die Aussicht auf Rettung kann einem zum Verhängnis werden.

Je näher ich Tsau kam, desto mehr dekompensierte ich. Die acht Meilen schienen mir endlos. Ich fühlte mich immer elender. Etwa eine Meile vor den Toren von Tsau riß mir der Geduldsfaden - ich ließ mein Lasttier im Stich, weil ich dem Ziel entgegenlaufen wollte, was ich auch tat, jedenfalls ein Stück weit.

Es gab tatsächlich ein Stadttor. Der Weg, auf dem ich mich befand, führte direkt zu einem klobigen, rechteckigen, hölzernen Tor von etwa zwanzig Fuß Höhe. Es war offen wie ein Torii und abwechselnd mit roten und schwarzen Bändern bemalt, wie eine Korallenschlange; vom Querbalken hingen größere und schönere Windspiele, als ich sie bisher gesehen hatte. Das Ganze wirkte ziemlich karnevalesk. Dunkelgrüne, hüfthohe Euphobienhecken zogen sich von den beiden Pfeilern aus nach links und rechts hin, so weit das Auge reichte. In einem Hof rechts neben dem Stadttor standen zwei sehr gepflegte Rondavels mit seltsam glänzender Grasbedeckung und anderen mir fremden Details, die zu eruieren ich keine Kraft mehr hatte. Das mußte der Torhaus-Komplex sein. Im Schatten eines gewaltigen Wolkenbaums auf dem Hof entdeckte ich einen Kgotla-Stuhl, den ich sofort ansteuerte.

Ich wollte mich ausruhen, aber gleichzeitig wollte ich alles sehen. Hinter dem Tor verbreiterte sich der Weg zu einer Straße, die zu einer Gruppe erheblich größerer Gebäude etwa auf halber Höhe des Koppie führte. In der Ebene zwischen Tor und Berghang standen schmucke, gleichartige Rondavels auf rechteckigen, eingezäunten Grundstücken. Überall gab es Dornbäume. Die Szenerie war voller Bewegung in dem Sinne, wie man das von einem Stück bedruckten Stoffs sagen könnte. Meinen Augen wurde allerhand Neues geboten: zum einen das unentwegte Blitzen und Gleißen, das aus allen Richtungen zu kommen schien und, wie ich bereits vermutete, von den diversen Spiegeln und Solarinstrumenten und anderen Glasstücken erzeugt wurde, die offenbar ein

Markenzeichen dieses Ortes waren. Immer wieder blinkten bunte Lichtpunkte an den höhergelegenen Wegen auf; wodurch sie hervorgerufen wurden, konnte ich mir allerdings nicht erklären. Ich wollte alles auf einmal sehen, besonders einen ominösen Gegenstand, etwas Weißes, Verhülltes, das an der Stelle, wo die Straße anstieg, von einem Baum herabhing. Eine Leiche, dachte ich. Der Anblick erschreckte mich. Ich hatte das Gefühl, ich müßte zumindest nachsehen, was es damit auf sich hatte. Ich erlebte gewissermaßen einen Rückfall in ein Gefühl aus Kindergartenzeiten. Damals hatte ich einmal einen Bogen Zeitungspapier mit blauer Leimfarbe bemalt, mit purem Blau. Es war das herrlichste Blau, das ich je gesehen hatte, und ich versuchte, es mit den Augen aufzusaugen, indem ich es mir dicht vors Gesicht hielt, bis die Kindergärtnerin mir das verbot.

Ziegen wurden hier offenbar grundsätzlich angepflockt oder in Pferchen gehalten, was ich noch in keinem afrikanischen Dorf erlebt hatte. Nicht ein streunender Hund lief mir über den Weg. Ich hörte zwar Gegacker und Geschnatter, sah aber keinerlei Federvieh - auch das ließ auf Einfriedungen irgendwelcher Art schließen.

Die Rondavels waren nicht in dem üblichen monochromen Rotbraun gestrichen, sondern in allen möglichen Farben, wobei Himmelblau besonders beliebt zu sein schien. Menschen gab es natürlich auch, aber die sah ich buchstäblich nur um irgendwelche Ecken lugen.

Das Rondavel, das dem Tor am nächsten lag, war magentarot mit einer kanariengelben Tür. Diese Tür flog nun auf, und eine Frau kam herausgerannt, mir entgegen, blieb dann stehen, drehte sich um und lief zurück ins Haus: Gleich darauf erschien sie wieder, mit einer Trillerpfeife im Mund, und pfiff drei Schriller. Von weiter oben am Hang antwortete jemand mit dem gleichen Signal. Es klang nicht unfreundlich. Die Frau mit der Trillerpfeife, die auf mich zukam, war älter als ich und vom Typ her mütterlich. Ich merke gerade, daß ich Denoons oder meinen Neologismus für den Laut verwendet habe, den eine Trillerpfeife erzeugt - ein Nebenprodukt eines unserer privaten Spiele, das wir Lücken-im-Lexikon-schließen nannten. Wir hatten uns vergewissert, daß kein anderer Begriff dafür existierte als schrilles

Pfeifen, zwei Wörter. Denoon zufolge sollte es für alles einen Namen geben. Dekadenz sei, wenn die Namen der Dinge verlorengingen. Darüber konnte er endlos dozieren. Er bewunderte die Schotten, die im achtzehnten Jahrhundert über mehr Wörter für alltägliche Dinge verfügt haben als wir heute. In Griechenland war die Lage besorgniserregend. Er zeigte mir einen Artikel im Economist, dem zufolge das mühsame Suchen nach dem treffenden Ausdruck in der gesamten griechischen Bevölkerung zu einem ernsten Problem wurde. Und so weiter.

An diesem Punkt wird meine Erinnerung bruchstückhaft. Die Frau, die mich ansprach, war offensichtlich nervös. Ihr Gewand, bestehend aus grauem Kasack, langem Rock und weißem Kopftuch mit zwei Knoten, die wie geknickte Kaninchenohren herabhingen, fand ich wunderschön. Sie war füllig. Ich meine, ich hätte etwas von Gemüse gesagt, vielleicht sogar von Knoblauch. Ich weiß noch, daß ich dachte, es könne nicht schaden, wenn ich vorerst etwas wirr erschien, jedenfalls bis ich mir ein genaueres Bild von dem Ort machen konnte, an den es mich verschlagen hatte; vor allem aber war ich entschlossen, mir nichts entschlüpfen zu lassen, was auf eine frühere Verbindung zu Nelson hinwies. Ich würde mich als gestrandete Forschungsreisende ausgeben, die sich auf einer Exkursion verirrt hatte. In meiner Version der Geschichte wäre ich Ornithologin. Das Projekt Tsau war Sperrgebiet; ungebetene Gäste fielen automatisch unter die Ausschlußregelung. Dies würde ich unterlaufen.

Mir war klar, daß sie fürchtete, ich könnte irgend etwas mit den Buren zu tun haben. Die South African Defence Force macht selbst im Caprivizipfel und in Namibia, was sie will, und wenn sie eines schönes Tages beschließen würde, in die Zentral-Kalahari einzufallen wie der Wolf in die Schafherde, würde sie nichts daran hindern können. Die Augenbrauen der Alten zuckten, aber sie beruhigte sich, als ich sie davon überzeugen konnte, daß ich Amerikanerin war. Doch da saß ich bereits, trank Brühe und baute rapide ab.

Ich wollte nicht wegtreten, bevor ich wußte, was dieser Ort war – oder wenn schon nicht was, dann wenigstens wie. In seiner Symmetrie und Ordentlichkeit und mediterranen Vielfarbigkeit wirkte er auf mich wie eine Stadt aus den Babar-Büchern, seine

Atmosphäre aber hatte etwas Opernhaftes, Extravagantes. Mir fehlte jeder Vergleichsmaßstab.

Dann redeten zwei Frauen auf mich ein: Ich sollte ins Haus kommen und mich hinlegen. Ich erwähnte mein Tier; es mußte jemand nach ihm geschickt werden. Das regelten sie sofort. Ich betrat einen sauberen weißgestrichenen Raum und legte mich dort auf ein Plateaubett. Es gab gekühlten Tee, mir wurde das Gesicht mit einem Schwamm gewaschen, und dann schlief ich auch schon.

Sie weckten mich, um mir mehr Brühe einzuflößen, diesmal eine gehaltvollere Suppe, mit Makkaroni. Es war Abend.

Meine Hände fühlten sich elefantös an. Sie waren verarztet worden. Die Splitter waren gezogen, und meine Hände steckten jetzt in übertrieben dicken Verbänden. Ich war gewaschen worden, von oben bis unten, mit Ausnahme meiner Haare, und trug ein kittelartiges, federleichtes Gewand.

Dann führten die Frauen mich zu einem der Weltwunder, dem Denoonschen Aborthäuschen, und ließen mich dort eine Zeitlang allein. Diesmal benutzte ich die sanitäre Anlage vorschriftsgemäß. Als ich wieder herauskam, wurde mir gezeigt, daß ich meine Hände eigentlich in eine Schüssel mit schwach antiseptischer Lauge tauchen sollte, die auf einem Waschtisch neben der Toilettentür stand. Wegen der Verbände war das nicht möglich, aber sie wischten und tupften den Mull mit einem feuchten Handtuch ab.

Baph war in Sicherheit, lautete die gute Nachricht.

Ich befand mich in einer geordneten Umgebung. Sie hatten mir irgendeine Salbe auf die Lippen gestrichen.

An diesem Ort und zugleich in der Obhut von Frauen zu sein widersprach meiner wichtigsten, fest verankerten Zufluchtsphantasie, in der mein Vater oder Onkel ein pensionierter Richter oder Industriemagnat ist, Besitzer eines riesigen viktorianischen Hauses in einer Gegend wie Bucks County, in dem er sich allerdings nur sporadisch aufhält. In diesem Haus kann ich mich jederzeit verkriechen, so lange ich will, ohne daß mir jemand eine Erklärung abverlangt. Natürlich gibt es auch Personal. Mein Vater oder Onkel ist mächtig, aber gütig, was mit ein Grund dafür ist, daß man sich dort so sicher fühlen kann. Von allen Seiten wird ihm Hochachtung entgegengebracht, entweder weil seine Urteile so weise und populär gewesen sind oder wegen nicht näher definierter anderer Wohltaten, von denen der ganze Landkreis profitiert hat. Das Essen ist einfach, aber gut. Zu dem Haus gehört auch eine Farm. Mein Beschützer hat seine Investitionen so weit gestreut, daß ihn auch eine Depression nicht ruinieren würde. Wenn ich will, kann ich hier wie eine alte Jungfer leben, in meinem herrlichen Zimmer sitzen, die gut sortierte Bibliothek und das Klavier benutzen, oder, wenn mir das lieber ist, mich zurückziehen und nur zu den Mahlzeiten erscheinen. Eine Mutter kommt in dieser Phantasie nicht vor. Allerdings würde mein Onkel das Andenken meiner Mutter hochhalten. Denoon hat immer abgestritten, irgendwie geartete Zufluchtsphantasien zu hegen, und einmal sagte ich: Das glaube ich dir nicht, aber wenn es doch stimmt, dann nur, weil du als weißer Mann jedenfalls eines bis an dein Lebensende mit dir herumtragen wirst, nämlich das Gefühl, daß du eigentlich überall auf der Welt sicher bist, es sei denn, du hättest irgendeine besondere Körperbehinderung. Mein Standpunkt war, daß jeder Mensch Zufluchtsphantasien hat. Ich sagte: Zu behaupten, du hättest keine Zufluchtsphantasien, und das auch zu glauben ist etwas ganz anderes, als sie tatsächlich nicht in irgendeiner Weise, Gestalt oder Form zu haben. Er wurde böse. Wollte ich etwa behaupten, daß er log? Nur teilweise, erwiderte ich. Ja verdammt, sagte er, dann erkläre ich dir hiermit noch einmal: Ich habe keine, und außerdem bezweifle ich, daß ein wirklich reifer Mensch überhaupt welche hat, und wenn du sie hast, dann gehörst du zu dem Zehntelprozent der Frauenpopulation, das sich solche Zufluchtsphantasien konstruiert, weil ihm die landläufige Heiratsphantasie, die eigentliche Zufluchtsphantasie, die die Leute haben, bis sie's ausprobieren, aus irgendwelchen Gründen zuwider ist.

Ich ließ meine Augen wandern. Die Einrichtung war gemütlich. Auf dem Boden lag eine Schilfmatte. Ich sah einen Holztisch, eine Kommode, einen Wandschrank, alle auf Hochglanz poliert. Ich lag unter einer Baumwollthermaldecke - leicht, aber warm. Das Kopfkissen war vielleicht eine Idee zu hart. Meine Pflegerin saß in einem hölzernen Lehnstuhl und las beim Schein von

Kerzen. Sie brannten in einem Ständer, der ihr Licht mittels flügelähnlicher, aus einer Spindel am Fuß des Halters geklappter Spiegel verstärkte. Irgendwo mußte es eine Wärmequelle geben. Meine Sachen waren entlang einer Wand ausgebreitet, so daß ich sie alle im Blick hatte.

Ich war im Begriff, wieder wegzudämmern, als mir einfiel, daß ich mich peinlicherweise noch nicht einmal nach dem Namen der Frau erkundigt hatte, die in loco parentis über mich wachte. Ich fragte sie; sie gab ihren Namen mit Mma Isang an. Das löste in mir eine unangemessene Reaktion aus. Die Tatsache, daß sie sich ganz traditionell als Mutter ihres Erstgeborenen bezeichnete, in diesem Falle eines Sohnes, hätte mich eigentlich nicht weiter beschäftigen sollen. So war es eben Brauch. Aber ich hätte sie schütteln mögen. Warum konnte diese mütterliche Frau, noch dazu meine Retterin, kein eigenständigeres Wesen sein? lag mir quasi auf der Zunge. Irgendwie aktivierte dieser Gedanke meine Verachtung für das ganze Brimborium mit Soundso der Zweite oder Dritte oder Junior, das dem Patriziertum in den Vereinigten Staaten eigen ist und das nur die Söhne und niemals die Töchter berücksichtigt. Denoon nannte dieses System Deszendentismus. Außerdem interessierte mich, ob Nelson Denoon wenigstens mal kurz nach mir gesehen hatte. Er mußte doch wissen, daß ich oder zumindest eine mir sehr ähnliche Person in seiner verbotenen Stadt aufgekreuzt war. Ich hatte mich schließlich nicht zum Spaß durch den Abgrund gekämpft. Wo blieb Denoon? Welche Frau kommt sich schon gern wie ein Flittchen vor und obendrein wie ein erfolgloses Flittchen? Ich fühlte mich, als wäre ich einer dieser Pechvögel von Samenfäden, wie sie in schwedischen Dokumentarfilmen, die die Fortpflanzungsorgane von innen zeigen, zu sehen sind - ein Vertreter der leuchtenden Herde, der noch mitten im Eileiter steckt, wenn der Gongschlag verkündet, daß ein anderes Spermium das Ei erreicht hat und das Rennen gelaufen ist. Du bist nicht du selbst, sagte ich mir. Mma Isang merkte, daß ich unruhig war, und ich meine mich zu erinnern, daß sie mir daraufhin ein paar Apfelsinenstücke fütterte, und dann begann mein Marathonschlaf.

Yliane

Ich erwachte in vollkommener Finsternis und dem Zustand mentaler Erschöpfung, der darauf hindeutet, daß man sich im Traum heftig und ausgiebig an allem möglichen abgearbeitet hat. Ich hatte einen Traum gehabt, an dessen Grundzüge ich mich untypischerweise erinnern konnte – und zwar einen über Format. Ich mag in meinem Leben vielleicht sechs- oder siebenmal so etwas geträumt haben, immer an rubikonischen Wendepunkten. Normalerweise sind meine Träume unterstes Nullachtfünfzehn-Niveau. Doch offenbar spornt man sich symbolisch im Schlaf an, wenn das innere Ich Gefahr wittert. Aber war ich denn in Gefahr, oder vielmehr drohte mir irgendeine schlimmere Gefahr als die, mich zum Gespött zu machen? Etwas in mir schien das zu glauben. Mir war zumute, als wäre ich soeben aus einer qualvoll langen, aber essentiell wichtigen Vorlesung entlassen worden, die ich mir im Stehen hatte anhören müssen.

Der Traum drehte sich tatsächlich um eine Vorlesung, und ich kannte die Rednerin – eine Frau, der ich während meiner Studentenzeit in Kalifornien begegnet war und deren Leben mich sehr beeindruckt hatte. Anfänglich fand ich sie allein deswegen interessant, weil sie französische Emigrantin war, eine Rarität zum Beispiel im Vergleich zu den Scharen von Israelis, die an den beiden Küsten auflaufen. Dann faszinierte sie mich aber auch, weil sie eine Menage eingegangen war, deren Bestand auf einer unheimlichen Parität körperlicher Vollkommenheit basieren mußte. Ihr langjähriger Liebhaber war perfekt gebaut und von der Attraktivität der Dressmen, die Norfolk-Jacken und handgeschnitzte Pfeifen vorführen, dabei aber ein absoluter Idiot. Sie war bildschön und tüchtig, aber, hélas, fast vierzig und daher der Torschlußpanik verfallen, allein dazustehen und mit der Partnersuche von vorn anfangen zu müssen. Sie beherrschte die Kunst des Klebeumbruchs und war sehr gefragt bei Leuten, die in den Tagen vor dem Desktop Publishing Newsletters herausgaben. Er konnte sich ihr gegenüber wie ein Schuft benehmen. Er war so was wie ein Kreativer in der Zeitschriftenbranche. Aber er hatte den Anschluß verpaßt. Seine Karriere ging gerade den Bach runter, als ich Yliane kennenlernte, auch wenn er das kaschierte, indem er ständig am Telefon hing, mit sogenannten Kontakten redete und in großen Abständen unbedeutende Aufträge als Freiberufler an Land zog. Vielleicht verband die beiden ja die Tatsache, daß er frankophil war. Er war widerlich frankophil, was so weit ging, daß er sich als Projekt vornahm, eine Uchronie darüber zu verfassen, was gewesen wäre, wenn Napoleon Louisiana nicht an die Amerikaner verkauft hätte. Dieses Projekt hatte nun die Auswirkung, daß er ihr jedesmal, wenn sie ihn fragte, wo er gesteckt hatte, als sie ihn für irgend etwas brauchte, zur Antwort geben konnte: In der Bibliothek.

Wie diese superverträgliche Frau es fertigbrachte, ihn so zu verärgern, daß er sie in ihrem Bademantel aus der Wohnung warf und dabei mit einem geradegebogenen Kleiderbügel prügelte, ist mir ein Rätsel. Alkohol soll mit im Spiel gewesen sein. Vielleicht hatte eine ihrer superben kulinarischen Bemühungen nicht seinen Erwartungen entsprochen. Es war mitten in der Nacht, und sie wurde ohne einen Sou vertrieben, und zu guter Letzt mußte sie sich von dem Taxifahrer vögeln lassen, der sie die ziemlich weite Strecke zum Hause einer Freundin gefahren hatte, die leider nicht da war und ihr somit auch nicht das Fahrgeld auslegen konnte. Den Rest der Nacht verbrachte sie schluchzend unter einem Rhododendronbusch und wartete darauf, daß diese Freundin von ihrem Mi-Carême-Ball oder von sonst irgendwo zurückkehrte.

Also lebten sie eine Weile getrennt. Dann tauchte er zerknirscht bei ihr auf und beteuerte, er wolle sie zurückhaben, werde sich fortan beim Alkohol mäßigen, sie anständig behandeln. So überredete er sie, zu ihm zurückzukehren. Nur um eines bat er sie, als sie ihre Menage wiederaufnahmen: Sie solle einen Monat lang das Recyceln sein lassen. Sie war eine Vorkämpferin in puncto ökologisches Bewußtsein und nahm das Recyceln sehr ernst. Dieses eine Zugeständnis würde zwischen ihnen alles ins Lot bringen. Es ging um nichts anderes als Macht. Er hatte nichts gegen Wiederverwertung - nur er selbst wollte nichts damit zu tun haben. Mit diesem Kodizill überfiel er sie, nachdem sie bereits wieder eingezogen war und er begonnen hatte, sie anständig zu behandeln, also ließ sie sich auf Verhandlungen ein. Sie würde zwei Wochen lang nicht recyceln. Ja, das würde genügen, befand er. Und dann ging es genau so schlimm weiter wie vorher. Über diese Transaktion habe ich damals unmäßig viel nachgegrübelt. Yliane gebar ihm ein Kind, einen engelsgleichen Knaben, der zum Brandopfer prädestiniert war, wenn man mich fragt. Danach verlor ich Yliane aus den Augen.

Die Botschaft der Traumvorlesung besagte, daß es etwas gab, das ich meiden mußte. Ich tat mich schwer daran, sie auf den Punkt zu bringen. Es gab etwas, vor dem ich mich hüten sollte, etwas, das nicht gut genug war.

Das, was nicht gut genug war, war die Form, die Paarsamkeit üblicherweise annimmt.

Ich sollte mir klarmachen, wie das männliche Konzept einer gelungenen Liebesbeziehung aussieht: nämlich die Frau in eine feste Abhängigkeit zu bringen, die der männliche Partner durch gelegentliche Berührungen, Streicheleinheiten, Gesten auffrischt, während er das Hauptaugenmerk auf seine Arbeit draußen in der Welt oder die diversen Formen von Ersatzkampf richtet, die Männer so fesselnd finden. Ich sollte mir klarmachen, daß die Liebe nach Frauenart devot und bittstellerisch ist und sich in Richtung stärkerer und immer stärkerer Unterwürfigkeitsbekundungen bewegt, die zum Ziel haben, vom männlichen Partner einen Überschuß - dieses Wort war in irgendeiner Weise hervorgehoben - an direkter Aufmerksamkeit zu erringen. Auf der weiblichen Seite geht es also darum, die Anzahl von Unterwürfigkeitsbezeugungen zu verringern, die erforderlich ist, um den befriedeten Zustand zwischen den Partnern zu erhalten. Equilibrium oder ideale Paarsamkeit tritt ein, wenn der männliche Partner überzeugt ist, daß er weniger gibt, als seinem Empfinden nach eigentlich erforderlich ist, um die Abhängigkeit der Frau aufrechtzuerhalten, und die Frau glaubt, mehr von ihm zu bekommen, als ihre Unterwürfigkeitsbezeugungen eigentlich rechtfertigen.

Im Traum war das Ganze wie eine Offenbarung für mich, und ich nahm alle meine Sinne zusammen, um beim Aufwachen daran festzuhalten: Ich durfte nicht vergessen, was es mit dieser gesetzmäßig auftretenden, der Paarsamkeit zugrundeliegenden

Dyade auf sich hatte, denn das konnte nicht Ziel und Zweck meines langen Marsches gewesen sein.

Es war unmöglich, nicht weiterzuschlafen.

Sie hätten Meuchelmörder werden sollen

Insgesamt muß ich mehr als vierundzwanzig Stunden geschlafen haben.

Plötzlich hatte ich ausgeschlafen. Leider war es noch mitten in der einen oder anderen Nacht, entweder der, während der ich meinen homiletischen Traum gehabt hatte, oder der nächsten. Ich lag da, starrte ins Leere und bekam Hunger.

Ich beschloß, die Zeit produktiv zu nutzen, indem ich nach einem Ausweg aus der Zwickmühle suchte, daß Nelson einerseits glauben sollte, meine Expedition sei eine draufgängerische Leidensprüfung gewesen, der ich mich aus unbezwingbaren Gefühlen für ihn unterzogen hatte, und andererseits, daß ein Unterfangen wie dieses für jemanden mit meiner Erfahrung und Courage nichts Außergewöhnliches war. Aber irgend etwas in meiner unmittelbaren Umgebung stimmte nicht.

Ich hörte jemanden atmen, erregt atmen, also konnte es nicht Mma Isang sein. Sofort tastete ich nach meiner Thermaldecke, um sie hochzuziehen, aber sie mußte wohl auf den Fußboden gerutscht sein.

Mein Kittel reichte mir gerade bis über die Knie. Mir wäre wohler gewesen, wenn ich Unterwäsche angehabt hätte, aber so schlimm war es auch nicht.

Ich setzte mich vorsichtig aufrecht und hob die gekreuzten Unterarme vors Gesicht. Dabei hielt ich die Luft an, um hören zu können, wo der Eindringling war.

Irgend jemand stürzte sich auf mich und preßte mir eine Hand auf den Mund, bevor ich schreien konnte. Ich wußte, daß es Denoon war, und wunderte mich. Seine Hand fühlte sich hart an und roch nach Diesel und Rauch, aber er selbst roch nach Seife. Immerhin hatte er sich also gewaschen, ehe er gekommen war, um mich zu überfallen. Er drückte mich fest gegen die

Wand und versuchte gleichzeitig, mir etwas zuzuflüstern. Mein Kopf war leer vor Schreck, aber trotzdem konnte ich noch registrieren, daß es in Tsau tatsächlich Knoblauch gab. Offenbar befürchtete er, ich könnte strampeln und mich wehren und dabei etwas umstoßen. Er war ungeheuer stark, und ich spürte, daß er sich Mühe gab, mir nicht weh zu tun. Er drückte mich also gegen die Wand, den linken Arm ausgestreckt hinter meinem Rücken, mit der linken Hand meinen Arm am Ellbogen umklammernd, die rechte Hand auf meinen Mund gepreßt. Als er mich da hatte, wo er mich offenbar haben wollte, hielt er mich in dieser Position fest und raunte mir weiter Entschuldigungen ins Ohr, dann flehentliche Bitten, keinen Laut von mir zu geben, zu versprechen, daß ich stillhielt, während er mir etwas von höchster Dringlichkeit erklärte.

Es ist schon ein Beweis für mein grundsätzlich empathisches Wesen, daß ich seiner Aufforderung umgehend nachkam. Dabei reagiere ich von Haus aus eigentlich gewalttätig, wenn mich jemand unaufgefordert berührt, und ich bin auch ziemlich stark. Es gab einiges, was ich hätte unternehmen können. Allerdings wäre unser Ringkampf-Imbroglio damit in die nächste Runde gegangen, was für mich kein Problem dargestellt hätte, aber eins für die männliche Konstitution, und zwar wegen der Reibung. Der menschliche Penis ist so etwas wie ein Krallenaffe oder ein ähnlich widerspenstiges Tier und muß dazu noch ständig mit herumgetragen werden. Eine Erektion hätte wohl kaum bedeutet, daß Denoon in mich verliebt war oder mich auch nur als die begehrte, die ich in meinem ganzen unverwechselbaren Persönlichkeitsreichtum war. Diese Peinlichkeit wollte ich uns ersparen. Außerdem hätte eine Erektion so etwas wie ein leises Versprechen bedeutet, und das wäre mir nicht recht und ihm gegenüber nicht fair gewesen. Wenn ich schon eine Erektion hervorrufen sollte, dann keine zufällige. Und aus diesem enormen Zartgefühl heraus ließ ich meinen Körper schlaff werden und begann heftig zu nicken, als er fragte: Halten Sie still, wenn ich die Hand von Ihrem Mund nehme?

Daraufhin rückte er blitzartig von mir ab, rutschte beiseite und lehnte sich neben mir gegen die Wand, halb auf dem Bett.

Sie hätten Meuchelmörder werden sollen, sagte ich.

Aber selbst eine gedämpfte Stimme war ihm zu laut. Er wollte, daß wir flüsterten.

Zuerst kamen weitere Entschuldigungen. Dann fragte er mich, ob ich wohlauf sei, wohlauf nach meiner Expedition; allerdings könne er kaum fassen, daß ich sie allein gewagt hatte. Er werde mich nicht fragen, weshalb ich nach Tsau gekommen sei oder wie ich den Standort des Projekts herausgefunden hätte, aber ich solle wissen - und an dieser Stelle sprach er stockend -, daß er beeindruckt sei und sich geschmeichelt fühle, wenn das der rechte Begriff sei, und sich über mein Erscheinen freue. Uns war beiden nicht ganz wohl bei dieser Stanza, aber ich triumphierte innerlich. Nach meiner Lesart wurde ich zu einem Spiel zugelassen, das eindeutiger zu benennen keiner von uns über sich brachte und das bereits bei den Tutwanes begonnen hatte, was meine Wahrnehmung im nachhinein bestätigte. Meine Genugtuung hielt ich gut unter Verschluß.

In Tsau herrschten ganz besondere Bedingungen, die ich begreifen müsse, fuhr er fort. Zweifellos wüßte ich, daß Tsau ein Projekt für Frauen sei, für bedürftige Frauen aus ganz Botswana, aber hauptsächlich aus dem Nordwesten, Frauen, die aus den unterschiedlichsten Gründen von ihren Familien verstoßen worden seien und nicht mehr zum Leben gehabt hätten als den monatlich von der Regierung zugeteilten Sack Maismehl. Ich gebe das alles zeitlich gerafft wieder - er legte nämlich ständig Pausen ein, um Atem zu schöpfen und zu horchen, ob wir auch wirklich ungestört waren -, aber inhaltlich korrekt. Was er mir in der Zeit, die ihm zur Verfügung stand, da im Dunkeln darlegte, war schon eine Meisterleistung.

Diese leistungsfähigen, aber bedürftigen Frauen waren zusammengebracht worden, um Tsau zu gründen. Alle Parzellen waren Frauen übertragen worden, das hieß, die Charta-Frauen befanden sich offiziell im Besitz der einzelnen Parzellen, und er hatte mit der Regierung sogar vereinbaren können, daß das Eigentum an den Parzellen in Tsau ausschließlich auf weibliche Nachkommen, weibliche Verwandte aus Seitenlinien oder andere, eingesetzte Erbinnen überging.

Natürlich gab es auch Männer in Tsau, meist Verwandte, die wundersamerweise post factum aufgetaucht waren, aber sie bildeten die Minderheit. Das alles müßte ich wissen. Und irgendwann sollte der Männeranteil in Tsau natürlich steigen. Aber die Parzellen würden ausschließlich in der weiblichen Linie vererbt werden. Selbstverständlich sollte damit auch demonstriert werden, daß es in der Tat Mittel und Wege gab, um gegen die ökonomische Entrechtung der Frauen anzugehen, die sich parallel zur Modernisierung der Gesellschaft vollzog. Frauen wurden pauschal der Verarmung preisgegeben, weil Rinderherden, der wichtigste nachwachsende Vermögenswert in Botswana, sich auf immer weniger Besitzer konzentrierten, ausnahmslos Männer, was ich gewiß mit eigenen Augen in Tswapong und Keteng gesehen hatte.

Wie sehr ich präzise Denker schätze.

Deshalb wollte er sicherstellen, daß ich eine gewisse Sensibilität hinsichtlich der Anwesenheit von männlichen Lebenspartnern an den Tag legte. Die meisten Frauen in Tsau hatten entweder keinen und würden wahrscheinlich auch keinen mehr finden oder waren über diesen Punkt hinaus und hatten dezidierte Ansichten über solche Frauen, die in dieser Hinsicht noch nicht zufrieden waren. Aus Gründen der Fairneß lebte er in Tsau allein. Er würde sich hüten, den Eindruck zu erwecken, als interessierte er sich für eine besondere Art von Gesellschaft, sprich von Frauen oder Weißen seiner eigenen Herkunft. Es war daher zwingend erforderlich, jede Andeutung einer früheren Bekanntschaft mit ihm zu vermeiden, und ebenso zwingend erforderlich, glaubhaft zu versichern, daß ich rein zufällig nach Tsau geraten wäre. Daß es gelungen war, Touristen und Gutachter von dem Projekt fernzuhalten, hatte seine Position bedeutend gestärkt, und ich dürfe nun keinesfalls den Anschein erwecken, als gehörte ich einer dieser beiden Kategorien an. Eigentlich sei ihm jede Verstellung zuwider, sagte er, aber es stünde sehr viel auf dem Spiel.

Er machte eine Pause. Ich dachte derweil, daß der Spiritus rector einer weiblichen Gemeinschaft selbstverständlich ein sexuell enthaltsam Lebender sein mußte, wenigstens während der Gründungsphase. Aber solche Phasen mußten ja nicht ewig dauern, jedenfalls meiner bescheidenen Meinung nach. Ich fragte mich, ob die Situation in Tsau eine Analogie zu den

Westernserien im Fernsehen darstellte, bei denen die weiblichen Zuschauerzahlen gegen null schrumpfen, wenn die Produzenten den Sheriff verheiraten.

Er wollte die Situation hinsichtlich der Männerknappheit nicht gerade als Lagerspaltung bezeichnen. Die meisten Einwände kamen erwartungsgemäß, aber auch nicht durchgängig, von den jüngeren Frauen. Die älteren Frauen waren alle auf seiner Seite. Sofern ich mich einigermaßen überzeugend als verirrte Reisende ausgeben könnte, würde sich alles andere zeigen. Er hatte keine andere Wahl, als mich offiziell nicht zu kennen.

Das Gefühl der stillschweigend vorweggenommenen Kollaboration war aufregend. Ich genoß die unausgesprochene Komponente unserer Unterredung. Ich fühlte mich toll.

Ich glaube, Männer flüstern äußerst ungern, denn mir fiel auf, daß er nicht anders konnte, als seine tiefe Männerstimme ab und zu kurz brillieren zu lassen, bevor er sie wieder unterdrückte.

Geben Sie sich als Reisende aus, die sich verirrt hat. Haben Sie eine gute Geschichte auf Lager?

Ich erzählte ihm meine Version. Er fand Ornithologie gut, und meine Ausschmückungen mit dem Esel, der samt Forschungsausrüstung stiftengegangen war, gefielen ihm. Allerdings besorgte es ihn, daß ich - wie ich gestand - nichts über Vögel wußte. Er würde mir einen Führer zukommen lassen, sagte er, umgehend.

Haben wir damit eine konspirative Vereinigung gegründet? fragte ich.

Er wich mir mit der Bemerkung aus, Den meisten Leuten ist gar nicht bewußt, daß sie deswegen so vogelnärrisch sind, weil fünfundneunzig Prozent aller Vogelarten monogam leben.

Ich bin's nicht, sagte ich. Ich kann so tun, aber dafür muß ich mich erst darüber hinwegsetzen, daß ich Vogelbeobachter eigentlich urkomisch finde. Sollen die Vögel doch mich beobachten. Natürlich spricht dabei aus mir die Stimme der höheren Evolutionsstufe.

Sind Ihre Hände jetzt wieder in Ordnung? erkundigte er sich, befühlte meine Stirn und sagte: Gut. Also hatte er doch nach mir gesehen.

Um Gottes willen, was mache ich da eigentlich? fragte er dann mit einem Erstaunen, das, wie ich meinte, aus vollem Herzen und aus heiterem Himmel kam, worauf ich antwortete: Wem sagen Sie das? Wir lachten.

Dieser Ort wird Wohlstand erzeugen, sagte er. Und Männer werden willkommen sein, aber bis dahin werden die Frauen da sein, wo sie sein sollten. Warten Sie's nur ab. Ich finde, Sie verdienen es, dabei zu sein.

Den genauen Wortlaut weiß ich nicht mehr, aber er schloß mit so etwas Ähnlichem wie: Ich freue mich sehr, daß Sie hier sind, und jetzt muß ich mich auf dem Bauch rausschlängeln wie ein Reptil.

Es folgte ein knapper, geflüsterter Wortwechsel mit jemandem vor der Tür, wahrscheinlich Mma Isang, die, wie ich zu Recht vermutete, eine Verbündete war.

Ich fing an, mir das wenige in Erinnerung zu rufen, was ich über afrikanische Vögel wußte, und mir vor Augen zu führen, wie pervers es war, daß ausgerechnet ich mir die Ornithologie als Camouflage gewählt hatte. Schließlich bin ich die Tochter einer Mutter, zu deren und meiner Schande ich gestehen muß, daß ihre Lieblingssendung im Radio Canary Chorus hieß und von einer stundenlang im Verein mit einem Haufen tirilierender Kanarienvögel dröhnenden Hammondorgel bestritten wurde. Mom empfahl die Sendung jedem, der ihr über den Weg lief.

Rätsels Lösungen

Am Morgen zog ich eine Show ab, indem ich zwanghaft in meinen Sachen herumwühlte, bis ich das Fernglas zutage gefördert hatte, wie jede gestrandete Ornithologin das getan hätte.

Mma Isang mochte mich offenbar – ein Gefühl, das auf Gegenseitigkeit beruhte. Sie war etwa Mitte Fünfzig, stämmig gebaut und nannte ein Gesicht ihr eigen, das ihr vielleicht schon so manchen Kummer bereitet hatte. Ihre Nasenwurzel war stark eingedrückt, ihre Augen lagen tief in den Höhlen und waren von deutlichen Krähenfüßen umgeben, die sich bis zu den Wangen herunterzogen. Ihr Gesicht sah aus wie gefältelt. Ich habe nie erfahren, ob dies angeboren oder Ergebnis einer Verkettung von unglücklichen, aber normalen Umständen war. Ihr Tswana wies Spuren eines Serowe-Akzents auf, was sie mir beeindruckt und stolz bestätigte. Meine gesamte Kleidung war gewaschen worden.

Ich fühlte mich schon fast unnatürlich fit, fand aber, daß es nichts schaden könnte, mich vorerst noch als Rekonvaleszentin zu geben. Ich schlüpfte in meine Buschkluft: langärmeliges Khakihemd, Jeans, Stiefel. Es gab einen Spiegel. Ich sah ziemlich mitgenommen aus. Toilette machte ich nur flüchtig; mehr konnte ich auch gar nicht tun, solange ich keine Gelegenheit hatte, mir die Haare zu waschen. Ich borgte mir ein Kopftuch. Irgendwann, während einer kurzen Unterbrechung meiner Schlaforgie, war mir, wie ich dunkel in Erinnerung hatte, ein Bad versprochen worden.

Wir würden mit ein paar Frauen frühstücken, sagte Mma Isang - auf englisch, was mich überraschte. Wir würden auch Englisch sprechen, wenn die Delegation käme. Die Frauen werden das Essen hinter sich her bringen, sagte sie.

Um mir die Wartezeit zu verkürzen, machte ich einen kleinen Spaziergang die Hauptstraße Gladys-and-Ruth-Street entlang, bis zu dem mysteriösen weißen Gegenstand, der mich beim ersten Anblick so erschreckt hatte. Die Hauptstraße war nach den Ehefrauen des ersten und zweiten Präsidenten von Botswana benannt. Eigenartigerweise hieß sie am Torende Gladys-and-Ruth, am Plazaende dagegen Ruth-and-Gladys. Die Leute nahmen es rührend genau mit der Namensfolge, je nachdem, in welchem Abschnitt der Straße sie sich befanden. Der weiße Gegenstand entpuppte sich als ein in Gazetuch eingewickeltes, abgehäutetes Rind, das zum Schutz vor Fliegen im sogenannten Fleischbaum hing oder, besser gesagt, dort abgehängt wurde. Ich hatte schon Fleischbäume gesehen, aber niemals ein so ausgefeiltes Arrangement. Unter dem Baum stand eine Aufseherin, und immer wieder kamen Leute vorbei, die auf die Fleischstücke deuteten, die sie gern haben wollten, wenn es zerlegt werden würde. Die Aufseherin oder vielmehr die Besitzerin der Kuh notierte die Bestellungen in einem Büchlein, und dann wurden ihr Zettel oder Marken irgendwelcher Art überreicht. Ich beobachtete das alles aus einiger Entfernung, da ich keine für mich vielleicht unsichtbare Grenze überschreiten wollte.

Es war ein kühler, freundlicher Morgen, genau wie jeder andere Morgen seit Kang, aber zum erstenmal genoß ich ihn. Schon das Atmen war ein Genuß. Ich war so zufrieden wie nie zuvor. Es machte mir Freude mit anzusehen, wie man sich ringsherum in und vor den Häusern für den Tag rüstete; die ganze Betriebsamkeit hatte etwas erholsam Harmloses. Und Tsau gefiel mir als Gesamtbild, als Komposition: vom pastelligen Kunterbunt der Rondavels bis hin zu dem roten Felshaufen, der das Koppie krönte. In Gedanken nannte ich die Felsgruppe hochtrabend bereits die Zitadelle.

Und noch ein weiteres Rätsel löste sich. Zweimal sah ich Kinder leichte zweirädrige Holzkarren schieben, deren Seitenbretter mit schlichten Emaillefiguren oder -symbolen in Regenbogenfarben verziert waren. Die Räder waren vom Fahrrad. Die Handkarren, die ich sah, waren mit weiblichen Imagines verziert, deren Augen und Halsketten aus ins Holz geschraubten gläsernen Lochscheiben bestanden. Diese Verzierungen reflektierten beim Rollen, was zweifellos die leuchtenden Farbfanfaren erzeugt hatte, die ich bei meinem Anmarsch auf Tsau wahrgenommen hatte. Weshalb diese Rokoko-Gefährte eigentlich Mistkarren genannt wurden, wo das Abfahren von Mist aus den Krals und Pferchen nun wirklich das Allerletzte war, wofür man sie einsetzte, habe ich nie herausgefunden. Die Mistkarren waren sehr gut geeignet für die gestampfte Erde, aus der die meisten Wege bestanden, und müssen wohl stabil gewesen sein, denn ich sah sie regelmäßig unsanft über die paar Treppenstufen auf den gepflasterten Wegen zur Plaza hinunterpoltern, ohne daß sie auseinanderbrachen. Die Karren waren das persönliche Eigentum der Kinder, die sich Bons verdienten, indem sie darin Güter oder Botschaften transportierten. Man konnte durchaus eine Karre an sich vorbeisausen sehen, deren ganze Fracht aus einem gefalteten Zettel bestand. Und das war nicht einfach nur ulkig, denn es bestand immer die Möglichkeit, daß einem Kurier für den Rückweg etwas Voluminöseres mitgegeben wurde. Wie ich später erfahren sollte, lag dem Ganzen die überaus nachsichtige Haltung der Erwachsenen gegenüber der kleinen, verhätschelten Kinderpopulation zugrunde. Andauernd wurden die Kinder auf Botengänge geschickt, oft genug aus fadenscheinigen oder vorgeschobenen Gründen und vor allem aus Liebe. Die Karren trugen zu der visuellen Unruhe oder Lebhaftigkeit bei, die man in Tsau empfand und die sich besonders am späten Nachmittag bemerkbar machte oder während der unzähligen Feiertage, an denen die Kinder schulfrei hatten.

Da ich mich zu einer richtigen Besichtigungstour nicht befugt fühlte, beschränkte ich meinen Spaziergang auf die nähere Umgebung. Die Frauen, deren Transaktionen am Fleischbaum ich beobachtete, hatten wiederum mich im Visier. Ich hatte den Eindruck, daß über mich geredet wurde, aber nicht unfreundlich.

Mulmig wurde mir erst, als ich merkte, wie plötzlich alle Frauen auf mich deuteten. Aber sie wollten bloß mein Augenmerk auf Mma Isang lenken, die im Hof stand und mich rief, indem sie mit einem Ballpein-Hammer auf etwas schlug, das wie das Gewicht für ein Schiebefenster aussah. Die Klänge, die sie damit erzeugte, waren angenehm und melodiös und trugen weit. Was für eine elegante Methode, jemanden auf sich aufmerksam zu machen, dachte ich, obwohl man durchaus auf dem Quivive sein mußte, um diese spezielle Klangstruktur inmitten des allgemeinen akustischen Glitzerns von Tsau herauszuhören – dem Klirren der Windspiele, der Kuhglocken und Ziegenglocken und Hundeglocken, dem Zwitschern und Schnattern von Vögeln und Federvieh und all den anderen noch unidentifizierten Zutaten der Sinfonia domestica, die an diesem komplexen Ort von Sonnenauf- bis Sonnenuntergang gegeben wurde.

Das Mutterkomitee

Drei Frauen fanden sich ein. Sie sind vom Mutterkomitee, sagte Mma Isang.

Es sollte ein Frühstück im Freien geben, wie ich sah, an einem Tisch unter dem Wolkenbaum.

Ob in Tsau wohl alle immer so schön gekleidet waren? Nach meinen ersten Beobachtungen ging hier niemand barfuß, selbst die Kinder nicht. Die Leute trugen Sandalen oder Mokassins. Bei jedem Ausflug in den Busch sollten sie sich eigentlich Ledergamaschen umbinden, zum Schutz vor Schlangen, aber diese Dinger waren unbeliebt. Die Frauen hatten eine unverkennbare Gemeindetracht. Sie bestand aus mehreren Teilen. Entweder trugen sie ein langes ärmelloses Sackkleid, gegürtet oder auch nicht, oder einen Kasack mit einem etwas kürzeren Rock. Es gab noch eine andere Sorte Rock, viel weiter und besetzt mit raffiniert angebrachten Knopfleisten, mittels derer sich der Rock angeblich zu einer Hose umknöpfen ließ, aber dieses Modell wurde kaum mehr getragen. Es war ein Experiment gewesen. Alles war aus dem gleichen Material gefertigt, einem ockerfarbenen Musselin. Aber darin erschöpfte sich auch schon die Uniformität. Die Kleidungsstücke waren individuell geschmückt, entweder uni oder bunt eingefärbt oder mit Motiven bedruckt, mit Augen, Kreuzen, Sternen, Henkelkreuzen, Buchstaben - teilweise großflächigen Majuskeln. Gedruckt, mal dicht an dicht, mal sparsam, wurde mit Modeln, die die Frauen aus einheimischen Knollen schnitten. Hier und da waren Halsausschnitte und Armlöcher mit bescheidener Stickerei versehen. Kopftücher waren ubiquitär, allerdings vollkommen individuell, was Farbgebung und Bindetechnik betraf. Die Kopftuchfaltkunst von Tsau gäbe bestimmt einen guten Bildband her. Schlichte Techniken waren die Norm, aber auch überschäumende Phantasie feierte Triumphe: Alles war erlaubt, und gelegentlich wurden mittels Stopfmaterial wahrlich verblüffende Kamm- und Tiara-Effekte erzielt. Wenn Schmuck getragen wurde, dann meist aus Glas - was sonst? - oder Armbänder und Halsketten der Basarwa aus Straußeneierschalenplättchen, der inoffiziellen Tauschwährung in der gesamten Kalahari. Ich kam mir ziemlich farblos und maskulin vor, als wir uns zu Tisch begaben.

Mma Isang murmelte mir auf Tswana eine Redewendung zu, die wörtlich lautet: Wir gehen auf unseren Zehennägeln. Sie entspricht unserem Wir gehen auf rohen Eiern.

Zwei Frauen waren ungefähr in Mma Isangs Alter, die dritte, Dineo, Anfang bis Mitte Vierzig. Die Vorstellungsrunde wurde auf Tswana abgehalten. Sehr formell. Ich nahm mit der Delegation Platz. Es gab nur vier Stühle, normale europäische Stühle mit gerader Lehne, und Mma Isang holte einen weiteren Stuhl für sich und plazierte ihn ein wenig entfernt von der Gruppe am

Tisch. Wir schenkten uns Tee ein. Auf englisch sagte Mma Isang nochmals, ich solle mich ein wenig gedulden, weil die Schwestern unser Frühstück hinter sich herbringen würden, was für mich keinerlei Sinn ergab, bis ein kleiner Junge eine zinnoberrote Handkarre auf den Hof schob. Er trug die übliche Schuljungenkombination aus Khakishorts und kurzärmeligem Hemd und machte den Eindruck, als wolle er seinen Auftrag bei uns möglichst schnell erledigen, um gleich zum nächsten weiterzuflitzen. Er war entzückend offiziös, hebelte routiniert den eingelassenen Deckel von der Blechtruhe, in der sich eine Lage Stroh befand und darunter eine weitere Kiste mit unserem Frühstück: sogenannten Scones und hartgekochten Eiern. Das Ausladen ging blitzschnell vonstatten. Der Junge bekam eine Marke. Er schoß davon. Alles war heiß. Wir aßen von Stoffservietten.

Greif zu und iß so viele Eier, wie du magst, sagte Mma Isang, wiederum auf englisch, was ihr eine mißbilligende Geste von Dineo eintrug. Offenbar war also Dineo diejenige, die bestimmte, wann bei dieser Anhörung englisch gesprochen wurde.

Dineo war eindeutig prima inter pares in der Runde. Sie wirkte kraftvoll. Männer müssen sie sexuell ansprechend finden, dachte ich. Sie war groß für eine Tswana, tiefschwarz, nilotid, mit Augen, die die Batswana lang nennen. Sie hatte ein hartes, schmales Gesicht. Ihr Kleid, auf der einen Seite bis zum Knie geschlitzt, war mit Bändern aus winzigen schwarzen Kreuzen bedruckt, schwarz auf Ocker, was ihrer Erscheinung etwas Priesterinnenhaftes verlieh. Sie war eine eindrucksvolle Erscheinung. Sie trug ein bernsteinfarbenes Kopftuch, gebunden wie das der Sphinx. Allerdings mußte sie nachgeholfen haben, vielleicht mit Stärke, damit die Dreiecksflügel ihres Kopftuchs hinten am Hals steif abstanden. Das so gebundene Kopftuch war ihr Kennzeichen. Auch in Varianten habe ich es nur wenige Male gesehen. Sie war stark. Mir gefiel, daß sie mir, einer Weißen, direkt in die Augen sah, im Gegensatz zu ihren Begleiterinnen, die mir die typischen verstohlenen Blicke aus den Augenwinkeln zuwarfen, während sie sich mit allem Nachdruck aufs Teetrinken und Eierpellen konzentrierten. Irgend etwas an Dineos Gesichtsausdruck erinnerte mich daran, wie streng Batswana-Frauen auf Simulantentum reagieren können, und ließ mich meine Strategie revidieren, erledigter zu wirken, als ich mich tatsächlich fühlte. Ich hatte unwillkürlich das Bedürfnis, mich mit ihr gut zu stellen.

Die anderen beiden waren Gefolgschaft. Schon bald nannte ich sie insgeheim die Zwillinge und erfuhr später, daß auch andere sie so titulierten. Diese beiden Frauen waren nahezu unzertrennlich. Die eine, Dimaskatso, hatte ein lädiertes, milchigweißes linkes Auge. Joyces Hände waren durch Arthritis schlimm verkrüppelt. Dimaskatso schälte für Joyce ein Ei. Joyce war nur pro forma mit von der Partie. Aber ich hatte das Gefühl, daß Dimaskatso die ganze Zeit über sehr genau zuhörte, und wurde in diesem Eindruck bestätigt, als sie zum Schluß einen Kugelschreiber hervorholte und sich Notizen auf ihrer Handfläche machte.

Mma Isang brachte Orangen, Honig und Schälmesser aus dem Haus. Dineo hatte mir gleich eingangs ein paar Worte auf englisch zu sagen, die das Thema Englischsprechen betrafen. Ich dürfe nicht den Irrtum begehen zu meinen, in Tsau sei niemand der englischen Sprache mächtig außer einer kleinen Minderheit von Frauen und Rra Puleng. Doch weil es immer noch Schwestern gebe, die kein Englisch sprächen, müsse ich wissen, daß ein für alle Mal beschlossen worden sei, keine Versammlung in englischer Sprache abzuhalten, so wie dies im Distriktrat und im Parlament immer noch geschehe, wo die Frauen, die die Chance hätten, anwesend zu sein, das Geschehen nicht einmal verfolgen könnten. Dies sei ein Unrecht, das mir in Tsau niemals begegnen werde. Jedenfalls würden wir jetzt Tswana sprechen und später noch einmal englisch.

Das Verhör war höflich, aber scharf und wurde von Dineo geleitet. Besonders interessiert zeigten sich die Frauen an der Frage, wieso ich so gut Tswana sprach. Ich bot ihnen eine wahrheitsgemäße botswanische Vita bis auf den einen Punkt, daß ich Anthropologie durch Ornithologie ersetzte. Besonders Mma Isang gegenüber tat ich das ungern. Ich erfand eine Kalahari-Route, die mich letztendlich in einer großen Kurve zum Ngami-See hätte führen sollen - einem Ort, der tatsächlich als ornithologisches Eldorado bekannt ist. Sie konnten sehr gut verstehen, daß ich bei einer so weiten Expedition und dazu noch ganz allein in Schwierigkeiten geraten war. An dieser Stelle mußte ich einen Begleiter erfinden, der im letzten Augenblick doch nicht hatte mitkommen können. Allein in die Wüste zu ziehen war etwas für die San, und meine Vernehmerinnen gaben sich in diesem Punkt erst zufrieden, als ich deutlich zum Ausdruck brachte, daß ich es im nachhinein selbst für ein sehr leichtsinniges Unterfangen hielt. Dann befragte Dineo mich intensiv zu meiner Beteuerung, ich sei total überrascht gewesen, hier eine Ortschaft vorzufinden, und hätte nie zuvor etwas von Tsau gehört. Sie wechselte ins Englische. Wie solle sie es sich erklären, daß mir keinerlei Geschichten oder Gerüchte über das zu Ohren gekommen wären, was die Menschen in Tsau vorhätten, nämlich eine Stadt zu erschaffen, in der niemand arm sei, was bis heute kein Europäer für sein Land behaupten könne? Hätte ich nicht munkeln hören, daß Rra Puleng, ein unter Europäern berühmter Mann, sich in Tsau aufhielt? Ich beteuerte standhaft meine Unwissenheit, und schließlich ließ sie das Thema fallen.

Die Koda wurde auf englisch gegeben. Leider sei Tsau noch nicht reif für Besucher gleich welcher Art außer in Unglücksfällen wie dem meinen, weswegen mir das Mutterkomitee und Rra Puleng leider eröffnen müßten, daß ich Tsau zu verlassen hätte, sobald es sich einrichten lasse und ich vollkommen wiederhergestellt sei. Tsau ähnele einem Baum, der noch nicht soweit sei, seine Früchte abzuwerfen. Gerade Rra Puleng vertrete in dieser Hinsicht leider eine ganz strikte Haltung. Wenn Tsau erst einmal soweit sei, seine Früchte abzuwerfen, könnten gern alle Besucher kommen, die kommen wollten. Sie persönlich heiße mich als Schwester willkommen und sehe es mit Freuden, wenn ich etwas länger bei ihnen bliebe und nicht gleich wieder davonjagte, um mich in die Gesellschaft von Vögeln zu begeben.

Dann wurde ich gefragt, was meine Wünsche wären und ob ich dringend irgendwohin zurückkehren wollte.

Ich sagte, ich sei noch nie an einem Ort gewesen, den ich lieber kennenlernen wollte als Tsau, und daß ich hier alle als Schwestern oder Mütter betrachtete. Ich würde sehr gern so lange bleiben, wie es mir gestattet werden könne. Die Vögel am Ngami-See würden auf mich warten, ganz gleich, wann ich dort hinkäme. Worauf wir alle übereinstimmend nickten.

Dineo sagte, in spätestens fünf Tagen würde ich mit allen

Schwestern des Mutterkomitees zusammentreffen, und diese würden dann entscheiden, was geschehen müsse. Doch bis dahin solle ich unbedingt ganz Tsau besichtigen und mich überall umsehen und staunen, was Frauen ins Werk setzen könnten, wenn sie nur zusammenhielten.

Mein Notizbuch

Wenn ich heute das Notizbuch betrachte, das ich in Tsau angefangen habe, und sehe, wie mikroskopisch ich glaubte meine ersten Eintragungen halten zu müssen, dann weiß ich, daß ich damals mehr als überspannt war. Ich muß ziemlich gestört gewesen sein.

Meine normale Handschrift ist überdurchschnittlich groß. Das Motiv hinter diesen Miniaturkritzeleien war, etwas zu produzieren, das wenig hergab, falls jemand die Zeilen rasch heimlich überflog, und das war auch der Grund, weshalb ich mich so manisch auf Abkürzungen und Kodewörter verlegte und meinen Text zur weiteren Tarnung auch noch mit pseudo-ornithologischen Beobachtungen spickte. Das Ergebnis ist ein Bolus, den selbst ich nur entziffern kann, wenn ich die nötige Konzentration und Bereitschaft aufbringe, mich in die Situationen zurückzuversetzen, die mich veranlaßt haben, bestimmte Kodierungen und Andeutungen zu wählen. Ich hätte Pitmans-Steno verwenden können, das ich beherrschte, aber damals fürchtete ich, so etwas würde einer eher ungebildeten Person erst recht verdächtig erscheinen. Außerdem hatte ich über lange Strecken relativ wenig Gelegenheit, englisch zu sprechen, und empfand es als Wohltat, wenigstens englisch schreiben zu können. Und dann diente mir die winzige Schrift zu einer selektiven Erfassung des Feuerwerks aus Nova und Skurrilitäten, mit denen ich in Tsau konfrontiert wurde. Es gibt auch Glyphen. Gekreuzte Klingen bedeuten Sex. Ich muß zugeben, daß ich in einem Haus, in dem ich zu Gast bin, durchaus einen Blick auf Briefe oder andere interessant aussehende private Unterlagen riskiere, wenn sie allgemein zugänglich herumliegen. Allerdings glaube ich nicht, daß ich mit dieser

Neigung allein dastehe, auch wenn ich mich persönlich immer mit der Anthropologie herausreden kann. Aber ich würde mir niemals die Informationen zunutze machen, die ich aus meinen flüchtigen und eigentlich nicht persönlich gemeinten Schnüffeleien ziehe. Jeder, der mir ins Herz sehen könnte, würde mich exkulpieren und begreifen, daß mein Tun nur von meinem unbändigen Wissensdurst hinsichtlich der Geheimnisse dieser Welt diktiert wird.

Das Untige stellt letztlich eine Anthologie meiner Notizen für Anfang Mai 1981 dar, bis zur und einschließlich der formellen Zusammenkunft mit dem gesamten Mutterkomitee. Ich habe mich bemüht, die einzelnen Schilderungen unter Oberbegriffen zu ordnen. Der Ausdruck »das Untige« ist auch wieder eine Vergennung von Denoon, der fand, wenn man schon den Ausdruck »das Obige« verwendete, wäre es widersinnig, nicht auch »das Untige« zu sagen; außerdem höre es sich lustig an. Das Untige ist insofern ein revidierter Text, als ich immer dort, wo es mir nötig erschien, weiter ausgeholt oder das wiederhergestellt habe, was durch meine Abkürzungen und Enigmatica kaschiert worden war.

▶ *200 Gehöfte, 12 neue im Bau, alle im Quadranten NO-NW auf ebenem Grund und am Hang bis fast zur Plaza-Terrasse hinauf. Bei 2,5 Personen pro Gehöft also eine Population von zirka 450. Maximal 50 Männer: sogenannte Onkel oder vom Typ verschollener Vetter bzw. Bruder, aber auch einige waschechte verlorene Gatten, die sich nach langer Wanderarbeit in den Minen der RSA zur Ruhe gesetzt haben. Kinder: 40, bis zur Präadoleszenz. Alle anderen weiblich, 70 Prozent übers gebärfähige Alter hinaus, 30 Prozent nicht. Jüngere Frauen gelten als Königinnen oder Kgosigadi, ältere Frauen als Tanten, Tantchen bzw. Mmamogolo; von beiden Gruppen öffentlich verwendete Ausdrücke, die nicht abfällig gemeint sind. Denoons Haus ein alleinstehendes Oktagon aus Beton hoch im NW am Koppie, oberhalb der Terrasse. O unter dem Koppie: Schuppen, Werkstätten, Krale, Maisfelder, Folientunnel, Öfen, Baustoffwerkstätte. Von S bis W nacktes Koppie mit Blick auf den ausgetrockneten Flußlauf an seiner Biegung genau nach S. NO Terrassenhang mit verschiedenen Niveaus, unterhalb Plaza-Terrasse: Grundschule, Wäscherei, Küchengebäude,*

Krankenstation, Näherei. Wie gelangen die verschollenen männlichen Anverwandten, die anscheinend immer mehr werden, nach Tsau? Nicht auf dem Landweg über Kang. Einige kamen einzeln per Flugzeug an, wie ich erfuhr. Im Südosten von Tsau befand sich eine Flugpiste, auf der alle zwei Wochen die Maschine der Barclays Bank landete, um Post zu bringen und Bankunterlagen zuzustellen und abzuholen. Das war für mich eine echte Neuigkeit. Es gab also noch einen anderen, mir bis dato unbekannten Weg, um nach Tsau zu gelangen, auch wenn er mir nicht zur Verfügung gestanden hätte. Die Männer, die hier von Zeit zu Zeit abgesetzt wurden, hatten sich der Regierung gegenüber als legitime Verwandte der einen oder anderen Bewohnerin von Tsau ausweisen können. Es wurmte mich, daß mir die Barclays-Flugverbindung entgangen war, aber ich beruhigte mich damit, daß gerade dadurch mein Gewaltmarsch noch heroischer und glaubwürdiger wirken würde.

▶ *Die Längsverbindungen, die auf der Plaza zusammentreffen, heißen Straßen und sind nach bedeutenden afrikanischen Frauen benannt - mit einer Ausnahme: Es gibt eine Heilige-Maria-Slessor-Straße. Maria Slessor war eine schottische Ordensschwester, die in Ashantiland durch den Busch zog und Kinder rettete, weibliche Säuglinge, die zum Sterben ausgesetzt worden waren. Über die Frage ihrer Ehrung hatte es eine Kontroverse gegeben, die erst endete, als der Beschluß gefaßt wurde, es reiche aus, daß sie eine Frau gewesen war und ihr gutes Werk in Afrika getan hatte. Das Namenskomitee ist offenbar eine Brutstätte von Zänkereien. Alle Querverbindungen heißen Wege. Die Bevölkerung teilt sich in Straßen- und Weganrainer. Wege sind nach verschiedenen sozialen Tugenden benannt wie Ipelegeng, an einem Strang ziehen. Und dann gibt es auch noch ein Netz von namenlosen Pfaden, die bis auf das Koppie hinauf und kreuz und quer über die unbestellten Hänge führen. An den Straßen und Wegen, die nicht oder nur spärlich von Bäumen gesäumt sind, wird versucht, Spaliere zu errichten und daran Ranken hochzupäppeln, so daß Laubengänge entstehen. Der Hochsommer hier ist gleißend und grausam, sagen alle, und es wird dringend viel Schatten gebraucht. Im Sommer behelfen die Leute sich mit Sonnenschirmen und Strohhüten, die aus Lesotho eingeführt werden. Es ist geplant,*

Toriis wie das neben dem Torhaus an der Mündung jeder der sechs Hauptstraßen zu errichten, was sich aber verzögert, weil die Eukalyptusbäume der vor acht Jahren angelegten Pflanzung gerade erst die nötige Höhe erreicht haben und es konkurrierende Ideen hinsichtlich ihres Verwendungszwecks gibt. Die Eukalyptuspflanzung befindet sich weit im SO, in der Nähe der Flugpiste. Rra Puleng hat offenbar das größte Interesse daran, daß die Toriis errichtet werden, jedenfalls nach meinem Eindruck. Es gibt keinen Lageplan von diesem Ort. Jeder weiß, wo was ist. Die Liste der noch unbenannten Wege und Stätten wird immer länger, was zunehmend Unmut hervorruft.

▶ *Für die Männer hier gibt es keine den Frauen vergleichbare Tracht. Sie sehen aus wie Männer in jedem x-beliebigen armen Dorf: Was sie anhaben, reicht von neu bis ziemlich lumpig, das meiste scheint aus Kleidersammlungen zu stammen. Aber alles ist picobello gewaschen und wird häufig gewechselt.* Die Männer hatten im Gegensatz zu den Frauen keinen Anspruch auf Gratiskleidung, aber es wurde ein sehr praktischer Overall zum Selbstkostenpreis angeboten. Sämtliche Kleidungsstücke wurden kostenlos gewaschen. Immer wieder drängte man die Männer, sich zumindest gelegentlich für den Dienst in der Wäscherei einzutragen, worauf die Männer gewöhnlich mit der Frage konterten, wann sie denn mit dem Einsatz von Frauen in der Gerberei rechnen könnten. Der Gestank in der Gerberei war unerträglich.

▶ *Die politische Ökonomie scheint folgendermaßen auszusehen: Frauen erhalten per Überschreibung das Eigentum an ihren Häusern und Parzellen. Dieser Grundbesitz berechtigt sie zu Sitz und Stimme im Sekopololo, dem »Schlüssel«. Sekopololo ist ein freiwilliges Arbeitskontosystem. Die je nach Wunsch und Neigung geleistete Arbeit wird mit Bons vergütet, die dazu berechtigen, sich im Vorratslager zu bedienen, dessen Angebot an eingeführten und eigenen Produkten erstaunlich ist. Der in Bons bemessene Wert einer Arbeit wird laufend neu festgelegt, um die Leute für die dringlichsten Tätigkeiten anzuwerben. Hierfür scheint Dineo zuständig zu sein. Zu jedem Haus gehört ein Anteil an der kollektiven Rinderherde und ein Stück von den Maisfeldern. Sekopololo ist zudem ein System für den*

Handel mit der Außenwelt: Ausgeführt werden Strickwaren, Karosses, Schnitzereien und wohl auch Schnickschnack aus Glas. Es gibt noch andere Exportartikel, aber das Wissen darum wird nicht weitergegeben. Männer sind bei Sekopololo nur als nicht stimmberechtigte Mitglieder zugelassen. Unklar, wie dies gerechtfertigt wird. Sie schuften wie die Tiere.

▶ *Die meisten Rondavels haben ein paar gläserne Einsprengsel, Glasbausteine von der Sorte, wie sie früher für die Fassaden moderner Cocktailbars verwendet wurden. Diese Steine sind in unregelmäßigen Abständen in die Wände eingelassen. Blickt man nachts von der Ebene hoch oder von oben am Koppie hinunter auf Tsau, dann könnte man meinen, die Tupfer und Gedankenstriche, in die sich die erleuchteten Steine verwandeln, stellten eine kodierte Botschaft dar.* Apropos Vitromanie: Einmal habe ich Denoon gebeten, sich als Gedankenexperiment die Frage zu stellen, was er mit seinem Leben wohl angefangen hätte, wenn er in eine sich akzeptabel entwickelnde Welt hineingeboren worden wäre, die sein persönliches Engagement nicht erforderte. Wäre er dann Glasbläser oder irgend eine Art von Glaskunsthandwerker geworden? Ich meinte es nicht böse, aber er reagierte pikiert. Es war genau die Art von Frage, die ihn veranlaßte, sich noch bedeckter hinsichtlich seiner Glasobjekte zu halten, deretwegen er sich ohnehin in der Defensive fühlte, weil sein Glasatelier so großzügig ausgestattet war. Er hatte dort einen Solar-Schmelztiegel stehen, dessen Wert in die Tausende ging, und eine Unzahl anderer Vorrichtungen und Vorräte, darunter Säcke voll seltenem Sand. Seine Glaswerkstätte war besser ausgerüstet als die Schreinerei mit ihrer lachhaften fußbetriebenen Säge. Beim ersten Anblick dieses Ateliers war mir unwillkürlich ein erstaunter Ausruf entfahren. Diese Reaktion hatte ihm mißfallen: Es sei unfair, die künstlerische Bearbeitung von Glas als Hobby zu bezeichnen. Er war ständig darauf aus, einen passenden Lehrling zu finden, obwohl sein erster Vorstoß in diese Richtung schiefgegangen war, als sich die junge Frau, die er anlernte, ihren Arm schlimm verbrannte. Das hatte ihn traumatisiert und dazu gebracht, die Werkstätte fortan vor allen anderen abzuschirmen. Als ich einmal mein Befremden darüber äußerte, daß das Glasatelier –

abgesehen vom Sekopololo-Büro und der Post - das einzige Gebäude war, das nachts abgeschlossen wurde, ließ er das Abschließen sein, aber ich fürchte, er hat mir nie verziehen, daß er sich dazu von mir genötigt fühlte. Zu meinem letzten Anlauf, seiner Vitromanie auf den Grund zu gehen, kam es, als er mir die Geschichte erzählte, wie er als Junge einmal durch jenen Teil von Oakland unterhalb der Fourteenth Street gelaufen war, wo die japanischen Blumen- und Gemüsebauern ihr Viertel hatten, und zwar kurz nachdem die Japaner weggeholt und in Lagern am Tule Lake interniert worden waren. Die Gegend war verwüstet worden. Mobs waren durchgezogen. Gewächshäuser waren hektarweise kurz und klein geschlagen, Häuser demoliert und zerstört worden. Überall lagen Glasscherben herum. Er hatte seinen Augen nicht trauen wollen. Es bedrückte ihn immer noch, wenn er daran dachte. Ich vermute, daß er ebenso wie sein Vater dem Proletarierkult anhing. Hier blitzte ein wichtiger, wenn auch indirekter Zusammenhang auf. Oakland und San Francisco waren damals Hochburgen der Gewerkschaften gewesen, erklärte er mir. Wie hatte es in einer von den Gewerkschaften dominierten Stadt nur zu solcher Zerstörungswut kommen können? wollte er wissen. Ich sagte: Die Menschen, die die Gewächshäuser demoliert haben, werden doch wohl kaum Abordnungen des Central Labor Council oder der CIO gewesen sein, oder? Nein, sagte ich, hier waren zweifellos Jugendliche am Werk. Aber er widersprach mir; er wußte, daß sich erwachsene Männer zusammengerottet hatten. Ich vermute, es ging ihm um die Frage, wie die Gewerkschaften etwas Derartiges hatten zulassen können, wenn sie das waren, was sein Vater behauptete. Ich wollte wissen, wie sich diese Episode zeitlich zu dem Angriff seines Vaters auf Nelsons Flaschenskulptur verhielt, was eine doch ganz verständliche Frage war. Aber da rasselte das Fallgitter mit Karacho herunter.

▶ *Es gibt das Kontosystem über Sekopololo, daneben den privaten Handel und außerdem ein normales Pula-Währungssystem, für das die Post als Bank fungiert. Ich suche immer noch nach einem Menschen, der total außerhalb von Sekopololo existiert, was theoretisch möglich wäre, aber anscheinend ist das bei niemandem der Fall, nicht einmal bei der sehr feindseligen Stationsschwester, die von der Regierung hierher beordert wurde. Sie betrachtet ihren Aufenthalt als Verbannung, aber die Menschen verführen sie ganz allmählich dazu, den Ort zu mögen, indem sie unfehlbar freundlich zu ihr sind. Alle sagen, sie wäre früher viel schlimmer gewesen, was kaum vorstellbar ist. Sie finden, sie sollte gehen, wenn sie sich hier unglücklich fühlt. Die Frau, die als Nachfolgerin von ihr angelernt wird, kann bereits gut Spritzen geben. Die Stationsschwester ist zu jung für Tsau. Die Regierung wollte auch eine Beamtin für die Post, aber Denoon ist es gelungen, eine Einwohnerin von Tsau für dieses Amt deputiert zu kriegen, wenn das der richtige Ausdruck ist. Was die verschiedenen Systeme jedoch in ihrem Zusammenspiel hervorbringen, ist eine erstaunliche Gleichheit der Bedingungen. Gleichheit wirkt beruhigend, hat Denoon öfters gesagt. Bestimmte Kräfte werden nur unter Bedingungen der Gleichheit freigesetzt, womit absolute Gleichheit gemeint ist, und selbst dann nicht auf Anhieb, sondern erst, wenn die Menschen wirklich glauben können, daß so ein System von Dauer ist. Spürst du es denn nicht selbst? hat er mich mehr als einmal gefragt, und manchmal spürte ich es tatsächlich.*

▶ *Dekor en masse. Kein Gegenstand ist zu unbedeutend. Türen/Fensterrahmen und -stürze, allesamt geschnitzt und gebeizt. Kurbeln an Kompostierern mit schneckenförmigen Schnitzereien. Dann die Mistkarren. Sandalenriemen haben eingebrannte Muster. Gehwege auf den Gehöften sind mit bemalten Steinen oder auf dem Kopf stehenden Flaschen eingefaßt. Es gibt hier ein Werkzeug, mit dem sich Glasabfälle, insbesondere Flaschen, zerschneiden lassen. Intarsien in der Holzumrandung der Toilettenöffnungen verdeutlichen die Funktion der jeweiligen Löcher, und wenn man sitzt, sieht man an der Wand gegenüber auf Augenhöhe eine goldlackierte Holztafel mit einem aus Glas nachgebildeten Auge, das einen anfunkeln und an die Einhaltung des korrekten Ablaufs erinnern soll.* Als ich die Tafeln zum erstenmal sah, dachte ich, was für wunderbare Souvenirs aus Tsau sie abgeben würden, woraus ich schloß, daß ich mich in Gedanken schon Tsau verlassen sah – so faszinierend ich auch alles fand und trotz der Tatsache, daß ich eben erst angekommen war. Gehörst du eigentlich überhaupt irgendwohin? fragte ich mich. In einem von Denoons Lieblingsbüchern, das James Joyces Bruder verfaßt hat, wird der Vater der beiden als ein Mann geschildert, den man sich schlechterdings nicht als glückliches, zufriedenes und produktives Mitglied einer Gemeinschaft vorstellen konnte, selbst einer zukünftigen, die vom menschlichen Geist erst noch erdacht werden müßte. Bei dieser Beschreibung dachte ich natürlich sofort an mich. *Geschirr dick glasiert in Regenbogenfarben, aber eigenartig, weil die schwarzen Blumenmotive darauf offensichtlich Daumenabdrücke sind. Beim Streichen eines Rondavels wird im unteren Drittel der Außenwände nach der Farbe eine Schicht Mastix aufgetragen, die dem Schutz vor Termiten und gleichzeitig der Verschönerung dient. Anschließend werden mit den Fingerspitzen diverse Fischgrät- und Schlangenmuster in den feuchten Mastix gedrückt, unter anderem ein Muster, das stark an Dollarzeichen erinnert.*

▶ *Wie ernst ist dieser Ort zu nehmen, au fond?* Einmal habe ich zu Nelson gesagt, er solle Tsau doch in Verzettels Traum umbenennen, weil er permanent und unnötigerweise zur Vermehrung von Entitäten beitrage. Das war während der langen Phase, in der er sich Neckereien ziemlich anstandslos gefallen ließ. *Wenn es nach Regen aussieht, zieht man an einer Schnur, und dann klappt eine Rinne aus überlappenden Holzschindeln herunter, die über den Rand des Grasdachs hinausragt, damit auch nicht ein Tropfen Regen verschwendet wird. Die Rinne speist eine unterirdische Zisterne, die mit einer eisernen Handpumpe aus dem neunzehnten Jahrhundert ausgerüstet ist. Vor jeder Haustür steht ein Pfosten mit einem Kästchen darauf, das für Nachrichten gedacht ist; entweder werden sie mit Kreide auf eine Schiefertafel geschrieben oder mit einem weichen Bleistift auf ein rechteckiges Stück Milchglas, das auf eine Holztafel geklebt ist. Die Nachricht auf dem Glas läßt sich mit einem feuchten Lappen oder mit der Handfläche wegreiben. Wiederverwertung ist Trumpf. Papier gilt als kostbar, deshalb wird hier im Prinzip jedes Blatt auf beiden Seiten beschrieben. Geduscht wird am Nachmittag, nachdem ein schwarzer Polyvinylsack voll Wasser auf ein Brett oberhalb einer Kabine gehievt worden ist, damit die Sonne das Wasser erhitzen kann. Der Stöpsel des Sacks wird zum Duschkopf, wenn man ihn dreht. Diesen Dusch-Sack zieht man an einem Flaschenzug hoch. Ich hätte mir nie träumen lassen, was man alles an Flaschen-*

zügen hochziehen oder herunterlassen oder über Distanzen bewegen kann. Sämtliche Tische haben herunterklappbare Flügel und sehr stabil gebaute Zusatzplatten. Sämtliche Kerzenständer und Öllampen sind mit Spiegeln versehen, die das Licht reflektieren.

▶ *Ich verstehe einiges, aber längst nicht alles. Ich verstehe, weshalb der Anteil an älteren Frauen mit irgendwelchen sichtbaren Defekten oder Mißbildungen so hoch ist. Ich verstehe das insofern, als Krankheit in dieser Kultur bekanntermaßen für die Folge eines Verstoßes gegen das gehalten wird, was die Ahnen von einem erwarten. Demnach müssen bleibende Defekte schwerwiegende Verstöße bedeuten. Aber wie kommt Dineo hierher? Wodurch wurde sie ins Elend getrieben? Sie könnte Fotomodell sein. Viele der jüngeren Frauen sind verstoßen worden, weil sie sich prostituiert oder durch andere Handlungen und Verweigerungen den Zorn des Patriarchats erregt haben oder der Zauberei beschuldigt wurden. Dineo ist in gewisser Weise atypisch. Ihr Tswana klingt vollkommen rein, ohne Spuren eines Dialekts. Wenn ich nach ihrer Stammeszugehörigkeit frage, sagen die Leute Bamangwato, aber auf Nachfrage stellt sich heraus, daß dies nur eine Vermutung ist, die zweifellos mit ihrer Selbstsicherheit zu tun hat. Zwei Leute meinten Bamalete. Sie beschäftigt mich über die Maßen, und ich muß mich zurückhalten, denn persönliche Fragen zu stellen, besonders über Dritte, gilt in der Tswana-Kultur als sehr taktlos.*

▶ *Das Leben hier erweist sich als recht komfortabel.* Wer weiß ist und sich eine Zeitlang in einem afrikanischen Dorf aufhält, wird irgendwann merken, daß er unwillkürlich die Sekunden zählt, bis er wieder in den anständig gepolsterten weißen Westen zurückkehren darf. Jeder kann sich eine Weile damit abfinden, auf Schemeln zu thronen oder im Schneidersitz auf Matten zu hocken, sobald die Stehpflicht aufgehoben ist, aber man empfindet das wohl doch als reine Interimslösung. In Tsau hatte man es im westlichen Sinne bequem. Matratzen waren Schaumstoffblöcke von bester Qualität, aber man konnte natürlich auch auf einer von Denoons experimentellen, mit gehäckselten Maishülsen gefüllten Paillasses schlafen, wenn man zu den Hundertfünfzigprozentigen gehörte. Übrigens glaubte er fest daran, daß es eine

Möglichkeit gab, brauchbares Toilettenpapier aus Maishülsen herzustellen, aber es gelang ihm nie, sich brieflich mit den richtigen Experten kurzzuschließen. Sein Bemühen um Ersatz für Importprodukte kam schon fast einer tragischen Charakterschwäche gleich. In Tsau gab es einen verstellbaren Stuhl, eine Art Liegestuhl mit einer Lederschlinge als Rückenlehne, in der man die in afrikanischen Dörfern gänzlich unbekannte halb liegende Position einnehmen konnte. *Möbel aus Mopaneholz; größere Tische mit Einlegearbeiten; Stühle mit Sitzflächen aus geflochtenen Lederriemen oder -bändern; Stühle und Tische scheinen etwas niedriger gebaut zu sein, als es der amerikanischen Norm entspricht, und sind bequem, was vermuten läßt, daß Möbel im Westen nach einem Mittelwert konstruiert werden, der vom größeren Geschlecht festgelegt worden ist. Innentemperaturen genau richtig. Die Rondavels haben dicke Wände, besonders im unteren Bereich, und sind so gut isoliert, daß sie mit Hilfe eines Beckens heißer Asche innerhalb von einer Viertelstunde einigermaßen zu beheizen sind. In der kalten Jahreszeit werden morgens die Doppelglasfenster auf der Nordseite geöffnet, so daß die Sonne den Raum den ganzen Tag anständig aufheizen kann, und diese Wärme wird die Nacht über gespeichert, indem die Rolläden geschlossen und dicke, filzähnliche Rollos heruntergelassen werden. Es gibt einen schildkrötenförmigen, ziemlich kleinen Lehmherd mit einem Abzug nach draußen, auf dem hauptsächlich Wasser gekocht wird. Größere Lehmherde stehen draußen und werden von den Leuten offenbar genauso benutzt wie die Solaröfen, über die sie sich andauernd beschweren, weil sie die Spiegel immer wieder neu ausrichten müssen. Man kann die Kinder dafür einspannen, wenn sie nicht gerade in der Schule sind, aber nur gegen Bezahlung, weil es eine langweilige Arbeit ist. Die Kinder sind entzückende Gauner. Bisher ist an diesem Ort nichts auszusetzen.*

▶ *Bei bestimmten Themen ist Tsau permanent auf dem Quivive. Allgegenwärtiges Bewußtsein bezüglich Wasser, keine Verschwendung, sondern Erhaltung. So etwas wie ein gemütlicher Spaziergang abseits der ausgetretenen Pfade irgendwo auf dem Koppie ist nicht möglich: Die gesamte Erdoberfläche ist auf das Sammeln von Wasser ausgerichtet: Zementschwellen, kleine Dämme, Schleusen: Sie speisen zwei tiefe, unterirdische Zisternen, eine im O, eine im W. Am Südhang des Koppie, unterhalb einer breiten Felswand, entsteht derzeit ein zusätzliches System - strenggenommen kein nachträglich konzipiertes Zusatzsystem, denn die Zisterne wurde ausgehoben, noch bevor die Bautrupps abzogen, aber das Auffangbecken besteht aus gröberem Material, einer Stein-Zement-Mischung, während für die Hauptanlage reiner Zement verwendet wurde. Die Leute machen einen Unterschied zwischen dem Zisternen- oder sogenannten Sammelwasser und dem Frischwasser aus den Springquellen am SO-Ende des Koppie, um die herum die Felder und Krals angelegt sind. Solarpumpen und die drei Windmühlen befördern beide Arten von Wasser in den riesigen Vorratstank, der zwischen den Felsen der Zitadelle eingelassen ist. Die öffentlichen Gebäude und bebauten Parzellen sind ans Netz angeschlossen; zu den bebauten Parzellen führen Standrohre, aber Wasser wird nur zweimal täglich ins Netz eingespeist, gegenwärtig morgens und abends und immer nur für kurze Zeit. Jede bebaute Parzelle verfügt über eine eigene Zisterne für Regenwasser vom Grasdach und einen kleineren Tank für Schmutzwasser. Und schließlich gibt es im Mongongowäldchen weiter südlich am ausgetrockneten Flußlauf eine primitive Ziehbrunnenkonstruktion zum Schöpfen von Wasser aus den Schächten direkt am Ufer. Das wenige, recht schlammige Wasser, das sich in ihnen sammelt, wird auf Karren abgefahren und nur fürs Vieh verwendet. Das Wasservorkommen ist leicht überdurchschnittlich für diese Jahreszeit, aber die Leute hoffen auf den einen oder anderen Wolkenbruch außer der Reihe, was in den letzten acht Jahren fünfmal vorgekommen sind; die genauen Daten weiß jeder. Die Gemeinde muß nicht nur hinsichtlich der Wasserversorgung wachsam sein, sondern sich auf eine Reihe von immer wiederkehrenden und je nach Jahreszeit unterschiedlichen Gefahren einrichten. Wie ich es mir vorstelle, fängt die ganze Siedlung an zu vibrieren, um sämtliche Solaranlagen und die Netze auf den Folientunneln mit Sackleinen abzudecken, wenn es aussieht, als könnte ein Hagel- oder Sandsturm im Anzug sein. Die Solarherde auf den Höfen haben hölzerne Gehäuse, die mühelos über die empfindlichen Teile geschoben werden können, aber die vielen Sonnenkollektoren abzudecken, die die Pumpen antreiben oder die Gemeinschaftsküche beheizen, ist ziemlich aufwendig. Dafür sind spezielle Teams zuständig. Es gibt die Entsprechung zu einer Feueralarmübung, bei der die Glocken geläutet werden und die Kinder aus der Schule rennen. Und natürlich müssen laufend außerordentlich zeitaufwendige Wartungsarbeiten durchgeführt werden: Reinigen der in die Auffangbecken führenden Rinnen, Chloren der Zisternen, Überprüfen der Wasserstände, Polieren der Spiegel aller Solaranlagen, Ölen der Gelenke und Getriebe. Die Leute kümmern sich auch intensiv um die öffentliche Gesundheit. Fliegenjagd wird äußerst gewissenhaft betrieben, manchmal fanatisch. Dabei gibt es eigentlich nur wenig Fliegen, besonders im Winter. Aber anscheinend herrscht die Meinung vor, es dürfte überhaupt keine geben. Es findet auch eine Art beiläufiger sozialer Kontrolle statt, nicht nur gegenüber Kindern, hinsichtlich der Hygieneregel, daß jeder seine Hände in die Desinfektionslösung am Aborthäuschen taucht, wenn er herauskommt. Man muß immer damit rechnen, vom Nachbarhof oder von der Straße aus angerufen zu werden, wenn jemand sieht, daß man es unterlassen hat. Wer in Tsau wohnt, legt praktisch einen Eid darauf ab, diese Regel getreulich einzuhalten. Ist das alles nun heilsam oder nicht? Wird es einen mit der Zeit nicht enervieren - gerade im Vergleich zu einem Leben auf einem weniger bequemen Niveau, dafür aber unter Bedingungen, die einen nicht dazu verpflichten, Teil eines kollektiven Selbstverteidigungsmechanismus zu werden, wann immer eine Glocke läutet. Oder weckt gerade so ein System Verbundenheitsgefühle, die nur auf diese oder ähnliche Weise zu erlangen sind? Für die Häuser besteht keine Feuergefahr, denn kompakter Lehm brennt nicht, und das Gras wird mit einem Feuerschutzmittel imprägniert. Frisch behandeltes Gras riecht nach Zimt, der Geruch verliert sich aber im Lauf der Zeit.*

▶ *Ernährung in Kürze. Rind und Kaninchen unregelmäßig, Huhn und Perlhuhn regelmäßiger, Schlange und Wild sporadisch, Ziege zuverlässig, Blutwurst nur zu oft, Lamm und Schwein zum Vergessen. Frische Kuhmilch in der Regel nur für Kinder und schwangere oder stillende Frauen; Milchpulver überall und in alles eingerührt, ebenso Brauhefe und Gelatine aus Päckchen. Joghurt, Maas und andere Produkte aus gestockter Frischmilch und aus Milchpulver. Eier hin und wieder, Eipulver erhältlich, aber nicht sehr gefragt. Trockenfisch und Biltongue sporadisch. Käse nie, Butter nie, es sei denn aus der Dose. Schalotten, Kohl, Zucchini, Lauch, frühe und späte Karotten, diverse Salatsorten, Petersilie, Spinat, Grünkohl, Mangold, Sprossen aller Art. Biltongue deswegen rar, weil nur die Basarwa die Befugnis haben, innerhalb des Wildreservats zu jagen: ein bißchen unregelmäßiger Handel damit und mit frischen Straußeneiern ist gerade erst im Aufkommen. Marmite und Sojapulver unbeliebt, außer bei Denoon. Gefleckte Feldbohnen, Langbohnen, Kichererbsen. Fadenbohnen taugen hier allenfalls als Lieferanten von Fäden, Punkt. Tomaten sehr süß mit kannelierter Oberfläche. Viel getrocknetes Gemüse. Dörrobst. Sonnenblumenöl und -kerne, Cashewnüsse, Erdnüsse, Mongongonüsse. Melonen, Papaya, bittere Orangen, Zitronen, Limonen, Grenadillen. Auf jedem Hof Gartenbau in Kübeln mit Schwerpunkt Zwergarten, darunter stets Pfirsiche und Tomaten.* Essen ist eins der Dinge, die der Zeit, die man in den rauheren Gefilden der Dritten Welt zu bleiben gedenkt, subtile Grenzen setzen, wenn man nicht gerade eine Art Heiliger ist. Die reichhaltige Küche in Tsau erstaunte mich. Denoon hatte anläßlich eines Vortrags einen Bodengenetiker beiläufig bemerken hören, daß auf den Böden der Kalahari, wenn man Sägemehl und etwas Kompost untermischte, wahrscheinlich so gut wie alles gedeihen würde. Denoon wollte dies mit allem Nachdruck beweisen. Die lange Vegetationsperiode kam ihm dabei zugute. Sonne war Freund und Feind zugleich, und der Trick bestand darin, die empfindlicheren Feldfrüchte mit Plastikplanen vor Licht und Hitze zu schützen. Begießen von Hand war die Regel. Wenn überhaupt künstlich bewässert wurde, dann mit Rieselanlagen. Basis unserer Ernährung war Mais- oder Sorghumbrei, der tagtäglich in den monströsen faßähnlichen Dampfkochtöpfen der Gemeinschaftsküche zubereitet wurde. Man konnte ihn in Thermobehältern abholen oder sich mit der Mistkarre liefern lassen, wenn man nicht zur Plaza hochwandern wollte. Was immer man zusätzlich auf den Tisch brachte, war Privatvergnügen, quasi Dekor. Die Leute schienen hochzufrieden damit zu sein. Brot wurde jeden zweiten Tag gebacken, die sogenannten Scones unregelmäßig. Übriggebliebenes Brot wurde nie weggeworfen, sondern als Zwieback mit heißer Milch zum Frühstück gegessen oder zu Paniermehl verarbeitet, einer weiteren allgegenwärtigen Zutat. In den Regalen des Sekopololo-Warenlagers gab es praktisch alles, was das Herz begehrte, oder jedenfalls, was die Südafrikaner in Büchsen abfüllten – von Sardinen bis

Lychees. Natürlich wurden die Werte für diese Waren astronomisch hoch gehalten, sowohl um zu verdeutlichen, was ihr Transport nach Tsau kostete, als auch um den Verzehr der eigenen und billigeren Produkte zu fördern. *Reis, Hafergrütze, Gerste, Pasta. Ausschließlich Kaffeepulver mit Zichoriebeimischung. Joko-Tee, Rooibos-Tee.* Ich hatte mit einer weit eingeschränkteren Palette an Lebensmitteln gerechnet. Es gab auch Buschnahrung wie wilde Mispeln und diverse eigenartige Knollen, die immer wieder ihren Weg auf unsere Teller fanden. In Tsau konnte man sehr abwechslungsreich essen. Die Kost war relativ fettarm, aber sonst einwandfrei. Faktoren, auf die ich keinen Einfluß hatte, würden diesmal offenbar nicht die gewohnte Rolle spielen, das heißt den Ausschlag dafür geben, wie lange ich an einem bestimmten Ort blieb, wodurch ich mit der Frage konfrontiert wurde, die mir am allerunangenehmsten war: Was genau wollte ich eigentlich aus meinem Leben machen? In Tsau hatte ich eine Küche erwartet, mit der höchstens überzeugte Vegetarier eine Zeitlang leben konnten. Aber dem war nicht so. Übrigens habe ich nichts gegen Vegetarismus. In gewisser Weise finde ich Vegetarismus sogar richtig. Es ist bestimmt eine gesunde Ernährungsweise, sofern man seine Lysin- und B^{12}-Werte im Auge behält. Aber ich bin keine Vegetarierin. Irgend etwas in mir sträubt sich dagegen. Warum bin ich mir nur so sicher, daß Männer eine deutliche Minderheit innerhalb der Gesamtgruppe der Vegetarier darstellen? Ich glaube, ich sehe es einfach nicht ein, warum ich das tierische Eiweiß dem herumstolzierenden Herrengeschlecht überlassen soll, während ich Blattzeug mümmle. Ich habe ja gesehen, wer in den afrikanischen Familien die Fleischbrocken bekommt.

▶ *Freizeitangebote. Eine Frau, eine Morolong, die aus Mafikeng stammt, kommt auf Bestellung, baut sich vorm Haus auf und spielt gegen Wechsel im Wert von achtundzwanzig Cents todtraurige Versionen von Lady of Spain und Die Stem und einigen anderen Weisen auf ihrer Geige. Sie heißt Prettyrose Chilume, und sie wirft sich zu diesem Zweck in flittchenhafte Großstadtklamotten, vertauscht oft sogar die einheimischen Sandalen mit den kippeligen Plateausohlen, die in Gabs gerade aus der Mode kommen. Sie wirkt sehr zerbrechlich, ist Mitte Dreißig und war früher einmal Prostituierte. Davor war sie eine Art Haushaltssklavin bei einem burischen Rinderfarmer gewesen, der ihr spaßeshalber beibrachte, Geige zu spielen. Es gibt zwei Chöre, einer nur aus Königinnen, einer nur aus Tanten bestehend, die heftig miteinander konkurrieren. Kinder führen in traditioneller Hauskleidung Gruppentänze auf oder veranstalten lautstarke Wettbewerbe im Vortragen von Lobliedern und -gedichten. Schachturniere werden veranstaltet und Schnelligkeitswettbewerbe auf dem Abakus, den Denoon eingeführt und populär gemacht hat. Es gibt Lesezirkel, darunter einige, die ausschließlich dem Bibelstudium vorbehalten sind. Überhaupt wird erstaunlich viel gelesen, in Englisch und Tswana. Leute, die monotone Arbeit verrichten, können sich jemanden zum Vorlesen kommen lassen. Es gibt Unterricht. Denoon hält Vorträge über so gut wie alles. Besuche von Haus zu Haus nach dem Abendessen sind ein Mittelding zwischen extrem beliebt und regelrecht ausgeartet. Seit ich in mein eigenes Rondavel gezogen bin, empfinde ich einen gewissen Druck, jeden Abend das Willkommenslicht anzuzünden, denn wenn ich es nicht tue, verwehre ich den Leuten den Zugang zu einer Kuriosität: meiner Person. Aber ich verspüre auch den Drang, Zeit für mich zu haben. Das Leben hier ist körperlich fordernd, und um neun fallen mir die Augen zu.* Außerdem hielt ich es auch für meine Pflicht, möglichst viel vom Vogelkundlichen Führer für das südliche Afrika auswendig zu lernen, wofür ich ungestört sein mußte. Ich glaube nicht, daß mir je ein anderer Stoff so zuwider gewesen ist. *Ich habe ein schlechtes Gewissen, wenn ich höre, wie Leute vorbeikommen, sich räuspern, herumlungern und diskutieren, weshalb mein Licht nicht brennt. Die Leute haben zwar Rundfunkgeräte, aber der Empfang von Radio Botswana ist hier extrem schlecht. Es gibt Tonbandgeräte. Die amtliche Zeitung trifft mit etwa einem Monat Verspätung ein und macht die Runde, aber wir bekommen nur eine Zufallsauswahl von Ausgaben. Analphabeten wird vorgelesen.* Einmal habe ich etwas gesagt, das bei Denoon den Eindruck erweckte, ich würde alles, was die Menschen in Tsau zu ihrer Unterhaltung taten, mit klinischem Blick oder Herablassung betrachten, was ich bestritt. Ich sagte, ich sei mir darüber im klaren, daß wir acht Zehntel dessen, womit sich unsereins zu Hause die Zeit vertriebe, auch in Tsau tun könnten. Damit meinte ich lesen, Musik hören, gelegentlich einen Film ansehen. Das Essengehen ließ ich aus, obwohl es genaugenommen eine der gängigsten Formen von Unterhaltung darstellt, wenn mir meine Lebensumstände auch nicht oft Gelegenheit dazu gegeben hatten, und ebenso das Einkaufen. Meine Konzert- und Theaterbesuche waren meist auf das Niveau von Amateur- und College-Darbietungen beschränkt gewesen - in der Hinsicht konnte ich also keinen großen Verlust vermelden. Filme kamen einmal pro Monat vom British Council via Barclays-Flieger. Diese Filme vorzuführen war ihm nicht recht, und zunächst dachte ich, er sei einfach genervt davon, den großen Dieselgenerator, der pechschwarzen Qualm ausstieß und ewig Sperenzchen machte, anwerfen zu müssen. Aber es ging tiefer. Immerhin mußte er den Generator auch anwerfen, wenn er funken oder schweißen wollte, und das tat er, ohne zu murren. Nach und nach entlockte ich ihm die eigentlichen Gründe für seine Haltung. Seine Gedanken schweiften während der Vorstellung ab, sagte er. Er mochte nur Schwarzweißfilme. Er mochte nur bestimmte ausgesuchte Klassiker von Carl Dreyer und einigen anderen frühen Meistern. Er sah immer ein schwärzliches Flimmern: Die Bilder liefen für ihn zu langsam. Filme waren Absurditäten, weil die Hintergrundmusik einem vorschrieb, was man zu empfinden hatte. Schlimmer noch, Filme waren etwas, das einen irgendwie passiv machte. Sie widerfuhren einem. Man hatte keine Möglichkeit, sie zu beschleunigen, anzutreiben, nicht einmal in dem Maß, wie man das bei Schauspielern im Theater konnte, etwa durch Stöhnen. Wie auch immer - die Zeit, die dabei draufging, würde er allemal lieber mit Lesen verbringen. Es sagte es nie, aber ich glaube, er hoffte, Tsau würde eines Tages über Filmvorführungen erhaben sein. Ich faßte seine Einstellung als Exzentrizität auf, aber heute denke ich, daß es eine Art Puritanismus war, der von Gott weiß woher stammte. Ich sagte ihm, ich hätte geglaubt, er lese deshalb so gern, weil Lesen eher mit Arbeit vergleichbar sei, was er mit einem leicht passé klingenden Ausdruck wie Touché quittierte. Er war mir nicht böse. Das alles kam erst viel später. Er meinte nicht nur einmal und nicht nur im Scherz, daß die Hauptanstrengung im Leben sich darauf richten müsse, den Zeitaufwand für ein anständiges Auskommen auf ein Minimum zu reduzieren, um soviel Zeit zum Lesen zu haben, wie man wollte. Darin lag eine gewisse Ironie, denn bevor ich kam und seinen Umgang mit Zeit ein bißchen umkrempelte, hatte er seine heißgeliebte Lektüre so oft verschieben müssen, daß er Monate im Rückstand war, beispielsweise mit dem Economist, der sich zu einem riesigen, ständig mit Einsturz drohenden Stapel türmte, bis ich mir seine Einwilligung dafür holte, die alleruntersten, allerältesten Ausgaben herausziehen zu dürfen, wenn der Berg zu hoch wurde. In Ordnung, aber ich müßte ihm die Ausgaben zeigen, die ich wegwerfen wollte. Das tat ich auch, und dann - und nur dann - las er sie. Unser eigentliches Freizeitvergnügen war das Streiten, das wir beide mit größter Freude betrieben. Wir blieben gern lang auf und stritten uns. Wenn wir bei Ausbruch eines Streits schon im Bett lagen, war seine Forderung, im Sitzen weiterzustreiten, immer ein untrügliches Zeichen dafür, daß wir einen kritischen Punkt erreicht hatten. Es ist ihm übrigens nie aufgefallen, wie offensichtlich das für mich war. Wir stritten über alles mögliche, aber vieles davon mündete in Auseinandersetzungen über seine im Grunde genommen philosophische Anthropologie. Seine Annahmen waren mir zu romantisch. Ich wollte, daß er etwas begriff, das ich klar zu erkennen glaubte, oder aber mich widerlegte. Wir hatten mehrere sich zuspitzende Auseinandersetzungen. Immerhin konnte ich eine Bresche für meine Theorie schlagen, daß neben der Nahrungsbeschaffung und Wärmezufuhr die männliche Konkurrenz um das weibliche Geschlecht und das weibliche Gebärpotential die Wurzel der widerlich hypertrophierten Strukturen ist, die sich ständig erneuern und die unweigerlich in zwischenmenschlichen Beziehungen auftreten. Dem Überleben der Art ist gedient, wenn die besten männlichen Exemplare sich am häufigsten fortpflanzen dürfen, lautete meine Argumentation in Kurzform. Damit befinden wir uns in der mißlichen Lage, die Folgen einer Sache zu verabscheuen und rückgängig machen zu wollen, die uns offenbar von unserem innersten Wesen aufgezwungen wird und die sub specie aeternitatis etwas Gutes ist. So lautet meine Definition der Erbsünde. Ich bin überzeugt davon, daß alles, was wir an dieser Gesellschaft nicht ausstehen können, sich letzten Endes hiervon ableitet. Denoon stimmte mir scheinbar in jedem Punkt zu, nur um gleich darauf etwas in der Art zu äußern wie: Du magst ja recht haben, aber das läßt sich immer noch überwinden. Das sagte er stets voller Leidenschaft. Ich hätte ihn dafür schütteln mögen, und einmal erwiderte ich ihm: Ich bezweifle, daß du das Ausmaß unserer Veränderungsmöglichkeiten immer noch so optimistisch beurteilen würdest, wenn du auch nur die leiseste Ahnung von der Fraternal Interest Group Theory hättest, einem analytischen Ansatz innerhalb der Anthropologie, von dem du höchstens einen blassen Schimmer haben kannst, weil du der ehrwürdigen alten Alma mater schon so lange den Rücken gekehrt hast. Na schön, dann skizzier mir doch diese Theorie, sagte er böse. Übrigens lese ich immer zwei oder drei Jahrgänge *Man* auf einmal, sobald ich eine anständige Bibliothek zu Gesicht kriege. Beispielsweise in Gaborone. Nützt nichts, sagte ich, weil dieser Ansatz amerikanisch und *Man* britisch ist. Nun kam noch einmal: Dann skizzier mir die Theorie. Worauf ich antworten mußte: Das kann ich jetzt natürlich nicht aus dem Stand heraus, aber ich werde es nachholen, das verspreche ich dir. Unsere Auseinandersetzungen konnten hitzig werden, wogegen an sich nichts einzuwenden war, und einmal während eines solchen Streits, bei dem er bockiger wurde, als ich ihn hatte machen wollen, sagte ich, um die Sache abzuschließen: Man kann ein Pferd an den Fluß führen, aber man kann es nicht dazu zwingen, die Aussicht zu bewundern. Ich glaube, dies war eins der ersten Male, daß er mir einen Blick zuwarf, der einen Tick mehr intellektuelle Anerkennung ausdrückte als seine üblichen Blicke, mit denen er mir zu verstehen gab, er halte mich für hinreichend gescheit. Etwas Ähnliches passierte während eines unserer ersten Streitgespräche, als ich Samuel Beckett verteidigte. Tod und nahender Tod seien als literarischer Stoff in etwa so spannend wie die Peristaltik, behauptete er. Aber ich sagte: Es ist doch eine Tatsache, daß die Leute leben, als würde der Tod sie nichts angehen. Und es gibt unzählige Institutionen, die dazu dienen, sie in dieser Haltung zu bestärken; ja, sie verbringen Jahre ihres Lebens speziell damit, sich vor dem Gedanken zu schützen, daß der Tod etwas Reales ist, und statt dessen über diverse fiktive Arten des Lebens nach dem Tod nachzusinnen. Aber, sagte ich, wir hätten eine bessere Welt, wenn die Leute die

Ahnung von ihrer Sterblichkeit in ihre Lebensgestaltung integrieren würden. Und Beckett weckt das Bedürfnis, genau das zu tun. Deshalb ist er ein moralischer Schriftsteller und wichtig. Er sah mich an, als wollte er sagen, da könnte was dran sein, und sagte dann, Das ist ein sehr gutes Argument. Er würde es noch einmal mit Beckett versuchen, meinte er.

▶ *Die einzelnen Parzellen sind mit zirka 150 x 100 Fuß großzügig bemessen, aber alles wirkt beengt - kein Wunder bei je zwei Rondavels plus einem Aborthäuschen pro Grundstück, dazu Hühnerställen, Viehkralen, Bienenstöcken, Solaröfen, Früchtetrocknern, Kompostierern, Salat- und Gemüsegärten, Pflanzkübeln, Zierbeeten, eventuell noch der einen oder anderen abgestellten Mistkarre. Die Parzellen sind in Bögen entlang der Wege angeordnet, mit einander zugewandten Vorgärten, der Nachbarschaftlichkeit halber. Es gibt etwas an Tsau, wogegen ich mich sträube. Zuviel Symmetrie? habe ich mich anfangs gefragt und später: Zuviel Symmetrie für wen? Wenn man in ein typisch afrikanisches Dorf kommt, sieht alles ganz anders aus: weitläufiger, mit vrwilderten Grundstücken zwischen gepflegten Anwesen, Rondavelstümpfen neben hübschen Eigenheimen. Materiell gesehen ist Tsau Mittelschicht. Ich weiß nicht, wie meine Frage eigentlich lautet, es sei denn so: Da gibt es Tausende von Dörfern in ebenso entlegenen Gegenden wie dieser, Dörfer, die scheußlich, unhygienisch, entwürdigend sind, und doch leben die Menschen dort etwa genauso zufrieden wie die Leute hier, und das bedeutet? Identifiziere ich mich etwa teilweise mit dem Gedanken, etwas mehr Dankbarkeit gegenüber Denoon und den Vergünstigungen, die er erwirkt hat, um das Ganze auf die Beine zu stellen, könnte nicht schaden? Das wäre allerdings echt reaktionär. Zudem sind Tsaus Bewohnerinnen grausigen Schicksalen entronnen. Ich habe die Lebensgeschichten dieser Frauen gehört, und ich mußte weinen.* Dies belegt meine damalige Verwirrung. Ich glaube, was mich störte, hing eher mit der politischen Ökonomie zusammen als mit irgend etwas anderem. Die Frage der Amortisierung lag in der Luft, eine Frage, die gelöst werden mußte, ehe ich an Tsau glauben konnte. Unglaubliche Gelder waren in die Gründung dieses Ortes geflossen. Tsau war keine von den Selbsthilfe-Siedlungen, wo jede Hütte einen spiegelglatten Betonsockel hat. Tsau war nicht das Ergebnis einer genialen und doch billigen Idee, die sich von selbst trug. Nein, auf diesen Ort ging ein warmer Regen fortschrittlichen, überschüssigen Kapitals nieder, um eine ganze Unterklasse von Menschen aufs Podest zu stellen und ihnen zu sagen: Nun macht mal. Was mir immer wieder durch den Kopf ging, war: Alles schön und gut – aber. Tsau bedeutete Wohlfahrt oder eine Abart davon, die Denoon in etwas grundlegend anderes würde umwandeln müssen, wenn sich die Mühe lohnen sollte. Er brauchte größeren Idealismus, als ihm nach meinem Dafürhalten entgegengebracht wurde. Ich war innerlich sehr gespalten. Man kann nur soviel geben, wie man geben kann. Wenn man weiß, daß etwas dem Wesen oder Ursprung nach Wohlfahrt ist, verhält man sich anders dazu, als wenn es allein aus eigener Kraft entstanden ist. Andererseits: Merkten die Leute nicht, wie außergewöhnlich das Ganze werden konnte – oder vielmehr schon war? Ich gehörte beiden Lagern gleichzeitig an. Wie zufrieden sollte ich persönlich sein? lautete die unausgesprochene Frage, die sich dem logischerweise anschloß. Wie zufrieden sollte ich in Tsau sein? Wenn ich fand, daß die Leute im Normalfall besonders hingerissen von diesem Ort sein müßten, dann bestürmten mich sofort sämtliche ewigen Fragen wie die, was denn eigentlich der Normalfall ist und welchen Anteil die Kultur daran hat: Das heißt, die Anthropologie holte mich wieder ein. Was ich wirklich brauchte, war die Möglichkeit, das alles bei Denoon loszuwerden. Aber wo trieb er sich herum? Es hatte ein paar kurze, steife, öffentliche Begegnungen gegeben, mehr nicht. Die Tage vergingen. Die Tswana glauben, man könne regelmäßig ein, zwei Sekunden lang aus dem Augenwinkel Geister sehen. Denoon war für mich wie ein Geist. Er war da, am Rande meines Gesichtsfeldes, aber immer auf dem Sprung, auf dem Weg woandershin.

▶ *In puncto Sexualität erscheint mir die Atmosphäre normal. Aber wie kann das sein? In den Gesichtern der Männer erkenne ich ab und zu etwas Heimliches und Konsterniertes; hier könnte ein Zusammenhang bestehen. Ich hätte erwartet, daß Tsau so sein würde, wie ich mir Klöster vorstelle, kurz gesagt, wie ein Fegefeuer aus ständiger sexueller Überreizung und Fixierung, weil ich von der Annahme ausging, daß ein Kloster eine Institution ist, deren oberstes Gebot lautet:*

Was immer du tust, denk bloß nicht an den Elefanten, wobei der Elefant für Sex steht. Die relative Männerknappheit sollte dafür schon sorgen, zumindest bei den Königinnen. Ich vermute, daß es zwischen einigen der Frauen auch sexuelle Verbindungen gibt. Allmählich habe ich den Eindruck, daß hier allgemeine sexuelle Gelassenheit herrscht, außer bei mir. Ich habe Phantasien, in denen ich an Nelsons Körper hänge wie ein Langur, meine Hände unter seinem Hemd. Besonders beschäftigen mich seine Beine und sein Hinterkopf, die beiden Körperpartien, die ich hauptsächlich von ihm zu sehen bekomme, weil er ständig einen Bogen um mich macht und sich eiligst entfernt, sobald ich auftauche. Weshalb wird meine Zusammenkunft mit dem Mutterkomitee immer wieder verschoben? Weshalb erreicht mich nichts von ihm? Mir ging alles zu langsam. Orientierungslosigkeit ist mir zuwider. Ich begann zu analysieren, weshalb Denoon sich für die Verlängerung meines Aufenthalts einsetzte. In diesem Stadium konnte ich es wohl kaum der Liebe zuschreiben, nicht einmal der Protoliebe oder, in Anbetracht des Schneckentempos, mit dem sich alles abspielte, einem opportunistischen sexuellen Interesse an mir. Aufgrund seiner Rolle in Tsau gab es gute Gründe dafür, daß er sich mit keiner der geschlechtsreifen Dorfbewohnerinnen sexuell einließ. Und irgendwie mußte er ja wohl sexuell zurechtkommen. Ich sah keinen Grund dafür, mich in der Illusion zu wiegen, die meiner Person innewohnenden einzigartigen Reize hätten ihn aus seinem wie auch immer gearteten, gewohnten sexuellen Gleichgewicht gebracht. Ich fragte mich, wie die marxistische, das heißt eigennützige Deutung dafür lauten könnte, daß er mich anscheinend hier haben wollte? Aber dann ging mir ein Licht auf: Es war so offensichtlich. Denoon wollte wissen, was er in Tsau bewirkt hatte. Was war Tsau wirklich? Ich stellte das nahezu ideale Vehikel dar, um dies herauszufinden. Das hieß, sein eigener innerer Antrieb konnte ihm in diesem Punkt nicht klargewesen sein, und der kleine Balztanz, den ich in unsere Begegnungen in Gabs hineininterpretiert hatte, hatte sich mit seinem halbbewußten Segen so weit auswachsen dürfen, wie ich kräftemäßig imstande gewesen war die Sache voranzutreiben. Ich war für ihn die ideale Beobachterin, und da ich nun schon einmal so hartnäckig und dreist gewesen war, in Tsau aufzukreuzen, würde er mich unter keinen

Umständen fortschicken lassen wollen. Wie ich schlagartig erkannte, bestand das Problem also darin, daß er selbst nicht mit Sicherheit beurteilen konnte, was Tsau wirklich bedeutete. Er war so verstrickt und identifiziert mit dem Projekt, daß seine eigene Interpretation von vornherein fraglich sein mußte. Und in bezug auf die eigentlichen Nutznießer von Tsau galt es, eine Kluft zu überbrücken. Die Beherrschung der Sprache konnte dabei nur bedingt nützen. Da gab es die Kluft zwischen den Geschlechtern, den Rassen, dann die kulturellen Umgangsformen, die Ausflüchte und defensive Höflichkeit begünstigten, und die schlichte Erkenntnis, daß die Leute in Tsau kaum so verrückt sein würden, den Ast anzusägen, auf dem sie saßen: Hinter ihnen lagen schließlich Not, Verfolgung, Hunger. Wenn die professionellen Projektgutachter sich dann doch irgendwann den Zugang nach Tsau erzwangen, würden sie nach Schwachpunkten Ausschau halten und die verständliche Voreingenommenheit orthodoxer Entwicklungsplaner dagegen mitbringen, daß so etwas wie Tsau überhaupt ein Erfolg sein konnte. Es wäre durchaus nicht paranoid, wenn Nelson solche Überlegungen anstellte. Er war in seinem Fach berühmt, aber nicht beliebt. Obgleich er mein Auftauchen in Tsau nicht hätte bewußt herbeiführen können, ohne meine Fähigkeit zur distanzierten Beobachtung zu unterminieren, kam es ihm wie gerufen. Der Dämon Stolz steckt nun mal in jedem von uns. Seiner fühlte sich zu kurz gekommen, konnte sich nun aber wieder aufbauen lassen, und zwar mit Hilfe einer Person, die es immerhin auf sich genommen hatte, eine Wüste zu durchqueren, nur um zu ihm zu gelangen. Natürlich mochte es auch noch andere, zusätzliche Motive geben, sagte ich mir, um mich ein bißchen aufzumuntern. Aber diese Eingebung schien mir so plausibel, daß ich meine Anstrengungen verdoppelte, alles festzuhalten und eine intelligente Einschätzung von Tsau als Synergismus zu erarbeiten. Es war für mich wie eine Hausaufgabe, die ich als angenehm empfand. Jedenfalls hatte ich damit etwas zum Einhaken. *Es fällt mir schwer, die Leute danach auszuhorchen, was sie an Tsau auszusetzen haben. Das macht einen undankbaren Eindruck. Aber gewisse empfindliche Zonen sind deutlich wahrnehmbar. So scheint es beispielsweise keine konfessionell gebundenen religiösen Aktivitäten zu geben. Es finden zwar Bibellesungen statt, aber immer sehr ad hoc, und niemand mag sich so recht dazu äußern. Botswana ist gründlich christianisiert, und zwar hauptsächlich von der Zionist Christian Church; was steckt also dahinter? Ich höre heraus, daß Denoon als Dorf-Atheist gilt. Er ist bekannt für seine Jeremiaden über die Religion; das wird aber offenbar nur als eine seiner Lakhoa-Marotten angesehen. Ein gewisses Unbehagen scheint es allerdings über die Vorschrift zu geben, daß Menschen aus verschiedenen Stämmen zusammenleben müssen. Sechs der dreizehn Tswana-Stämme sind in Tsau vertreten, dazu eine Handvoll Baherero. Das Zusammenleben verschiedener Stämme in den Siedlungseinheiten und Nachbarschaften wird überwiegend als positiv verteidigt; die Leute behaupten, dies habe nur anfänglich für Konfliktstoff gesorgt. Ich bin mir da nicht so sicher. Morgen soll ich endlich mit dem Mutterkomitee zusammentreffen und Gelegenheit erhalten, mir ein Bild davon zu machen, wieweit das Täuschungsmanöver, auf das ich mich eingelassen habe, von Erfolg gekrönt ist.* Das Wort Täuschung taucht in meinem Heft natürlich nicht explizit auf. Als Ersatz diente mir an einigen Stellen Exkurs, an anderen Gavotte. Bevor meine einstige Raffinesse diese Einträge unentschlüsselbar macht, sollte ich unbedingt ein Glossar anlegen - entweder das oder das Ganze vergessen. Schon jetzt muß ich hier und da raten, was ich gemeint haben könnte.

Die Plaza

Mit schöner Regelmäßigkeit bedauerte Nelson, daß er die öffentlichen Gebäude von Tsau auf einer Terrasse einhundertfünfundzwanzig Fuß über der Ebene angesiedelt hatte, und genauso regelmäßig bedauerte er es auch wieder nicht. Jeder verfluchte irgendwann einmal Tsau dafür, daß nicht alles auf derselben Höhe lag. Ich gewöhnte mich an den Anblick von Leuten, die nach ihrer Ankunft auf der Terrasse erst einmal wie benommen herumschlichen, besonders wenn sie es mit dem Aufstieg eilig gehabt hatten. Es war aber auch viel Getue dabei. Es dauerte nie lange, ehe die wohltuenden Aspekte des Ambientes die Oberhand gewannen. Die Brise dort oben war himmlisch. Man konnte an der Terrassenbrüstung entlangpromenieren und in anderer Leute Gärten hinuntergucken. Und es war tatsächlich ein sehr allmählicher Anstieg mit Bänken am Weg.

Die Aussicht war atemberaubend. Erst hier oben begriff man, wie grün Tsau war gegenüber dem sengenden Grau und Gelb der Kalahari. Zogen Wolken vorbei und warfen ihren Schatten aufs Land, dann glich die Kalahari einem Leopardenfell. Oft saßen Leute hier, versunken in die Aussicht wie in ein inniges Zwiegespräch. Zur Verteidigung der Standortwahl führte Denoon gern ins Feld, daß für die Allgemeinheit wichtige Ereignisse in einer erhabenen Umgebung stattfinden sollten. Ich wußte, daß ihm Bilder von Delphi vorschwebten. Ich wußte zudem, daß er Treppensteigen für kardiovaskulär gesund hielt, und ertappte mich bei der Überlegung, ob das vielleicht unterschwellig bei der Planung eine Rolle gespielt hatte. Ich würde immer noch wetten, daß alles in allem keine Frau dafür votiert hätte, das Waschhaus, das Warenlager, die Gemeinschaftsküche und die Büroräume von Sekopololo am oberen Ende einer langen, wenn auch sanft ansteigenden Rampe anzusiedeln. Wir bewohnen Männerprodukte. Jede menschliche Siedlung ist ein Männerprodukt. Tsau war bereits zu siebzig Prozent fertiggestellt, als die ersten Frauen in den Ort zogen.

Gladys-and-Ruth-Street führt direkt zum Zentrum der Plaza, das eine Nierenform und in etwa die Ausmaße eines halben Häuserblocks hat, an den Rändern mit Steinfliesen belegt ist und ansonsten aus geharktem Sand besteht. Man betritt die Plaza sozusagen von der Nierenbeckenseite aus. Am hinteren Ende, nach Westen zu, stehen mehrere kleine Mopanebäume, aber Schatten spenden vor allem die Sonnenschirme, für die, kreuz und quer über die gesamte offene Fläche verteilt, Fassungen in die Erde eingelassen sind. Direkt geradeaus, aber weiter zurückgesetzt, liegt das Warenlager, ein riesiges Rondavel, das durch eine überdachte Passage mit einer Höhle im Koppie verbunden ist. Zudem gibt es zwei eindrucksvolle Schwesterbauten, Ovaldavels, jeweils am Längsende der Plaza. Ich hatte einen flüchtigen Blick ins Warenlager geworfen – den vorderen Teil des Rondavel, nicht bis in die Höhle hinein –, aber ich war beeindruckt gewesen von der Fülle an Verbrauchsgütern und Werkzeugen, die fein säuberlich gestapelt in Regalen und Verschlägen lagen oder standen oder von der Decke herabhingen, offenbar sämtlich gut auffindbar, etikettiert und beschildert. Es erforderte schon einige Geschicklichkeit, sich schnell zwischen den Waren im vorderen und hinteren Raum bis zur Höhle durchzuschlängeln, wo es angeblich noch voller war. Das Warenlager-Rondavel und seine ovalen Schwesterhütten waren stattliche Bauten, geräumig, mit lichten Gewölben unter den steilen grasgedeckten Dächern. Im Gegensatz zu den Rondavels der Gehöfte waren sie nicht aus Lehmziegeln gebaut, sondern aus Betonblöcken, aber das sah man nur von innen; die Außenmauern waren mit einer dicken Schicht Mastix überzogen und leuchtend himmelblau gestrichen. Ein Grund dafür, daß Tsau schon aus der Ferne so funkelt, liegt an der Blechverkleidung, mit der der Abschluß der Grasbedeckung an den Dachspitzen geschützt wird; bei den Rondavels ist dies eine konisch geformte Kappe, bei den Ovaldavels eine Konstruktion aus länglich zugeschnittenen Platten, die wie umgedrehte Rennruderboote aussieht.

Das Ovaldavel rechter Hand betrachtete ich als allgemeine Verwaltung, da hier die Post und Postbank, die Bibliothek, die Versammlungsräume für das Mutterkomitee, das Disputkomitee und das Namenskomitee untergebracht waren. Ich verglich das Mutterkomitee mit einem Stadtrat, obwohl die genaue Verzahnung zwischen ihm und einer Schwesterkomitee genannten Einrichtung, die ausschließlich mit der ökonomischen Seite von Tsau - also mit Sekopololo - befaßt war, mir eine ganze Zeitlang undurchsichtig blieb. Denoon hatte kein Büro in einem öffentlichen Gebäude, wie ich zu meiner Überraschung erfuhr. Ein paar mickrige Büsche wuchsen rings um das Verwaltungsgebäude und auch ein paar Fresien, wenn ich mich recht entsinne. An einem Haken neben dem Haupteingang hing eine Schiffsglocke.

Das Ovaldavel linker Hand war das eigentliche Sekopololo mit Büros, Archiven, einer Veranda, auf der die morgendlichen Gymnastikübungen stattfanden, und einer Mischung aus Laden und Halle, in der die wichtigsten Bedarfsartikel wie Salz, Toilettenpapier, Bratöl und Batterien gelagert wurden. Hinter dem Sekopololo befanden sich ein paar kleinere Nebengebäude; in einem davon war der größte der drei Generatoren von Tsau untergebracht. Von hoch oben auf den umliegenden Gebäuden konnten Drähte quer über die Plaza gespannt werden, so daß sich in der heißen Jahreszeit mit Hilfe von Stützpfeilern und Planen aus Sackleinen große Teile des Platzes für Veranstaltungen unter freiem Himmel überdachen ließen - das heißt, es war möglich, Tsaus gesamte Bevölkerung im Schatten auf der Plaza zu versammeln. Entlang der inneren Einbuchtung der Terrasse stellte man Stufen als Sitzgelegenheit auf, dann wurde zur Terrassenbrüstung hin ein überdachtes Podium errichtet, und schon konnte der Spaß beginnen. Es war einzigartig.

Mir wurde mitgeteilt, ich möge mich am Morgen um sieben zur Versammlung des Mutterkomitees auf der Plaza einfinden. Ich war pünktlich. Direkt vor der Sekopololo-Veranda waren rings um einen niedrigen runden Tisch, auf dem ein Tonkrug und neun Becher standen, Stühle aufgestellt worden. Das Mutterkomitee war ebenfalls pünktlich. In dem Moment, als ich eintraf, defilierten die acht Mitglieder des Komitees aus dem Verwaltungsgebäude. Mit einer Geste wurde mir bedeutet, ich möge mir einen beliebigen Platz aussuchen. Ich sah viele neue Gesichter, nur Joyce und Dineo kannte ich bereits. Vor Beginn der Versammlung nannten wir alle unsere Namen, aber ich konzentrierte mich so sehr auf das, was ich sagen wollte, daß ich nur einen der neuen Namen behielt, den einer Frau, die von mir fasziniert schien - Dorcas Raboupi. Sie ließ mich nicht aus den Augen. Ihre Augenbrauen waren vollkommen gerade, wie Gedankenstriche. Sie war klein, nicht jung, gehörte aber auch noch nicht zur Tantenkategorie. Sie hatte eine relativ helle Haut, fast wie ein Mischling, und die eine Hälfte ihres Gesichts war so aufgedunsen, als litte sie an einer Fettablagerungsstörung. Ihre zusammengekauerte Sitzhaltung deutete ich als Feindseligkeit. Es war kühl an diesem Tag, aber nicht kalt. Einige der Frauen hatten Schals mitgebracht, und mir wurde gesagt, ich könnte mir am Schalter von Sekopololo einen ausleihen. Aber ich brauchte keinen. Dorcas Raboupi machte mich nervös. Sie wirkte auf mich wie jemandes Nemesis, wahrscheinlich meine, obwohl ich mir nicht erklären konnte, warum. Meine Ahnung sollte mich nicht trügen.

Ich rechnete damit, daß Dineo das Wort ergreifen und die Versammlung leiten würde, doch statt dessen wurde ein Korb herumgereicht, aus dem jede Teilnehmerin eine runde Scheibe zog; die Versammlung wurde von derjenigen eröffnet, die die gekerbte Scheibe gezogen hatte, einer stämmigen jungen Frau, Mma Molebi, die offenbar stillte: Auf ihrem Mieder war über der einen Brust ein Milchfleck erkennbar. Danach zu urteilen, wie sie die Hände rang, ehe sie begann, war sie nicht gerade erpicht auf die ihr zugefallene Aufgabe. Ich saß mit dem Rücken zur Wüste.

Mma Molebi hob zu der anscheinend vorgeschriebenen Darlegung der Geschichte von Tsau an. Während sie sprach, standen die anderen Frauen eine nach der anderen auf und schenkten sich Tee ein. Das fiel mir auf, weil es sonst üblich war, daß die jüngste der anwesenden Frauen die älteren bediente. In Afrika gibt es soviel reflexiv hierarchisches Verhalten - die Jungen bedienen die Alten, die Frauen bedienen regelmäßig die Männer -, daß mir das Prinzip Selbstbedienung, das zu den Besonderheiten des Lebens in Tsau gehört, jedesmal ins Auge stach. Und es erinnerte mich daran, daß ich noch etwas anderes Atypisches gesehen hatte, nämlich junge Männer, die willig Viehdung schaufelten, der zur Kompostierung verwendet wurde. Zugegebenermaßen hatte ich das in Tsau nur ein paarmal gesehen. Aber es war nicht das Botswana, das ich kannte. Wenn Dung eingesammelt wird, dann üblicherweise von Frauen. Mein Arzt vom Peace Corps hatte mir erzählt, daß es permanenten Sturm und Drang mit den jungen Burschen gab, die seine Einrichtung als Boten beschäftigte, und zwar, weil es zu ihren Aufgaben gehörte, versiegelte Päckchen, die Stuhlproben enthielten, von der Praxis ins Labor des Princess-Marina-Hospitals zu befördern. Einer der Boten hatte offenbar lieber kündigen wollen, als sich so herabwürdigen zu lassen. Schließlich hatte die Empfangssekretärin sich bereit erklärt, diese Botengänge zu übernehmen.

Mein Eindruck verstärkte sich, daß unsere Zusammenkunft deshalb im Freien stattfand, damit alle Passanten sich eingeladen fühlen konnten, stehenzubleiben und zu verfolgen, was da vorging. Und tatsächlich näherten sich auch einige unserem Tisch und hörten eine Weile zu, was ich sowohl einschüchternd als auch beruhigend fand, zunehmend letzteres.

Mma Molebi sprach den anderen zu leise, und das gaben ihr

einzelne Frauen zu verstehen, indem sie den Zeigefinger hochhielten, bis sie lauter redete. Entweder kam sie nun zum Schluß, oder sie hatte den Faden verloren. Tsau sei ein Juwel, sagte sie zweimal. Und dann folgte etwas, das mich anrührte, auch wenn es wenig mit dem Vorangegangenen zu tun hatte. Sie sagte: Manche Frauen hier sind einst sogar Bettlerinnen gewesen, aber das werden sie nie mehr sein, denn jede Frau, die sich entschließt, Tsau zu verlassen, kann Geld mitnehmen und kennt sich im Zubereiten von Speisen und Getränken genauso gut aus wie in vielen anderen Tätigkeiten, und nie wieder wird man sie als Hausmädchen oder Wäscherin für andere arbeiten sehen. Die Leichtigkeit, mit der ich am frühen Morgen zu rühren bin, muß irgend etwas mit meinem biochemischen Haushalt zu tun haben. Ich entsinne mich, in Tränen ausgebrochen zu sein, als ich das erste Mal und zu dieser Tageszeit The Cherry Tree Carol in einer Aufnahme von Joan Baez hörte. Ich habe noch mehr plötzliche Gefühlsaufwallungen in der Zeit zwischen sieben und acht am Morgen erlebt, darunter eine bei Paul Simons Mother and Child Reunion, eine Begebenheit, die mir ziemliche Hänseleien eintrug. Die Frauen merkten, daß Mma Molebi mich gerührt hatte, und waren davon angetan, wie mir schien. Wieder wurde der Korb herumgereicht.

Diesmal hatte die Gewinnerin offenbar nur zu sagen, ich verdiente Anerkennung dafür, daß ich niemals eine Schwester dazu gezwungen hätte, mit mir englisch zu sprechen.

Dann signalisierte Dineo mir, nun sei ich an der Reihe, und so begann ich mit meiner Rede. Ich erklärte, wer ich war, und wiederholte im wesentlichen meine Arie von der Faszination, die Tsau auf mich ausübte, und meinen Wunsch, so lange zu bleiben, wie mir dies erlaubt werden könnte, bot diesmal aber an, nach besten Kräften und nach Bedarf zu arbeiten, um zu helfen, die Kosten zu decken, die meine Anwesenheit verursachte.

Ich schmückte das Ganze mit etwas Filigran aus, aber aufrichtigem Filigran sozusagen, indem ich davon sprach, wie gern ich bei all den außerordentlichen Dingen dabei wäre, die die Frauen in Tsau zustande brachten.

Ich merkte, daß Dorcas irgend etwas hatte. Obwohl sie nicht an der Reihe war, sagte oder vielmehr murmelte sie etwas wie daß sie hoffe, ich würde in Tsau für meinen Geschmack genügend Vögel finden, und daß ich, sollte ich für meinen Geschmack nicht genügend Vögel finden, mich ans Mutterkomitee wenden sollte, das dann Vögel für mich finden würde.

Dineo schnitt ihr das Wort ab und kam direkt zu dem, was ich für die Abstimmung hielt. Sie sah jedes Mitglied des Komitees so lange an, bis sie eine Reaktion erhielt, die mir entging. Aber offenbar fiel die Abstimmung zu meinen Gunsten aus, denn gleich darauf hob sie zu einer Willkommensansprache an. Eine große Ausnahme werde für mich gemacht, sagte sie, und ich sei in ihrer Mitte so lange willkommen, wie ich als Sympathisantin des Kampfes der benachteiligten Frauen um Einfluß und Wohlstand angesehen würde. Das betonte sie deutlich. Ich konnte bleiben, wo ich war, in dem leeren Rondavel neben Mma Isang, die sich weiterhin um mich und meine Mahlzeiten kümmern würde, wofür ich im Gegenzug gebeten wurde, insgesamt fünfzehn Stunden pro Woche in von mir selbstgewählten Bereichen zu arbeiten. Sie hofften, ich würde in Betracht ziehen, beim Englischunterricht für ältere Kinder zu helfen. Auf diesem Gebiet gebe es großen Bedarf. Und schließlich fänden sie es auch deshalb gut, wenn ich eine Weile bliebe, weil es in der Fremde immer eine Freude sei, Menschen aus der Heimat zu begegnen, und sie daher glaubten, Rra Puleng werde sich über meine Anwesenheit freuen. Wenn ich Tsau allerdings verlassen wollte, würde es drei Wochen dauern, bis dies mit dem Barclays-Flugzeug arrangiert werden könnte. Auf keinen Fall würden sie mir dabei behilflich sein, noch einmal in die Wüste aufzubrechen, selbst wenn ich das wünschte. Und als letztes: Ob ich mit der Pflege und Behandlung meines Esels zufrieden sei?

Ich dankte ihnen, und dann war es vorbei. Mma Isang tauchte aus den Kulissen auf und umarmte mich, was halbherzige Umarmungen von zwei der anderen Frauen nach sich zog; Dorcas gehörte nicht dazu.

Ich schwebte.

Als Dorcas an mir vorüberging, murmelte sie die Namen einheimischer Vogelarten vor sich hin, wobei ihr trotz aller demonstrativen Konzentration scheinbar nicht mehr als sechs einfallen wollten.

Vesperzeit

Jeden Nachmittag gegen vier wurde auf der Sekopololo-Veranda eine Art Gemeindevesper angeboten. Es gab Tee, Trockenmilch, klein geschnittenes Obst, manchmal auch Brotpudding. Denoon schaute regelmäßig vorbei, aber bislang war er nie lang genug geblieben, um mir Gelegenheit zu geben, beiläufig mit ihm ins Gespräch zu kommen. Ich war sein Verhalten leid, und ich verstand es im Grunde auch nicht. Mein Leben läßt so lange auf mich warten, erinnere ich mich gedacht zu haben.

Ich genoß die Vesperzeit. Sie hatte natürlich auch einen moralischen Aspekt. An manchen Tagen wurde üppig aufgetischt, an anderen blieb das Angebot mager – je nachdem, was entweder übriggeblieben oder reichlich vorhanden war. Wenn es nur wenig frisches Obst gab, wurde dieses in winzige Happen aufgeteilt und wie Horsd'œuvres auf Dorne von Dornbäumen gespießt. Die Vesper war nicht als Speisung für sämtliche Dorfbewohner gedacht, falls sie denn wirklich einmal geschlossen anrücken sollten. Vielmehr schien es darum zu gehen, den Leuten beizubringen, sich auf das einzurichten, was an diesem oder jenem Tag verfügbar war, und darauf zu verzichten, sich einen großen, den eigenen Bedarf deckenden Anteil zu sichern, so daß alle ein bißchen von dem abbekamen, was es jeweils gerade gab. Einer Regel zufolge nahm sich keiner der Erwachsenen von dem Obst, ehe sich nicht die Kinder, die in den ersten paar Minuten mit dabei waren, nach Herzenslust bedient hatten. Ein unausgesprochener Zweck des Ganzen bestand offenbar darin, die Vesperzeit jeden Tag so zu beenden, daß irgend etwas unverzehrt auf dem Tisch zurückblieb, gleichgültig, wie viel oder wenig bereitgestellt worden war. Alle schienen zu wissen, worauf es bei dieser Übung ankam, und sich gern daran zu beteiligen, selbst die Kinder. Man konnte direkt beobachten, wie sie sich die Regeln aneigneten, manchmal gegenseitig den Vortritt ließen, ja sogar etwas ablehnten. Ich war jedesmal begeistert.

Es gelang mir, strategisch günstig zu sitzen, als Denoon an diesem Nachmittag bei der Vesper erschien. Ich ging auf ihn zu, und wir begrüßten uns per Handschlag. Seine Handflächen waren wie Planken. Wir wußten, daß alle uns beobachteten.

Er hatte die Gabe, klar und deutlich reden zu können, während er augenscheinlich nur lächelte. Es war beeindruckend.

Sie wollen, daß du bleibst, sagte er. Selbst eine Fraktion, von der ich mit Sicherheit gedacht hätte, daß sie dagegen wäre, will, daß du bleibst. Es ist schon komisch. Sie glauben, du wärst eine Agentin, die man hierher geschickt hat, um Tsau auszuspähen, und das ist ihnen ganz recht. Die meisten Leute scheinen dich einfach zu mögen. Wie auch immer, mach weiter so.

Ich sagte: Ja, sie waren alle sehr nett beim Mutterkomitee. Ich werde definitiv eine Zeitlang hierbleiben.

Herzlichen Glückwunsch, sagte er. Und dann sagte er: Das stand nie in Frage.

Helfershelfer der Maden

Ich verzieh ihm an diesem Abend während des Korsos, was der korrekte Ausdruck für den Verdauungsspaziergang war, bei dem man auch in den Häusern mit brennendem Willkommenslicht vorbeischaute und den er in Tsau durchgesetzt hatte. Die Idee dafür stammte aus Tolstois *Sewastopoler Geschichten*, erzählte er mir. So etwas war anscheinend in den russischen Provinzstädten des neunzehnten Jahrhunderts verbreitet gewesen und schien eine gute Idee zu sein, warum also nicht auch hier?

Neben den üblichen Plaudereien fand während des Korsos auch immer wieder etwas statt, das ans Zeugnis-Ablegen erinnerte, wie dieser Vorgang in fundamentalistischen protestantischen Kirchen genannt wird: Da berichtete beispielsweise eine Frau über die Leiden, die sie bis zu ihrer Ankunft in Tsau erfahren hatte, und das Publikum wehklagte dazu im Chor, wodurch es die Erzählerin häufig veranlaßte, die schmerzlichste Begebenheit ein paarmal zu wiederholen. Viele von diesen Geschichten waren wirklich grauenvoll, aber die Art und Weise, wie sie zum besten gegeben wurden, hatte oft etwas Formelhaftes.

An diesem Abend war ich in einem Haus an der Slessor Street, wo eine Frau namens Mariam Nene wohnte. Sie war noch keine Vierzig und schien fast zu jung für die Begebenheiten, die sie erzählte. Sie war die Tochter einer Frau, die man der Zauberei beschuldigt hatte, und sie war erst vierzehn gewesen, als ihre Mutter starb - zweifellos an einer Vergiftung, so Mariam -, und selbstverständlich hatte man in ihrer Umgebung angenommen, daß Mariam von ihrer Mutter in die Zauberkünste eingeweiht worden war. Deshalb war sie in ihrem Dorf nahe Pandamatenga an der damals rhodesischen Grenze zur Persona non grata geworden, und zwar total.

Sie hatte einen Onkel auf der rhodesischen Seite der Grenze, in einem Dorf bei Plumtree, und sie war zu Fuß aufgebrochen, um ihn zu suchen. An dieser Stelle kam Denoon leise herein und setzte sich. Mitglieder ihres Stammes lebten auf beiden Seiten der Grenze, die für sie keine Bedeutung hatte und die nie durchgängig markiert worden war. Genaugenommen erinnere ich mich nur an den Mittelteil ihrer Erzählung - daß sie nämlich gerade rechtzeitig im Dorf ihres Onkels eintraf, um dessen Ermordung mitzuerleben. Er war ein Kräuterheilkundiger, aber man hielt ihn zugleich für einen Zauberer. Er war zu einem Teich im Busch gegangen, um dort nach verkalktem Lerchenkot zu tauchen, einem hochwirksamen Bestandteil magischer Trünke; dort hatten seine Feinde schon auf der Lauer gelegen. Auch Mariam kam zu diesem Teich und sah von dem Gebüsch aus, in dem sie sich versteckt hielt, wie ihr Onkel mit langen Stangen immer tiefer in den Teich gestoßen und dann so lange unter Wasser gedrückt wurde, bis er ertrunken war. Mit Zauberern wurde oft nach dieser Methode verfahren, weil sie keine Spuren hinterließ. Die weißen Regierungsbeamten kümmerten sich nicht um Todesfälle, die allem Anschein nach natürliche Ursachen hatten. Denoon wirkte sehr mitgenommen von ihrer Geschichte. Als Mariam begann, diesen schrecklichen Teil noch einmal zu erzählen, stand er auf und trat vor die Tür. Ich folgte ihm.

Er wischte sich die Augen. Wir marschierten wortlos ein Stück weiter. Ich fühlte mich ihm nahe.

Ich beschloß, ihn nicht auf seine Verfassung anzusprechen, solange er mir nicht zu verstehen gab, daß ihm das recht wäre. Er brachte mich zu Mma Isangs Hütte und ging dann allein fort.

Ich war äußerst vorsichtig. Ich glaube, an diesem Abend begann für uns die eigentliche Zeit des Werbens.

Doch wie das Leben so spielt, lag ich gründlich daneben, als ich zu wissen glaubte, was ihn an Mariams Geschichte so sehr mitgenommen hatte. Es handelte sich um etwas Abstrakteres als ihre offenkundige Aussage. Irgendwann viel später brachte ich diese Szene zur Sprache, woraufhin er von sich aus und umgehend meinen Eindruck von seinem Gemütszustand an jenem Abend zurechtrückte. Ich glaube, ich sagte, es habe mich sehr bewegt, daß Mariam ihn so sehr bewegt habe.

Das abstraktere, generellere Thema war die Gewalt, die von Menschen ausgeht. Vor dem Spaziergang zu Mariams Haus hatte er ein Gedicht geschrieben oder vielmehr zum tausendstenmal versucht, aus einem gedanklich klaren Konzept ein richtiges Gedicht zu machen. Bei Mariam war es dann zu dieser Gefühlsaufwallung gekommen, weil das ihrer Geschichte zugrundeliegende Thema verdeutlichte, was er versucht hatte, in seinem Gedicht zum Ausdruck zu bringen. Er erklärte es mir. Er wollte ein Gedicht des Inhalts schreiben, daß jeder, der Gewalt bejaht, als Verbündeter aller unentrinnbaren Feinde der Menschheit – von Erdbeben bis zum gesamten Spektrum der Krankheiten – gelten sollte. Für ihn war das sonnenklar, und offenbar glaubte er, dieser Gedanke, in eine dichterisch halbwegs brauchbare Form gebracht, könnte vielleicht irgendeine Wirkung zeitigen. Er ließ mich ein paar seiner Arbeiten sehen. Sie waren whitmanisch. Er experimentierte mit Titeln wie: Bundesgenossen der Hungersnot und Lieferanten der Maden oder Helfershelfer der Maden. Ich erinnere mich, daß er Claymore und Gatling als Verbündete der Maden oder der Schmeißfliegen bezeichnete. Du bist kein Dichter, mußte ich ihm sagen. Das sind keine Gedichte. Ein Genie könnte was daraus machen, meinte er. Darüber mußten wir beide lachen. Dein Problem ist doch, daß du alles sein willst, erklärte ich ihm. Das ist noch nicht mal das schlimmste, entgegnete er.

Ich fragte ihn, was denn das schlimmste sei.

Das schlimmste war, daß er irgendwann einmal zwei echte Dichter kennengelernt hatte, ziemlich gut sogar, Leute, mit deren Namen ich bestimmt etwas würde anfangen können, die er mir aber nicht nennen wollte, weil es ihm zu peinlich war. Und jedem der beiden hatte er eine Zusammenfassung seiner Idee geschickt, um sie dazu zu bringen, ein Gedicht daraus zu machen. Einer hatte überhaupt nicht reagiert. Der andere hatte höflich geantwortet. Er schien mit keinem der beiden mehr befreundet zu sein.

Dein Glaube an die Macht der Poesie muß wirklich übermächtig sein, sagte ich zu ihm.

Zeit des Werbens

Die Zeit des eigentlichen Werbens zog sich einen ganzen Monat hin. Schließlich mußte ich das Tempo forcieren, weil ich mit der Zeit das Gefühl bekam, daß sich das Verhältnis zwischen unseren öffentlichen und privaten Begegnungen nicht zu Gunsten letzterer änderte. Wir sahen uns fast nur bei öffentlichen Anlässen, etwa beim Korso oder einer Versammlung oder im Kino, und privat, wenn überhaupt, dann zu langen, züchtigen Spaziergängen im Abendrot, die allerdings regelmäßig mit etwas Nützlichem verbunden waren, wie sich am jeweiligen Ziel herausstellte, etwa einer Windmühle, die ein bißchen Wartung nötig hatte. Bis zum Schluß gab er mir gegenüber keinerlei Erklärungen ab.

Das Tempo, in dem sich die Sache entwickelte, wurde von ihm vorgegeben, und damit mußte ich mich abfinden. Ich betätigte mich derweil in der Kaninchenzucht. Wenn Denoon und ich miteinander allein waren, wurde ich das Gefühl nicht los, daß er sich mehr für das interessierte, was in den Kaninchenställen vor sich ging, als für meine Person. Er interessierte sich stets für alles, was ich über Tsau zu sagen hatte. Das bestärkte mich in meiner Ansicht, daß es meine Analyse dieses Ortes war, was er wirklich von mir wollte. Wir krochen so langsam durch die einzelnen Stadien des Werbens - vom Händchenhalten bis zu einer trostlosen Fummelei im Stehen -, daß jedenfalls ich es schon peinlich fand, und tatsächlich war diese Form von Zurückhaltung bei Leuten seines wie meines Alters ja auch höchst sonderbar, um nicht zu sagen hoffnungslos altmodisch. Doch ich machte mit, fügte mich in die widerlich vertraute Rolle der passiv Wartenden, die beim übermächtigen Partner nach Anhaltspunkten dafür sucht, wann es endlich Zeit für die nächste Stufe ist. Aber schließlich stand eine Menge auf dem Spiel, sagte ich mir, und er konnte die direkten und indirekten Folgen unseres Zusammenkommens sehr viel besser abschätzen als ich.

Ein Phänomen, von dem ich heute weiß, daß ich es mißinterpretiert, das heißt als Ausdruck von erlahmendem Interesse gewertet habe, denn so empfand ich diese Phasen, war Nelsons anfallsartig auftretendes Bedürfnis, im stillen mit sich zu Rate zu gehen. Er genoß diese schweigsamen gemeinsamen Spaziergänge sehr viel mehr als ich. Als ich dieses Thema schließlich anschnitt, brachte ich ihn zum Lachen, indem ich sagte: Mir wird langweilig, wenn ich nicht rede. Ich erinnerte mich daran, daß er mir gegenüber erwähnt hatte, für seine Eltern habe ein geselliger Abend oft darin bestanden, daß sie Freunde einluden, nur um stundenlang schweigend mit ihnen dazusitzen und sich gemeinsam eine Plattenaufnahme der Missa solemnis anzuhören. Das hatten seine Eltern übrigens auch oft getan, wenn sie allein waren. Könnte diese Erfahrung nicht dazu beigetragen haben, daß du einen solchen Sinn für die Stille entwickelt hast? fragte ich. Nein, sagte er, denn zu dem Zeitpunkt, als eine derartige Beeinflussung möglich gewesen wäre, hatte er bereits herausgefunden, daß diese abendlichen Arrangements eigentlich nur der Findigkeit seines Vaters zu verdanken waren, einen scheinbar normalen geselligen Abend im Zustand der Trunkenheit durchzuziehen: Es war ein Trick, eine Ausrede dafür, mit geschlossenen Augen auf dem Sofa sitzen zu können, nur pro forma anwesend, und das bis zum Schlafengehen, ohne daß herauskam, wieviel er bereits heimlich getrunken hatte. Dieses väterliche Täuschungsmanöver erstreckte sich bis hin zur Schallplattensammlung, bei der Kirchenmusik oder, genauer gesagt, jede Menge Bach dominierte, was laut Nelson nur ein durchsichtiger Trick gewesen war, um seine Mutter zu ködern.

Kann denn nichts einfach nur angeboren sein? wollte er wissen, um sich gegen mein erneutes Herumstochern in seiner Kindheit zu verwahren. Muß denn alles ein Auswuchs der allerletzten Details unserer trostlosen Kindheit sein? Zufälligerweise mag ich nun einmal die Stille, sagte er. Warum müssen wir uns von Erzählungen überschwemmen lassen? Wir tagträumen, und dabei kommen Erzählungen heraus. Wir schlafen ein und träumen noch mehr Erzählungen. Jedes menschliche Wesen, dem wir begegnen, hat uns eine Geschichte zu erzählen. Was wäre meiner Meinung nach also so schlimm daran, sich gelegentliche Erzählpausen zu gönnen?

Rückblickend denke ich, daß ich die Gründe für seine schubweise innere Einkehr durchaus hätte weiterverfolgen sollen, aber einer umworbenen Frau verdreht sich ja derart der Kopf, daß sie - jedenfalls in dieser Phase - kein Ohr für die Zwischentöne hat, die sie normalerweise hellhörig machen und dazu bewegen würden, ein bestimmtes Thema weiterzuverfolgen. Aber natürlich gibt es nichts Nutzloseres, als rückblickend noch einmal all die Situationen durchzugehen, in denen eine Intervention die weitere Entwicklung womöglich beeinflußt hätte. Ich könnte mich selbst anbrüllen, wenn ich sowas tue.

Mir ist klar, daß ich mit meinen allzu konzentrierten und emotional tiefschürfenden Sondierungen hinsichtlich der wichtigen Bücher in Denoons Leben zu seinem Bedürfnis nach Schweigen während unserer Spaziergänge beigetragen habe. Ich tastete behutsam nach seinen intellektuellen Grundpfeilern, aber nicht behutsam genug. Es empfiehlt sich eben doch, den morastigen Stellen auszuweichen, die jeder Mensch hat. Da findet man jemanden sympathisch und hört ihn dann auf einmal sagen, daß sein absolutes Lieblingsbuch *Der Prophet* ist. Diese Gefahr bestand bei Nelson nicht, aber dafür gab es andere. Bei einem Typen, der behauptet, der beste Roman aller Zeiten sei *Clarissa*, was zufälligerweise auch der erste oder zweite Roman ist, der je geschrieben wurde, darf man sich nicht wundern, wenn er Motetten zu seiner Lieblingsmusik erklärt und behauptet, die bildende Kunst habe sich nie wirklich über die Felsmalereien bei Lascaux hinausentwickelt. Vermutlich lauerte ich bei Denoon auf irgendeine Variante dieser Weltanschauung, denn er hatte gesagt, sein Lieblingsroman sei *Krieg und Frieden*, und daher dachte ich: O nein, das dürfte auf Beethoven in der Musik und Shakespeare im Theater hinauslaufen. Nicht, daß sich solche Einstellungen nicht verteidigen lassen, aber sie zeugen nicht gerade von großer Individualität. Was wir Frauen von einem Mann, an dem wir interessiert sind, ganz gewiß nicht zu hören kriegen wollen, ist der Spruch, sein absolutes Lieblingsbuch aller Zeiten sei *Das goldene Notizbuch*. In diesem Fall sind wir nämlich an einen Lügner aus der Schwarzen Lagune geraten und tun gut daran, schleunigst nach dem Fahrgeld im Portemonnaie zu suchen. Doch als ich spürte, wie tief seine Sehnsucht nach ein bißchen Stille ging, bedrängte ich ihn nicht weiter. Mein erster Versuch, sein literarisches Gerüst abzuklopfen, förderte jedenfalls ein Taschenbuch mit dem Titel *L'Afrique Noire est Mal Partie* zutage - zum Lesen und Kommentieren.

Das Oktagon

Urplötzlich war Denoon für vier Tage verschwunden, ohne ein Sterbenswörtchen gesagt zu haben.

Es gab eine ganz unschuldige Erklärung für seine Abwesenheit, von der mir allerdings nichts bekannt war: Er hatte die Angewohnheit, sich einmal pro Monat in einen Schuppen etwa eine Meile flußabwärts zurückzuziehen, um zu lesen und nachzudenken. Und dieser Zeitpunkt war wieder einmal gekommen, hatte sich so unbemerkt an Denoon herangeschlichen, daß er erst Notiz davon nahm, als er eine neue Seite in seinem Kalender aufschlug. Er hatte nach mir gesucht, mich nicht gefunden, nichts Schriftliches für mich hinterlassen wollen - das Problem, so sollte ich später zu meiner Verblüffung erfahren, bestand darin, daß Kommunikation in Schriftform an diesem Ort nicht unbedingt vor neugierigen Blicken sicher war -, aber vor allen Dingen hatte er gerade diese Aktivität nicht verschieben wollen, der er bislang mit äußerster Gewissenhaftigkeit und Pünktlichkeit nachgegangen war. Diese Umsicht war Bestandteil einer feinfühligen Inszenierung unseres Zusammenkommens, jedenfalls soweit es sich unter den Augen einer wachsamen Öffentlichkeit abspielte. Alles an unserer Beziehung mußte so aussehen, als wäre es die Folge von Zufällen und natürlicher Entwicklung. Alles mußte sich ganz allmählich und glaubhaft vollziehen.

Ich konnte nicht nachfragen, wo Denoon war, weil ich spürte, daß ich mich in acht nehmen mußte: Zweifellos hatte ich unterschätzt, wie viele Frauen in Tsau insgeheim vermuteten, ich wäre nur deshalb hergekommen, um mir Denoon zu angeln. Ich konnte also nicht nachfragen, aber dafür konnte ich etwas anderes tun, nämlich mir unverzüglich einreden, daß Denoon in eine heimliche Affäre verstrickt war. Meine Rivalin mußte ihm ein Ultimatum gestellt und ihn zu einer Konfrontation außerhalb von Tsau gezwungen haben. Bestimmt gab es hier irgendwo eine Höhle, dachte ich, oder ein anderes Versteck, wo die beiden sich trafen. Aber wer mochte meine Rivalin sein? Zwei Kandidatinnen schossen mir durch den Kopf - Dineo und Kakelo Modise, unsere muffige Krankenschwester. Alle beide schienen sich während Denoons Abwesenheit so selten öffentlich blicken zu lassen, daß die eine wie die andere in Frage kam. Ich jedenfalls hatte, soweit ich das rekonstruieren konnte, in den letzten Tagen von allen beiden nicht viel gesehen.

Ich tippte auf Kakelo. Sie war noch keine fünfundzwanzig und hatte eine reizvolle Figur, die sie mit ihrer Schwesterntracht gut zur Geltung brachte. Sie trat nur in voller Montur auf - einschließlich ihrer barettartigen Miniausgabe von einer Schwesternhaube -, damit bloß niemand vergaß, wer sie war. Sie hatte einen wunderschönen Milchkaffeeteint und ließ keinen Zweifel daran, daß sie ihren Wohlgeruch an die Wüstenluft verschwendete. Meines Wissens war sie tatsächlich die einzige Dorfbewohnerin, die Parfüm benutzte. Eigentlich konnte ich sie gut leiden, hatte aber keinen Kontakt zu ihr. Sie war extrem unhöflich. Bei kleineren Versammlungen gab es eine protokollarische Regel für den Fall, daß ein Mitglied anfangen wollte, englisch zu sprechen - eigentlich kaum mehr als eine Anstandsgeste, denn ich habe nie jemanden das Zeichen für Ablehnung geben sehen: Wer ins Englische überwechseln wollte, verhakte die kleinen Finger einen Moment lang ineinander, um den anderen Anwesenden jedenfalls theoretisch die Möglichkeit zu geben, durch Senken des Daumens ein Nein zu signalisieren. Aber jedesmal wenn Kakelo und ich in einer Gruppe aufeinandergetroffen waren, hatte sie dieses Protokoll plump ignoriert und war direkt in ein abgehacktes, schnelles Englisch verfallen. Falls mein Verdacht zutraf und sie tatsächlich Denoons heimliche Geliebte war, dann erklärte sich ihr ruppiges Benehmen speziell mir gegenüber natürlich von selbst. Jedenfalls brodelte irgend etwas in ihr. Und ich hatte den Eindruck, daß jedes einsame männliche Wesen sich für sie interessieren würde, sofern sie sich nicht ganz abgeneigt zeigte. Ich verpaßte ihr eine komplette innerpsychische Ausstattung. Ich versetzte mich an ihre Stelle - die einer Frau im heiratsfähigen Alter und gegen ihren Willen abkommandiert in eine Stadt der Frauen: Was konnte für jemanden wie sie da näherliegen, als zu versuchen, den indirekten Verursacher meines Kummers anzumachen und einzuwickeln? Mein Verdacht wurde zudem von folkloristischen Erkenntnissen über Krankenschwestern gespeist, die ich in der Pubertät gewonnen hatte. Dank den Berichten eines schwulen Freundes über die Welt der Männer wußte ich ziemlich genau, wie die Jungs in meinem Alter über Krankenschwestern dachten. Meine High School lag nur zwei Straßenblocks von einer Krankenpflegeschule entfernt. In einer geradezu prototypischen Szene aus dem Umkleideraum, die mir dieser Freund einmal schilderte, beginnt der Superschüler und Lacrosse-Champion plötzlich durchzudrehen und gegen die Spindwände zu hämmern: Wie er soeben vom Mannschaftsarzt erfahren mußte, hat er sich eine Kavalierskrankheit zugezogen. Sein Weltbild zerfällt, denn die Schuldige ist niemand anders als eine Krankenschwester oder vielmehr Schwesternschülerin. Krankenschwestern standen in dem Ruf, sexuell aktiv zu sein, und das sowohl wegen ihrer mutmaßlichen Geilheit - immerhin lebten sie in Wohnheimen mit strenger Hausordnung - als auch deshalb, weil sie alles über Hygiene wußten und verhütungsmäßig auf dem neuesten Stand waren, ja sogar Abtreibungen aneinander vornehmen konnten, falls doch einmal etwas schiefgegangen war. Und nun hatte er sich ausgerechnet bei einer *Krankenschwester* angesteckt.

Mein Verdacht gegen Kokelo ließ sich allerdings nicht lange aufrechterhalten. Als ich mich ein bißchen in ihrem Dienstzimmer umsah, fiel mir unwillkürlich auf, wie dick der Ordner mit den Durchschlägen der Luftpostbriefe ans Gesundheitsministerium war, in denen sie um eine Versetzung noch vor Ablauf ihrer Dienstzeit bat. Viele dieser Briefe waren neueren Datums.

Wenn sie also diejenige gewesen wäre, die Nelson becirct hatte, dann hätte sie ihre Ablösung wohl kaum mit solchem Nachdruck betrieben. Einige gezielte Fragen klärten darüber hinaus, daß ihr jüngstes Nichterscheinen in der Krankenstation auf Hypochondrie oder Bronchitis zurückzuführen war - wie mir von allen Seiten berichtet wurde, litt sie bisweilen unter beidem. Und schließlich kam mir auch noch zu Ohren, daß sie mit ihrem Englisch jede Gruppe tyrannisierte, ob ich nun dabei war oder nicht. Ihr Vorname bedeutete komischerweise übrigens Gehorsam.

Am vierten Tag nach Denoons Verschwinden war ich dann soweit und so verrückt, mich in aller Herrgottsfrühe an sein Haus heranzupirschen. Ich hatte eine gute Ausrede parat für den Fall, daß mich jemand beobachtete, auch wenn dieser Jemand Denoon höchstpersönlich sein sollte. Aber ich blieb unentdeckt. Ich näherte mich auf Umwegen, kletterte den mit Gebüsch bewachsenen Hang hinter seinem Haus herunter, statt den direkten, gut einsehbaren Weg von der Plaza aus zu nehmen. Allein Denoons Privatterrasse hatte in etwa die Ausmaße von zwei Tennisplätzen.

Das Haus selbst, eine achteckige Konstruktion aus Betonelementen, war früher die Zentrale des belgischen Konsortiums gewesen, das Tsau erbaut hatte. Irgend etwas an dem hohen grasgedeckten Walmdach kam mir unstimmig und irgendwie versponnen vor - ein Gefühl, das sich als richtig erwies: Ich blickte auf etwas, das mir in Zukunft so manche echte Kopfschmerzen bereiten sollte. Tatsächlich war das ursprüngliche, noch gute Wellblechdach auf Denoons Anweisung hin abgedeckt und durch diese gräserne Fantasia ersetzt worden, die weder zum Material noch zur Form des Gebäudes paßte. Er wollte unter einem Grasdach wohnen, genau wie alle anderen. Zuerst rührte es mich direkt, daß Denoon in einem so seltsamen, wenn auch geräumigen Haus leben mußte. Es erinnerte vage an einen Industrie- oder sogar Militärindustriebau, an ein Blockhaus aus dem Ersten Weltkrieg, oder vielleicht meine ich auch einen Bunker, nur daß aus den Fenstern, die querformatigen Schießscharten glichen und ungewöhnlich hoch in die Mauern gesetzt waren, keine Gewehrläufe ragten.

Doch je genauer ich mir Haus und Grundstück besah, desto

interessanter und raffinierter erschien mir die Wahl seines Domizils.

Ich gewöhnte mir an, das Gelände, das sich von der Vorderseite des Hauses bis zu einem steilen Abhang erstreckte, den Patio zu nennen. Nelson hat nie begriffen, was daran komisch oder ironisch war. Der Ausdruck fiel mir bei diesem ersten Erkundungsgang ein. Aber in Wirklichkeit ähnelte das Gelände eher einem Skulpturengarten aus kaputten oder halb reparierten oder leicht antiquierten Maschinen und Maschinenteilen. Dazwischen entdeckte ich noch allerhand anderes Altgut - Fässer mit Lösungsmitteln, in denen Maschinenteile mariniert zu werden schienen, Röhren, nach Durchmesser sortiert und gebündelt, zugenagelte Lattenkisten. Eigentlich war das Ganze also ein Antipatio, mit Ausnahme des freien Fleckchens am äußersten Rand der Terrasse, an dem jeder vernünftige Mensch schon längst Tisch und Stühle aufgestellt oder eine Hängematte gespannt hätte. Für den nötigen Schatten sorgte die prächtigste Gummiakazie von ganz Afrika. Als Gärtner schien Denoon sich nur pro forma zu betätigen. Es gab ein dürftiges Arrangement aus Petersilie und ein paar anderen Kräutern, die in Kübeln neben seiner Türschwelle standen. Hier würde sich noch einiges machen lassen. Hinterm Haus, zum Rand der Terrasse hin, befanden sich der Abort und eine ziemlich provisorisch wirkende Konstruktion mit Grasdach ähnlich den Getränkebuden an karibischen Stränden, nur daß ich in dieser eine riesige, echte Steingutwanne entdeckte. Die Wände des Baderaums bestanden aus Litanimatten, deren überlappende Enden mit Wäscheklammern zusammengehalten wurden. Einen Moment lang starrte ich andachtsvoll auf diese Einrichtung, den einzigen Ort in Tsau, wo man ausgestreckt im heißen Wasser liegen konnte. Später sollte ich feststellen, daß es in Tsau noch eine englische Badewanne gab, nämlich chez Dineo. Ich probierte den Hahn aus, aber es tat sich nichts. Die Wanne war nicht ans Netz angeschlossen. Bei Bedarf mußte kanisterweise Wasser angeschleppt und im Kessel - genauer gesagt einem alten Ölfaß auf einem Feuerbock - erhitzt werden. Dies war ein weiteres Beispiel für die typische Mischung aus Komfort und Unbequemlichkeit, die ich bereits als heimliches Motiv innerhalb des Musterdorfs Tsau registriert hatte. Man konnte zwar eine Badewanne besitzen, aber dann mußte es schon eine Tortur sein, sie zu benutzen. Mir kam ein sehr unfairer Vergleich in den Sinn, nämlich die vermeintlich selbstgemalten Schilder, die man Demonstranten in Spielfilmen tragen sieht und die so offensichtlich die Art-director-Version dessen sind, was eine zornige, ungeübte Hand zustande bringen würde. Es war ein unfairer Vergleich, aber er drängte sich mir auf.

Was Denoon hier hatte, waren Platz, Ungestörtheit, eine Badewanne, herrliche Aussichten - besonders die nach Westen auf die roten Hügel und das ausgetrocknete Flußbett. Aber ich glaubte, zumindest soviel begriffen zu haben, daß ihm Privilegien ausgesprochen unangenehm waren, und deshalb mußte sich das Motiv des steten Arbeitens und Forschens inklusive prinzipieller Askese überall manifestieren. Das erkannte ich auch daran, wie das Oktagon eingerichtet war. Hinzu kam das Gebot, das er sich einem späteren Eingeständnis nach selbst auferlegt hatte, sein persönliches Zuhause nicht wie eine Dauerinstallation aussehen zu lassen, also keine Wurzeln zu schlagen, indem er es Stück um Stück komplettierte, denn die Abmachung besagte ja, daß er gehen würde, sobald Tsau fertig, das heißt vollendet wäre, zu einem nicht mehr allzu fernen Zeitpunkt also. Er war seit acht Jahren da.

Eigentlich wollte ich mich auf das beschränken, was ich von außen durch die Fenster erkennen konnte. Aber als erstes hatte ich fest an die Tür geschlagen, um mich zu vergewissern, daß auch wirklich niemand daheim war. Das Haus bestand aus einem großen Koch-Schlaf-Wohnraum im vorderen Trakt und zwei kleineren Hinterzimmern, wovon das eine praktisch vollkommen von der Funkanlage ausgefüllt wurde. Die Dekoration bestand aus Landkarten und Pflanztafeln. Die Wände waren weiß, wie ich mit Erleichterung zur Kenntnis nahm, weil es nur zu gut zu der generell asketischen Aura gepaßt hätte, wenn man sie in demselben Linsengrün gestrichen hätte wie die Außenflächen, um zu demonstrieren, wie erhaben ein Mensch über seine private Umgebung sein kann. Im vorderen Raum konnte ich einiges von Denoons persönlicher Habe erkennen. Alles machte einen sehr ordentlichen Eindruck. Saubere Kleidungsstücke lagen in den Fächern einer an der Wand befestigten

Korbregalkonstruktion. Davor stand ein Stuhl mit Lederschlinge. Mir schwante, daß die Matratze auf dem Plateaubett mit Maishülsen gefüllt war. Ich mußte unbedingt einen Blick ins Innere werfen, um das zu inspizieren, was die Küche sein sollte.

Die Küche erwies sich als dürftig, aber betriebsfähig. Es gab den üblichen Lehmherd, einen Campingkocher und einen ansehnlichen Vorrat an Gasflaschen. Eine angenehme Überraschung für mich war, daß der Wasserhahn über dem winzigen Spülbecken nicht nur zur Verzierung diente: Damit besaß Denoon, soweit mir bekannt war, die einzige funktionierende Küchenspüle in ganz Tsau. Alle anderen Häuser hatten Standrohre im Freien. Ich mußte aufpassen, wo ich hintrat. Auf dem Fußboden lagen stapelweise Bücher und Papiere herum, und zwar an den unpraktischsten Stellen. Die Tische, die es en masse gab, waren mit noch mehr Büchern, Papieren, Zeitschriften und Fächerordnern beladen, die in den hinteren Räumen mit so nützlichen Gegenständen wie Vermessungsgeräten, Hammern, Bohrern, Meißeln und Brieföffnern. Sein Quartier war ein weiterer Teil der silva rerum, die schon auf dem Patio begann.

Wo würde hier mein Platz sein? lautete die unvermeidliche Frage. Zum Beispiel würde ich einen Tisch für mich brauchen, aber das war noch lange nicht alles. Wie konnte ich mich hier einklinken, ohne das verloren geglaubte ewig-weibliche Element, das patente Händchen zu werden, das nun alles freundlich und wohnlich machen würde?

Es war kalt im Haus. Die paar Fußmatten, die ich herumliegen sah, reichten zur Isolierung bei weitem nicht aus. Als ich mich zum Gehen wandte, registrierte ich doch ziemliche Selbstzweifel, aber plötzlich schwebte mir eine Feige als Symbol für Nelson vor: schwer in der Hand, prall gefüllt mit Samen, keine wäßrig-süße Frucht wie etwa die kernlose Traube. Er war substantiell. Vor meinem geistigen Auge sah ich ihn - oder vielmehr seine stämmigen Beine - von Zimmer zu Zimmer gehen, während ich an meinem Tisch saß.

Dineo

Die folgende Episode spielte sich am selben Tag ab. Für mich stand mittlerweile fest, daß Dineo meine Rivalin sein mußte. Eine Frau wie sie würde immer kriegen, was sie wollte, und zwar ohne daß andere es merkten; dieser Gedanke drängte sich einem bei ihr jedenfalls auf. Sie war zielstrebig. Sie strahlte Zielstrebigkeit aus.

Daher ging es mir auch durch und durch, als ich - ich war gerade beim Häuten von ein paar Kaninchen, die ich vergeblich durchzubringen versucht hatte - von Dineo die Nachricht erhielt, ich solle sie aufsuchen. Ihre Einladung oder Vorladung stand auf einer Schiefertafel, die mir in einer Tasche per Karre von King James, dem rasantesten und reizendsten Kurier der Welt, zugestellt wurde, dem Jungen, der bei meinem ersten Treffen mit dem Mutterkomittee das Frühstück gebracht hatte. Ich wurde aufgefordert, nach Sekopololo zu kommen, wo Dineo mich nach dem Lunch erwartete, das heißt während der Siesta, was schon per se interessant war, denn ich hatte bemerkt, daß wir beide die einzigen Frauen waren, die die Siesta nicht einhielten, sondern durcharbeiteten. Sie hatte es übrigens auch bemerkt. Ich sandte ihr die Nachricht, daß ich kommen würde. King James war hocherfreut, denn damit hatte er auch einen Auftrag für den Rückweg. Seine Mutter war übrigens die junge Frau, die sich während ihrer Lehrzeit in Denoons Glaswerkstätte den Arm verbrannt hatte.

Da ich Dineo in Sekopololo nirgendwo entdecken konnte, ging ich zu den Lagerräumen hinüber, um sie zu suchen, und betrat schließlich etwas zögernd die Höhle. Dineo hier zu finden war schon seltsam, aber noch längst nicht so seltsam wie das, was kurze Zeit später passierte.

Es war ungewöhnlich heiß für einen Maitag - Mai bedeutet Mitte Herbst im südlichen Afrika. Ich betrat also die Höhle. Linker Hand meinte ich eine Art Durchgang zu erkennen, der sich jedoch als ein enger Raum à la Dickens entpuppte, mit Regalen auf beiden Seiten, in denen sich Waren stapelten, ich weiß nicht mehr, welche. Am hinteren Ende des Raums gab es etwas Licht, das direkt auf ein wunderschönes, aber undefinierbares Möbelstück aus Holz zu fallen schien. Tatsächlich stammte das Licht von einer Paraffinlaterne, die den nackten, gebeugten Rücken von Dineo beschien, während diese gerade irgend etwas durchwühlte. Die Luft war stickig, und sie hatte das Oberteil ihres Gewands heruntergekrempelt. Das Licht fiel nur auf ihren Rükken; ihr Kopf war geneigt, außer Sicht, ebenso ihre Arme. Was mag dieses wunderschöne Etwas sein? fragte ich mich, bis es sich bewegte. Dineo hatte meine Schritte gehört. Wenn es richtig heiß ist, machen die Frauen in den Dörfern traditionell ihren Oberkörper bis zur Taille frei. Es gibt eine ganze Reihe von Anekdoten über Entwicklungshelfer, die in weiterführenden Schulen auf dem Land unterrichteten und die sich eines Tages beim Umdrehen von der Tafel plötzlich einer Riege junger Mädchen mit in aller Unschuld entblößten, festen kleinen Brüsten gegenübersahen. Aber diese Geschichten datieren noch aus der Zeit, bevor die Schulleiter von den diversen Hilfsorganisationen gebeten wurden, diese Praxis einzudämmen. Mittlerweile war sie nicht mehr so verbreitet. Dineo jedenfalls bedeckte sich blitzschnell, ohne sich dabei umzudrehen. Ich sei früher gekommen, als sie erwartet habe, sagte sie und fragte dann, ob ich wüßte, wie spät es war. Ich konnte nur schätzen. In Tsau wird die Zeit fast immer Pi mal Daumen gerechnet. Die wenigsten Leute haben Armbanduhren. Dineo war eine von denen, die normalerweise eine trugen. Denoon band seine nur sporadisch um.

Wir gingen zurück zu Sekopololo, in einen düsteren Sitzungsraum, wo sie mir bedeutete, neben ihr an einem riesigen, intarsienverzierten Tisch Platz zu nehmen. Ich war ausgesprochen nervös, was ihr nicht entgangen sein konnte, denn sie bemühte sich, die Stimmung aufzulockern, indem sie mit gespieltem Ernst ihre kleinen Finger ineinander verhakte, also formell um die Erlaubnis bat, englisch sprechen zu dürfen. Wir lächelten beide.

Zunächst redeten wir über das Wetter, die Hitze. Der hilft uns manchmal, sagte Dineo mit Blick auf einen Deckenventilator am Gebälk über uns. Mehrere Stangen verbanden diesen Apparat mit einem rechteckigen Kasten an der Wand, an dem eine Kurbel angebracht war. Offenbar funktionierte der Ventilator so ähnlich wie ein altmodisches Uhrwerk mittels eines Federmechanismus. Dineo erhob sich und drehte die Kurbel. Die hölzernen Flügel des Ventilators setzten sich schwerfällig in Bewegung. Dineo hatte meine Akte vor sich liegen und begann sie durchzusehen, bis ein Blatt Papier an ihrem Arm hängenblieb. Sie wischte es sich von der schweißnassen Haut, zog eine Grimasse und wedelte mit der Hand vor ihrem Gesicht herum. Genau wie ich hatte sie sich heute schon körperlich verausgabt.

Bei unserer Besprechung ging es anscheinend um die Kaninchen, die nicht so recht gedeihen wollten. Aus klimatischen Gründen mußten die Tiere in kleinen dickwandigen Zementkoben gehalten werden statt in den allgemein üblichen Gehegen aus Maschendrahtzaun. In der Wüste Negev oder irgend einem anderen Dürregebiet waren damit große Erfolge erzielt worden, und Dineo gab mir zu verstehen, daß Denoon darauf brannte, die Kaninchenzucht in Tsau soweit voranzubringen, daß sie auch von Privathaushalten betrieben werden konnte. Sie wirkte erleichtert, als ich ihr versicherte, ich hielte dieses Vorhaben ebenso wie sie für verfrüht. Der Ventilator war stehengeblieben. Mit leicht genervtem Gesichtsausdruck erhob sie sich noch einmal, um ihn wieder aufzuziehen, wobei sie bemerkte - was mir selbst schon aufgefallen war -, daß der Apparat nicht besonders lange lief, wenn man die Mühe bedachte, die es kostete, ihn in Gang zu bringen. Noch so ein Beispiel für Denoons Erfindermentalität.

Dineo schien irgend etwas auszubrüten. Ich hatte das Gefühl, daß sie unentwegt damit beschäftigt war, mich zu testen, selbst als sie sich über die verschiedenen Tierzuchtprojekte ausließ, die Denoon sich in den Kopf gesetzt hatte und zu denen seit neuestem auch eine Straußenzucht gehörte. Die Moral von der Geschicht' lautete, daß ich mich auf den Rat der Frauen verlassen sollte, ganz bestimmter Frauen, deren Namen sie mir nannte und die auch mit der Tierzucht zu tun hatten. Irgendwann war Denoon offenbar fest entschlossen gewesen, hier in Tsau Schweine zu züchten, hatte den Plan jedoch wieder aufgegeben. Kernstück seiner Idee war ein fahrbares Schweinehaus gewesen, wie Dineo es nannte: ein geräumiger, überdachter mobiler Schweinestall ohne Boden. Dieser Borstenviehverschlag sollte von einem

Ort zum anderen transportiert und jeweils so lange stehengelassen werden, bis die Schweine durch ihr Wühlen und ihre Exkremente den Boden in Blumentopferde verwandelt hatten. Das Problem war nur, daß Schweine sehr kräftige Tiere mit ausgeprägtem Herdeninstinkt sind. Den Käfig absolut fest im Boden zu verankern erwies sich als technisch unmöglich, und so konnten die Schweine ihn sozusagen hoppnehmen und herumschleppen, wohin sie wollten, sogar über weite Entfernungen, etwa auf den Hof der Grundschule, wo die Kinder ihn kommen sehen und ausflippen würden. Aber die Verankerung des Käfigs war nur ein Teil des Problems: Darüber hinaus gab es auch keine Möglichkeit, ihn so stabil zu bauen, daß die Schweine ihn nicht früher oder später kaputtmachen würden, um sich dann in alle Himmelsrichtungen zu zerstreuen. Und jetzt, sagte Dineo, will Rra Puleng Strauße einfangen und züchten, obwohl diese Tiere noch viel kräftiger als Schweine sind. Auf jeden Fall solle ich mit den Kaninchen weiterhin so verfahren, wie ich dies für richtig hielt.

Als zweites Thema brachte sie den Überschuß an Bons zur Sprache, der sich bei mir angesammelt hatte, weil ich länger arbeitete, als dies für die Abdeckung meiner Bedürfnisse erforderlich war. Ich fragte sie, ob es nicht möglich wäre, ein paar meiner Bons an eine der älteren Frauen abzugeben, eine, die selbst nicht viel arbeiten könne und der ein wenig Luxus vielleicht guttun würde. Damit hatte ich einen Treffer gelandet, wie ich deutlich sehen konnte, denn wenn Dineo sich über irgend etwas freute, dann zuckte sie zusammen wie Humphrey Bogart.

Und nun begann der Teil unseres Treffens, der mich aus der Fassung brachte. Wir unterhielten uns gerade darüber, wie gut mir Tsau gefiel, und ich hatte den Eindruck, sie wollte mir noch einmal auf den Zahn fühlen, indem sie ihr Erstaunen darüber ausdrückte, daß ich früher nie etwas von Tsau gehört hätte, nicht einmal in Kang, wo man sich, wie sie wisse, viele Geschichten über Tsau erzähle und es sogar das Dorf nenne, in dem die Frauen vor den Männern essen. Doch mitten in diesen Ausführungen stand sie urplötzlich auf und sagte, ich solle ihr zum Badehaus folgen.

Bis dahin hatte ich das Badehaus nur von außen gesehen.

Es war eines dieser überdimensionierten Rondavels im unteren Teil des breiten steinigen Hangs im Osten, wo sich auch die Gemeindeküche, die Wäscherei und die Krankenstation befanden. Warum wollte sie mich dorthin mitnehmen? Wollte sie mir damit vielleicht etwas Persönliches zu verstehen geben? Ein komischer Gedanke, aber er zeigt, wie verwirrt ich war.

Das Badehaus war leer. Auf dem Steinfußboden lagen Lattenroste. Das grünliche Licht, das durch die beiden breiten getönten Glasbausteine links und rechts neben der Tür einfiel, sorgte für eine relativ gute Sicht. Dineo erklärte mir, daß es hier zwei verschiedene Sorten Badewannen gab – die üblichen Sitzwannen aus Plastik und hohe zylindrische Holzwannen, in die man über eineTrittleiter stieg und die mittels dicker Ringhaken am Sockel vor dem Umkippen geschützt waren. Die hohen Wannen ermöglichten es, bis zum Hals in warmem Wasser zu sitzen. Ich dachte mir, daß man sich hineingleiten ließ, bis die Knie den Wannenboden berührten, und es sich dann in einer Hockstellung gemütlich machte. Alle Wannen und Lattenroste ließen sich ohne große Kraftanstrengung unter eins der drei Rohre schieben, aus denen dank der Sonnenkollektoren auf dem Dach lauwarmes bis heißes Wasser floß. Diese Speirohre zog man mit einem Seil herunter. Man mußte ziemlich fest ziehen. Drei Züge pro Person waren das Limit, reichten aber auch für ein schönes Bad.

Während Dineo mir die technischen Details des Badehauses erklärte, begann sie sich wie selbstverständlich auszuziehen, ja sie reichte mir sogar ihre Kleidung zum Halten. Dabei hörte sie keinen Augenblick auf zu reden. Ich solle mich frei fühlen, von dem Badehaus Gebrauch zu machen, wann immer ich die Dusche bei Mma Isang leid sei. Gegenwärtig werde dieser Ort nur von Frauen genutzt, aber demnächst gäbe es auch spezielle Zeiten für Männer; um dies anzuzeigen, werde jeweils ein Tuch an die Tür gehängt. Ich solle mich immer einseifen, bevor ich am Rohr zog. Und so weiter. Dabei verlor sie nicht ein Wort über das, was sie tat.

Ich konnte mir nicht vorstellen, aus welchem Grund sie mir diesen Auftritt bot. Sie legte alle ihre Kleidungsstücke ab, außer dem Kopftuch. Dann zog sie so lange an dem Rohr über ihr, bis ein dünnes Rinnsal herauslief, aber sie benutzte das Wasser nur, um sich Gesicht und Unterarme zu benetzen. Sie war sehr gut gebaut. Offensichtlich hatte sie nie gestillt. Ich glaube, ein paar Sekunden lang wußte ich buchstäblich nicht, wo ich mich befand. Mir war äußerst unwohl zumute. Das Ganze wirkte inszeniert, also beileibe nicht zufällig, war aber für mich undurchschaubar. Meinem Gefühl nach hatte es auch keinerlei erotische Komponente. Bei den Batswana ist der Körper mit wenig Schamgefühlen besetzt, abgesehen von den weiblichen Geschlechtsorganen oder vielmehr dem Introitus soi-même. Für Tswana-Männer ist der Anblick eines nackten Busens oder generell weiblicher Nacktheit bei weitem nicht so erregend wie für Makhoa. Wollte Dineo mir mit diesem Auftritt etwa zeigen, daß sie für ihr Alter noch einen Körper hatte, der sich zur Kühlerhaubenfigur geeignet hätte? Ihr Schamhaar war nicht buschig, sondern kaum mehr als ein schmaler senkrechter Streifen, wie man ihn immer häufiger in Onanierheften wie dem Playboy sieht. Ihrer war echt, aber ich bin mir sicher, daß die in den Zeitschriften Artefakte sind, die geschaffen werden, weil die Phantasie des männlichen Normalverdieners offenbar auf eine Schimäre mit Ammenbrüsten und einen eingeölten und ausrasierten präpubertären Venushügel hinausläuft. Wo wir eher dickbepelzten Frauen dabei bleiben, ist eine gute Frage und vermutlich auch einer der Gründe für die Herausbildung von Minderwertigkeitskomplexen.

Was mir gleichzeitig ins Auge sprang, war eine gezackte, wulstige Narbe, die an ihrem Bauchnabel begann und direkt bis zum Venushügel führte. Von einer Blinddarmoperation konnte sie nicht stammen. Ich tippte auf eine Hysterektomie, und dabei kam mir der Gedanke, daß Dineo vielleicht nichts weiter wollte, als mir diese Narbe zeigen. Trotzdem wußte ich nicht, wie ich mich verhalten sollte.

Die ganze Szene dauerte nicht lange, auch wenn sie mir endlos schien. Als Dineo mit ihrer Katzenwäsche fertig war, zog sie sich rasch wieder an, wobei sie unentwegt weiterplauderte. Die Atmosphäre hatte absolut nichts Bedrückendes.

Als wir dann ins Freie traten, deutete Dineo auf einen Melonenbaum neben dem Badehaus. Er wurde mit dem Schmutzwasser aus den Wannen bewässert. Die Leute scherzen darüber, wie süß und stark das Badewasser der Frauen ist, und sie sagen, wenn man den Geschmack der Frauen kosten will, dann muß man von diesen Früchten kosten, erklärte sie mir.

Mein Verdacht, daß sie Denoons Geliebte war, schien mir danach ganz unbegründet, obwohl ich nicht hätte sagen können warum.

Festival der Fehlleistungen

Als Denoon schließlich zurückkam, verkniff ich mir jede Äußerung zu seiner viertägigen Abwesenheit. Das letzte, womit ich in unserer Beziehung anfangen wollte, waren Vorstöße, die alle möglichen Phobien hinsichtlich persönlicher Einschränkungen, Auskunftspflicht oder Bewegungsfreiheit aktivieren konnten. Ich wurde das Gefühl nicht los, daß hinter seinem Rückzug die Absicht gesteckt hatte, mich zu testen, nachzuprüfen, ob ich einer so sprunghaften und mobilen Persönlichkeit wie ihm auch wirklich gewachsen war. Und wenn wir je zusammenziehen und Anwandlungen von leiser Platzangst verhindern wollten, die das auf ein einziges Koppie beschränkte gesellschaftliche Leben fast unweigerlich mit sich bringt, dann mußte er - und vielleicht auch ich - die Möglichkeit haben, ab und zu über Nacht dem Treibhaus sozialer Spannungen fernzubleiben, das Tsau offenbar war. Er erzählte mir, normalerweise würden ihm drei Tage in seinem Schlupfwinkel reichen, aber diesmal sei sein Ausflug mit der Konzeption eines Straußenzucht-Projekts verbunden gewesen und habe sich deshalb etwas länger hingezogen.

Beziehungsmäßig waren wir mittlerweile so weit, daß er zum Abendessen in Mma Isangs Hütte erschien. Die ersten Male hatte sie mit uns gegessen, doch auch wenn wir den Schein wahrten und uns nur bei ihr trafen, zog sie sich mittlerweile samt ihrer Mahlzeit in mein Rondavel zurück. Sie bestand darauf. Sie gehörte dem Lager von Frauen an, das die Haltung einnahm, er und ich sollten zusammenkommen. Meine damalige, schlichte Interpretation dieser Haltung lautete: Diese Leute wollten Denoon so lange wie möglich in Tsau behalten und befürchteten, seine persönliche Situation - wenn dies denn wirklich seine persönliche

Situation war, was ich einfach nicht glauben konnte - als, na ja, enthaltsam lebender Mann würde ihn früher oder später zum Abschied bewegen. Schließlich war allgemein bekannt, daß er mittlerweile ernsthaft vorhatte, sich scheiden zu lassen. Es standen also grundlegende Änderungen bevor. Rational fand ich Denoons Entscheidung für das Zölibat durchaus plausibel. Jede Liaison mit einer Frau aus Tsau hätte seine Rolle als über den Dingen Stehender aufs Spiel gesetzt, hätte bedeutet, daß er nicht nur einer bestimmten Frau, sondern dazu auch noch ihrem Stamm den Vorzug vor allen anderen gab, hätte sowohl seinen Status kompliziert als auch den seiner Erwählten. Außerdem wollen die Tswana-Frauen Kinder, und die wollen sie sofort. Und dann mußte natürlich noch sein professionelles Image bedacht werden, das eines Mannes, der versucht, autarke politökonomische Strukturen aufzubauen, die später ohne ihn existieren könnten, Entitäten, die nicht auf die finanziellen Segnungen des Westens angewiesen wären und erst recht nicht auf das Charisma eines einzelnen Mannes, noch dazu eines Weißen. Und gerade dem Modell Tsau, das ja in erster Linie weibliche Gleichberechtigung und Würde propagierte, würde es nicht gut anstehen, wenn dieser weiße Mann sich mit einer Einheimischen, einer Dorfschönen zusammentat, um sie bei seinem Abschied schmachvollerweise zurückzulassen oder aber mitzunehmen und dadurch all ihren Schwestern zu demonstrieren, daß der wahre Glückstreffer im Leben darin bestand, sich von einer Ikone in die Metropolen des Westens entführen zu lassen. Danach zu urteilen, war ich in mehr als einer Hinsicht ideal für ihn, sofern ich glaubhaft machen konnte, was offenbar der Fall war, daß ich mich wirklich gern in Tsau aufhielt und es nicht eilig hatte, meine Zelte abzubrechen - und daß ich diejenige war, die ich zu sein schien.

Ein Abendessen nahm einen peinlichen Verlauf. Die Art, wie Nelson an diesem Abend geschickt zu erkunden versuchte, ohne mich direkt zu fragen, wo Mma Isang war, wann ich sie zurückerwartete und ob wir dafür eine bestimmte Zeit ausgemacht hätten, ließ für mich nur den Schluß zu, daß er amouröse Absichten hegte. Ich war nicht kooperativ. Statt dessen begann ich, ihn aufzuziehen, teils weil er bei unserem Mondscheinspaziergang keinerlei Anstalten gemacht hatte, zuer Sache zu kommen, teils aber auch wegen seiner viertägigen Abwesenheit. Das Ganze entwickelte sich zu einer mit Spitzen gespickten Komödie.

Neckereien sind immer regressiv. Und weil ich das weiß, lasse ich sowas im allgemeinen auch sein, aber wenn ich welche anbringe, dann rechtfertige ich mein Verhalten damit, daß es für jede Frau eine akzeptable Neck-Quote gibt, an die ich sowieso nie herankomme.

Denoon hatte sich in Schale geworfen, jedenfalls für seine Verhältnisse. Er trug eine lächerlich bauschige Hose mit Zugband, einen sauberen blauen Kasack und war frisch rasiert, bot also einen glänzenden Anblick.

Die Hauptspeise war ein Gericht aus gebackenen Karotten und Hafergrütze, das ich mir selbst ausgedacht hatte. Da es sich um eine hundertprozentige Solarproduktion handelte, mußte es ihm einfach schmecken, allein schon aus diesem Grund.

Bei meinen Streifzügen durch Tsau hatte ich unter anderem die Geschichte gehört, wie Nelson einmal in die Grundschule spaziert war und unter den dort ausgestellten Kinderzeichnungen das Bild eines Hengstes entdeckt hatte, bei dem an der Stelle, wo eigentlich der Penis hingehörte, eine Wolke zu sehen war. Allerdings schimmerten die Umrisse des Penis noch unter der Radiergummiwolke durch. Nelsons Nachforschungen ergaben, daß ein Lehrer offenbar aus Gründen der Sittlichkeit dem kleinen Künstler erklärt hatte, sein Bild würde nicht ausgestellt, wenn er dieses Detail nicht ändere. Nelson, hochentrüstet, hatte die Angelegenheit daraufhin vors Schulkomitee gebracht.

Ist das wirklich die Ebene, auf die du festgelegt werden willst? fragte ich ihn.

Er erwiderte: Soll das etwa heißen, ich wäre ultra vires? Wie wir später übereinstimmend feststellten, war das der Moment, in dem uns aufging, daß wir beide Latein gelernt hatten, und damit eine für unsere Beziehung wichtige Gemeinsamkeit entdeckten, denn er liebte diese Sprache genauso wie ich.

Ich sagte: Das wohl kaum, denn ich habe ja keine Ahnung, wo deine Grenzen in institutioneller oder vielmehr juristischer Hinsicht liegen. Du scheinst ex officio in den meisten Komitees zu sein, die ich kenne, jedenfalls tauchst du bei ihren Sitzungen auf, wann immer du willst, und niemand fragt dich, was du dort zu suchen hast. Und vermutlich leitest du aus der Tatsache, daß du der geistige Vater von Tsau bist, auch einige nicht genauer definierte Machtansprüche ab. Ich habe zwar den Eindruck, daß du dich etwas aus dem Tagesgeschäft zurückziehst, aber das ist nicht mehr als ein Eindruck. Mir ist das alles schleierhaft.

Er weigerte sich, mich diesbezüglich aufzuklären, indem er geradezu ostentativ und mit offensichtlichem Genuß weiteraß und sogar murmelte, er wolle mein Rezept haben. Daraufhin erklärte ich ihm noch einmal, ich fände, es sei unter seiner Würde, sich derart aufzuregen, wenn ein Lehrer einen Schüler davon abzubringen versuche, ein Pferd mit einem großen Penis zu malen. Zufälligerweise wußte ich, daß der fragliche Penis in der ursprünglichen Zeichnung geradezu groteske Ausmaße gehabt hatte und daß der Künstler kein anderer als King James gewesen war. Er sagte: Ist Zensur denn kein Thema, das unsere Aufmerksamkeit erfordert?

Wenn du die Bürgerrechtsvereinigung von Botswana höchstpersönlich bist, dann schon. Aber bist du nicht eher so was wie ein Generalinspekteur? Darauf folgte eine weitere Gesprächspause.

Ich bekam Angst. Meine Kommentare grenzten an Nörgelei, und er fühlte sich unwohl. Ich versuchte, per Klangassoziation zu einem weniger heiklen Thema überzuleiten, und was dabei herauskam, war die Frage: Weißt du, wie die Batswana einen Pantoffelhelden beschreiben? Er wußte es nicht. Ich sagte: Sie nennen ihn einen Mann, der seinen Mantel ißt. Die Leute lachen, wenn sie diese Formulierung benutzen, und sogar ich muß lachen, aber sie können nicht erklären, was daran komisch sein soll, und ich weiß es auch nicht.

Damit war ich per Zufall auf ein Thema gestoßen, das ihn sehr interessierte: Tswana-Humor. Ob ich noch andere Tswana-Witze kannte?

Glücklicherweise hatte ich noch einen auf Lager, einen einzigen. Ja, sagte ich. Aber dann fiel mir ein, worum es in diesem Witz ging.

Es ist gar kein Witz, sagte ich. Es ist ein Rätsel. Eigentlich ist es überhaupt kein Witz.

Dann wollte er eben das Rätsel hören. Ich konnte nicht fassen, was ich da angerichtet hatte. In meiner Verzweiflung versuchte ich, mir spontan einen Witz oder ein Rätsel auszudenken, nur um nicht mit diesem rausrücken zu müssen. Aber mein kreativer Geist hatte den Betrieb eingestellt. Denoon wartete.

Also, das Rätsel geht folgendermaßen: Weißt du, wann man einen Penis eine Landplage nennt? Du weißt es nicht? Also, die Antwort lautet: Wenn er zu viele Umstände macht.

Er lachte. Es war kein pflichtschuldiges Lachen, aber ich genierte mich schrecklich. Bislang hatten sich alle meine geistigen Ergüsse in irgendeiner Weise auf den Penis bezogen. Manchmal bin ich wirklich nicht mehr bei Trost. Aber sein herzhaftes Lachen tat mir gut.

Dann kam mir die brillante Idee, meiner offenkundigen Fixierung auf diesen Gegenstand dadurch die Spitze zu nehmen, daß ich Nelson demonstrierte, wie unwichtig mir das Thema eigentlich war, trotz allem, was er jetzt vielleicht dachte, indem ich es vollends ins Scherzhafte zog. Ich versuchte, mich ganz unbekümmert zu geben.

Also sagte ich: Dazu fällt mir übrigens noch etwas ein, das du vielleicht auch amüsant findest. Während der Phase in meiner Schulzeit, als die Vornamen meiner drei besten Freundinnen auf -i endeten, lautete unsere Standardfrage zu den Jungen, mit denen die eine oder andere von uns, sagen wir mal, geknutscht hatte, ob er aufrichtig gewesen sei – wobei aufrichtig natürlich für eine Erektion stand.

Das fand er ausgesprochen komisch. Man lernt doch nie aus, sagte er. Das war mir neu.

Wie allein sind wir? fragte er dann. Doch genau in diesem Moment erschien Mma Isang. Ich gab ihr durch die Blume zu verstehen, daß sie bleiben sollte. Dabei fühlte ich mich zwar wie eine Mischung aus dummem Ding und kokettem Weibchen, aber mir war lieber, wenn der Abend jetzt und so endete.

Dafür zu sorgen, daß dem eigenen Partner die Lust nicht vergeht, wird von den meisten Menschen als eine Aufgabe angesehen, die sich auf den Bereich Sexualität oder das korrekt getimte Servieren einer appetitanregenden Mahlzeit beschränkt, aber dabei ist es doch viel wichtiger als alles andere finde ich, die tägliche Fortsetzung der ganz privaten Komödie zu bieten. So richtig entwickelt hat sich diese Idee bei mir natürlich erst im Zusammenleben mit Denoon; an besagtem Abend war sie kaum mehr als eine Ahnung gewesen. Ich spreche hier übrigens nicht vom Sinn für Humor, der sehr nützlich sein kann, um die Höhen und Tiefen des Zusammenlebens zu überstehen. Nein, ich spreche vom privat praktizierten Komödiantentum. Insgesamt gesehen war ich darin besser als Denoon. Warum ich erst so spät darauf gekommen bin, wie wichtig es ist, füreinander komisch zu sein, weiß ich selbst nicht. Dieser Gedanke war mir bislang einfach nie in den Sinn gekommen, wenn ich es mit einem Mann ernst meinte. Denoon allerdings gab mir schon sehr früh in unserer Beziehung zu verstehen - zwar nicht verbal, aber indem er sich nie dagegen verwahrte -, daß ich ihn und seine kleinen Schwächen gern als Bestandteile oder Requisiten in meine Nummern einbauen konnte. Ich hatte es also wirklich mit einem ganz besonderen Mann zu tun oder vielleicht auch nur mit dem ersten Mann in meinem Leben, der wirklich erwachsen war - eine Qualität, die ich bis dato mehr oder weniger als literarisches Konstrukt abgetan hatte und als eine Methode, um sich vor der Frage zu drücken, ob die wirkliche Welt vielleicht tatsächlich nichts weiter ist als eine Schichttorte aus verschiedenen Graden von Hysterie, wobei die Hysterie des herrschenden Geschlechts einfach stärker unterdrückt wird und in eher ritualisierten Formen wie einer Allzeit-Bereit-Haltung oder dem Auswendiglernen von Tabellenständen zu Tage tritt, die niemand ohne weiteres mit Hysterie verbindet. Ich war selbst überrascht davon, wie sehr ich mich freute, ihm ein so herzhaftes, gelöstes, ungekünsteltes Lachen entlockt zu haben.

Als ich den Abend mit der Serie von Fehlleistungen in puncto Penis später einmal zur Sprache brachte, reagierte Nelson unheimlich nett. Er fand einen originellen Weg, um mich zu trösten, zu dem auch ein Glaubenssatz gehörte, der zu einer Vergennung zwischen uns werden sollte. Als erstes versicherte er mir, daß diese Penis-Sequenz für ihn sub rosa ausgesprochen prickelnd gewesen sei, insbesondere deshalb, weil sie so eindeutig nichts Absichtsvolles gehabt habe. Du bist nie kokett, sagte er, und dann: Es gibt eine häretische Lehrmeinung aus dem Tollhaus der

Häresien des neunten Jahrhunderts, die besagt, daß Gott gütig ist und die Gewalt über alles hat, was auf Erden geschieht, ob große oder kleine Ereignisse, daß aber leider der Teufel die Gewalt darüber hat, wann es geschieht. Daher die Fehlleistungen. Daher die real existierende Welt. Mit diesem Aphorismus, von dem wir fleißig Gebrauch machten, haben wir uns oft gegenseitig zum Lachen gebracht. Natürlich sind solche Merksprüche bei weitem nichts so Solides wie die stoische Maxime: Von allem, was existiert, liegt das eine in unserer Hand und das andere nicht, die mich immer begleitet, wie so vieles, was ich dem Zusammenleben mit Denoon verdanke, der sie übrigens heftig gegen ihre populistische Version verteidigt hat, die bei den Anonymen Alkoholikern im Umlauf ist.

Zeit des Werbens II

Untiges stammt aus der Endphase unseres Werbens.

▶ *Warnung vor den Launen der Männer. N. offenkundig deprimiert wg. der Spaltung irgendeiner spanischen Gewerkschaft. Unentwegtes, wenn auch nur leises Fluchen auf eine Gruppe namens Renovados. Seine Infos stammen aus einem gerade mit einjähriger Verspätung hier eingetroffenen hektographierten Rundbrief. Es hat schon einige Kühnheit erfordert, wenigstens soviel aus ihm herauszuholen. Ich wollte nichts weiter als ihm dabei helfen - wenn ich das überhaupt konnte -, die schlechte Nachricht neu zu gewichten, sie sich nicht so nahegehen zu lassen, und ihm eine Schulter zum Anlehnen bieten, sobald ich wußte, was da eigentlich Schlimmes passiert war. Aber ich bekam nur zu hören, dafür müßte ich schon die gesamte Geschichte des Anarchosyndikalismus in Spanien kennen, bzw. er müßte sich die Zeit nehmen, sie mir von der Cromagnonzeit an zu erzählen, bevor ich überhaupt begreifen könnte, worum es ging. Doch dazu ist er nicht bereit, schon gar nicht zu einer Kurzversion, und die Antwort auf meine Frage, ob es irgend etwas gibt, das er mir über dieses Thema zu lesen geben könnte, lautet nein. Offenbar möchte er sich wirklich lieber im Elend suhlen, ohne von guten Freunden dabei gestört zu werden. Ich fand es ausgesprochen mutig von mir, ihn zu fragen, ob es noch mehr Bereiche in seinem Leben gibt, aus denen die Tentakel der Depression plötzlich hervorschießen könnten, um ihn einzuwickeln, ihn ohne Vorwarnung in einen mürrischen Dinnergast zu verwandeln, worauf er mit Nein antwortete.* Meine Aversion gegenüber Launenhaftigkeit bei Nächsten und Liebsten ist vielleicht deshalb so stark ausgeprägt, weil sie auf leidvollen Erfahrungen beruht. Ein wesentliches Element meiner Lebensgeschichte ist die dreimonatige schwere Verstimmung meiner Mutter, die ich eines Sommers unabsichtlich ausgelöst habe. Dabei wollte ich ihr nur etwas Gutes tun. Ich hatte gerade meinen Führerschein gemacht, hatte dafür eine halbe Ewigkeit lang gebettelt und Süßholz geraspelt, Autos geliehen und Kerle beschwatzt, mir Fahrunterricht zu geben. Es war ein Triumph für ein Mädchen wie mich, das praktisch zur Unterklasse gehörte. Und das erste, wozu mir mein Führerschein samt dazugeliehenem Auto dienen sollte, war ein Wochenendausflug zu einer Hütte am See mit meiner Mutter. Es sollte ein toller Ausflug werden, einer der schönsten, den mein armer Schrank von einer Mutter je erlebt hatte. Wir wollten gerade losfahren, das heißt, ich stieß rückwärts aus der Einfahrt, als es plötzlich einen lauten Knall tat. Ich stieg aus, um nachzusehen, was los war, und mußte feststellen, daß ich den Koffer meiner Mutter überfahren, zerquetscht, total ruiniert hatte, genau den Koffer, der ihr - wie ich gleich erfahren sollte - mehr bedeutete als alles andere, was sie besaß, so ihre Formulierung, weil er ein Geschenk von ihrem Therapeuten und angeblich das einzige anständige Geschenk war, das sie je erhalten hatte, wogegen meine armseligen Liebesgaben von Zeichnungen über Aschenbecher und Serviettenringe bis hin zu Stilleben in Collagetechnik natürlich nicht ankommen konnten. Es war ein nagelneuer Koffer, was die Sache offenbar besonders schlimm machte. Ich war davon ausgegangen, daß sie ihn in den Kofferraum gepackt hatte, und sie war davon ausgegangen, daß ich wüßte, daß sie ihn hinters Auto gestellt hatte, damit ich ihn in den Kofferraum packen konnte, weil es ihr schwergefallen wäre, sich tief genug zu bücken, um ihn selbst zu verstauen. Und somit war nun alles perdu außer dem Elend. Sie fiel in ein schwarzes Loch. Mindestens ein Vierteljahr lang trauerte sie um diesen Koffer, und die ganze Zeit über verschloß sie die Ohren vor meinen Entschuldigungen und sogar vor meinem tollkühnen Angebot, ihr irgendwie einen neuen, noch besseren Koffer zu kaufen. Welchen anderen Schluß hätte ich also bitteschön aus diesem Erlebnis ziehen sollen als den, daß Emanzipation Freiheit von Leuten mit Launen bedeutet? Etwa zur gleichen Zeit verfiel die Mutter meiner besten Freundin Toni in einen Zustand tiefster Niedergeschlagenheit, der zwei Wochen lang andauerte, weil jemand kurz nach der Renovierung ihrer Küche einen heißen Topf auf die neue Resopalplatte gestellt und dadurch einen halbkreisförmigen, schwach-bräunlichen Fleck verursacht hatte. Für sie war damit alles ruiniert, obwohl Tonis Vater das Stück Resopal sofort austauschen ließ. In einem sehr hitzigen Wortgefecht mit Denoon, das bei einer bis dahin friedlichen Diskussion über die Unterschiede zwischen Mann und Frau durch seine Behauptung ausgelöst wurde, im Gegensatz zu Männern würden Frauen Verletzungen und Ungerechtigkeiten viel stärker empfinden als etwa Glück im Sinne von günstiger Fügung oder die Überwindung von Kummer, hatte ich das alles im Hinterkopf, wo ich es grummeln hörte, aber ich gewann trotzdem.

▶ *Immer wieder erkundigt er sich bei mir über die Stimmung im Ort, die - wie ich ihm wahrheitsgetreu sage - eigentlich gut zu sein scheint, soweit es die Frauen betrifft, aber wie glücklich sind die Männer? Wir waren nach dem Essen losgegangen, um den Anti-Ziegen-Zaun rings um das Pappelwäldchen neben der Gummibaumplantage zu reparieren. Junge Pappeln sind für Ziegen, was Katzenminze für Katzen ist. Als ich die Stimmung unter den Männern ansprach, gab er sich desinteressiert. Er sagte nichts weiter als Männer sind überhaupt nur im Gefängnis oder in der Armee glücklich. Ich bin an dem Punkt angelangt, wo ich ihn verdächtige, jede Menge Bonmots über die Perfidie der männlichen Rasse zu produzieren, nur weil er glaubt, ich würde auf so etwas abfahren. Deswegen reagiere ich zur Abwechslung mal cum grano salis auf seine Ex-und-hopp-Sprüche. Woher willst du wissen, daß Männer im Gefängnis und in der Armee glücklich sind? fragte ich und bekam zur Antwort: Das kann man an dem erkennen, was sie unterlassen, wenn sie rauskommen. Die meisten von ihnen unterlassen es, dafür zu sorgen, daß sie nicht wieder ins Gefängnis wandern. Zum zweiten unterlassen sie es, so negativ über ihre Erfahrungen dort zu berichten, daß ihresgleichen und vor allem die Jungen das Risiko scheuen würden, selbst ins Gefängnis zu müssen. Und wie glücklich Männer in der Armee sind, erkennt man daran, daß sie nach ihrer Entlassung nichts tun, was die nachwachsende Generation davon abhalten könnte, zum Militär zu gehen. Darüber hinaus treten sie in den Frontkämpferbund ein, um ihre Erinnerungen an den Krieg und ans Töten aufzufrischen, und mit ihren alten Kameraden geilen sie sich daran auf, jeden Menschen, der für den Frieden eintritt, einen Kommunisten zu nennen. Die männliche Seele findet tiefe Ruhe, wenn sie spürt, daß die Person, die ihr Zuhause ist, fest in einer eisernen Hierarchie verankert ist, vorzugsweise einer, die die Lizenz zum Töten hat.* Seine Misandrie erwies sich als echt, auch wenn sie nur sporadisch durchbrach und dabei oft begleitet war von hagiographischen Nebenbemerkungen über gewisse offenbar antitypische Männer. Während unseres Schlagabtauschs am Ziegenzaun merkte er, daß ich ihm die Ernsthaftigkeit seiner Haltung nicht abkaufte, woraufhin er ganz ernst wurde und übergangslos eine Geschichte über einen Straßenkünstler erzählte, der zu der Zeit, als Nelson in Paris gelebt hatte, so etwas wie eine feste Einrichtung in seinem Arrondissement gewesen war. Es war ein Afrikaner, ein Senegalese mit prächtigen Muskeln. Nelson nahm zunächst irrtümlich an, daß er eine Entfesselungsnummer vorführte, weil er auf dem Boden kniete, in Ketten, an denen er zerrte. Aber es war kein Kunststück, sondern Kunst, deren Aussage darin bestand, daß ein Mann gegen seine Ketten ankämpft. Das Interessanteste an dem Spektakel war das überwiegend männliche Publikum. Die Frauen, die vorbeikamen, sahen kurz und mit Schaudern hin, wunderten sich darüber, daß die Ketten nicht abfielen, und gingen weiter. Die Männer hingegen blieben fasziniert stehen und warfen dem Künstler Münze um Münze in seine Kappe. Erklär mir das, sagte Denoon. Ein andermal behauptete er, es gäbe kaum eine Gedicht, das als Ganzes geglückt sei – die Vollkommenheit müsse man in Fragmenten größerer mißlungener Arbeiten suchen. Daraufhin bemerkte ich, daß er eine der menschlichen Unzulänglichkeiten – nämlich die Tendenz, nur besonders aussagekräftige Teilstücke von Gedichten im Kopf zu behalten – zu einem perversen kosmischen Urteil über Poesie an sich umkonstruierte. En passant zitierte er ein paar Zeilen, die er mochte, aus einem angeblich sonst keineswegs guten Gedicht. Das Komische ist, daß es schon ausreichte, sie nur dieses eine Mal zu hören, um sie meinem Gedächtnis einzuprägen. Folgendes ist, glaube ich, verbatim: *Der kahle Buchhalter, zurück hinterm Schreibtisch nach Ferien am Strand / Findet Trost in einem Präsidentenerlaß voller Groll / Der Verfemte, zu Ehren gekommen in einem anderen Land / Erschauert beim ersten brutalen Gesicht nach dem Zoll.* Der Unaufrichtigkeit verdächtigte ich ihn vor allem dann, wenn er mir übertrieben klingende Anekdoten aus der Schulzeit über seine Geschlechtsgenossen und insbesondere über sich selbst zum besten gab, etwa diese: Im ersten College-Semester hatte er eine Geschichte von James Agee gelesen, erzählt aus der Perspektive einer Kuh auf dem Weg zum Schlachthof, eine wahre Tour de force, die ihn so mitnahm, daß seine damalige Freundin in den Sommerferien zur Vegetarierin wurde, während er weiterhin Fleisch aß. Wie sollte ich das verstehen? Beichtete er mir damit seine fundamentalen Tendenzen, vor denen er mich warnen wollte? Wollte er mir beweisen, daß er die emotionale Kluft zwischen Männern und Frauen erkannte und beklagte? Oder wollte er mich auf etwas Tendenziöses und Konfuses hinweisen, vorgeblich um mich davor zu warnen, insgeheim aber, um bei mir Eindruck zu schinden, indem er mir vorführte, welch außergewöhnliche Evolution ihn zu dem Mann gemacht hatte, der er heute war? Ich fürchte und ekle mich vor Lügnern. Ich wünschte fast, wir lebten noch im neunzehnten Jahrhundert und ich könnte jedem sagen, der es bei mir versuchte: Wenn du mich anlügst, dann auf eigene Gefahr. In meinen Notizen verwandte ich eine Glyphe für Lügen: einen Kreis mit einer horizontalen Linie, die ich je nach Grad der vermuteten Täuschung auf unterschiedlicher Höhe zog, so daß er wie ein mehr oder weniger geöffnetes Auge aussah. In meinem Tagebuch habe ich sogar ein Notabene stehen, darauf zu achten, ob Nelson sich in irgendeiner Weise selbst als schlechten Lügner charakterisierte, was für mich der Beweis gewesen wäre, daß ich es tatsächlich mit einem waschechten Lügner zu tun hatte. Das alles wirkt jetzt so, als wäre ich ausgesprochen phobisch, was dieses Thema betrifft. Damals habe ich allerdings auch gleichzeitig versucht, nicht zu vergessen, daß aufkeimende Liebe paranoid machen kann. Ich lüge vielleicht, wenn ich mit dem Rücken an der Wand stehe. Zugegeben. Schließlich verdanke ich meine Existenz einer faustdicken Lüge. Ich bin nicht durch die Vereinigung von Ideen empfangen worden: Irgend jemand hat meiner Mutter erklärt, er möge sie, finde sie anziehend, sei vertrauenswürdig. Ich glaube, mein persönliches Utopia wäre eine Welt, in der niemand lügt.

Es wird ernst

Eines Abends nach dem Essen chez moi lud er mich ein, ihn zu seinem Haus zu begleiten. Es gab auch einen offiziellen Grund dafür, den ich vergessen habe, aber in Wirklichkeit ging es ihm darum, mir sein Domizil vorzuführen. Er konnte ja nicht wissen, daß ich es bereits besichtigt hatte. Alles sah vollkommen verändert aus. Denoon mußte ein Artverwandter des Laubenvogels sein. Es standen mehr Möbel herum. Die Fenster waren geputzt. Maschinen und Maschinenteile waren zu Haufen geordnet. Das dick vertropfte Kerzenwachs war säuberlich abgekratzt worden. Ein Wassertank hing ostentativ an der Badewannenkonstruktion. Ich klopfte dagegen: Er war voll. Die Karosses im Haus hatten sich wundersamerweise vermehrt; sie lagen nicht nur überall auf dem Boden, sondern hingen auch an den Wänden.

Der Sechziger-Jahre-Song, den ich am meisten hasse, beginnt mit einem gejaulten I will follow him, follow him wherever he may go. Für mich ist dies die komprimierte Version einer sehr demütigenden Erfahrung. Die Aussicht, zu jemandem zu ziehen, löst immer auch die Furcht aus, die Würdelose zu sein, die Bittstellerin, die Mitläuferin. Aus diesem Grund fand ich es ungemein entlastend, wie diskret Nelson die Aufgabe anging, mir sein trautes Heim zu zeigen.

Während der Hausbesichtigung hielten wir Händchen, und als wir dann in die Abenddämmerung hinaustraten, hatten wir beide gleichzeitig die Idee, dabei die Arme zu schwenken, als wollten wir die Grundschüler parodieren, die das Händchenhalten üben. Und dann kam die Umarmung. Nun gibt es verschiedenerlei Standardumarmungen, und dann gibt es welche, die perfekt sind. Diese Umarmung gehörte in die zweite Kategorie. Jede Frau von meiner Größe merkt irgendwann, daß die ungefähr gleichgroßen Männer es darauf anlegen, den ersten Kuß im Sitzen zu vollziehen, so daß sie die Frau unauffällig etwas weiter nach unten schieben und den Gnadenstoß der Umarmung, den klärenden Kuß, von oben ausführen können, während der Kopf ihrer Partnerin nach hinten geneigt und ihre Kehle ungeschützt ist wie bei einem Tier, das einem größeren Mitglied seiner Spezies Unterwerfung signalisiert.

Das Schöne bei Nelson war, daß kein Kuß folgte. Diese Umarmung war nicht einfach nur das Gerüst für den großen erklärenden Kuß. Die beste Ausgangsposition bei Umarmungen im Stehen ist leicht versetzt, damit sie sein Bein und nicht seinen téméraire spürt, während eine seiner Hände auf ihrem Kreuz liegt, mit der er sie an sich zieht, aber nicht zerquetscht. Seine Wange liegt an ihrem Ohr, ohne ihr den Gehörgang abzudrücken. Er atmet in ihr Haar. Und dann will sie spüren, wie er sich an sie lehnt, ein wenig nur, um Erleichterung und Frieden zu signalisieren: ein Stück Fallenlassen und nicht einfach Stufe eins eines Eroberungsfeldzugs.

Und so hingen wir aneinander. Ich mochte seinen Geruch. Er war angenehm und ein bißchen wie die Kalbfleischsuppe, die meine Mutter ungefähr fünfmal in meinem Leben gekocht hat, wenn sie aus unerfindlichen Gründen in Hochstimmung war. Dieser Hauch überlagerte das Amalgam aus Seife, Dieselöl und Rauch.

Wer die Umarmung auflöst, ist ebenfalls nicht unwichtig. In diesem Fall war es meine Entscheidung.

Ohne mir zu überlegen, was ich tat, ließ ich meine Arme an seiner Wirbelsäule hinabgleiten und schob sie unter den Bund seiner albernen Paschahose und seiner Unterhose. Ich spreizte seine Pobacken auseinander. So brach ich die Umarmung ab. Ich glaube, er hatte seinen Spaß daran. Jedenfalls fragte er mich, woher ich denn diesen verspielten Zug hätte.

Und so standen wir da, während Afrika in der Nacht versank, die Fledermäuse zu kreisen begannen und das Dorf sich in eine glitzernde Lichterbotschaft verwandelte. Es war meine Entscheidung, ob wir den nächsten Schritt machen würden, aber ich hielt mich zurück. Ich hätte gern seine herrlichen, rucksackriemendicken Sternocleidomastadoide berührt.

Ich war glücklich, ich war ja so glücklich. Ich hatte das Gefühl, daß wir - ganz gleich, was wir sonst füreinander sein konnten - körperlich Freunde werden würden, befreundete Körper. Und ich bestimmte auch, wann es Zeit für mich war, mich nach Hause begleiten zu lassen. Ich meinte spaßhaft, daß ich früh ins Bett gehen müßte, weil ich wahrscheinlich die ganze Nacht über wachliegen würde. Er konnte sich ja selbst ausrechnen, was der Grund dafür war.

Schlangenfrauen

Einige der folgenden Schritte, die zu meinem Einzug bei ihm führten, muß ich auslassen, so faszinierend jeder Zentimeter dieser Entwicklung auch jetzt noch für mich ist. Aber bei einer späteren Diskussion über seine Achilles-und-die-Schildkröte-Herangehensweise brachte ich ihn zum Lachen, als ich ihn fragte, ob er nicht auch fände, daß mein Narzißmus das interessanteste Phänomen weit und breit war. Meine zwanghafte Beschäftigung mit der Tatsache, daß ich nach meiner Ankunft in Tsau nicht gerade mit Aufmerksamkeiten seinerseits überschüttet worden war, bekam ich aber erst in den Griff, als Nelson sagte, ich würde allmählich zu einem Werweib. Über lange Strecken sei ich eine normale Gefährtin, und dann, voilà, bei Vollmond, verwandle ich mich in ein echtes Eheweib, das sich nostalgisch auf jedes Detail unserer langen Zeit des Werbens fixiere.

Er behauptete, es sei für uns beide eine Abwechslung gewesen, als ich zur Schlangenfrau ernannt wurde. Die Schlangenfrauen waren hochgeachtet. Diese Gruppe erwirtschaftete dicke Sonderguthaben in Sekopololo, wenn sie von einem Schlangenalarm zurückkehrte und das Untier äußerlich unversehrt oder am besten sogar lebendig mitbrachte. Daß ich in den Kreis der Schlangenfrauen aufgenommen wurde, beruhte auf kontraphobischem Verhalten. Ich hasse Schlangen.

Die Ereignisse, bei denen die Plazaglocke geschlagen wurde, waren Geburten, Todesfälle, Gewitter, Hagelstürme, Vollversammlungen und Schlangenalarm. Wenn sie ertönte, hieß es, alles stehen- und liegenlassen und sich versammeln.

Bei mir ging die Ernennung zur Schlangenfrau ohne großes Tamtam vonstatten. Jeden Morgen fand vor Sekopololo eine Motivationsrunde statt. Auf der Tafel waren die verdienstvollsten Arbeiten und die Extrabons notiert, die dafür vergeben wurden, und eine Frau, die als Einpeitscherin fungierte, pries die besonders dringlichen Aufgaben mit einer schrill vorgetragenen komischen Bravourarie an. Der freundschaftlichen Beziehung, die sich später zwischen uns entwickelte, lag auf meiner Seite reine Bewunderung zugrunde. Wenn sie im Einsatz war, erinnerte sie mich an Verkehrspolizisten auf den Bermudas. Sie hieß Leto Mayekiso und war früher die Haushaltssklavin eines Bakwena-Häuptlings gewesen. Die Dorfbewohner schienen genau Bescheid zu wissen über die Umstände ihrer Freilassung. Irgendwie stand sie in Zusammenhang mit kleineren Bränden, die unerklärlicherweise in ihrer gesamten Nachbarschaft auftraten, obwohl Leto in jedem Fall ihre Unschuld beweisen konnte. Schließlich war sie freigelassen worden, dafür jedoch auf einer inoffiziellen schwarzen Liste gelandet. Es gab oft scherzhafte Zwischenrufe, wenn sie für Arbeiten am Brennofen und in der Wäscherei warb, die sie unweigerlich als so heiß beschrieb, daß sie eigentlich keiner Frau zuzumuten waren. Ein wesentliches Element ihrer Show bestand darin, daß sie sich lang und breit darüber ausließ, wie körperlich unerträglich bestimmte Aufgaben waren – offensichtlich als Herausforderung. Ihr Publikum reagierte darauf mit anerkennendem Ululieren. Ich fand das alles toll. Leto war ungefähr in meinem Alter. Sie war sehr clever. Wenn sie Herero- oder Kalangafrauen kommen sah, wechselte sie sofort in deren Sprachen über. Soweit ich beurteilen konnte, war sie ein glücklicher und zufriedener Mensch. Wer die mürrischen Baherero zum Lachen bringen kann, muß schon ein Genie sein. Sie lebte allein. Glückliche Menschen faszinieren mich.

Eines kühlen Morgens während der Motivationsrunde erklang die Glocke, und die ganze Plaza verwandelte sich in ein Tollhaus: Schlangenalarm. Leto ließ den Fliegenwedel fallen, den sie in ihrer Show benutzte, und schoß ins Sekopololo-Gebäude. Das botswanische Dorf überläßt die Schlangenjagd üblicherweise den Männern, die sich bei dieser Aufgabe meines Erachtens ziemlich hysterisch anstellen und deren Anstrengungen gewöhnlich darin gipfeln, daß sie den gesunden Baum niederbrennen, auf den die Schlange sich verzogen hat, um dann ihren Kadaver in Stücke zu hacken. Tsaus Schlangen-Corps setzte sich aus sechs erfahrenen Frauen und zwei Novizinnen zusammen, von denen die eine noch recht jung war. Es gab genau festgelegte Verfahrensregeln für den Ernstfall. Wer auch immer eine Schlange entdeckte, mußte sofort stehenbleiben und mit der Trillerpfeife Alarm geben - das Signal für die Schlangenfrauen, die sich umgehend in Sekopololo versammelten, wo sie ihr spezielles ziemlich mittelalterlich anmutendes Lederzeug anlegten: Beinschienen zum Umschnallen unter dem Rock, eine Art Schlauch, der über den rechten Unterarm gezogen wurde, dicke Handschuhe und einen engsitzenden Helm oder Topfhut, den allerdings nicht alle aufsetzen mochten. Die Waffen sahen aus wie überdimensionierte Schürhaken, Knüppel, Zangen, Holzstangen mit pechbeschmierten Enden, die angezündet wurden, um die Beute auszuräuchern, wenn sie sich in eine Felsspalte verzogen hatte, dazu Macheten, mit Gewichten beschwerte Netze, Säcke, ein Stock mit Drahtschlinge. Seit Dorfgründung waren schon Dutzende von Schlangen gefangen und leider auch einige Schlangenfrauen gebissen worden, aber Tote hatte es bisher nicht gegeben. Hauptziel war es, die Schlangen lebendig oder zumindest mit unversehrter Haut nach Tsau zu bringen; für Schlangeneier gab es einen Extrabonus. Die Häute wurden getrocknet und dann verkauft, die Skelette in Polymer eingegossen und an irgendwelche biologischen Institute verkauft; Kobras und Boomslangs blieben am Ort, sofern sie noch am Leben waren, denn es gab auch einen Markt für das Gift, das man ihnen abmelken konnte. Das Schlangenfleisch wurde gegrillt, in kleine Stückchen zerteilt und bei Plaza-Festen als Appetithappen serviert.

Und plötzlich stand Leto vor mir und forderte mich zum

Mitkommen auf. Sie wollte mich auf die Schlangenjagd mitnehmen. Um mich herum ertönte aufmunterndes Ululieren, und so sagte ich ja, ohne recht zu wissen, worauf ich mich da einließ. Das anschließende Abenteuer, bei dem sich meine Rolle im wesentlichen auf die einer hypernervösen Zuschauerin beschränkte, endete damit, daß wir eine nur leicht lädierte, acht Fuß lange Felsenschlange ins Dorf zurückbrachten. Die Stange, an der das Prachtexemplar festgebunden war, wurde von unserer jüngsten Novizin und dem Mädchen getragen, das die Schlange entdeckt hatte. Ich war die ganze Zeit über panisch vor Angst gewesen, und trotzdem behaupteten meine Gefährtinnen, ich hätte mich bei einigen Handreichungen als recht nützlich erwiesen, und erklärten mir dann, sie wünschten, daß ich mich ihrer Gruppe anschloß. Ich sagte: Ja, es ist mir eine Ehre.

Hinterher war ich total euphorisch. Als wir zurückkehrten, wurden wir mit einem improvisierten Mittagessen empfangen. Denoon behauptete, das alles wäre genau an dem Tag passiert, als er mich hätte fragen wollen, ob ich mir vorstellen könnte, bei ihm einzuziehen, aber angesichts meiner Hochstimmung und meiner Akzeptanz durch die Gruppe zu dem Entschluß gekommen wäre, die Frage aufzuschieben. Ich glaube, mich daran zu erinnern, daß er mich onkelhaft betrachtete, während wir aßen und für unseren Mut gelobt wurden. Er versicherte mir sogar, meine amazonenartigen Accessoires und überhaupt meine ganze Erscheinung hätten mich für ihn in dieser Situation ganz besonders attraktiv gemacht. Nur ein Fetischist würde sowas sagen, erwiderte ich. Jedenfalls sollten noch ein paar Tage vergehen, bevor ich gefragt wurde, und nicht gerade auf originelle Weise, wenn man mich fragt.

Ich werde gefragt

Das Arbeiten machte mir Spaß. Zum einen bekam ich viel Anerkennung dafür, daß ich mehr tat, als von mir erwartet wurde, und mich auch für Tätigkeiten meldete, die auf die Knochen gingen. Außerdem fand ich es gut, daß ich nicht arbeiten mußte, wenn ich in meditativer Stimmung war. Und ganz besonders gefiel mir, daß ich durch die Bandbreite an Einsatzmöglichkeiten immer neue Bereiche kennenlernte und daß bei bestimmten Formen von Gruppenarbeit ab und zu spontan Gesänge angestimmt wurden. Diese Lieder waren echte Inventionen. Sie steckten voll aktueller Bezüge. So etwas Ähnliches muß es früher im ländlichen Mexiko gegeben haben. Meine diesbezüglichen Erfahrungen hatten sich bis dato auf das mechanische lippensynchrone Absingen der Top Forties im Kollegenkreis beschränkt. Außerdem war die Arbeit transparent, auch nicht abstrakt. Meine Verfassung entfernte sich immer weiter von der typischen amerikanischen Seinsweise, die sich am ehesten so definieren läßt, daß man sich unentwegt um das sorgt, was laut eigenem Lebensplan als nächstes ansteht, und dadurch irgendwann die Fähigkeit verliert, sich über das Erreichte oder Bewältigte zu freuen. Kann ich überhaupt schwanger werden? Ja, es hat geklappt, aber wird mein Kind auch gesund sein? Wird es beliebt sein, schöpferisch und - falls es ein Mädchen ist - auch selbstbewußt, aber nicht arrogant? Und so weiter bis hin zu der Frage, ob es mich im Stich lassen wird, wenn ich einmal alt und eine Last bin. Davon weiß bestimmt jeder Schriftsteller ein Lied zu singen, dessen neuestes Buch nur danach beurteilt wird, wie vielversprechend es ist, welche Prognosen es über das Abschneiden seines nächsten Werkes erlaubt. In Amerika gibt es Leute, die das ganze Jahr über in Agonie verbringen, weil sie nicht wissen, für welche Kategorie von Sylvesterparty sie diesmal eine Einladung bekommen. Selbst im Ferienlager, das ja der Erholung dienen soll, konnte ich nicht alle viere von mir strecken, weil die Lutheraner, die mir diesen Urlaub freundlicherweise finanzierten, ohne es zu wollen, dafür gesorgt hatten, daß ich mich die ganze Zeit über darum bemühen mußte, die nächsthöhere und weniger blamable Stufe in der Schwimmerhierarchie zu erklimmen, wenn ich nicht das Objekt subtiler Sticheleien werden wollte. All das fiel jetzt von mir ab, einfach weil ich es mit Afrikanern zu tun hatte, die so ungefähr das Gegenteil der amerikanischen Nervosität verkörpern. Aber wer weiß, wieviel von all dem Luxe et calme meine romantische Reaktion auf die Idee und nicht auf die Realität der von mir gesammelten Erfahrungen gewesen sein mag, will sagen: meine Reaktion auf allgemein anerkannte Ideen hinsichtlich der Schönheit von Kollektivarbeit, von Frauen, die Verantwortung tragen, und so weiter. Ein anderes vollkommenes Fragment aus Nelsons Sammlung unvollkommener Lieblingsgedichte beschreibt ziemlich gut, wie ich mich fühlte: Zenos Pfeil im Herzen / Sink ich mit dem Jahr zu Grund.

Ich habe selbst keine Ahnung, warum ich mich so und nicht anders fühlte, was daran liegt, daß leider niemand von uns weiß, wer er ist, allen anthropologischen Erkenntnissen zum Trotz, obwohl ich mich gerade deshalb in die Anthropologie gestürzt hatte, weil ich so naiv gewesen war zu glauben, daß akademische Disziplinen sich als das erweisen würden, was sie zu sein behaupteten. Statt dessen entpuppen sie sich als Brutstätten für Machtkämpfe, und schon der kleinste Einwand zu einem unwesentlichen Detail kann eine Götterdämmerung mit irgendeiner großen Koryphäe oder ihren Epigonen herbeiführen. Was die Sache vollends komplizierte, war meine Erkenntnis, daß Nelson mich sicherlich mehr lieben würde, wenn ich sein System liebte, das Tsau nun einmal war, tout court. Er würde glücklich sein, wenn ich glücklich war, er würde sich verführen lassen, wenn ich mich verführen ließ und so weiter und so fort. Damit hatte ich einen weiteren Bolus in der Hand.

Als Nelson mich dann fragte, ob ich zu ihm ziehen und mit ihm zusammenleben wollte, tat er dies in aller Öffentlichkeit. Für seinen Antrag suchte er sich eine Vesper aus, die zufälligerweise sehr gut besucht war. Ich kann mich heute noch darüber aufregen. Er kam anstolziert und zog mich auf die Füße, als wären wir in einem Kostümfilm. Das Ganze war eine publikumswirksame Inszenierung. Vermutlich habe ich mich bis zu einem gewissen Grad selbst verraten, denn ich hätte ja durchaus sagen können: Laß uns später darüber reden. Aber ich war einfach viel zu erleichtert darüber, daß dieser Moment endlich gekommen war. Ich hatte ihn mir so sehr herbeigewünscht. Ich hatte so sehr darauf hingearbeitet. Vielleicht hatte Satan wieder einmal das Timing bestimmt. Ich nahm seinen Antrag mit einem Nicken an. Ein paar Frauen an meinem Tisch riefen Ow! was Überraschung ausdrückt, angenehme Überraschung, und auf dem Applausmesser knapp vor Ululieren kommt. Wir umarmten uns. Von meiner Seite aus war dies nichts weiter als ein pflichtschuldiger, kurzer Körperkontakt ohne jedes Gefühl. Ein Kuß, für den ich sowieso nicht in Stimmung gewesen wäre, hätte die Batswana schockiert, die diesen Akt im allgemeinen immer noch als outré betrachten.

Meine Irritation darüber, welchen Ort er sich für seinen Antrag ausgesucht hatte, brachte ich erst viel später zur Sprache. Zu meinem Erschrecken konterte er mit der - allerdings kurzlebigen - Behauptung, er habe diesen Moment aus einem Impuls heraus gewählt und nicht als PR-Termin geplant. Ich hielt meine Wut im Zaum, aber ich sagte: Du bist ein Lügner. Es gab keine lange Auseinandersetzung, weil Nelson sehr schnell alles zugab und sich entschuldigte und das Thema abschloß, indem er sagte, er sei schon immer ein schlechter Lügner gewesen.

Ach ja? entgegnete ich in einem Ton, der anzüglicher als beabsichtigt geklungen haben muß und ihn dazu brachte, mich ziemlich lange argwöhnisch anzusehen. Offenbar schwante ihm etwas.

Eine Sintflut

Als Nelson an diesem Abend zum Essen kam, brachte er Mma Isang Geschenke mit, die so etwas wie einen witzigen Ersatz für die Lobola darstellen sollten. Es war eine nette Geste. Mittlerweile hatte sich allerhand Besuch eingefunden. Die Leute, die vorbeischauten, sprachen uns ihre Glückwünsche aus.

Nelsons symbolischer Brautpreis bestand aus verschiedenen Delikatessen, von denen mir vor allem eine Dose Mandarin-Orangenstücke und ein Glas Marmite, in Erinnerung geblieben sind. Er versuchte schon eine Weile, Marmite als Brotaufstrich zu propagieren, aber ohne großen Erfolg. Ich hatte ihm zu verstehen gegeben, daß der Vitamin-B-Komplex in der hiesigen Ernährung etwas zu kurz kam. Nun ist Marmite praktisch reine Hefe, und Nelson nahm einen neuen Anlauf, das Zeug unter die Leute zu bringen, unter anderem mit Sprüchen wie: In Australien ist dieses Produkt sehr beliebt. Während unserer kleinen Abschiedszeremonie aß er demonstrativ Marmite auf Kräckern und bestrich auch noch jede Menge Kräcker damit, die er dann so aufdringlich anbot wie die Gastgeberin einer Party einen speziellen Dip, der viel Arbeit gemacht hat, aber keinen rechten Anklang findet. Mma Isang sagte mir mit bewegter Stimme, daß sie immer meine Mutter bleiben werde. Einige Leute erboten sich spontan, uns zum Oktagon hochzubegleiten. King James verkündete ganz offiziell, der Mistkarren-Service sei umsonst. All meine Habe war in seinem Karren verstaut.

Auf dem Weg glaubte ich ein paarmal, aus der Ferne ululierende Stimmen zu hören, und vermutete fälschlicherweise, es handle sich dabei um verspätete Glückwünsche zu unserem Beilager. Wer nach Afrika kommt, gewöhnt sich ziemlich rasch daran, daß Ululieren ein Ausdruck für Begeisterungs- wie für Glückwunschbekundungen ist, und hat man sich erst einmal darauf eingestellt, dann erscheint einem Klatschen plötzlich seltsam und fast ein bißchen plump. Denoon empfand das genauso wie ich. Während eines Urlaubs in London hatte er ein Horowitz-Konzert besucht, und es war ein wunderbares Erlebnis gewesen. Dann hatte der Applaus eingesetzt, und plötzlich war ihm der Brauch, Anerkennung durch Zusammenschlagen der Hände auszudrücken, geradezu barbarisch und ungehobelt erschienen. Trotz der langen Zeit, die ich in Afrika verbrachte, habe ich nie zu ululieren gelernt, was nicht heißen soll, daß ich es nicht versucht hätte. Aber ich war einfach zu befangen. Jedenfalls verstand ich die vereinzelten Ululationen, die zu uns hochdrangen, als Äquivalent für den Beifall von Nachzüglern, die unser Zusammenkommen feierten, so wie man in Amerika noch am Morgen nach dem Nationalfeiertag vereinzelt Knallfrösche explodieren hört. Nelson blieb zwischendurch ein paarmal stehen, sah sich um und lauschte. Offenbar hatte er eine ganz andere Vorstellung von dem, was sich im Dorf abspielte, und unseren Begleitern muß es ähnlich gegangen sein, denn sie verabschiedeten sich hastig, sobald wir vor unserer Türschwelle angekommen waren. Was ist denn los? fragte ich Denoon, als wir mit meinem Einzug begannen. Vielleicht gar nichts, antwortete er.

Wir küßten uns, aber nicht lange, und dann gratulierte ich ihm zu seinen Dekorationskünsten. Das Haus war kaum wiederzuerkennen. Ich freute mich unheimlich. Er mußte viel Energie darauf verwandt haben, alles meinen Bedürfnissen - soweit er sie kannte oder erahnte - entsprechend umzugestalten, bis hin zu den Blumensträußchen, die er an verschiedenen Stellen plaziert hatte.

Auch er machte einen glücklichen Eindruck, aber ich spürte, daß ihn nur meine Anwesenheit im Haus hielt, und tatsächlich sagte er schon bald, Einen Moment, und verschwand nach draußen. Ich fand ihn schließlich am Rand unserer Terrasse stehen und nach Norden schauen.

Urplötzlich merkte ich, wie dick die Nachtluft war. Denoon deutete auf den Himmel. Die Sterne verschwanden hinter einer breiten Wolkenwand, die von Norden her aufzog. Mich überkam ein Gefühl, als ob ich in einem superschnellen Lift abwärts fahren würde. Meine Schienbeine prickelten.

Er sagte: Hast du eine Ahnung, was die Leute glauben werden, wenn es heute nacht regnet? Es wäre das beste Omen, das man sich nur vorstellen kann. Er wirkte euphorisch. Es war Juni, also eine Zeit, in der in diesen Breitengraden eigentlich nicht mit Regen zu rechnen ist. Sehr schön, sagte er, sie wissen Bescheid. Die Plazaglocke hatte geläutet, um die Einwohner vor einem möglichen Hagelsturm zu warnen und aufzufordern, empfindliche Gerätschaften abzudecken.

Er wollte das Gewitter gern niedergehen sehen, wenn es denn hierher ziehen sollte. Mir kam dieser Wunsch gerade recht. Wir waren beide befangen, und zwar seit der Sache mit dem Bett. Nelson hatte sich vielmals entschuldigt. Die Matratze war neu, extrabreit, aber eben nicht aus Schaumstoff, sondern mit Maishülsen gefüllt. Es gab ein paar Schaumstoffmatratzen im Lagerhaus, aber die waren für neugegründete Haushalte reserviert. Ich hatte beteuert, daß sich die Matratze gut anfühlte, und darauf bestanden, das Thema zu wechseln. Wir waren uns beide dessen bewußt, daß uns das moralische Äquivalent einer Hochzeitsnacht bevorstand. Wir waren beide nervös. Meiner Theorie nach gingen uns beiden die Gefühle durch. Mir jedenfalls.

Wir holten uns zwei Schemel, setzten uns dicht nebeneinander und hielten unsere Gesichter dem Sturm entgegen. In der Ferne flammten die ersten Blitze wie Glühfäden auf.

Ich nahm seine Hand. Beschwörst du das Gewitter, in unsere

Richtung zu ziehen? fragte ich ihn. Er lächelte und antwortete: Ja natürlich. Dann tu ich das auch, sagte ich.

Und dann rollte es tatsächlich auf uns zu, langsam, majestätisch und monumental. Es sah geradezu organisch aus, fand ich, fast wie eine unter Strom stehende Plazenta. Ein Sperrfeuer aus grellem Licht zuckte über den Himmel. Vorher war es kühl gewesen, aber jetzt wurde es minutenlang schwül-warm wie in den Tropen. Heiße Windböen fuhren durch die Bäume. Die Vorboten des Sturms hatten das gesamte Dorf aufgescheucht. Wir hörten Türenschlagen, Schreie, Kommandorufe.

Nie zuvor und nie danach habe ich ein solches Naturschauspiel erlebt. Ich zitterte und wurde von so trivialen Einsichten heimgesucht wie: Menschliche Wesen sind nur mikroskopisch kleine Varianten dieses riesigen herannahenden Systems, weil das, was uns das Wasser im Mund zusammenlaufen, denken und einander umarmen läßt, im wesentlichen auch Elektrizität ist. Wir waren aus einem Stoff, dieses monströse Luftgeschöpf und ich, seine bleiche Tochter. Außerdem hatte ich das Gefühl, daß ich auf einer elementaren und womöglich elektrisierten Ebene zum Spielball wurde. Ich hatte so schreckliche Angst, daß ich nur noch weg wollte, aber irgend etwas hielt mich, und damit meine ich nicht nur Denoons Gegenwart.

Es donnerte höllisch, zunächst dumpf rollend, dann aber, als der Donner näher kam, klang es wie zerreißendes Metall. Wir standen auf. Denoon nahm mich in die Arme. Nun gehöre ich nicht zu den vielen Frauen, die Gewitter erotisch stimulierend finden. Donner oder vielmehr Serien von Donnerschlägen verbinde ich aus irgendeinem Grund mit Erfahrungen der Hilflosigkeit, das heißt mit dem Unfreiwilligen im allgemeinen und dem Erbrechen im besonderen. In puncto Erbrechen bin ich schon immer mehr oder weniger phobisch gewesen: erbrechen zu müssen, den Drang aufsteigen zu fühlen, einer Gewalt ausgeliefert zu sein, die einen auf die bloße Zuschauerrolle bei einem animalischen physischen Vorgang reduziert, bei der Befriedigung eines dominanten Bedürfnisses der Systeme, die einen ausmachen und die nicht der Geist sind. Schon wenn mir als Kind übel wurde, habe ich den Brechreiz bekämpft und jeden, der mir sagte, ich solle es einfach hochkommen lassen, als seltsam betrachtet. Und wenn mir der Betreffende dann auch noch riet, diesen Reiz zu stimulieren, war mir klar, daß er nicht ganz bei Trost sein konnte. Lieber hielt ich meinen Kopf zwischen die Beine, bis mir das Gesicht blau anlief, als davor zu kapitulieren. Und als ich nach meinen ersten einschlägigen Abenteuern entdeckte, daß Erbrechen zu den häufigsten Folgeerscheinungen von exzessivem Alkoholgenuß gehört, wurde ich mehr oder weniger zur Abstinenzlerin. Donner ist offenbar eine Metapher für etwas, das sich unaufhaltsam vollzieht - und vielen Frauen, mit denen ich darüber geredet habe, versetzt die Vorstellung, überwältigt zu werden, zum Beispiel von Leidenschaft, eingestandenermaßen einen erotischen Kick, obwohl sie genau wissen, daß diese Haltung politisch inkorrekt ist. Aber so sind wir nun einmal, jedenfalls manche von uns.

Erbrechen ist für mich außerdem immer damit verbunden, wie meine Mutter ihre letzte große Chance vermasselte, uns beiden ein besseres Leben zu gewährleisten: Eine Freundin hatte sie als Empfangsdame empfohlen, für eine ausbaufähige Stellung mit der Möglichkeit, bis zur Buchhalterin aufzusteigen. Sie hatte sich darauf vorbereitet, indem sie einen Monat lang bei ihrer Freundin Nachhilfe in Buchführung genommen hatte. Gleichzeitig machte sie eine Crash-Diät, mithin den aussichtslosen Versuch, während dieser Zeit normal übergewichtig zu werden. Meine Mutter ist nicht dumm. Sie ist abscheulich, aber nicht dumm. Sie lernte Buchhaltung. Aber bis zum Vorabend des Bewerbungsgesprächs hatte sie erst so verschwindend wenig Gewicht verloren, daß sie, gleichgültig, welchen Maßstab man anlegte, immer noch entsetzlich fett war. Und da entschied sie sich in einem momentanen Anfall von Hysterie, zu erbrechen, um wenigstens noch soviel Fett wie irgend möglich loszuwerden. Sie ging ins Badezimmer und steckte sich den Finger in den Hals, aber da sie praktisch nichts gegessen hatte, brachte sie auch fast nichts heraus. Also wiederholte sie den Vorgang, und zwar so oft, daß jedes Kapillargefäß im Weißen ihrer Augen platzte, womit sichergestellt war, daß sie zu dem Vorstellungsgespräch als Diplom-Filmmonster mit feuerrot glühenden Augen erscheinen würde. Und in dieser Verfassung stand sie am nächsten Morgen vor mir. Sie wußte genau, daß ihr damit die eine große Chance durch die Lappen gegangen war; von nun an hieß es als Hilfserzieherin Kinder hüten. Verpatz nie deine eine große Chance, lautete die Botschaft, die mir meine ganze Kindheit über eingehämmert wurde. Aber natürlich ist diese eine große Chance oft genug eine Lebenslüge. Auch bei Nelsons Vater gab es so eine Geschichte von der einen großen verpatzten Chance, die erklären sollte, weshalb er in der Werbung gelandet war. Er hatte ein Stipendium für das Brookwood Labor College bekommen, und wenn er es angenommen hätte, dann wäre sein Leben vermutlich ganz anders verlaufen. Etliche Leute, die Brookwood absolviert hatten, waren später zu führenden Funktionären der Arbeiterbewegung aufgestiegen. Aber seine Mutter hatte sich entweder geweigert, ihm das bißchen Extrageld für seinen Lebensunterhalt zu geben, oder ihm irgendeinen anderen dicken Knüppel zwischen die Beine geworfen - immerhin war sie eine Anhängerin von Father Coughlin -, woraufhin ihm natürlich nichts anderes übriggeblieben war, als sich durchs Leben zu trinken und seine Talente darauf zu verschwenden, ein brillanter Werbefuzzi zu werden, also das genaue Gegenteil von einem Führer der Arbeiterbewegung.

Das Gewitter war wie ein Käfig, der sich über uns stülpte. Ich wollte zurück ins Oktagon, aber Nelson wollte sich nicht vom Fleck rühren, bis er den Regen fühlen konnte. Draußen zu bleiben war idiotisch. Es donnerte so ohrenbetäubend laut, daß ich es wirklich für ratsam hielt, in Deckung zu gehen. Ozon lag in der Luft, aber es war nicht der übliche Hauch, sondern ein scharfer, stechender Geruch. Ich löste mich aus seiner Umarmung und beschloß, ihm lieber die Freude zu verderben, indem ich ihn ins Haus zerrte, als mitansehen zu müssen, wie er sich eine tödliche Stromdosis holte, und das ausgerechnet jetzt, wo ich es bei ihm schon soweit gebracht hatte. Blitze zuckten über uns hinweg und schlugen direkt in den Gipfel des Koppie ein. Ich schwor ihm, daß ich den Regen bereits hören konnte.

Plötzlich krachte es los, in einer Lautstärke, die ich nie für möglich gehalten hätte, und dann brach der Regen über uns herein - leider gibt es dafür keinen stärkeren Ausdruck. Nelson stieß einen Freudenschrei aus, eine Art Urschrei, als die Elemente sich entluden. Er war überwältigt. Er schwang seinen Arm im

Kreis wie ein durchgedrehter Baseballspieler, der zum Schlag ausholt. Dann erstarrte er, drehte sich um und rannte ins Haus, während er mir noch irgend etwas über die Schulter zurief.

Ihm war siedendheiß eingefallen, daß er sich ja um das Dach kümmern mußte. Als ich nachkam, rollte er schon in aller Hektik Plastikplanen aus. Das Wasser, das durch die Dachfuge schoß, sah aus wie eine gezackte Messerklinge. Ich legte mit Hand an.

Als wir das Gröbste erledigt hatten, gingen wir zurück zur Eingangstür und kuschelten uns dicht aneinander wie ein Filmliebespaar am Eingang zu seiner Höhle hinter dem Wasserfall. Er wirkte, als wäre er im Rausch, aber es war wirklich ein wunderschöner Anblick und für mich der Beweis, daß Tsau für ihn nicht einfach ein Projekt bedeutete, das er mit links oder ohne große Energie und nur pro forma durchzog oder mit dem er sich einen spitzenmäßigen Abgang verschaffen wollte, um es noch einmal allen zu beweisen. Na komm schon, sagte er immer wieder zu der Sintflut. Wir Frauen wollen alle einen leidenschaftlichen Mann, und in diesem Moment dachte ich, vielleicht ist er dieser Mann. Darüber hinaus wurde mir klar, daß sich Männer in der Öffentlichkeit eigentlich nie freudig erregt zeigen, außer bei Profisportveranstaltungen, wo sowas schnell peinlich werden kann. Seine Arme verschwanden bis zum Ellbogen, als er sie in diesen wahnsinnigen Wolkenbruch hinaushielt, in die Regenwand, die aussah wie dickes Glas, und als plötzlich Wasser aus dem Wohnzimmer zwischen unseren Füßen hinausrann, erreichte seine Euphorie den Höhepunkt. Ich ging wieder hinein, um die Karosses vom Boden aufzuheben, bevor sie völlig durchweicht waren. Ich hörte Nelson singen. Dann kam er aber nach, um sich noch einmal zu vergewissern, daß das Dach über dem Raum mit der Funkanlage dicht war.

Der Regen pladderte weiter. Aber jetzt war als Nebengeräusch auch das Plätschern des Wassers in die Auffangbehälter über und um uns herum zu hören. Zwanzig Minuten lang sahen wir dem Schauspiel zu, während aus der Regenwand erst vertikale, dann diagonale Linien wurden. Da Denoons Haar angeklatscht war, konnte ich erste Anzeichen männlicher Glatzenbildung erkennen, aber für sein Alter war der Prozeß nicht weit fortgeschritten.

Während der Regen nachließ, entwickelte sich zwischen uns eine gewisse stimmungsmäßige Divergenz. Ihm fiel es schwer, seine Euphorie über das kostbare Naß, das auf Tsau herabgeprasselt war, im Zaum zu halten. Ich dagegen dachte an das Chaos, das in unserem Haus entstanden war. Irgendwo lief immer noch Wasser durch. Sollte das etwa mein spezieller Aufgabenbereich werden, wo man noch kaum davon sprechen konnte, daß ich überhaupt eingezogen war? Und was ich am Unglaublichsten fand – er machte Anstalten zu gehen, mir die Erste-Hilfe-Maßnahmen für unseren überschwemmten Hausrat zu überlassen, während er die allgemeinen Sturmschäden besichtigen und überprüfen wollte, ob bestimmte Schleusen und Kanäle den Wassermassen standgehalten hatten. Ich fragte mich, was ein Genie in meiner Situation tun würde. Ihn aufzufordern, gefälligst dazubleiben und mir in unserer ersten Nacht als ménage beim Aufräumen zu helfen, hielt ich für ausgesprochen unklug. Aber genauso unklug war es, still und leise zur Putzfrau zu mutieren, während er seine Dienste der vom Unwetter mutmaßlich viel stärker betroffenen Dorfbevölkerung anbot, mich dann hübsch zurechtzumachen und darauf zu warten, daß er endlich nach Hause kam und unser Intimleben seinen Anfang nehmen konnte. Ich kenne mich und wußte, daß mich beide Alternativen nicht gerade in einen angeregten Zustand versetzen würden.

Also sagte ich so etwas Ähnliches wie: Tu mir den Gefallen und geh nicht los, bis wir hier zumindest das Gröbste unter Kontrolle haben, und wenn du mit anpackst, dann erzähle ich dir etwas über Gewitter, das du bestimmt noch nicht weißt. Ich garantierte ihm, daß er es interessant finden würde.

Er ließ sich sofort darauf ein. Einer der Vorzüge des Anthropologiestudiums besteht darin, daß man wahre Schätze an Informationen über hochspannende Themen sammelt, die mit dem eigenen Spezialgebiet nur begrenzt zu tun haben. Davon hatte ich ihm bereits einen Vorgeschmack geboten. Wie viele Studenten der Informatik oder der Nachrichtentechnik wissen denn schon, daß in Europa bis weit ins neunzehnte Jahrhundert hinein die Leichen von Gehenkten in den Besitz ihrer Henker übergingen und daß diese Henker einen schwunghaften Handel mit Leichenteilen betrieben, sie etwa an die Apotheker verscherbelten, die einzelne Fleischstücke für die Zubereitung dubioser Arzneien verwandten? Wie sollte ich es da je bereuen, daß ich Anthropologin geworden bin? Das Blut von frisch Gehenkten war übrigens ein beliebtes Mittel gegen Epilepsie. In dieser Hinsicht besaß ich einen echten Vorteil gegenüber Denoon, dessen anthropologisches Wissen veraltet war und der sich mit seiner, wie ich fand, voreiligen Ablehnung dieses Forschungszweigs den Zugriff auf eine wahre Informationsexplosion verbaut hatte. Aber er wurde hellhörig und nervös, wenn er etwas nicht wußte, das in irgendeiner Beziehung zu seinem großen hybrischen Projekt stand. Dieses Ungleichgewicht zwischen uns war kein Geheimnis, schien aber auch kein Problem zu sein.

Wir machten uns an die Aufräumarbeiten, und ich erzählte ihm, so gut ich es rekonstruieren konnte, von den Forschungsergebnissen, laut denen die Infraschallwellen knapp unter zwanzig Hertz, die zu registrieren sind, wenn ein Gewitter im Anzug ist, bei zahlreichen Menschen seltsame Hirnaktivitäten speziell im Bereich der Schläfenlappen auslösen, nämlich spontane, unwillkürliche Empfindungen von Ehrfurcht und Ekstase. Dieser Theorie zufolge erzeugen bestimmte Gesänge unter den besonderen akustischen Bedingungen eines kuppelförmigen Raumes, also etwa einer Kirche, sowie der Klang von bestimmten rituell verwandten Blas- und Rhythmusinstrumenten oder Orgeltönen denselben Effekt. Und dann fiel mir erstaunlicherweise auch noch ein, daß sieben oder acht der zehn berühmtesten Religionsstifter angeblich Epileptiker gewesen waren, und Epilepsie ist nun einmal eine Schläfenlappenstörung par excellence. Ich muß sagen, daß das sehr gut bei ihm ankam, weil es ihm eine biometeorologische Erklärung für die Existenz von Religion lieferte, eine seiner Bêtes noires. Daß er darauf abfahren würde, hatte ich mir natürlich schon gedacht. Er fragte mich ziemlich eingehend aus. Meine Gewittertheorie ersetzte sofort seinen vorherigen, ebenfalls biologischen Erklärungsansatz, der Religionen auf den Konsum von Amanita muscaria oder eines verwandten Pilzes zurückführte. Diese Theorie verwarf er nur allzu gern, weil sie zum einen ohnehin auf wackligen Füßen stand und zum anderen das Geisteskind eines wohlhabenden Mannes war, der einen laut Denoon zutiefst verwerflichen Beruf ausübte.

Ich glaube, er war Banker oder Bankster, wie Denoon ausnahmslos alle in diesem Gewerbe Tätigen nannte.

Und dann ging er tatsächlich noch weg, überraschte mich aber damit, daß er schon nach einer knappen Dreiviertelstunde wieder da war, also offenbar dem Drang widerstanden hatte, seine geliebte Infrastruktur bis in jeden Winkel zu durchwandern. Und der Grund, weshalb er sich so beeilt hatte, war ich.

Alles war gut, sowohl in diesem Augenblick als auch fast direkt danach.

Nach dem Regen

Als wir am nächsten Morgen ins Dorf hinuntergingen, fiel mir auf, daß etliche der Frauen, die wir schöpfen und schaufeln und Sachen auswringen sahen, die seltsamen Röcke trugen, die sich zu Hosen umknöpfen ließen. Ich sah mich zu einer Art Abbitte veranlaßt und gestand Denoon, daß ich meine erste Einschätzung, dieses Design sei albern, zurücknehmen mußte. Es war ein sehr praktisches Bekleidungsstück für schwere körperliche Arbeit. Er freute sich. Du bist in der Lage, deinen Standpunkt zu revidieren, sagte er. Womöglich schwang in diesem Satz die Implikation mit, daß er dies nicht allen Frauen zutraute, aber ich fragte nicht nach.

Das Gewitter schien allgemeine Freude, ja, eine Art Volksfeststimmung ausgelöst zu haben. Alle Welt war auf den Beinen. Wo wir erschienen, wurden mir Komplimente gemacht, die natürlich darauf anspielten, daß ich diesen segensreichen Regen herbeigeführt hatte, so die Formulierung, indem ich bei Rra Puleng eingezogen war, und diese Anerkennung klang ehrlich, wenn auch bisweilen ziemlich zotig. Ich verzieh Denoon sogar, daß er so früh, nämlich schon um sieben, hatte losziehen wollen, um nur ja nicht zu versäumen, wie die Gemeinde sich organisierte und Hand anlegte und über den großen Regen redete. Die Schule fiel aus. Mein einziges Problem war, daß ich nach einer Weile nicht mehr wußte, was Denoon und ich eigentlich taten. Wir schienen einen gemächlichen Rundgang zu machen und uns dabei umzuschauen. Aber das war vermutlich ganz in Ordnung, denn auch Sekopololo hatte geschlossen. Es wurde ziemlich viel gesungen. Zwei Gruppen stimmten Hymnen an. Ein paarmal hörte ich das Lied Ke Bona.

Eigentlich kann ich unser erstes gemeinsames Frühstück zu Hause nicht als gemütlich bezeichnen, denn Nelson aß im Stehen, während ich es angesichts seiner Entschlossenheit, in die Stadt zu gehen, langsam leid wurde, mich gewinnend zu geben. Er fand es witzig, daß ich die Plaza Stadt nannte.

Der Geruch der Kalahari nach einem plötzlichen Regen ist etwas, des man nie vergißt. Was da selbst im generell kühlen Juni aufquillt, wenn die Sonne ans Werk geht, ist ein so kraftvoller, wenngleich flüchtiger Duft, daß man immer mehr davon einatmen möchte, um endlich herauszufinden, wie man ihn einordnen soll, als faulig oder süß. Er scheint in der Mitte zwischen diesen beiden Noten zu liegen, denn er ist harzig oder teerig und so, wie Leber in dem Moment riecht, wenn man sie in eine heiße Pfanne legt. Er verfliegt, während alles trocknet, aber man würde ihn am liebsten zurückhalten, jedenfalls so lange, bis man ihm auf die Spur gekommen ist. Er hat auch etwas Mineralisches. Nelson glaubte, ich würde hyperventilieren, bis ich ihm erklärte, warum ich so heftig atmete. Er meinte, der Geruch sei durchaus etwas Besonderes - ich war soweit, ihn als irgendwie rot oder kastanienbraun zu definieren -, aber daß er ihn nicht so intensiv wahrnehme wie ich, hätte durchaus seinen Grund. Ich bin schon länger hier als du, sagte er.

Im Überfluß

Unser mobiles Dolcefarniente zog sich den ganzen Morgen hin. Ich war mir seiner körperlichen Gegenwart sehr bewußt, während wir herumschlenderten und die Folgen des Gewitters in Augenschein nahmen. Bislang hatten wir zweimal miteinander geschlafen, wovon das eine Mal der eigentliche Akt gewesen war und das andere Mal sozusagen das Zubrot. Mir lag daran, daß er körperlich genauso auf mich eingestellt war wie ich auf ihn, daß er sich in meiner Aura befand. Er war ein guter Liebhaber, ein sehr angenehmer Liebhaber und außerdem wahnsinnig höflich. Beide Male hatte er mir relativ förmlich gedankt, als wäre er der einzige Nutznießer unserer gemeinsamen Betätigung gewesen. Mir lag daran, daß er sich wohl fühlte, nachdem er unter Beweis gestellt hatte, daß er körperlich fit war, und nicht etwa glaubte, unser Zusammenleben durch ständige Betteinsätze markieren zu müssen. Schließlich war er nicht mehr in der ersten Blüte der Jugend, worauf ich bis zu einem Punkt, den ich selbst nicht genau angeben konnte, zu achten hatte. Meiner Schätzung nach war er ein jugendlicher Sechs-, Sieben- oder sogar Achtundvierzigjähriger, aber lag ich damit überhaupt richtig? Ich hatte quasi einen Anspruch darauf, sein Alter zu erfahren, und nicht nur das – es gab eine ganze Reihe von Schlüsselfragen, die mir auf den Nägeln brannten: Was war mit Grace, und was hatte dazu geführt, daß ihre Trennung von soviel Bitterkeit und Härte begleitet war? Hatte er sie geliebt? Und was war bei ihm in den letzten Jahren sexuell gelaufen? Hatte er masturbiert? Wie würde ich reagieren, wenn dem so war? Ich habe eine ziemlich komplexe und keineswegs rationale Haltung zu diesem Thema. Das waren Fragen, die ich Denoon erst jetzt stellen konnte, wo ich so nahe an ihn herangekommen war, sozusagen über den Wallgraben hinweg. Aber die Klärung dieser Fragen war keine Vorbedingung für unsere Beziehung. Ich brauchte nichts zu überstürzen. In der Hinsicht bin ich so etwas wie das genaue Gegenteil einer Bekannten, die schon nach der ersten Nacht mit ihrem mutmaßlichen neuen Freund von ihm wissen will, was sie tun muß, um ihn zu halten.

Die Siesta an diesem Tag war angenehm und bewies mir, daß Nelson nicht unter dem Druck stand, den Liebesakt jedesmal zu vollenden, wenn die üblichen Vorstufen durchlaufen waren: Er wußte mit Gelegenheiten umzugehen, spielerisch. Die Frage, wer fürs Kochen zuständig war, regelte sich ohne mein Dazutun. Wenn es mir recht wäre, würde er sich um unser Abendessen kümmern, und ich bräuchte nur dann an den Herd, wenn bei ihm irgend etwas dazwischenkäme oder ich spontan Lust dazu hätte. Ich erwiderte: Hat Julio Iglesias eine Sonnenbank? mußte aber dann gleich erklären, daß dies eine Variante der Frage, Ist der Papst katholisch? war. Nelson hatte noch nie von Julio Iglesias gehört.

Am Nachmittag wollte er noch einmal losgehen und sozusagen weiterfeiern; ich sollte mitkommen. Das Allernotwendigste wie die Inspektion der Folientunnel und Windmühlen hatten wir bereits erledigt. Gerüchteweise hieß es, der Regen sei so heftig gewesen, daß an einigen seichten Stellen des Flußbetts tatsächlich Wasser stünde, woraufhin sich die Leute in Gruppen zusammentaten, um hinzumarschieren und das historische Ereignis zu bestaunen. Wir kamen mit. Es stimmte tatsächlich. Auf unserem Rundgang hatten wir schon die paar Bäume inspiziert, in die der Blitz eingeschlagen war. Den größten Holzschaden gab es auf dem Gipfel des Koppie. Sand und Schlamm türmten sich an den Mündungen der Hauptstraßen, die von Norden nach Süden verliefen, aber bis zum Mittag waren sie freigeschaufelt. Bei einigen Gullys hatten sich die Deckel gesenkt, und an manchen Stellen hatte der Regen den Straßenbelag gelockert. Glücklicherweise war kein Hagel gefallen. Die meisten Leute gönnten es sich, nicht viel mehr zu tun als ihre Matten und Karosses zum Trocknen nach draußen zu legen. Der freie Tag gab allen die Gelegenheit, den riesigen und für die Dorfgemeinschaft so segensreichen Überfluß an Wasser zu feiern. Nelson erinnerte die Leute daran, sich bei Sekopololo Chlor für ihre Zisternen zu besorgen.

Als wir nach Hause zurückkehrten, um mit dem weiterzumachen, was wir abgebrochen hatten, erlebte ich einen gefühlsmäßig überwältigenden Moment: Ich fragte Nelson vorsichtig, ob er nicht sein Käppi aufsetzen wolle, wenn er ausging und sich der Sonne aussetzte. Ich wußte, daß er eins besaß. Normalerweise spazierte er selbst zur Mittagszeit barhäuptig herum. Er sah mich an. Ich mache mir Sorgen um deinen Nacken, sagte ich. An dieser Stelle hatte seine Haut die Farbe von Pökelfleisch. Wahrscheinlich trägst du das Ding nur deshalb nicht, weil du - natürlich unbewußt - nicht wie ein Fremdenlegionär aussehen willst, fuhr ich fort. Aber setz es bitte auf. Er wirkte etwas irritiert. Ich möchte, daß du ewig hältst, sagte ich, und dann bekam ich feuchte Augen. Chronologisch gesehen war er dem Tod näher als ich, und einen Moment lang erschien mir dieser Gedanke unerträglich. Es sollte nicht das letzte Mal sein, daß mir so etwas passierte. Von da an hat Nelson übrigens immer sein Käppi aufgesetzt.

Ich bemühte mich, so locker, geduldig und tolerant wie nur irgend möglich zu sein, aber während unseres Spaziergangs an diesem Nachmittag, der uns in viele Häuser führte, fiel mir eine Marotte bei ihm auf, die mich schier umbrachte: Wenn er etwas Flüssiges angeboten bekam, Suppe oder ein Getränk, dann spülte er den ersten Schluck eine ganze Weile im Mund herum. Es war ein unbewußter Vorgang, ein Tick, aber ich fand ihn unerträglich. Ich wußte, daß es Wahnsinn wäre, ihn nach der kurzen Zeit unserer Bekanntschaft darauf anzusprechen, aber ich konnte es auch unmöglich sein lassen. Nie zuvor war ich mit ihm so lange in geselligen Situationen zusammengewesen, weshalb mir dieser Tick auch erst jetzt auffiel. Was Tischmanieren angeht, bin ich vorbelastet. Ich riß mich zusammen. Meine Mutter hat mich zu einer teuflisch mäkeligen und korrekten Esserin erzogen – bestimmt als Reaktion auf ihr inneres Chaos und ihren Kontrollverlust angesichts eines gedeckten Tisches. Es gab Zeiten, zu denen sie aß, wenn ich noch nicht zu Hause war, dann mein Essen auftrug und sich mir gegenüber hinsetzte, um meine Tischmanieren zu kontrollieren und zu korrigieren. Und nun marschierten wir durch Tsau, und überall wurde uns Tee oder Saft angeboten, wodurch ich wiederholt mit dieser unappetitlichen Angewohnheit konfrontiert war. Ich fragte mich, wo er sie wohl herhaben mochte. Meiner Mutter stand immer die nackte Gier ins Gesicht geschrieben, wenn sie mir Unterricht in Tischmanieren gab. Es spielte keine Rolle, ob und wie satt sie war – der Anblick von Essen löste in ihr jedesmal einen heftigen Reflex aus, was mich im nachhinein zu der Überzeugung brachte, daß sich Menschen mit dieser Eigenschaft nicht fortpflanzen sollten, weil eine unkontrollierte Reproduktion selbiger Eigenschaft zur Folge hätte, daß diese Welt irgendwann bis auf die Knochen abgenagt wäre. Trotzdem hatte sie es geschafft, sich fortzupflanzen, und das Ergebnis war ich. Fürs erste, beschloß ich, würde ich ihn nicht darauf ansprechen.

Am Abend fand eine Versammlung statt, auf der Denoon die Wasserstände in den größten Sammelzisternen bekanntgab.

Die Meßwerte waren hervorragend. Selbst die Männer brachten deutlich zum Ausdruck, wie sehr sie sich freuten, wozu sicher auch die Meldung beitrug, daß die Färse und die beiden *Ochsen*, die vom Blitz erschlagen worden waren, für ein Dorf-Braii gespendet würden. Ich stand neben Denoon, als wäre ich seine – ja was eigentlich? Seine Ehefrau? Warum spazierte ich lächelnd und winkend mit ihm herum, statt mich um die Dinge zu kümmern, die getan werden mußten? Ich tröstete mich damit, daß solche Regenwunder nur selten geschahen.

Wie sich herausstellte, gab es jedoch ein kleines Problem mit dem toten Vieh, das bei einem Gespräch zwischen Dineo und Denoon besprochen werden sollte. Niemand sagte, daß ich nicht dabeisein könnte. Die Färse, die im Gewitter umgekommen war, gehörte zum Besitz der Baherero. Es existierte ein etwas merkwürdiges Arrangement, demzufolge das Herero-Vieh zusammen mit der kommunalen Herde gehalten wurde, ohne daß das Dorf aber ein Mitspracherecht über seine Nutzung hatte. Futter- und Tierarztkosten wurden dieser Regelung gemäß über Sekopololo beglichen. Und nun hatten die Baherero beschlossen, die tote Kuh zwar für das Braii zur Verfügung zu stellen, aber nicht als Geschenk, sondern gegen Verrechnung durch Sekopololo. Die Entscheidung war ziemlich spät gefallen. Mittlerweile waren die Tiere bereits gehäutet und zerlegt. Denoon reagierte etwas verärgert auf diese Nachricht und wollte sofort jemanden zu Martha, der Herero-Sprecherin, schicken, der ihr in Erinnerung rufen sollte, daß laut Absprache in solchen Fällen vorgesehen war, das Tier zu spenden. Ich registrierte mit großem Interesse, wie Dineo Denoon davon abbrachte, etwas zu unternehmen: Sie ging auf ihn ein, erklärte den Vorgang für höchst bedauerlich, betonte aber gleichzeitig, er sei ein weiteres Indiz für ihre schon oft geäußerte Vermutung, daß die Baherero alles daransetzen würden, ihre Zelte abzubrechen und nach Namibia zurückzukehren, sobald sich die Regierung ihrem Druck beugte und ihnen erlaubte, mitsamt ihrem Vieh fortzuziehen. Eines Morgens werden wir aufwachen, und neun Häuser werden verlassen sein, sagte sie. In dieser Bemerkung versteckte sich natürlich der subtile Hinweis, daß Denoons Chancen, seine Wette zu gewinnen – er hatte darauf gesetzt, daß die Baherero von Tsau bleiben würden, selbst wenn ihr ganzer Stamm nach Namibia abwanderte –, steigen könnten, falls sich diese kleine Angelegenheit nicht zu einer Cause célèbre auswuchs. Er gab klein bei.

Mittlerweile war es Zeit zum Abendessen, aber ich konnte diesen Mann nicht davon abhalten, auch noch die allerletzten Aufräumarbeiten zu besichtigen. Als ich anfing, leise zu jammern, murmelte er, Tsau sei für ihn so etwas wie ein Organismus, der beweise, daß er sich selbst kurieren könne. Und dieser Wille zur Eigenbehandlung sei sehr wichtig. Er sei das Gegenteil von sozialer Dekadenz. Ob ich wisse, in welchem Moment Ignazio Silone beschlossen hätte, sich vom Sozialismus planwirtschaftlicher Ausprägung zu verabschieden? Es gebe einen Essay über genau diesen Moment, einen echten Klassiker: Im Mezzogiorno hatte es eine Überschwemmung gegeben, aber die Dörfler, die eigentlich dafür bekannt waren, daß sie im Katastrophenfall die Ärmel hochkrempelten und sich an die Aufräumarbeiten machten, hatten – dank Italiens Entwicklung zum Wohlfahrtsstaat – nichts weiter getan, als sich auf ihre Klappstühle gesetzt und mit Kind und Kegel den Carabinieri bei der Arbeit zugesehen.

Weißt du, von wem ich rede? fragte er mich dann ganz unvermittelt. Ich strengte mich an, das Neuron zu aktivieren, das mir verraten würde, wer dieser Kerl war. Ich war nahe dran, jedenfalls dachte ich das. Aber es tat sich nichts.

Er sah mich eindringlich an und sagte: Mach dir nichts draus, wenn du es nicht weißt.

Dann erklärte er mir, wer dieser Mann war und welches Vergnügen mich erwartete, wenn ich seinen Roman *Fontamara* lesen würde, den er seines Wissens sogar irgendwo herumliegen hatte. Mittlerweile waren wir bereits wieder im Oktagon.

Das Essen war schon fertig, als er feststellte, daß er *Fontamara* nirgendwo finden konnte. Ich hatte während seiner Suchaktion mit dem Kochen angefangen. Ich habe es gern, wenn mir jemand eine ernstgemeint vormundschaftliche Haltung entgegenbringt, solange er damit nicht beabsichtigt, ein anderes Mitglied seiner Glaubensgemeinschaft zu verbannen. Es muß ökumenisch zugehen. Das Gefühl, daß mich jemand, statt mich für meine Wissenslücken zu bestrafen, formen und mit neuen Ideen füttern will, finde ich ausgesprochen anregend. Ich schätze mich selbst in vielerlei Hinsicht als verbesserungsfähig ein, und es hat mich eigentlich immer erstaunt, daß so gut wie keiner der pygmalionmäßig universalgelehrten Männer in meinem Leben je auf den Gedanken gekommen ist, mich in dieser Hinsicht rundum aufzupäppeln, obwohl ich so interessiert und verfügbar bin und, wie man im allgemeinen als erstes bemerkt, so gut wie nichts vergesse.

Während wir aßen, bekam ich einen roten Kopf, als mir einfiel, daß ich um ein Haar gesagt hätte: Ach ja, Silone, der Faschist oder Faschistensympathisant. Ich hatte ihn mit Céline verwechselt. Ich war heilfroh, daß mein Geist unter Lieferschwierigkeiten gelitten hatte. Silone war eine Ikone des humanistischen Sozialismus.

Nur um die Abgründe deutlich zu machen, in denen Frauen emotional und intellektuell leben: Es schoß mir doch tatsächlich durch den Kopf, daß ich meinen Beinahefehlgriff mit Céline eigentlich beichten sollte. Ist diese Ehe noch zu retten? dachte ich, um mich aus meiner Ängstlichkeit herauszukatapultieren. Das hatte ich mich an diesem Tag schon häufiger gefragt, seit mir klargeworden war, daß ich etwas Vernünftigeres hätte anstellen können, als mit Denoon durchs Dorf zu ziehen und mir Kostproben von Volksfeststimmung zu Gemüte zu führen, daß er dabei aber in seinem Element zu sein schien. Ist diese Ehe noch zu retten? lautete der Titel einer Kolumne in einer Frauenzeitschrift, die meine Mutter gelegentlich in unserem Supermarkt mitgehen ließ und die sie mit höchster Konzentration Seite um Seite studierte, als wäre dies das Handbuch, aus dem sie lernen würde, ein ganz normaler Mensch zu werden.

Beim Essen und beim Abwasch assoziierte er weiter frei über Sozialismus. Überwiegend ging es gegen Sozialismus als Orientierungshilfe, als ästhetisches oder emotionales Konzept, also den Verzicht darauf, Sozialismus als eine Reihe von konkreten institutionellen Vorschlägen zu begreifen, die auf ihre Funktionstüchtigkeit hin überprüft werden konnten. Sozialismus als eine Art Stimmung, sagte ich, was ihm gut gefiel. Es gebe eine sozialistische Zeitung, deren erste Nummer unter dem Motto, Sozialismus ist der Name meiner Sehnsucht erschienen sei, einem Tolstoi-Zitat. Diese Leute hätten keine Ahnung, was sie damit über sich selbst verrieten, sagte Denoon. Auf diese Weise verkomme Sozialismus zur Nippeskultur. Studentischer Sozialismus sei ein Phänomen, das hauptsächlich an Kunsthochschulen auftrete. Er schüttelte sich, als er daran dachte, wie viele Sozialisten es überhaupt geben mochte, die die Grenznutzentheorie erklären konnten. Und so weiter.

Daß dieser Mann gern redete, war offenkundig. Und ich gab wohl die passende Zuhörerin ab - wenn auch nicht Diskussionspartnerin, obwohl ich mich relativ schnell dazu entwickeln sollte. Er war lange Phasen hindurch ein einsamer Ableger des Westens gewesen, und ich war ein Mitglied der akademischen Subkultur, aus der auch er stammte. In dieser Nacht weckte ich ihn versehentlich, als ich aufstand, um zum Abort zu gehen. Als ich zum Bett zurückschlich, fragte er mich, ob mir nach reden zumute sei, beeilte sich aber hinzuzufügen, daß er es gut verstehen könne, wenn ich keine Lust dazu hätte und lieber weiterschlafen wollte. Ich glaube, er leitete das Ganze mit der Bemerkung ein, ich würde ihn stimulieren. Natürlich sagte ich ja - was sonst?

Er wolle, wie er sagte, jedes Mißverständnis in puncto Sozialismus vermeiden. Man könne ihn durchaus als einen noumenonalen Sozialisten bezeichnen, das heißt als jemanden, der für eine Gesellschaft eintritt, deren Ziel Selbstverwirklichung und Freiheit für alle Menschen heißt, also nicht nur für die Begabtesten, Ambitioniertesten und Skrupellosesten einer jeden Generation beziehungsweise deren Erben. Nun wolle er mich nicht mit allen Details der Maßnahmen langweilen, die koordiniert werden müßten, um dieses Wunschziel zu erreichen. Aber ich dürfe seine Haltung auch nicht in die Nähe eines reinrassigen Kapitalismus rücken oder glauben, er hielte das GmbH-Prinzip für etwas anderes als den Virus, der die ganze Welt vernichten würde. Manchmal stelle er sich vor, unter der großen Geräuschkulisse Amerikas läge etwas, das so klang wie das leise Knacken einer Orangenkiste, auf der jemand stand, nur daß dieses Geräusch nie aufhörte. Wenn Nelson sich nachts in Fahrt redete, hatte er dabei gern ein Licht an, nur ein ganz kleines, eine Kerze zum Beispiel. Wir brauchen den Sozialismus, erklärte er mir, aber nach einer genauen Definition, oder vielmehr seine Seele, sein Noumenon. Und dann folgte in nervösem Tonfall der Nachsatz:

Wenn ich wir sage, dann will ich dich damit übrigens nicht auf sublime Weise für mein Gedankenkonstrukt vereinnahmen. Ich habe dich schon richtig verstanden, sagte ich, schließlich bin ich *keine* Sozialistin, wenn man das als eine Form der politischen Selbstbeschreibung durchgehen läßt. Man könnte mich eine Nihiloliberale nennen. Er lachte. Aber ich hatte es ernst gemeint.

Während der frühen Morgenstunden in einem Symposion zu sitzen oder vielmehr zu liegen, während man eigentlich nichts weiter will als schlafen, läßt sich vielleicht am ehesten mit einer Situation vergleichen, in der man höflich aufgefordert wird zu verbluten. Aber letztendlich gewann ich einige Übung darin, kurz vor dem Eindösen hier und da ein Murmeln einzustreuen, das als Kommentar durchging, und weiterzumurmeln, wenn ich zwischendurch aufwachte. Ich baute ab. Das Problem bestand seiner Meinung nach darin, daß einem durch die selbstgewählte Bezeichnung Sozialist automatisch ein Platz auf der Kirchenbank neben all denen zugewiesen wurde, die eine rein reflexive Vorstellung von Sozialismus hatten: Sozialismus würde das sein, was auch immer kam, wenn der Kapitalismus erledigt wäre, und er würde wunderschön werden. Die Geisteshaltung, der ein Großteil der Neuen Linken zu Füßen gelegen hatte, lief auf die Position hinaus, man müsse über die zukünftige freie Gesellschaft eigentlich nichts weiter wissen, als daß sie dem Gefühl entsprechen würde, das einen bei großer Kunst, bei schöner Musik überkommt. Dies sei Dekadenz. Erstsemester sollten dabei die Rolle von Geburtshelfern der neuen Gesellschaft spielen. Marx sei der erste in einer langen Reihe von Missetätern gewesen, denn seine Angriffe hätten sich direkt gegen Menschen gewandt, die die Kühnheit aufbrachten, es ganz konkret mit dem einfachen Leben zu versuchen. Nelson nannte Namen, aber an dieser Stelle nickte ich ein, wurde allerdings während einer noch grüblerischeren Gedankeneinheit wieder wach, die speziell von mir handelte. Einer seiner Arme lag unter meiner Schulter, und jetzt tätschelte er mich, während er etwas vorbrachte, das ihm ganz besonders am Herzen lag. Er freue sich so darüber, sagte er, daß wir beide religionslos und empiriokritizistisch seien, weil es keinem Menschen gut täte, sich den festgefügten Ansichten seines Partners – ob über Sozialismus, Religion oder sonst etwas – anzuschließen trotz aller Vorbehalte, die er vielleicht noch hegte, mochten dies auch Vorbehalte sein, die auf Leichtgläubigkeit zurückzuführen waren. Ich dachte mir, daß das sicherlich ein Bach mit vielen Windungen war, gespeist von der schrecklichen Mesalliance zwischen seinen Eltern, oder vielleicht auch von Grace und ihren episkopalischen Gefühlen. Auf mich hatte sie jedenfalls ausgesprochen episkopalisch gewirkt, obwohl sie sich ihm gegenüber bestimmt als seine eigene Tabula rasa präsentiert hatte. Und zuletzt ging es irgendwie noch um Läuterung, darum, ob es ein generelles menschliches Bedürfnis nach Läuterung gibt, ob es nicht vielleicht das ist, worin Religion sich einnistet, sobald das Bedürfnis geweckt ist. Ich erinnere mich noch, gefragt zu haben, ob er mit Läuterung eigentlich Sühne meinte, worunter ich mir mehr vorstellen konnte, nämlich das Bedürfnis, sich der Schuldgefühle wegen der Missetaten zu entledigen, die man zu verantworten hat - wie einem mit zunehmendem Alter und ebensolcher ethischer Kritikfähigkeit klar wird. Aber das hatte er nicht gemeint: Man könne auch nichts Schlimmes angestellt haben und trotzdem dieses Bedürfnis verspüren. Meine Kondition war auf dem Nullpunkt. Ich fiel in Tiefschlaf. Er hatte noch etwas Hochinteressantes auf Lager, aber das bekam ich nicht mehr mit. Am nächsten Morgen wachte ich davon auf, daß mein Bein geküßt wurde.

Ich sollte alles erzählen

Meine Geschichte wird allmählich zu der Landkarte von Borges, die das zu Beschreibende im Maßstab eins zu eins abbildet, aber mein Gefühl sagt mir, ich sollte alles erzählen.

Da wäre die Atmosphäre nach Einbruch der Nacht zu nennen, die ich als blond in Erinnerung habe. Dieser Eindruck rührte natürlich zunächst einmal von dem gelben Kerzenlicht her, in dem sich alles abspielte. Ich hatte Nelson die Einwilligung abgerungen, über die untere Hälfte der seltsamen Fenster Vorhänge anbringen zu dürfen, die allerdings nur in Senfgelb verfügbar waren. Warum das, wollte er wissen, vor einem Abgrund und ganz ohne Nachbarn? Ich erwiderte: Damit keiner, der im falschen Moment vorbeikommt, meine Brüste und Genitalien und deinen Penis und Anus sehen kann. Er lachte und sagte: Aber was ist mit *deinem* Anus? Den habe ich ganz vergessen, meinte ich. In nacktem Zustand sahen wir sehr golden aus, und ich glaube ziemlich gut, wenn auch bestimmt nicht perfekt.

Bei Kerzenlicht wird man automatisch achtsamer. Alle Bewegungen verzögern sich. Manchmal kam ich mir vor wie eine Illustration. Es gab noch andere Elemente, die zu der honigsüßen Atmosphäre beitrugen. Eines davon war vielleicht der Mangel an reflektierenden Flächen. In Amerika ist selbst eine spartanisch möblierte Wohnung voll von reflektierenden Flächen, als da wären: Fenster, das Glas gerahmter Bilder, Toasterklappen, richtige Spiegel. Und tatsächlich gibt es immer mehr Spiegel, die einem via Trompe-d'œil suggerieren, daß man mehr Platz für sein Geld hat, während die Quadratmeterzahl sinkt, die man sich leisten kann. Ich selbst habe mir diesen Effekt in den besenkammerartigen Behausungen zunutze gemacht, mit denen ich mich lange Zeit bescheiden mußte. Und zu dieser Verschwörung der Spiegel gesellen sich auf der Straße Schaufenster und Busfenster, die einen ständig zwingen, das eigene Aussehen zu kontrollieren. Lange vor Tsau habe ich gemerkt, daß an diesem System etwas faul ist: In der High School verlor ich derart oft meine Puderdose, daß ich sie schließlich nicht mehr mitnahm und damit zumindest eine Eigenschaft meiner Mutter kopierte. Natürlich war ich immer noch von Spiegeln abhängig, sonst wäre ich nicht so entsetzt gewesen, als ich in der Kalahari plötzlich ohne Spiegel dastand. Spiegel sind schlecht. Afrika ist der mattschwarze Kontinent, und wenn man sich nicht mehr spiegeln kann, dann wirft einen das ganz unvermutet auf sich selbst zurück.

Aber ich sollte alles erzählen. Die Unterseite des Grasdachs über uns schimmerte bräunlich-golden, und die Karosses, die wir großzügig überall ausgebreitet hatten, waren trüffelbraun bis bernsteingelb. Ein Streifen in der großen Karosse, die auf unserem Bett lag, hatte denselben kastanienbraunen Ton wie meine Haare. Sie stammte von einem Pferd. In sexueller Hinsicht war Nelson sehr bedächtig für einen Mann, aus welchen Gründen auch immer. Irgendwann sagte ich zu ihm: Schreib doch mal ein Buch mit dem Titel: Wie man jemand anders auszieht. Das war meine Hommage an die subtile und unaufdringliche Methode, erst mich komplett auszuziehen, bevor er sich selbst seiner Kleidung entledigte. Aber als ich, während er mich auszog, aus Gründen der Gleichbehandlung meinerseits versuchte, ihn auszuziehen, sagte er immer: Schsch. Schsch bedeutete: Bitte nicht. Nach dem vierten oder fünften Mal bekam ich doch ein bißchen Angst. Zum einen davor, daß dies zu einem starren Ritual ausarten könnte, woraus ich dann Rückschlüsse auf hysterische Strukturen bei Denoon ziehen müßte. Zum anderen, daß er sich als einer dieser geborenen Langeweiler entpuppen würde, die meinen, daß Schweigen beim Sex eine heilige Pflicht ist, und die letztlich die intensive religiöse Bearbeitung während ihrer Entwicklungsjahre entweder knapp oder gar nicht überwunden haben. Und natürlich hatte ich gerade jetzt erfahren, daß Denoon – wenn auch nur für kurze Zeit – Ministrant gewesen war. Ich rechnete damit, ein ehemaliges Brandopfer am Hals zu haben. Aber zum Glück erwiesen sich alle meine Befürchtungen als grundlos. Vermutlich waren sie nichts weiter als eine Überreaktion auf das Gefühl, meiner Entkleidung passiv beiwohnen zu müssen, ohne daß mir das erotisch besonders viel gab, was die Sache natürlich noch komplizierte. Mein Buchtitel gefiel ihm gut, genau wie mein zweiter Vorschlag, mit dem ich aber erst viel später ankam: Wohin mit den Händen beim Liebesspiel?

Was noch? Was tat weh? Sehr wenig. Nur daß er sich des öfteren für das Ambiente entschuldigte, dafür zum Beispiel, daß er mir nichts zu trinken anbieten konnte, obwohl er so gern etwas besorgt hätte, wenn das möglich gewesen wäre – und es wäre durchaus möglich gewesen. Heute weiß ich das. Aber damals, am Anfang, konnte er mir natürlich alles mögliche erzählen, und das ärgert mich immer noch. Ich habe allerdings auch ein paar Informationen zurückgehalten. In Tsau mußte nämlich niemand auf dem trockenen sitzen, sofern er etwas für Bojalwa übrig hatte. Wie ich im Gegensatz zu Denoon wußte, gab es hier zwei Shebeens. Sie waren zwar gut versteckt, liefen aber prima und versorgten nicht nur die Männer. Natürlich ging es mir nicht um den Alkohol: Der Drink vor dem Essen hat für mich hauptsächlich dekorativen Charakter, aber das dekorative

Element ist mir wichtig. Allerdings wußte ich auch, daß es in Tsau eine abstinenzlerische Strömung gab, mit der Nelson sich stark identifizierte, und so verbannte ich den Gedanken aus meinem Kopf, daß es ihm durchaus möglich gewesen wäre, mir zuliebe eine Ausnahme zu machen und sich vom nächsten Barcleys-Flieger einen Krug Carafino mitbringen zu lassen. Außerdem entschuldigte sich Nelson für die geringe Auswahl an Kassetten, die er mir als abendliche Hintergrundmusik offerieren konnte – ganz besonders bedauerte er dabei das Fehlen der Akademischen Festouvertüre von Brahms. Dieser verräterische kleine Nachklapp war für mich wie ein Schlag in die Magengrube.

Sobald er sich ausgezogen hatte, wurde er sehr laisser-faire. Sexuell strahlte er eine tiefe Sicherheit aus. Die Kuh der Herero war doch nicht für den Braii gespendet worden, sondern auf dem Markt gelandet; ich nutzte das momentane Überangebot an Rindfleisch, um uns eine Menge Suppen und Ragouts zu kochen und natürlich Biltongue auf Vorrat zu machen. Meine Aktivitäten schienen ihn zu amüsieren. Den Grund dafür mußte ich aus ihm herauslocken. Du denkst, sagte er, daß das rote Fleisch meiner Libido guttun wird, weil ich nicht mehr der Jüngste bin. Ich mußte ihm praktisch mein großes Ehrenwort geben, daß ich diese Sex-Legende zum erstenmal hörte und daß an seiner Libido absolut nichts auszusetzen war. Übrigens, sagte er, bin ich wirklich alt: Ich erinnere mich noch an die Zeit, als Science-Fiction Scientifiction hieß, und das ist lange her. Du könntest meine Autobiographie Ich erinnere mich an Kolynos nennen. Ich hatte keine Ahnung, was Kolynos war, obwohl es irgendwie klassisch klang oder wie ein Ort in Griechenland. Aber es war eine bekannte Zahnpastamarke aus den vierziger Jahren. Ich erwiderte: Jawohl, du bist alt, Pater William, und von da an gehörte Pater William zu unserem persönlichen Idiolekt. Er mußte immer lachen, wenn ich ihn so nannte, schien aber nie das Bedürfnis zu haben, mich daran zu erinnern, daß ich auch nicht mehr taufrisch war, was ich ihm hoch anrechnete. Kein Wunder, sagte er mitten in unserem Gespräch über das Alter, daß Scientifiction von Science-fiction abgelöst wurde – das ist eine Silbe weniger und ein Beweis mehr für George K. Zipfs Prinzip der geringsten Anstrengung. George K. Zipf war einer seiner Abgötter. Beim Stichwort Autobiographie, sagte ich, fällt mir ein, daß eine Bekannte von mir, die Kurse in Kreativem Schreiben gibt, einmal eine Studentin hatte, die schon an ihrer Autobiographie arbeitete. Der Titel des Werks lautete: Als man die Haare noch anders trug, was ich immer als eine Art Hochwassermarke für blauäugige Banalität empfunden habe. Das gefiel ihm. Auf sexueller Ebene wirkte sich Nelsons Alter in keinerlei Hinsicht aus. Mit laisser-faire meine ich, daß alles ging, sobald er sich ausgezogen hatte - er neckte mich, er sagte alles mögliche. Nimm mich in deine Beine, war so ein Satz, den er in einem Moment bringen konnte, der eigentlich ganz ernst war.

Ein Gefühl von Leichtigkeit, Wärme und Süße lag über allem. Honigfluß - so nannte ich es für mich. Er gab mir zu verstehen, daß er zwei Jahre lang zölibatär gelebt hatte, worauf ich geradezu erregt reagierte. Ich hatte weder betteln noch bohren müssen, um diese Information aus ihm herauszuholen. Schon vor seinem Bekenntnis war für mich offensichtlich gewesen, wie sehr er unsere sexuellen Begegnungen genoß. Und nun auch noch das: Ich war diejenige, die seinen Notstand beendete. Flitterwochen ist der Ausdruck, der sich für diese Phase anbietet, aber er paßte nicht: Wir arbeiteten jeden Tag von morgens bis abends, und ohne es auszusprechen, wußten wir beide, daß dieser Begriff nicht das abdecken konnte, was zwischen uns geschah. Er hatte schon einmal Flitterwochen gemacht, und was war daraus geworden? Ich glaube, wir wollten beide bestimmte moralische Normen für die Vereinigung transzendieren. Wenn wir miteinander schliefen, dann eigentlich immer ohne große persönliche Vorbereitungen.

Übrigens war ich diejenige, die sich als erste anerkennend über unser Sexleben äußerte, indem ich ihm sagte: Ich fühle mich, als käme ich gerade aus einem Labyrinth. Worauf er entgegnete: Das mag dir so vorkommen, aber du betrittst gleich ein neues. Um Sex ging es also nur auf der Meta-Ebene. Aber dann fing er an, mir Komplimente über mein Haar und meinen Busen zu machen. Geschickt gewählt, dachte ich. Über meinen Busen sagte er so etwas Ähnliches wie: Sollten unsere Körperteile in spezielle Himmel kommen, dann gehört dein Busen in den Händehimmel.

Wenn er überhaupt etwas falsch machte, dann höchstens insofern, als er mehr Verantwortung übernahm als nötig. Er war um mich bemüht. Ich konnte nach Lust und Laune oben liegen. Daß er so viele Haare auf Schultern und Rücken hatte, war mir früher nicht aufgefallen. Irgendwann mußte er auch dicker gewesen sein als jetzt, denn auf seinen Pobacken und Oberschenkeln entdeckte ich ein paar Striae. Ganz besonders genoß ich den Sex am Morgen. Wenn die Zeit es erlaubte, ließ ich mich danach in einen Zustand fallen, in dem ich alles wieder und wieder durchlebte, wie die Ratten, die auf einen Hebel drücken, der mit ihrem Lustzentrum verbunden ist, und zwar so lange, bis sie sterben. Damit will ich eigentlich nur sagen, ich wünschte, ich könnte das alles noch einmal erleben - leider Gottes. Das mag ein bißchen extrem klingen, aber von Zeit zu Zeit habe ich noch solche extremen Anwandlungen.

Ich will auch in folgender Hinsicht alles sagen: Er war unbeschnitten. Sein Penis entsprach überhaupt nicht der Norm, und anfangs mußte ich mich mit dem Gefühl herumschlagen, daß ich mich mehr entspannen könnte, wenn er etwas kleiner wäre. Dazu gibt es natürlich auch eine Vorgeschichte. Ein Penis von durchschnittlicher bis leicht unterdurchschnittlicher Größe löst in mir nicht die Verkrampfung aus, die ich den wilden Bemühungen meiner Mutter verdanke, mir ihre Sexualängste einzupflanzen. Sie muß einen ungewöhnlich kleinen Introitus haben - falls die ganze Geschichte nicht nur ein Produkt ihrer Phantasie ist: Sie behauptete nämlich, ein Mann, mit dem sie zusammengewesen sei, habe sie verletzt, weil sein Penis zu groß für sie gewesen wäre, zu dick in der Breite, wie sie sich ausdrückte. Eine Frau müsse sich immer erst darüber Klarheit verschaffen, ob das bei einem Mann der Fall sei, bevor sie sich verliebte und dadurch körperliche Leiden zuzog. Meine derzeitige Theorie lautet, daß es sich wohl um ein Phantasiegebräu handelte, das in indirektem Zusammenhang mit ihrer Fettleibigkeit stand, sie gewissermaßen rechtfertigte, da Fett als eine Form von Panzer gegen sexuelle Annäherung eingesetzt werden kann. Aber vielleicht hat sie tatsächlich einen abnormen Introitus, und ich tue ihr mit dieser Theorie unrecht. Den fraglichen Penis verglich sie übrigens mit einer Mortadella und einem Nudelholz. Denoon meinte, es sei denkbar, daß sie ein reales Mißbrauchserlebnis aus ihrer Kindheit in eine spätere Zeit verlagert hatte, was mir bisher nie in den Sinn gekommen war.

Ich glaube, sie hat auch versucht, mich vor unbeschnittenen Männern zu warnen, offenbar aber nicht nachdrücklich genug. Als wir das erste Mal miteinander schliefen, mußte ich sein Glied ganz genau inspizieren. Er fand das lustig. Als ich eine Kerze darüberhielt, bat er mich allerdings, ein bißchen aufzupassen, daß kein heißes Wachs heruntertropfte. Er fragte mich, ob ich wüßte, daß erfahrene Prostituierte in Gaborone immer Zitronen in der Handtasche dabeihaben, die sie über dem Penis ihres potentiellen Freiers ausquetschen, wenn sie befürchten, daß die Haut wund, entzündet oder eingerissen sein könnte – eine Form der Anpassung, meinte er, an die Tatsache, daß Kondome bei beiden Geschlechtern auf heftige Ablehnung stoßen. Du weißt viel, sagte ich, aber daß ich sowas nicht brauche, hast du nicht gewußt. Er hielt ein Gläschen Vaseline in der Hand. Seine Frau hatte dieses oder ein ähnliches Mittel benutzt. Er genierte sich. Ich fragte: Und wenn der potentielle Freier zusammenzuckt, was dann? Ist damit das Geschäft geplatzt, oder wird der Zitronensaft als Desinfektionsmittel betrachtet? Er sagte, das wisse er nicht. Wie klug von dir, es nicht zu wissen, erwiderte ich.

Beim eigentlichen Akt verhielt er sich ganz orthodox, genau so, wie ich es mir wünschte. Ich wünschte mir von ihm Verläßlichkeit bei dem, was ich für die sexuelle Basis halte. Er bewies viel Ausdauer, so viel, daß ich mich manchmal längere Zeit zurückhielt, allerdings nicht oft. Ich durfte nicht vergessen, daß der Mann zwei Jahre Zölibat hinter sich hatte. Ich fragte ihn, ob er bestimmte Bilder benutzte, um sich zu bremsen. Er sagte ja, wollte sie mir aber nicht verraten. Ich versuchte, es ihm leichter zu machen, indem ich ihm etwas darüber erzählte, womit ich mich selbst, wenn nötig, vorantreibe. Es gibt einen Typ Schaukel für kleine Kinder, den man früher oft in den Parks von Minnesota finden konnte: ein viereckiges Rohrgestell mit einem Gurt aus Segeltuch, der an den oberen Stangen befestigt ist. Beim Sitzen wird automatisch ein gewisser Druck auf das je ne sais quoi ausgeübt. Nun hatte meine Mutter sich darauf spezialisiert, mit mir immer erst zur Abendessenszeit oder noch später in den Park zu gehen, um soweit wie möglich zu vermeiden, daß sie dort Bekannten begegnete und sich auf ein Gespräch einlassen oder zumindest halbwegs normal agieren mußte. Sie redete mit sich selbst, während sie meine Schaukel kräftig und unermüdlich anschob. Ich war damals winzig, aber ich erinnere mich noch an Momente, die hinreißend schön und erotisch waren und offenbar dann eintraten, wenn ich sehr lange geschaukelt hatte. Im nachhinein wundert es mich, daß sich kein Mensch je veranlaßt sah, diese seltsame Frau etwas genauer unter die Lupe zu nehmen. Wir waren ja nicht immer allein im Park, und meine Mutter redete eine Menge. Ich war überrascht, als ich feststellte, daß es Leute gab, die nicht ununterbrochen Selbstgespräche führten, wenn sie mehr oder weniger für sich zu Hause waren. Damals glaubte ich, das gehöre mit zum Erwachsensein. Nelson hörte sich meine Geschichte aufmerksam an, wollte mir seine Bilder aber trotzdem nicht verraten, weil das, wie er sagte, Unglück bringen könnte. Er war sehr geräuschvoll für einen Mann. Das soll keine Kritik sein. Diese Gitterschaukeln hängen an Ketten, und das Geräusch, wenn die Ketten den höchsten Punkt erreichen, an dem sich die Spannung lockert, dieses quietschende Geräusch kann mich immer noch stimulieren, sofern meine Erinnerung es freigibt. Nelsons erlöstes Stöhnen war für mich wie eine Mischung aus Musik und Essen. Ich glaubte, eine Traurigkeit weichen zu hören, wenn er aufstöhnte. Und ich hatte das sichere Gefühl, daß er über irgend etwas traurig war, das er mir wahrscheinlich nie offenbaren würde, das ich aber in diesen Momenten der Überwältigung weichen hören konnte.

Hinterher schlief er meistens wie ein Toter, fast unmittelbar danach, wie mir schien. Es war ein Tribut. Er versuchte zwar, sich noch ein bißchen mit mir zu unterhalten, aber ich meinte es gut mit ihm und ließ ihn abtauchen. Während er schlief, machte ich ein paar kleine Experimente, testete zum Beispiel, wie laut ich reden oder singen konnte, ohne daß er sich rührte. Ich besah ihn mir genau. Er hatte die übliche Impfnarbe und eine Narbe von einer Mastoidektomie. Ich hatte mehr Narben als er. Je nachdem, wie er lag, konnte ich seinen Sack in die Hand nehmen und langsam hin und her rollen sehen – ein für mich beeindruckendes Phänomen, das an die Kraft erinnert, Kontakt mit dem

Nährboden des Seins herzustellen. Nelson wurde grau, aber nur an einigen Stellen: im Nacken und hinter den Ohren, am stärksten hinter dem rechten Ohr. Meine Utopie heißt Gleichheit der Liebe, Gleichheit der Liebe zwischen Menschen von gleichem Wert, wobei Wert nur annähernd das ausdrückt, was ich meine. Warum fällt uns das so schwer? Das biologische Prinzip der Gattenwahl zeigt doch, daß es in der Natur einen Drang geben muß, Gleiches mit Gleichem zusammenzubringen, in Liebesleid und -lust zu vereinen - warum taucht dann in den aufgeklärtesten und glücklichsten Beziehungen plötzlich die Angst auf, die alte Herren-Sklaven-Ordnung sei langsam und leise im Anmarsch? Es muß ein kulturelles Phänomen sein. Wenn ich überhaupt so etwas wie einer Religion anhänge, dann der: Es muß ein kulturelles Phänomen sein. Ich konnte praktisch alles tun, während er schlief, ohne ihn damit zu stören. Ich schrieb Tagebuch, erledigte den Abwasch in Zeitlupe, wenn wir vorher nicht dazu gekommen waren. Ich wurde oft gefühlvoll, wenn ich so für mich allein war. Ich wollte alles in mich aufnehmen, alles verstehen, weil die Zeit grausam ist und nichts so bleibt, wie es ist.

5.

LIEBES-WERBEN

Die Badeapparatur

Die Badeapparatur tat uns gut. Wir nahmen sie bei recht kühlem Wetter in Betrieb. Denoon machte Feuer unter dem Kessel, und ich lief im Kimono hinaus, sobald die Wanne voll mit heißem Wasser war. Dann stiegen wir gemeinsam hinein, und ich schob eine der Litanimatten zur Seite, damit wir aufs Wüstenpanorama hinausblicken konnten. Denoon setzte sich nach hinten, und ich lehnte mich gegen ihn. In der Badehütte war es düster, seltsam düster, fand ich, und vage beunruhigend. Aber dann gelang es mir, gemeinsam mit Nelson durch freies Assoziieren herauszufinden, woher diese Beklemmung rührte, und sie zu überwinden. Die Sitzungen in der Badeapparatur wurden zu Sternstunden – zu Beichtstunden und Zeiten der Konfliktbereinigung.

Ich konnte über Nichtigkeiten brüten. Beim Aufräumen war mir der Text eines Funkspruchs in die Hände gefallen, den er im Februar abgesetzt hatte, nachdem er von den Schüssen auf Bernadette Devlin McAliskey erfahren hatte. Es wurmte mich, daß er sie kannte, daß er sich auf dieser Ebene bewegte. Ich stellte mir sogar vor, daß er vielleicht etwas mit ihr gehabt hatte, weil sie doch so ungemein politisch war, eine Frau ganz nach seinem Geschmack. Das klärten wir aber. Und ich konnte ihm aus seiner depressiven Verstimmung wegen Polen heraushelfen. Er befürchtete, daß die Russen einmarschieren und ein Blutbad anrichten würden. Die Solidarnosc war einigermaßen kaltgestellt worden, trotzdem rechnete er mit einem russischen Einmarsch. Ich machte ihn mit einer nützlichen Faustregel bekannt. Stell dir doch mal die Frage, sagte ich, was im Falle Polens die dramatischere und historisch interessantere Lösung wäre – daß die Russen einmarschieren wie in der Tschechoslowakei oder daß die Regierung die Sache auf ihre Art regelt, durch Verhaftungen und halbherzige Maßnahmen und so weiter? Natürlich die erste, meinte er. Meine Faustregel lautet: Bei jedem historischen Ereignis mit zwei denkbaren Ausgängen, über die wir zumindest soviel wissen, daß sie uns Qualen verursachen, ist entgegen allen Erwartungen und aus unerfindlichen Gründen die weniger dramatische, weniger interessante Lösung die wahrscheinlichere. Warum, weiß ich auch nicht, aber es gibt eine ganze Reihe von Gedankenkonstrukten, die zufälligerweise durch die Realität bestätigt werden, jedenfalls mehr oder minder. Immerhin leuchtete ihm das soweit ein, daß er mir später ein-, zweimal mit meiner eigenen Faustregel kam, wenn mich etwas bedrückte.

Wir achteten beide darauf, besonnen und abwägend miteinander umzugehen. Ich hatte mich gehütet, den Kopfsprung zu machen, mit dem sich Frauen üblicherweise in eine vielversprechende neue Beziehung stürzen, was soviel heißt wie: alles über sich selbst auf dem Tisch auszukippen, den gesamten Müll vergangener Beziehungen, des ersten Males, der eigenen Hoffnungen und Träume, und zwar gleich kübelweise. Wir tasteten uns allmählich aneinander heran, in einer eher männlichen Vorgehensweise oder, bildlich gesprochen, wie zwei Individuen, die sich gegenübersitzen und abwechselnd winzige Obolusse in die Waagschalen der blinden Justitia legen, immer darauf bedacht, die Schalen im Gleichgewicht zu halten. Er war geizig, weil er ein Mann war. Ich war geizig, weil ich wußte, daß ich es mit einem Feministen zu tun hatte, für den ein so herzoffenbarender Kopfsprung ein Klischee darstellen mußte, aber auch, weil mein Leben kürzer und - gelinde gesagt - beschränkter gewesen war. Schon aus diesem Grund schien es mir ratsam, meine Res gestae zu rationieren. Schließlich hatte ich keine Bernadette Devlin McAliskey zu bieten, der ich Genesungswünsche schicken konnte, und ich erhielt auch keine sechs Seiten langen Briefe von ungarischen Sozialisten wie Kornai, dessen Namen ich schnell auf die Liste meiner Pflichtlektüre setzte. Die bedeutendste Persönlichkeit in meiner Umlaufbahn war Denoon selbst. Doch das Zahnrad der Badeapparatur drehte sich immer wieder ein oder zwei Kerben weiter, zu größerer Offenheit hin. Er rückte mit dem heraus, was ihm Sorgen machte. Eines Tages ging es um Gewehre.

Hast du irgendwen über Gewehre reden hören? fragte er mich.

Gewehre? Nein. Das Hauptgesprächsthema ist immer noch der Regensturm. Tsau ist saftig wie eine Pflaume und so weiter.

Zum Beispiel, daß Sekopololo ein paar Gewehre auf Lager haben sollte?

Nein. Was ist denn los?

Wahrscheinlich nichts weiter, aber sag mir doch Bescheid, wenn dir irgend etwas in der Art zu Ohren kommt.

Ich glaube, folgende Erkenntnis habe ich nur dem glücklichen Umstand zu verdanken, daß er schnell das Thema wechseln wollte - jedenfalls fragte er mich plötzlich, was an der speziellen Atmosphäre unserer Badehütte denn der Auslöser für meine vage Irritation sein könnte.

Woran erinnert dich das Licht hier? wollte er wissen.

Wie sich herausstellte, erinnerte es mich an das Licht in dem von ein paar Nachbarsjungen gebauten Baumhaus, wohin ich zu Doktorspielen mitgedurft hatte. Es war mit einer Plane abgedeckt, oben vollständig, aber an den Seiten nicht ganz bis nach unten, obwohl man es fast blickdicht machen konnte, wenn man Pappkartonstücke vor die Spalten schob. Die Aussicht war schön. Wir befanden uns in ziemlicher Höhe. Als Leiter dienten uns Latten, die quer an den Baumstamm genagelt waren. Eines Tages kam meine Mutter angeschlichen. Sie wollte wissen, was wir dort oben trieben. Ich habe vergessen, was wir ihr sagten, aber die Antwort kann nicht zufriedenstellend gewesen sein, denn sie beschloß, hochzuklettern und nachzusehen, mit der unausweichlichen Folge, daß die Sprossen unter ihrem Gewicht sofort nachgaben und aus dem Baum gerissen wurden, woraufhin sie wie ein Tier aufheulte. Komm da runter! kreischte sie, während sie in Berserkerwut die restlichen Sprossen vom Baum riß und uns so natürlich den einzigen Rückzugsweg abschnitt. Ein Stück weit konnten wir noch hinunterklettern, aber dann mußten wir uns unserem Schicksal entgegenplumpsen lassen.

Du hast bestimmt Todesängste ausgestanden, sagte Denoon.

Klar, erwiderte ich. Aber zumindest hat sie mich nie geschlagen. In dieser Hinsicht war ich unantastbar. Bei Eigentum sah die Sache anders aus.

Eine Zeitlang lagen wir schweigend da. *Licht bricht, wo keine Sonne scheint*, zitierte er.

Die Atmosphäre in der Badehütte hatte sich für mich bereits verändert.

Meerkatzen

Kurze Zeit später kam mir tatsächlich etwas über Gewehre zu Ohren, und zwar in Zusammenhang mit einer Bevölkerungsexplosion unter den Meerkatzen in den östlichen Siedlungseinheiten.

Ich erzählte Nelson davon, als wir am Abend beim Essen saßen und ich ihm unbedingt das Eingeständnis entlocken wollte, daß ihm seine neue Frisur zum Vorteil gereichte. Seine Haare waren jetzt ganz kurz, fast en brosse, und über dem linken Auge gescheitelt. Ich hatte ihn langsam becirct, sie ihm schneiden zu dürfen, indem ich ihm vorführte, wie er mit zum Pagenkopf rundgeföntem langem Haar aussah, und ihn Prinz Eisenherz nannte.

Er hatte bereits von der Meerkatzenplage gehört. Die Männchen sind besonders lästig, weil ihre Lieblingsbeschäftigung darin besteht, sich auf Fensterbretter oder Türschwellen zu hocken und ihre neonblauen oder gelbgrünen Hoden vorzuführen - eine Darbietung, die sie bisweilen unterbrechen, um an die Vorräte ihrer Opfer zu gehen. Ich sagte, wenn ich richtig verstanden hätte, ginge es um den Vorschlag, ein paar Gewehre zu kaufen, die in Fällen wie diesem bei Sekopololo entliehen werden könnten. Man hatte mich sanft bearbeitet, und ich äußerte mich dahingehend, daß dieser Vorschlag für mich nicht unvernünftig klang.

Waffen sind keine gute Idee, sagte er kurz angebunden. Und dann: Wer hat mit dir darüber gesprochen?

Wenn du ein bißchen expliziter wirst, dann verrate ich es dir vielleicht, erwiderte ich.

Er wollte nicht. Er wollte, daß ich diese grundlegende Position akzeptierte. Ich blieb standhaft. Ich schlug einen anderen Weg ein, erzählte ihm von meinen pazifistischen Freunden in Palo Alto, die ihrem kleinen Sohn verboten hatten, mit Spielzeuggewehren zu spielen. Im Alter von fünf Jahren war er so von Waffen besessen, daß er alles zu Waffen umfunktionierte. Er knabberte seinen Toast zum Revolver zurecht. Beim Frühstück zielte er mit seiner Banane auf einen. Dieser Fall mochte ähnlich gelagert sein.

Aber das war anscheinend ein ganz infantiler Gedanke. Es gab gewichtige Gründe, die dagegen sprachen, darunter die Tsau-Paranoia, die in gewissen Kreisen in Gaborone herrschte. Gewisse Individuen in gewissen Ministerien wurden von den Buren bestochen, die der festen Überzeugung waren, daß Tsau auf die eine oder andere Weise der SWAPO oder gar dem ANC oder allen beiden Unterstützung in konkreter wie moralischer Hinsicht zukommen ließ. Sämtliche Lieferungen mit dem Barclays-Flieger wurden überwacht. Er wollte mir seine Informationsquelle nicht nennen. Außerdem war das Jagen in dieser Region, im Zentral-Kalahari-Reservat, verboten. Lediglich die Basarwa durften jagen, und das auch nur mit Pfeil und Bogen und mit Blasrohren. Er würde sich verdächtig machen, wenn er eine der Gründungsbedingungen unterlief, denen er selbst zugestimmt hatte.

Ich dachte, das wäre es, aber nach kurzer Pause fuhr er, noch heftiger, fort: Ob mir nicht klar wäre, wozu das führen würde? Angenommen, wir erwirkten eine Ausnahmeregelung und schafften einige Gewehre an. Bald würden ein paar mehr benötigt werden. Und schon hätten die Männer nichts anderes mehr im Sinn, als heimlich auf die Jagd zu gehen und darüber die unangenehmeren Arbeiten zu vernachlässigen, die sie jetzt erledigten. Die Gewehre würden von den Frauen für legitime Zwecke wie die Meerkatzenplage entliehen und unter der Hand an die Männer weitergegeben werden. Ich als Anthropologin müsse doch wissen, daß die älteste männerbündlerische Erfindung aller Zeiten die Jagd sei, gerade ich. Ob ich denn nicht wisse, welch lächerlich geringen Beitrag die Jäger zur Ernährung ihres Stammes leisteten, ganz egal, wo? Was sie allerdings nicht daran hindere, bei den Frauen auch noch Dank und Anerkennung für die langen Stunden zu kassieren, die sie im Busch herumlagen und sich vollaufen ließen. Er werde den Anfängen wehren, solange er könne. Er war kreuzunglücklich.

Und was sollten die Frauen denn dann gegen die Meerkatzenplage unternehmen?

Sie sollten jetzt nicht den Weg des geringsten Widerstandes

gehen, sondern sich lieber etwas einfallen lassen. Was hatten sie denn in den Dörfern getan, bevor es Gewehre gab? Es liefen doch genügend Raubtiere herum, die das natürliche Gleichgewicht peu à peu wieder herstellen würden, wenn die Leute sich nur etwas gedulden könnten.

Die Meerkatzen werden sich weiter verbreiten, sagte ich. Es sind schon welche im Küchenbereich gesichtet worden.

Dann eben Gift! Er kenne jemanden, dem er schreiben könne.

Du bist zu rigide, sagte ich. Du versuchst immer gleich alles zu vereinnahmen.

Nein, ich versuche nur, all das so lange wie möglich zu erhalten, was diesen Ort so einmalig macht, damit wenigstens etwas davon überlebt, wenn es erst mal losgeht mit dem Abhacken und Zurechtstutzen.

Und dann machte ich den entscheidenden Fehler zu sagen: Es heißt aber, du hättest selbst ein Gewehr.

Wer hat dir denn das erzählt? fragte er in empörtem Ton und mit einem Gesichtsausdruck, der mich abstieß - er war bitterböse, konnte aber die darunterliegende Beschämung nicht ganz kaschieren. Und es lag noch etwas Schlimmeres darin, nämlich die Botschaft: Du agierst ultra vires. Salz in meine Wunden.

Stimmte es denn nun, daß er ein Gewehr besaß, oder nicht? Es stimmte. Er wisse eigentlich selbst nicht so recht warum. Der Bautrupp habe es ihm dagelassen, also gut: verkauft. Es sei für den Notfall gedacht. Eine Art Vorsichtsmaßnahme für den äußersten Notfall, etwa so, wie einen Feuerlöscher bereitstehen zu haben. Und er würde wirklich gerne wissen, von wem ich das gehört hätte.

Ich wich aus und fragte ihn, warum er sich in Gottes Namen nicht einfach das Ding schnappte und um des lieben Friedens willen ein paar Meerkatzen abschoß. Ich sagte: Dein Deus ex machina liegt im Regal herum, und du weigerst dich, ihn zu benutzen.

Er habe etwas gegen das Abschießen von Lebewesen. Und weil ihm das vielleicht zu pathetisch klang, schlug er einen leichteren Tonfall an und fügte hinzu, das Gewehr sei nur für den Fall da, daß jemand versuchte, seine Mutter oder Schwester zu vergewaltigen. Aber er sei tatsächlich gegen das Schießen, das Jagen, das Töten von Lebewesen mit Gewehren, er persönlich, und er würde sein Gewehr auch nicht verleihen. Es täte ihm leid, daß er das Ding überhaupt besäße.

Das ist reine Ideologie, sagte ich. Wir befinden uns mitten in der Kalahari-Wüste, wo die Natur uns mit Bedrohungen aufwartet, die Gewehre unverzichtbar machen. In diesem Fall sind es Meerkatzen, aber es wird auch noch andere geben, glaub mir.

Er war aufgebracht, bemühte sich aber um Beherrschung, unter anderem durch kontrolliertes Atmen.

Ich stand auf, stellte mich hinter ihn und sagte: Wäre es denkbar, daß wir weiterreden, während ich dich anfasse? Ich legte ihm meine Hände auf die Trapezmuskeln. Sie waren hart wie Granit.

Und da explodierte er förmlich. Er schüttelte mich ab. Was ich mir einbildete, von Ideologie zu reden, wenn ich selbst ständig diesen Encountergruppen-Scheiß anbrächte? Das sei Kalifornien in Reinkultur. Wahrscheinlich würde ich das nächste Mal mit ihm Händchen halten wollen.

Das war natürlich eine bösartige Unterstellung, die mich entsprechend wütend machte. Er warf zwei Dinge, die nichts miteinander zu tun hatten, in einen Topf - die durchaus gängige Methode, jemanden durch Massage der Trapezmuskeln zu entspannen, und eine sogenannte feindseligkeitshemmende Technik, die ich selbst nur vom Hörensagen kannte und Nelson gegenüber irgendwann einmal erwähnt hatte: Dabei halten die Kontrahenten einander an den Händen, während sie ihrem Schmerz und ihrer Trauer Ausdruck verleihen. Ich bin mir ganz sicher, daß meine Beschreibung dieser Technik kritisch und sogar ironisch ausgefallen war, auch wenn ich gesagt haben mag, daß ich sie nicht ganz uninteressant fände.

Das ist aggressive Gewaltlosigkeit, sagte er, worauf ich erwiderte: Komisch, mir scheint es eigentlich genau auf der Linie deiner vielen kleinen Erfindungen zu liegen, die du anscheinend mit Erfolg in das hiesige Geflecht von Umgangsformen eingewoben hast, etwa den durch Handzeichen signalisierten Wechsel ins Englische, um nur ein Beispiel zu nennen. Und dein Kommentar bedeutet im Klartext, daß es dir als Mann unvorstellbar ist, im Verlauf einer ernsten Auseinandersetzung die Hand einer

Frau zu nehmen und zu halten, und sei es nur, um zu sehen, was passiert. Eines will ich dir noch sagen, und dann kannst du meinetwegen deine idiotische Kaliforniade fortsetzen, nämlich daß die meisten Frauen bereit wären, es wenigstens auszuprobieren. Er parierte mit: Willst du denn gar nicht hören, welchem Küchengerät ich mich jetzt gerade ähnlich fühle? Übrigens komme ich nicht aus Kalifornien, sagte ich. Ich habe mit Kalifornien nichts zu tun, abgesehen davon, daß ich in Stanford war.

Und so kam ich darauf, wie ich ihm aus dieser Klemme heraushelfen konnte, wenn er es zuließ. Stanford hatte die ganze Palette der etwas lächerlichen Oberklassen-Sportarten angeboten, darunter Tontaubenschießen. Ich hatte es ausprobiert. Ich konnte schießen. Wenn sein Gewehr also ein ganz normales Gewehr war, konnte ich das Problem mit den Meerkatzen für ihn lösen, er mußte sich nicht um eine Ausnahmeregelung bemühen, damit wäre der Fall erledigt, ich würde die Verantwortung übernehmen und so weiter.

Voilà! Ja oder nein? sagte ich. Ich sah ihm an, daß er sich darauf einlassen würde. Es schmeckte ihm zwar nicht, bot ihm aber einen Ausweg. Allerdings stellte ich eine Bedingung: Er sollte mich nicht mehr nach Namen fragen, weil ich mir sonst wie eine Informantin vorkommen würde.

Das Gewehr war eine Kaliber 7 Remington-Magnum, also nichts Ausgefallenes.

Na gut, sagte er, und dann wiederholte er wie unter einem Zwang: Ich töte nicht.

Ich schon, sagte ich, manchmal.

Probe-Zeiten

▶ *Die Meerkatzen ziehen ab. Heute noch 3 erlegt. Prettyrose und eine andere Frau probierten das Gewehr aus. Bei N keine große Begeisterung, vorgeblich weil es für die Waffe nur Teilmantelgeschosse gibt, die das Zielobjekt zerfetzen, es sich also nicht lohnt, den Tieren das Fell abzuziehen, das man sonst vermutlich noch irgendwie verwerten könnte. Rauschen im rechten Ohr derart extrem, daß es außer Gefecht ist, trotz der Stöpsel. Der Deltamuskel schmerzt. Wieder gab es eine Zuschauertribüne, überwiegend männlich besetzt, Einheizer ein Mongwaketse namens Hector Raboupi, ca. 35, funkelnde Augen, geflammte Fellmütze hinten mit baumelnden Eselsschwänzen, Backen, die sich knaufartig herauswölben, wenn er lacht oder schöntut, Zähne weit auseinanderstehend wie Pflöcke. Wechselt ins Englische, ohne per Handzeichen um Erlaubnis zu bitten, und als er auch mal schießen wollte und ich es ihm nicht erlaubte, sagte er zu mir in Afrikaans: Du nimmst mich wohl auf den Arm? Das sollte vermutlich ein Scherz sein. Knöpfte beim Zuschauen beiläufig sein Hemd auf, wie um etwas zu fangen, das ihn gebissen hatte, tatsächlich aber, um seinen klassischen Torso vorzuführen. Ich zielte nur auf die Männchen, die wegen ihrer leuchtenden Hoden leicht auszumachen sind. Das Töten an sich war unschön, aber es gefiel mir, Teil der Lösung zu sein. Raboupi haßt mich.*

▶ *Wieder Raboupi. Er sprach englisch, ich antwortete auf Tswana. Er ist der verschollene Bruder der Postmeisterin. Behauptet, er käme aus Bokspits, aber nach meiner Erinnerung stammt Dorcas nicht von dort. HR war Wanderarbeiter in RSA-Goldminen, bis er, laut Dineo, wegen Schlägereien rausgeschmissen wurde. Er arbeitet in der Gerberei, läßt sich seinen Lohn aber bar auf die Hand auszahlen. Behauptet, in den Minenstädten würde das Leben toben; er muß es hier unerträglich finden. N interessiert sich für ihn und hört immer genau hin, wenn ich irgendwelche Äußerungen von Hector wiedergebe. Weshalb jemand beim Liebesakt die eine Brust der anderen vorzieht, muß irgendeine Bedeutung haben. Seine Vorliebe für die rechte ist nicht besonders ausgeprägt. Vielleicht bin ich überempfindlich, weil meine rechte Brustwarze eine Idee höher als die linke sitzt, und im Stehen achte ich meistens darauf, das auszugleichen - wenn ich nackt bin, versteht sich. Aber das wird sich legen.*

▶ *Ich fand, es wäre mal wieder Zeit, ornithologisches Interesse zu demonstrieren, und marschierte auf eigene Faust ziemlich weit Richtung SW, immer das Flußbett entlang - und zu weit. Als ich mich irgendwann umdrehte, war nur die kahle Flanke des Koppie zu sehen. Keinerlei Anzeichen von Besiedlung. Ich geriet sofort in Panik - sämtliche Ängste, die ich sonst fein säuberlich getrennt halte, schlossen sich kurz: Der Sand wird Ninive begraben; Tsau ist so eigenartig, daß es nicht bestehen kann; die Natur ist unerbittlich; ich bin N keine Hilfe; ich sollte öfter den Mund halten; N wird etwas zustoßen, wenn ich mich nicht absolut richtig verhalte; ich dränge mich zwischen ihn und Tsau, was er mir nie verzeihen wird und so weiter. Dann ein hysterischer Anfall von Dankbarkeit für meinen Parasol, seinen kunstvoll geschnitzten Stock, den Lederschieber und die Stäbe, das gebatikte Zickzackmuster des Schirms. Auf dem Rückweg lief ich ein derartiges Tempo, daß ich bei meiner Ankunft vollkommen ausgetrocknet war. Irgend etwas würde N zugestoßen sein, war ihm zugestoßen, ich hatte das zweite Gesicht et al. Aber es fehlte ihm nichts. Er war beschäftigt. Ich ging in die kümmerliche Bücherei, um mich zu beruhigen.*

▶ *Gestern abend, N: Meinem niedereren Selbst ist es seit Jahren nicht so gutgegangen. Meinst du mit deinem niedereren Selbst das, was ich vermute? Unterhalb der Gürtellinie. Und warum sagst du nicht noch nie? Ich meine noch nie. Schweigen, dann N: Ich mag es, wenn du hier nackt herumspazierst. Das Vergnügen hatte ich bisher noch nie. Grace ist nicht gern nackt. Wieder Pause. N: Wahrscheinlich habe ich das von meinem Vater. Er hatte jahrelang* Sunshine and Health *abonniert. Um meine Mutter zu quälen, die aber nie ein Wort darüber verlor. Er behauptete, er würde das Heft nur wegen der Gedichte beziehen. Besonders gern zitierte er: Nackt zu schlafen, welche Lust, bis die Sonne wach mich küßt. Reine Aggression. Erlauben konnte er sich das, weil er einfach alles abonnierte. Er hat übrigens nur deshalb eine Katholikin geheiratet, weil er eine ewige Märtyrerin an seiner Seite brauchte, ein Opfer in ständiger Reichweite. Aber Nelson, begreifst du denn nicht: Ich laufe so herum, weil es mir liederlich vorkommt. Wir lachten. N: Da hätten wir also einen Mann mit fortschrittlichen Ideen, einen Linken, umgeben von linken Freunden, einen Humanisten, der mit seinem Leben nichts Besseres anzufangen wußte, als auszuprobieren, wieviel Leid er einer ihm unterlegenen Frau zufügen konnte, deren Traditionen, die auch die seinen gewesen waren, er hinter sich gelassen hatte und sogar verabscheute. Seine Ansichten über Literatur waren so strikt, daß darüber sogar die Freundschaft mit einem krypto-trotzkistischen Polizisten in die Brüche ging – die beiden hatten sich nicht einigen können, ob James*

T. Farrell ein bedeutenderer Schriftsteller war als James M. Cain. Seine Trinkerei war auch nichts anderes als Aggression. Ich habe es gern, wenn er meinen Körper bewundert, und manchmal auch wieder nicht, weil ich am liebsten herausschreien würde, daß ich eines Tages alt und welk sein werde - und dann?

▶ *War beim Spülen, als N hinter mich trat und anfing, freundlich zu fummeln. Ich sagte: Vielleicht ist dir das erste Gebot des Feminismus nicht geläufig, darf ich es dir zitieren? Aber bitte. Es lautet: Grapsche oder liebkose nie die Intimgegend deiner Angebeteten, wenn ihre Hände beschäftigt sind, vor allem dann nicht, wenn sie mit niederer Arbeit beschäftigt sind. Das ist kein Vorwurf, nur ein heißer Tip. Er ließ es sofort sein und entschuldigte sich. Ich sagte: Wie der Zufall so will, tun es Männer meist dann, wenn die Geliebte gerade kocht oder an der Spüle steht, was den Verdacht nahelegt, daß der Anblick einer häuslich beschäftigten Frau wie ein Aphrodisiakum wirkt. Er erwiderte, er habe gedacht, das erste Gebot des Feminismus handle davon, einer Frau niemals mit einem Imperativ zu kommen, es sei denn, sie liefe direkt vor einen fahrerlos dahinrasenden Bus. Durch die Verwendung der Bezeichnung Geliebte hatte ich die Grenzen unseres Paradigmas ein Stückchen vorgeschoben. Es blieb unbemerkt.*

▶ *Habe N von den Shebeens erzählt. Er hatte es halb vermutet, machte aber doch ein ziemlich überraschtes Gesicht. Wir sind beide ganz erschöpft vom Küssen. Meine Lippen fühlen sich wund an. Zwei Abende küssen wir jetzt schon wie die Teenager, ausgiebig, bis zu einem Punkt, an dem sich in mir die Anthropologin regt, als ob eine Außerirdischenstimme fragen würde: Warum pressen diese zwei Menschen ihre Oralöffnungen aufeinander, und weshalb drückt das eine Wesen die Milchdrüsen des anderen, wenn doch gar nichts herauskommt? Daß er nichts von den Shebeens gewußt hatte - oder meinetwegen nichts über dunkle Vermutungen hinaus -, machte ihm zu schaffen. In ganz Afrika wirst du kein Dorf dieser Größe finden, in dem es nicht mindestens ein oder zwei davon gibt, sage ich ihm immer wieder. Aber er beruft sich auf eine Übereinkunft mit den Charta-Frauen. Irgend jemand hätte etwas sagen müssen. Und so weiter.*

▶ *Er findet es absurd, Geburtstage zu feiern. Warum? Weil sie einzig und allein den Fortbestand zelebrieren. Bei Aufständen ist das etwas anderes. Die Revolte von Casas Viejas? Und der Tag der Bastille. Gibt es denn nichts in deinem Leben, das du feierst, Nelson? Ich habe bisher nichts geleistet, das zu feiern wäre. Soll das ein Witz sein? Ich zähle ihm seine sämtlichen Projekte auf, Namen, die Geschichte gemacht haben, die in Lehrbüchern aufgeführt, diskutiert werden. Er betrachtet sie als gescheitert. Ich sagte: Und Tsau? Noch nicht. Zu den Eigenschaften eines begehrenswerten Mannes gehört sicherlich auch Nüchternheit, aber doch nicht Ernüchterung, die von Außenstehenden leicht mit perfektionistischer Koketterie verwechselt wird. Ich sagte: Du hältst sie also für gescheitert? Hast du davon auch schon deine berühmten Kollegen im Entwicklungsplanungshimmel in Kenntnis gesetzt, ganz zu schweigen von den Erdlingen, die seit unzähligen Jahren ihre Doktorandenseminare darüber abhalten? Ich wollte ihn provozieren oder vielmehr auffordern, mir zu erklären, weshalb er sie für gescheitert hielt. Aber er verfiel in grimmiges Schweigen, und ich dachte mir, jetzt heißt es Reculer pour mieux sauter. Ich merkte nur noch an: Ist dir bewußt, wie viele Menschen glücklich in die Ewigkeit eingehen würden, wenn sie auf deinem Niveau hätten scheitern können?*

▶ *2 Tage Englischunterricht mit den Kindern, was mütterliche Gefühle weckt, die ich nicht brauchen kann, deswegen habe ich mir zwei Nachmittage in der Wäscherei verordnet. Ns neueste Sorge ist, es könnten sich immer mehr Leute auf ein, zwei Kategorien von Arbeit beschränken, oder gar auf eine einzige wie die Alten, die die Küche zu ihrem Reich erklärt haben. Die Auf-und Abwertung verschiedener Tätigkeiten durch das Bon-System ist als Regulativ nur bedingt wirksam. N sagt, dieses Phänomen trete hauptsächlich bei den älteren Frauen auf, sei also keine generelle Folgeerscheinung des Prinzips der geringsten Anstrengung - das heißt, das eigene Guthaben mit der Arbeit zu erwirtschaften, die man am besten beherrscht und die einen infolgedessen die geringste Anstrengung kostet -, aber wenn er sich irren sollte, müsse vielleicht irgendeine Regel eingeführt werden, um die Anzahl der Tage zu begrenzen, die man mit ein und derselben Arbeit zubringen dürfte. Ich sagte, das ginge leider zu Lasten der Freiheit. Aber doch nicht, wenn eine Gruppe sich selbst eine*

Regel auferlegt und einsieht, weshalb sie notwendig ist. Lebst du auf dem Mond? Das wäre ja wie in der Sowjetunion, wo man fünfzehn Jahre auf einen Wagen warten muß, weil es im Sinne des Kollektivs ist, erst einmal den längsten Kanal der Welt fertigzustellen, bevor irgend etwas anderes angepackt wird. Und vielleicht hast du schon einmal von dem natürlichen Drang zur Qualitätsarbeit gehört, den ich, glaube ich, schon einmal angesprochen habe. Aber er versteifte sich auf das Argument, Tsau wäre anders. Daß ich das Beispiel Kibbuz anführte, wo letztendlich doch wieder die Frauen das Waschen, Kochen und Kinderhüten besorgten, war ihm gar nicht recht, aber seine sogenannte Erklärung dafür lautete, daß die Kibbuzim von Männern geführt würden, während hier die Basis weiblich sei. Ich denke, ich habe einen Keim gepflanzt, mehr nicht. Was Ns Sicht der Dinge untergräbt, ist seine eigene dämonische Energie, und vielleicht läßt sich sogenannte Größe ja genau darauf reduzieren. Er ist nicht normal. Er kann sechs Stunden lang Platten legen oder pflastern, bis er mit Zementpocken übersät ist, und dann reicht ein Happen zu essen und eine Dosis Badeapparatur, und voilà, schon ist er imstande, bis tief in die Nacht zu lesen und zu schreiben und mit dem Abakus zu hantieren. Allerdings muß Energie mit Weitblick gepaart sein. Ich glaube, worauf ich hinauswill, ist das Gefühl, das ich bekam, als ich das erste Mal David Hume las, das Gefühl, in kaltes Licht gebadet zu sein. Werde ich davon auch in der Zukunft etwas empfinden, wenn ich Denoon lese? Denoon hat keine Exemplare seiner Werke hier, stelle ich fest. Er will nichts von ihnen wissen. Was war, ist ein Kübel voll Asche *und so weiter. Morgens fühle ich mich gelegentlich bleischwer, N nie. Bis jetzt bin noch kein einziges Mal ich als erste aufgestanden. Das muß sich ändern.*

▶ *N irgendwie klarmachen, daß er zu viele Ideen produziert, in Anbetracht der Manövriermasse, die ihm hier zur Verfügung steht. Projekte innerhalb von Projekten, aus denen noch mehr Projekte hervorgehen. Mir fällt die Rolle der Advokatin des Stillstands zu. Ob ich etwa lieber an einem Ort wie Gumare leben wollte und so weiter. Er versuche doch lediglich, eine gewisse Experimentierfreude zu fördern. An seinem Wahn mit der Straußenfarm hält er fest. Ich sagte: Du willst also losziehen und Strauße einfangen. Aber woher willst du wissen, daß du Männchen und Weibchen erwischst? Das*

Geschlecht wirst du nämlich nicht erkennen können aus der Entfernung. Dazu müßtest du ihnen praktisch unter den Bauch kriechen. Und sie sind unheimlich stark. Wir haben Leute hier, die wissen, wie man sie fängt. Etwa den großen, unterforderten Jägersmann Hector Raboupi? Schon möglich. Den gleichen Einwand mußte ich mir anhören, als ich vorschlug, eine Perlhuhnzucht aufzubauen. Und die läuft inzwischen prächtig. Dann sagte er: Was hältst du von der Idee, jeden Abend eine bestimmte Zeit fürs Streiten freizuhalten? Ich überging diese Bemerkung. Das Straußenprojekt liegt dem Mutterkomitee vor.

▶ *Streiflichter ad Grace. Ihre atemberaubende Schönheit war der Auslöser. Bist du besonders empfänglich für außergewöhnliche Schönheit? lautete meine Frage. Muß ich wohl sein, sagte er. Sie hat wiederholt versucht, mit ihm im Ausland zu leben und ihre Karriere im Bereich Architekturgeschichte und Denkmalschutz aufzugeben oder aufzuschieben, aber er drängte sie immer, jede Chance zu ergreifen, als Kuratorin zu arbeiten oder sich zur Sachverständigen fortzubilden, ihrem ursprünglichen Berufsziel. Ihr Wunsch zu gefallen war exzessiv; er mußte sie davon überzeugen, daß sie nicht so zu tun brauchte, als würde sie den Analverkehr genießen. Sie meinte, entscheidend sei doch, ob er Spaß daran hätte. Es spielte keine Rolle, daß Frauen, das prostatalose Geschlecht, schon anatomisch gesehen weit weniger Grund haben, diese Praktik zu genießen. Sie fand Afrika unerträglich, verkniff sich aber jede Kritik. Sie bemühte sich erfolglos, die hiesige Architektur interessant zu finden: Ihre ganze Liebe galt dem Barock. Er vermutet: zwei Fehlgeburten in Tansania, eine davon vor ihm verheimlicht. Nacktheit machte sie befangen, und er findet meine hureske Art faszinierend, aber auf drängendes Nachfragen gestand er, ja, die konventionelle, übertrieben züchtige Haltung sei auch nicht ohne Reiz. Seinen jüngsten Informationen nach fühle sie sich zum Vedanta hingezogen. Er kann sich vorstellen, daß sie letztlich noch religiös wird, und zwar wegen ihrer Phobien in puncto Sauberkeit und Ansteckung. Wenn sie erst einmal Fuß gefaßt haben, spielen alle Religionen die menschliche Ansteckungshysterie aus und hoch, ein Thema, über das er sich gern eingehender mit mir unterhalten würde. Ich glaube, ich weiß ziemlich viel über Lustration – falls ich es rekapitulieren kann. Sie hatte einen Augenbecher und spülte sich die Augen mit einer Lösung aus, aber nicht etwa, weil sie an Bindehautentzündung litt, sondern rein prophylaktisch. Sie untersuchte ihn eingehend auf Mitesser. Ihre erste Umerziehungsmaßnahme für N betraf seinen Kamm: Aus hygienischen Gründen sollte er ihn niemals in eine Hosentasche stecken, in der er Geld aufbewahrte. Er ließ sie abblitzen, ertappte sie aber dabei, daß sie heimlich seinen Kamm auskochte. Depilation betrieb sie geradezu zwanghaft. Starke Regelblutungen. Ein Beispiel dafür, wie labil sie während ihrer Periode wurde: Er fand sie in Tränen aufgelöst und mußte ihr lange gut zureden, bis sie ihm sagte, warum sie weinte: Weil er ihr, wenn sie etwas verloren hatte, immer bei der Suche half und sie es dann auch wiederfanden, während sie nie imstande war, sich nützlich zu machen, wenn er etwas suchte. Sie legte es nicht darauf an, ihn umzuerziehen, mal abgesehen von ihrem Kammwahn, und auch da unternahm sie nur den einen Versuch. Meine Antennen vibrierten: Was wollte er damit sagen? Ob sie sich gestritten hätten? Selten, einmal allerdings darüber, ob Tanz eine bedeutende Kunst wäre oder nicht; er verneinte dies, und zwar so lange, bis auf beiden Seiten Gefühle verletzt waren. Während des Liebesaktes mußte symphonische Musik laufen, fand sie, speziell Sibelius. Sie gehörte einem Blockflötenensemble an. Beim Sex kannte sie zwei Stadien: a) sie war eine normale Frau ohne besonders ausgeprägten Trieb, die sich tapfer abmühte, den Punkt b) zu erreichen, wo sie zur Wilden oder gespaltenen Persönlichkeit wurde, heftig atmete, gelegentlich in Ohnmacht fiel, kehlige Laute ausstieß; von a) nach b) zu gelangen war das Nadelöhr, dessen Durchlaß nach und nach enger wurde, seiner Ansicht nach wahrscheinlich aufgrund der immer häufigeren Trennungen. Ob ihm aufgefallen sei, daß meine Brustwarzen nicht ganz auf gleicher Höhe säßen? Nein. Etwas anderes würde ich von ihm nicht zu hören bekommen. Er sagte, ich könne mich nicht beklagen. Wieso? Grace habe eine überzählige Brustwarze. Damit wolle er Grace nicht schlechtmachen, sondern nur beschreiben. Über jedes Mädchen läßt sich etwas Nettes sagen, hatte ihn seine Mutter gelehrt. Und wenn einem sonst nichts Nettes einfallen will, kann man eigentlich fast immer sagen, daß sie eine schöne Haut hat. Er hat Graces außerordentlich schöne Haut inter alia häufiger erwähnt, als ihm bewußt sein mag. Die Haut der Reichen ist anders, sage ich. Sie stammt aus einer reichen Familie, also muß sie ipso facto selbst*

Vermögen haben, aber in bezug auf die Größenordnung hält er sich bedeckt, und das wiederum läßt sich aus marxistischer Sicht so auslegen, daß es beachtlich sein dürfte und einen Grund dafür liefert, weshalb die Trennung eben doch mit offensichtlich gemischten Gefühlen verbunden war, trotz seiner gegenteiligen Beteuerungen. Er hält den Rat seiner Mutter insofern für machiavellistisch, als ihm das Motiv zugrundegelegen habe, Nelson bei seinen Mitschülerinnen den Ruf zu verschaffen, ein Junge zu sein, der jedem Mädchen etwas Nettes zu sagen wüßte, und somit seine Chancen zu verbessern, die passende Gefährtin zu finden, statt sich mit der falschen zusammenzutun, was schon deshalb so wichtig war, weil eine Scheidung sie, seine Mutter, umbringen würde. Nicht die oder den Richtigen zu finden lief auf ein Leben in Trostlosigkeit hinaus. Jede Frau war eine kleine Jungfrau Maria, die von der bösen Welt in den Schmutz gezogen und zerstört werden konnte. Grace sammelt Lackarbeiten und Majolica oder hat es jedenfalls getan. Sie leidet an einer Rosenallergie. Wenn sie einen Roman anfängt, dann meint sie, ihn gleich in einem Satz durchlesen zu müssen. Er konnte dabei schlafen, aber sie war am nächsten Morgen wie gerädert. Sie verließ sich auf seinen literarischen Geschmack. Er beklagt den Mangel an erstklassigen Kurzromanen oder Novellen in der englischsprachigen Literatur – eine Erkenntnis, die er durch die zahllosen Versuche gewonnen hat, für ihr zwanghaftes Leseverhalten geeignete Lektüre aufzutreiben. Sie probierten alle Variationen einer Interimsbeziehung aus: Besuche; ein halbes Jahr zusammen, ein halbes Jahr getrennt; Versöhnungen, alles. Und sein kaltes Verhalten ihr gegenüber in Gaborone, das ich ja selbst miterlebt hätte, sei eine willentliche Provokation gewesen, um ihr das Loslassen zu erleichtern, damit sie sich der Aufgabe stellen konnte, einen anderen, ihr gemäßen Partner zu suchen, solange sie noch schön und, mit etwas Glück, vielleicht noch fruchtbar war.

Welch Land ist dies, ihr Freunde?

Da man fürs Ausheben des Abtrittsdüngers aus den Aborten einen kräftigen Rücken braucht, meldete ich mich jetzt ein oder zweimal die Woche freiwillig zu dieser Arbeit. Sie hatte den angenehmen Nebeneffekt, daß ich mich dadurch bei einigen der älteren Tanten beliebt machte, aber mir ging es in erster Linie um meine konkrete Replik auf die Frage: Mais qui videra le pot de chambre?, mit der sich, laut Denoon, die französischen Anarchisten des neunzehnten Jahrhunderts hatten herumschlagen müssen, wann immer der Reorganisation der Gesellschaft auf voluntaristischer Basis das Wort geredet wurde. Die Antwort auf die Frage, ob ich mich nicht nur mit Denoon identifizierte, sondern auch mit seiner Weltanschauung, lautet ja. Daß umfassende Änderungsvorschläge angeblich an den belanglosesten Details scheitern mußten, war ihm ein ständiges Ärgernis: So wurden etwa Pazifisten von der britischen Musterungskommission in beiden Kriegen unweigerlich gefragt, was sie denn tun würden, wenn jemand versuchte, ihre Schwester zu vergewaltigen. Vermutlich sollten sie sich bei diesem Argument verwundert die Augen darüber reiben, weshalb sie etwas so Einfaches und doch so Wesentliches übersehen hatten. Herrlich fand ich die Antwort: Sir, ich würde versuchen, mich dazwischen zu werfen, die irgendeine angesehene Persönlichkeit gegeben haben soll.

Ich war auf einer Parzelle am Queen-Nzinga-Way und wollte gerade mit der Arbeit beginnen, als zwei Kinder in heller Aufregung vorbeirannten, stutzten und umkehrten. Sie suchten eigentlich Rra Puleng, aber ich solle an seiner Statt mitgehen und nach zwei Makhoa schauen, die bewaffnet über uns zu kommen drohten.

Das klang rätselhaft. Ich wußte, daß in zwei Wochen ein Zahnarzt eingeflogen werden sollte, aber sonst wurden keine – ohnehin handverlesenen – Besucher erwartet. Ich kannte Nelsons Terminkalender besser als er selbst. Tsau war alles in allem eine verbotene Stadt. Ich schickte ein Kind zu Denoon ins Eukalyptuswäldchen und lief mit dem anderen los, um zu sehen, wer diese

Eindringlinge sein mochten. Die größte, wenngleich unterschwellige Angst bei den Einwohnern war die, daß Tsau eines Tages von den Buren angegriffen werden könnte. Die South African Defence Force überschritt so häufig die Grenze, um Behausungen und Leben zu vernichten, daß Emigranten aus Südafrika in Gaborone und Ramotswa Schwierigkeiten hatten, Hausbesitzer zu finden, die bereit waren, an sie zu vermieten. Und die Buren plünderten und mordeten auch im nicht allzu fernen Namibia. Mangopes Bophutatswana-Agenten schienen überall zu sein. Die Eindringlinge waren auf der Zufahrtsstraße zur Flugpiste gesichtet worden. Wir nahmen Abkürzungen. Wo immer wir vorbeikamen, hieß es, die Buren seien im Begriff, Tsau zu überfallen. Die Alarmglocke hatte begonnen zu läuten.

Hier liegt ein Mißverständnis vor, dachte ich und sah mich bestätigt, als wir auf die Straße stießen: Sie war menschenleer bis zum Flughafen.

Doch im nächsten Augenblick hörten wir Geschrei von rechts, von einer Kuppe, jenem Ausläufer des Koppie, wo der Friedhof liegt. Eine Abzweigung von der Zufahrt zur Flugpiste führt dort hinauf. Was immer da oben vor sich ging, war von Rufen und Schlägen begleitet. Wir hetzten zum Friedhof.

Auf dem Pfad kamen uns ein Mann und eine Frau entgegen, Weiße. Sie bewegten sich rückwärts. Ich glaubte, den Mann ein Schwert in die Scheide stecken zu sehen, mochte aber meinen Augen nicht recht trauen. Beide waren mit Taschen und Koffern bepackt. Ein paar Frauen und Kinder rückten ihnen nach, ohne das Paar zu bedrohen, soweit ich es erkennen konnte, wenngleich sie aufgebracht waren und ihnen Fragen zuriefen. Dann kamen wir ins Blickfeld der beiden. Wir sind Briten! schrie die Frau. Sagen Sie das ihnen!

Unsere Besucher hießen Harold Mace und Julia Rodden. Sie fielen mir fast um den Hals. Ich hatte das dumpfe Gefühl, seinen Namen schon in irgendeinem Zusammenhang gehört zu haben. Sie waren Schauspieler und verheiratet. Sie versicherten mir, mit ihrem Erscheinen sei alles in bester Ordnung: Sie würden vom British Council herumgeschickt, um an Schulen und dergleichen Shakespeare zu lesen. Sie zeigten mir einen Schrieb vom British Council. Der British Council hatte ihre Reise arrangiert. Sie richteten sich nur nach den vorgegebenen Tourneedaten. Irgend jemand mußte doch davon wissen. Gab es hier denn keinen Distriktbeamten? Der Pilot hatte sie einfach abgesetzt, weil er laut Flugplan noch einen Landeplatz erreichen mußte, bei dem offenbar die Beleuchtung ausgefallen war, und so hatte er sich beeilen müssen, um vor Einbruch der Dunkelheit dort zu sein. Er habe sie regelrecht hinausgeworfen, sagten sie.

Der Friedhof hatte ihnen offensichtlich einen Schrecken eingejagt. Es täte ihnen leid, wenn sie unerlaubt hier eingedrungen wären, aber sie hätten angenommen, der Weg wäre richtig. Und Harold zeigte in die ungefähre Richtung des seltsam geschmückten Baobab-Baumes, der den Friedhof dominierte. Es leuchtete mir ein, daß sie auf den Gedanken gekommen waren, er hätte irgendeine wegweisende oder offizielle Bedeutung. Und ich verstand nur zu gut, weshalb es sie gegruselt hatte, als sie ohne jede Vorwarnung auf dem Friedhof gelandet waren. Fünf Frauen lagen dort bestattet. Jedes Grab war mit einer Betonplatte etwa von der Größe eines überdimensionalen Bügelbretts verschlossen. Wo üblicherweise der Grabstein gestanden hätte, war ein flacher Metallkasten eingelassen, und in diesem Kasten lag eine tönerne Totenmaske der Verstorbenen. Die Masken waren mit einer Salzglasur überzogen. Jeder Kastendeckel war mit einer zwei- bis dreihundert Wörter langen Vita geschmückt, einem auf Pergament geschriebenen, zwischen Glasscheiben gepreßten und rundherum mit irgendeiner gehärteten, wasserabweisenden, teerartigen Substanz versiegelten Nachruf. Es war schon sonderbar, wenn man das erste Mal den Deckel hob, in den Kasten schaute und eine solche Maske sah, sonderbar nicht nur wegen des glänzenden Gesichts, das einem entgegenblickte, sondern auch, weil die Maske mit einem Eisenbügel über den Augenbrauen gesichert war, dessen Enden tief in den Zement reichten, so daß im ersten Moment der Eindruck entstand, hier läge ein gefesselter, gemarterter Mensch. Weder die Kästen noch die Platten wiesen religiöse Symbole auf, was gerade Harold, der ein ziemlich auffälliges goldenes Kruzifix am Hals trug, seltsam berührt haben mußte. Und wenn man den Blick zum Baobab wandern ließ, sah man an seinem stärksten, über die Gräber ragenden Ast fünf rubinrote Preßglas-Objekte, länglich, wie Tränen oder Kalabassen, groß wie Kalabassen, vielleicht am ehesten mit riesigen tropfenförmigen Ohrgehängen vergleichbar. Die Hälse dieser glitzernden roten Tropfen hatten Löcher, durch die die Ketten führten, mit denen sie an den Zweigen befestigt waren. Dieses Baobab-Dekor hatte etwas absolut Jenseitiges. Man dachte unwillkürlich an Tränen, Blut, Christbaumschmuck, Pfandhausreklame, Verkehrsampeln. Und dazu kam noch der überwältigende Anblick des Baobab selbst, dessen Stamm eher von einer grauen Haut umhüllt zu sein schien als von Rinde und dessen Äste hoch oben in der Krone zuckenden Krallen glichen. Baobabs haben für mich viel mehr von Denkmälern als von pflanzlichen Wesen.

In der Anlage des Friedhofs sah ich die kunstsinnige italienische Hand eines Dieu caché am Werk. Nelson bestritt jede geistige Urheberschaft. Das Konzept sei vom Mutterkomitee entwickelt worden, er habe lediglich mitgemacht.

Das mit dem Schwert stimmte tatsächlich. Harold hatte seinen Degen gezogen, der eine Requisite ihres Programms war. Er entschuldigte sich tausendmal. Er versuchte zu erklären. Er schien kein anderes Wort für den Friedhof zu finden als Nekropolis. Sie waren in der Nekropolis angelangt und hatten Gestalten, allem Anschein nach bewaffnete Gestalten, auf sich zustürmen sehen. In Wirklichkeit hatte eine Frau eine Hacke geschultert gehabt, weiter nichts. Ich fürchte, ich bin nicht besonders weitsichtig, sagte Harold.

Julia versicherte mir, daß sie eigentlich keine Angst vor abgelegenen Gegenden hätten. Zuletzt seien sie am Moeng-College aufgetreten, ob ich wisse, wo das sei? In einer wilden Gebirgsgegend. Das Hochkommissariat habe ihnen mitnichten zu verstehen gegeben, daß dieses Tsau irgendwie anders wäre als das, was sie bereits kennengelernt hätten. Ich war mittlerweile dabei, sie stückchenweise darüber aufzuklären, daß Tsau in der Tat anders war, daß es sich um ein für Außenstehende gesperrtes Projekt handelte – wozu ich einige Erläuterungen abgab –, aber ich wiederholte immer wieder, daß sich alles klären werde und daß sie willkommen seien. Ich wollte nach Kräften vorbauen, ehe Denoon auf der Bildfläche erschien. Ich wußte, daß er ein Komplott wittern würde. Er war überzeugt davon, daß das britische Hochkommissariat aus irgendwelchen Gründen böse

Absichten speziell gegen Tsau hegte. Der geringste Anlaß genügte, damit er einem haarklein auseinanderlegte, daß das britische Hochkommissariat, mehr als irgendeine andere diplomatische Vertretung, mit den Südafrikanern zusammenarbeitete. Er behauptete, mit Sicherheit zu wissen, daß unter den britischen Geheimdienstlern das Paranym für Afrika der Zoo wäre.

Ich machte alle miteinander bekannt. Vor Dirang Motsidisi, die zum ursprünglichen Abfangtrupp gehört hatte, fürchteten sie sich, glaube ich, ein bißchen. Eine Mistkarre kam, um ihr Gepäck zu befördern. Dann wurden ein Wasserkrug und ein feuchtes Handtuch gebracht, und Harold und Julia setzten ihre Tropenhelme ab und betupften sich Nacken und Gesichter.

Beide hatten eine interessante körperliche Ausstrahlung. Sie waren mittleren Alters, dabei aber attraktiv und anscheinend topfit. Sie waren mittleren Alters auf die Art, wie Schauspieler mittleren Alters sind, das heißt irgendwie anders. Harold war ein Bild von einem Mann, ideal gebaut für Strumpfhosenrollen. Besonders beeindruckten mich sein kräftiges, martialisches Kinn und die volle graue Löwenmähne, die am Hinterkopf, da, wo der Helmriemen aufgelegen hatte, leicht eingedrückt war. Seine Augenbrauen waren bronzefarben. Er hatte das gewisse Etwas. Sie auch. Beide sahen aus, als könnten sie Tänzer sein. Julia war ein sehniges kleines Geschöpf mit einem eigensinnigen Ausdruck im Gesicht. Sie wirkte erschöpft. Die zarte Haut unter ihren Augen war von tiefen Falten durchzogen. Beide trugen sie Safarikluft. Ich sah sofort, daß sie, trotz der tapfer vorgereckten Körbchen unter der Hemdbrust, praktisch keinen Busen hatte. Ihr Dekolleté zeigte jedenfalls Rippen. Ihr Haar war grau-blond, raffiniert gesträhnt und relativ kurz. Auf den zweiten Blick schien Harold doch kein vollkommener Beau zu sein. Seine imposante Nase hatte eine leicht hervorstehende Scheidewand, was nicht weiter schlimm gewesen wäre, wenn nicht die Innenhaut penetrant scharlachrot geleuchtet hätte. Und er hatte einige Leberflecken auf der Stirn, die vor seiner Katzenwäsche nicht zu sehen gewesen waren. Er mußte sie wohl überschminkt haben. Das Weiß seiner Augen war blutunterlaufen, aber das kam vielleicht wirklich von der Erschöpfung.

Während ich sie ins Dorf hinabführte, meldete sich wieder

die alte, mich ewig umtreibende Frage nach dem Zusammenhang zwischen Aussehen und Schicksal. Wie alt war Julia? Etwa so alt wie meine Mutter? Wie würde ich in, sagen wir, zwanzig Jahren aussehen? Welche Spuren würde das ständige Biwakieren hinterlassen, das ich mir offenbar verordnet hatte? Welche Langzeitfolgen mochte ein Leben in Gegenden haben, wo einem ständig die Feuchtigkeitscreme ausging? Und was hatte Harold hierher verschlagen? Seinem Äußeren nach zu urteilen, war er sicher einmal zu Höherem bestimmt gewesen, als durch afrikanische Dörfer zu tingeln.

Ich schien ihnen sympathisch zu sein. Julias Stimme war ihre eigene Schöpfung. Sie hatte einen entzückenden Reibeisen-Touch. Harold verfügte über eine volle, raumgreifende Stimme, die bestimmt sehr weit tragen konnte. Und Nelsons Stimme klang wunderbar sonor. Offenbar war ich dazu verdammt, Tsaus einzige Lakhoa mit einer nichtssagenden Stimme zu sein. Wie gesagt, sie schienen mich wirklich sympathisch zu finden, und doch zeigten sie kein bißchen Erstaunen darüber, an einem Ort wie Tsau auf jemanden wie mich zu stoßen. Ich könnte gar nicht genau sagen, was sie meiner Meinung nach hätten denken sollen, vielleicht nur, welche weitaus großartigere Umgebung zu einer so vergleichsweise jungen und umwerfenden Person wie mir passen würde, aber irgendwie fühlte ich mich unterminiert.

Sie waren so ungemein britisch, daß bei mir leise Sorge aufkam. Sie waren nicht zufällig britisch wie die englischen Entwicklungshelfer, denen man in Afrika hier und da über den Weg läuft. Sie waren bezahlte Inkarnationen. Nelsons Anglophobie setzte bei der Weigerung der Engländer an, Sanktionen gegen Südafrika zu verhängen, und reichte zurück bis zu Begebenheiten wie der, daß sie Mussolini den Suezkanal hatten passieren lassen, damit dieser in Äthiopien einfallen konnte, wozu es laut Nelson sonst nicht gekommen wäre. Er konnte zur wandelnden Enzyklopädie werden. 1898 war Japan das letzte, das einzige Land im Pazifik, das die Engländer nicht zum Opiumhandel hatten zwingen können. Und wenn man irgend etwas Positives über sie äußerte, kam gleich der Kommentar, man könne das zusammen mit allem anderen in die große Schüssel rühren, und als Ergebnis käme immer noch Das Empire heraus. Zudem bezeichnete er sich selbst als Erben der Fenier. Dieses Vermächtnis war ihm per Osmose über seinen Vater von einem Onkel zugefallen, der noch nationalistischer gesinnt war, so ultranationalistisch, daß er kurze Zeit sogar als Mitglied der Blauhemden an der Seite der Deutschen, dem Erzfeind des Erzfeindes, gekämpft hatte. Aber das ging Nelsons Vater denn doch zu weit, und als der Onkel nach dem Krieg zu Besuch gekommen war, hatte es erderschütternde Szenen gegeben, alkoholgeschwängert und mit gewalttätigem Ausgang.

Auf dem Weg gelang es mir, einen bescheidenen Coup zu landen. Harold hatte sich inzwischen gefangen. Er sagte: Ort – Die Seeküste von Illyrien, und dann: Welch Land ist dies, ihr Freunde? Ich erwiderte: Was ihr wollt. Ich weiß selbst nicht warum, denn Shakespeare ist für mich eine große verschwommene Masse, mit Ausnahme von Hamlet und Macbeth. Harold nahm meinen Treffer zur Kenntnis. Ich führte sie direkt zu Mma Isangs Gästetrakt. Als Begründung dafür, daß ich sie nicht zuerst zur Plaza hinaufbrachte, um die Formalitäten zu regeln, schob ich vor, daß sie sich dringend ausruhen und erholen müßten.

Fremdkörperschaften

Eine Stunde später versuchte ich Denoon klarzumachen, daß er es meinem ersten Eindruck nach nicht mit Bösewichten zu tun hatte. Noch bevor ich am Oktagon angekommen war, hörte ich das Stampfen des Generators und dachte mir gleich, daß Nelson Funkverbindung mit Gaborone aufgenommen hatte, um eine Erklärung zu verlangen. Eine Zeugin der Ankunft von Harold und Julia war mit den Eckdaten zu ihm geeilt. Nelson wußte bereits mehr über unsere Besucher als ich, zum Beispiel, daß Harold in einer BBC-Fernsehserie der sechziger Jahre den Busenfreund von Richard Löwenherz gespielt hatte. Als Begründung für ihr unerwartetes Erscheinen wurde angegeben, daß der British Council einen neuen Leiter hatte und daß der Zuständige bei der Kommunalverwaltung, der klug genug gewesen wäre, den Besuch abzublocken, in Urlaub war. Es folgte eine hochoffizielle

Entschuldigung. Wir würden Harold und Julia vier Tage da haben, länger nicht.

Nelson war auf dem bestem Weg, sich mit dieser Zumutung abzufinden, konnte sich aber ein paar Ausfälle in Richtung Shakespeare nicht verkneifen. Die historischen Dramen seien royalistische Propaganda in Reinkultur, und ob ich nicht wisse, daß in den Stücken nur die Könige im Sitzen sprechen dürften? Der heimliche Grund für die Zahnlosigkeit der englischen Sozialisten sei ihr Proroyalismus. Letzten Endes liefen seine Tiraden auf die profunde Enttäuschung darüber hinaus, daß das heutige Amerika aus einer so unzulänglichen Kultur wie der britischen hervorgegangen war. Ich habe England gegenüber dieselben Gefühle, wie sie Blake seinerzeit hatte, sagte er.

Er würde die beiden nicht sofort begrüßen. Dineo könnte sie willkommen heißen, und ich könnte sie bis auf weiteres betreuen. Genau diesen Vorschlag hatte Dineo mir auch schon gemacht. Aber er habe eine Idee - es ginge um etwas, das er gerne ausarbeiten und wovon er mir später erzählen würde. Er sah derart zufrieden mit sich aus, als er das sagte, daß ich aufgrund einschlägiger Erfahrungen argwöhnisch wurde.

Gegen drei holte ich Harold und Julia zu einem Besichtigungsrundgang ab. Sie hatten ein Nickerchen gemacht. Ich bat sie, Kleidung zum Wechseln mitzunehmen, weil ich die Absicht hatte, unsere Tour am Badehaus zu beenden, wo sie sich für das Begrüßungsessen, das ihnen das Mutterkomitee ausrichten wollte, frisch machen konnten.

Tsau beeindruckte sie, obwohl ich deutlich merkte, daß es Harold gar nicht gefiel, von Tsau beeindruckt sein zu müssen. So sauber, sagte Julia, fast schweizerisch. Sie stellte intelligente Fragen und erkannte offenbar sehr schnell, daß Tsau ein geniales Räderwerk war, dazu entworfen, in vielfältiger Weise den Frauen gesellschaftliche Macht zu übertragen. Speziell beim Thema der rein weiblichen Erbfolge hakte sie mehrmals nach. Ich antwortete wortreich. Ich erklärte, daß die nächste Planstufe für das Gleichheitssystem die Einrichtung von Sekopololo-Satelliten in größeren Städten wie Maun sein würde, von Enklavenablegern mit der gleichen Klientel armer und bedürftiger Frauen, die Tsau gegründet hatten, und daß Tsau sich irgendwann idealiter zum

Schulungszentrum, zum Vatikan einer breiteren Bewegung wandeln sollte, wenn alles gutging. Hier extrapolierte ich ein bißchen auf eigene Faust. Aber ich war mir sicher, daß die weitere Entwicklung in diese Richtung gehen würde. Harold blieb in seinen Reaktionen absichtlich trivial, etwa indem er, wann immer ihm ein Charakteristikum des Ortes besonders ausgefallen erschien, den Spruch anbrachte: Welch Land ist dies, ihr Freunde? Seine Bemerkungen suggerierten nicht nur andeutungsweise, daß Tsau eine Art Theater wäre, etwas Künstliches. Schöne Kostüme, meinte er etwa. Er war sogar eine Spur beleidigend – wenn er zum Beispiel die Karrenjungen und -mädchen als Gepäckträger bezeichnete –, aber das entsprang gewiß seiner Verunsicherung. Immer wieder fragte er sich laut, ob wohl das britische Ministerium für Entwicklungshilfe zur Finanzierung dieses Experiments beitrüge. Wo und wem ich ihn auch vorstellte, stets erklärte jemand, er müsse der Degenkünstler sein, von dem schon alle gehört hätten. Das schien ihm gar nicht zu passen. Wollen Sie mir nicht verraten, wo Ihre Kirchen sind? erkundigte er sich. Ich erklärte ihm, es gäbe keine Kirchen, nur einzelne Gruppen, die sich informell träfen. Aber selbst in den abfälligen Kommentaren dieses Mannes lag etwas Spielerisches, das mich ansprach.

Schließlich brachte ich sie zum Badehaus und zeigte ihnen, wie alles funktionierte. Eine ganze halbe Stunde war ausschließlich für sie reserviert worden. Harold alberte auf für mich undurchsichtige Weise herum und wollte offenbar etwas loswerden, doch Julia nahm die Zügel in die Hand, bedankte sich und führte ihn hinein. Als sie seinen Ellenbogen losließ, sah ich einen weißen Fleck an der Stelle, wo sie ihn gekniffen hatte.

Und wo sind die Fremdkörperschaften? fragte mich Nelson hinterher.

Machen sich frisch, sagte ich. Er hatte geschrieben, legte sein Papier aber rasch weg, als ich den Raum betrat.

En passant warf er mir vor, daß ich jetzt schon englischer klänge. Ich widersprach ihm, aber ich weiß, daß ich dafür anfällig bin, also mag er durchaus recht gehabt haben. Im Gegenzug beschuldigte ich ihn, daß er jetzt schon amerikanischer oder, genauer gesagt, prollmäßiger klänge, womit ich meinte, daß er in einen noch proletarischeren Sprachstil als sonst verfiel.

Damit war ich ihm übrigens schon einmal gekommen, als er mir mit unverhohlenem Stolz erzählt hatte, wie viele seiner alten Kumpel aus Arbeiterfamilien stammten. Er hatte es abgestritten. Aber mein Vorwurf war kein Hirngespinst. Es stimmte. Er präadaptierte sich.

Shaxpur

Beim Begrüßungsessen war Harold zunächst wie ein Standbild. Wir hatten uns im zentralen Küchentrakt versammelt, einem niedrigen, aber großflächigen Raum, der nur deshalb Platzangst verursachte, weil die im Kreis aufgestellten Tische, an denen wir saßen, auf drei Seiten bis knapp an die Wände reichten. Diese Tische waren Kopfgeburten Denoons; ausgeklappt bildeten sie Keilstücke, die sich mühelos zu einem stabilen Ring zusammensetzen ließen. Etwas Ähnliches hatte ich mal in einem König-Arthur-Film gesehen, von dem er steif und fest behauptete, nie etwas gehört zu haben. Harolds Unterkühltheit dem Mutterkomitee gegenüber war sehr unfair. Sie hatten sich selbst übertroffen. Wir bekamen Ziegencurry, Krautsalat, roten Reis - nicht gerade meine Leib- und Magenbeilage, aber sehr beliebt in Tsau; die Farbe kommt von untergemischtem Rote-Bete-Saft - und ein Sauerteigbrot, das nur zu besonderen Gelegenheiten gebacken wurde. Denoon war ebenfalls sehr mundfaul. Natürlich trieben Julia und ich zum Ausgleich überaus höfliche und angeregte Konversation. Zwischen Nelson und Harold lief es ungefähr so, wie ich erwartet hatte. Nelson hatte mir kurz vorher sotto voce anvertraut, Harold dürste es dermaßen nach Alkohol, daß er schon mehrere Mutterkomiteemitglieder gefragt hätte, ob Wein gereicht werden würde. Außerdem sei er kolonialismus-virulent, also nicht vertrauenswürdig und so weiter.

Julia stupste Harold andauernd an, um ihn dazu zu bewegen, sich am Gespräch zu beteiligen, womit sie schließlich erreichte, daß er in seiner volltönenden Stimme den dreizehn Frauen plus Denoon entgegenposaunte: Hat jemand eine Frage zu Shakespeare, diesem großen Manne von bescheidener Herkunft Punkt

Punkt Punkt. Er war darauf hingewiesen worden, daß die Frauen größtenteils Englisch verstanden, daß er aber bitte langsam sprechen möge, was er auch tat, jedenfalls am Anfang.

Die Frauen waren schüchtern. Eine bleierne Stimmung machte sich im Saal breit.

Denoon sagte: Mit Shakespeare meinen Sie wohl Shaxpur? wobei er das a verschluckte, und setzte auf diesen Affront noch einen drauf, indem er den Namen buchstabierte.

Harold war sichtlich pikiert.

Denoon ließ nicht locker. Aber bitte, erzählen Sie uns doch etwas über diesen Mann, sagte er.

Ich konnte es nicht fassen: Offenbar sollte jetzt und hier die Urheberschaft an den Stücken verhandelt werden. Es hätte genügend Möglichkeiten gegeben, über Shakespeare zu reden, dabei die Frauen nach und nach in die Diskussion einzubeziehen und etwas zu vermitteln, wovon die ganze Gruppe profitieren konnte. Aber ganz offensichtlich kam es Harold sehr entgegen, daß der Abend diese Wendung nahm. Er begann den Wackelpeter zu essen, den er zuvor keines Blickes gewürdigt hatte.

Riecht es hier nicht irgendwie nach Bacon? fragte Harold und mimte ein Schnuppern, das allen Anwesenden mit Ausnahme der vier Weißen albern und unbegreiflich erscheinen mußte.

Was die Frage der Autorenschaft angeht, spricht in der Tat weit mehr für Francis Bacon als für Shaxpur, wie Sie wissen oder wissen müßten, sagte Denoon.

Darauf Harold: Ah! Bacon aufs Korn genommen! Eine seltene Gelegenheit! Ein Rarität! Wo sonst bietet sich eine solch einmalige Gelegenheit? Wo sonst wäre das denkbar?

Harold und Nelson munterte die Aussicht auf ein Scharmützel über dieses Thema sichtlich auf. Sie gingen gleich in die erste Runde. Julia unternahm mehrere Anläufe, dem Schlagabtausch eine größere Allgemeinverständlichkeit zu verleihen, doch die beiden Titanen schienen fest entschlossen, niemanden sonst in den Ring zu lassen, koste es, was es wolle.

Es machte mich krank, ihnen zuzuhören. Eigentlich interessierte mich das Thema, aber ich fürchtete, wenn ich den Eindruck erweckte, allzu aufmerksam zu lauschen, würde ich damit Julias Bemühungen hintertreiben, durch Nebengespräche mit etlichen

Mitgliedern des Mutterkomitees zumindest den Anschein der Verbindlichkeit zu wahren.

Die beiden Herren waren nicht uninformiert. Der Austausch blieb zunächst höflich, dabei sachlich sehr qualifiziert. Es sei in der Tat merkwürdig, daß sich keine Bücher oder Schriften irgendwelcher Art unter den in Shakespeares Testament erwähnten Mobilien gefunden hätten, räumte Harold ein, aber den Anspielungen auf die Blutzirkulation in drei der Theaterstücke maß er keinerlei Gewicht bei, obwohl Shakespeare zwölf Jahre vor Veröffentlichung von Harveys Theorie das Zeitliche gesegnet hätte, wohingegen Francis Bacon bekanntermaßen Harveys Intimus und über dessen Theorie vollauf im Bilde gewesen wäre. Harold sah es auch nicht als relevant an, daß Bacon, und zwar so, als wäre es ein durchgehender Name, Sir Fraunces Bacon William Shakespeare in eines seiner Notizbücher geschrieben hatte. Und die Tatsache, daß Bacons Wappen eine speerschwingende - shake-spear - Athene zierte? Irgendwie stand dies in Zusammenhang mit einer Bemerkung, die mir entgangen war, sich aber auf Bacons Wasserzeichen bezog, das in den Blättern einiger der frühen Folios entdeckt worden war, und darauf, daß Shaxpur nie ein Familienwappen gehabt hatte, obwohl alles darauf hinwies, daß er enorm viel Zeit geopfert hatte, um eines zu ergattern. Nelson lieferte und Harold widerlegte sämtliche Gründe, um deretwegen ein pantheonischer Angehöriger des Adels sich hätte genötigt sehen können, eine so niedere Tätigkeit wie die des Stückeschreibens zu vertuschen. An dieser Stelle fand ich Harold überzeugend. Und so ging es weiter. Ein einziges Mal zweifelte Harold die Faktizität dessen an, was Denoon behauptete: nämlich daß in einem Werk über die Geschichte Schottlands aus Bacons Bibliothek die Randbemerkung Macbethus Tyrannus! gefunden worden wäre, und zwar in Bacons Handschrift. Dann machte er plötzlich einen Rückzieher und vertrat die Position, diese Notiz sei nur eine zufällige Übereinstimmung. Im Gegenzug erklärte Nelson, es habe überhaupt nichts zu bedeuten, daß im Vorwort zur Erstausgabe des ersten Folio gestanden habe, der Autor sei verstorben, wo doch Bacon noch lebte. In einem Vorwort kann man alles mögliche behaupten, sagte er.

Da haben wir all diese herrlichen Theaterstücke und Gedichte, wandte sich nun Julia an die Runde, was spielt es schon für eine Rolle, von wem sie sind, solange wir sie haben, und hat nicht auch schon mal jemand bewiesen, daß Homer wahrscheinlich eine Frau war?

Ich glaube, sie wollte noch auf etwas anderes hinaus, bekam aber keine Gelegenheit, auszureden, denn nun verbündeten sich die Duellanten, um diesen Gedanken zu verhackstücken. Ich für mein Teil würde einen Teufel tun und behaupten, daß die Theorie, Homer sei weiblich gewesen, mehr als ein Jokus von Samuel Butler war.

Dann griff Harold plötzlich aus dem Hinterhalt an, nachdem er Denoon dazu verleitet hatte, ihm einzugestehen, daß einiges für Edward de Vere als möglichen Kandidaten sprach, möglicherweise sogar ebensoviel wie für Bacon. Der Haken war nämlich, daß Nelson sich damit entweder für einen Verfasser entschied, der die Folter verteidigt hatte - Bacon -, oder für de Vere, der in einem Anfall von Verärgerung einen Koch ermordet hatte. Seine Argumentation ging in die Richtung, daß sich jeder vernünftige Mensch alles andere als einen Schurken oder ein Ungeheuer zum Autoren dieser Stücke wünschte.

Mais non, aus Denoons Sicht. Im folgenden drehte es sich um abstrakte Gerechtigkeit oder um Wahrheit, eines von beiden. Harold möge zur Kenntnis nehmen, daß er, Nelson, keinesfalls ein unkritischer Bewunderer der Stücke sei, insbesondere der historischen Dramen, die sich, trotz einiger großartiger Stellen, auf royalistische Propaganda reduzieren ließen. Und genauso würde er hinsichtlich des Autors von Ralph Roister Doister oder der Herzogin von Malfi empfinden, wenn es Gründe gäbe, John Websters Urheberschaft in Frage zu stellen.

Nelson zog sich auf das zurück, was er für seine Stärke hielt - unliebsame oder sich widersprechende Tatsachen. Mit der Grundstimmung im Raum gab er sich erst gar nicht ab. Wie es sich denn erklären ließe, daß Hamlet, als er für verrückt erklärt wird, sagt: Bringt diesen ganzen Handel an den Tag, daß ich in keiner wahren Tollheit bin? Sei das nicht eine ungewöhnliche Idee oder Feststellung für den doch eher beschränkten Horizont eines Wollhändlers und Gutsbesitzers wie Shaxpur? In Bacons Notizbüchern dagegen fänden sich seitenweise Einträge zu

Geisteskrankheiten, einschließlich einer empfohlenen Methode zum Nachweis des Wahnsinns, die mit der im Hamlet übereinstimmte.

Aber dann setzte Dineo einen sozialen Regelmechanismus in Gang, von dem ich vage wußte, den ich aber noch nie in der Praxis erlebt hatte. Auf ein Zeichen von ihr erhoben sich sämtliche Frauen außer Julia und mir. Schließlich folgten wir, wenn auch leicht verdutzt, dem Beispiel der anderen. Ziel war es, die Plätze zu tauschen, genauer gesagt, die Plätze so zu tauschen, daß Nelson und Harold, die in einem Neunzig-Grad-Winkel zueinander saßen, nebeneinander zu sitzen kamen. Denoon begriff, was vor sich ging - kein Wunder, denn die Übung trug deutlich seine Handschrift. Die Frauen zwischen den beiden Männern zogen sich zurück. Denoon rückte brav auf, und dann saßen er und Harold Seite an Seite.

Die dem Ganzen zugrundeliegende Hypothese lautete: Wenn Disputanten gezwungen werden, Tuchfühlung miteinander aufzunehmen, dann beruhigen sie sich in aller Regel. Das Prinzip war haargenau dasselbe wie bei der Händchenhalte-Strategie, über die er sich lustig gemacht hatte, aber sei's drum. Und die Gemüter beruhigten sich tatsächlich an diesem Abend, obwohl ich später herausfand, daß das an einer Bemerkung lag, die Harold während unserer Reise nach Jerusalem gemacht hatte. Da gäbe es angeblich die Handschrift eines Fragmentes eines Bühnenstückes über Sir Thomas More, Autor unbekannt. Das Fragment selbst bestände wiederum aus vier Fragmenten jeweils unterschiedlicher Handschrift, und das letzte oder D-Fragment stamme von derselben Hand, die Shakespeares Testament verfaßt habe. Das war Nelson vollkommen neu. Es machte ihn mundtot. Nicht etwa, daß er Harolds Information angezweifelt hätte, aber er brauchte genauere Informationen und Zeit, um darüber nachzusinnen, wie er diesen Sachverhalt in seinen Anti-Stratfordianismus einbauen konnte.

Jetzt, da der Hahnenkampf beendet schien, gaben Julia und ich mit vereinten Kräften eine Kurzfassung von Der Widerspenstigen Zähmung. Ich dolmetschte hier und da, um sicherzustellen, daß sich alle ein Bild machen konnten. Szenenteile des Stückes sollten am nächsten Tag im Dorf gegeben werden, mehrmals und an verschiedenen Schauplätzen, und wir hofften, die Mitglieder des Mutterkomitees würden uns einen Teil der Arbeit abnehmen, das Publikum einzustimmen. Harold und Nelson begannen, uns zuzuhören, und schließlich sprang Harold sogar selbst ein.

Als wir später zu Bett gingen, entschuldigte Nelson sich vielmals für den Verlauf des Abends, aber zwischen all seinen Entschuldigungen eingestreut kamen immer wieder Fragen, ob und was ich jemals an Beweisen in puncto More-Handschrift-D gehört hätte. Fällt nicht in mein Fach, sagte ich. Ich hatte keine Ahnung, wovon er redete. Das Licht war nur wenige Minuten aus, bevor es wieder anging, damit er zu dieser Frage noch rasch einen Luftpostbrief an einen akademischen Freund in Cambridge hinhauen konnte. Der Freund muß weltberühmt sein, denn selbst ich kannte seinen Namen. Dann schlief ich ein.

Etwa eine Stunde später wachte ich wieder auf; das Licht brannte, und Nelson schrieb immer noch. Aber an etwas anderem, einer Überraschung für Harold und Julia, und es wäre ihm lieb, wenn ich nicht weiter nachfragte, denn es sollte auch für mich eine Überraschung sein.

Perfides Albion

Die folgenden Tage verliefen, fand ich, eigentlich ganz erfreulich. Insbesondere Harold wurde lockerer, gefälliger, und ließ sich sogar dazu herab, mit seinem Degen Schattenfechten zu veranstalten, wenn die Kinder lange genug bettelten. Ich diente als Mediatorin und Dolmetscherin bei unseren Ad-hoc-Auftritten - oder Suiten, wie sie sie nannten - vor wechselnden Gruppen. Die Kostüme und Requisiten waren eine große Attraktion: Harold trug Kamisol und Wams, Julia hatte eine große Auswahl an Gewändern und eine Spielzeuglaute, die sie zur Untermalung mancher Verse zupfte. Sie trug auch Lieder von Dowland und Purcell vor. Daß Harold und Julia ausschließlich aus dem Gedächtnis rezitierten, wurde allgemein positiv vermerkt. Und ich denke, es machte ihnen Freude, daß die Leute das Geschehen so gespannt zu verfolgen schienen, ja daß in den meisten Zuschauergruppen sogar gezischt und ululiert wurde, sobald sie meine Wiedergabe von Petruchios Plan zur Eroberung Katharinas hörten. Mehr noch, als Harold merkte, wie sehr das Publikum mitging, wurde seine Stimme ganz besonders düster, wenn er sprach: Ich wünsche Herr zu sein, über das, was mir gehört. Sie ist mein Eigentum, mein Hab und Gut, sie ist mein Haus, mein Hausgerät, mein Feld, meine Scheune, mein Pferd, mein Ochse, mein Esel, mein alles, und hier steht sie! Und doch fiel mir allmählich auf, daß gewisse Personen, die ich bei den Aufführungen erwartet hätte, durch Abwesenheit glänzten. Auf Umwegen erfuhr ich, daß sie bei Denoon waren, zu irgendwelchen Proben an einem Stück, das von Rra Puleng und dem Mutterkomitee zu Ehren der Besucher aufgeführt werden sollte, als eine Art Dankeschön. Ich beschloß, nichts weiter darüber wissen zu wollen. Ich hatte ohnehin genug um die Ohren. Allerdings wäre Nelson, wie ich im nachhinein feststellte, jederzeit bereit gewesen, mich über dieses Vorhaben zu informieren, wenn ich gefragt hätte.

Plötzlich hieß es, wir kämen in den Genuß eines zusätzlichen Tages mit Harold und Julia. Nelson hatte alles per Funk arrangiert, aus Gründen, die natürlich in Zusammenhang mit dem standen, was er im Schilde führte. Er bat mich, den beiden mitzuteilen, sie könnten einen Tag dranhängen, aber nicht zu sagen, weshalb, und als ich mich weigerte, übertrug er Dineo diese Aufgabe.

Am vorletzten Tag ihres Besuchs sollte die zentrale, die Abschlußvorstellung stattfinden, zu der das ganze Dorf eingeladen war, und zwar auf der Plaza. Das ganze lief auf eine Art Picknick-Theater hinaus: Die Leute lagerten auf Matten und aßen ihren Maismehlbrei, während Harold und Julia vor der Kulisse einer im Dämmerlicht versinkenden Kalahari ihren Auftritt zelebrierten. Ich dolmetschte. Ich war heiser, als der Vorhang fiel. Wir waren inzwischen ein eingespieltes Team. Sie wußten instinktiv, wann sie für mich eine Pause machen mußten. Alles lief reibungslos. Denoon kam und ging. Mir lag daran, daß er Harold weniger ablehnte, trotz dessen Hang zur Provokation – zum Beispiel konnte er es nicht lassen, zwischen den Auftritten unfehlbar entweder mit Kruzifix oder einem Sankt-Georgs-Kreuz auf der Nadel seines Halstuchs herumzustolzieren. Dieser Hang reicht in die Zeit vor eurer Bekanntschaft zurück und ist nicht auf dich bezogen, versuchte ich Nelson klarzumachen. Ich mochte Harold. Ein paar Stunden vorher hatte ich ihn unter einem Baum sitzen sehen, in ein Buch von Andrew Marvell vertieft.

Die Dankes- und Abschiedsrede besorgte Dineo sehr gewandt.

Dann hörte ich links hinter mir ein verhaltenes Tohuwabohu. Das Publikum, das schon auf den Beinen und im Begriff war, sich zu zerstreuen, wurde gebeten, noch einmal Platz zu nehmen. Die Leute blieben tatsächlich. Wie mir jetzt erst bewußt wurde, hatte es schon vorher eine Störung gegeben, irgend etwas hinter den Kulissen, und das ausgerechnet während des Hamlet-und-Ophelia-Amalgams, das einige Konzentration verlangte. Aber ich machte mir weiter keine Gedanken und mischte mich wieder unter die Menge, wo ich schon bald Gesellschaft von Harold und Julia bekam, die beide noch kostümiert waren. Es wurde langsam kühl. Nicht das ganze Publikum war für diese späte Zugabe gerüstet, aber dank umsichtiger Organisation wurden jetzt Schals und sogar zusätzliche Matten ausgegeben. Wir griffen zu und versuchten, es uns bequem zu machen. Nun erfolgte eine kurze Ansage. Wir würden eine Darbietung sehen, die unseren Dank an Harold und Julia ausdrücken sollte. Harold wurde es ungemütlich auf dem Boden. Ich fragte, ob ich einen Stuhl holen sollte, auch wenn es ihm vielleicht etwas zu auffällig wäre, als einziger wie ein König über den anderen zu thronen. So sei es, sagte er und drängte Julia, ebenfalls einen Stuhl zu akzeptieren, was sie aber ablehnte. Die beiden diskutierten ein bißchen, und irgendwann während des Wortwechsels hörte ich, wie sie ihn Childe Harold nannte, was, glaube ich, für meine Ohren bestimmt war. Ich holte Harold seinen Stuhl, und er setzte sich darauf. Das Proszenium wurde mit einem Mal dramatisch: Vier lodernde Fackeln wurden herbeigetragen und auf die im Boden verankerten Stangen gesteckt, je zwei links und rechts der Bühnenmitte.

Ich war hin- und hergerissen. Ich wußte, daß Harold und Julia Hunger haben mußten und es eigentlich meine Aufgabe gewesen wäre, loszugehen und ihnen etwas zu besorgen, aber noch stärker war das Gefühl, sie jetzt nicht allein lassen zu dürfen. Mittlerweile wurden Körbe mit Erdnüssen herumgereicht, was ich als Zeichen dafür ansah, daß die Zusatzvorstellung nicht lange dauern würde, also blieb ich, wo ich war. Julia aß Erdnüsse, Harold winkte ab. Dann gab Nelson das Startzeichen: Das Spiel konnte beginnen. Ich weiß nicht, was ich erwartet habe, aber wahrscheinlich etwas Liebliches, vielleicht nach dem Motto: Die Apotheose von Tsau, jedenfalls etwas Poetisches und Historisches.

Im nachhinein habe ich großes Verständnis für Nelsons Intentionen, die ich ja nun kenne. Es gibt Situationen, in denen man sich so zwanghaft zum Handeln getrieben fühlt, daß man die Kluft zwischen dem Vorfall, den man dabei ist zu inszenieren, und dem Idealfall, der den eigenen, innersten Gefühlen gemäß wäre, nicht mehr wahrhaben kann. Hinzu kam, daß mit dem, was Nelson da zu tun glaubte, ein bestimmtes Bild von William Blake verbunden war - Blake als Verfechter der Seele Englands gegen die Verleumder, die es zum bloßen Empire machen wollten. Nelson verehrte Blake. Und als wir das Ganze später durchgingen, war es seine Identifizierung mit Blake, die er gegen meinen Vorwurf der Amok laufenden Anglophobie ins Feld führte. Die Grundidee für das Spiel war die gewesen, Harold und Julia als Vertreter Englands, des Ur-Kolonialreiches, die Empfindungen einiger ehemaliger Untertanen vorzuführen, die mittlerweile aufgeklärt und nicht mehr untertänig wären - und zwar so, wie diese Empfindungen von Menschen artikuliert werden konnten, die sich die Sprache des hohen Dramas als Element einer fremden Kultur angeeignet hatten. Das klingt vielleicht umständlich, aber ich möchte Nelson nicht unrecht tun, indem ich etwas auslasse. Das Skript zu dieser Aufführung war im Verlauf mehrerer Sitzungen entstanden, bei denen die Mitglieder des Mutterkomitees zu freiem Assoziieren über das britische Empire ermutigt wurden, während Nelson den Einheizer spielte und beim Mitschreiben und Redigieren bestimmt sehr viel stärker interpolierte, als er es hätte tun dürfen. Unergründlich bleibt für mich, wie er das Ganze so weit hatte gedeihen lassen können, ohne zu merken, was für ein peinliches Produkt dabei herauskam. Denn es war peinlich.

Mir war es zutiefst peinlich, weswegen meine Erinnerung an

das Spektakel wahrscheinlich so dürftig ist. Ich sah weg. Ich betete darum, es möge endlich vorbei sein. Und so weiter.

Zunächst traten zwei Jungen auf, mein Freund King James und sein bester Freund Edison. Sie waren traditionell gekleidet – mit Ziegenfellumhang, Lendenschurz, Samenkapselrasseln um die Fußgelenke. Beide gaben sich martialisch, während sie links und rechts vor den Fackelpaaren Position bezogen, und stützten sich dann auf ihre Stangen, die offenbar Speere darstellen sollten. Wir hatten auch richtige Speere im Lagerhaus, aber keine echte Waffe würde je das Sonnenlicht erblicken, solange Nelson ein Wörtchen mitzureden hatte. Richtige Speere wären natürlich viel wirkungsvoller gewesen. Nun trat ein Mädchen auf, eine entzückende kleine Person namens Adelah, die uns demnächst verlassen würde, um auf die staatliche Oberschule in Kang zu gehen. Ihr folgte wie ein Schatten eine ungeschlachte Gestalt, eine ganz in Schwarz gehüllte Frau, die eine Taschenlampe trug, um den Darstellern das Lesen des Textes zu erleichtern. Es wurde allmählich dunkel. Die Gestalt war Dirang Motsidisi, und die schwarze Verpackung sollte sie, so unwahrscheinlich das klingen mag, unsichtbar machen. Selbst ihr Kopf war irgendwie verhüllt. Und dann kam Prettyrose Chilume auf die Bühne und stellte sich in die Mitte zwischen die Spieler, ihre Geige einsatzbereit am Kinn. Dieses Tableau mit den lodernden Fackeln vor dem langsam verlöschenden Glühen über der Wüste hatte schon etwas Faszinierendes. Jedenfalls verstummte das Publikum ungewöhnlich schnell.

Und nun hob eine Deklamation an – dies dürfte wohl der passendste Ausdruck sein –, die von Adelah vorgetragen wurde, eine Deklamation gegen England. Prettyrose war nicht erschienen, um Lady of Spain zu spielen, sondern um mit schrillen Saccaden die verschiedenen Anklagen gegen das perfide Albion zu untermalen, die uns entgegengeschleudert wurden. Die Jungen verstärkten den Effekt durch Stampfen mit Stangen und Füßen. In meinen Ohren klang das Ganze wie eine totale Umkehrung der traditionellen Tswana-Preiszeremonie, die vor allem bei festlichen Anlässen dem Häuptling und seinen Unterhäuptlingen dargeboten wird und bei der die Regenten lang und breit mit Rindern verglichen werden – ein großes Kompliment.

Ich hoffe, den Ablauf halbwegs korrekt wiederzugeben. Zunächst konzentrierte sich die Anklage verständlicherweise auf den Krieg in Zimbabwe, der eben überstanden war, nach dem Motto: *England*, du hattest einen mordenden Sklaven, hast ihn aber freigelassen, auf daß er unter uns in Lesoma morde, wo er siebzehn Tswana-Soldaten niederstreckte, und dieser Sklave heißt Ian Smith. Damit wurde auf ein berüchtigtes, an Batswana-Soldaten in ihrem eigenen Land verübtes Massaker angespielt.

Es ging weiter mit, *Und heute* ist Ian Smith der zukunftsweisende Mann, doch noch beim Davonlaufen hat er die Schuhe voller Exkremente vor lauter Angst.

England, du hast die Ghanzi Ridge den Buren überlassen, du hast auch die Tati Farms den Buren überlassen und die fetten Farmweiden im Tuli Block den Buren, welche den Batswana für Orangen von eben diesen Bäumen bis zum heutigen Tage zuviel abverlangen. Dies alles wurde auf englisch gegeben.

England, wie konntest du uns ohne Straßen zurücklassen, wo du doch viele Straßen kreuz und quer durch ganz England besitzt? und einiges mehr im gleichen Tenor.

Dann, *England*, du hättest gern ganz Botswana den Buren übergeben, wurdest aber von deiner Königin am Verrat gehindert, als Tshekedi sie dies vereiteln ließ.

England, du hast Präsident Sir Seretse Khama über sieben Jahre hinaus von uns ferngehalten.

England, als du deine Kirchen über uns gebracht hast, durften selbst deine Pastoren sich Sklaven unter den Bahurutshe und Barolong aussuchen und sie für Geld in Natal verkaufen, weil du damals zu uns hart warst wie Zähne, genau wie die Buren oder Mzilikazi.

Es kam noch mehr, aber es kam nicht alles, was noch hätte kommen können. Ich fühlte mich erleichtert, weil die Sache halbwegs schnell über die Bühne gegangen war. Harold sah sich um, als wäre er keineswegs abgeneigt, zur Gegenrede anzusetzen, und würde eigentlich nur noch den dafür geeigneten Modus suchen.

Nach meinem Eindruck war das Schaustück mit relativ einhelliger Ratlosigkeit aufgenommen worden, in Einzelfällen sogar mit verärgerter Sprachlosigkeit ob dieses Affronts. Während ich

Harold und Julia nahelegte, mit mir gemeinsam aufzubrechen, indem ich eine kleine Stärkung in Aussicht stellte, machte das Wort die Runde, daß wir uns wieder hinsetzen sollten. Offensichtlich galt unser Unterhaltungsbedarf als noch nicht gedeckt.

Den Klageliedern der Frauen ein Ende gesetzt, ein für allemal

Fünf Frauen reihten sich zwischen den Fackeln auf. Vier hielten Taschenlampen hoch über ihre Köpfe, die fünfte trug ein Werkzeug, das zunächst nicht genauer zu erkennen war, sich dann aber als überdimensionaler Dreschflegel entpuppte, in dieser Größe fast eine Karikatur des tatsächlichen Gerätes. Als dann noch jemand erschien und vor diesem antiken Chor einen ottomanenförmigen Gegenstand abstellte, wußte ich, was uns erwartete. Bei dem Objekt handelte es sich nämlich um einen dicken Holzklotz, der mit groben Stichen in ein Rinderfell eingenäht war. Die Frau mit dem Flegel würde ihn gleich malträtieren. Doch zunächst wurden die Taschenlampen angeknipst und auf Dirang Motsidisi gerichtet, die immer noch in Schwarz gehüllt war, sich aber den Schleier vom Kopf gestreift hatte. Offenbar war sie nun die Hauptdarstellerin, denn der Dreschflegel wurde ihr gereicht. Ich hatte also recht behalten: Was uns jetzt blühte, war eine weitere Fortsetzung von Den Klageliedern der Frauen ein Ende gesetzt, ein für allemal. Ich betete, daß es wirklich nur eine Fortsetzung sein möge. Von Zeit zu Zeit hatte ich den Proben zu solchen Teilstücken beigewohnt. Das Ganze war eine fortlaufende Produktion von derart epischer Breite, daß sie in voller Länge wahrscheinlich nie spielbar sein würde.

Ich wäre am liebsten zusammengeschrumpft, bekam aber prompt Schuldgefühle, weil ich mich genierte, weil ich mich so kaltschnäuzig mit dem weißen Westen identifizierte und dadurch von dem Mann, an dessen Seite ich doch eigentlich stand, abwandte, nur weil mir sein Bemühen, die Stimme der vormals Unterdrückten hervorzukitzeln, ihr Gestalt zu verleihen, zu anmaßend erschien, zumindest wenn ich diesem Versuch nicht en famille, sondern in Gesellschaft gebildeter Vertreter der westlichen Welt beiwohnen mußte, Gäste, deren Kultiviertheit ich schlicht bewunderte. Zu den Eigenschaften eines begehrenswerten Mannes gehört sicher auch Hybris, aber bitte in wohltemperierter Form. Ich wußte ziemlich genau, was in mir vorging: Harold und Julia hatten etwas an sich, das meine bildungsseitigen Unsicherheiten voll aktivierte. Ich sehe gebildeter aus als ich bin. Ich weiß um meine vielen Lücken und bin mir darüber im klaren, daß vieles von dem, womit ich etwas hermachen kann, pure Gedächtnisleistung ist. Harold und Julia lösten regressive Tendenzen bei mir aus. Sie hatten, im Gegensatz zu mir, eine erstklassige Ausbildung genossen, demnach konstituierten sie vereint den idealen Beobachter. Es war eine Qual für mich, daß Nelson nun offenbar auch dieses zweite Spektakel durchziehen mußte, dessen Unschuld und Arglosigkeit Harold und Julia nicht würden erfassen können, weil es so ungehobelt und absonderlich präsentiert wurde.

Ich begriff ziemlich genau, welche Strategie Denoon verfolgte, daß er nichts Böses im Schilde führte, und kann mir daher selbst nicht ganz erklären, warum ich trotzdem ein bißchen ausflippte. Unverkennbar verdiente Teil eins von dem uns Dargebotenen den Titel Ein kräftiges Buh! für das schwindsüchtige, aber weiterhin perfide Albion, während Teil zwei, Die Klagelieder, deren Ouvertüre gerade begonnen hatte, als Demonstration der neuen, post-albionischen Live-Kultur des befreiten Tsau zu betrachten war. Und wenn Denoon mit den Klageliedern nur haarscharf daran vorbeischlitterte, Unsere Körper, unsere Leben lächerlich zu machen, was war schon dabei? Weshalb erschien mir das plötzlich so unerträglich?

Das Klagelieder-Ritual - denn es war ganz eindeutig ein Ritual - hatte etwas Hybrides. Es war gleichermaßen artifiziell wie spontan, fremd wie traditionell. Es war, indem der Aufbau feststand, ritualistisch - obwohl der Dreschflegel eine Innovation darstellte und vielleicht eine Steigerung gegenüber den Ruten oder Tampen, die ich bei früheren Inszenierungen gesehen hatte, wenn die Ottomane gepeitscht wurde, um eine bestimmte Textpassage zu unterstreichen -, der Inhalt dagegen stand nur teilweise fest. Die Klagelieder waren aus Mitschriften einzelner Teilnehmerinnen an einer Vortragsreihe hervorgegangen, die ich fast als einen Zeugungsakt bezeichnen möchte, einem Denoonschen Rundumschlag zur Geschichte der Unterdrückung von Frauen. Und diese Mitschriften waren von den Teilnehmerinnen zu einem Katalog der Ungerechtigkeiten erweitert worden, von dem mittlerweile jeder Haushalt eine Kopie in einer kleinen Lederhülle neben der Hüttentür hängen hatte.

Die allgemeine Einstellung zu den Klageliedern war im großen und ganzen positiv. So erinnerte ich mich daran, daß im Fall einer Frau, deren Lederbeutel mit Leidprüfungen von einer Ziege gefressen oder genauer gesagt von ihrem Mann einer Ziege zum Fraß überlassen worden war, denn der Mann trug die Verantwortung dafür, daß die Ziegen nicht ins Haus gelangten, gegen diesen Mann eine ziemlich harte Strafe verhängt wurde, die alle außer mir gerechtfertigt fanden. Die Kataloge sollten zu jeder Probe des sich ständig weiterentwickelnden Klagelieder-Schaustücks mitgebracht werden. Die meisten Frauen hielten sich daran. Denoons Kader war in dieser Hinsicht absolut verläßlich und wußte historische Ungerechtigkeiten geschickt in den Ablauf einzuflechten, wenn die Vox populi auf Abwege geriet, soll heißen ihrer Phantasie die Zügel schießen ließ oder Ungerechtigkeiten vorbrachte, die strenggenommen nicht auf Männer zurückgeführt werden konnten oder sonstwie nicht in den Kontext paßten. Der Agon war immer der gleiche: Eine Hauptdarstellerin verlas eine Liste ausgewählter Ungerechtigkeiten, Chor und Publikum riefen dazu: Schande über Schande!, sodann wurden die Zuschauer ermuntert, persönlich erfahrenes Unrecht beizusteuern – es gab besonders beliebte Beispiele, die alle immer wieder hören wollten –, es wurde ululiert, die Ottomane wurde gepeitscht, bis der dramatische Ablauf wieder eine Bekundung des Inhalts verlangte, daß solche Dinge, wie sie jetzt zur Sprache kämen, in Tsau nie mehr geduldet würden. Männer, die die Proben besuchten, verhielten sich höflich, neigten meinem Eindruck nach aber dazu, relativ rasch wieder zu gehen. Die Regel für Die Klagelieder lautete, daß englisch begonnen und dann, wenn die Wellen höher schlugen, allmählich auf Tswana umgeschwenkt wurde. Wie gesagt, ich hatte nichts gegen Die Klagelieder. Ich schätzte sie als das, was sie waren, als didaktisch und soziokathartisch wertvoll, und wegen der Zotigkeit, die sich oft in sie einschlich, und so weiter. Trotzdem wäre ich am liebsten davongelaufen. Denoons Einstellung zu den Klageliedern war zu frömmlerisch. Das würde Harold und Julia nicht entgehen. Die Klagelieder waren zutiefst amateurhaft, fast burlesk, aber Nelson machte zu dem Ganzen eine Miene, als lauschte er einer Tondichtung, irgendeinem sentenziösen Musikstück beispielsweise von Messiaen, genau wie meine Mutter, die immer in ehrfürchtiger Erstarrung dagesessen hatte, wenn sie sich eine bestimmte Komposition von Messiaen anhörte, nachdem sie zu dem Schluß gekommen war, daß von allen Langspielplatten, die ich für sie aus der öffentlichen Bibliothek entliehen hatte, dies das Meisterwerk war, das ihre tiefste Seele ansprach. Es war heilig. Es verkörperte Heiliges. Als ich merkte, wie gut es ihr gefiel, sparte ich mein Taschengeld und kaufte ihr die Platte – einer meiner schwerwiegendsten Fehler, denn wann immer sie lief, durfte sich im gesamten Erdgeschoß nichts mehr regen, damit sie in geziemender Weise lauschen konnte. Alles, was ich tat, machte zuviel Lärm, einmal sogar mein Gurgeln. Während bestimmter Phasen hörte sie sich das Ding scheinbar endlos hintereinander an, wie eine Süchtige. Da hatte ich mich nun abgemüht, ihr einen Sinn für Musik beizubiegen, war sogar streng nach meiner Liste bedeutender Komponisten vorgegangen, und was tat sie? Blieb bei Messiaen stehen. Dabei bezog sich ihre Besessenheit noch nicht einmal auf Messiaen generell, was sich darin zeigte, daß sie niemals etwas anderes von diesem Herrn und Gebieter ihrer tiefsten Seele hören wollte. Im Gegenteil, schon die bloße Vorstellung schreckte sie ab. Nein, für sie gab es allein diese eine heilige, vollkommene, endlose Komposition. Der Ausdruck in Denoons Augen war harmlos im Vergleich zu dem ihren während dieser Messiaen-Séancen, aber er hatte etwas Seelenverwandtes. Denoon in Verzückung war für mich ein unerträglicher Anblick. In solchen Extremfällen mußte ich mich daran erinnern, daß niemand vollkommen ist. Selbst Jesus zum Beispiel hat seine Lehre nie auf die Verurteilung der Sklaverei ausdehnen wollen. Meine Reaktion mag auf das Gefühl vollkommener Überforderung hinsichtlich der Frauenfrage zurückzuführen sein, zumal sie in den Versuch hineinspielte, meine angebliche Würde und Unabhängigkeit mit den Erfordernissen bei meinem Feldzug zur Eroberung Denoons zu vereinbaren, der in meinen Augen mehr und mehr zum Füllhorn aller Werte wurde, trotz allem, was ich an ihm zu bekritteln hatte. Ich wollte diesen Mann, und zwar mit einer Absolutheit, die sich unlogischerweise immer noch steigerte - ein Prozeß, über den ich allmählich die Kontrolle verlor. Und das letzte, was ich jetzt emotional brauchen konnte, war, von der - eigentlich alten - Erkenntnis heimgesucht zu werden, daß sich jede Gesellschaft bei näherem Hinsehen als eine neue Variante der männlichen Verschwörung gegen Frauen unter reger Beteiligung der Opferklasse entpuppt. Ich tat etwas und würde es auch weiterhin tun, und wahrscheinlich sah ich nicht ein, wieso ich mich durch philosophische Einwände selbst paralysieren sollte. Jedenfalls war der Anblick von Harold, als er sich majestätisch auf seinen Thron zurücksinken ließ und nach mir Ausschau hielt, offenkundig um sich von mir erklären zu lassen, was zum Teufel jetzt noch käme, einfach zu viel für mich. Ich ergriff die Flucht.

Heute weiß ich, daß mich ein Vorfall vom Morgen desselben Tages bereits in labile Stimmung versetzt haben mußte. Ich hatte geglaubt, ihn verwunden zu haben, indem ich ihn als irreal einordnete. Mit meiner kopflosen Flucht bringe ich ihn erst seit kurzem in Verbindung. Es war eine Pseudo-Offenbarung über Nelson. Ich sah einen Augenblick lang den Lebensbaum auf seinem Leib, und mir wurden die Augen feucht, die Knie weich. Er war nackt von der Terrasse gekommen, wo er sich mit einem Schwamm abgewaschen hatte. Als er sich auf der Türschwelle umdrehte, traf ihn ein Sonnenstrahl direkt von vorn, so daß sein nasses, angeklatschtes Körperhaar auf Brust, Bauch und anderswo zu einem vollkommenen Lebensbaum wurde, wobei das Brusthaar die Krone bildete, der Streifen am eingezogenen Bauch den Stamm, der Schamwinkel - bei ihm war sogar das Skrotum ziemlich stark behaart - die Wurzel und die Genitalien insgesamt den Schatz in der Truhe, um die sich die Wurzeln des Baumes rankten. Ich riß mich zusammen und sagte mir, wenn ich Nelsons Fleisch zur Plakatwand für Yggdrasil machte, dann erlebte ich die Pseudo-Offenbarung aller Zeiten. Aber wir sind alle Narren, und dieser Moment trug sicherlich zu der mimosenhaften

Verfassung bei, in der ich mich befand, als Die Klagelieder einsetzten.

Ich verzog mich in eine möglichst entlegene Ecke, auf den Abort hinter dem Küchentrakt. Dort harrte ich aus. Die Ausrede für mein Fehlen sollten nicht näher definierte Verdauungsprobleme sein.

Weshalb ich mir überhaupt die Mühe machte, mich für die Dauer der Klagelieder zu verbarrikadieren, ist eine gute Frage, zumal ich die Pausen zwischen kollektivem Aufstöhnen und Anfeuerungsrufen der Zuschauer damit füllte, mein eigenes Lamento vorzubringen. Aber so bin ich nun einmal. Einen Großteil der Klagelieder konnte ich auswendig. In meinem eigenen, privaten Festumzug ließ ich massenhaft Frauen den Bundesstaat Maryland dafür beschimpfen, daß er Fatti maschii, parole femine, also Taten sind wie Männer, Wörter - weil schwach - wie Frauen, als offizielles Motto führte. Ich hatte eine Menge Klagen auf Lager, angefangen bei dem Unding, daß die erste Gynäkologin aller Zeiten gezwungen gewesen war, als Mann verkleidet ihre Seminare zu besuchen und so auch zu praktizieren, über die Ungeheuerlichkeit, daß die Frau, die das Astrolabium erfand, dafür von einem Männermob unter der Führung des Patriarchen von Alexandria nackt ausgezogen und zu Tode gefoltert wurde, bis ich dann merkte, daß meine bisherigen Beispiele etwas elitär gewesen waren. Also verlegte ich mich auf die stellvertretend für viele stehende Klasse von Frauen in ganz Afrika, die sich als Gegenleistung für Kleinstkredite regelmäßig von männlichen Verwandten hatten beschlafen lassen müssen, und vergaß auch nicht die Ergebnisse einer erst wenige Jahre zuvor veröffentlichten Untersuchung zu erwähnen, nach der sich ein nicht unbeträchtlicher Prozentsatz der amerikanischen Kleinunternehmerinnen mangels Kreditwürdigkeit ihr Startkapital durch den Verkauf ihrer einzigen materiellen Vermögenswerte, nämlich ihrer Körper, verdienten. Ich würde schon rechtzeitig merken, wenn Die Klagelieder zu Ende gingen, weil kurz vorher immer auf englisch und Tswana eine Gedichtzeile von Blake, die natürlich auch zu Nelsons Lieblingsstellen gehörte, gerufen werden würde: Jede Frau ist ein goldener Webstuhl. Und dann fiel auch schon das Stichwort.

Als ich zurückkam, herrschte bereits allgemeine Aufbruchstimmung. Es gab noch eine Art Nachklatsch aus zwei Beiträgen, die mir nicht ganz im Geiste der Veranstaltung zu sein schienen. Der eine lautete: Nicht mehr immer nur Busch-Tee zu trinken! der andere: Nicht mehr immer nur Kernseife zum Waschen! Ersterer spielte auf Sekopololos Weigerung an, sogenannten Weißen-Tee zu führen - Marken wie Joko aus Südafrika wären durchaus lieferbar gewesen -, die natürlich politische Gründe hatte: Wir sollten weiterhin den am Ort gesammelten Rooibos-Tee trinken, der umsonst war und von einwandfreier Qualität, wenn auch ohne Koffein. Der zweite bezog sich auf Sekopololos ähnlich motivierte Knauserigkeit, wenn es darum ging, kommerziell hergestellte Seifen zu bestellen; in diesem Fall hieß es, wir sollten uns mit der vor Ort selbstgemachten Seife zufriedengeben, trotz deren bescheidener Schaumbildung. Irgend jemand wollte also wohl ein bißchen provozieren. Interessant.

Denoon hatte sich mitsamt den Darstellern zurückgezogen. Es war wirklich und wahrhaftig zu Ende. Wieder einmal würde ich mich um Harold und Julia kümmern müssen, denn kein anderer Kandidat bot sich für diese Aufgabe an, und da kamen sie auch schon auf mich zugeschwebt, Harold mit einer über alles erhabenen Miene, Julia eher wortlos beschwichtigend. Harold hatte etwas sagen wollen, nur ein paar Dankesworte, versicherte er, aber das sei ja leider nicht eingeplant gewesen. Meine Schuldgefühle bekamen neue Nahrung: Wenn ich nicht einfach abgehauen wäre, hätte ich das arrangieren können.

Also lud ich sie ein, in einer halben Stunde zum Essen ins Oktagon zu kommen, wo wir ganz unter uns wären, und sie schmolzen hin vor Erleichterung. Wenn ich ehrlich bin, könnte ich sie vor allem deshalb eingeladen haben, weil ich es für klüger hielt, Nelson jetzt nicht allein zu begegnen, nicht mit den vielen Fragen, die sich in mir angestaut hatten. Es war aber auch Trotz, daß ich die beiden so spontan einlud, Trotz insofern, als ich mir ziemlich sicher war, daß das letzte, was Nelson sich für diesen Abend wünschte, eine Eßtisch-Konfrontation mit ausgerechnet den Individuen wäre, auf die er seine Pfeile abgeschossen hatte, zumindest in seinem Machwerk Perfides Albion. Es war Trotz, der mir eingab: Wenn ich Gäste ins Haus holen wollte, dann müßte ich das dürfen. Er wäre auch willkommen, aber nicht als ungehobelter Bauer. Er würde mir zuliebe freundlich sein müssen. Er würde aus eigenem Antrieb heraus freundlich sein müssen, ohne von mir dazu aufgefordert worden zu sein. Bei Männern brauche ich in aller Regel viel zu lange, um mir darüber klar zu werden, worauf ich mich eigentlich eingelassen habe. Ist er auch der Richtige? lautet die Frage, die mich ständig begleitet. Nelson würde sich Gästen meiner Wahl gegenüber ganz reizend benehmen, und sei es auch nur mir zuliebe, oder ich würde entsprechende Schlüsse ziehen müssen. Zugegeben, in diesem Fall waren die Gäste wirklich nicht nach seinem Geschmack. Aber tant pis. Er verabscheute zutiefst, was die Engländer in Afrika angerichtet hatten. Das alles verstand ich, genau wie seine verschütteten Ängste bezüglich seiner Abstammung – vom Ur-Kolonialreich genauso wie von den eigenen Eltern. Und trotzdem. Warum sollte ich gemeinsam mit ihm in Hysterie darüber verfallen, daß er ein von anderen Geschaffener war und eben leider kein selbsterzeugtes, unbeflecktes Original? Ich wäre auch liebend gern ein Original. Liebend gern. Aber es gibt Dinge, die man ändern kann, und Dinge, die nicht zu ändern sind. Ich würde Nelson jedenfalls kein neurotisches Verhältnis zu seiner Herkunft pflegen lassen. O auf dem Weg liegt Wahnsinn!

Wie auch immer, Harold und Julia würden in Kürze erscheinen, um sich das schmecken zu lassen, worüber ich mir jetzt ernsthaft Gedanken machen mußte. Ich hastete also nach Hause und begann zu entscheiden, welche Konserven-Feinkost ich für diesen Anlaß opfern würde. Unsere letzte Dose Consommé konnte ruhig in die Zwiebelsuppe wandern. Mir war leichtsinnig zumute. Ich zerrte verschiedenes hervor, etwa geräucherte Austern, die Nelson bestimmt nicht gern aufgetischt sehen würde. Seltsamerweise und zu meiner großen Erleichterung nahm er die Nachricht, daß Gäste zum Essen kämen, ganz friedlich auf. Ich ahnte, daß er befürchtet hatte, ich könnte gleich loslegen und ihn zumindest fragen, was er mit dem Albion-Trauerstück bezweckt habe, und deshalb froh war, nicht den ganzen Abend mit mir allein sein zu müssen, selbst wenn der Preis dafür noch mehr Harold war. Zu etwaigen Empörungsschwingungen, die von mir ausgehen mochten, kam noch die Symbolik des Messers, das ich in der Hand hielt und mit dem ich Zwiebeln in Scheiben schnitt, hauchdünn, wie eine Maschine. Ich schneide sehr fein und sehr schnell. Es ist eine der Gaben, die ich besitze. Nelson half eifrig bei den Vorbereitungen.

Dann hörte ich unsere Gäste kommen. Ich sagte zu Nelson: Das einzige zentrale Thema, das ich dich bitten möchte nicht anzusprechen, ist Religion. Der Mann ist praktizierender Katholik und keineswegs ein Jugendlicher, den zu missionieren dir vielleicht sinnvoll erscheinen könnte. Wenn du dich über England streiten willst, ist das deine Sache, aber halte dich bitte ans Wesentliche und argumentiere wissenschaftlich, denn das kannst du sehr wohl. Er erwiderte so etwas wie: Es ist nie zu spät zur Einsicht - ein Satz, der sich nicht unbedingt auf meine Bitte zur Umgehung eines Religionsstreits beziehen mußte, aber so leise dahingemurmelt war, daß ich ihn als Einverständniserklärung auffaßte.

Es gibt eher eine Art Imbiß, kein normales Essen, sagte ich, während ich die beiden hereinbat. Nach Abschluß der Vorbereitungen hatte ich nämlich feststellen müssen, daß bei meiner hastigen Improvisation nichts Halbes und nichts Ganzes herausgekommen war. Zudem hatte ich mich auf das verlegt, was schnell ging. Es gab Chapatis, geröstete Sprossen, Tabouleh, die Austern, die französische Zwiebelsuppe, Ziegendickmilch zum Tabouleh. Ein Hauptgericht war strenggenommen nicht dabei. Ich beschloß, noch ein paar Eier zu kochen.

Offenbar besaß Harold nicht nur ein Kruzifix. Dieses war aus Silber, ebenfalls sehr groß, ein Malteserkreuz. Denoon bewunderte es und fragte Harold, ob er wüßte, wer die weltgrößte Privatsammlung an Kruzifixen besäße. Harold hatte keine Ahnung, doch als er erfuhr, es sei Boy George, schien er meines Erachtens nicht gekränkt, sondern geradezu entzückt zu sein, und dann begriff ich auch, warum: Er war soeben im Vorhof der Trunkenheit angelangt. Und genau aus demselben Grund wirkte Julia so zerstreut und angespannt, sans doute. Im Nu zauberte Harold aus einem Rucksack die Quelle seiner Hochstimmung hervor, eine Flasche seltenen Scotch, Oban, noch gut dreiviertelvoll, ein Gastgeschenk. Ah, sagte Denoon, verkniff sich aber einen Blick in meine Richtung.

Harold schien selig. Er tigerte umher, begutachtete herablassend verschiedene Gegenstände und bemerkte, was immer er dazu bemerkte, so leise, daß außer ihm niemand etwas verstand. Ich weiß nicht, was er erwartet hatte, aber er registrierte mit eindeutiger und geradezu blödsinniger Freude, daß wir im Grunde den Besitzlosen zuzurechnen waren und daß sein Lebensstandard eine Stufe oder mehr über unserem lag. Julia bemühte sich, konziliant zu sein. Sie folgte Harold überall hin und entschärfte seine Kommentare. Aber jetzt wollte er noch etwas zu trinken. Wissen Sie, was das ist? fragte er und hielt Nelson die Flasche unter die Nase. Oban. Ich hoffe, Sie nehmen auch einen, und Sie natürlich auch - sagte er zu mir -, denn Julia trinkt nicht, ihr einziger Fehler. Aber es gab eine Überraschung. Die Hände voller Becher, sagte sie: Na gut, ausnahmsweise. Er war bereits am Einschenken. Er funkelte sie böse an und gönnte ihr knapp einen Fingerbreit. Es darf ruhig ein wenig mehr sein, der Herr, sagte sie. Dieser Aufforderung kam er nur unwillig nach. Er sah sie mit stummer Verblüffung an. Auch meine Zuteilung war kaum der Rede wert. Denoon versorgte er reichlich, sich natürlich auch.

Denoon zögerte angesichts seines vollen Bechers. Hier muß ich mir einige Schuld geben. Ich glaube, er wollte gerade zu einem frommen kleinen Sprüchlein in dem Sinne anheben, daß er sich nicht gehenlassen dürfe, denn gegen dieses Laster predigte er in Tsau unermüdlich an, aber ich griff vor und sagte: Sie reisen morgen ab, um anzudeuten, daß ein Drink an diesem Abend so schlimm nicht sein konnte. Ich dachte, wir könnten alle normal miteinander umgehen oder es doch zumindestens versuchen. Und vermutlich wollte ich auch Julia demonstrieren, daß Nelson nicht erst meine Erlaubnis einholen mußte, wenn er einen Aperitif trinken wollte. Ich glaube nämlich, Nelson wäre im Begriff gewesen, mir in einer, wie er meinte, unauffälligen Weise einen zustimmungsheischenden Blick zuzuwerfen, und das konnte ich nicht durchgehen lassen.

Julia sah gequält zu mir herüber. Der Himmel leuchtet so herrlich in der Abenddämmerung, sagte sie und spazierte in den Hof hinaus, als wolle sie ihn bewundern, obwohl es schon Nacht wurde und ich ganze Kerzenbatterien brennen hatte. Ich trinke sonst nie, sagte Denoon zu Harold und nahm einen kräftigen, ja gierigen Zug. Schon nach den ersten Schlucken war er wie verwandelt. Ich sah es ganz deutlich. Seine Empfänglichkeit für Alkohol mußte genetisch bedingt sein. Julia rief mich zu sich nach draußen.

Servieren Sie den beiden ein paar Häppchen, bat sie. Die Austern vielleicht? fragte ich, aber der Vorschlag kam nicht an, denn Harold mochte weder Meeresfrüchte noch Fisch, mit Ausnahme von gebratener Scholle. Dann wollte sie wissen, wann die Suppe fertig sein könnte, frühestenfalls. Ich schätzte, zwanzig Minuten würde es schon noch dauern, und diese Auskunft schien sie an den Rand der Verzweiflung zu bringen. Sie stellte sich in die Tür, sah nach Harold und Nelson, kam zurück und ging so weit, sich auf alle viere hinunterzulassen und in die Glut der Herdstelle zu blasen, um, wie sie sagte, die Suppe voranzubringen.

Vertragen sich die beiden? fragte ich.

Sogar bestens, sagte sie. Dann: Ich glaube, Cashewnüsse würde er essen, falls Sie welche haben.

Ich hatte keine.

Mehrmals setzte sie an mit einem: Sie müssen wissen, brach dann aber wieder ab und verstummte. Ich mußte sie daran hindern, in ihrer Erregung mehr Holz ins Feuer nachzulegen als sinnvoll war.

Ich weiß nicht, wie es mit Ihrem Mann steht, sagte sie dann, aber Harold ist sehr anfällig für Alkohol. Es ist entsetzlich für mich, ich mache mir große Sorgen. Harold mag Ihren Mann sehr, und es könnte ihm etwas herausrutschen, das, fürchte ich, vielleicht, äh, weitergeht. Zum British Council.

Nelson ist nicht mein Mann, sagte ich. Weiter wollte ich mich nicht auslassen. Sie sah mich groß an, überrascht.

Wie kommen Sie darauf, daß er Nelson mag? fragte ich. Die beiden erscheinen mir so gegensätzlich. Doch bevor sie antworten konnte, fiel mir ein, daß ich irgendwo im Regal noch einen Gouda herumliegen hatte, nicht zu alt und gut geschützt in seiner Wachsschicht. Gouda ist sehr haltbar. Ich lief ihn holen. Das konnte die Lösung des Häppchen-Problems bedeuten. Aber irgend etwas mußte durch den roten Überzug gedrungen sein.

Der Käse war steinhart, auf Miniformat geschrumpft, verwittert. Mit dieser traurigen Botschaft kam ich zurück.

Sie sagte: Wissen Sie, wenn ein Engagement beendet ist, dann gilt zwischen uns die Vereinbarung, daß er, äh, er selbst sein kann, ähem. Aber wir mögen Sie beide so gern, naja, und er hat schon mehr, als er, wissen Sie, ich mache mir Sorgen, wir müssen etwas essen, wirklich, wie läuft es denn mit den beiden? So unzusammenhängend redete sie.

Ich sagte: Ich war gerade lange genug drinnen, um mitanzuhören, wie Nelson die Anfänge seiner Bête noire Erster Weltkrieg erläutert, als die Geschichte auf Abwege geriet.

Harold liebt Geschichte, erklärte sie.

Ich sagte: Nun, er wird soeben darüber belehrt, weshalb der Krieg begann, der alles verdarb. Ich war darüber bereits im Bilde. Nelsons These lautete, daß der Zar den Krieg angezettelt hätte, indem er die Generalmobilmachung ausrief, mit der einem Generalstreik in St. Petersburg Einhalt geboten werden sollte. Die Deutschen und alle anderen hätten die Mobilmachung falsch gedeutet und voilà. Nelson sammelte historische Versehen, zufällige Ereignisse, die dem vermeintlich Unausweichlichen und Vorgezeichneten zugrunde lagen. Ich habe sie nicht mehr alle im Kopf. Eines betraf das mutmaßliche historische Enigma der Unausrottbarkeit des Judaismus als Entität in einer ihm feindlich gesonnenen Welt. Hier waren gleich zwei Faktoren maßgeblich - zum einen, daß die Existenz des Judaismus als eigene Religion dem zufälligen Sieg der Seleukiden über die Ptolemäer zuzuschreiben war; hätten die Ptolemäer nämlich auch weiterhin die Macht über Palästina behalten, dann wäre die Hellenisierung, die die städtischen Eliten bereits ergriffen hatte, in die ländlichen Regionen vorgedrungen und unaufhaltsam geworden. Doch die Seleukiden hatten durch ihren fanatischen Konfrontationalismus die Juden radikalisiert, und der Rest ist Geschichte. Der zweite Teil dieser Auslegung ist leider verschüttgegangen.

Es empfiehlt sich nicht, Harold über irgend etwas belehren zu wollen, besonders nicht zum Thema Geschichte, meinte Julia.

Sie hatte recht. Ich sagte: Soeben vertritt Ihr Mann die Ansicht, daß es - sollte Nelsons Einschätzung zutreffen - eben doch die Sozialisten sind, die den Zweiten Weltkrieg zu verantworten haben, weil sie ausgerechnet zu diesem Zeitpunkt einen Streik ausriefen, was Nelson nun bestimmt nicht gemeint hat.

Dann kam Denoon mit einer Taschenlampe heraus, und einen Augenblick dachte ich, er wolle uns bei der diffizilen Kocherei im Dunkeln behilflich sein, aber nein, er stapfte mit schweren Schritten, die die gewohnte Koordination vermissen ließen, geradewegs ins Gebüsch.

Julia mußte mir irgend etwas vom Gesicht abgelesen haben, denn jetzt nahm sie meine Hand zwischen ihre beiden und sagte, Er ist auch nicht mein Mann, Harold, meine ich. In England geht es so schrecklich hart zu. Sie machen sich ja keine Vorstellung. Es gibt kein kommunales Theater, nichts dergleichen. Deshalb sind wir hier. Mein Mann ist tot. Harold ist ein Homosexualist, verstehen Sie, und da sind wir auf die Idee gekommen, uns als Ehepaar auszugeben. Wir haben sogar eine Art Zeremonie abgehalten. Denn Sie müssen wissen, daß der British Council für derartige Auslandseinsätze praktisch nur Ehepaare engagiert. In diesem Moment huschte Nelson an uns vorbei und ins Haus zurück, aber ich sah, daß er irgend etwas in den Händen trug.

Sie wollte mir alles erzählen. Ich gab mir Mühe zuzuhören. Zuerst kam eine umständliche Schilderung der Günstlingswirtschaft bei der BBC. Ich hatte andere Dinge im Kopf, vor allem die Frage, ob Nelson sich auch an sein Versprechen halten würde, das Thema katholische Kirche zu meiden. Die katholische Kirche faszinierte ihn, und seine diesbezügliche These lautete, daß sie durch die auch eher zufällige Festlegung auf den priesterlichen Zölibat ungewollt ein Refugium für Homosexuelle geschaffen hatte, deren eingleisige Neigungen in einen Kapitalakkumulationsprozeß ohnegleichen münden mußten, da somit das Vermögen der Kirche niemals Gefahr lief, an die Erben ihrer dramatis personae verteilt zu werden. Ergo: vom Zölibat zur weltlichen Macht und Unbezwingbarkeit. Er unterhielt sich liebend gern über die katholische Kirche, und ich hatte Angst, der Alkohol würde die Barriere unterspülen, die sein Quasi-Versprechen mir gegenüber darstellte. Es war die institutionelle Permanenz, die ihn an diesem Thema so faszinierte, die Unbewegtheit der bewegenden Kräfte, historisch betrachtet. Und Harold war nun einmal ausgesprochen katholisch. Es würde Nelson sehr schwerfallen, sich einen ironischen Kommentar darüber zu verkneifen, daß die katholische Kirche einerseits Homosexuelle stigmatisierte und andererseits heimlich und auf geniale Weise deren Energien ausbeutete. Dann kam mir in den Sinn, daß Harolds ebenfalls ausgesprochen antisozialistische Haltung einen weiteren guten Angriffspunkt bieten würde. Nelson hatte eine süffisante Analyse der katholischen Kirche als Modell sozialistischer Institutionen auf Lager, in deren Genuß ich bereits gekommen war. Und mit ihr konnte er aus meiner Sicht weniger anrichten, sollte er doch der Versuchung erliegen.

Julia füllte vor meiner Nase die Suppe in die Schüssel. Sie war weder so heiß noch so verbacken, wie es französische Zwiebelsuppe nach meinem Geschmack sein sollte, aber angesichts Julias nervöser Eile protestierte ich nicht.

Wir gingen mit der Suppe hinein. Anscheinend reagierten sowohl Harold als auch Nelson positiv auf den Alkohol - so positiv, daß ihre Verbrüderung schon in vollem Schwange war. Unsere Männer hatten Übereinstimmungen auf einem ganz unerwarteten Feld entdeckt, nämlich bei Shakespeare: Sie waren sich einig, daß, wer immer die Stücke geschrieben hätte, ein absolutes Phänomen gewesen sein mußte, weil für jeden der glaubwürdigen Kandidaten, einschließlich Shaxpur, das Schreiben nur als Teilzeitbeschäftigung möglich gewesen wäre, im Falle des letztgenannten neben seinem Brotberuf eines Schauspielers und Spinners, wie Denoon sich ausdrückte. Er meinte natürlich Wollspinner. Offensichtlich waren sie sogar im Begriff, sich darüber einig zu werden, keine Einigung bezüglich des Verhältnisses von Männern zu Frauen erzielen zu können, eine Frage, die sich an den Austausch von Artigkeiten über Die Klagelieder anschloß. Harold bat um Gehör für eine kleine Gegenrede zu der Behauptung, Männer behandelten Frauen schlechter, als sie andere Männer behandelten - er bitte lediglich um Gehör. Mit anderen Worten, er leugnet die Existenz der Gynophobie, dachte ich im stillen. Aber bitte sehr, sagte Denoon, die Fairneß in Person. Als nächstes stand an: Gehör für die Ansicht, Frauen seien genauso schlimm wie Männer, sobald sie Gelegenheit dazu bekämen, wie sich schon an der Tatsache ablesen ließe, daß die grausamste und sittenloseste Epoche der türkischen Geschichte die berühmt-berüchtigte sogenannte Herrschaft der Frauen gewesen sei, als nämlich die Fäden der Macht hinter den Serailvorhängen zusammenliefen, bei den Konkubinen der großen Sultane. Wir vergöttern die Frauen, behauptete Harold.

Ich bat alle an den Tisch und zur Suppe. Harold und Nelson hatten dem Oban den Garaus gemacht. Ich wußte nicht, ob ich mir auch später noch würde Gehör verschaffen können. In meinem früheren Leben hatte ich Erfahrungen mit ähnlichen Situationen gemacht, und darum wollte ich mich zum Thema Gynophobie äußern, bevor es zu spät war. Also sagte ich zu Harold, es gäbe eine Geschichte, die er in diesem Kontext vielleicht erhellend finden werde oder doch zumindest bedenkenswert. Ich erzählte, daß ich in Stanford eine Zeitlang in einer Kommune mit neunzehn Männern und Frauen gelebt hatte. Eine meiner Mitbewohnerinnen hieß Betty. Dann zog ein Mann ein, der einen Hund namens Betty hatte. Und so bürgerte es sich ein, daß wir - falls nötig - zur Klarstellung Betty der Hund sagten, wenn wir den Hund meinten. Unterbewußt hatte ich schon immer damit gerechnet, daß eines Tages kommen würde, was kommen mußte, und so kam es denn auch: Während einer Unterhaltung, bei der jemand Betty den Hund erwähnte, sagte einer der Typen: Welche Betty der Hund? Konnte dies denn irgend etwas anderes bedeuten, als daß hier die erstbeste Gelegenheit ergriffen wurde, um frei flottierender, aus tiefsten urzeitlichen Bewußtseinsschichten aufgestiegener Feindseligkeit Ausdruck zu verleihen? Zufällig war Betty die Frau die wahrscheinlich beliebteste und attraktivste Frau im Haus, und der Typ, der sie da beleidigte, war sogar ein paarmal mit ihr ausgegangen.

Mit meiner Anekdote erreichte ich nicht viel mehr als Pro-forma-Nicken. Natürlich weiß ich nicht, wie genau irgend jemand hingehört hatte. Aber ich brauchte mir nicht sehr lange dumm vorzukommen. Denoon verhielt sich eigentümlich liebenswürdig und passiv, und ziemlich schnell verstand ich auch warum. Er schämte sich für irgend etwas, und dieses Etwas waren zwei Flaschen Kap-Riesling, an deren Etiketten noch Erdkrumen klebten. Sie stammten von den italienischen Bauarbeitern und waren für einen besonderen Anlaß aufgehoben worden. Es fiel mir schwer, nicht an besondere, nur uns beide betreffende

Anlässe in der Vergangenheit zu denken, bei denen ein edler Tropfen eine hübsche Abrundung gewesen wäre, aber nein, statt dessen wurde der Wein zu Ehren eines durchreisenden männlichen Wesens ausgebuddelt, in dem wohl niemand auch nur versehentlich einen Genossen vermutet hätte. Und dafür gab es keine andere Rechtfertigung als Denoons Gefühl, sich für den Oban revanchieren zu müssen. Ich war nicht sonderlich beglückt.

Denoon goß allen großzügig ein. Fast als wäre es eine lästige Pflicht, stürzte er dann den Rest Oban hinunter, um endlich zum Wein übergehen zu können. Julia stupste mich unter dem Tisch an. Sie lehnte dankend ab, bis ich ihr signalisierte, daß es vielleicht nicht verkehrt wäre, wenn sie mich, analog zu ihrem vorhergegangenen zaghaften Versuch beim Oban, dabei unterstützte, den Vorrat zu dezimieren. Ich ging natürlich davon aus, daß diese zwei Flaschen die einzigen wären. Nelson ließ so etwas durchblicken. Aber konnte ich mir sicher sein? War es nicht genausogut denkbar, daß er mich nur beruhigen wollte, indem er mir zu verstehen gab, etwas Ähnliches würde ich, egal, wie der heutige Abend ausging, nie wieder über mich ergehen lassen müssen? Ich verspürte schon leise Anwandlungen von Mitleid, so offenkundig war seine Zerknirschung.

Harold kam noch einmal mit der alten Leier von der Undankbarkeit der Frauen gegenüber den Bemühungen der Männer, ihre Versorgung zu sichern, obwohl diese Männer doch wüßten, daß ihre Frauen sie letztlich um Längen überleben würden. Wo bitte sollte sich in diesem Bemühen denn Haß verbergen? Alles, was Männer in der Gesellschaft leisteten, taten sie im Grunde doch für Frauen und um sich die vielen verschiedenen Attribute anzueignen, die nötig waren, um Frauen zu gewinnen und sie so gut wie irgend möglich zu versorgen. Und wenn sich die Frauen noch so sehr beklagen mochten - nun hätten sie ja das Wahlrecht, und was, bitteschön, sei die Folge? Den Frauen das Wahlrecht zu gewähren bedeute den wichtigsten Schritt auf dem Weg zu einer neuen und besseren Welt, das sei doch der vorigen Generation eingebleut worden, und nun? Frauen stimmten genau für die Welt, wie sie von Männern gemacht war, nur vielleicht mit ein paar mehr Krippenplätzen darin. Ihr unterstützt uns im Grunde doch, sagte er, oder etwa nicht?

Ich hatte schweres Geschütz aufgefahren, aber nicht losgefeuert. Erst war Nelson an der Reihe. Ich dachte, er weiß doch Welten mehr darüber als ich. Wieso ließ er auf sich warten, während Harold schon die Meere beherrschte mit seinen unausgegorenen Vignetten von Frauen an der Macht, die sich genauso verhielten wie Männer? Ein Mann mußte jetzt Harold widersprechen. Nelson bekam offenbar nicht mit, daß Harold schauspielerte, in gewisser Weise den Paterfamilias gab. Du mögest vortreten, befahl ich Nelson stumm, oder auf immer schweigen.

Nelson eröffnete mit: Wissen Sie zufällig, welches westeuropäische Land die wenigsten Frauen sowohl im Parlament als auch im Kabinett hat? Er nippte eifrig an seinem Wein, während er darauf wartete, daß Harold zu raten anfing. Aber Harold wollte nicht. Griechenland, sagte Nelson, und gleich dahinter, knapp dahinter, kommt Großbritannien. Nelsons Gesichtsausdruck besagte, daß dieser halbherzige Vorstoß mich beschwichtigen sollte. Aber diese Statistik traf nicht annähernd den Punkt, auf den Harold hinauswollte. Wenn dies eine Kostprobe von Denoon inter pocula war, dann gute Nacht.

Das widerlegt meine Argumente keineswegs, sagte Harold. Julia fragte mich halblaut, ob es stimmte, und ich sagte ihr, Denoon sei sich seiner Zahlen und Fakten immer sicher.

Letztendlich war es mein beharrliches Schweigen, das Denoon klarmachte, daß er zur Sache kommen mußte. Er rappelte sich auf. Er zog vom Leder, und das mir zuliebe. Ich wußte, daß er in der Frauenfrage enzyklopädisch war, und an diesem Abend bewies er es. Er sagte zu Harold: Sie sprachen von der Türkei unter dem Joch der Frauen. Geschenkt. Aber ich frage mich, ob Sie auch wissen, daß während dieser sogenannten Schreckensherrschaft der Kadeins, also der Lieblingskonkubinen, selbst die favorisiertesten und hochgestelltesten unter ihnen nur auf folgende Weise zu ihren angeblich rein nominellen Gebietern ins Bett kommen durften, nämlich indem sie von der Schwelle des Schlafgemachs aus auf allen vieren ans Bett krochen, die Überdecke küßten und dann vom Fußende aus unter dieser hochkrochen, bis sie mit dem Sultan auf einer Höhe angelangt waren? Diese Bemerkung ging natürlich auch in meine Richtung, denn Nelson war einige Male genau wie eben geschildert ins Bett gekommen, aber ich hatte nicht geahnt, daß es solche Zusammenhänge gab, sondern gedacht, er wolle einfach witzig sein. Ich glaube, ich hielt mir zugute, daß unter meinem guten Einfluß seine spielerische Seite stärker zum Tragen kam. Aber daß er in der Lage war, eins von Harolds Scheinargumenten so punktgenau zu parieren, war das Wesentliche. Ich fand es herrlich. An dieser Stelle verliere ich etwas den Faden, weil ich für Nachschub sorgen mußte. Die Männer hatten von der Suppe ungefähr soviel gegessen, wie zu erhoffen gewesen war. Von Julias Seite konnte ich kaum mit Hilfe rechnen. Dank ihres Einsatzes an der Wein-Reduzierungs-Front entspannte sie sich zusehends.

Nelson war meisterhaft. Er konnte sich mit zwei Thesen durchsetzen: Erstens, bei allen scheinbaren Unterschieden ergebe die genauere Analyse einer jeden Gesellschaft, daß Frauen im wesentlichen so geformt würden, daß sie als Vehikel männlicher Anliegen und zur körperlichen Reproduktion männlicher Macht dienen konnten. Er baute diese These nicht bis zu jenem Gipfelpunkt aus, an dem er zeigt, daß streng biologisch gesehen der Mann Parasit, die Frau Wirt ist. Das wäre für Harold zuviel gewesen. Die zweite These besagte, daß aufgrund der Geschichte der Ver- und Umformung von Frauen die Männer keine Ahnung davon hätten, wie die Frauen eigentlich seien oder wie sie sein könnten, wenn sie in Ruhe gelassen würden. Einen Beweis hierfür stelle der Zirkus eines männlichen Marxismus dar, der an allen Ecken und Enden nach der Klasse der Befreier suchte, die die gesellschaftliche Entfremdung aufzuheben in der Lage sei, und sie wahlweise im Proletariat, im Lumpenproletariat, unter den Studenten, den nationalen Befreiungsbewegungen der Dritten Welt zu finden glaubte - kurzum in jeder verfügbaren Gruppe, nur nicht in der vielversprechendsten, die noch dazu eine Mehrheitsgruppe sei, eine notwendige und hinreichende Klasse an sich, die Masse der Frauen, entsprechend aufgeklärter Frauen, insofern auch für sich. Dann kramte er eines seiner Lieblingsargumente hervor, daß nämlich unter den Tausenden Kredit- und Erzeugergenossenschaften in Afrika diejenigen, die nicht regelmäßig von ihren Funktionären ausgeplündert würden oder tief in Schulden steckten, die von Frauen geleiteten Unternehmen seien. Dann machte er eine Pause.

Nelson war nicht prägnant. Er wiederholte sich. Aber die Kraft war da, und jedenfalls Julia schien etwas davon mitzubekommen. Nelson kannte sein Publikum. Er enthielt sich aller direkten Angriffe auf die Religion, erwähnte sie nur am Rande als ursächlich für den Brauch, Frauen und Mädchen zu beschneiden. Auf Julias Bitte hin wiederholte er, daß die Zahl der lebenden, leidenden Opfer auf fünfundsiebzig Millionen geschätzt würde, und nicht etwa auf fünfundsiebzig Millionen seit Beginn dieser skandalösen Praktik. Ich glaube, die einzige andere Anspielung auf Religion in diesem Kapitel seiner Ausführungen war Teil der Konklusion, in der die Trinität der Plünderei - Kirche, Staat, Kapital - gestreift wurde. Julia war wie hypnotisiert. Ich sah sie manche Aussagen geradezu staunend halblaut wiederholen, darunter auch die Trinität der Plünderei.

Es war ein fulminanter Schluß. Selbst ich war tief bewegt, obwohl ich von alledem vieles nicht zum erstenmal hörte. Wie immer kam auch Neues hinzu, was mir in Erinnerung rief, welches Glück ich hatte, jemanden so enzyklopädisch Gebildeten für mich zu haben. Diesmal war es das Bild der chinesischen Braut unter dem alten Regime, die im Bett lag und darauf wartete, daß der Bräutigam sich auf sie legte, während Hunderte von Bannern über dem Ehebett flatterten, die verkündeten: Mögest du hundert Söhne und tausend Enkelsöhne hervorbringen.

Kommen Sie mit hinaus, sagte Julia heftig; sie schien unter den Folgen des vorbauenden Trinkens zu leiden, zu dem ich sie animiert hatte. Aber ich wollte nicht. Ich mußte erst besser verstehen, was drinnen vor sich ging. Denoon halbtrunken war Terra incognita. Und jetzt sah ich ihn etwas tun, das er aus der Kinderperspektive bei seinem Vater inter pocula beobachtet hatte: Er hob die fast leere Weinflasche, hielt sie sich dicht vors Gesicht und zog eine Grimasse, während er das Etikett studierte, so als mimte er den Gedanken: Was zum Teufel ist das für ein Zeug, das ich hier die ganze Zeit trinke? Genau das hatte er mir als sicheres Erkennungsmerkmal für Säufertum beschrieben. Und nun tat er es selbst. Bitte kommen Sie, sagte Julia. Ich war mir sicher, daß sie das dringende Bedürfnis andeuten wollte, zu unserem Aborthäuschen begleitet und mit den Gegebenheiten vertraut gemacht zu werden. Also folgte ich ihr.

Julia zerrte mich bis fast an den Steilabbruch. Offenbar ging es doch nicht um das, was ich vermutet hatte. Wir standen im Sternenlicht. Sie begann mit einem tiefen, innigen Blick. Zierliche Frauen werden natürlich schneller betrunken als fülligere. Sie müssen! verstand ich zunächst nur. Ich bat um Erläuterung. Es drehte sich darum, daß ich ihn greifen, ihn heiraten müßte, diesen Mann. Sie war von Nelson geblendet. Sie konnte sich gar nicht vorstellen, warum ich ihn nicht geheiratet hatte, wo es doch unübersehbar sei, daß er mich liebte, allein schon daran, wie er sich für mich einsetzte, und überhaupt von seiner ganzen Art her. Ich dürfte diese Chance nicht wegen irgendwelcher Albernheiten vergeben. Sie sei selbst einmal verheiratet gewesen. Dann kristallisierte sich ein zweites Leitthema heraus: Das mit dem Trinken solle ich gelassen nehmen. Sie merke wohl, daß mich das unglücklich mache. Aber sie sei mit einem Mann verheiratet gewesen, der sich bis an die Grenze der Zurechnungsfähigkeit betrunken habe, natürlich nur ab und zu. Er sei jetzt tot. Aber er sei ein wunderbarer Mann gewesen. Und er und sie hätten enge freundschaftliche Beziehungen zu William Empson und seiner Frau Hetta gepflegt - Empson sei auch so ein wunderbarer Mann gewesen und jemand, der gerne mal einen über den Durst trank, und doch seien William und Hetta sehr glücklich miteinander gewesen. Ob ich William Empsons Bücher kennen würde oder seine Gedichte? Nelson erinnere sie an Empson, gerade hinsichtlich der Themengebiete, auf denen er so bewandert sei, und William habe in China gelebt, und jetzt lebte Nelson hier in Afrika. Ich wußte nicht, wer William Empson war, brachte ihn aber irgendwie mit Basic English in Verbindung.

Ich dankte ihr für ihre Worte und versicherte ihr, ich wüßte das Gesagte zu schätzen. In Wirklichkeit war es das letzte, was ich jetzt hören wollte, aber ihre Offenherzigkeit rührte mich genauso wie die Tatsache, daß eine Person, die so durch und durch britisch war, so direkt und persönlich sein konnte. Aber nun mußte sie doch mal aufs Klo. Ich brachte sie hin und wartete auf sie, und dann stürzten wir uns wieder in die Schlacht.

Harold und Nelson verstanden sich besser denn je, ja, es herrschte geradezu Verbrüderungsstimmung, seit sie dank Harolds Geständnis, sein wirklicher Familienname sei O'Mealia, ihre gemeinsamen irischen Wurzeln entdeckt hatten. Ich konnte es kaum fassen und sah auch Julia an, daß sie keineswegs begeistert war. Und noch ein Bömbchen platzte vor meinen Ohren: Denoon brachte seine persönlichen heiligen Kühe durcheinander. Plötzlich bekam ich zu hören, was für ein Fenier sein Vater im Grunde gewesen wäre, im Grunde seines Herzens. Bis zu diesem Augenblick hatte ich unter dem Eindruck gestanden, Nelsons Haltung zu seiner irischen Herkunft wäre die gleiche wie die seiner Gottheit James Joyce - nämlich, daß Irland ein Sumpf und ein Kaleidoskop mit Sprüngen sei und so weiter.

Plötzlich war das Feniertum seines Vaters etwas Positives. Ich traute meinen Ohren kaum, aber es fielen sogar positive Äußerungen über das superschwarze Schaf in Nelsons Familie, jenen Onkel, der nach Spanien gegangen war, um an der Seite irgendwelcher faschistischer Blauhemden unter der Führung eines Wahnsinnigen namens O'Duffy zu kämpfen, und zwar gegen - gegen! - ein paar andere von Nelsons heiligen Kühen, die spanischen Anarchisten, die wunderbare Confederación Nacional oder wie auch immer sie heißen mochte - ich erinnere mich nur an das Kürzel CeNeTé -, die wunderbaren Cenetistas. Ich konnte es nicht fassen, daß ich jetzt in extenso zu hören bekam, was für ein waschechter Fenier sein Vater gewesen wäre, denn ich hatte noch deutlich die Tatsache oder vielmehr Geschichte in Erinnerung, daß er, Nelson, geradezu entsetzt über die ein, zwei Ausflüge seines Vaters ins irische Kulturleben gewesen war, sprich zu Veranstaltungen mit Volkstanz und so weiter, die er als Beispiel dafür anführte, wie weit sein Vater zu gehen bereit gewesen war, wenn es darauf ankam, sich eine Ausrede zu verschaffen, um hemmungslos dem Alkohol zusprechen zu können, ehe er befand, daß eisteddfods, was walisisch ist und das falsche Wort, aber jedenfalls dessen irische Entsprechung, zu unecht und zu peinlich wären, um selbst angesichts seiner heiligen Mission ertragen werden zu können. Und dann hatte es diesen schrecklichen Faustkampf zwischen seinem guten alten faschistischen Onkel und seinem guten alten Vater gegeben, als sein Onkel nach dem Krieg völlig abgerissen in Palo Alto aufgekreuzt war, sein bislang verabscheuter Onkel Niall, bislang im Sinne von bis zu diesem Moment? Aber vergleichbare Zeichen und Wunder gab es anscheinend auch bei Harold, der sowohl ein getreuer Untertan des britischen Empire war, der fand, daß die IRA, besonders die Provos, mit Stumpf und Stiel ausgerodet gehörten, als auch ein Sohn Eires, wie heimlich auch immer, der ihren Schneid - oder war es irgendein anderer paramilitärischer Ausdruck? - und ihre Hartnäckigkeit bewunderte. Und was wollte Nelson mit alldem ausdrücken? Ich war geschockt. Wollte er ausdrücken, sein Onkel Niall verdiene es, um seiner unbedingten, wenngleich fehlerbehafteten Überzeugungen willen geliebt zu werden? Und ich hatte geglaubt, die für mich wichtigste Lektion aus meinem bisherigen Leben mit Nelson wäre die, daß Leichtgläubigkeit, also der Glaube an den Glauben, die rückschrittlichste Geisteshaltung überhaupt sei. Aber warum sonst sollte er so kritiklos über seinen plötzlich so buntschillernden, einfach nur buntschillernden Onkel Niall sprechen?

Es gab auch etwas ganz Neues, jedenfalls für mich, nämlich daß, nach Nelsons letzten Informationen, sein Onkel Niall als Kurier für die IRA gearbeitet hätte. Das heißt, er mußte bis weit in die Sechziger hinein oder sogar noch länger als schlurfendes altes mordlustiges Faktotum fungiert haben. War da eine Spur Stolz in Nelsons Stimme? Ich mochte meinen Ohren kaum trauen, denn der Nelson, wie er sich mir tagtäglich darstellte, war jemand, der die Ansicht vertrat, der Krieg in Nordirland sei, seit Indien am Ende der Kolonialzeit, der beste Kandidat für eine rein gewaltfreie Kampagne: zwei Jahre diszipliniertes Satjagraha, und die sechs Counties könnten sich mit all den anderen zu einem einzigen großen Irrenhaus zusammenschließen. Was bedeutete diese Zelebration gemeinsamen Irischseins bei diesen beiden Männern? Offenbarte sich mir hier noch ein anderer, innerer, genormterer, weniger interessanter Denoon, fast schon ein Anti-Denoon, sichtbar geworden nur dank der löslichen Wirkung des Alkohols, seines erklärten Feindes? Wie war das möglich? Konnte das innere Wesen dieses Mannes stereotyper und allerweltlicher sein als der Mann, den ich angenommen und der mich angenommen hatte? Lief es darauf hinaus, oder ließ sich das alles auch viel harmloser deuten, als Schlenker, Spannungsabfuhr, etwas in der Art? Oder handelte es sich hier um eine Schwäche, die unter dem Einfluß des begnadeten Männerdarstellers Harold verstärkt, zu einem zweiten Ich erhoben wurde? Oder entledigte sich Nelson bloß der Toxine, die sich im Verlauf eines zu lange zu einsamen Lebens im Feld angesammelt hatten? Und war dieses andere innere Ich ein alter Mann wie Niall, eine Ablagerung von längst Überwundenem, oder war es fötal, ein Homunkulus, etwas, das erst noch werden würde? Das alles löste in mir das fast unwiderstehliche Bedürfnis aus, mich selbst ernsthaft und auf der Stelle zu betrinken, damit unsere enthüllten inneren Wesen sich begegnen und kennenlernen und miteinander Walzer tanzen konnten. Ich war verzweifelt und hatte das Gefühl, herausschreien zu müssen: Was stimmt bloß nicht an diesem Bild?, aber ich hatte eben auch das Gefühl, eigentlich zu wissen, was nicht stimmte: nämlich daß ich darin vorkam.

Es wurde nicht genug gegessen. Aus einer spontanen Eingebung heraus stand ich auf und inszenierte eine kleine Komödie, das heißt, ich filzte unsere Speisekammer nach sämtlichen von mir gehorteten Leckerbissen in Dosen oder Gläsern, die zusammengenommen das Analogon zu Nelsons Riesling darstellten. Ich bin mir nicht ganz sicher, ob ich wußte, was ich da tat. Aber es war eine symbolische Geste, die besagte: Also gut, wenn ihr nicht das essen wollt, was auf dem Tisch steht, wie wär's denn hiermit? oder damit? oder auch damit? Ihr wollt lieber nur trinken, aber seid ihr euch da ganz sicher, wenn ihr erst das hier seht und das und das? Es war letztlich ein Eigentor. Ich glaubte, eine beschämende Überfülle aufzutischen, aber trinken macht hungrig, und praktisch alles schien wegzugehen - die Mandarinenstücke, die Sardellen, die Palmherzen, die Mirabellen, die Feigenpaste, alle meine Schätze. Erst gegen Ende schienen die Anwesenden zu merken, wie sehr ich mich ins Zeug gelegt hatte. Niemand verlor ein Wort über die ziemlich wilde Zusammenstellung des Büffets.

Das Gespräch verebbte und wich konzentrierter Nahrungsaufnahme. Der Abend endete, als wir pappsatt waren.

Und dann wurde die Stimmung doch noch beschaulich. Ich glaube, was Nelson allmählich dämmerte war die Erkenntnis, daß wir morgen wieder ganz für uns wären und daß gewisse Fragen sich wie Abgründe vor uns auftaten.

Das alles ist ohne Belang

Am nächsten Morgen ließ ich Denoon absichtlich schlafen und sah zu, daß ich rasch und lautlos hoch- und rauskam, um Harold und Julia zum Flugzeug zu bringen, das sehr früh erwartet wurde. Ich hoffte, Nelson würde noch schlafen oder gerade erst munter werden, wenn ich zurückkam. Wir mußten reden, und wir würden schneller zum Kern der Sache vordringen, wenn keiner von uns Zeit gehabt hatte, sich komplizierte Rationalisierungen und Defensivstrategien zurechtzulegen.

Auf dem Weg zur Landepiste sah sich Harold die ganze Zeit nach Nelson um, dessen glühender Verehrer er offenbar über Nacht geworden war. Ich erzählte ihm, Nelson hätte sich um etwas Dringendes kümmern müssen, würde es aber vielleicht noch zum Flugzeug schaffen, bevor sie starteten. Harold wollte Nelson unbedingt wissen lassen, daß dieser Ort, sein Ort, also Tsau, extraordinär sei. Julia war rührend. Ich wünschte ihr alles erdenklich Gute. Tatsächlich war sie, wie ich später erfuhr, gerade im Begriff, dank der Hauptrolle in einer Endlos-Fernsehserie nach einem Roman von Maria Edgeworth ungefähr so bekannt zu werden wie Nyree Dawn Porter. Ich freute mich für sie und war erleichtert.

Alles lief bestens. Sie waren reizend zu den Frauen und Kindern, die sich eingefunden hatten, um sie zu verabschieden. Meine Gedanken waren die ganze Zeit bei Denoon.

Doch während ich zum Oktagon und einem klärenden Gespräch zurückhetzte, durchlebte ich eine seltsame Evolution, ja fast schon eine Mutation. Um mich zu beruhigen, sagte ich mir etwas vor, das einer Mantra gleichkam, etwas wie: Wir sind noch dabei, einander zu erwerben - womit ich meinte: bloß nichts überstürzen. Ich war über die Verknotung meiner Gefühle wegen des Klagelieder-plus-Albion-Spektakels hinweg, hatte es geschafft, diese Episode zu einem Fall von simpler Anmaßung durch Überstrapazierung einer Botschaft umzudefinieren, zu einem Fauxpas, der auch mir unterlaufen könnte, wenn ich einen ähnlichen Leidenschaftspegel wie Denoon hätte und hinsichtlich der verfügbaren Ressourcen in einer vergleichbaren Lage wäre. Aber dann gab es eben noch das gestrige Abendessen. War Nelsons aufdringliche Bonhomie vis-à-vis Harold in vino veritas gewesen? Und was für eine Bonhomie war das, die das Ausgraben eines fast heiligen Wein-Schatzes verlangte, von dem er auch mal wenigstens eine Flasche hätte opfern können, um mit mir auf einen der bedeutsamen privaten Anlässe anzustoßen, die mir auf Anhieb einfielen. Und was hatte es mit dieser enormen Empfänglichkeit für Alkohol auf sich? Was bedeuteten diese nostalgischen Anwandlungen gegenüber einem Onkel, der nachweislich Faschist war? Und wie vertrug sich diese Nostalgie mit Nelsons bisher unverrückbarer Position, daß die Entscheidung, den Anschluß - er benutzte den deutschen Ausdruck dafür - Nordirlands mittels Waffengewalt durchzusetzen, das beste Beispiel für eine Strategie darstellte, die das genaue Gegenteil des einen, historisch geradezu prädestinierten Weges war, der unter den gegebenen Umständen als einziger Erfolg versprach, id est des massenhaften gewaltlosen Widerstands à la Gandhi in Indien? Und wo blieb die versteckte Ironie, auf die er - jedenfalls im Zustand geistiger Klarheit - eigentlich immer gern verwies: daß nämlich all das Leiden in Nordirland, falls und wenn der Anschluß gelang, nur ein Alle Macht dem Klerus und seinen Chrétiens, den Leichtgläubigen, zur Folge haben würde? Mit einem Mal sah er Irland in so rosigen Farben. Meine Gedanken gingen in die richtige Richtung, aber nicht weit genug: So wußte ich noch nicht, daß er in seiner heimlichen Rolle des Poète manqué ein Gedicht geschrieben hatte, das mit den Worten begann: Die Nacht bricht an, und die Iren schlagen ihre Kinder nimmermehr - ein poetischer Verweis darauf, daß Irland zu der Zeit, als er diese Zeilen verfaßte, der Welt größter Importeur einer bestimmten Art von Stöcken war, die von den Nonnen und Laienbrüdern verwendet wurden, um Schulkinder zu schlagen. Doch während ich nun heimwärts joggte, spürte ich plötzlich, wie alle meine Fragen ohne erkennbaren Grund von mir abfielen. Es war, als wäre ich in eine warme Wolke eingetaucht und auf der anderen Seite verwandelt hervorgekommen. Ich empfand dieses Erlebnis als elementar. Eben noch war ich ganz aufgewühlt gewesen, und im nächsten Moment wußte ich mit absoluter

Gewißheit, daß es das einzig Richtige wäre, Denoon in Ruhe zu lassen. Ich war durch eine Wolke der Ent-Kenntnis irgendeiner Art hindurchgegangen. Es war kristallklar: Ich hatte genug gebohrt, Punkt. Der Mann, der er tagtäglich war, war vollkommen in Ordnung, Punkt. Ich sollte aufhören, ihn zu evaginieren - ein Wort, das ich von ihm hatte und das ich mir verbat, als er es zum zweitenmal benutzte, weil ich es unnötig provokativ und überhaupt nicht witzig fand, obwohl es genaugenommen nichts anderes heißt als etwas von innen nach außen kehren.

Und tatsächlich gab es sehr wenig aufzurollen, als ich nach Hause kam. Nelson war die reinste Zerknirschung und Reue. Er dürfe einfach nicht trinken. Ich müsse ihm in Zukunft immer helfen, wenn er in Versuchung geriet. Reziprozität sei sein einziges Motiv für das Herausrücken des Weines gewesen - des Weines, den er eigentlich habe aufheben und zu irgendeinem wahrhaft bedeutsamen Anlaß in unserer gemeinsamen Zukunft mit mir trinken wollen. Er habe mir Toast und Ricoffee gemacht. Er werde sich zu mir setzen, aber so, wie er sich fühle, könne er unmöglich etwas essen. Er sei der Sohn seines Vaters. Niemals zuvor oder danach habe ich mich so schnell und so grundlos beruhigt. Rückblickend könnte ich vielleicht sagen, daß wir irgendeine physisch-chemische Zwischenstation auf dem Weg von dem Zustand, den ich Liebeserwerb nenne, zu dem der eigentlichen Liebe erreicht hatten. Es war ein fast weihevoller Moment. Irgend etwas flüsterte mir zu: Das alles ist ohne Belang, ecce homo.

Ich sah es als meine erste Aufgabe an, ihm hinsichtlich der Albion-und-Klagelieder-Schaustücke Absolution zu erteilen. Dein Problem ist, daß du alles machen willst, alles sein willst, der Impresario, sagte ich. Vergiß aber bitte nicht, daß niemand alles kann.

Er schnitt ein Gesicht und sagte: Außer Leonardo da Vinci; wußtest du, daß er zu allem anderen auch noch einer der gefeiertsten Sänger seiner Zeit war, mit einer herrlichen Singstimme, und daß er bei einem Wettbewerb in Mailand, an dem Sänger aus ganz Italien teilnahmen, den ersten Preis gewann und sich dabei auf einer neuen Art von Lyra begleitete, die er selbst erfunden hatte, aus Silber, geformt wie ein Pferdeschädel, und die volle und betörende Klänge erzeugte, wie sie nie zuvor gehört worden waren?

Dann kam noch mehr über Alkohol. Er lehnte ihn ab. Er verabscheute ihn. Man verdankte ihm Pseudo-Erleuchtungen nach dem Motto, wie absolut erstaunlich es doch ist, daß Wesen, die so oft die Toilette aufsuchen müssen, um sich ihrer Ausscheidungsprodukte zu entledigen, derart komplexe Kulturen hervorbringen können, wie wir sie haben, sagte er. Meine Reaktion ging in Richtung, Hört, hört! aber sehr diskret.

Langsam machte er sich für einen normalen Arbeitstag fertig. Er begann, sich zu rasieren. Hector Raboupi war dagewesen, während ich die Gäste zum Flugzeug gebracht hatte. Nelson klang erregt, als er mir davon berichtete. Raboupi behauptete, es wären Löwen gesichtet worden. Er plädierte jetzt wieder für Gewehre. Raboupi war fast in die Luft gegangen, als Nelson vorgeschlagen hatte, in diesem Falle die Wildhüter aus Maun anzufordern, denn das, laut Raboupi, würde die Männer von Tsau aussehen lassen wie kleine Jungen.

Schließlich hatte er Raboupi weggeschickt mit den Worten, er müsse schon Beweise dafür anbringen, daß Löwen in der Gegend wären, zum Beispiel Löwenkot. Nelson schnitt sich. Ich nahm sein Messer, und er ließ zu, daß ich ihn fertig rasierte - eine Premiere. Aber ich mußte ihm solange den Mund verbieten. Es machte mir Spaß. Er wollte meine Brüste küssen, aber nur durch die Bluse, mehr verlangte er nicht. Dann folgten weitere Entschuldigungen.

Gib doch eines zu, sagte ich. Gib zu, daß du es genießt, auf typisch männliche Weise deine Kräfte zu messen; du hast es genossen, mit Harold zu kämpfen oder zu streiten, weil du dich gern mit anderen Männern mißt, und ich meine ausdrücklich mit Männern, weil das mehr Spaß macht, als sich mit Frauen zu messen, oder weil es jedenfalls ein anderes Bedürfnis befriedigt. Nein, sagte er, nein, nein und nochmals nein.

Du weißt doch, bemerkte ich, daß Harold schwul ist?

Er antwortete nicht gleich, und auch dann sagte er nur: Woher weißt du das? Aber er sah gekränkt aus, ja verletzt.

Ich erzählte es ihm. Er wollte wissen, wann ich mir dessen sicher gewesen sei, und schien etwas erleichtert, als er erfuhr, daß dies erst der Fall gewesen war, nachdem Julia es mir gesagt hatte. Und dann reagierte er ganz merkwürdig.

Er setzte sich ziemlich abrupt hin, das Gesicht noch voller Rasierschaum. Sein Zustand hatte für mich nichts Meditatives, denn das kannte ich gut genug bei ihm, nein, ich sah etwas anderes - ein vollkommenes Innehalten, Stasis. Ich hoffte inbrünstig, daß der Kater irgendeine Rolle dabei spielte. Es war beunruhigend.

Nelson neigte allerdings dazu, sich gelegentlich in einem statischen Zustand extremer Einfühlung in eine gesellschaftliche Minderheit zu verlieren - in irgendeine verfolgte Gruppe, mit der er sich längere Zeit nicht beschäftigt hatte. Es war ein Hang, der meiner bescheidenen Meinung nach in Richtung Borderline zur Neurose tendierte, und Teil der ihn ewig umtreibenden großen Frage, der Preisfrage, welches zeitgenössische Übel das eindeutig schlimmste sei und somit das, dessen Behebung man sich eigentlich zur Lebensaufgabe machen mußte. Diese Angewohnheit, über verfolgte Gruppen zu brüten, war für mich in etwa so, wie mit jemandem durchs Gebirge zu fahren, der dazu neigt, an jedem Aussichtspunkt zu halten und vor sich hin zu starren, obwohl es schon dunkel wird und das nächste Gasthaus noch weit entfernt ist. Als ich ihn die ersten Male in dieses Brüten verfallen sah, hatte ich das Gefühl, es mit einem sehr reinen Menschen zu tun zu haben, einem Menschen, der in Wirklichkeit des Schutzes bedurfte, der Abschirmung. Ich entdeckte einen gewissen Zusammenhang zwischen diesen Anwandlungen und seiner umfassenden Kenntnis der Statistiken über jedes der Menschheit bekannte Unrecht wie etwa die Zahl aller in den Konzentrationslagern unter Tito Ermordeten oder der im vergangenen Jahr um ihrer Mitgift willen umgebrachten indischen Bräute.

Nelsons Auftauchen aus seiner Stasis ging mit der Bemerkung einher, daß es die Hölle sein mußte, als Homosexueller in einer Gesellschaft zu leben, deren gesetzliche und kulturelle Signale ihm sämtlich das Gefühl vermittelten, schmutzig zu sein. Das käme einer Kreuzigung gleich. Er selbst könne sich nichts Perverseres vorstellen, als gezwungen zu sein, sich entgegen seiner sexuellen Ausrichtung zu verhalten.

Mir dämmerte erst allmählich, wie verkatert er tatsächlich war. Er ergriff meine Hände und sagte: Ein Alkoholiker, der schwört, nie mehr trinken zu wollen, ist wie jemand, der verspricht, nie wieder zu furzen, das weiß ich, aber nie wieder, ganz bestimmt nie wieder, mein Ehrenwort.

Ich war ihm dankbar für das, was ich hinter seinen Worten heraushörte, aber eins wollte ich klarstellen. Ich bin keine Co-Alkoholikerin, sagte ich, und ich bin nicht deine Mutter. Du wirst erleben, daß ich darauf reagiere, wie du bist, wenn du trinkst, falls du trinkst, aber du wirst mich niemals den Zeigefinger erheben sehen. Ich habe keinerlei Interesse daran, die Laster eines anderen Menschen zu kontrollieren. Ich sagte: Meine Reaktion bezog sich eher darauf, daß es offenbar keinen Anlaß gegeben hat, den Wein für uns beide allein oder sogar nur für mich auszubuddeln, aber du sprichst von Reziprozität, und außerdem hattest du schon etwas getrunken, wodurch dein Urteilsvermögen beeinträchtigt war, also Schwamm drüber. Ich sagte, ich hätte zudem gedacht, er brächte mich mit der Kardinaltugend der Mäßigung in Verbindung. Ich sagte: Laß uns die ganze Episode einfach als überdeterminiert betrachten und vergessen.

Das entpuppte sich als genialer Vorschlag. Er war offensichtlich erleichtert. Wir hielten über den Tisch hinweg Händchen. Sail away, dachte ich – meine persönliche Wendung für Gefühlsmomente der Vollkommenheit und des Mit-sich-und-der-Welt-eins-Sein, die ich mir im Geiste eher vorsinge als vorsage. Ich bediene mich ihrer sozusagen nur in extremis, wenn ich mich nämlich der Tatsache stellen muß, daß alles stimmt. Ich weiß nicht, ob die Wendung einen billigen Pop-Ursprung hat. Möglich. Und ich weiß auch nicht, wann ich sie davor zuletzt verwendet hatte.

Ich machte die überwältigende Erfahrung, mit jemandem in einem Zustand von Wohlbehagen zusammen zu sein, ohne mich gleichzeitig zu fragen, was er oder ich als nächstes zu tun hätte, um diesen Zustand zu erhalten. Niemand mußte beim anderen für Stimmung sorgen. Aber für Reue bin ich immer sehr empfänglich. Ich sagte, Wenn sich hier schon alle entschuldigen, dann will ich mich auch für etwas entschuldigen: Ich will mich dafür entschuldigen, daß ich meine Mutter den Koloß von

Duluth genannt habe. Er schmunzelte, wollte aber keine Unterhaltung. Demnach war es auch für ihn ein außerordentlicher Moment. Für mich war es, wie in der Badewanne zu liegen und gleichzeitig gefüttert zu werden oder so etwas Ähnliches. Aber auch das geht auf Nelson zurück, der einmal folgende Theorie eines von ihm bewunderten Menschen erwähnte: Jedes abstrakte Gemälde, das einen spontan anspricht, ist in Wirklichkeit das Bild einer Biomorphie in einem idealen Lebensumfeld, eine Entsprechung zum Uterus. Wenn ich mich recht entsinne, hatte Nelson diese Theorie als Beispiel für ein Paradox angeführt, weil der Urheber ein literarischer Faschist und in fast jeder anderen Hinsicht grauenvoll war, wenn auch zugegebenermaßen sehr intelligent. Vermutlich hatten wir über schlechte Menschen Gedankenstrich gute Ideen gesprochen, darüber, wie mit diesem Widerspruch umzugehen sei, wie mit dunklen Flecken umzugehen sei - eines seiner Leitmotive.

Eigentlich will ich die Antwort gar nicht hören, sagte ich, aber wenn du in einem Raum voller Frauen wärst, ungefähr dreißig oder meinetwegen auch nur zehn, und du würdest eine sehen und dich ganz intensiv von ihr angezogen fühlen und hättest einen Zauberring, den du nur berühren müßtest, um zu bewirken, daß Menschen sich in dich verliebten, aber nicht einzeln, hintereinander, sondern alle in einem bestimmten Umkreis auf einmal, und dies wäre die einzige Möglichkeit, deine Zielfrau in dich verliebt zu machen, mit der Folge, daß auch alle anderen für dich mehr oder weniger attraktiven Frauen diesem Gefühl erliegen und dich somit vor das Problem stellen würden, sie abweisen und dabei womöglich verletzen zu müssen, würdest du es trotzdem tun? Ich weiß nicht, wo das herkam, bis heute nicht.

Er sagte natürlich nein. Er wollte noch immer keine Unterhaltung. Ich hatte das deutliche Empfinden, daß er die Gefühle auskosten wollte, die uns dieses gemeinsame Schweigen bescherte, und glaubte, mir nun auf keinen Fall anmerken lassen zu dürfen, daß ich vollkommenes Schweigen weniger gut ertragen konnte als er beziehungsweise als er das von mir annahm. Sail away, dachte ich.

Von hier an geht allmählich alles ineinander über. Am nächsten Tag erlebte ich einen Nachhall dieses Gefühls, als ich ein richtiggehendes Kosewort von Nelson zu hören bekam. Mir wurde fast schwindlig in diesem Moment, woran sich wohl ablesen läßt, welcher Ebenenwechsel sich bei mir vollzog. Mir war, als wäre ich in einem Haus und die Hausfrau, eine hervorragende Köchin, hätte vier Gerichte gleichzeitig im Ofen, darunter auch selbstgemachte Brötchen - eine himmlische Duftmischung. Es handelte sich natürlich um einen synästhetischen Vorgang, aber mir fällt dabei ein, daß ich als Kind, wenn ich irgendwo zu einem guten Essen eingeladen war, dem heimlichen Fetischismus frönte, mir für jeden Bissen etwas von allem, was ich auf dem Teller hatte, auf die Gabel zu laden, und das muß irgendeine Bedeutung haben. In der ersten Zeit post Harold und Julia zeigte Nelson sich sexuell besonders aufmerksam. Das Kosewort war eher eine Schlußfolgerung meinerseits als ein ausgesprochen eindeutiges Kosewort, aber trotzdem klammerte ich mich sofort daran. Nelson war an diesem Morgen vor mir aufgestanden, und als er mich rumoren hörte, sagte er: Ah, die Stimme der Schildkröte ertönt im Land. Ich bin also deine Schildkröte? fragte ich. Das bist du, sagte er, meine liebe Schildkröte. Die Vorstellung schien ihm zu gefallen. Er sagte es am selben Tag noch einmal voller Zärtlichkeit, und auch später hin und wieder. Ich glaube, an diesem Morgen schwang bei ihm noch Dankbarkeit dafür nach, daß ich während einer Diskussion am Abend zuvor ganz offen das Thema Cunnilingus angesprochen hatte. Ich hatte ihm eröffnet, es sei eine für mich durchaus angenehme Praxis, aber er solle sich diesbezüglich bitte kein Bein ausreißen. Er hatte es sich nämlich zur Regel gemacht, bei jedem vierten oder fünften Mal abzutauchen. Ich erklärte ihm, ich würde es genießen, aber nur dann wirklich genießen, wenn ich das Gefühl hätte, es erwachse einem wahrhaft überwältigendem Drang in diese Richtung. Ansonsten könne er davon ausgehen, daß ich unser übliches Von-Angesicht-zu-Angesicht am liebsten hätte, sofern er seine allmähliche Annäherung beibehielt. Er war erleichtert. Das sind sie immer. Am Cunnilingus ist irgend etwas Infantiles, außer er findet im richtigen Moment und in den richtigen Abständen statt. Das Subjekt der Aufmerksamkeit kann derweil ja kaum etwas anderes tun, als Löcher in die Luft zu starren, um nur einen Punkt zu nennen.

Wie ging es mit uns weiter?

Ich glaube, in dieser Zeit begann ich mit verhaltenem Stolz zu registrieren, daß ich auf Nelson einen insgesamt positiven Einfluß ausübte. Er fand das auch - zumindest in bezug auf seinen Drang, sich nachrichtenmäßig immer auf dem laufenden zu halten, eine Neigung, gegen die er ankämpfen mußte, damit sie nicht zur Manie ausartete. Bei Gedrucktem hatte er sie weitgehend überwunden, denn obwohl er immer noch alle Economist-Ausgaben aufbewahrte, beschränkte er sich inzwischen darauf, sie in Schüben zu lesen und immer mit der neuesten Ausgabe anzufangen, so daß die entsprechenden Beiträge in älteren Nummern übersprungen werden konnten. Damit setzte er einen alten Vorsatz in die Tat um, dem er vor meiner Ankunft eher durch Nichteinhaltung treu geblieben war. Mittlerweile verbrachte er auch weit weniger Zeit mit Versuchen, die Deutsche Welle oder den World Service reinzukriegen. Wir hatten sogar die aktuelle Meldung vom Attentat auf Reagan verpaßt, worüber er regelrecht erleichtert war. Du glaubst ja nicht, sagte er, wieviel Zeit ich in dieser ersten Phase, als mit seinem Tod gerechnet werden mußte, darauf verschwendet hätte, zu analysieren, welche Clique oder Fraktion letztendlich dahintersteckte. Aber bis er überhaupt davon erfuhr, war diese Frage längst müßig geworden. Er hatte also echte Denkzeit gespart - und das indirekt dank mir.

Ich fand auch, daß er aufrichtiger wurde - oder vielmehr schneller aufrichtiger. Nur einmal trat er den Gegenbeweis an - als ich ihn nämlich leichthin und en passant fragte, wie alt er sei, und er merklich zögerte, bevor er antwortete. Wir arbeiteten gerade in der Eukalyptusplantage. Ich war einen Moment lang verblüfft darüber, daß auch er zu denen gehören sollte, die sich wegen ihres Alters anstellen. Kein wirklich erwachsener Mann tut das. Dann sagte er das einzige, was ihn reinwaschen konnte: daß er es nicht wisse. Er meinte, er müsse siebenundvierzig sein, aber vielleicht sei er auch ein Jahr älter. Er war zu Hause geboren worden. Seine Mutter war anscheinend bereits schwanger gewesen, als sie mit seinem Vater zusammenzog. Sein Vater hatte versucht, seinen Lebensunterhalt als Lehrling eines Mannes zu verdienen, der Redwood-Rindenmulch verkaufte und Couchtische aus Redwood-Baumscheiben baute und nebenher anspruchsvolle Schnitzereien anfertigte. Schauplatz des Ganzen war eine sieche, von finnischen Sozialisten im neunzehnten Jahrhundert gegründete utopistische Kolonie, von den einstigen Bewohnern längst aufgegeben und von arbeitslosen Opfern der Depression mehr schlecht als recht wiederbesiedelt. Die Kolonie lag im Staat Washington, mitten in den Wäldern. Nelsons Vater hatte sich als Geburtshelfer betätigt. Die Geburtsurkunde wurde nachträglich besorgt, genaugenommen sehr nachträglich, und da seine Mutter eine gute Katholikin war, mochten ihre diesbezüglichen Empfindsamkeiten durchaus einen Einfluß auf das registrierte Datum gehabt haben.

Dann überraschte er mich, indem er sagte: Ich weiß, daß du glaubst, ich wäre drauf und dran gewesen, dich über mein Alter anzulügen. Das Gegenteil ist der Fall. Eine Lüge hätte vermutlich nur dem Zweck gedient, Denkzeit zu sparen. Aber ich glaube, wir können es beide ertragen, wenn wir uns – wenn ich mich von jetzt an einfach an die absolute Wahrheit halte. Das wurde nach meinem Gefühl mit einem Unterton von: Na, was sagst du dazu! geäußert, der ein wenig bedrohlich war.

Er war bedrohlich, weil er mich warnte, nicht zu früh mit Fragen anzukommen, von denen ich wußte, daß sie Nelson Probleme machen würden. Diese Fragen waren vielfach noch zu rudimentär oder zu global, aber für mich allesamt drängend. Wie ging es mit uns weiter? lautete eine. Was sollte ich von seinen jüngsten Anspielungen auf die Binsenwahrheit halten, daß Leute, die in der Entwicklungsplanung arbeiteten, Situationen schufen, die als allemal gut genug für die Einheimischen galten, aber nicht für ihre westlichen Initiatoren, die aus jedermann einsichtigen Gründen bald wieder an die heimischen Fleischtöpfe zurückkehren würden? Hieß das, er beabsichtigte, die Ausnahme zu sein? Wenn ja, dann hatte ich dazu allerdings einige Fragen, denn die eine Ausnahme von der Regel der rechtzeitigen Demission bildeten die Frommen. Sie waren die einzigen, die sich dagegen wehrten, aus ihren Projekten in den Elendsvierteln der Welt herausgerissen zu werden, und hinter ihren Motiven konnte nur – das sah Denoon genauso - eine Form von Selbstbestrafung lauern. Tatsächlich schien er Tsau dieser Tage besonders innig verbunden zu sein. Zum Teil lag das sicher an dem Regenwunder, dem Gefühl eines ungewöhnlichen Überflusses, der das tägliche Leben um vieles einfacher machte. Ich betrachtete die Gehen-oder-Bleiben-Vexierfrage von allen Seiten. Selbstverständlich lehne und lehnte ich mich gegen das kulturelle Diktat auf - denn um nichts anderes handelt es sich -, daß Frauen dem Wesen nach seßhaft und Männer wanderlustig sind und daß eine Frau, die den richtigen Mann gefunden hat, ihren seßhaften Instinkten, wenn sie ihren Gefährten nicht an ihre Seite ketten kann, zuwiderhandeln sollte, um sich in seinem Kielwasser sonstwohin treiben zu lassen. Doch in unserem Fall verhielt sich Denoon für meinen Geschmack zu seßhaft. Mit anderen Worten: Ich fühlte mich etwas hin- und hergerissen.

Eine paradoxe Auswirkung von Nelsons Selbstverpflichtung zur Wahrheit bestand darin, daß ich jetzt noch mehr zögerte, ihn auf bestimmte Dinge anzusprechen, als vor seinem Edikt. Ich fragte mich, was mit ihm los war, denn ich hatte gar nichts derartig Drastisches von ihm verlangt. Aber nun stand dieses Edikt im Raum und war vermutlich sogar gültig, ohne daß ich gesagt hatte: Ja, ich auch, denn Heucheln liegt mir nun einmal nicht.

Ich schlief ungewöhnlich gut in Tsau, vermutlich wegen des beträchtlichen Pensums an körperlicher Arbeit, das ich täglich absolvierte, aber meine unterschwellig schlaflose Natur wurde dennoch von Zeit zu Zeit aktiviert, besonders wenn ich mitten in der Nacht feststellte, daß Nelson weg war, meist kurz, aber nicht in jedem Fall kurz. Er verschwand, wie ich wußte, ohne große Ankündigungen zu seinen ein- bis zweitägigen persönlichen Klausuren. Damit konnte ich rechnen. Aber nicht selten wachte ich nachts auf und stellte fest, daß er fort war.

Meine Vermutungen, wo er hingegangen sein mochte, bewegten sich zunächst im üblichen Rahmen, jedenfalls wenn er nur kurz wegblieb. Dann gab es natürlich das etwas delikate Problem, daß wir ernährungsseitig weitgehend auf dem Sendero leguminoso waren, wie er sich ausdrückte, daß also mit einer gewissen Flatulenz umgegangen werden mußte, schlichter Flatulenz. Sie schien zyklisch aufzutreten, aber sie trat auf. Während unserer ersten gemeinsamen Tage hatte sich jeder von uns Gründe ausgedacht für ein kurzes Verschwinden, um die Antiromantik des Ganzen zu umgehen, besonders wenn wir eigentlich schon im Bett lagen. Aber das wurde uns beiden irgendwann zu lästig. Schließlich fanden wir einen meiner Meinung nach recht annehmbaren Umgang mit dem Problem. So sagte er beispielsweise, wenn ich die Urheberin war, Also sprach Zarathustra, oder, Aha, ein Bericht aus dem Inneren - als wäre er Botschafter oder Prokonsul. Derartige Umschreibungen entwickelten wir mit wachsender Vertrautheit. Zwischen Liebenden müssen solche Beschwerden durchgearbeitet werden. Ich weiß von einer Ehe, in der der erste Haarriß, der dann zum kompletten Bruch führte, sichtbar wurde, als der Ehemann behauptete, Flatulenz würde nur dann zum Problem, wenn er kochte.

Einige Male sagte ich nichts, wenn er zurückkam. Dann fragte ich einmal: Wo gehst du hin, ich meine normalerweise?

Naja, meistens auf die Latrine, aber nicht immer. Manchmal wolle er auch ein bißchen in freier Natur sinnieren - Mondschein-Meditationen.

Ich blieb hartnäckig. Ich fragte, Könnte es sein, daß du dich auch mal nachts mit anderen Leuten triffst?

Manchmal, ja, erwiderte er, aber eher selten. Früher hat es das öfter gegeben - inoffizielle, informelle Zusammenkünfte -, das heißt, bevor sich in Tsau alles eingespielt hatte und die Komitees richtig funktionierten. Die Tswana sind Geheimniskrämer, falls dir das noch nicht aufgefallen sein sollte.

Vergiß am besten die ganze Frage, sagte ich. Und gleich darauf platzte ich heraus, als wäre ich nicht ganz richtig im Kopf: Erzähl mir, wie du das hier die ganzen Jahre mit dem Sex geregelt hast, als du und Grace nur sporadisch zusammen wart. Was hast du gemacht außer zu sublimieren? Diese Frage hatte seit Urzeiten in der Warteschleife gehangen, aber der Moment, als sie mir über die Lippen kam, war wie der Moment, wo man mit absoluter Sicherheit weiß, daß man sich auf den Kopf stellen und trotzdem nicht verhindern könnte, erbrechen zu müssen. Ich schämte mich natürlich.

Er war direkt, das muß ich ihm lassen. Ich habe masturbiert, sagte er, allerdings nicht regelmäßig, und ich bin zu zwei oder drei Frauen in Gaborone gegangen, die keine ausgesprochenen Prostituierten sind und mit denen ich befreundet bin, und die eigentliche Frage, die du mir stellen willst und auf die die Antwort nein lautet, ist die, ob ich mit irgendeiner Frau in Tsau geschlafen habe. Also. Und das gilt auch für die schöne Dineo.

Was zuviel ist, ist genug, sagte ich. Laß uns das Thema wechseln. Meine innere Anspannung hatte sich nicht gelöst, auch oder vielleicht gerade deshalb nicht, weil er mir gegenüber so viel Noblesse bewies und so wenig, wenn überhaupt, quid pro quo von mir erwartete. Für mich lag in seiner Reaktion die stillschweigende Anerkennung dessen, daß der Vorratstank an Lügen und Abenteuern auf der männlichen Seite im allgemeinen doch viel größer ist als auf der weiblichen. Demnach stand ich also unter keinerlei Verpflichtung, mich zu revanchieren. Ich dachte, tja, masturbieren, natürlich, aber wie oft in etwa Punkt Punkt Punkt. Doch das wäre nun wirklich zuviel gewesen, also gingen wir wieder zur Tagesordnung über, beide etwa gleichermaßen aufgewühlt.

Er war immer noch aufgewühlt, als es Zeit für meine Abakus-Stunde wurde. Ich kannte ihn als guten Lehrer, aber an diesem Tag war er ungeduldig und erklärte schlecht. In Tsau lernt jeder irgendwann, mit dem Abakus umzugehen. Geschäftliche Sitzungen in Sekopololo werden vom Klicken der Holzkugeln begleitet. Diese Technik ist ebenso Pflichtfach wie das Schlachten. Ich fand den Abakus unheimlich praktisch und benutze ihn noch heute. Warum wird der Umgang mit diesem erstaunlichen Instrument eigentlich nicht an den amerikanischen Schulen gelehrt? fragte ich ihn. Weil er keine Abhängigkeiten schafft, lautete seine Antwort. Man braucht keine Batterien, keinen Strom, und ein Abakus hält ein Leben lang. Er hatte Pläne, einen Abakus-Verein zu gründen, der die Methode in ganz Botswana und auch in Swaziland und Lesotho verbreiten sollte. In dieser Stunde lernte ich nichts.

Ein Diagramm

Etwa zu dieser Zeit wird es bei mir fragmenthafter. Ich führte mein Tagebuch weniger gewissenhaft, wahrscheinlich weil ich es als konterromantisch empfand, alles zu notieren, auch wenn das nicht die Erklärung war, die ich mir selbst gab. Nelson übte in dieser Hinsicht keinen wie immer gearteten Druck auf mich aus. Er hatte schlimmstenfalls eine spöttische Einstellung zu meinem Tagebuchschreiben, fühlte sich aber gleichzeitig geschmeichelt - so deutete ich jedenfalls seine vielen Anspielungen auf Boswell. Irgendwann kurz zuvor hatte ich bei Nelson mit einer unschuldigen Frage eine sehr heftige Reaktion ausgelöst. Und dieser Vorfall mag nicht ohne Auswirkung auf meinen Ehrgeiz geblieben sein, alles aufzuschreiben.

Ich muß wohl ein für Nelsons Empfinden nicht nur beiläufiges Interesse am Hintergrund, an der Zuordbarkeit einzelner Personen gezeigt haben: ob sie überzeugte Zed CCs waren, wer von ihnen pro Boso war und so weiter. Eigentlich beschäftigte mich das Thema eher im Zusammenhang mit meiner Privatrecherche über Frauen, die ich interessant fand, und ich wollte von ihm gern die eine oder andere Bestätigung für die Richtigkeit der Kurzbiographien hören, die ich zum Zeitvertreib entwarf, wenn ich mit einer langweiligen Arbeit beschäftigt war.

Ich erinnere mich, daß wir über die Botswana Social Front sprachen. Ich wollte gern wissen, was diese Leute von Tsau hielten. Die, mit denen ich in Gabs gesprochen hatte, traten für eine generelle Enteignung mit Ausnahme des Eigentums an Rindern ein, und für einen Einheitslohn, in dessen Genuß alle kommen sollten, ob sie arbeiteten oder nicht. Sie hatten eine gewaltige Jugendsektion, wie ich wußte, und eine Frauenorganisation. Sie hatten zwei Sitze im Parlament und waren, obwohl ich das zu dem Zeitpunkt noch nicht wußte, im Begriff, bei den Bürgermeisterwahlen in zwei größeren Städten ihre Kandidaten durchzubringen. Daß Martin Wade sie energisch befürwortete, war mir nicht entgangen. Die Bosos, die ich kennengelernt hatte, zerfielen in zwei Lager: in die Netten, die aber in einer kaum noch ernstzunehmenden Weise leidenschaftlich waren, und in die Eiskalten, Dogmatischen, die auf ein Amt aus waren, bei dem ihnen niemand mehr reinreden konnte.

Ah, Boso, tja, sagte Nelson. Er holte weit aus, obwohl ich ihn daran erinnerte, daß mir einiges an seiner Einschätzung der Boso nicht unbekannt wäre, da er ja mit einem ihrer Funktionäre, Mbaake, debattiert hatte, als wir uns das erste Mal begegnet waren. Ich hörte, was ich schon wußte, nämlich daß Boso jakobinisch war, an der Spitze korrupt, an der Basis naiv; außerdem nahmen die hohen Tiere unter der Hand Geld von den Stammeshäuptlingen - wenn sie sie nicht bestachen - und von den Russen und von De Beers und von den Südafrikanern. Hast du jemals Pamane kennengelernt, Bosos Ersten Parteisekretär? fragte Nelson. Ich wußte nur, daß er Zahnarzt war. Er sagte: Dann weißt du wahrscheinlich nicht, weshalb die studentische Linke ihn so verehrt: weil er nämlich offenbar den letzten Band der Marx-Engels-Gesamtausgabe, die *Chronik Seines Lebens*, auswendig gelernt hat, eine Auflistung dessen, wo Marx und Engels sich an jedem x-beliebigen Tag ihres Lebens aufgehalten und was sie getan haben. Das ist es, was diese Leute anbeten. Es kann dir sogar passieren, daß er dir das Buch gibt und dich, glaube ich, einen Monat aussuchen läßt, und dann erzählt er dir, was Marx in dieser Zeit getrieben hat, als wäre er ein Hellseher. Das ist es, was sie anbeten! Mitten im verdörrten Herzen des sterbenden Afrika, in einem Land, das nach Schweißern, Klempnern, Bohrtechnikern schreit! Wenn der nicht das Paradebeispiel des savant idiot ist! Die Studenten wollen sein wie er. Und die Beamten im einfachen Dienst genauso. Und er ist übrigens auch nicht Zahnarzt, er ist Fußpfleger, eine weitere Ironie insofern, als es in Afrika wenig Fußprobleme gibt, weil die Leute noch viel barfuß gehen und kommerzielles Schuhwerk die Hauptursache von Fußleiden ist, also hat er sich die wohl überflüssigste medizinische Disziplin ausgesucht, die man sich nur denken kann.

Er sagte: Jedenfalls habe ich das hier für dich zusammengestellt. Er holte ein Stück Kartonpapier im Folioformat hervor, das ein- oder zweimal geknickt war. Er faltete es vor meinen Augen auseinander und sagte, da stecke viel Arbeit drin.

Es handelte sich, soweit ich sehen konnte, um ein politisches

Diagramm der Bevölkerung von Tsau oder genauer gesagt um ein Verwandtschaftsdiagramm, da Familien-, Stammes- und andere Zugehörigkeiten zu den aufgeschlüsselten Attributen gehörten. Es war mehrfarbig.

Irgend etwas trieb mich dazu, es mir nicht von ihm zeigen zu lassen. Ich wollte es um keinen Preis sehen. Ich hatte nicht danach verlangt.

Ich schob es weg.

Er war getroffen und verärgert und wiederholte, daß er viel Arbeit hineingesteckt hätte.

Bitte sei mir nicht böse, sagte ich, aber ich möchte es nicht sehen, das ist alles.

Ich weiß nicht, aus welchem Impuls heraus ich so reagiert habe. Es wäre billig zu sagen, aus reiner Solidarität etwa mit den Frauen. Aber lieber hätte ich stehenden Fußes das Haus verlassen, als mir dieses Ding anzusehen. Heute frage ich mich natürlich, ob ich nicht auch auf irgendeine schräge Weise wütend darüber war, daß er es nötig hatte, Pamanes Gedächtniskraft niederzumachen, denn wenn ich eine herausragende geistige Fähigkeit habe, dann diese. Was sollte denn so verachtenswert daran sein, daß Pamane in der Lage war, sich eine beachtliche Menge Fakten über jemanden zu merken, den er, ob zu Recht oder zu Unrecht, bewunderte?

Jedenfalls rief meine Weigerung einen eigenartigen Zornesakt hervor, der für mich völlig unerwartet kam. Der Akt erinnerte mich an die Nummer des Starken Mannes im Zirkus, genauso gewandt und präzise und routiniert lief er ab: Nelson kniff sein Schaubild mit Brachialgewalt und in Windeseile zu einem Päckchen von der Größe eines Kartenspiels zusammen. Dann stürmte er hinaus auf den Hof und schob das Päckchen in den Schlund des Lehmofens.

Ich ging ihm nach und hockte mich in seine Nähe, um hören zu können, was er mir vorschimpfte, während er versuchte, das Papier oder die Pappe oder was immer es war, zum Brennen zu bringen. Aber er schien mir im wesentlichen mitzuteilen, daß alles in Ordnung sei.

Ich meinte, ihn sagen zu hören: Du bist solidarisch, und das macht mich sehr froh.

Ich erwiderte: Ich weiß nicht, ob ich solidarisch bin oder nicht, aber ich glaube, darum geht es im Grunde auch nicht. Nein, ich finde, dein Dokument riecht förmlich nach irgend etwas.

Er stand auf und klopfte sich die Hände ab. Sein Gesicht war immer noch ganz rot. Du bist solidarisch, sagte er. Du bist eine Frau. Du hältst mein Schaubild für manipulativ.

Ich fand diese Bemerkung auffällig reflektiert und sagte es ihm auch. Eine grobe Vereinfachung der eigenen Person durch andere animiert immer zum In-sich-Gehen, und genau das tat ich jetzt. Ich habe ganz prinzipielle Einwände, sagte ich. Dein Diagramm ist Teil von etwas, mit dem ich nicht einverstanden bin. Diese Leute haben ein Recht darauf, das zu sein, was immer sie sein wollen, ohne daß es von dir mehr als nur beiläufig konstatiert oder registiert wird. Bist du etwa Anthropologe? Was soll das?

Er schien erstaunt über mich.

Ich sagte: Meine Mutter fand Neger einfach lustig. Aber ich bin ihr entkommen. Sie war natürlich eine komplette Ignorantin. Und wie viele Schwarze gab es denn schon in Minnesota? Ihre Vorstellung von Schwarzen stammte aus dem Radio: Amos und Andy. Is you is or is you ain't my baby, hat sie immer zu mir gesagt, wenn ich ungezogen war, mit einem großen Hahaha hinterher.

Ich war in Rage.

Ich sagte: Das hier erinnert mich an sie, und es erinnert mich an Dossiers. Du hältst dich für neutral, du glaubst, was du tust, wäre neutral, weil du kein Brite und kein Bure, sondern Amerikaner bist und wir in diesen Breiten nie besonders viel angerichtet haben. Aber es ist doch wieder das alte Spiel: Hier die Starken, da die Schwachen – jedenfalls kommt es mir so vor. Tut mir leid, wenn ich unzusammenhängendes Zeug rede.

Du bist so streng, waren seine letzten Worte zu diesem Thema, und da er sich bereits umdrehte, schwanden meine Hoffnungen auf einen runden Abschluß, der für mich bei jeder Auseinandersetzung, jedem Vorfall, entscheidend ist.

Er wollte hineingehen, blieb dann aber stehen und kam zurück, um mich zu umarmen. Ich bin dein, sagte er, und das meine ich so.

Das einzige, was mir daran mißfiel, war der unvermittelte Übergang von offenkundigem Zorn zu dem hier. Ich kann Umwälzungen generell nicht ausstehen.

Eintauchen

Sein Ich bin dein begleitete mich und bekam mit der Zeit immer mehr Gewicht in meinem Bewußtsein. Ich nahm es als Zeichen dafür, daß wir kurz vor dem Punkt standen, wo es ebenso schmerzlich für ihn wäre, mich zu verlieren wie umgekehrt für mich. Wann immer ich das Gefühl hatte, daß dem so war, versuchte ich es insgeheim mit: Hochmut kommt vor dem Fall, in sonorem Tonfall, aber ohne große Wirkung.

Wie es auch immer mit uns weitergegangen war - mir fiel auf, daß ich mich mehr denn je für die genauen Vereinbarungen seiner Scheidung interessierte, wenn ich es auch für klüger hielt, mir dieses Interesse nicht anmerken zu lassen. Und ich fand, daß sich unsere Sexualität veränderte. Sex kann die verschiedensten Formen annehmen, aber nach meiner Erfahrung besteht er normalerweise aus rücksichtsvollen Bemühungen beider Parteien mit Alphonse-und-Gaston-artigen Abläufen - nach Ihnen, aber nein, nach Ihnen, mais non -, zumindest ist das die meistverbreitete Form unter gebildeten Menschen. Aber dann gibt es noch eine andere Art Sex, die eher einer Verzweiflung auf beiden Seiten gleicht. Mein privater Begriff dafür ist Tabula-rasa-Sex. Das ist Sex ohne Schlachtordnung. Tabula-rasa-Sex kennt kein Programm. Mein treffendstes nicht-sexuelles Analogon dafür kommt vom Brettspringen. Als junges Mädchen bin ich im Sommer oft ins öffentliche Freibad gegangen, um zu springen und zu tauchen - rauf aufs Brett und rein ins Wasser und wieder aufs Brett, so schnell ich konnte: Kettenspringen. Ich sprang nur vom kleinen Brett, um dem Ideal eines geschlossenen Kreises so nah wie möglich zu kommen. Die Idee dabei war, glaube ich, den einen Moment des Fliegens so eng wie menschenmöglich mit dem nächsten solchen Moment zu verknüpfen. Oder vielleicht waren es auch die Momente des Eintauchens, die ich versuchte miteinander zu verketten. Mein Ziel war ein ganz bestimmtes Gefühl innerer Entleerung, verfolgt unter dem augenscheinlichen Vorwand, Anzahl und Qualität meiner Sprünge zu verbessern. Es erstaunte mich immer wieder, daß nie jemand darauf aufmerksam wurde, was ich da so manisch betrieb, daß mich nie jemand zu bremsen versuchte. Allerdings arbeitete ich auch mit Ablenkungsmanövern zum Schutz vor etwaigen Interventionen: Ich nickte gelegentlich oder schüttelte den Kopf - wie als Reaktion auf jemanden in der Ecke, wo die Mütter saßen, nur meine nicht -, um etwaige Beobachter zu täuschen, die mein Verhalten exzessiv finden könnten. Beim Tabula-rasa-Sex wandelt sich alles Faßbare am Partner zu etwas, das einen erregt und schwach werden läßt, das einem unersetzlich erscheint, selbst sein Atem, selbst seine körperlichen Defekte, das irgendwie unabdingbar für das eigene physische Überleben, die eigene Erlösung wird, und doch weiß man, daß man es nie besitzen kann, selbst in dem Moment, wo man es liebkost und versucht, sich einzureden, daß diese Berührung in der Hitze des Liebesaktes dasselbe sei wie die endgültige, unwiderrufliche Besitznahme, aber im Grunde seines Herzen weiß man ja, daß das eine Täuschung ist - daher der Tonus der Verzweiflung.

Tabula-rasa-Sex kann es nur zwischen Erwachsenen geben - das heißt, hier geht es nicht um den jugendlichen Überfall-Sex, der zwar intensiv ist, aber so sehr Expedition und Lernprozeß, daß Trauer und Endlichkeitsahnungen kaum jemals hereinspielen. Und dann gewinnt man doch an Erfahrung und wird älter, und Sex wird es weiterhin geben, und es gibt ihn auch weiterhin, und dann wird der Sex zu dem, was er ist, mittelmäßig, bis die Zeit kommt, wo sich alles ändert.

Wir hatten zunehmend mehr Tabula-rasa-Sex in letzter Zeit, und das war wunderbar, aber wiederum auch nicht wunderbar, weil nervenzerrüttend. Postcoitum konnte ich mich in einer mental kristallklaren Verfassung, aber ohne nennenswerte körperliche Bewegungsfähigkeit wiederfinden. Wenn wir dann wieder unsere Arbeit in Tsau aufnahmen, fürchtete ich immer, die Leute würde es uns ansehen können, würden meine innere Trägheit erkennen, egal wie sehr ich mich bemühte, sie durch energische Bewegungen und Reaktionen zu kaschieren. Es war ein Nachteil, daß es uns normalerweise in der Mittagszeit überkam, weil wir dann allzu bald nach unserem Intermezzo hinausgehen und mit anderen kommunizieren mußten. Und manchmal hatte ich sogar das Gefühl, die Nachwirkungen würden die Nacht überdauern und wären für die ideale Beobachterin am Morgen noch sichtbar, sollte sie zufällig vorbeischauen.

Masepa

Dein Haar wächst wie verrückt, sagte ich zu Nelson. Ich spielte gern die Friseuse, denn mittlerweile sträubte er sich nicht mehr gegen einigermaßen regelmäßiges Schneiden. Sogar wenn ich mir viel Zeit dafür nahm, um etwas von meinen künstlerischen Ambitionen einzubringen, zeigte er sich langmütig. An diesem Nachmittag, einem Samstag, schnippelte ich also in aller Seelenruhe an ihm herum. Ich hatte ihn dazu bringen können, einen längeren Bürstenschnitt als neue Frisur zu akzeptieren, obwohl damit - anders als bei dem nach hinten gebundenen Pferdeschwanz - die ersten Anzeichen männlicher Glatzenbildung nicht kaschiert wurden. Aber er war uneitel, grundsätzlich uneitel, das mußte ich langsam zugeben.

Dineo kam auf die Terrasse geschwebt, aus dem Nichts und außer Atem, bildschön wie immer, und wieder machte ihre Erscheinung mir deutlich, daß ich selbst nie zu den wirklich Anmutigen gehören werde. Sie trug einen langen weißen Kasack und darunter einen schwarzen Wickelrock, sehr streng für ihre Maßstäbe, und einen eng gewundenen taubenblauen Turban. Die Begrüßung entfiel. Sie begann, an mir vorbei direkt auf Denoon einzureden, in Stakkato-Tswana, das ich trotz aller Mühe kaum verstehen konnte und aus dem ich die unsinnig klingende Botschaft herauszufiltern meinte, daß irgend jemand auf dem Weg zu uns wäre - mit Masepa, also Scheiße.

Nelson war bei ihrem Erscheinen so blitzartig aufgesprungen, daß ich ihm mit der Scherenspitze die Haut im Nacken leicht angeritzt hatte. Er begann, sich wie wild die abgeschnittenen Haare von den bloßen Schultern zu fegen und dabei dringend nach seinem Hemd zu verlangen. Ich laufe nicht wie ein Kind nach deinem Hemd, sagte ich, oder wie ein Kammerdiener, es sei denn, es handelt sich um einen Notfall. Tut es aber nicht. Das alles raunte ich ihm aus dem Mundwinkel zu. Doch dann merkte ich, daß er völlig fertig war, so als hätte ihn etwas aus dem Sattel geworfen. Also lenkte ich ein und holte ihm, betont nonchalant, sein Hemd.

Eine Prozession kam den Hang heraufgeschneftert, an ihrer Spitze Hector Raboupi. Dineo sagte auf englisch zu mir: Raboupi bringt Löwenkot als Beweis.

Plötzlich wollte Denoon ein anderes Bühnenbild als das, auf das er sich eben noch kapriziert hatte. Jetzt wollte er wieder sitzen und gerade damit beschäftigt sein, sich die Haare schneiden zu lassen: Jetzt wollte er gestört werden. Er schlug meine Hand weg, als ich auf den kleinen Blutstropfen in seinem Nacken drücken wollte, und zwar so heftig, daß er mir weh tat. Er warf das Hemd, das ich ihm gerade gebracht hatte, auf den Boden. Er schnappte die Hand, in der ich noch die Schere hielt, und hob sie wieder in Schneidestellung. Er streckte die Arme vor und fuchtelte wild in Dineos Richtung, womit er sie offenbar mimisch aufforderte, sich neben oder hinters Haus zu verziehen, aber zu meiner Genugtuung reagierte sie nicht darauf. Komm du erst mal mit dir selbst klar, hätte ich beinahe zu Nelson gesagt.

Raboupi und seine Schwester und vier weitere Frauen und eine Handvoll Männer marschierten auf. Raboupi schleifte triumphierend einen Jutesack hinter sich her.

Sie blieben stehen.

Ich registrierte mit Interesse, daß es Dorcas war, eine Frau, die er anwies, den Sack zu präsentieren, ihn am Rand umzuschlagen und einige dunkle, stachlige Klumpen freizulegen, die angeblich Löwenkot waren. Dineo ging hin und warf einen Blick darauf.

Wir sahen einen Raboupi im Triumph. Er hatte seine Fellmütze auf, den Schwanz nach vorn über die rechte Schulter drapiert, womit nach meiner Kenntnis Stolz oder Hohn signalisiert wird. Es war ein kühler Tag, aber er trug eine rindslederne Weste statt einem Hemd, und die Weste war nicht zugeknöpft. Es war Winter. Er war der einzige aus seiner Gruppe, der so leicht bekleidet erschien. Die anderen Männer trugen Pullover und Strickmützen. Mir fiel auf, daß er sich irgendwie ein Paar neu aussehende, glänzende schwarze Reitstiefel beschafft hatte.

Nun, Schwester, was meinst du? sagte Raboupi auf englisch zu Dineo.

Ich war gespannt darauf, was sie sich einfallen lassen würde. Es konnte tatsächlich nichts anderes als Löwenkot sein, wegen der Stacheln. Löwen sind die einzigen Tiere, die Stachelschweine fressen.

Das ist sehr alte Losung, sagte Dineo auf englisch und dann noch mal auf Tswana.

Wenn eine Gruppe knurren kann, dann tat es diese. Dineo zuckte mit den Achseln. Raboupi ließ sich erregt darüber aus, wo und wann genau der Kot gefunden worden wäre.

Denoon zuckte, um mich daran zu erinnern, daß ich dabei war, ihm die Haare zu schneiden, was ich schwierig fand, weil die Arbeit eigentlich getan war. Aber ich schnippelte weiter wie befohlen.

Denoon fragte gelangweilt, warum sie sich hierher bemüht hätten, wenn die Angelegenheit doch Sache des Mutterkomitees wäre.

Raboupi reagierte fix. Wir ziehen überall herum, das zu zeigen, nicht nur hier. Gleich werdet ihr uns die Runde machen und es allen zeigen sehen.

Dineo murmelte, daß ihn in diesem Fall das Mutterkomitee baldmöglichst erwarten würde.

Denoon war ungeduldig. Er vermittelte den Eindruck, als erwartete er mehr von Dineo.

Enfields! Enfields! rief Raboupis Gruppe im Chor. Sie wußten genau, welchen Typ Gewehr sie wollten. Raboupi betete einen Wiederaufguß der altbekannten Fama herunter, daß die staatlichen Wildhüter inkompetent seien und nie rechtzeitig kämen, wenn man sie brauchte.

Dineo schien wie gelähmt.

Es könnte vielleicht ein paar Enfields auf Leihbasis geben, sagte Denoon abwechselnd auf englisch und Tswana und sehr geschäftsmäßig.

Von Dineo kam immer noch nichts.

Nelson sagte mit - wie ich fand - allzu offenkundig theatralischer Stimme: Ihr müßt euch an das Mutterkomitee wenden und fragen, ob es der Meinung ist, daß ein paar Enfield-Gewehre, einige wenige, eingelagert und verliehen werden können, wenn es Anlaß dazu gibt.

Ich war wie elektrisiert, denn ich wußte, daß Nelson wußte, was Raboupi bezweckte: daß Sekopololo Enfields oder andere lieferbare Gewehren ganz regulär auf Lager nähme, mit der logischen Konsequenz, daß sie aus dem Besitz der Frauen klammheimlich in die Hände der Männer, die mit ihnen lebten, übergehen würden. Deshalb war der Verleih ein genialer Vorschlag. Natürlich lief er Nelsons Rolle als Hüter des kollektiv erwirtschafteten Überschusses zuwider, denn Gewehre waren nun einmal teuer. Aber ich kannte Nelson, und hier bewies derselbe Mann Flexibilität, der gerne sagte, die beste Definition des Staates sei Lenins Der Staat, das sind Körperschaften bewaffneter Männer. Ein Verleihsystem würde die Anzahl der in Umlauf befindlichen Gewehre begrenzt halten. Er lernte offensichtlich dazu. Schließlich hatte dieser Hüter des kollektiv erwirtschafteten Überschusses auch - und das ebenfalls seit meiner Anwesenheit - seine Einwände gegen den Import von Büstenhaltern aufgegeben, während er früher nicht von der Position abzubringen gewesen war, daß ein Tuchstreifen, kunstvoll wie ein X um den Brustkorb gewickelt, im wesentlichen denselben Zweck erfüllte. Ich hatte ihm gesagt, sein Bild der postlaktativen Brust ließe dermaßen zu wünschen übrig, daß es schon lachhaft sei. Seine krönenden Schlußworte an Raboupi lauteten, er selbst werde sein Gewehr Sekopololo für alle Zeiten überlassen, um ein solches Entleih-Programm anzukurbeln.

Jetzt endlich trat Dineo auf den Plan und machte Stimmung für Nelsons Vorschlag, von dem Raboupi offenkundig überrascht und wenig begeistert war.

Er und sein Gefolge zogen sich zurück, verfolgt von King James, der aufgekreuzt war, um sich zu beschweren, daß Raboupi seine Karrendienste verschmäht hätte.

Nelsons Vorschlag erschien mir, glaube ich, als eine oder die ideale Lösung. Ich merkte wohl, daß er sich über Dineo geärgert hatte, weil sie nicht früher und energischer eingeschritten war, und doch konnte ich bei ihm keine Spur von Vorwurf heraushören, als die beiden jetzt, kaum daß Raboupi fort war, ihr Fazit zogen. Aber warum wurde ich das Gefühl nicht los, er hätte den Vorschlag auch deshalb so schnell auf den Tisch gebracht, um mir etwas zu demonstrieren? Alles sah doch bestens aus. Vielleicht würde es Gerangel darüber geben, wie viele Gewehre angeschafft werden sollten; Nelson wäre der Ansicht, wir könnten mit zwei oder drei Stück auskommen. Dineo wäre der Ansicht, es müßten wohl eher fünf oder sechs sein, aber das würde sich schon regeln lassen. Wir sahen uns alle ein wenig betreten an, und ich dachte, damit wäre der Fall erledigt.

Mediale Kräfte

Wenige Tage später überdachte Nelson mißmutig den Gewehr-Plan, ganz entre nous und - wie ich fand - zwanghaft, skizzierte Mittel und Wege, mit deren Hilfe er festgeklopft werden könnte, Regeln hinsichtlich der Anzahl an Gewehren, die jeweils gleichzeitig ausgegeben werden dürften und so weiter. Und dann machte er sich daran, die düsteren Szenarien auszumalen, zu denen die Verfügbarkeit von Feuerwaffen eskalieren könnte. Zuerst würden die Gewehre bei Löwenwarnung ausgeteilt werden, also immer, wenn irgend jemand Löwen gesichtet zu haben behauptete. Als nächstes würde sporadisch Jagd auf freigegebenes Wild gemacht - etwa auf Warzenschweine und Klippschliefern. Und dann käme die Zeit, wo mit den Basarwa, die sich in ihrer kleinen Siedlung hinter Tsau am trockenen Flußbett immer fester etablierten, ein Handel vereinbart würde, und zwar dergestalt, daß Raboupis Männer Impala und Wildebeest schießen und das Fleisch aufirgend einer Tauschbasis an die Basarwa weitergeben würden, nachdem sie die Schußwunden so manipuliert hatten, daß das Wild aussah, als wäre es mit Pfeilen erlegt worden oder in Fallen verendet. Alles würde einen ganz legalen Eindruck machen. Und dann würden die Basarwa dieses Fleisch bei Sekopololo gegen andere Güter eintauschen, und Raboupi bekäme seinen Anteil. Somit wären wir auf dem besten Wege zur

Etablierung einer Jägerklasse unter den Männern, einer Klasse von Müßiggängern, wie sie traditioneller, wie sie parasitärer nicht sein könnte. Irgend etwas in der Art würde mit Sicherheit passieren, denn nur die Basarwa durften dem Gesetz nach innerhalb des Reservats Großwild erlegen. Natürlich dachte ich, daß nichts einfach nur schlecht ist. Etwas mehr tierisches Eiweiß konnte uns nicht schaden. Er kannte meine diesbezügliche Einstellung. Die Krankenschwester hatte wiederholt erklärt, es gäbe zuviel Anämie. Die einzige Ausnahme von den strengen Jagdrestriktionen für Nicht-Basarwa betraf Löwen und Leoparden, die erlegt werden durften, sofern sie Menschen oder Vieh unmittelbar bedrohten. Das Schöne war, daß Nelson mit seinen zwanghaften Visionen zu mir kam, was nichts anderes hieß, als daß er mich bat, ihm zu helfen, sich von ihnen zu befreien.

Zuerst brachte ich alle Einwände vor, die mir einfielen, analysierte alle Schwachpunkte in seiner Gedankenkette hinsichtlich der Folgen des Gewehrverleihs. Aber insgeheim gab ich ihm recht. Mit einem Vorschlag von mir konnte er sich allerdings anfreunden: Die Regel müßte sein, daß Frauen bei jeder Jagdexpedition mit von der Partie wären, daß Frauen im Umgang mit den Gewehren unterwiesen und in alles, was vor sich ging, einbezogen würden. Diese Vorkehrung könnte den Rückentwicklungsprozeß, den Neslon befürchtete, natürlich nicht aufhalten, aber ihn meines Erachtens zumindest bremsen. Ich vertrat meine Sache sehr stringent. Verstehst du? fragte ich, als sich seine Miene für meinen Geschmack etwas zu langsam aufhellte.

Rogers, Ginger, sagte er – ein weiteres gutes Omen. Er zeigte inzwischen eine größere Bereitschaft, über ernste Themen zu witzeln. Rogers, Ginger war ein neuer Beitrag zu einem Spiel zwischen uns, das ich initiiert hatte, als ich spontan irgendeine Position, die er einnahm, mit Heiliger Selassie oder Was für'n Harding kommentierte oder eine Idee von ihm als O'Casey abkanzelte. Er hatte das Spiel zuerst eher still erduldet, doch in jüngster Zeit schien es ihm soviel Spaß zu machen, daß er mit eigenen Varianten wie Nun mach mal Dali aufwartete.

Aber trotz all seines guten Willens versank er leider wieder in Trübsinn über die Gewehrfrage. Und wieder sagte er damit im Grunde Hilf mir. Wieder setzten wir uns zusammen. Doch bevor ich überhaupt dazu kam, das Problem von einer neuen Warte aus zu beleuchten, erklärte er, er meine jetzt zu wissen, womit er sich nicht abfinden könne.

Sein Problem war, in seinen Worten, metaphysischer Natur. Er gab sich sehr bußfertig. Er habe eine Überzeugung, die kaum anders als metaphysisch zu nennen sei: nämlich daß Tsau irgendwie nur dann florieren würde, wenn es als künstlich erschaffener oder Gast-Organismus einem größeren Organismus aufgepfropft würde, der Wüste nämlich, einem Organismus, der durchaus feindlich sein konnte - daß es also nur dann überhaupt florieren würde, wenn es nicht mehr als das, was es zum Überleben wirklich brauchte, von der Wüste nahm. Er selbst bezeichnete dies als Pendant zu einer Idée fixe. Ich hörte bereitwillig, wenn auch leicht verwirrt zu. Immerhin sprach hier derselbe Mann, der die organisierte Religion als organisierten Aberglauben bezeichnete. Es ist reiner Aberglaube, sagte er. Wenn Gewehre eingeführt würden, stände zu befürchten, daß es konkurrierendes und unnötiges Jagen und Töten zugunsten einer Population gäbe, die bereits ausreichend versorgt sei - zugunsten der Einwohner von Tsau. Er machte einen kurzen Schlenker zu den Basarwa mit dem Hinweis, daß die einzigen Völker, die sich Tausende von Jahren in der sengenden Wüste gehalten hätten, die seien, die stets um die Vergebung der für die Art, unter deren Vertretern sie ein Leben genommen hätten, zuständigen Gottheit baten und die immer nur soviel nähmen, wie sie zum Überleben benötigten, niemals mehr. Ganz geknickt sagte er: Ich habe das Gefühl, daß ich mit alldem richtig liege, aber es ist ein so unbegründetes Gefühl, daß ich es, wenn möglich und wenn nötig, exorzieren muß.

Dann verlegte er sich auf eine Schiene, die ich nur schwer in Zusammenhang mit dem bringen konnte, was er gerade vorher dargelegt hatte. Es ging nun um seine Mutter, die doch so intuitiv gewesen sei. Ich dachte mir, daß ich bei diesem Thema wohl die Stimme der Vernunft spielen sollte. Es gäbe hierzu eine Geschichte, die er mir erzählen wolle.

Über seine Mutter: Genaugenommen hätte sie, würde er sagen, das besessen, was man übernatürliche Kräfte nennt, allerdings auf trivialer Ebene - so habe sie immer zwanzig Minuten im voraus gewußt, daß Gäste kämen, worauf sie sich dann schnell an die Vorbereitungen gemacht habe und so weiter.

Ich fragte: Unerwartete Gäste oder geladene Gäste, die sich verspätet hatten?

Beides, sagte er, beides. Wenn Gäste zu spät kamen, hatte sie auch erst später mit den Vorbereitungen begonnen. Sie wußte es einfach immer. Außerdem konnte sie verlorene Sachen finden, eine nützliche Gabe, denn sein Vater hatte das Verlegen von Gegenständen zu einer Art Hobby gemacht. Nelson sagte: Eine Zeitlang ging immer die Innenbeleuchtung in unserem Wagen an, wenn er abgeschlossen in unserer Einfahrt stand, obwohl wir genau wußten, daß das Licht am Abend vorher aus gewesen war. Dieses triviale Poltergeist-Phänomen machte seinen Vater, den empiriokritizistischen Materialisten, vollkommen verrückt, und zwar nicht etwa, weil er befürchtete, die Batterie könnte sich entladen. Du hättest das erleben müssen, sagte Nelson. Mein Vater hat eine Phase ausgewachsener Paranoia durchgemacht, die sich auf mich und meinen Bruder konzentrierte. Er hat wie ein Luchs darauf geachtet, daß niemand außer ihm an die einzigen Autoschlüssel herankam, und sich fast überschlagen, um sicherzustellen, daß das Auto nachts abgeschlossen war und daß der Schalter für die Innenbeleuchtung auf Aus stand. Der Spuk, der allerdings nur sporadisch auftrat, dauerte mehrere Wochen und war dann auf einmal vorbei. Mein Vater hat schließlich meine Mutter mit diesem Unwesen in Verbindung gebracht, und einiges deutete tatsächlich darauf hin, daß das Licht manchmal anging, wenn sie in die Nähe des Wagens kam - wenn sie den Abfall raustrug oder Post zum Wegschicken in den Briefkasten legte. Dann hat er die gesamte Elektrik überprüfen lassen, ohne daß die Werkstatt irgend etwas hätte entdecken können.

Er sagte: Sie war hellseherisch, aber nicht extravagant hellseherisch, wenn du so willst. Sie schien immer genau zu wissen, wo wir steckten, wenn wir nicht zu Hause waren, bei welchen Leuten sie zum Beispiel anrufen mußte, um meinen Bruder ausfindig zu machen, der einer von denen war, die überall und nirgends sein können. Sie war eine Art Medium, denke ich, und ironischerweise hat sie selbst, was ihre Kräfte anging, den Standpunkt eingenommen, daß da nichts wäre, daß alles Zufall wäre. Sie hatte die traditionelle katholische Einstellung zum Paranormalen – es war tabu und wahrscheinlich dämonisch. Und für meinen Vater war das Paranormale natürlich Quatsch, Scharlatanerie. Auf mich ist sein Verdacht gefallen, weil ich zu der Zeit gerade ein paar Kartentricks lernte.

Er sagte: Der Gnadenstoß in dieser Sache hat meinen Vater gegen Ende seines Lebens ereilt, als er abstinent und meiner Mutter gegenüber lammfromm geworden war. Seine Leber war hin, und er starb langsam. Manchmal denke ich, daß er kurz davor stand, regelrecht gläubig zu werden, aber er hat es noch geschafft zu sterben, ehe es dazu kam. Jedenfalls konnte er gar nicht genug für meine Mutter tun, ist mit ihr sogar nach Europa gereist, damit sie inter alia die Kapellen und Kathedralen aufsuchen konnte, von denen sie ihr ganzes Leben gelesen und geträumt hatte, einschließlich Notre-Dame, dem Juwel in der Krone ihrer Vorstellung vom katholischen Europa.

Sie sind also in Notre-Dame, und aus einer Laune heraus beschließt er, ein paar von diesen billigen Votivkerzen zu kaufen, die hinten in Ständern angeboten werden, und sie mit nach vorne zu nehmen und anzuzünden und dem Lichtermeer hinzuzufügen, das man schon vom Ende des Mittelgangs aus brennen sieht. Meine Mutter kauft eine Handvoll Kerzen, und er also auch, und sie gehen nach vorn. Er steht da und wartet, während sie ihre Kerzen aufstellt und anzündet. Dann nimmt er seine, aber keine einzige will brennen. Nicht einer der Dochte fängt Feuer. Er geht zurück, holt neue, sucht sie sich aus verschiedenen Fächern des Ständers zusammen: das gleiche. Er nimmt ein paar mit ins Hotel zurück, und drei Kerzen gehen sofort an. Meine Mutter dürfte aus dem ehrfürchtigen Staunen gar nicht mehr herausgekommen sein. Und als mein Vater mich fragte, wie ich mir das erklärte, und ich sagte, möglicherweise wäre es ja ein umgekehrter Poltergeist-Effekt gewesen, also statt daß sich unterdrückte Gefühle im spontanen Aufflammen von Gardinen und Holzverkleidung gezeigt hätten, was die übliche Erklärung für das Poltergeist-Phänomen ist, habe er vielleicht einen Feuer-Unterdrückungs-Effekt produziert. Er war sehr enttäuscht und fragte sich, was mir die College-Ausbildung eigentlich genützt hätte, wenn ich mit so einem Unfug daherkommen könnte.

Heute sehe ich eine Verbindung zwischen dieser Geschichte und einer Bemerkung von Denoon, die ich damals nicht weiter beachtete: Wenn du wirklich und wahrhaftig zufrieden bist, sagte er, und dein Leben richtig lebst, und das heißt auch in moralischer Hinsicht - also zum Beispiel ohne Ausflüchte -, dann kannst du damit rechnen, daß dir immer wieder seltsame Dinge in trivialer Form passieren. Du wirst untrügliche Eingebungen haben. Ohne erkennbaren Grund wird dir ein obskures oder archaisches Wort in den Sinn kommen, und eine Woche später entdeckst du dann womöglich, daß es genau das Wort ist, das du für eine schwierige Passage eines Textes brauchst, an dem du gerade schreibst. Ich weiß noch, daß ich mich damals gefragt habe, ob er tatsächlich behaupten wollte, je wahrhaftiger das eigene Leben sei, desto mehr seltsame Dinge würden einem am Rande passieren, bis man auf dem geraden Wege zur säkularen Heiligsprechung feststellte, daß einem Streichholzschachteln entgegenschwebten, wenn man Feuer brauchte, und daß man abnahm, egal, wieviel Schwarzwälder Kirschtorte man aß.

Mittlerweile weiß ich, daß ich dieser Sache gleich hätte auf den Grund gehen müssen, weil niemand dazu besser geeignet war als ich, die ich nichts glaube, wenn es mir nicht zu meiner restlosen Zufriedenheit bewiesen wird. Und als allererstes muß mir bewiesen werden, daß niemand lügt, niemand lügen will, niemand lügt - mein Utopia, Prost Mahlzeit.

Ich dachte, er würde nichts weiter von mir erwarten, als daß ich mir seine Geschichte von den Kerzen anhörte, aber Nelson wollte allen Ernstes wissen, was ich davon hielt.

Also sagte ich ihm, daß ich dächte, irgend jemand hätte vermutlich gelogen, Märchen erzählt. Ich fragte: Wäre es möglich, daß dies eine Folie à deux war, die irgendwie von deiner Mutter ausging? Ich kann mich nicht erinnern, jemals einen Vorschlag gemacht zu haben, der weniger gut aufgenommen worden wäre. Meine Absicht war es, genau zu rekonstruieren, von wem und in welcher Verpackung er die Geschichte ursprünglich gehört hatte, doch er sträubte sich, um es einmal milde auszudrücken.

Aber wer soll denn gelogen haben? meinte er. Zum Lügen muß man doch einen Grund haben!

Nein, muß man nicht, sagte ich, und genau das ist das Problem.

Danach schien sich das Thema Gewehre zu verflüchtigen, aber ob ich mehr erreicht hatte, als einen gewissen Fatalismus zu verstärken, den er dieser Angelegenheit entgegenbrachte, weiß ich nicht. Ich bin wirklich die falsche Adresse für Diskussionen über die Welt des sogenannten Übernatürlichen. Ich habe nichts dafür übrig. Aufgrund seiner bisherigen Äußerungen, seiner bis zu diesem Punkt erkennbaren Haltung gegenüber dem Nicht-Empirischen und der Kirche, war ich zu der Überzeugung gelangt, daß wir aus demselben Holz geschnitzt wären, aber offenbar gab es bei ihm einen Einschluß oder Rückstände oder eine Ablagerung des Sublunaren. Ich verabscheue alles Mysteriöse, weil es das ideale Medium für Lügner ist, der Ort, den sie aufsuchen, um sich zu vermehren und aufzuplustern und gegenseitig anzulügen. Lügner sind der Feind. Keine Klasse, kein Geschlecht und keine Nationalität kann sie hindern. Sie machen alles unmöglich.

Das bessere Glück

Die Frage, wann man richtig und ohne Ausflüchte - Ausflüchte groß geschrieben - lebt, die in indirektem Zusammenhang mit unserem Gespräch über die medialen Kräfte seiner Mutter aufgekommen war, begann mich unterschwellig zu beschäftigen, weil ich sehr glücklich war, von einem Tag zum anderen, aber zugleich das Gefühl hatte, daß Nelson sagen würde, es gäbe einen greifbaren Unterschied zwischen rohem Glück, das jeden jederzeit heimsuchen könnte, und diesem anderen, diesem besseren Glück, von dessen Existenz er mich hinterrücks halbwegs überzeugt hatte. Das bessere Glück erwächst aus einem Gefühl der Stimmigkeit zwischen den eigenen Möglichkeiten und den Leiden der Welt, wenn ich es richtig verstand. Oder zumindest ist das eine notwendige Bedingung für das bessere Glück. Ich versuchte, an dieser Stelle ein bißchen nachzubohren, indem ich fragte, ob das nicht etwas hegelianisch wäre. Was für ein Fehler. Er konnte Hegel nicht ausstehen und erklärte mir lang und breit warum. Diese Aversion ging bei Nelson sehr tief. Unser

Gespräch endete sogar mit einer Art Quiz, so besorgt war er, daß ich seine Gedanken mit irgend etwas verwechseln könnte, das auf dem Mist dieses schrecklichen Hegel gewachsen war.

Ich war glücklich. Und Nelson?

Ein gesichertes Datum für mich bestand darin, daß er in letzter Zeit einen wiederkehrenden Traum hatte, den er mit Hoch- oder Glücksgefühlen assoziierte. Ich mußte immer sehr aufpassen, wenn ich mich mit seinen Träumen befaßte, gerade weil ich sie so leicht durchschaubar fand, und dieser Glückstraum bildete keine Ausnahme. Es war ein Landschaftstraum: Er befindet sich hoch oben über einer Landschaft, entweder an einem Aussichtspunkt oder in der Luft über deren Kernstück. Er blickt auf eine bewaldete, ländliche Gegend hinab. Im Herzen dieser Wildnis liegt ein runder See und in seinem Zentrum eine runde Insel, und mitten auf dieser Insel ist ein kreisförmiger Teich. Mit diesem Traum verband er jedesmal glückliche Momente seines Lebens. Konnte es sich überhaupt um etwas anderes als eine Brust-Analogie handeln? Ich bin mir da jedenfalls ganz sicher, denn als seine Assoziation zu dem, was unten auf der Insel und um den Teich herum vorging, gab er an, daß dort vielleicht nackte junge Frauen lagerten oder badeten. Wenn diese Szene überhaupt etwas symbolisiert, dann eine Brust in einem Wassergraben. Die Insel beschrieb er als kuppelförmig, nicht flach. Ich ließ meine Deutung vorsichtig anklingen, aber er schien mir in die angezeigte Richtung nicht folgen zu wollen. Ein weiteres Beispiel für die Komplexität seiner Traumkonstruktionen: Er sitzt im Grand Vefour, hat einen Tisch, aber es gibt kein Tafelsilber mehr.

Ich denke, ich erlebte eine Phase, die frei war von jeder Zielgerichtetheit, versüßt noch durch Kleinigkeiten wie die, daß ich immer mehr die Hemmung verlor, in Nelsons verschiedenen Sphären ein und aus zu gehen, etwa in der Glaswerkstätte - die seit der Verletzung seiner Gehilfin im wesentlichen sein Sanctum sanctorum gewesen war - oder in bestimmten sensibleren Bereichen seiner Vergangenheit. Es gab weniger Kontrollstellen zwischen Ereignissen der Gegenwart und interessanten Nexi seiner Lebensgeschichte. Zum Beispiel war er in letzter Zeit sexuell sehr mit sich zufrieden, besonders, wenn es einmal vorkam, daß ich ihn bitten mußte, von mir abzulassen, mir eine Pause zu gönnen. Solche Momente führten irgendwie dazu, daß er ein weiteres Bild seines Vaters heraufbeschwor – das eines Zwanziger-Jahre-Salon-Sexualradikalen mit verschlossener Büchervitrine, in der unter anderem folgende Werke standen: *Der Mann, der gestorben war*, D. H. Lawrences Erzählung über einen sexbesessenen Christus, Edward Carpenters *Die homogene Liebe und deren Bedeutung in der freien Gesellschaft*, eine Art Bibel zu diesem Themenkomplex, und *Der Gott des Fleisches* von Jules Romain, als der in diesem Werk der Penis bezeichnet wird, was Nelson natürlich zum Schreien komisch fand. Selbstverständlich hatte er sich Zugang zu der Sammlung verschafft. Wie sich dieser heilige geheime Lesevorrat damit vertrug, daß sein Vater eine Frau zur Gefährtin gewählt hatte, die sich so hermetisch von allen kulturellen Vorlieben wie den seinen abschottete, war eine gute Frage. Es stellte ein Band zwischen den beiden dar, vermutete Nelson, es bedeutete etwas, womit sein Vater sich geißeln konnte, war also ein Äquivalent zu dem andersartigen Leiden seiner Mutter. Nelson war überzeugt davon, daß seine Mutter Sex als ausschließlich der Fortpflanzung dienenden Akt betrachtete und jedwede Abweichung als Sünde, für die endlos gebüßt werden mußte. Und er zweifelte auch nicht daran, daß sein Vater in dieser Ehe immer treu gewesen war, obwohl ich keinem Alkoholiker zutraue, auch nur eine Sekunde treu zu sein. Was haben sie denn zu verlieren, das sie nicht schon verloren haben? Wir sprachen darüber, wie herrlich es gewesen sein müßte, um 1923 herum zu träumen, ja, zu glauben, daß sich mit dem ersehnten Heraufdämmern der sexuellen Freiheit, dem nahenden Utopia, alle von Menschen gemachten Institutionen in Wohlgefallen auflösen würden.

Ein weiteres Anzeichen dafür, wie sehr wir miteinander in Einklang waren, dürfte das Gefühl von Gleichmütigkeit sein, das mich immer wieder bei Dingen überkam, auf die ich normalerweise gereizt reagiert hätte. Ich genoß Arbeiten, die per definitionem langweilig waren, wie als Glied in einer Kette von Frauen Ziegel, mit denen die Reservoiranlagen ausgebessert wurden, den Hang hinaufzureichen. Ich genoß sogar die mörderischen Streifzüge durch die Wüste zur Ernte der Wollspinne, einem von Tsaus geheimen Exportartikeln. Es war eine große Ehre, aufgefordert zu werden, sich den Teams anzuschließen, denen ausschließlich ältere - und von daher vermutlich vertrauenswürdigere - Frauen angehörten, und zwar überwiegend Frauen ohne irgendwelche männlichen Angehörigen vor Ort. Tsau erzielte astronomische Preise für diese Pflanze, deren Blätter zu einem Mittel verarbeitet wurden, das angeblich gegen Impotenz wirkt. Abnehmer war ein Verbund westdeutscher Naturkostläden. Der exotische, verkürzte Name der Teams lautete Kokotsetsa, die Aufrechterhalter, aber der wirkliche, esoterische, volle Name war Aufrechterhalter der tief gesunkenen Penisse der Europäer. Ich ging nur zwei- oder dreimal auf Tages-Sammeltouren mit; andere Teams hingegen durchkämmten die umliegende Landschaft im weiteren Umkreis, über Nacht und länger. Sekopololo machte dabei einen sagenhaften Profit, und das zu erfahren freute mich schon deshalb, weil es demystifizierend war und meinen Drang zur marxistischen Analyse jeder über längere Zeit bestehenden Institution befriedigte, id est: Wo kommt das Geld her? Ich finde, der Marxismus sollte eigentlich Cuibonismus heißen, von cui bono, worauf letztlich nämlich alles hinausläuft. In diesem Jahr war die Ernte mehr als üppig. Die Expeditionen, an denen ich mich beteiligte, waren eigentlich Nachlesen, weil die ungewöhnliche Menge an Regen diese späte zweite Ernte angezeigt erscheinen ließ.

Ich datiere den Höhepunkt dieser Phase auf meine Rückkehr von einem der Wollspinner-Ernteeinsätze, wahrscheinlich dem letzten. Es dürfte gegen zwei oder drei Uhr nachmittags gewesen sein. Nelson war nirgends zu finden, niemand hatte ihn gesehen, also suchte ich ihn an einem seiner Lieblingsplätze, von denen ich wußte, einem Vorsprung an der Südseite des Koppie, hoch oben, unter Mopanebäumen, und da war er auch.

Da lag er, auf ein Ziegenfell hingestreckt, fieberhaft seinen Unvergleichlichen Blake lesend, das heißt, er tat etwas, wozu er eigentlich alle Welt drängte, indem er mich dazu drängte - nämlich: innezuhalten und zur besten Tageszeit zu lesen, nicht etwa erst dann, wenn man am Ende seiner Kräfte ist, und das Lesen mit Fernsehen oder der Erledigung von Rechnungen konkurrieren muß. In der idealen Gesellschaft könnte man Leute mitten am Tage lesen sehen; das würde möglich gemacht werden. Nelson lag auf seinem Ziegenfell, zwei Kissen unter der Brust, in Segeltuchshorts, ohne Socken oder Sandalen und mit einem dicken, schwarzen Kapuzenpullover, den ich noch nicht kannte.

Ich pirschte mich an ihn heran. Seine Beine waren dreifarbig: blaß unterhalb der Stelle, bis zu der seine Kniestrümpfe reichten, dann dunkler, und noch dunkler an der Stelle knapp unterhalb der Shorts, wo ein Schatten über seine Oberschenkel fiel. Auch ich hatte seinerzeit gewissenhaft mein Quantum Blake gelesen, aber mir war das alles immer so befrachtet und rekursiv erschienen, daß mich seine Gedichte nie besonders angesprochen hatten, mit Ausnahme der drei oder vier kurzen, die jeder mag, und natürlich hatte ich mir nie die Mühe gemacht, irgend etwas von ihm auswendig zu lernen. Also war mir nur das geblieben, was jedem blieb, Tiger! Tiger! und Was ist's, wonach sich Männer bei Frauen verzehren? / Der Ausdruck von befriedigtem Begehren. Doch während ich mich an Nelson heranschlich, kam mir der flüchtige Gedanke, es wäre doch geradezu perfekt, wenn mir jetzt irgendeine passende Zeile aus dem ganzen Nebel und Wust von William Blake einfiele. Und siehe da, aus dem Nichts, allein dank der Tatsache, daß Kryptomnesie eine wirkliche Fähigkeit ist, fischte ich die Zeile Er landete auf wilder Wüste. Ich kam mir geradezu medial vor. Nelson warf sich total erschrocken herum. Wie sich herausstellte, hatte er eine Weile in *Die Vier Zoas* geblättert und sich gerade *Notizen und Zusätzliche Fragmente* vorgenommen, aus denen meine Zeile ausgerechnet stammte.

So muß das richtige Leben sein, dachte ich.

Die Batlodi

Am Straußengehege: Zwei Stützen waren weit nach außen gebogen, und das engmaschige Drahtgeflecht dazwischen war zu einer Art Rutsche heruntergedrückt worden, über die sich unser Zuchtpärchen Strauße davongemacht hatte. Nelson dachte natürlich sofort an menschliche Manipulation, das wußte ich, darum warf ich mich mehrere Male mit meinem vollen Gewicht gegen eine der noch stehenden Stützen, um ihm zu demonstrieren, daß nichts dergleichen auch nur annähernd solche Spuren hinterließ wie die, vor denen wir hier standen. So war nun mal das Leben, und alle hatten ihn gewarnt: Strauße sind irrsinnig kräftige Kreaturen.

Seine Stimmung verbesserte sich auch nicht gerade, als plötzlich Raboupi aus dem Busch auftauchte, um den Schaden zu begutachten. Noch unerfreulicher war, daß ihn unsere zwei Neuzugänge begleiteten, die Batlodi, die schlimmen Mädchen. Sie waren Schwestern, spätadoleszent, verwandt mit dem Minister für kommunale Angelegenheiten, und sie waren direkt an großangelegten Diebstählen aus dem Lager eines chinesischen Spirituosenhändlers in Mmadinare beteiligt gewesen. Wider besseres Wissen und weil er dem Minister diesen Gefallen einfach nicht abschlagen konnte, hatte Nelson sich bereit erklärt, die Mädchen während ihrer Bewährungszeit aufzunehmen. Es sollte eine einmalige Ausnahme sein. Der Minister hatte sich eingebildet, daß die Batlodi nichts weiter bräuchten als eine Dosis gesunden Landlebens fernab von Diskos und anderen Verlockungen des vorstädtischen Gab. Das war natürlich ein Witz. Die Mädchen waren knallhart. Und sie verstanden es, die ambivalenten Gefühle eines Teils unserer Leute hinsichtlich gewisser Straftaten, oder um präzise zu sein, hinsichtlich Eigentumsdelikten zu Lasten von Chinesen oder Indern, auszunutzen. Die Batswana verabscheuen kriminelles Handeln, besonders innerhalb ihrer eigenen Gruppe. Sie lassen alles stehen und liegen, um einen Taschendieb zu stellen, umringen ihn und halten ihn brüllend und fluchend fest, bis die Polizei eintrifft. Und bei Rinderdiebstahl fackeln sie draußen im Sandveld erst recht nicht lange. Aber gerade die Chinesen sind als Arbeitgeber und Ladenbesitzer oft unbeliebt. Den Batlodi haftete schon fast etwas Heldenhaftes an. Sie waren dank ihrer eigenen unbekümmerten Prahlerei geschnappt worden. Sie würden nur ein halbes Jahr bei uns bleiben. Sie hatten sich sofort den Raboupis angeschlossen, unserer unzufriedenen Krankenschwester und einigen anderen, die sich durch ihre kritische Haltung gegenüber Tsau auszeichneten. Der verordneten regelmäßigen Arbeit kamen die Batlodi nur sehr sporadisch nach. Hector und die Batlodi verzogen sich in Richtung Gerberei.

Ich glaube, Nelson gefiel es, sich davon überzeugen zu lassen, daß er hinsichtlich der Straußenflucht schlimmstenfalls ein Opfer animalischer Gewalt und Verschlagenheit geworden war. Mit dir könnte ich verheiratet sein, sagte er, und beeilte sich dann, meinen gesunden Menschenverstand zu loben, mich zu fragen, welche Überlegungen ich bezüglich meiner Promotion anstellte, wenn überhaupt, und ganz allgemein anzudeuten, daß ich sehr beeindruckend sei und es in der Welt weiter bringen könnte, als ich mir vielleicht zutraute.

Die Basarwa

Die Flucht der Strauße war auch deswegen nicht so tragisch, weil laufend mehr Frisch- und Trockenfleisch nach Tsau gelangte. Mit den Enfields hatte das nichts zu tun, noch nicht, denn die waren erst bestellt, nein: Sekopololo bezog Fleisch und Honigwaben von den Basarwa, deren Lager am Flußbett mittlerweile schon fast einer Siedlung glich und deren Population sich ständig vergrößerte. In der Vergangenheit hatten sie dort nur zwischenzeitlich kampiert, nach dem üblichen Muster, das heißt, sie waren weitergezogen, wenn die Läuse und Flöhe überhand nahmen. Keiner schenkte ihnen viel Beachtung, so wenig greifbar schienen sie. Es lebten acht Familien im Camp. Tsaus Kinder tätigten selbständig Geschäfte mit den Basarwa; die Basarwa waren Meister im Auffinden von Ameisenhügeln, frischen, die unsere Kinder zerhackt in ihren Mistkarren zurückbrachten - als Futter für die Hühner, die plötzlich prächtig gediehen, besser denn je.

Denoon begann sich zu fragen, wie wohl die Barettgeschäfte genau aussahen, ob sie fair waren oder nicht. Sekopololo führte jetzt mehr Salz ein als je zuvor und zum erstenmal große Mengen Pfeifentabak. Das waren natürlich die bei den Basarwa begehrtesten Güter. Ungleicher Tausch war für Nelson ein Thema, über das er sich generell aufregen konnte. Ich fragte ihn, ob er wüßte, daß es Peace-Corps-Mitarbeiter gab, die ihre abgetragenen Hemden und Jeans aufhoben und immer dann mitnahmen, wenn sie per Bahn nach Francistown fuhren, um diese Lumpen - es waren wirklich Lumpen - beim Zwischenstopp in Shashe gegen phantastische Holzschnitzereien der bettelarmen Basarwa einzutauschen, die in einer kleinen, von Mennoniten geführten Kolonie an der Bahnlinie vegetierten. Da können wir noch so überzeugt sein, daß das objektiv verwerflich ist, sagte ich ihm, aber leider deutet alles darauf hin, daß die Basarwa von diesem Handel begeistert sind. Seine Idealvorstellung von einem Tauschgeschäft lief darauf hinaus, daß es überhaupt nur dann stattfand, wenn alle Beteiligten einen Überschuß produziert hatten - aussichtslose Voraussetzungen. Seine Erkundungen über Details des Baretthandels mit den Basarwa wurden ihm übelgenommen. Er setzt uns unter Druck, hatten ein paar Frauen von Sekopololo mir gegenüber angedeutet. Ich gab den Wink weiter.

Ich frage mich, was die Basarwa wohl von Nelson dachten, denn er gewöhnte es sich an, bei ihnen im Lager vorbeizuschauen, aber er war kein gewöhnlicher Besucher, sondern legte eine so scheue Art an den Tag, daß er fast wie ein Weltentrückter wirken mußte, ein Mondsüchtiger. Manchmal setzte er sich ins Gebüsch am Hang über dem Camp, von wo aus er sie zu studieren schien. Er konnte ihre Sprache nicht sprechen und unternahm auch keinerlei Versuche, sie über die gängigen Grußformeln hinaus zu erlernen. Das Lager funktionierte gut. Wegen der Regenfälle, als deren Auslöser mich alle Welt betrachtete, bot ihnen das Flußbett, an dem sie ihre Sickerbrunnen gruben, eine reichhaltigere Wasserversorgung als in den Jahren zuvor. Die Basarwa waren wie aus einer anderen Welt. Sie waren irgendwie einfach unglaublich. Sie faszinierten ihn. Er stellte die Anstrengungen und Tüfteleien und die zahllosen Komiteesitzungen, die es gekostet hatte, das Projekt Tsau in Gang zu bringen, der praktikablen Planlosigkeit gegenüber, die er im System der Basarwa beobachtete. Welche Verantwortung trug er für die Basarwa, woher auch immer sie sich ableiten mochte? Er war verwirrt. Er fand, Tsau hätte eine gewisse Verantwortung, auch wenn die zunehmende Abhängigkeit des Camps von niemandem intendiert gewesen war. Ich denke, ein Problem lag darin, daß die Kontakte zwischen den Basarwa und Tsau während der ersten acht Jahre nur flüchtig und sporadisch gewesen waren. Hätte sich die Gruppe schon in den Anfängen Tsau angeschlossen, als er, Nelson, noch unverbrauchter gewesen war, wäre es ihm wahrscheinlich leichter gefallen, sich mit ihnen zu arrangieren. Ich glaube, im stillen beschwor er sie, zu verschwinden. Wenn wir über sie sprachen, landete die Diskussion unweigerlich bei Grundsatzfragen, etwa der, wie sich feststellen ließe, ob die eine Gesellschaftsform der anderen tatsächlich überlegen war, vorausgesetzt, beide waren gleich ungrausam. Wir handelten mit den Basarwa auf einer Basis, die Nelson für unfair hielt, unfair ihnen gegenüber, aber davon einmal abgesehen - was schuldeten wir ihnen eigentlich, in puncto medizinischer Versorgung zum Beispiel, und wie hilfreich wäre es für sie auf lange Sicht, von dem Gebrauch zu machen, was wir ihnen bieten konnten? Aber er war in dieser Frage wohl an einem Tiefpunkt angelangt und daher gar nicht imstande, produktiv weiterzudenken.

Nun kannte ich also einen neuen Ort, an dem ich ihn suchen konnte, wenn er plötzlich verschwand, einen Ort, der weniger weit von zu Hause weg war als einige seiner anderen Lieblingsplätze - etwa das Pyramidon, wie er den Gipfel des Koppie nannte, oder seinen Bergvorsprung oder die Glaswerkstätte. Es nahm surreale Züge an, wenn ich ihn suchen ging und ihn brütend im Busch oberhalb des Camps fand und vielleicht eine Zeitlang dasaß und ihn beim Beobachten beobachtete.

Vermutlich muß ich mir vorwerfen, daß ich mich in dieser Frage so lange herausgehalten habe. Aber auch ich beobachtete die Basarwa gern. Es war, als würde man Feen zuschauen, so lieb schienen sie miteinander umzugehen, so behutsam und geduldig. Und warum eigentlich sollte ich stören oder zerstören wollen, was ihn zu einer Gesellschaft hinzog, die seinem Ideal der Nichtverletzung der Natur so nahekam?

Als ich schließlich den Eindruck gewann, daß er allzu sehr in den Bann der Basarwa geriet, sie allzu sehr romantisierte, versuchte ich ihm klarzumachen, daß es hinter den Kulissen mehr Mord und Totschlag unter den Männern und mehr Gewalt gegen Frauen gab, als ihm möglicherweise bewußt war. Aber tant pis; er wußte - und ich mußte zugeben -, daß das nicht mein Fachgebiet war. Er wollte mein Einwände eigentlich gar nicht hören, und die Beweiskraft seiner Sinneseindrücke, die besagten, daß das Leben im Lager vor Friedfertigkeit nur so troff, sprach für seine Analyse.

Ein paarmal hatte ich Gelegenheit, Nelson während seiner wortlosen Aufwartungen im Lager zu beobachten. Die Basarwa duldeten ihn in der gleichen Weise, wie sie vielleicht einen Reiher oder einen Storch geduldet hätten, der durch ihr Lager stolzierte. Freie Zeit war Nelsons großes Thema nach diesen Besuchen, wieviel freie Zeit eine Gesellschaft allen ihren Mitgliedern garantierte und nicht nur ihren privilegierten Klassen. Ich erinnerte ihn daran, daß die Basarwa-Männer doch deutlich mehr in den Genuß freier Zeit kamen als die Frauen. Ich legte meine Informationen über das Ausmaß verborgener Gewalt in dieser Ethnie auf den Tisch. Dann schlich sich die Wendung »unorganisierte Unschuld« - wieder mal William Blake - ins Gespräch.

So ganz hat er es nie geschafft, seine Gefühle ihnen gegenüber zu klären, und mir ging es ehrlich gesagt ähnlich wie ihm. Noch heute habe ich das Lager ganz deutlich vor Augen. Ich sehe die acht kuppelförmigen Hütten, die Stangenkonstruktionen weitgehend bedeckt mit einer Mischung aus Gras, Rinde, Sackleinen und Fetzen von Polyvinyl-Planen, die verdächtige Ähnlichkeit mit denen von unseren Folientunneln hatten. Ich sehe die zentrale Feuerstelle, deren Glut durch eine scheinbar vollkommen beliebige Abfolge von Handgriffen den ganzen Tag über am Schwelen gehalten und abends zu einer riesigen Lohe geschürt wurde. Da ziehen die Männer des Morgens los, aber manchmal auch nicht, gemäß irgendwelchen Regeln, die man zu gerne durchschauen würde und hofft, eines schönen Tages, wenn man sie nur lange genug studiert, auch durchschauen zu können. Da ziehen die Frauen los, um Wurzeln auszugraben oder etwas anderes zu sammeln, in Gruppen, die, so erscheint es jedenfalls dem Beobachter, für jede Arbeit neu zusammengestellt werden. Und immer waren sie am Schnattern. Ich habe das Camp im Geiste wohl etwas überhöht; es war verlottert, aber so sehe ich es in meiner Erinnerung nicht.

Denoon sann und sann. Wir müßten mehr tun. Es gebe Gesundheitsfragen, in denen wir stärker initiativ sein müßten. Ich führte einige Nächte heftigsten Bruxismus' auf seinen vorausgegangenen Besuch im Basarwa-Lager zurück. Die Basarwa können einen ziemlich durcheinander bringen. Ich kenne zwei Kollegen, die bei ihnen Feldforschung betrieben haben und anschließend seltsam verändert auf mich wirkten, irgendwie sanftmütiger oder verträumter als vorher, während sie gleichzeitig eifrig für weitere Feldforschung plädierten, um zu ihnen zurückkehren zu können.

Pine Nut Soda

Ein bemerkenswerter Vorfall, fand ich: Nelson setzte sich mit mir zusammen und sagte, Statt daß ich zum Mutterkomitee gehe oder direkt zu Sekopololo, will ich mich bei mir über etwas beschweren, nämlich über das Sortiment der in jüngster Zeit eingeführten Gebrauchsgüter, über den Trend, und damit soll es dann auch gut sein.

Ich sagte, Das heißt, ich bin nicht aufgefordert, etwas mit deiner Beschwerde anzufangen?

Nein. Das ist ein Experiment. Statt mich noch lange über die Büstenhalter-Importe zu beschweren, habe ich mit dir darüber gesprochen, und du hast mich überzeugt. Du hast mich auch davon überzeugt, daß es verkehrt war, mich gegen Weißen-Tee zu wehren, gegen Kampferöl und was noch? Haarzwirn. Aber jetzt stört mich etwas anderes. Erstens lassen wir die Vorräte an Knochenmehl und Seilerwaren knapp werden, aber das ist es nicht, irgend jemand wird schon reagieren, bevor wir ganz auf dem trockenen sitzen. Nein, mir ist aufgefallen, daß wir seit neuestem Pine Nut Soda einführen, und da hat mich fast der Schlag getroffen. Und der nächste Schlag war Milk Stout.

Ich unterbrach ihn, um Pine Nut Soda zu verteidigen und ein Stück weit auch Milk Stout. Es stimmte zwar, daß die Limodosen unmäßig viel Platz im Flieger einnahmen, aber an dem Produkt selbst konnte ich nichts Schlechtes finden. Sekopololo bot das Getränk zu einem astronomisch hohen Wechselkurs an, weil die Leute es zu besonderen Anlässen haben wollten, so wie anderswo Champagner. Und es war ja auch nur für besondere Anlässe gedacht. Der stolze Käufer konnte es im Solar-Kühlschrank auf der Krankenstation kalt stellen lassen; die Leute waren begeistert. Ich nahm an, daß es sich mit dem Milk Stout ähnlich verhielt, obwohl hier der Preis noch höher lag und es sich bei den Abnehmern zugegebenermaßen wohl überwiegend um Männer handelte. Gewiß, Milk Stout war, im Gegensatz zu Pine Nut Soda, ein alkoholisches Getränk. Aber ich wiederholte gebetsmühlenartig, wie sehr Sekopololo, gemessen an der Arbeitsleistung, die die Leute bereit waren für sie einzutauschen, von diesen Waren profitierte. Er verzog das Gesicht.

Er sagte: Ich will von dir keine Verteidigung dieser Produkte hören; ich möchte, indem ich dir davon erzähle, nur nicht mehr darüber nachgrübeln müssen. Im Ernst. Mehr will ich nicht. Ich brauche nicht das Gefühl, daß keine Fehler gemacht werden. Aber ich brauche das Gefühl, daß ich nicht das Tüpfelchen auf jedes i setzen muß, du weißt schon. Er wand sich. Ich möchte die Dinge an diesem Punkt so stehenlassen, glaube ich. Das wäre wohl das Beste. Und so eine Aussprache könnte mir dabei helfen. Im Grund möchte ich den Kopf für anderes frei haben.

Das, sagte ich, klingt wie ein weiser Entschluß. Ich fühlte mich geschmeichelt, sehr sogar.

Die Summaristin

Wir spazierten in der Abenddämmerung an den Krals vorbei und beobachteten die Fledermäuse, die jetzt überall hervorkamen. Denoon konnte lyrisch werden, wenn es um Fledermäuse ging, um ihren wunderbaren Dung, der aus den zahlreichen zylindrischen Fledermaushäuschen gesammelt wurde, die er überall an Bäumen hatte anbringen lassen, um ihre Funktion als Insektenvertilger und so weiter. Jedenfalls wimmelte es um diese Zeit von kurvenden, herabstoßenden und fiependen Fledermäusen, die den Koppie verließen und über die Ebene ausschwärmten, bis hinaus zu den Krals.

In der Nähe eines der Tauchtanks trafen wir auf drei Frauen, die ohne erkennbaren Grund Spaten mit sich herumtrugen. Dirang Motsidisi hatte der offensichtlich verstörten Mma Sithebe, unserer Summaristin, tröstend einen Arm um die Schulter gelegt.

Idol, die Küchenchefin und Dritte im Bunde, fungierte nach meinem Eindruck als eine Art Späherin. Ich mochte sie, obwohl die Atmosphäre, die sie in der Küche schuf, nichts für empfindsame Gemüter war, denn Idol konnte vulkanartig Beleidigungen und Spott auf ihre Umgebung niederprasseln lassen, paradoxerweise zur unendlichen Erheiterung ihrer Mitarbeiterinnen. Es ging zu wie im britischen Unterhaus, wenn die bissigen Zwischenrufe auf der Tagesordnung stehen. Und alle schossen zurück. Mehr als einmal hörte ich, wie jemand Idols Stimme mit dem Brüllen der Leoparden bei der Paarung verglich. Ich hatte mich, um guten Willen zu zeigen, als Küchenhilfe versucht, war dem Dauerpegel der Frotzelei jedoch nicht gewachsen gewesen. Aber es gab einen harten Kern, der genau das zu goutieren schien. Außerhalb der Küche war Idol ziemlich schweigsam, und sie ging sehr liebevoll mit ihrer kleinen Enkelin um.

Die Arbeit der Summaristin bestand darin, nach Vereinbarung bei bestimmten Arbeitsgruppen zu erscheinen und dort vorzulesen, entweder in den Pausen, oder, wenn es nicht zu laut zuging, auch während der Arbeit, aber nie sehr lange, nie aufdringlich. Sie las auf englisch oder Tswana - was immer die Leute verlangten. Sie hatte ein ziemlich breites Repertoire. Tsaus literarische Importgüter wurden praktisch in Heimarbeit hergestellt: Denoon hatte an der Universität in Gaborone Studenten dafür angeworben, gegen Bezahlung in ihrer Freizeit diverse Klassiker ins Tswana zu übersetzen. Es gab Austen, Kafka, ein wenig Dickens, ein wenig Thoreau, viel von einem Dichter, den er mehr schätzte als Yeats, einem Mann namens Edwin Muir, den ich bis dato nicht gekannt hatte und der tatsächlich phantastisch ist, ein wenig Blake, versteht sich. Er entschied sich überwiegend für kurze Texte, Auszüge. Die einzigen afrikanischen Autoren, von denen ich mit Sicherheit noch weiß, daß sie zu der Sammlung gehörten, waren Chinua Achebe, Wole Soyinka und Ayi Kwei Armah. Einer seiner Übersetzer hatte ein größeres Vorhaben, *Sturmhöhe*, leider mittendrin aufgegeben, gerade als die Zuhörer auf den Geschmack gekommen waren.

Die Idee zu einer Summaristin war Nelson durch die Begegnung mit einem der abgetakelten Radikalen gekommen, denen sein Vater von Zeit zu Zeit Unterschlupf gewährt hatte, in diesem

Fall einem anarchistischen Zigarrenroller aus Kuba, dessen Gewerkschaft arbeitslose Schauspieler eingestellt hatte, die den Arbeitern Caldéron und Kropotkin vorlasen, während sie Zigarren rollten. Die Chronologie des Ganzen habe ich nicht mehr so genau im Kopf. Aber Nelsons Vater war während einer seiner guten Phasen von irgendeiner Werbeagentur zur Belohnung für besondere Leistungen auf eine Vergnügungsreise nach Kuba - Kuba unter Batista, versteht sich - geschickt worden, oder vielleicht hatte er diese Reise auch gewonnen. Im Zuge eines Anfalls alkoholbedingter Bonhomie und üppiger Trinkgelder war er dort gut Freund mit einigen Kellnern geworden, die ihn mit einem Geschenkabonnement für ihre Gewerkschaftszeitung, die Solidaridad Gastronómica, bedachten. Nelson hatte die Enttäuschung seines Vaters noch lebhaft vor Augen, als der Postbote die offenbar letzte Ausgabe brachte - die Gewerkschaft war von Fidel Castro zerschlagen worden. Natürlich haßte Castro die Gewerkschaften, weil sie anarchosyndikalistisch waren, und nachdem sie sich gegen Batista wacker behauptet hatten, löste Castro sie auf, enteignete ihre Kreditgenossenschaften, schloß ihre kooperativen Restaurants und schuf auf diese Weise eine Diaspora - Versprengte, von denen sich einzelne gelegentlich auf der Denoonschen Türschwelle einfanden, um von Mrs. Denoon hinten und vorne bedient zu werden. Nelson nannte Fidel gern Fidel Catastro. Seinen Vater bezeichnete er als promiskuös links, einen nicht-differenzierenden Anhänger der Linken in dem Sinne, daß man, um von ihm akzeptiert zu werden, Linker beliebiger Couleur sein konnte, solange man zur Basis gehörte. Es war ihm gleichgültig, ob sich diese linke Gesinnung im Widerstreit zu der linken Variante oder Auslegung eines anderen Gastes befand, mit dem zusammen man bei ihm am Tisch saß. Das heißt, man konnte ein eingefleischter Sponti sein und dennoch gemeinsam mit einem stalinistischen Schauermann, dem historischen Erzfeind, zum Essen eingeladen werden. Einzige Bedingung war, daß man unverfälscht sein mußte, also kein korrupter Gewerkschaftsfunktionär, sprich Bürokrat, und auch kein Akademiker. Wenn ich es recht verstanden habe, konnte Nelsons Vater auch deshalb so wenig mit der Socialist Party anfangen, weil ihr angeblich nur Lehrerinnen und Apotheker angehörten.

Mma Sithebe hatte eine klare, gleichmäßige Stimme, sie konnte recht ordentlich vom Englischen ins Tswana und umgekehrt übersetzen, und sie war unterschiedlos freundlich zu allen. Ihr neunjähriger Sohn Sithebe war fleißig und ebenfalls sehr nett. Mma Sithebe hatte nichts Aufdringliches an sich. Selbst wenn sie beim Nachmittagstee oder bei ähnlichen gemeinsamen Mahlzeiten die aktuellen Nachrichten zusammenfaßte, hob sie fast entschuldigend an und faßte sich immer kurz. Sie war unsere Ausruferin. Nie hatte es auch nur die leiseste Andeutung gegeben, daß irgend jemand nicht mit ihr zufrieden wäre, selbst wenn sie die Aufgabe übernahm, durchs ganze Dorf zu laufen und zur Erinnerung Termine von Sitzungen oder Kursen auszurufen oder die Namen derjenigen zu verkünden, die es versäumt hatten, zu Impfungen in der Klinik zu erscheinen, oder die Schlußtermine für die vielen verschiedenen Wettbewerbe bekanntzugeben, die permanent liefen. Und nun, erfuhren wir, hatten drei Arbeitsgruppen gegen ihr weiteres Erscheinen votiert, mit der Begründung, sie würden sich lieber miteinander unterhalten, als Makhoa-Literatur aufgezwungen zu bekommen. Die drei Frauen hatten sich aufgemacht, um uns mit dieser Nachricht abzufangen. Mma Sithebe war aufgewühlt. Sie sagen, sie brauchen mich nicht, stieß sie hervor. Dirang meinte, dahinter stecke niemand anders als Dorcas Raboupi, zumindest soweit es die Wäscherei und die Baustoffwerkstätte beträfe. Idol hatte ein ähnliches Votum in der Zentralküche gerade noch abbiegen können.

Denoon gab eine verwirrende Vorstellung. Er versuchte, Mma Sithebe davon zu überzeugen, daß sich die Aufregung schon wieder legen würde, daß man von ihr nur Gutes zu hören bekäme. Er schien sagen zu wollen, daß diese Handlungen nicht gegen sie, sondern über sie gegen ihn gerichtet wären, aber er drückte sich so vage aus, daß selbst ich Schwierigkeiten hatte zu begreifen, worauf er hinaus wollte. Warum hatte ich nur den Eindruck, daß die drei Frauen in dieser Frage soviel militanter waren als er? In der Sache sei das letzte Wort noch nicht gesprochen, versicherte er wiederholt, und vielleicht würden es sich die Leute noch mal anders überlegen. Er werde sich etwas einfallen lassen. Es war eine schwache Leistung von Nelson, seine schwächste, und ich hatte das Gefühl, daß wir das alle so empfanden.

6.

EIGENTLICHE LIEBE

So tief kann man sinken

Nelson sah zunehmend schlecht aus, und dann versank er in Lethargie. Aber daß etwas grundsätzlich nicht stimmte, wurde mir erst richtig klar, als ich ihm ein-, zweimal sagte, er müsse nicht zu Tisch kommen, und er sich das Essen tatsächlich von mir ans Bett bringen ließ, wo er es, Kissen im Nacken, zu sich nahm. Ich glaubte, sein Zustand sei die Folge der Überanstrengung nach einem Tag Instandhaltungsarbeiten an der Landepiste, die in regelmäßigen Abständen angesetzt wurden, und zwar in Form einer Levée en masse, einer subbotnikartigen Veranstaltung. Und es war tatsächlich eine ansehnliche Schar erschienen. Aber er hatte - offenbar aufgrund früherer Erfahrungen - die ganze Arbeit an einem Tag erledigt haben wollen und sich dabei übernommen, er hatte bis spät abends geharkt und planiert, und zwar am Ende nur noch mit einer Handvoll getreuer Helfer.

Ich hatte ihm gerade seinen Suppenteller abgenommen und reichte ihm ein feuchtes Tuch, als er zu meiner Verblüffung sagte: Ich würde dich nie verlassen. Es kam wie aus heiterem Himmel, jedenfalls ohne einen für mich erkennbaren Zusammenhang. Als erfahrene Neurotikerin stürzte ich mich natürlich sofort darauf, daß ich würde gehört hatte und nicht könnte; legte das nicht einen fehlenden Nebensatz nahe, einen Phantomgliedsatz quasi, der das Ganze auf die Aussage reduzierte, daß er mich nie verlassen würde, wenn erst ein bis dato unerreichtes Plateau der Nähe erklommen wäre? Hätte könnte die Aussage nicht definitiver, gegenwartsbezogener gemacht? Ich war beunruhigt.

Ich war beunruhigt, denn ich glaube, wir beide versuchten, manifeste Liebe zu erreichen - das heißt Liebe als zu beiderseitiger Zufriedenheit etablierten Zustand, ohne daß einer von uns, er aus seinen, ich aus meinen Gründen, das schreckliche bourgeoise Ritual der Liebeserklärung auf sich nehmen mußte. Er war sensibel genug, um zu wissen, daß das letzte, was ich wollte, so ein schreckliches Ich liebe dich war, sotto voce geäußert und gefolgt von einem Schwall gieriger Küsse, der das mechanische Wesen dessen würde kaschieren sollen, was man meint damit zum Ausdruck bringen zu müssen. Ich konnte mir schon denken, daß er Grace irgendwann seine Liebe erklärt hatte. Aber solche Erklärungen gehen nicht nur den wenigen funktionierenden Ehen voraus, sondern zwangsläufig auch den unzähligen Farcen und Scheidungen. Dem britischen Fernsehen nach zu schließen, ist dieser Brauch dort oben inzwischen abgeschafft worden, außer in Sitcoms und unter der ländlichen Bevölkerung.

Er schloß die Augen und begann gleich darauf, sich zu winden, zu murmeln und zu schwitzen. Er verfiel in einen anderen Zustand. Seine Stirn war heiß. Er hatte einen Anfall. Bereits jetzt schien er kurz vorm Delir zu sein. Und was tat ich? Ich beugte mich über ihn und horchte tatsächlich eine Minute lang, ob ihm nicht vielleicht noch irgend etwas über Liebe entschlüpfte - oder irgend etwas anderes, das Licht darauf werfen könnte, wie ich sein Ich würde dich nie verlassen deuten sollte, irgend etwas, das mir offenbart hätte, ob die Aussage selbst integer war oder nur ein Vorbote des Sturms, der mir ins Haus stand. Würde er seine Bemerkung vielleicht wiederholen, aber mit könnte statt mit würde, um mir zu zeigen, daß ich mich verhört hatte? So tief kann man sinken.

Dann wurde mir angst und bange. Ich versuchte, ihn wachzukriegen. Ich schüttelte ihn, hatte aber gleich das Gefühl, damit nichts auszurichten. Ich glaube, ich zog ihn sogar an den Ohren, so außer mir war ich. Er schien sich berappeln zu wollen, doch das währte nur eine Minute, dann sackte er wieder ins Koma. Es war nicht vorgesehen, aber aus lauter Angst erklärte ich ihm, daß ich ihn liebte, ziemlich laut, mehrmals hintereinander. Nichts half. Ich rannte los, um die Krankenschwester zu holen.

Dineo war wundersamerweise schon zur Stelle und am Werk, als ich mit der Schwester im Schlepptau zurückkehrte. Bei meiner Suche nach ihr hatte ich wohl doch mehr Aufmerksamkeit erregt, als mir bewußt war - als ich auf der Station niemanden angetroffen hatte, muß ich ziemlich panisch durch die Gegend gelaufen sein und wahllos Leute angehalten haben, um mich nach ihrem Verbleib zu erkundigen. Das hatte sich bis zu Dineo herumgesprochen, und sie war sofort gekommen. Nelson schien es schon etwas besser zu gehen.

Die Krankenschwester war sehr gut. Ich versuchte, mich forsch und zupackend zu geben, kämpfte aber die ganze Zeit gegen heftige Schwindelgefühle an. Ich kam mir vollkommen inkompetent vor. Dabei beherrsche ich Erste Hilfe und weiß einiges über den Körper und seine Funktionen, aber das alles schien wie weggeblasen zu sein, offenbar weil der Patient in diesem Falle Nelson war. Neben den beiden Frauen fühlte ich mich wie ein Bauerntrampel. Dineo trug einen wunderschönen, mit Henkelkreuzen bedruckten Kaftan. Die Schwester war schlank und kräftig, aber eben nicht kräftig gebaut wie ich mit meinen breiten Schultern und so weiter. Ich bemühte mich, mir nicht anmerken zu lassen, welch heillose Angst ich hatte, daß Denoon uns entgleiten würde. Er war offenkundig schwer krank, vielleicht kränker, als sie behaupteten. Er war krank, ein Mensch, der nie krank gewesen war, seit ich ihn kannte - und ich hatte in letzter Zeit offenbar nichts Besseres zu tun gehabt, als alles zwischen uns wie eine Wahnsinnige zu analysieren.

Ich notierte mir die Anweisungen für die Pflege - wir hatten sogar die richtigen Medikamente im Haus -, und siehe da, meine Handschrift war die Handschrift einer anderen: meiner Mutter. Damit hatte ich einen weiteren Beweis dafür vor Augen, daß mein Schicksal besiegelt war, stoffwechselmäßig besiegelt. Das Zusammenleben mit Denoon hatte mich bereits dicker gemacht, als ich lange Zeit gewesen war. Und jetzt, urplötzlich, fand ich es unerträglich, diese beiden Frauen, gerade diese beiden, in unserem Haus zu haben, in unserer Privatsphäre, als - wenn auch ahnungslose - Zeuginnen eines noch nicht entschiedenen Krieges zwischen zwei verschiedenen ästhetischen Konzepten von Gemütlichkeit zum Beispiel. Ich wollte, daß sie gingen, und schrie förmlich Nein, als Dineo meinte, sie würde uns eine Pflegerin schicken.

Überreiztheit ist für mich wahrlich nichts Neues, aber diesmal erlebte ich eine Offenbarung. Mein Anfall gipfelte darin, daß ich den beiden hinterherlief, um sie einzuholen, ehe sie unseren Patio verlassen hatten, und ihnen unter Schluchzen zu erklären, daß ich Nelson liebte, daß sie das unbedingt wissen müßten und daß ich alles für ihn tun würde, alles.

Dann war es überstanden. Achtundvierzig Stunden lang wich ich nicht von Denoons Seite. Ich las ihm vor, pflegte ihn vorschriftsmäßig und schlüpfte mit unter seine Decke, um ihn zu halten, wenn er zu schlottern anfing. Seine Malaria hatte er sich in Tansania geholt, und solche Schübe kamen nur selten, höchstens einmal im Jahr, sagte er. Schon gegen Mitternacht war er wieder der luzide Alte, obwohl er noch ein paarmal überraschende Aperçus zum besten gab, die in keinem erkennbaren Zusammenhang mit den Vorgängen um ihn herum standen.

Alles war wieder gut. Ich bin fest davon überzeugt, daß ich Kraft aus irgendeiner neuen Quelle schöpfte. Ich wehrte drei ernstzunehmende Versuche von Frauen ab, für die Dauer von Nelsons Rekonvaleszenz mit Anhang bei uns einzuziehen, so wie es bei den Batswana Brauch ist: Je mehr Menschen das Bett des Kranken in der Zeit seiner Genesung umlagern, desto unwahrscheinlicher ist es, daß die Badimo ihm seine Seele entreißt. Aber es gelang mir, alle abzuwimmeln, ohne jemanden vor den Kopf zu stoßen, und ich dachte, wenn ich diese Situation meistern konnte, dann konnte ich alles auf der Welt meistern. Irgend jemand schleppte in aller Unschuld gekühlte Pine Nut Soda als Mitbringsel an. Nelson trank sie und meinte, sie würde herrlich schmecken. Ich hatte eine Neuigkeit für ihn, die ich aber noch zurückhalten mußte - Dineo wollte mir die Aufgabe überlassen, ihn über folgende neu eingeführte Regel zu informieren: Von nun an möge er nur noch auf besondere Einladung an Komiteesitzungen teilnehmen; dies gelte allerdings nicht für das Namenskomitee, bei dem er jederzeit herzlich willkommen sei. Er wurde also langsam in den Ruhestand versetzt, ob er es wollte oder nicht. Ich fand es höchst interessant, daß gerade ich zur Überbringerin dieser Nachricht auserkoren worden war, und fragte mich insgeheim sogar, ob es zu dieser politischen Wende überhaupt gekommen wäre, wenn es mich, das ideale Medium, um eine so heikle Botschaft zu übermitteln, nicht gegeben hätte - aber vielleicht überschätze ich hier meine Bedeutung. Doch als ich ihm die Neuigkeit schonend beibrachte, schien er sich gar nichts daraus zu machen. Er betrachtete mich liebevoll - ich spielte mal wieder die Krankenschwester in diesem Moment -, und sein Gesichtsausdruck änderte sich nicht, weder als er die Neuigkeit erfuhr, noch nachher, so daß ich ihm ohne weiteres glaubte, als er sagte, das bedeute ihm nichts.

Ich bedeutete ihm alles beziehungsweise wir beide bedeuteten alles, lautete die unausgesprochene Botschaft. Jeder Tag war ein milder Tag.

Bodenverlust

Kaum war er wiederhergestellt, hatte ich Zeit und Muße für eine Nesselsucht-Attacke. Ich fühlte mich scheußlich, nicht nur, weil mein Gesicht bei diesen Anfällen immer als erstes in Mitleidenschaft gezogen wird, sondern weil meine Mutter ebenfalls zu Ausschlägen neigt und ich also schon wieder mit einer unerbetenen Vorahnung konfrontiert wurde. Doch was dabei herauskam, war eine Erfahrung, wie man sie sicher nur in echten Liebesbeziehungen machen kann. Zunächst einmal schien Denoon meine Verfassung gar nicht weiter zur Kenntnis zu nehmen. Jedenfalls hatte sie eindeutig keinerlei Auswirkungen auf sein körperliches Interesse an mir. Als ich schließlich ganz beiläufig bemerkte, er wolle wohl überhaupt nicht darauf reagieren, daß meine Augen dank der Schwellung des umliegenden Gewebes praktisch verschwunden waren - ich übertrieb absichtlich -, genausowenig wie auf die Rötung bestimmter Stellen meines Körpers, die er als seine Lieblingszonen betrachtete, räumte er ein, daß ihm dies nicht entgangen sei, fügte aber gleich hinzu, er habe dem Schöpfer gedankt, daß ich zum Haut-Reaktionstyp gehörte. Es gibt drei verschiedene Reaktionsformen auf Streß - über die Organe, über die Muskeln oder über die Haut -, erklärte er mir und merkte nur allmählich an meiner hypergeduldigen Haltung, daß ich mit diesem Stück Populär-Psychosomatik bestens vertraut war. Aber er ließ sich nicht beirren. Die Glücklichsten sind die Haut-Reaktions-Typen, weil die Palette der Therapien, die für sie in Frage kommen, so breit ist. Demzufolge hatte er mit Erleichterung festgestellt, daß ich zur ersten Kategorie gehörte. Inter alia gab er mir zu verstehen, er wisse sehr wohl, daß er selbst oder vielmehr seine Malaria für meinen Streß verantwortlich war; ich hätte ja auch so unendlich viel für ihn getan. Er bedankte sich nochmals bei mir und sagte dann abschließend: Ich selbst gehöre eher zur Kategorie der Organ-Reaktionstypen. Allerdings, erwiderte ich. Das sollte anzüglich klingen, kam offenbar aber nicht so bei ihm an. Er war die Fürsorglichkeit in Person. Er nahm meine Hand. Die Kur für Nesselsucht ist die gleiche wie für Malaria, sagte er - Zeit.

Ich glaube, er war fast enttäuscht, als mein Ausschlag so rasch verschwand, wie er gekommen war. Er wollte sich für meine Krankenpflegedienste revanchieren. Komischerweise verschwanden die Quaddeln, nachdem er mir erklärt hatte, ich könne ihr Abklingen vielleicht dadurch beschleunigen, daß ich meine Willenskraft ganz bewußt auf ihr Verschwinden richtete: Ich solle mir meinen Körper als Ausschneidepuppe mit Flecken vorstellen und dann als Ausschneidepuppe ohne Flecken. Er machte sogar einige nicht ganz ernstgemeinte beschwörende Bewegungen über meinem Körper, während ich ihm den Gefallen tat, sein Gedankenexperiment auszuprobieren. Am nächsten Morgen mußte ich lachen, so deutlich sichtbar war die Besserung. Wir schienen alles bewältigen zu können, mühelos, mit einem Gefühl fast schlafwandlerischer Sicherheit. Selbst daß er bei den Komitees an Boden verloren hatte, machte ihm nicht zu schaffen, jedenfalls äußerlich nicht, obwohl sämtliche Tagesmeldungen aus der Zeit, in der er nicht ansprechbar gewesen war, rekapituliert und untermauert werden mußten, um auszuschließen, daß irgend etwas seinem Delirium entsprungen war. Ich glaube, er hielt seinen Ausschluß von den Sitzungen für eine solche Einbildung. Und doch machte es ihm, wie gesagt, anscheinend nicht zu schaffen. Bald würde es Wahlen geben und danach eine Vollversammlung, ein Plenum, wo erfahrungsgemäß immer alles geregelt wurde. Ich für mein Teil war gar nicht unglücklich bei dem Gedanken, daß die veränderten Umstände ihn vielleicht zwingen würden, eine Zukunft an einem weniger abgelegenen Ort ins Auge zu fassen, behielt diese Überlegungen allerdings streng für mich.

Ich kann nicht behaupten, daß ich bei ihm ernstlich ambivalente Gefühle wahrgenommen hätte, soweit es um das Thema Abschied von Tsau ging. Und wenn doch, so habe ich sie wohl immer als eigene Fehldeutungen abgetan. Als ich mich einmal lobend über Tsau äußerte - es ging um eine Sache, die ich damals höchst beeindruckend fand, aber leider vergessen habe -, verstieg er sich zu der Frage, wie man nur auf die Idee kommen könne, Tsau könne etwas anderes sein als phantastisch; schließlich sei es doch das Pyramidon, der Gipfelpunkt nach seinen ganzen früheren Mißerfolgen, wie er sich ausdrückte. Er betete all die mit jedem Projekt neu dazugewonnenen Einsichten herunter - man muß die Größenordnung in den Griff bekommen, sich auf einheimische Ressourcen konzentrieren, das ausländische Personal praktisch auf Null reduzieren, bei der Wahl des Standorts auf ausreichende Abgeschiedenheit achten, um verfrühte Interventionen unterbinden zu können, kollektive und individuelle Anreize austarieren, in der politischen Ökonomie nicht auf Männer, sondern auf Frauen bauen, frei nach seiner Erkennungsmelodie Jede Frau ist ein goldener Webstuhl. Ich hörte das alles nicht zum erstenmal, aber der lockere Ton war mir neu. Allerdings hängte er doch einen Nachsatz an: Wenn Tsau wirklich vollkommen wäre, dann ließe sich das am einfachsten daran feststellen, daß sein geistiger Vater es nicht über sich bringen könnte, von dort wegzugehen, aber gleich darauf folgte die Feststellung, nichts wäre vollkommen. Wenn in dieser Bemerkung etwas Ominöses lag, dann ist es mir entgangen. Ich faßte sie als Etude zu einer Abschiedsrede auf.

Entbindungen

Rückblickend weiß ich, daß es falsch von mir war, zweimal zu einer Entbindung zu gehen.

Eigentlich ging ich ja aus Neugier hin und um meine Kenntnisse als immerhin staatlich geprüfte Geburtshelferin aufzufrischen. Aber kaum hatte ich die Schwelle des Geburtshauses zum ersten Mal übertreten, als auch schon Klagen über Nelson auf mich einstürmten, bis ich mich fragte, ob das nicht der eigentliche Grund für die Einladung an mich gewesen war. Er müßte sich fernhalten, lautete die Hauptforderung. Offenbar geisterte er bei Entbindungen draußen um das Geburtshaus herum, als wäre das, was drinnen vor sich ging, seine höchstpersönliche Angelegenheit. Die meisten konnten sein Verhalten zwar begreifen, aber gut und gerne darauf verzichten. Dabei bedeutete es bereits eine Verbesserung gegenüber früher, als er unter anderem mehrere Versuche unternommen hatte, bei Geburten anwesend zu sein und werdende Väter dazu zu drängen, es ihm gleichzutun. Er mochte ja die besten Absichten verfolgen, aber es erstaunte mich, daß er gegen einen so fest verankerten Glauben der Tswana-Kultur anrennen konnte - wenn der männliche Blick auf das Haupt eines Neugeborenen fällt, so heißt es nämlich, dann kann sich die Fontanelle des Säuglings nicht schließen. Aber außer mir wußte niemand, wie unruhig er wurde, wenn eine Geburt anstand. Er hatte den Kopf voll von Horrorgeschichten über Mütter, die immer zu spät in die Klinik kamen, nachdem sich das Kind in der Gebärmutter gedreht hatte, so daß es enthauptet werden mußte, um die Mutter zu retten, über Kaiserschnitte mit tödlichem Ausgang dank miserabler Nachversorgung, Geschichten, die von einer Hebamme am Jubilee Hospital in Francistown stammten und ihm wohl in erster Linie erzählt worden waren, um ihn zu bewegen, sich von derlei grausigen Szenen fernzuhalten.

In Tsau gebaren die Frauen auf einem großen massiven Holzstuhl mit verstellbaren Fußstützen zum Anwinkeln der Knie. Der Stuhl war ein Stück Tischler- und Schnitzerkunst, und die Tatsache, daß alle Babys in Tsau von diesem Stuhl in die Welt gelangten, hatte für mich etwas sehr Bewegendes. Ich dachte immer wieder, daß Gegenstände genau auf solche Weise heilig wurden. Außerdem erlebte ich das - wenngleich flüchtige - Verlangen, irgendwann selbst einmal auf diesem Stuhl Platz zu nehmen, einfach um zu sehen, wie es sich anfühlte, besonders wie es sich anfühlte, wenn die Falltür im Sitz geöffnet wurde - aber dabei spielte sicher auch Selbstquälerei eine Rolle. Ich spürte, daß ich auf dem Stuhl sitzen wollte, und gleichzeitig, daß ich kein Recht dazu hatte. Der Stuhl stand auf einem U-förmigen Podest, das den Helferinnen erlaubte, auf den Knien unter der Gebärenden zu hocken und beim Kindsaustritt zu assistieren, mit oder ohne Hilfe einer hölzernen Rutsche, die eingehakt werden konnte, um das Kind aufzufangen, für den Fall, daß sie es nicht richtig zu fassen bekamen. Immer wurden Zuber voller Blumen in den Geburtsraum gebracht, damit - wenn ich es recht verstand - die Augen des Neugeborenen als erstes etwas Schönes erblickten. Ich erfuhr, daß manche werdenden Mütter ein bestimmtes Stück bedrucktes oder feingewebtes Tuch oder ein Bild mitbrachten, das sie besonders liebten, und daß dies dann dem Kind gezeigt wurde, noch bevor es die Blumen zu sehen bekam. Der Raum war sehr hygienisch, mit geriffelten roten Bodenfliesen, und glatten roten Kacheln bis auf halbe Höhe an den Wänden der Rundhütte. Hoch oben im Dach hing einer von Denoons bemerkenswerten Kurbelventilatoren, aber ich habe nie erlebt, daß er benutzt worden wäre. Alle Frauen waren bei den Entbindungen barfuß.

Ich weiß nicht, was ich an dieser Erfahrung so aufwühlend fand - jedenfalls nicht Schmerz und Gesudel der Geburt, die mir ja bereits vertraut waren und die in Tsau ohnehin viel weniger heftig schienen. Das Gebären in Hockstellung ging so umstandslos und für die Mütter offenbar soviel leichter vonstatten, daß ich mir im Grunde wie eine nutzlose Zuschauerin vorkam. Eine Stunde, maximal zwei - länger hatte keine der letzten Geburten gedauert, und selbst da gab es scherzhafte Spekulationen darüber, ob die Gebärende den Vorgang vielleicht hinausgezögert hätte, um etwas Dagga rauchen zu dürfen, was erlaubt war. Selbst der Krankenschwester, die Tsau angeblich so sehr haßte, wurde die Äußerung nachgesagt, sie wünschte sich, nach Tsau zurückkehren zu können, wenn es bei ihr einmal soweit war. Nach Durchtrennung der Nabelschnur gab es immer eine kurze Zeremonie, bei der jede Frau dem Neugeborenen die Hände auflegte und ihm versicherte, es wäre in eine freie Welt geboren, in der alle Versammelten ihm Mutter sein würden. Es war eine ganz schlichte Zeremonie. Dazu gehörte auch der Wunsch, die Kindsmutter möge niemals straucheln. Anschließend ging das Team geschlossen ins Badehaus, um sich zu reinigen. Und das wars. Beide Male fühlte ich mich hinterher deprimiert und aggressiv und labil.

Als ich nach der ersten Entbindung heimkam, brüllte ich Denoon an, der nichts Verwerflicheres getan hatte, als die beruhigende Nachricht hören zu wollen, daß das Kind normal und gesund war: Er sei zwanghaft, er solle aufhören, das Geburtshaus zu umschleichen, er solle sich nicht so anstellen, sondern sich lieber schon darauf einrichten, daß er eines Tages vielleicht mal weniger erfreuliche Nachrichten hören würde, das sei schließlich auch normal und so weiter. Nach der zweiten benahm ich mich nicht besser. Ich weiß nicht mehr, was diesmal der Auslöser war.

Da ich keinen Sinn darin sah, mich alle paar Wochen emotional aufzureiben, kündigte ich an, ich würde zu keiner Entbindung mehr gehen. Er reagierte mit Erleichterung, worauf ich meinerseits mit einer weiteren Welle von Animosität antwortete.

Die ganze Zeit über bewies Denoon Verständnis, Fürsorglichkeit. Er war liebevoll, egal was ich tat, selbst wenn ich darüber wütete, wie schwer mein Leben sei, wie benachteiligt ich mich fühle, obwohl ich aus Lefatshe la madi stammte, dem Land, aus dem das Geld kommt, wie sehr ich es haßte, ganz offensichtlich von Frauen bemitleidet zu werden, die doch soviel weniger als ich hatten.

Chez Raboupi

Nelson war der festen Überzeugung, daß Raboupi die Basarwa benutzte, um das zu decken, was er Privatjägerei nannte. Es stimmte, daß die Basarwa in letzter Zeit beachtliche Mengen Wild lieferten, besonders Wildebeest. Und das Gewehr war ausgeliehen worden, angeblich zur Verwendung bei den Löwenwachen. Nelson zweifelte nicht daran, daß unser Wildebeest von der nächstgelegenen Pfanne stammte und daß Raboupi und seine Männer an Ort und Stelle die Geschosse herausschnitten und Leber, Zunge und das Fett vom Herzen an die Basarwa abgaben. Er war davon überzeugt, weil Raboupi nachweislich bei der Arbeit gefehlt hatte, sowohl in der Gerberei als auch in der Baustoffwerkstätte. Nelson gab es ungern zu, aber Raboupi war ein Arbeitstier, und seine Abwesenheit hatte erkennbare Auswirkungen auf die Produktivität.

Eines Abends machten wir einen Spaziergang, als Nelson sich spontan entschloß, bei den Raboupis vorbeizuschauen, um ein Wörtchen mit Hector zu reden. Sie hatten offenbar Besuch, darunter auch die Batlodi, deren scharfe, laute Stimmen ich deutlich heraushören konnte. Die Abenddämmerung hatte gerade erst eingesetzt, es war also noch nicht so spät, daß wir uns hätten unhöflich vorkommen müssen, an einem Haus anzuklopfen, wo das Willkommenslicht nicht brannte. Er wollte sich bei Raboupi für irgend etwas bedanken, lautete die wenig glaubhafte Erklärung, die Nelson mir auftischte.

Wir klopften, aber zunächst kam keine Antwort. Dann hörten wir gedämpftes Reden und ein dreckiges Lachen, und Dorcas erschien barbusig an der Tür, ein Handtuch um den Hals geschlungen, dessen Enden jedoch zwischen ihre Brüste gesteckt waren, so daß nichts verborgen blieb. Dafür gab es keinerlei Rechtfertigung. Abends wurde es schon richtig kühl. Tswana-Frauen entblößen ihren Oberkörper im Freien, wenn es heiß ist, und vielleicht tun sie es en famille auch öfter, als ich mir vorstellte. Aber hinter ihr drängte sich ein gemischtes Völkchen an die Tür, um zu sehen, wie Denoon reagieren würde. Außerdem war Dorcas sehr verwestlicht. Es handelte sich also um einen gezielten Affront. Sie demonstrierte auf geschmacklose Weise ihre persönliche Version von Tswana-Derbheit und Verachtung.

Ich war empört, aber Nelson zeigte keinerlei Regung. Er verlangte Hector.

Geh und such ihn in der Baustoffwerkstätte, sagte sie.

Da komme ich gerade her, antwortete Nelson. Hector ist seit Dienstag nicht bei der Arbeit gewesen.

So? sagte sie und tat überrascht.

Sag ihm, ich sei dagewesen, um mich für einen Gefallen zu bedanken, den er mir getan hat, sagte Nelson, und dann verabschiedeten wir uns mit einem Giosame, was so viel heißt wie, Alles bestens.

Raboupi hatte Denoon tatsächlich kurz zuvor einen Gefallen getan.

Was ist das denn? hatte Denoon gefragt, als er zum erstenmal eine der Basarwa-Alten im Ort gesichtet hatte. Wie ein Wachposten stand sie vor der Sekopololo-Veranda, ein uralt aussehendes Weiblein, gehüllt in die übliche Mischung aus Lumpen und Fellen, auf dem Gesicht das Basarwa-Lächeln vollkommener Unschuld.

Ich sagte ihm, daß sie in letzter Zeit öfter, aber immer einzeln im Ort und auf der Plaza auftauchten und das gleiche machten, was sie am Kings Arms in Ghanzi machen - nämlich herumstehen, bis ihnen jemand etwas zu essen gibt - wenn ihnen aber innerhalb einer angemessenen Zeit niemand zu essen gibt, dann tanzen sie auf der Stelle und summen mit geschlossenen Augen vor sich hin. Das fördert in der Regel die Spendenbereitschaft. Sie können stundenlang tanzen.

Er bemühte sich, nicht zu ihr hinüberzusehen. Handel treiben ist eine Sache, sagte er. Das hier ist Betteln. Das darf nicht sein.

Ich fragte ihn, weshalb Betteln hier ein kommunales Problem sein sollte, nicht aber in Ghanzi, wo man es von offizieller Seite einfach übersah. Nein, es müsse etwas geschehen.

Als er mich dann fragte, wer in Tsau am besten Sesarwa sprach, sagte ich ihm die Wahrheit: Hector Raboupi, mit Abstand.

Und jetzt, nach der unschönen Begegnung mit Dorcas, erfuhr ich, daß Raboupi in der Tat mit ihm losgegangen war, um die Basarwa zu bitten, nicht zum Betteln nach Tsau zu kommen. Nelson nahm an, daß er sich verständlich gemacht hatte. Er war Raboupi ehrlich dankbar. Ich bekam nochmals zu hören, daß sich beim Plenum alles regeln würde.

Ein Angebot

Eines Morgens bei der Motivationsrunde kamen zwei Frauen auf mich zu und fragten mich mit gedämpfter Stimme, ob ich zu Dineo gehen und mich bereit erklären wolle, bei der nächsten Wahl zum Mutterkomitee zu kandidieren. Ich war sprachlos. Ich sagte ihnen, niemand hätte mich dazu aufgefordert, worauf sie entgegneten, sie würden mich in diesem Augenblick auffordern. Wir finden, du bist sehr angenehm, und du bist stark unter den Frauen, sagten sie. Ich gab ihnen zu verstehen, daß ich höchst überrascht und erfreut sei, eine solche Angelegenheit aber nicht so schnell entscheiden könne, vor allem, weil ich mich damit verpflichten würde, mindestens ein weiteres Jahr in Tsau zu bleiben. Und ich würde mit Nelson sprechen müssen.

Vermutlich habe ich das Angebot zur Unzeit aufs Tapet gebracht. Nelson hatte sich eine Phase körperlicher Schwerstarbeit verordnet: Er baute das Wegenetz auf der oberen Südseite des Koppie aus. Er kam abends spät nach Hause, wusch sich, aß und schlief dann wie ein Toter. Das, glaubte er, würde therapeutisch wirken. Er dachte, es könnte ähnlich funktionieren wie die russische Schlaftherapie, bei der man mittels Gehirnmanipulation in einen einwöchigen Schlaf versetzt wird - natürlich am Tropf - und beim Aufwachen feststellt, daß man seine Melancholie los ist. Einer von Nelsons Prüfsteinen für eine gesunde Gesellschaft war das Vorhandensein gewisser Vorkehrungen, die dem einzelnen gestatteten, sich Phasen intensiver Körperlichkeit zu gönnen, wenn ihm danach zumute war. In dem amerikanischen Aerobic-Wahn sah er einen traurigen Ersatz für diese Option auf Schwerarbeit und dazu die reinste Energieverschwendung, weil man in der Zeit, die man dafür aufwendete, ja nichts gesellschaftlich Nützliches hervorbrachte. Ich wußte, daß er erschöpft war, fühlte mich aber vom Mutterkomitee unter Entscheidungsdruck gesetzt, und darum brachte ich das Thema zur Sprache, obwohl er über seinem Mokka schon halb eingenickt war.

Er war überrascht, aber - wie ich herausfand - fest entschlossen, sich nicht dazu zu äußern, ob ich annehmen sollte. Er wollte weder das Angebot noch irgend etwas damit Zusammenhängendes diskutieren, nicht einmal so allgemeine Dinge wie die Frage, ob es vielleicht als Ausgleich dafür gedacht wäre, daß seine Teilnahme an den Sitzungen des Mutterkomitees auf gelegentliche Gastspiele reduziert worden war. Nein, dies bedeute eine Anerkennung meiner Person, mehr wolle er dazu nicht sagen, und es sei meine Sache, ich müsse das unbedingt für mich entscheiden. Ich fragte mich, welche Prinzipien oder auch Skrupel seine Haltung beeinflussen mochten, aber trotz aller gedanklichen Verrenkungen wollte mir partout nichts Plausibles einfallen. Ich bettelte. Wir müssen darüber sprechen, sagte ich, weil alles mit allem zusammenhängt.

Er ließ mich im dunkeln. War es seine Absicht, mich ganz allein eine Entscheidung treffen zu lassen, die auch seine Zukunft regeln würde, weil er sich angesichts der zur Wahl stehenden Handlungsmöglichkeiten entscheidungsunfähig fühlte, und wenn ja, sollte ich mich vernünftigerweise darauf einlassen? Launenhaftigkeit ist ein Zug, den ich auch bei Männern nicht leiden kann, aber das hier war keine Launenhaftigkeit, sondern etwas anderes, obwohl ich nicht hätte sagen können, daß es mir besser gefiel. Ich haßte die Vorstellung, für ihn die Ananke zu sein oder die Schafgarbenstengel, die ihm im Fallen das Los offenbaren würden, das anzunehmen er sich insgeheim geschworen hatte. Doch obwohl ich ihm sagte, hier zeichne sich meines Erachtens ein gewisser Hang zur Stasis ab, zitierte er nur immer wieder Zenos Pfeil im Herzen / Sink ich mit dem Jahr zu Grund – und zwar ohne jeden für mich erkennbaren Zusammenhang. Was sollte das bedeuten? Das Schicksal ist unser Los, lautete eine Betise von irgendeinem bedeutenden Politiker, die Nelson irgendwann aufgeschnappt hatte. Ja, die Großen und Mächtigen mußten sich hüten, jemals etwas Dummes von sich zu geben, wenn Denoon in der Nähe war, denn der merkte sich alles. Er beschränkte sich auf den Kommentar: Tu es, oder laß es bleiben. Ich rief mir in Erinnerung, was er einmal über die ideale Beziehung zwischen Mann und Frau gesagt hatte: Sie sei dadurch gekennzeichnet, daß beide abwechselnd Yin und Yang sein dürften, also die tatkräftige, die handelnde Person, wenn es ihn oder sie danach verlangte, und wenn nicht, dann eben das Gegenteil, weil dann ja die andere Person eine Zeitlang die Zügel in die Hand nehmen könne. Die Amerikanerinnen halten gar nichts von diesem Konzept, hatte er gesagt. Ich schon, ich finde es gut, war meine Devise gewesen. Aber weshalb durch meine kleine Liebäugelei mit dem Mutterkomitee bei ihm dieser plötzliche Anfall von Laissez-faire ausgelöst wurde, blieb mir ein Rätsel.

Ich ließ die Sache also erst einmal auf sich beruhen und befand, wenn er unentschieden sein konnte, dann konnte ich das auch sein. Es war reiner Trotz. Ich äußerte mich ganz unverbindlich gegenüber meinen Mittelsfrauen im Mutterkomitee, die mich fortan nicht mehr auf das Thema ansprachen, und allmählich schien die ganze Sache im Sande zu verlaufen. Als Nelson ein gewisses Interesse am Stand der Dinge zeigte, wimmelte ich ihn ab, indem ich sagte, niemand wäre auf die Angelegenheit zurückgekommen, was ja auch stimmte.

Das ist Intimität, sagte ich

Etwas ganz Neues war mein Gefühl, daß der Impuls zu wortlosem Ausspannen ebensosehr von ihm kam wie von mir. Kostproben dieser Art von Zusammensein hatten wir bereits während unserer Badesitzungen erlebt, aber mit der Nacktheit als Zutat und dem natürlichen Schlußstrich, den das Abkühlen des Wassers zog, war das doch etwas anderes gewesen. Jetzt konnten wir uns am späten Nachmittag oder am Abend einfach hinlegen, voll bekleidet und nicht notwendigerweise - oder genaugenommen nur selten - mit konkreten Lustgefühlen, ohne auch nur zu lesen oder uns gegenseitig an Dinge zu erinnern, die erledigt werden mußten. Er verzichtete darauf, immer Notizblock und Bleistift zur Hand zu haben. Unser Beieinanderliegen hatte nichts Instrumentelles. Ich spürte, und er bestätigte mir, daß es ihm lieber war, wenn ich - falls überhaupt - nichts allzu Vereinnahmendes las, weil ich mich sonst von ihm entfernte. Lyrik eignete sich am ehesten, weil es Lücken zwischen den Gedichten gab, in denen ich wieder da war. Ich konnte es nicht fassen. Das Ganze war unglaublich schmeichelhaft.

Ungefähr um diese Zeit löste sich die Frage wahrer Intimität - wie man sie definieren sollte, ob wir sie miteinander erlebten oder nicht - einfach in Wohlgefallen auf. Wenn wir so dalagen, konnte es vorkommen, daß Nelson sich herumdrehte und mir ein manisches Grinsen zeigte, das ihn wie die Fratze an einer Kirmesbude aussehen ließ. Damit wollte er mir Gelegenheit geben, ihn in bezug auf seine Zähne und sein Lächeln zu beruhigen. Das ist Intimität, sagte ich. Er hatte Hemmungen zu lächeln und tat es auch seltener als die meisten Menschen, weil er meinte, daß seine seitlichen Schneidezähne, die etwas schief standen, ausgesprochen unattraktiv wären und sich sein Gesicht irgendwie aufgedunsen, unnatürlich anfühlte, wenn er lächelte. Das ist Intimität, sagte ich, und alte Phantasien über flotte Dreier mit eineiigen Zwillingen aufzuwärmen ist Pseudo-Intimität, obwohl genau so was neunzig Prozent der männlichen Vorstellung von Intimität ausmacht.

Ein Großteil der Vorbereitungen für die Wahlen zum Mutterkomitee fand wohl während der Nachmittage statt, an denen wir diese neue, ausgedehnte Form von Siesta machten, denn wir konnten es kaum glauben, als die Wahlen plötzlich vorbei waren. Denoon verblüffte mich damit, daß er unbedingt in aller Herrgottsfrühe und Eiseskälte zur Plaza hinuntermarschieren mußte, um sich die Ergebnisse anzusehen, statt damit bis zum späten Vormittag zu warten. Und dann verblüffte er mich damit, daß er keine eindeutige Reaktion auf die Ergebnisse erkennen ließ. Es waren einige neue Frauen ins Komitee gewählt worden, doch abgesehen davon, daß Dorcas Raboupi zur stellvertretenden Vorsitzenden aufgerückt war, konnte ich keine drastischen Veränderungen entdecken. Vorsitz hatte nach wie vor Dineo.

Anzeichen dafür, daß Nelson weniger gleichmütig war, als er tat, wird es wohl gegeben haben, aber in meiner selbstzufriedenen Stimmung entgingen sie mir zum Großteil. Sie waren nicht mehr als ein Kräuseln des Wassers.

Es war tiefster Winter, doch dank der erstaunlich langen Erntesaison in der Kalahari bekamen wir immer noch frisches Gemüse aus den Folientunneln, wenn auch nur Winterendivien und abermals Winterendivien, die so zäh waren wie Jute. Trotzdem bestand Nelson darauf, sie ausschließlich als Salat zu essen. Er konnte ziemlich hartnäckig sein. Ich weiß nicht, wie oft ich sagte: Das Zeug gehört in die Suppe, kleingehackt, mit Zwiebeln. Aber nein, wir mußten es uns als Salat zu Gemüte führen, und warum? Weil man zu jeder Mahlzeit irgend etwas Lebendes beziehungsweise Rohes essen sollte. Dies war aber, wie ich herausfand, keineswegs eine Manifestation meiner ewigen Rede, daß der Verzehr von Blattgemüse und Salat in Tsau gefördert werden müßte - nein, er meinte etwas anderes. Erst in diesem Zusammenhang fiel mir ein, wie konsequent er es mit seiner Angewohnheit gehalten hatte, sich nach jedem Essen eine Kirschtomate zu pflücken oder einen Stengel Petersilie oder was sonst gerade in den Zubern vor unserer Tür sproß und nicht Bestandteil der letzten Mahlzeit gewesen war.

Ging es darum, vollkommen ausgewogen zu essen, um eine Art moralische Instanz, ein Vorbild für alle anderen in Tsau darzustellen? War es so etwas wie magisches Denken?

Das war es nicht. Nein, sagte er, ich finde nur, wir sollten irgend etwas Frisches essen - nicht unbedingt viel, aber zu jeder Mahlzeit etwas.

War es dann vielleicht eine Art magisches Denken in bezug auf die nicht gerade durchgängige Wertschätzung von Sprossen in Tsau? Nein. Und genausowenig war diese Angewohnheit auf irgendeine meiner Bemerkungen über Enzyme zurückzuführen, darüber, daß wir mehr Rohkost brauchten, je älter wir wurden, weil wir mit wachsendem Alter immer weniger Enzyme produzierten. Nein, er beschäftige sich schon länger mit diesem Thema, sagte er.

Er meinte, man müsse es wohl als Intuition bezeichnen. Es sei ihm irgendwie gekommen - als eine noetische Wahrnehmung oder etwas in der Art.

Dann ließe sich diese Immer-etwas-Frisches-Marotte wohl als Ergebnis von Offenbarungswissenschaft bezeichnen, sagte ich.

Selten habe ich jemanden dermaßen entzückt von einer Wendung gesehen - dermaßen, daß er offenbar sogar bereit war, Endivien nicht mehr nur als Salat zu dulden. Ein Teil durfte von nun an auch in die Suppe. So war das in dieser Zeit - als würden wir einfach über alles hinweggetragen und es gäbe immer ausreichend strömendes Wasser zwischen uns und den Felsen darunter.

Für mich sieht die Liebe so aus: Man befindet sich in einer Wohnung, mit der man durchaus zufrieden ist, aber dann tritt man durch eine Tür, schließt sie hinter sich und steht plötzlich in der nächsten Wohnung, die noch besser ist, noch größer, mehr Platz hat, einen schöneren Blick. Und dort ist man dann glücklich und zufrieden, bis man wieder die Tür hinter sich schließt und in die nächste Wohnung gelangt, die noch besser ist. Und so geht es weiter, aber mit der eigentümlichen Begleiterscheinung, daß man eines immer wieder vergißt, obwohl es einem nun schon des öfteren passiert ist: Die neue Behausung erweist sich jedesmal als eindeutig besser, und jedesmal ist dies eine atemberaubende Überraschung, etwas, das man sich nicht erarbeitet oder sonstwie verdient hat. Und man plant nie bewußt, von einem Raum in den nächsten vorzudringen - es geschieht einfach. Man bemerkt eine Tür, tritt hindurch, und wieder ist man hingerissen.

Dieses Gefühl des Fortschreitens zum Besseren, Größeren machte sich auch in unseren Unterhaltungen bemerkbar. Ich vermute allerdings, daß die durchaus gewichtigen Einzelheiten seiner Lebensgeschichte, die ich inzwischen gefahrlos thematisieren konnte, in gewisser Weise meinen Blick für die kleineren, aber unverändert kritischen und für uns beide problematischen Punkte verstellte. Und natürlich war jedes Thema, an das ich mich wagte, in Wirklichkeit ein Trojanisches Pferd, in dem sich die Frage verbarg: Was hast du als nächstes vor? und wann? und wo komme ich in diesen Plänen vor? Wahrscheinlich war das auch der Grund, weshalb ich ihn ohne weiteres an die ganz große Frage heranführen konnte, was ein Mensch am besten mit seinem Leben anfangen sollte. Er kam selbst immer wieder bereitwillig darauf zurück.

Als Junge und in der Zeit vor Gandhi hatte er nie daran gezweifelt, daß man nichts Besseres mit seinem Leben anfangen konnte, als Franco zu ermorden. Jedenfalls schien es ihm das Beste zu sein, was sein Vater mit dem letzten Rest seines Lebens hätte anfangen können. Aber rückblickend sei es doch besser gewesen, daß Franco eines natürlichen Todes gestorben war, und zwar erst dann, als die falangistische Bewegung sich praktisch in eine Sackgasse verrannt hatte, so daß Spanien, ungehindert von Vergeltungsanschlägen aus welcher Richtung auch immer, zur Normalität finden konnte. Die Leidenschaftlichkeit, mit der er sich dem Thema Ausweichen stellte, der Frage nach der Rechtfertigung des eigenen Lebens, erschien mir so ungewöhnlich für jemanden auf seiner Stufe der Leiter, daß ich jedesmal von neuem erstaunt war. Natürlich überstieg es meine Vorstellungskraft, wie jemand, der Tsau aufgebaut hatte, dieses Projekt nicht als die absolute Krönung, den Zenit seines beruflichen Lebens betrachten konnte. Aber er verweigerte sich einer allzu tiefschürfenden Diskussion über Tsau, weil es, wenn ich ihn recht verstand, zu früh wäre, um eine endgültige Bewertung auf der Ebene von Erfolg oder Mißerfolg vorzunehmen. Wir sprachen darüber, daß die Leibeigenschaft in Indien offenbar wieder zunahm. Er ließ sich zwar auf das Thema ein, meinte aber, um dieses Problem wirklich anzugehen, wäre wohl ein weiteres konkretes Projekt erforderlich, und Tsau sei sein letztes Projekt, Punkt.

Er zierte sich ein bißchen, als ich darauf hinwies, daß er sich in solchen Diskussionen gern als jemanden darstellte, der dem Ende seines Schaffens schon soviel näher stünde, als man das von einem Achtundvierzigjährigen erwarten sollte. Und was war mit Schreiben? Zum Schreiben könne er mir allerdings einiges sagen. Ohne persönliche Parteinahme zu schreiben - wenn ich politisches Schreiben im Sinn hätte -, sei zwecklos. Er habe etwas geschrieben, das er mir gerne zeigen würde, etwas, das er den richtigen Leute habe zukommen lassen, etwas, das rückblickend absolut richtig wäre.

Es sei ein Angriff auf die neue Linie des ANC gewesen, auf die Strategie der Machtteilung. Machtteilung bedeute im Endeffekt nichts anderes, als einen Zellentrakt zu befreien, während der Rest der Insassen in der Gewalt der Bourgeoisie oder der Weißen oder der Faschisten blieb, wie immer man sie nennen wolle. Die große Apotheose revolutionärer Machtteilung habe 1920 in Italien stattgefunden, als die Arbeiter die Fabriken im Norden erobert und lange genug gehalten hatten, um die Bourgeoisie dermaßen zu erschrecken, daß sie auf Mussolinis Kurs eingeschwenkt war. Es hatte keinen zweiten Akt für die Fabrikbesetzer gegeben, und es werde keinen zweiten Akt für den ANC geben, wenn er erst die Macht in den Townships hatte. Machtteilung im Kontext Südafrikas sei ein sicheres Rezept für dauerhafte Kaltstellung. Aber ich könne ja selbst sehen, wie erfolgreich seine Argumentation gewesen sei, da der ANC sich mehr denn je auf die Machtteilungsstrategie einschwor. Ich hatte zu wenig Erfahrung mit solchen Diskussionen, um zu wissen, worauf es ankam und worauf nicht, und so zog ich mich zurück, um mir Notizen zu machen, solange mir noch frisch im Gedächtnis war, was er gesagt hatte. Er brütete, als ich wiederkam, war aber bereit zum Weiterreden.

Er sagte, es gebe tatsächlich ein Schreibvorhaben, das bei erfolgreicher Ausführung als Lebenswerk betrachtet werden könne in dem Sinn, daß es die eigene Existenz rechtfertige: ein überzeugender Essay gegen die Gewalt, gegen die Beteiligung an offizieller Gewalt in jeglicher Hinsicht. Das rein gedankliche Skelett für einen solchen Essay habe er schon. Er würde knapp sein, er würde freigeistig sein. Der Text solle als Buch in dreißig Sprachen erscheinen. Auf Dünndruckpapier würde er etwa das Format eines Kartenspiels haben. Eine Stiftung könne den weltweiten Vertrieb übernehmen, in der Größenordnung vergleichbar dem für die Gideon-Bibeln, aber international. Das große Problem sei dabei natürlich, daß dieser Essay selbst ein genialer Wurf, eine Meisterleistung an Komprimiertheit und Inspiration sein müsse. Das sei so, als stelle man an sich selbst den Anspruch, nicht einfach nur ein Gedicht zu schreiben, sondern ein großes Gedicht. Er müsse so wesentlich sein wie Thoreau zu zivilem Ungehorsam oder Hume zur Kausalität. Der Punkt sei, sagte er, daß er diesen Essay schon in sich trage, im Geiste und im Empfinden, aber nun käme die eigentliche Crux: Es ginge um eine Haltung zur Gewalt, gegen die Gewalt, die jeden Rahmen sprengte, in dem er sie je zu fassen versucht hätte. Der Text erscheine ihm immer blaß und schwach im Vergleich zu dem, was er wisse und empfinde, und das sei der Beweis dafür, daß es ihm an Genie fehle, um seine Erkenntnisse in dieser Frage zu objektivieren. Doch mit einem solchen Text ließen sich die Wurzeln von Krieg, von Armeen und alledem kappen. Während er mir das alles erzählte, wurde er direkt ein bißchen rot.

Ich hatte Schwierigkeiten einzuschätzen, wie ernst es ihm mit dem Essay war, besonders, als ihm dann einfiel, daß es noch ein anderes Projekt gab, das als Legitimation seines Lebens dienen konnte, ganz gleich, wie alles andere, was er bisher geleistet hatte, letzten Endes bewertet würde: nämlich etwas gegen das Fluchtkapital zu unternehmen, gegen Geheimkonten, etwas Radikales zu unternehmen, um die Bankster daran zu hindern, die Wabenzi zu unterstützen, die Kleptokratie, und zwar durch die generelle Abschaffung des Bankgeheimnisses. Ich wußte nicht, wer die Wabenzi waren, aber so nennen die Kenianer die afrikanischen Beamten, die Mercedes fahren. Wenn man die afrikanische Entwicklung um einen unvorstellbaren Koeffizienten beschleunigen wollte, dann wäre die Reform des Bankgeheimnisses der entscheidende Punkt, auf den jeder ernsthafte Mensch alle seine Kräfte richten müsse. Natürlich wäre einiger Lobbyismus erforderlich, Klinkenputzen bei der UNO, die Gründung einer Organisation, dabei habe er sich geschworen, niemals wieder in einem Büro zu sitzen. Und damit hatte es sich offenbar. Wie ernst ich bei alledem genommen wurde, war keine Frage, die ich mir zu diesem Zeitpunkt stellte.

Die ganze Diskussion führte nirgendwohin. Rückblickend bedaure ich, daß ich mich so passiv verhalten habe. Aber ich wollte alles hören. Ich meine, ich hätte versucht, beim Thema Bankgeheimnis weiter nachzuhaken - das klang jedenfalls irgendwie real und konkret machbar -, aber ich ließ mich ablenken, als er aus heiterem Himmel fragte, ob ich es nicht interessant fände, daß es keine Entsprechung zu dem Begriff Hörner aufsetzen gäbe, der sich auf betrogene Frauen anwenden ließe. Lag es vielleicht daran, daß diese Situation so wenig ungewöhnlich war, daß man keinen besonderen Ausdruck für sie brauchte? Er wußte von keiner Sprache, in der es sich anders verhielt.

Ich verehre deinen Verstand, sagte ich.

Das Bild verändert sich

Es schien, als könnten wir mit allem fertig werden, sogar mit den für mein Gefühl ziemlich gewagten ersten Beschlüssen des neuen Mutterkomitees, das Plenum zu vertagen und Männer als Vollmitglieder bei Sekopololo zuzulassen. Männer konnten jetzt auch für Guthaben arbeiten und nicht nur für Pula, was ihre wirtschaftliche Situation verbesserte, aber nach wie vor nicht für irgendwelche Ämter kandidieren oder in Komitees tätig werden. Und natürlich war auch keine Rede von Veränderungen des Systems der rein weiblichen Erbfolge hinsichtlich Mobilien wie Immobilien. Um Nelson ein bißchen zu provozieren, verglich ich die Männer in Tsau mit den Juden im Mittelalter und den Indern auf Fiji, die auch keinen Grund und Boden besitzen durften. Aber das klang dann doch zu polemisch, und so beeilte ich mich hinzuzufügen, daß die botswanischen Männer - im Gegensatz zu den Juden oder Indern - es ihrem bisherigen Verhalten nach auch verdienten. Er biß nicht an. Das Mutterkomitee veränderte das Bild nicht unerheblich, fand ich, aber er blieb gelassen.

Das einzige, worüber er reden wollte, aber ganz gelassen, war die Vertagung des Plenums. Er vertrat den Standpunkt, daß es unbedingt ein Plenum geben mußte. Es sei üblich, mindestens einmal im Jahr eines abzuhalten. Er sagte mehrmals: Wir müssen davon ausgehen, daß sie es sich anders überlegen. Alle hatten diese Plena bisher gut gefunden. Es sei wichtig, von Zeit zu Zeit das gesamte Dorfkollektiv zusammenzubringen. Die Batswana liebten Kgotla-Versammlungen, demnach mußten sie das Plenum, das ja ganz ähnlich war, doch auch lieben. Ihm lag die Sache immerhin so sehr am Herzen, daß er sich über die Vertagung des Plenums ganz öffentlich enttäuscht gezeigt hatte - anscheinend in der Hoffnung, seine Äußerungen würden weitergeleitet.

Aber es schien ihm zu genügen, seine Ansicht noch ein paarmal auf der Plaza zu verbreiten. Und dann schnitt er das Thema Plenum überhaupt nicht mehr an; genau darauf hatte ich gewartet.

Also kam ich natürlich selbst noch einmal darauf zu sprechen. Ich hatte etwas dazu zu sagen, von dem ich glaubte, es würde die ganze Frage auf profundere Weise erledigen.

Ich fürchte, ich habe mich etwas unklar ausgedrückt.

Ich sagte: Etwas, das du anscheinend selbst nicht einschätzen kannst, ist die Komplexität der Gründe, weshalb die Leute im allgemeinen Dinge akzeptieren, die du ihnen als gute Ideen vorgibst. Versteh mich nicht falsch, aber in gewisser Weise könnte man dein Lebenswerk so beschreiben, daß du Leute dazu bringst, etwas zu tun, das du selbst als Fortschritt, als Verbesserung für sie ansiehst. Das liegt nur zum Teil daran, daß die Dinge, die du ausbrütest, an und für sich vernünftig sind. Es hat auch viel mit deiner irgendwie gütigen Ausstrahlung zu tun, die außerordentlich stark ist. Du erscheinst gut. Du erscheinst selbstlos. Sogar die Leute, die in der Regel nicht mit dir einig sind, erkennen das, obwohl es sie vielleicht noch mehr gegen dich aufbringt. Zudem siehst du auch noch aus wie das schiere Gegenteil von dem, der du bist, du siehst nämlich aus wie ein arbeitsloser Ringer, und das ist ein zusätzlicher Machtfaktor. Wer und wie du bist, vermittelt sich aus irgendwelchen unerfindlichen Gründen interkulturell. Vielleicht will ich damit nur sagen, daß das Plenum nicht unbedingt so wichtig ist, wie du glaubst, und daß es bestehen bleiben oder untergehen kann, daß aber du dich davor hüten solltest, deinen Einfluß hinsichtlich des Versuchs einer

Reinstallierung geltend zu machen. Mir wäre es lieber, wenn du dich von der Sache lösen könntest.

So rekonstruiere ich meine kleine Predigt. Gegen Ende wußte ich selbst nicht mehr so recht, was ich eigentlich auszudrücken versuchte, mal abgesehen von meiner sehr durchsichtigen Bewunderung für ihn, die schon an Hörigkeit grenzte.

Seine Reaktion beschränkte sich auf den Kommentar: Licht aus den Höhlen! den er bei Ungereimtheiten oder Phrasendrescherei immer parat hatte.

Ich verspürte den überwältigenden Drang, mich zu entschuldigen, konnte mich aber gerade noch bremsen.

Leidenschaftlicher Vortrag über die Einfriedungsbewegung

Als Nelson mir mehr oder weniger direkt sagte, daß er mich liebte, hätte ich darauf vielleicht doch stärker reagieren, es wirklich als den Fixpunkt empfinden sollen, den es darstellte, als das lang ersehnte erlösende Wort. Aber zum einen lebten wir, als hätte er es längst gesagt. Und zum anderen machte seine Angewohnheit, Erklärungen mit einem Zusatz wie Leib und Seele oder Stumpf und Stiel zu versehen, diese Äußerung in meinen Ohren zu etwas eher Fiktivem als Realem. Mitten in der Nacht war irgend etwas aus einem Regal gefallen, und als ich gefragt hatte, Was war das? sagte er, Die Schuppen, die mir von den Augen gefallen sind. Ich liebe dich.

Er begann, sich mit mir über Filme zu unterhalten – allerdings mit mehr Fleiß als Geist –, weil er fürchtete, er habe die Cinephile in mir beleidigt, indem er in der Vergangenheit Dinge gesagt hatte wie: Nur ein Schwachkopf könnte eine Kunstform für bedeutend halten, bei der die emotionale Reaktion durch Musikuntermalung vorgegeben wird. Er versuchte ernsthaft, sich an Filme zu erinnern, die ihm früher einmal gefallen hatten, wie *Traum ohne Ende* und *Fame is the Spur*. Leider war keiner darunter, den ich kannte. Er werde bessere Filme für Tsau beschaffen, nicht nur die allseits so beliebten Kung-Fu-Streifen; vielleicht könne ich ja eine Liste von Klassikern zusammenstellen, um die er sich dann bemühen werde. Ich weiß noch, daß ich zu ihm sagte: Erklär mir mal bitte, wie ich jemanden lieben soll, dem noch nie ein Film so gut gefallen hat, daß er ihn gerne ein zweites Mal gesehen hätte? Daß er darauf sogar noch stolz gewesen war, entsprang seiner generellen Abneigung gegen Wiederholungserlebnisse, die ihn auch vor der Aussicht auf eine Dozentur zurückschrecken ließ. Ich hatte schon länger versucht, diese Abneigung, für die er berühmt oder berüchtigt war, etwas mehr auszuloten.

Sinnliche Bestätigung wurde mir in dieser Zeit en masse zuteil. Es war kalt, und wir verzichteten weitgehend auf die Nutzung der Badeapparatur, aber nicht nur wegen der ungemütlichen Außentemperaturen, sondern auch, weil wir vernünftigerweise mit gutem Beispiel vorangehen, sprich unseren eigenen Wasserverbrauch drosseln wollten. Die Folge waren sporadische Duschbäder im Haus mit gegenseitigem Einseifen und Abspülen. Ich mußte ihn tatsächlich ermahnen, sich bei den andachtsvollen und hyperintimen Aspekten unserer Waschungen zurückzuhalten, falls er nicht bereit war, etwas großzügiger mit den Briketts für unser Heizfeuer zu sein, das ebenfalls auf ein Minimum reduziert war, weil wir auch in dieser Hinsicht ein unsichtbares kantianisches gutes Beispiel geben wollten. !Gum sagten wir schlotternd, während wir in unseren Anoraks über mehreren Lagen Pullovern herumtapsten. Er war sexuell sehr ansprechbar. Die Anzahl an Erektionen, die ich bemerkte, sei für jemanden seines Alters herausragend, erklärte ich ihm, wie immer bereit, meilenweit für ein Lächeln zu gehen. !Gum ist Sesarwa für Winter.

Eines rechnete ich ihm besonders hoch an: Als er sich einmal nicht von mir beim Abwasch helfen lassen wollte, beschloß ich, zu lesen, bis er fertig war, fand aber auf Anhieb nichts Lesbares, also jammerte ich pro forma ein bißchen herum, worauf er sagte, Wenn du willst, kannst du mein Fichier lesen. Das erstaunte mich in der Tat. Sein Fichier war eine überdimensionale Brieftasche aus Öltuch, die er neben seiner Nachttischlampe liegen hatte und in der er feinsäuberlich auf Karteikarten übertragene Exzerpte und Zitate hortete, die ihn im Kern berührten. Er hatte diese Unterlagen nie explizit zu seiner Privatsache erklärt – so wie ich etwa meine Tagebücher –, aber die fast zärtliche Art, mit der er diese Brieftasche berührte, wenn er darin etwas suchte, verriet mir, daß er ein sehr persönliches Verhältnis zu ihrem Inhalt hatte. Mein Visier ist hochgeklappt, hieß sein Angebot im Klartext. Ich war ein wenig nervös, denn ich fand, jetzt gierig in seinen Papieren herumzuwühlen, wäre unanständig, also überflog ich nur einiges und kann mich demzufolge an kaum etwas genau erinnern. Natürlich fanden sich hier seine Schlachtrösser à la Zenos Pfeil im Herzen oder Gesellschaft – ein Inferno von Erlösern, aber auch ein Zitat von Rousseau, das mir bedeutsam erschien und das er mich später für meine eigenen Unterlagen abschreiben ließ: Eine Form der Gemeinschaft ist zu finden, in der die gemeinsame Kraft Person und Eigentum jedes Teilhabers schützt und verteidigt und in der jeder, der sich mit der Gesamtheit verbindet, nur sich selbst gehorcht ... Es gab auch mehrere längere Passagen aus einem Buch über die Einfriedungsbewegung in England, und zwar über das eine Dorf, das sein Gemeindeland klugerweise nie hatte einfrieden lassen, eine noch heute existierende Ortschaft namens Laxton: Ich erinnere mich, daß es als stolzes, glückliches und blühendes Dorf beschrieben war. Diese Entdeckung führte zu einer Diskussion oder genauer gesagt einem leidenschaftlichen Vortrag Nelsons über die Einfriedungsbewegung. Er sei absolut gegen die Einfriedungsbewegung! Was haben wir denn da? mußte ich denken. Immerhin ist die Einfriedungsbewegung ja nun keine Sache, gegen die irgend jemand heute noch persönlich und dann auch noch vehement eintreten kann – dachte ich. Aber genau das tat er!

Und es wurde noch mehr für mich getan. Nelson stand abends häufiger als sonst am Herd, kochte Suppen oder Eintopfvariationen, und ich schwärme nun mal für Suppen. Unterhalte dich weiter mit mir, sagte er bisweilen, wenn ich meinte, wir hätten ein Thema erschöpfend behandelt, und mich aus seiner unmittelbaren Nähe entfernte, um irgend etwas anderes zu erledigen. Was könnte für eine Frau, die in der ständigen Furcht lebt, zuviel zu reden, beruhigender sein? Und außerdem zeigte er sich empfänglich für meine Versuche, seine Grundhaltung gegenüber Frauen zu hinterfragen, die ich ideologisch fand. Frauen sind nicht semisakrosankt.

Ich berichtete ihm, daß unsere Krankenschwester gegen das gelegentliche Wiederaufkeimen der traditionellen Abstillmethode bei Kindern von etwa zwei Jahren anzukämpfen hatte - es kam immer noch vor, daß die Frauen sich Schnupftabak auf die Brustwarze strichen oder den Kleinen erzählten, daß Würmer daraus hervorkriechen würden. War das etwa bewunderungswürdig? Ich empfand es durchaus als Fortschritt, wenn er Witze wie diesen riß: Beim Frühstück hatte er einmal aus Versehen mein Häufchen Tabletten eingenommen statt seines, also auch meine Enovid, und als ich am Abend die Verwechslung aufklärte, sagte er, Ach, deshalb war ich den ganzen Tag besonders empfänglich für die Bedürfnisse anderer. Es kam sogar zu einer Reihe absolut freiwilliger Nachtragsbeichten. So fand er beispielsweise seine Reaktion auf eine Frage von mir im nachhinein ausgesprochen gemein. Ich hatte so etwas Ähnliches gesagt wie: Kriegst du nie das Gefühl, daß du hier gerne mal für ein paar Tage verschwinden würdest, um auf die Pauke zu hauen, Steaks und Windbeutel zu essen, dich aufzutakeln und mit ein paar Frohnaturen tanzen zu gehen, die einfach gerne schwofen und Whiskey Sours trinken, in deinem Fall natürlich mir zuliebe nur einen als Aperitif und zum Essen ein Glas Wein? Er hatte nein gesagt, aber das nahm er jetzt zurück und erklärte, natürlich hätte auch er prinzipiell nichts gegen Steak und Kellner im Frack. Außerdem - das war die nächste Minibeichte - sei er sich ziemlich sicher, daß er mir einmal zu verstehen gegeben habe, er hätte *Middlemarch* gelesen, aber in Wirklichkeit hätte er es nur zu zwei Dritteln oder zur Hälfte gelesen.

Wie um den Eindruck einer Flut von schönen Momenten zu vervollkommnen, sahen wir an zwei aufeinanderfolgenden Abenden ungewöhnlich hell leuchtende Sternschnuppen. Alle Welt war sich einig, daß das auf große Veränderungen hindeutete.

Ein Sockel für irgend etwas

Die Frau, die am Fleischbaum arbeitete, war eine der unseren, sehr pro-Nelson und pro-Dineo. Sie tischte einem alle möglichen Neuigkeiten und Klatschgeschichten von ihren Kunden auf, und daher lohnte es sich, auf ein Schwätzchen stehenzubleiben, selbst wenn das Fleischangebot nicht unbedingt dem entsprach, was einem vorschwebte. Und als sie mir zu verstehen gab, Rra Puleng hätte erreicht, daß die Summaristin auch weiterhin wie gewohnt lesen und ausrufen würde, wurde mir wieder einmal deutlich, auf welchen Umwegen bestimmte Dinge in Tsau zustande kamen. Aha, dachte ich, dann operiert er also immer noch außerhalb der üblichen Kanäle. Interessant. Ich kaufte zwei Hasen, weil sie noch so viele hatte und es schon spät war. In diesen Tagen schien es ständig frischen Nachschub an Hasen aus dem Basarwa-Lager zu geben. Das war nur gut, denn mit unserer Kaninchenzucht stand es wieder mal nicht zum besten.

Dann wurde ich von mehreren Frauen umringt, darunter guten Freundinnen wie Mma Isang und Dirang Motsidisi. Was folgte, war seltsam und hinterließ bei mir den Gedanken: Das ist ein Sockel für irgend etwas. Wir wollten ein Stück Weg gemeinsam gehen, also wartete ich, während nach umständlichen Verhandlungen noch ein paar Hasenstücke die Besitzerin wechselten. Währenddessen kam eine Unterhaltung in Gang, die auf traditionelle Weise mit Fragen nach wichtigen Verwandten eingeleitet wurde. Ging es meiner Mutter gut? Sie war arm, ja? Ich hatte keinen Vater, ja? Das ließ mich wirklich stutzen, denn das Thema meines Pater absconditus hatte ich nur mit zwei Menschen erörtert - mit Denoon und Mma Isang. Und war es nicht auch so, daß mir kein Geld aus meiner Heimat geschickt wurde? Weitere Nachfragen klärten, daß ich bei der Rückkehr nach Lefatshe la madi wahrscheinlich niemanden finden würde, der mir meine Vogelstudien bezahlte, und daher niedere Arbeiten verrichten müßte, zum Beispiel Männern Getränke servieren. Ich war irritiert. Sie bekundeten schon Mitleid, ehe meine Sorgen überhaupt richtig eingestanden waren. Gleichzeitig kam es mir vor, als würden Mma Isang und Dirang mir mit heimlichen Blicken bedeuten, alle möglichen Kümmernisse und bösen Vorahnungen möglichst hochzuspielen. Das Ganze war eine Inszenierung, die abwechselnd auf englisch und auf Tswana gegeben wurde. Ich fühlte mich unbehaglich und wollte nach Hause, aber nicht nur, weil die Situation äußerst merkwürdig war, sondern auch, weil ich glaubte, den absolut unüberbietbaren Beitrag zu einem albernen Dichtwettbewerb gefunden zu haben, den Nelson und ich miteinander austrugen. Er hatte damit angefangen. Nur um mich zu ärgern, hatte er steif und fest behauptet, angesichts meines Alters und des Milieus, aus dem ich kam, müsse ich Bob-Dylan-Fan sein. Diese Unterstellung war das Ergebnis dunkler Anspielungen auf den Altersunterschied zwischen uns. Ich sei ein so junger Mensch, ich müßte doch einfach Fan des größten Barden meiner Altersgruppe sein, dieses Genies mit seinem hoch entwickelten Sinn für poetische Texte à la Lay Lady Lay, oder mit seiner näselnden, nörgelnden Frage, wann wir wohl damit rechnen könnten, daß Kanonenkugeln für immer abgeschafft würden. Denoon gefiel diese Idee so gut, daß aller Protest vergeblich war. Ich meine, ich hätte irgendwann die Zeile The pump don't work 'cause a vandal stole the handle als ziemlich gelungen verteidigt. Jedenfalls entstand daraus ein Pingpong-Wettbewerb um die beste Vervollständigung des Satzes The band can't play 'cause ..., also Die Band kann nicht spielen, denn Punkt Punkt Punkt. Wir hatten die einfachen Lösungen wie Denn ein Rabauke stahl die Pauke oder Denn ein Teutone stahl die Mikrophone schon durch und waren inzwischen auf dem Niveau von Juri Gagarin stahl das Tambourin oder Ein Berserker stahl den Verstärker angelangt. Und nun wollte ich Nelson mit folgendem Satz überfallen: Die Band kann nicht spielen, denn Vera Hruba Ralston stahl die Tuba für Halston. Weil er keine Ahnung von Filmen hatte, würde er mit Sicherheit behaupten, daß ich den Namen Vera Hruba Ralston erfunden hätte.

So umtriebig, wie Nelson in letzter Zeit war, fiel es mir nicht leicht, seine Aufmerksamkeit zu erringen. Als ich seinen Tatendrang einmal kommentierte, zitierte er mir eine Blake-Zeile aus einem Katalog zu dessen Gemäldeausstellung, die meiner Erinnerung nach lautete, Nach meinem langen Schlummer am Ufer des Ozeans stelle ich hier aufs neue meine Riesengestalten vor. Die Ausstellung war ein Flop gewesen, wenn ich mich recht entsinne, und Blake hatte sich wieder auf seine Kupferstiche verlegt.

Jedenfalls arbeitete Nelson in seiner freien Zeit neuerdings wieder an einer Vorrichtung von etwa der Größe eines Bierfasses, die ich einmal als Beleuchtungsapparat bezeichnet hatte, was ein Fehler gewesen war: Nein, es sei weit mehr als das, unendlich viel mehr, es sei etwas mit dem imaginär lateinischen Namen Luminon, Lucinant oder Noctiluminant. Die polyedrische Schale bestand aus bernsteingelben und spinatgrünen Glasplatten, die in Metallrahmen gehalten wurden. In der Mitte befand sich ein drehbares honigwabenförmiges Gebilde mit Spiegeln und besonderen Zellen, die eigentlich primitive Linsen waren und die Lichtstrahlen streuen würden. Ein Flügelkranz an der Spitze sollte die Energie selbst der leisesten Brise aufnehmen, um das innere Gebilde zu drehen, in dessen Mitte eine Lampe brannte, die mit zwei Litern Sonnenblumenöl vierundzwanzig Stunden lang betrieben werden konnte. Der Plan war, diese Vorrichtung in einen der Masten auf der Plaza zu ziehen, oder besser noch in einen Mast auf der Spitze des Koppie. Aber wahrscheinlich würde es auf die Plaza hinauslaufen, da die Ausschmückung des Koppiegipfels warten mußte, bis sich im Namenskomitee die Pattsituation hinsichtlich seiner endgültigen Benennung aufgelöst hätte. Denoon war ursprünglich dafür eingetreten, den Koppie Angelpunkt zu taufen, hatte sich aber belehren lassen müssen, daß es dafür keine Entsprechung im Tswana gab. Sein Vorschlag, ein Sekalanga-Wort zu nehmen, das die Bedeutung Angelpunkt am Rande mit abdeckte, war empört abgelehnt worden. Selbst in Tsau galten die Bakalanga als fremd, fremder noch als die Baherero. Als nächstes hatte er Tshiamo vorgeschlagen, Gerechtigkeit. Aber inzwischen gab es einen ehernen Konsens, das Koppie nach einer Person zu benennen, nach einer Frau, möglicherweise einer Frau aus den Gründungstagen Tsaus. Es war zu Fraktionierungen gekommen, und so standen die Dinge noch immer.

Ich ging gern hinunter in die Glaswerkstätte, um Briefe zu schreiben oder um zu lesen, während Denoon an seinem Ornament bastelte, Glas schliff, polierte oder durchbohrte und faßte. Das alles erforderte höchste Konzentration, weshalb ich nicht reden durfte, während er beschäftigt war, es sei denn, irgend etwas in seinem Gedankenfluß ließ ihn laut auflachen oder veranlaßte ihn, von sich aus etwas zu sagen. Dann konnte ich mich einschalten. Einmal mußte er lachen, weil ihm pötzlich aufging, was für ein komisches Wort idiotensicher war, mit welch bildhaften Assoziationen von Gegenständen oder Maschinen behaftet, die so konsequent aufs Wesentliche reduziert waren, daß nicht einmal der größte Trampel sie beschädigen oder falsch bedienen konnte. Zudem hatten wir !gum, und die Glaswerkstätte war ungewöhnlich warm, wegen der Öfen, die Nelson benutzte. Und es gab dort unendlich viel Tischfläche, wohingegen ich im Oktagon immer erst seine Siebensachen beiseite räumen mußte, wenn ich eigene Büroarbeiten erledigen wollte. Die Grasbedekkung des Gebäudes war relativ neu, vermutete ich, weil sie einen schwachen Zimt- oder Sherryduft verströmte. Es gab große Fenster mit Blick nach Osten auf die Krals und Maisfelder. Und ich konnte hinausschleichen, um meinen Baph zu besuchen.

Ich begriff, daß es sich bei dem Luminon um genau das Objekt handelte, von dem er früher einmal gesagt hatte, er habe die Arbeit daran abgebrochen, weil er zu dem Schluß gelangt sei, daß er niemals damit fertig werden würde. Ich konnte mir nicht verkneifen zu sagen: Auf die Gefahr hin, das zu sein, was dir am meisten zuwider ist, nämlich psychologistisch, bestätige mir doch wenigstens, daß wir beide dieses Objekt, an dem du arbeitest, als eine Form von Aufhebung betrachten oder als Prozeß, der damit vergleichbar ist, die Flaschenfestung, die dein Vater zertrümmert hat, wieder zusammenzufügen. Zunächst glaubte ich, er hätte mich nicht gehört, aber dann sagte er, Ich bin ja nicht vollkommen blind, oder? Na und? sagte er. Er wirkte ganz ruhig. Ich behielt den Gedanken für mich, daß sein Spielzeug, wenn es erst einmal hing, am ehesten Ähnlichkeit mit einer erleuchteten Makro-Ananas haben würde oder mit einer dieser Spiegelsplitter-Kugeln, die einen daran erinnern, daß man auf einem Abschlußball ist und nicht auf irgendeinem gewöhnlichen Tanzabend. Schon der Gedanke löste eine Flut alter Gefühle über das Tanzen in mir aus oder vielmehr über Tanzvermeidung. Wir hatten beide klargestellt, daß wir lebensgeschichtlich gesehen Nicht-Tänzer waren. Bei mir begründete sich diese Abneigung aus einem Argwohn besonders gegenüber dem Engtanzen, dem Engtanzen mit einem Partner, der nicht auch als Bettpartner in Frage kam. Tanzen ist für mich ein erotischer Akt. Er fand Tanzen unangenehm, weil ihm dabei heiß wurde oder besser gesagt heiß geworden war in jenen jungen Jahren, als die Fledermausflügel der Kirche noch ihren Schatten über ihn geworfen hatten. Auch dies war ein zwar bescheidenes, aber doch verbindendes Element.

Er stand mit dem Rücken zu mir, als er sagte: Wir könnten hierbleiben. Vielleicht befand er sich sogar komplett außerhalb meines Sichtfeldes; ich habe nur die Stimme in Erinnerung. Wir waren in der Glaswerkstätte. Möglich, daß ich mich zum Fenster gedreht hatte, um einen Blick auf meinen Esel zu erhaschen, was mir ab und an gelang, wenn er bis ans äußere Ende seines Krals wanderte. Ich weiß nur, daß ich wie angewurzelt stehenblieb und versuchte, noch einmal abzuspulen, was Nelson gesagt hatte, bloß um sicherzugehen, daß es nicht irgend etwas so Unschuldiges und konkret Ortsbezogenes gewesen war wie etwa der Vorschlag, wir könnten ein paar Stunden länger in der Glaswerkstätte bleiben, statt zum Abendessen ins Oktagon zurückzukehren, wenn ich Suppe und Scones aus der Großküche kommen ließ. Aber die Betonung paßte nicht dazu. Nein, es war wohl das, was es zu sein schien: die Schlüsselfrage. Mich fröstelte. Ich mußte irgendwie mit dem klarkommen, was ich empfand, ohne etwas zu sagen, das sich als fatal erweisen würde, etwas Verletzendes in bezug auf sein Lebenswerk, auf Tsau. Und weshalb war mir nur so kalt?

Mit bleiben, sagte ich, meinst du, für unbegrenzte Zeit in Tsau bleiben, und wir heißt wir beide.

Das war es, was er meinte.

Aber die Juden? war eigenartigerweise mein allererster Gedanke. Ich verspürte Panik. Mit Nelson in Tsau zu bleiben konnte ja wohl kaum als Isolationshaft bezeichnet werden, aber in Tsau gab es keine Juden. Und alle meine besten Freunde waren Juden. Und die einzigen männlichen Kollegen, von denen Nelson in meiner Gegenwart je mit einem Anflug von Wärme gesprochen hatte, waren Juden. Dazu kam noch die Gefühlsaufwallung beim Gedanken an meine Mutter. Ich würde sie nie sehen.

In diesem Moment kam Nelson zu mir, und wir umarmten uns.

Wie klug ist es eigentlich, dachte ich bei mir, jemanden zu lieben, der einem solche Prüfungen auferlegt? Denn für mich kam dies einer Prüfung gleich. Es entsprach nicht der bisherigen Entwicklung der Dinge.

Ich wählte eine Ausflucht. Aber welche Chancen hättest du, in Tsau zu bleiben, sagte ich, wo wir doch beide keine Staatsbürger sind?

Das sei kein Problem. In seinem Vertrag mit der Regierung gebe es eine Klausel, die festlege, daß er mitsamt all seinen Abhängigen die Staatsbürgerschaft annehmen könne – die doppelte Staatsbürgerschaft sei allerdings nicht möglich, stellte er sofort klar. Er glaube übrigens, daß die Regierung sehr angetan gewesen sei, als er diesen Passus vorgeschlagen habe. Auch dies war mir neu, und es bedeutete eine weitere Sprosse auf der Leiter von Prüfungen, die ich offenbar hochklettern mußte. Ich bemühe mich wirklich um Sachlichkeit, wenn ich jetzt rekonstruiere, was ich empfand, als ich diese Neuigkeiten erfuhr. Ich muß sagen, daß ich innerlich aufgewühlt war. Ich wollte wissen, wieso eigentlich immer alles auf eine Zerreißprobe, eine Prüfung hinauslaufen mußte. Prüfungen sind seit jeher meine Bête noire gewesen.

Ich fragte: Aber was ist mit deinem hiesigen Status? Die Satzung schreibt vor, daß Männer nur als Abhängige, als Verwandte in Tsau bleiben können. Das gleiche gilt für Sekopololo. Du kannst nicht einfach daherkommen und sagen koko, ich will Mitglied werden, und schwuppdiwupp bist du drin. Es gibt Regeln.

Es gäbe den Weg über dich, sagte er. Das hieße folgendes: Als von mir Abhängige könntest du Staatsbürgerin werden, und als von dir Abhängiger könnte ich hier leben und Sekopololo beitreten. Das ginge. Rein technisch gesehen erfüllst du sogar die Anforderungen für die offizielle Aufnahme in den Kreis der Begünstigten: Du hast kein Geld, keine Arbeit, ja, wenn man den Darlehnscharakter deiner Stipendien miteinbezieht, bist du sogar bettelarm. Und deine Mutter kann dir nicht helfen.

Es gelang mir, die Fassade einer neutralen bis verhalten positiven Haltung einigermaßen aufrechtzuerhalten, bis er ganz nebenbei bemerkte, er habe kürzlich seine sämtlichen Tantiemen unbefristet auf Sekopololo überschrieben. Auch darüber hatten wir nicht gesprochen. Er bezeichnete es als eine bloße Geste, aber mir erschien es wie ein Vorgriff. Ich fühlte mich verraten und hatte zugleich das Gefühl, Nelson zu verraten - durch meine Reaktionen, durch mein offensichtliches Herumreiten auf den problematischen Aspekten einer langfristigen Perspektive in seiner Schöpfung.

Ich kämpfte mich auf eine unverbindliche Ebene zurück. Jetzt sehe ich ihn wieder an seiner Werkbank, wie er ein Stück Glas ans Licht hält. In diesem Moment fand ich ihn wunderschön, so schön wie nie zuvor. Er ist ein ernsthafter Mann, sagte mir eine innere Stimme. Andere Männer sind das nicht. Und plötzlich fürchtete ich, daß dieser Augenblick unser Perihelium wäre, die größtmögliche oder die größte erreichbare Nähe, und daß alles, was danach kam, zwischen zwei Körpern stattfinden würde, die schon wieder auseinander trieben. Ich überlegte, ob in der Entwicklungsbahn einer jeden zu Ende gegangenen Paarsamkeit dieser Punkt, dieses Perihelium rückblickend auszumachen wäre. Und ich konnte die Vorstellung nicht ertragen, daß dieser Moment vielleicht das unsere war. Ich weiß nicht einmal, warum ich dachte, es könnte so sein. Meine Augen brannten. Ich mußte raus. Das ist alles rein hypothetisch, sagte ich, als würde ich eine nüchterne Feststellung treffen, und ich war bemüht, jeden flehenden Unterton aus meiner Stimme herauszuhalten. Aber ich wußte es besser.

Ich wanderte zum Kral hinüber. Das Komische an dem Fait accompli, das Nelson mir gerade unterjubelte, war die Tatsache, daß ich eigentlich die ganze Zeit hätte zusehen können, wie es sich Stück für Stück zusammenpuzzelte. Zum Beispiel hatte er in letzter Zeit wieder häufig seine alte These ins Spiel gebracht, daß alle Entwicklungsprojekte scheinbar immer gut genug für die Einheimischen wären, aber langfristig eben nicht für ihre Gründer und Sponsoren. Dazu kam sein Gemurmel über die rasche Überschußakkumulation in Tsau - die andererseits natürlich noch höher ausfallen könnte, wenn die Leute nur ein klein bißchen asketischer leben wollten -, die er der insgesamt trüben Entwicklung in Gesamtafrika gegenüberstellte. Und in der Frage meiner Doktorarbeit war Nelson radikal umgeschwenkt. Vorher hatte er den Standpunkt vertreten, ich sollte mich etwas Neuem zuwenden, jetzt meinte er, die ursprüngliche Arbeit wäre doch zu retten. Was bedeutete das? Zumindest wohl soviel: Wenn ich bei meiner Rumpf-Diss blieb, dann würde ich nicht nach Palo Alto zurückkehren müssen, um ein neues Thema auszuhandeln, neue Feldforschung zu betreiben, lange Zeit von ihm getrennt zu sein Punkt Punkt Punkt, wer weiß, vielleicht sogar, um ein Auge auf jemand anderen zu werfen. Und ich hatte in diesen Gesprächen bislang nichts weiter als ein schmeichelhaftes Interesse an meinem akademischen Zores gesehen.

Aber es war dann irrationalerweise der Friedhof mit allem Drum und Dran plus der Aussicht, schließlich selbst dort oben zu landen, was mir den kalten Schweiß auf die Stirn trieb. Ich wußte genau, wie Nelson reagieren würde, falls ich diesen Punkt zur Sprache brachte: Wenn dir hier ein bestimmter Brauch oder Usus nicht gefällt, kannst du ihn ja ändern oder es zumindest versuchen; du kannst deine eigenen Vorschläge einbringen. Das war angeblich der Hauptvorzug von Tsau. Und dann natürlich die Kultur. Tsau war Paris, verglichen mit achtundneunzig Prozent der Dörfer weltweit. Ich würde wieder zu hören bekommen, wie unerschütterlich er an das Dorf qua Dorf glaubte. Jedes Buch, jede Zeitschrift der Welt könne nach Tsau geschafft werden. Es gebe noch heute Dörfer in Österreich, die kulturell weniger aufgeschlossen und fortschrittlich seien als Tsau. Ich würde wieder zu hören bekommen, daß wir in Tsau alles hatten, was wir auf einem Kontinent, der so ausgebeutet und bedroht war wie Afrika, mit Fug und Recht verlangen konnten: ordentliches Essen und sauberes Wasser, Freizeit, anständige und vielseitige Arbeit, Selbstverwaltung, Diskussionsgruppen zu allem und jedem, medizinische Versorgung. Und er hatte ja nicht einmal unrecht.

Ich tat etwas Infantiles: Ich ließ mir den Wind in den offenen Mund blasen. Und dann, in derselben Stimmung und mit dem Gefühl, eine Tschechow-Figur zu sein, sagte ich zu Baph, Ich frage dich: Wer entwirft eigentlich dieses Leben für mich? Ich fand es schrecklich, ganz ohne Vorwarnung emotional so aufgewühlt zu werden, mich so hin- und herreißen lassen zu müssen. Handelte es sich um eine Art Frühruhestand, in den ich Nelson begleiten sollte? Wie konnte das angehen? Er war doch noch in den Vierzigern, wenn auch nicht mehr lange. Aber natürlich erreichen wir alle einmal diesen Punkt, die einen früher, die anderen später. War er denn schon so müde? Und wie hießen diese Verrückten, die sich im Namen der Reinheit mitten in der lybischen Wüste auf Pfeiler hockten und dem blendenden, manchmal blind machenden Licht aussetzten? Der Ausdruck Monachisten schoß mir durch den Kopf. Dann legte ich das Gesicht an Baphs Hals und hörte auf zu reden.

Was hat dich denn so durcheinandergebracht? fragte Nelson, als ich zurückkam. Nichts, vielleicht meine Mutter, sagte ich ausweichend, obwohl ich ihm in Wirklichkeit am liebsten entgegengeschleudert hätte, was für ein gigantisches Quidproquo er mir da zumutete, nach dem Motto: Wir können für immer zusammenbleiben, aber nur auf dem Kopf einer Stecknadel, in Tsau. Ich war die ewige Mischung aus guten und schlechten Nachrichten leid: Da gewinnt man eine Hochzeitsreise, aber nach Beirut, da gewinnt man ein Domizil für den Ruhestand, aber auf dem Gipfel des Kanchenjunga. Ich wäre am liebsten herumgestapft, hätte nach seinen Säcken mit seltenen Sänden getreten. Was ich jetzt um jeden Preis vermeiden mußte, war eine Erörterung der Meriten Tsaus vor dem Hintergrund seiner Position auf der deprimierenden Skala von Orten, an denen die Ärmsten weltweit zu leben gezwungen sind. Und ebensowenig durfte ich mich in eine Diskussion über Zukunft verwickeln lassen, in der ich auch nur leise andeuten könnte, sein Platz müsse vielleicht nicht für immer und ewig unter den Armen sein; genau dadurch definierte er sich ja schließlich, und das respektierte ich prinzipiell, auch wenn ich mir das Recht vorbehielt, nach Mitteln und Wegen zu suchen, wie er bei den Armen sein konnte, ohne unbedingt jahraus, jahrein Schulter an Schulter mit ihnen zu leben. Ich erlebte einen Anfall von rückschrittlichen Gefühlen oder genauer gesagt von Sehnsucht danach, gläubig zu sein, um glauben zu können, daß mein Leiden ansich – abgesehen von allem anderen, was ich eventuell unternehmen könnte – metaphysisch gesehen schon das Leid der Armen linderte. Aber für Religion habe ich sowieso nie eine Ader gehabt, und zudem war dieser vermeintliche Rettungsring, nach dem ich in der größten

Not vielleicht doch hätte greifen mögen, von Denoons immer mal wieder mächtig brausendem Strom entsprechender Aperçus und Verwünschungen längst fortgerissen worden. Er goß Öl in mein Feuer. Und seine jüngsten Ausführungen zur Religion, daß nämlich die Pfahlwurzel des Glaubens der perennierende, irrationale, individuelle Selbsthaß sei, hatten bei mir mit voller Wucht eingeschlagen. Religion mochte zwar ihren Ursprung in Donner und Blitz haben, im Staunen über die Sterne, hatte Nelson gesagt, aber wenn sie erst einmal etabliert war, kreiste sie nur noch um Selbsthaß - genau deshalb würden die Religionen über alle Kulturschranken hinweg immer solche Menschen überhöhen und verherrlichen, die sich ständig selbst verletzten oder anderen gestatteten, sie zu verletzen. Ich glaube, Aufhänger für diese Betrachtung war ein Papst gewesen, der vor gar nicht so langer Zeit eine fromme Badeschönheit gesegnet hatte, die auf allen vieren über die Alpen zu einer Audienz gekrochen war. Und es verbot sich auch, den Argumentationsweg einzuschlagen, daß Tsau, gemessen an afrikanischen Normen, im Grunde Mittelschicht war, woran sich die Frage angeschlossen hätte, ob seine fortgesetzte Präsenz damit gerechtfertigt würde, daß sie zur Erhaltung dieses Status quo erforderlich sei? die Präsenz eines Weißen? einschließlich seiner weißen Gefährtin?

Ich hielt mich für ungemein zurückhaltend in Anbetracht dessen, was ich wirklich empfand, bis Nelson sagte: So also hört sich Einhand-Klatschen an - eine ganz offensichtliche Konstatierung meiner lauwarmen Haltung zu der Aussicht, für immer in Tsau zu bleiben, die ich so gut kaschiert zu haben glaubte. Wie ernst die Angelegenheit für uns beide war, konnte ich an verschiedenen Signalen ablesen, wichtigen wie trivialen. Zu den trivialen gehörte ein plötzliches, ziemlich heftiges Jucken im Schritt, eine mir wohlbekannte Begleiterscheinung in Augenblicken böser Vorahnung. Auf der gleichen Ebene lag Denoons Verwendung des Amalgams Gottheiland in Verbindung mit irgendeinem Fluch. Er würde nie jemanden unter Druck setzen, weder mich noch sonst jemanden. Es täte ihm leid, wenn ich den gegenteiligen Eindruck gewonnen hätte. Er würde mich lieben. Ich solle mich nicht aufregen. Dann gestand er zum zweitenmal, daß er bereute, bei unserem Gespräch über *Middlemarch* so getan zu haben, als hätte er es zu Ende gelesen. Ehe ich ihn daran erinnern konnte, daß er das bereits gebeichtet hatte, ging er noch einen Schritt weiter: Er habe es überhaupt nie angefangen, sagte er, und kenne den groben Inhalt allein aus Diskussionen unter Frauen über das Buch, bei denen er dabeigewesen sei. Aber jetzt würde er es lesen, das schwor er. An dieser Stelle verschwimmt meine Erinnerung. Wir stiegen auf etwas anderes ein.

7.

UNFRIEDE

Im nachhinein betrachtet, wo war ich?

Im nachhinein betrachtet, wo war ich, als der Unfriede über Tsau kam, und was tat ich? Das frage ich mich immer wieder. Wie passiv war ich? Hätte ich mehr tun können, um die Zukunft abzuwenden? Ich denke schon. Ich finde keine andere Entschuldigung für meine Untätigkeit als meine innere Präokkupation mit dem Vorschlag, in Tsau zu bleiben, als meinen inneren Kampf mit dieser Perspektive, als mein Bemühen, mich ihr aufrichtig zu stellen, die echten und wahren Zusammenhänge auszumachen und ein solches Leben nicht immer wieder als bloßes Exil anzusehen.

Ich hatte meine eigenen Schlachten zu schlagen. Statistiken wie die, daß ein amerikanischer Collegeabsolvent in einer Stadt mit mindestens einer Million Einwohner leben mußte, um mit relativer Sicherheit fünf enge Freunde zu finden, überfielen mich hinterrücks und ließen sich nur mit dem Verweis darauf kontern, daß ich in Tsau jedenfalls einen idealen Freund hatte. Welche Stadt in Amerika konnte mir das bieten? Und etliche Male mußte ich Umwertungen abwehren: Vieles an Tsau, was ich bisher schön gefunden hatte, zum Beispiel der ozeanische Himmel oder die Quintessenz von Ruhe, die man auf dem Gipfel des Koppie finden konnte, erschien mir plötzlich unheilvoll und erschreckend. Oder ich mußte gegen die spontan auftretende Überzeugung ankämpfen, daß alles hier kaltblütig inszeniert und eine Prüfung wäre. Und dazu kam das ewige Ringen mit dem unlauteren Wunsch, mich von einer noch blinderen, einer sklavischen Liebe ergreifen zu lassen, deren Intensität alle äußeren Umstände belanglos machen würde.

Für kurze Augenblicke erschien mir alles wie eine Verschwörung gegen mich, die nur den einen Zweck hatte, eine Entscheidung zu erzwingen – zum Beispiel Denoons These zum charakterlichen Kollaps des Mannes in der westlichen Welt unter besonderer Berücksichtigung der US-Amerikaner: Im selben Maße, in dem die Frauen stärker würden und sich mehr abgrenzten, würden die Männer alberner, gewalttätiger und insgesamt kopfloser. Ich stimmte dieser Einschätzung voll und ganz zu. Ich war ein wandelnder Beitrag zu den Statistiken, auf denen sie fußte. Aber wozu darauf herumreiten, wenn nicht die Absicht dahinterstand, mir Panik zu machen vor den Alternativen, die mir blieben, wenn ich Nelson sitzenließ, den Mann mit dem klaren Blick, den einen unter Millionen, die große Ausnahme von diesem soziologischen Befund? Und weiter, war es wirklich nur Zufall, daß er Aperçus fallenließ über die moralische Prävalenz kleiner und machtloser Länder wie Botswana oder Irland? In den USA, und genauso in der anderen Supermacht, seien doch selbst die radikalsten Oppositionellen immer mitbeteiligt an dem Leid, das die CIA respektive ihr Gegenstück anderen routinemäßig zufügte, an all den heimlichen Kriegen und den Waffenverkäufen, die die Dritte Welt in den Wahnsinn trieben, an der Aussaat von Drachenzähnen bis ins letzte Glied. Ich hätte am liebsten gerufen: Irland, hurra! Aber dann fiel mir gerade noch rechtzeitig die Priestokratie ein.

Was ich jetzt eigentlich gebraucht hätte, aber hier nicht fand und auch in Zukunft nicht finden würde, war eine Freundin, mit der ich über Nelson sprechen, der ich mich anvertrauen konnte. Dem stand natürlich die politische Barriere meiner Identifizierung mit Nelson entgegen. Und die würde es immer geben. Ein weiteres Hindernis war der institutionalisierte Tswana-Wahn in bezug auf Geheimnisse. Geheimnisse waren ausschließlich für die Ohren der Familie bestimmt. Durch die Weitergabe eines Geheimnisses außerhalb der Familie gewann der Mitwisser gefährliche Macht über den Zuträger. Wenn ich die Batswana undurchsichtig nenne, dann aufgrund von Geschichten wie der von einer jungen Frau in der Nationalbank - gehobener Dienst -, deren Mann vier Jahre in England verbracht hatte, um seinen Doktor in Biologie zu machen; sie war immer fröhlich, und sie stand auch in dem Ruf, immer fröhlich zu sein und keine Affären zu haben. Aber natürlich wird sich jede Kultur irgendwann vor einer Person verneigen, die ihr heilig erscheint. In letzter Zeit hatte ich häufig den inneren Drang verspürt, mit meinem Esel zu reden, und was bedeutete das? Mir fielen gerade mal zwei Frauen in den Vereinigten Staaten und vielleicht noch eine in Schweden ein, denen ich einen Hilfe-es-geht-um-Leben-und-Tod-

Beicht-Anruf hätte zumuten können. Aber Telefone gab es hier nicht und würde es wohl auch nicht geben, bevor ich eine alte Frau war, wenn überhaupt. Sollte denn das Leben in Tsau für mich einen ewigen Grenzgang bedeuten zwischen den zwei Hauptgattungen, die ich niemals verstehen würde: den Bantu und den Männern? Das alles kam mir in den Sinn, als ich am Tiefpunkt angelangt war.

Ich versuchte es mit: Amerika hat mich gelehrt, meine Bedeutung im großen Ganzen zu überschätzen. Ich wehrte Bilderstürme von frischvermählten Film-Ehefrauen ab, die - mit äußerst bescheidenen Wohnungen konfrontiert - ihre Hände in die Hüften stemmten und sagten: Da läßt sich was draus machen, Bilderstürme, die bei mir surreale Phantasien darüber auslösten, wie ich Tsau nach meinem persönlichen Geschmack verändern und umgestalten würde. Es waren lange und komplizierte Phantasien. Um nicht ganz das Gleichgewicht zu verlieren, beschwor ich oft meine - wenngleich vage - Empfindung, daß Nelson sich genaugenommen eher spekulativ als abschließend geäußert hatte. Aber dann zog er mir wieder den Boden unter den Füßen weg, indem er laut über längst gestorbene Projekte nachdachte, die er wiederbeleben wollte - etwa die Propagierung von Sauerkraut und Krocket. Und die ganze Zeit über verhielt er sich mustergültig, ja, er verhätschelte mich geradezu.

Ich denke, ich muß gewußt haben, daß es eine Unebenheit im Webmuster gab. Ein- oder zweimal hatte ich den Eindruck, daß Dineo niedergeschlagen war - dem Anschein nach wegen privater Probleme. Vielleicht hätte ich etwas aufschnappen können, wenn ich nach der Jagd auf eine Felsenschlange, bei der ich mit von der Partie gewesen war, ein bißchen länger in der Kleiderkammer geblieben wäre. Aber mir stand der Sinn nicht nach Gesellschaft. Ich hatte es viel zu eilig, weiterzumachen mit dem, was ich ohnehin fast ausschließlich tat: Denoon zu beobachten und zu grübeln. Und meine Grübeleien aufzuzeichnen. Und zu lesen, was ich geschrieben hatte, wieder und wieder.

Die Nachtmänner

Eine Epitome dafür, wie zerrissen ich mich innerlich fühlte und wie vorbildlich Nelson sich mir gegenüber verhielt: Eines Nachts wachte ich gegen drei Uhr auf und weckte ihn, um ihm zu sagen, er dürfe mir bis auf weiteres keine Lyrik mehr als Bettlektüre vorlesen, weil das unfair sei. Es war unfair, weil Gedichtvorträge für mich wie Manna sind und er das ganz genau wußte. Während unserer ersten gemeinsamen Wochen hatten wir häufig aus dem ewigen Brunnen geschöpft, dann, nach einer Art Zäsur nur noch sporadisch, und nun las er mir jeden Abend Whitman vor. Es war wundervoll. Aber er erklärte sich sofort einverstanden. Alles, was ich in irgendeiner Weise, Gestalt oder Form als von seiner Seite manipulativ empfinden konnte, war tabu. Und doch überwältigten mich im gleichen Atemzug Schuldgefühle und ein Staunen darüber, daß ich einen Mann hatte, den ich ohne weiteres mitten in der Nacht mit einem bestimmten Anliegen wecken konnte und der mich bestätigte oder beruhigte, ohne je ein Wort des Protests zu äußern. Alle anderen Männer, mit denen ich eine Zeitlang das Bett geteilt hatte, waren zu Tieren geworden, wenn es um ihren geheiligten Schlaf ging, denn - wie hatte ich das je vergessen können? - sie mußten am nächsten Tag arbeiten, groß geschrieben, als müßte ich das nicht. Ich wälzte mich. In Nelson hatte ich jemanden gefunden, der mir nicht nur erklärte, daß mein Alptraum ein bloßer Traum gewesen war, worauf ich meistens auch von selber kam, sondern der sich alle Mühe gab, mit mir die verschlungenen Pfade der Deutung zu beschreiten. Wo konnte ich diese Qualität jemals wiederfinden, wenn ich ihn aufgab? Er schlief schon wieder, aber ich war so verzweifelt, daß ich ihn noch einmal weckte, um mich zu entschuldigen und alles zurückzunehmen, und selbst darauf ließ er sich ein. Ich sagte ihm, ich käme mir vor wie der letzte Dreck. Es nützte mir auch nichts, mich daran zu erinnern, daß in jeder mir bekannten Kultur die Männer besser schlafen als die Frauen. Am nächsten Morgen entschuldigte ich mich noch einmal und ließ mich, als Bonbon für ihn und als Strafe für mich, von ihm im Stehen nehmen, einer von mir eigentlich gar nicht geschätzten Stellung.

Ich ging zu einer Menarchenfeier für Golepe Setlhabi, ein zwölfjähriges Mädchen. Bislang hatte ich erst einmal an einem solchen Fest teilgenommen. Im Grunde war das in erster Linie eine Art Hauskonzert, und natürlich waren nur Frauen zugelassen. Diesmal gab es Kadi zu trinken - für mich eine Neuheit. Als ich an der Reihe war, sang ich By the Rivers of Babylon. Wir gaben Golepe ein Gemeinschaftsgeschenk, ein Schaffell. Sie war regelrecht überwältigt. Also war auch ich überwältigt. Die Idee zu dem Geschenk hatte ich gehabt. Aufrichtige Dankbarkeit bei jemandem zu erleben, dem man etwas Gutes getan oder gegeben hat, ist Balsam. Ich war in Hochstimmung - allerdings hatte ich auch Kadi getrunken. Wie mir schien, erlebte ich hier etwas unverfälscht Positives. In Amerika sind die Jugendlichen schon so abgestumpft, daß eine Reaktion wie die von Golepe undenkbar wäre. Warum sollte ich einen Ort wie Tsau verlassen? fragte ich mich. Was war nur mit mir los? Weshalb war ich nicht empfänglicher für die schlichten Freuden? War vielleicht auch ich abgestumpfter, als ich zugeben mochte, und konnte Tsau nicht meine Kur sein?

Ich war froh, als mein inneres Mäandern durch das Erscheinen der Summaristin unterbrochen wurde. Sie ermahnte alle, an der bevorstehenden großen Debatte über Gott teilzunehmen, um mit darüber entscheiden zu können, wem der Preis zugesprochen wurde. Ich hörte zum erstenmal von diesem Ereignis. Auf einmal kam mir Tsau einzigartig und unendlich facettenreich vor. Ich ging nach Hause und fragte Nelson, worum es sich bei dieser Veranstaltung handelte, die mich ausnahmsweise mit einer positiven Erwartung, fast mit Begeisterung erfüllte.

Jetzt ist mir klar, daß ich bei diesem Fest zum ersten Mal etwas über die Nachtmänner hatte munkeln hören. Aber damals beschäftigte mich das Thema nicht weiter. Einige Männer, Angehörige von Raboupis Entourage, aber nicht Hector selbst, schienen sich zu prostituieren, das heißt, sie verbrachten die Nacht bei jüngeren Frauen und ließen sich dafür Geschenke geben. Ich glaube, ich habe nachgefragt, ob sie Verhütungsmittel benutzten, denn für mein Empfinden lag dort das einzig ernsthafte soziale

Problem, und die Antwort lautete Ja. Eine der Anwesenden behauptete, die Batlodi hätten die Idee zu diesem Unternehmen gehabt, was ich aber gelinde gesagt bezweifelte. Bei der demographischen Zusammensetzung von Tsau war eine solche Entwicklung ohnehin nicht gerade überraschend. Das Ganze hatte mit Erinnerungsgeschenken rivalisierender Freundinnen an ihren Geliebten angefangen und war dann eskaliert. Ich glaube, die Unterhaltung brach ab, als die anderen merkten, daß ich ziemlich gut folgen konnte, obwohl sie in schnellem Tswana und sotto voce geführt wurde.

Wenn diese Information überhaupt etwas bei mir ausgelöst hat, dann höchstens das Gefühl, daß Tsau interessanter war, als ich zwischenzeitlich geglaubt hatte. Ich kann mich nicht entsinnen, irgend etwas Bestimmtes gedacht zu haben, und wäre auch nicht auf die Idee gekommen, daß es sich um eine Entwicklung handelte, in die ich oder jemand anders sinnvollerweise hätte eingreifen sollen. Ich erinnere mich nur an den hellen Glanz der Sterne, an meinen Optimismus.

Parlamente

Ich fragte also Denoon, worum es bei diesem Ereignis gehen sollte, von dem ich gehört hatte. Es hörte sich nach Debattierrunde an.

Nein, es sei anders. Synkretistisch. In regelmäßigen Abständen fanden informelle Massenversammlungen statt, bei denen er die Gesprächsleitung übernahm. Jede galt einem bestimmten größeren Thema. Dabei wurden gegensätzliche Standpunkte präsentiert, unter reger Beteiligung des Publikums, das sich mit Zwischenfragen und Kommentaren einschaltete, bis am Ende ein Preisträger gekürt wurde, und zwar auf die originelle Weise, daß die Zuhörer sich buchstäblich auf die Seite stellten, die sie am meisten überzeugt hatte. Ein anderes wesentliches Merkmal dieser Veranstaltungen war, daß die Zuschauer die gesamte Zeit über auf ihren Plätzen bleiben mußten, egal wie hitzig es zuging, bis ganz zum Schluß die Abstimmung mit den Füßen stattfand.

Das Sitzenbleiben war der Indaba-Tradition der Zulus entlehnt: Wer im Zorn auf die Füße springt, bereitet seinem Lager Schande. Nelson nannte diese Veranstaltungen beratende Volksversammlungen. Ich sagte ihm, der Begriff träfe die Sache nicht, wenn kein Richtspruch erginge - das war so ziemlich das einzige, was ich aus meinen rechtshistorischen Seminaren in Erinnerung behalten habe. Er war beeindruckt. Die Tswana bezeichneten solche Versammlungen entweder als Parlamente, das heißt mit dem Lehnwort für Zusammenkunft von Rednern, oder als Phutego, was öffentliches Treffen bedeutet. Es waren eher gemütliche und ausgedehnte Veranstaltungen; die Zuschauer brachten ihre Matten mit, auf denen sie zwischendurch ein Nickerchen halten konnten. Essen wurde seriatim von Sekopololo gestellt - damit möglichst viele bis zum Schluß blieben, wie Nelson schließlich zugab. Er sagte: Auf dieses Ereignis freuen sich alle immer sehr. An bisherigen Themen nannte er Herr und Knecht, Was ist Arbeit? und Wie sollten wir arbeiten? Du solltest mal die Zukunft der hiesigen San als Thema anregen, sagte ich, und zwar angesichts der wachsenden Ambivalenzen in ihrem Verhältnis zu Tsau. Sie waren mehr geworden. Sie kamen immer häufiger in die Krankenstation. Seine Antwort war ein Stöhnen. Offenbar hatte ich die Dimension der Fragen, die auf ein Parlamente gehörten, nicht begriffen.

Es erstaunte mich, daß ausgerechnet die Frage der Existenz Gottes zum Thema eines Parlamente gewählt worden war. Religion spielte in Tsau eine für botswanische Verhältnisse höchstens durchschnittliche Rolle. Soweit ich feststellen konnte, gab es keine Glaubensfanatiker, keine unkontrollierbaren Sektenrivalitäten, keine Ausbrüche von religiösem Wahn, dafür aber mehr gemäßigten Agnostizismus als irgendwo sonst im Land, vielleicht mit Ausnahme der größten Städte. Es gab drei oder vier informelle Bibellesezirkel. Die Sympathisanten der Botswana Social Front äußerten sich oft mit beißendem Spott über die wenigen frommen Christinnen, besonders übert die Zed CC-Frauen, dabei war die Logik, die hinter ihrer eigenen Position stand höchst eigenartig: Aus Gründen der Imagepflege bezeichneten sie sich als Traditionalisten, womit sie meinten, daß sie den kräuterkundlichen Teil des traditionellen Zauberglaubens akzeptierten, nicht aber dessen Kern, also den Glauben, daß die landläufigen Mißgeschicke, wie sie jeden treffen können, auf verletzte Gefühle oder bösen Willen der verstorbenen Ahnen zurückzuführen sind. Religion war an Tsaus Schulen kein Unterrichtsfach; statt dessen gab es einen haarsträubenden, natürlich von Denoon konzipierten Kurs in Religionsgeschichte, der sich hauptsächlich mit Massakern und Anathematisierungen beschäftigte. Tsau schien ohne entsprechende Intention und auf sehr sanfte Weise der Säkularisierung anheimzufallen. Populärwissenschaft war populär.

Alles war friedlich. Es gab keine medialen Praktiken. Es gab keine Prozessionen. Und allem übergeordnet war der diffuse Kult um die Erhabenheit der Frauen. Ihm huldigten alle. Selbst die Batlodi und Dorcas Raboupi und die anderen säuerlichen Kulturatavisten oder dialektischen Materialisten partizipierten entsprechend ihrer Lagerzugehörigkeit. Und auch über den einzigen Punkt, den ich für potentiell problematisch hielt - das Verbot religiöser Bauten -, gab es realiter keinerlei Beschwerden. Dieses Verbot war sogar irgendwie in die Charta gehievt worden. Jede Gemeinde konnte sich informell betätigen, durfte aber weder bezahlte Vollzeit-Pastoren oder andere geistliche Führer haben noch ein allein dem Gottesdienst geweihtes Bauwerk. Die Begründung hierfür leitete sich aus dem Gedanken ab, daß Kirchen Gutes wirkten, solange sie dies informell und in den Herzen ihrer Anhänger taten, daß sie jedoch aggressiv wurden und Uneinigkeit stifteten, sobald sie über Besitz und Ämter verfügten. Im selben Kontext stand übrigens das generelle Verbot von Häusern für Klubs und politische Gruppen. Ich war der Ansicht, daß die neu ankommenden Frauen in dem ganzen Wirbel ihrer wundersamen Errettung aus größtem Unglück, die Tsau repräsentierte, einer solchen Regelung sicherlich zustimmen würden, ohne weiter darüber nachzudenken, daß mit der Zeit jedoch die Ressentiments heftig zu brodeln beginnen müßten. Aber davon war nichts zu bemerken. Also erschien mir dieses spezielle Parlamente entweder überflüssig oder wie eine bewußte Aufforderung an schlafende Hunde, Laut zu geben.

Er sagte irgend etwas zu meiner offensichtlich unverhältnismäßig langen Meditation über dieses Thema.

Ich erklärte, warum ich so verwundert war.

Er wich aus. Er habe mit der Wahl des Themas sehr wenig zu tun gehabt. Es sei ein Vorschlag des Mutterkomitees. Allerdings halte er es für sehr sinnvoll, weil es allen Gelegenheit böte, zu erkennen, was in den Scharnieren der Schatten nistete, dort, wo sich die Schatten biegen, oder anders gesagt welche doktrinären Gespinste sich in den treibhausähnlichen Enklaven der verschiedenen Bibelzirkel ausformten. Zudem würde demnächst eine Gruppe älterer Jungen und Mädchen Tsau verlassen, um in Kang die höhere Schule zu besuchen, wo sie den Bibelschwingern von der Scripture Union ausgesetzt wären. Das Ganze ist wie eine Spülung, eine Durchspülung, die von Zeit zu Zeit nottut, sagte er. Freu dich doch einfach drauf.

Dräuende Ruhe

Eigentlich hatte ich keine Lust, dieses spezielle Parlamente mitzumachen - einmal, weil Nelson sich so unbekümmert und vage in bezug auf den strukturellen Ablauf der Veranstaltung äußerte: Ich bekam keine Antwort auf meine Fragen, ob es verschiedene Teams gab, wer wann reden würde, ob er einleitend oder überhaupt einen Vortrag halten würde. Es wurde zuviel spontane Selbstregulierung vorausgesetzt. Ich interessiere mich immer für die Regeln, denn es gibt immer Regeln. Leute, die das Gegenteil behaupten, wollen meistens nur ihre Kenntnis der Regeln verbergen, weil sie sich davon einen Vorteil versprechen. Und außerdem versuchte er offensichtlich, möglichst alle Bewohner von Tsau für dieses Parlamente zusammenzutrommeln, das jedenfalls schloß ich aus der Hyperaktivität der Summaristin und ihren unablässigen Ankündigungen. Man mußte fast schon befürchten, sie könnte hinter dem nächsten Baum hervorspringen, um einen erneut zu ermahnen, die Veranstaltung keinesfalls zu versäumen. Aber Denoon versicherte mir immer wieder, es sei ihm völlig gleichgültig, wie viele kommen würden. Er befand sich in einem Zustand, den ich insgeheim dräuende Ruhe nannte. Er betrachtete plötzlich alles sub specie aeternitatis.

Ich ließ es mir nicht nehmen, ihn darauf hinzuweisen, daß er zur gleichen Zeit, da er etwas vorbereitete, das auf einen Schuß vor den Bug übertriebener Religiosität hinauslief, hinter den Kulissen einen nebulösen Vormütter-Kult förderte, mit dem Friedhof als Herzstück. Ich hatte Verständnis für seine Absichten. Ich bewunderte ihn dafür, daß er so etwas versuchte. Er versuchte, auf die tiefste Schicht des Tswana-Bewußtseins einzuwirken, die von der Überzeugung geprägt ist, daß die Ahnen einen hassen, einen beobachten und daß sie empfindlich sind. Mittels kleiner Picknicks und Feierlichkeiten auf dem Friedhof versuchte er das Klischeebild zu propagieren, daß die fünf Charta-Mütter, die dort bestattet waren, unser aller Mütter waren und sehr mächtig und uns, den Lebenden, liebevoll zugetan. Auf diese Weise wollte er ganz langsam den Hauptquell einer Art untergründiger Paranoia der Tswana-Kultur austrocknen. Wenn man glaubt, daß die Toten einen hassen und daß alles Mißgeschick aus ihnen zugefügtem Unrecht erwächst, dann ist das in der Tat ein Phänomen, das *wir* Paranoia nennen würden, strukturelle Paranoia; da hatte er recht. Ich sagte ihm: Dein Vormütter-Kult ist eine Form von Mariolatrie, denn auf ganz ähnliche Weise benutzen die Katholiken Maria, um einen Kosmos weichzuzeichnen, der von einem strafenden Gott und seinem Kumpel Satan beherrscht wird. Das ist Religion, sagte ich. Er sagte, Nein, es ist Ideologie. Er war sehr unangenehm berührt. Ich verkniff mir den Satz: Die Ahnen für alles Mißgeschick und alles Leiden verantwortlich zu machen, das einem in einer lebensfeindlichen Region wie Botswana zwangsläufig widerfährt, ist wahrscheinlich dem Überleben förderlich, dem Überleben der Gruppe, weil dieser Glaube Wut und Argwohn größtenteils nach rückwärts richtet, also weg von den eigenen Zeitgenossen - mit Ausnahme der wenigen, die das Pech haben, als Hexen zu gelten.

Ich verstand, worum es ihm ging, aber Von allem, was existiert, liegt das eine in unserer Hand und das andere nicht ist eine unumstößliche Wahrheit. Man kann nur begrenzt prometheisch sein, bevor man nach einhelliger Meinung als Verrückter abgestempelt wird. Was war zu tun?

Wenn der Weiße Mann unter uns kommt, dann immer mit Lügen

Am Morgen des Tages, an dem das Parlamente stattfand, bekam ich buchstäblich umwerfende Kopfschmerzen. Es war nachgerade klassisch. Ich kriege gelegentlich Kopfschmerzen, aber weil ich auf keinen Fall das Stereotyp bedienen will, erwähne ich sie nicht weiter, so daß ich, wenn ich tatsächlich mal klage, glaubwürdig bin. Nelson war fürsorglich und sichtbar unglücklich, mich in meiner Not allein lassen zu müssen. Aber er ging. Ich bestand darauf. Ich lag da und war vollkommen zermürbt, bis ich etwa gegen drei Uhr nachmittags, als die Versammlung bereits gut zwei Stunden in Gang sein mußte, von der fixen Idee gepackt wurde, daß ich, wenn ich nicht hinging, etwas versäumen würde, das entscheidend für die Klärung der großen Frage war, ob ich mit Nelson in Tsau bleiben sollte. Ich schluckte vier Compral und machte mich auf den Weg, ohne verhindern zu können, daß mir das Pochen in meinen Schläfen den Rhythmus meiner Schritte diktierte.

Das Parlamente fand al fresco statt. Etwa hundert Zuhörer saßen dicht gedrängt im Halbkreis um die Veranda von Sekopololo. Über das gesamte Areal waren Juteplanen gespannt. Alles lagerte auf Matten. Denoon saß auf einer schmalen Matte mit dem Rücken zur Veranda, neben ihm Dineo und eine scharfzüngige Tante namens Mma Keridile, die die Aufsicht über die Gemeindeherde hatte. Es gab sogar Kopfpolster. Essen wurde herumgereicht, Bohnensalat und Scones, und dankenswerterweise auch heißer Tee. Es war etwas kühl. Die Leute hatten sich eingemummelt. Ich suchte mir einen Platz zum Anlehnen und fand ihn unter einer Dornakazie am Rande der Menge mit Blick auf das Wüstenpanorama. Die Sitzverteilung ließ kein bestimmtes Muster erkennen; allerdings sah ich eine Traube von Männern um Hector Raboupi hocken, direkt vor Denoon. Mir gefiel die Kombination aus Gelage und Disputation und auch das nahöstliche Gefühl, das die Matten und die Juteplanen vermittelten. Das Umbralicht war wohltuend. Wohltuend war es auch, wenn ich mir den Teebecher an die Stirn drückte.

Offenbar waren schon im voraus Erklärungen und Stellungnahmen zum allgemeinen Thema Gott und Glauben eingereicht worden. Sie standen auf Karten, die Denoon, Dineo oder Mma Keridile jedesmal neu mischten, bevor eine gezogen und vorgelesen wurde. Dann meldete sich der Urheber oder die Urheberin. Es folgten Kommentare aus dem Publikum, mal fundiert, mal in Form von Buhrufen. Die drei Gesprächsleiter übernahmen abwechselnd die Aufgabe, einzelnen Zuschauern, die sich gemeldet hatten, das Wort zu erteilen. Wer den Wunsch hatte, sich zu äußern, sollte dies durch Hochhalten eines Zweiges bekunden. Etwa die Hälfte der ZuhörerInnen hielt sich etwa die Hälfte der Zeit an diese Regelung. Die Gesprächsleitung war außerdem autorisiert, Beiträge zusammenzufassen, ihnen etwas anzufügen und festzulegen, wie lange einem bestimmten Aspekt nachgegangen werden sollte.

Bei der Zusammensetzung des Podiums hatte man offensichtlich Wert auf Ausgewogenheit der Standpunkte gelegt: Mma Keridile war in irgendeiner Form gläubig, wahrscheinlich ZedCC-Anhängerin, Dineo war neutral und Denoon der Dorfatheist. Wer von den dreien gerade die Gesprächsleitung innehatte, ließ sich daran erkennen, daß der oder die Betreffende einen Glasschlegel wie den von Mma Isang und ein Metallhämmerchen in der Hand hielt, um mit leichtem Schlagen den Redefluß interpunktieren zu können. Die älteren Kinder waren fast alle da und offenbar sehr am Geschehen interessiert. Einige Zuschauer kamen und gingen, aber es gab nicht viel Fluktuationen.

Ich traf ein, als Denoon der Versammlung gerade in Erinnerung rief, daß das Parlamente nicht dazu diente, eine einzige Idee oder einen bestimmten Glauben zu propagieren, um andere zu unterdrücken; vielmehr sollten hier die unterschiedlichen Ansichten beleuchtet werden. Wir würden jetzt eine Zeitlang auf englisch fortfahren. Ich war erleichtert. Allein die nötige Konzentration aufzubringen, um der Debatte auf tswana folgen zu können, hätte meinen dröhnenden Schädel vollends gesprengt.

Im Augenblick stand die Erklärung zur Diskussion, es sei nicht recht, daß in einem einzigen Dorf in ganz Botswana die Gottesgläubigen kein Gebäude errichten könnten, nämlich hier in Tsau. Da hatten wir es. Genau die Frage, von der mir immer wieder versichert worden war, sie wäre kein Streitpunkt, ja nicht einmal ein Thema, lag jetzt auf dem Tisch.

Nein, sagte irgend jemand, die Regel sei richtig, weil vor dem Kommen der Makhoa in der Religion der Menschen keine Kirchen erforderlich gewesen wären. Außerdem sei die Regel richtig, weil nicht einmal die BNP oder Boso Gebäude errichten dürften, was zum Besten aller diene, denn solche Gebäude seien nur Zeichen und Beweis der Spaltung innerhalb der Bevölkerung. Mma Isang bemerkte, wenn Tsau ein Dorf der Frauen sei, warum sollte dann hier eine Kirche errichtet werden, wo es doch in keinem noch so entlegenen Winkel Botswanas eine Kirche mit einer Frau als Priesterin oder Pastorin gäbe. Dies wiederholte sie in Form einer rhetorischen Frage an die Menge, indem sie dazu aufforderte, ihr eine Kirche zu nennen, bei der es sich anders verhielte. Das Ganze war ein minutiös geplantes Sperrfeuer, und es kam noch mehr. Die wackere Dirang Motsidisi wies darauf hin, daß schon in der Heiligen Schrift stände, wie ungezogen der Herr Jesus zu seiner eigenen Mutter Maria gewesen sei. Das ließe sich viele Male belegen, warum also sollten wir für dergleichen auch noch Kirchen errichten? Sie fuhr fort: Wir dürfen nicht vergessen, daß einst ganze Stämme von ihren Häuptlingen einer bestimmten Kirche unterstellt worden sind, wie die Bakgatla von Chief Lentswe der Ned-Geref-Kirche, deren Namen wir heute im Zusammenhang mit der Knechtung afrikanischer Völker hören können und die in Südafrika nicht müde wird zu behaupten, die Apartheid stände in der Bibel geschrieben. Und wo blieben die Sekundanten der Pro-Kirchen-Front? Es sah ganz nach einem vorzeitigen Rückzug aus. Ich zweifelte nicht daran, daß Nelson und Dirang die Sache orchestriert hatten. Das Ganze war fraglos inszeniert.

Nun meldete sich mein Freund King James zu Wort: Bis die Zeit gekommen ist, wo Gott für alle Kirchen dieselben Regeln macht, sollten keine Kirchen verschiedener Arten errichtet werden. Denn unter den Kirchen gibt es viel Streit, aber jede sagt von sich, sie wäre den Lippen Gottes am nächsten. Nelson strahlte bei diesen Worten und auch bei dem, was folgte: Es finden sich sogar Kirchen, die uns sagen, daß wir wie Geflügel oder Hunde sprechen und Unsinn plappern sollen, um zu zeigen, daß wir den Geist empfangen. Ich verstand das als Seitenhieb auf eine mir unbekannte Pfingstbewegung in Tsau.

Aber das war noch nicht das letzte Wort zu diesem Thema. Eine Gruppe, die sich selbst ostentativ als Freunde Gottes bezeichnete, vertrat in mehreren Beiträgen den Standpunkt, Gott habe absichtlich falschen Glauben gesät, um die Menschen zu zwingen herauszufinden, welcher der wahre wäre - womit sie implizit natürlich die Zionist Christian Church meinten. Einige der Freunde Gottes trugen eine Mini-Ausgabe des Neuen Testaments bei sich und hielten es anstelle von Zweigen hoch, wenn sie sich zu Wort meldeten.

Eine Mehrheit lachte höflich über diese Behauptung der Freunde Gottes, und aus dem Gelächter erhob sich die durchdringende Stimme des Ochsen, Dirang. Wir sollen überhaupt keine Eukalyptus-Stangen und Lehmziegel für irgendwelche Kirchen verschwenden, denn es gibt wirklich zuviel Streit, sagte sie. Wenn du in Kenya bist, sagt dir die Israel Church Nineveh, du sollst alle möglichen Worte des Unsinns sprechen, die dir Gott schickt, das wissen schon die kleinen Jungen in Tsau. Wenn du in Zimbabwe bist, kannst du die Anhänger von Maranke sagen hören, daß du dich zum Beten hinknien mußt, aber mit offenen Augen und mit den Händen hoch in der Luft und nicht gefaltet, und daß du dich nach Osten drehen mußt, von wo Christus wiederkehren wird, und daß du ein lautes Geräusch in der Nase machen mußt wie die Zulus, wenn sie Hexen aufspüren. Diese letzte Bemerkung löste ein grummelndes Raunen aus. Im Publikum saßen auch einige Zulus. Dann sagte sie: Auf Madagaskar gibt es eine Kirche von Erbrechern, die auskündet, daß wir Gott am besten durch Erbrechen verehren, also müssen wir das Erbrechen üben, weil sich in unserem Erbrochenen Sünden und Teufel finden, die unsere Augen nicht sehen, und also müssen wir unseren Moruti fragen, der alles sieht. Dann wiederholte sie, sie wolle keinen Glauben schlechtmachen, aber wenn die eine Kirche sage, daß ein Mann nur eine Frau nehmen dürfe, und die nächste, er könne viele haben, und jede Kirche ihre eigenen Häuser für Versammlungen und allerlei Machenschaften hätte, dann müsse doch jeder sehen, daß es bald Ärger geben werde. Ihr abschließendes Argument war ein Volltreffer: Sie erinnerte uns daran, daß es in Botswana viele Dörfer mit mehr Kirchen als Flöhen gebe und daß eben diese Dörfer von Diebstahl heimgesucht würden und von mehr Prostituierten, als man zählen könne.

Ich merkte, daß ich die Pro-Denoon-Leute als die Loyalisten betrachtete und alle anderen als Opposition, ganz gleich, ob ihre Argumentationen einem Ultratraditionalismus entsprangen oder einem Genremarxismus à la Boso oder einem reflexiven Zentrismus. Das ist interessant, dachte ich. Mir wurde bewußt, wie selbstverständlich ich Frauen - Schwestern - in Gewinner und Verlierer unterteilte, als ich insgeheim die Loyalisten und mich selbst mit ihnen zu Gewinnern erklärte, jedenfalls in dieser Runde.

Nun erklang eine Art Feengebimmel, und alle standen auf, um sich die Beine zu vertreten. Doch das akustische Signal der Gesprächsleitung besiegelte eigentlich nur ein Fait accompli, fand ich, denn Raboupis Männer hatten sich bereits erhoben, als Dineo noch dabei war, eine Homilie des Inhalts zu formulieren, daß Gott, wenn er denn unser Schöpfer war, von uns erwarten würde, daß wir uns rückhaltlos unseres Verstandes bedienten, auch dann, wenn es um unsere Sicht von Gott selbst ginge. Sie war wie immer ungewöhnlich und aufregend gekleidet, in einen violetten Kaftan, dessen ziemlich hohe Seitenschlitze für Bewegungsfreiheit sorgten, eine grob gestrickte weiße Jacke und einen schwarzen Turban mit verbreiterten Enden, die sie sich wie einen Schal um den Hals geschlungen hatte. Faszinierend. Denoons Kleidung war anzumerken, daß er sich alle Mühe gab, un-westlich auszusehen. Er trug wieder sein Stirnband, das eigentlich funktionslos geworden war, seit ich ihm die Haare regelmäßig kurz schnitt. Natürlich hatte er die Pascha-Hosen an, und über einem schwarzen Rollkragenpullover trug er ein kastenförmiges, schlichtes hellblaues Dashiki. Ich sah genauer hin. Auf der rechten Brust des Dashiki war ein großer Fleck, als hätte er sich bekleckert. Meine Reaktion war ebenso heftig wie bizarr: Ich schämte mich! Ich hatte ihn in schmutziger Kleidung zu einer gesellschaftlichen Veranstaltung gehen lassen. Ich hatte zwar mit einem Tuch über den Augen im Bett gelegen, als er sich auf den Weg machte, aber trotzdem. Und dann schämte ich mich gleich noch einmal - und zwar über das Ausmaß meiner Identifizierung mit Nelson. Ich hatte vor langer Zeit die archetypische Ausprägung mitleiderregender Identifizierung erlebt und mir sogleich geschworen, daraus zu lernen. Es war in einem überfüllten Coffee-Shop in einem Greyhound-Busbahnhof in Yreke in den Redwoods in Nordkalifornien gewesen. Ich saß mit einem jungen einheimischen Arbeiterpaar am Tisch. Beide hatten Omelette bestellt beziehungsweise ein miserabel zubereitetes Rührei, das wie Omelette aussah. Der Mann war wohl völlig ausgehungert, denn er schaffte es, einen Eierfladen von der Größe eines Topflappens um seine Gabel zu wickeln und sich den ganzen Batzen auf einmal in den Mund zu schaufeln. Ich muß ziemlich schokkiert geschaut haben. Seine Frau wurde jedenfalls knallrot, als sie mein Gesicht sah. Doch dann zwirbelte sie ihre Eiermasse trotzig und gekonnt in genau der gleichen Weise um die Gabel wie ihr Mann, offenbar weil sie mich glauben machen wollte, daß dies eben die für die Gegend typische Art wäre, Eierspeisen zu essen, und nicht eine nur ihm eigene Unmanierlichkeit. Sie hatte es instinktiv getan. Und nun saß ich hier, mit hochrotem Kopf und dem Drang, nach vorn zu gehen und den Leuten irgendwie den Blick auf Nelsons Hemd zu verstellen.

Ich blieb sitzen, denn wenn ich jetzt aufgestanden und herumgelaufen wäre, hätten sich meine Kopfschmerzen vielleicht verschärft zurückgemeldet, und das konnte ich nicht riskieren. Ein neues Horsd'œuvre war im Umlauf, und jemand brachte mir davon. Es war Räucherbrasse, in handlichen Happen auf Dornen gespießt. Das Zeug schmeckte gar nicht schlecht. Ich hatte gehört, daß Herero-Viehtreiber einen Umweg über Tsau machten und säckeweise geräucherte Brasse vom Ngami-See anschleppten. Wenn sich das zu einem regelmäßigen Lieferdienst entwickeln sollte, konnten wir froh sein. Tierisches Eiweiß war für mich mittlerweile zur regelrechten Obsession geworden. Ich sah, daß die Leute beherzter zugriffen, als ich es bei der Voreingenommenheit der Tswana gegen Fisch erwartet hätte.

Als es dann wieder weiterging, übernahm Mma Keridile die Gesprächsleitung. Nach kurzer Abstimmung wurde ins Tswana übergewechselt. Auch intensives Kauen schien meinem Kopf nicht zu bekommen, ich mußte meine Brassehäppchen also äußerst behutsam zerkleinern. Einen etwas diffusen Vorstoß der

Gläubigen bekam ich nur am Rande mit; auf die eine Frage, weshalb Kirchen doch benötigt würden, wurden vorbereitete Antworten präsentiert, Antworten wie, Um uns vor Übeltaten zu bewahren und, Um uns zu sagen, wo wir bleiben, wenn wir tot sind. Die Unterstützung war dürftig und, wie ich fand, schon fast am Versanden, als Denoon sich aufgerufen fühlte, einen Punkt anzusprechen, der bislang ausgespart worden war. Prometheisch verfocht er, natürlich auf Tswana, die These, daß es einen besseren Weg gebe, eine Religion zu betrachten, als durch die Glaubensartikel, aus denen sie sich zusammensetzte, nämlich indem man untersuchte, wieviel Wiederholung eine Religion von ihren treuesten Anhängern verlangte. Damit meinte er, wie viele Male pro Tag oder Woche ein bestimmter Text wiederholt oder ein Gottesdienst besucht werden mußte. Jede Kirche sei eine Instanz, die kontrolliere, ob der Einzelne diese Wiederholungen auch ausreichend oft praktiziere. Real existierende Kirchen seien Maschinen zum Erzwingen von Wiederholung. Wiederholung sei ja schon eine bewährte Methode, um ein Kind zum Schlafen zu bringen. Das alles war arg raffiniert argumentiert, aber es ging noch weiter: Jedes Kirchengebäude ist in Wirklichkeit dafür da, den Platz zur Verfügung zu stellen, wo man alles mögliche wiederholen kann, und das tut man auch brav, weil ja jede Kirche sagt, sie sei das Haus des Vaters, und jeder von uns hat gelernt, seinem Vater zu gehorchen. Sinn und Zweck der Wiederholung sei es, unseren Verstand einzuschläfern. Und es lohne sich durchaus, in Erinnerung zu behalten, daß der große Wettstreit zwischen den Kirchen nicht nur über Doktrinen geführt werde, sondern auch über Menge und Art der Wiederholungen, die den Gläubigen aufgezwungen werden könnten. Ich fühlte mit Denoon. Sein Beitrag war aufrichtig, gut gemeint, aber unverdaulich. Ich kannte das Motiv. Es ging tief bei ihm. Auch ich hatte schon gehört, wie Priester Geistliche Herren der Wiederholung genannt wurden. Wiederholung ist ein allgegenwärtiges Übel. Das amerikanische Fernsehen oder Falschsehen, wie Nelson es irritierenderweise unbedingt nennen mußte, basiert auf nichts anderem. Genre ist eine verdeckte Form von Wiederholung, und Genre überrennt die Literatur. Und so weiter.

Ich war offenbar nicht die einzige, die vor Denoons Beitrag

kein Bimmeln gehört hatte - das Signal dafür, daß einem Teilnehmer gestattet wurde, die offizielle Redezeit zu überschreiten. Jedenfalls kam jetzt ein erster Protestruf, und zwar von Leta, der schlimmsten Batlodi. Sie fuhr fort: Alles Lüge! Aber nun verstieß sie ihrerseits gegen die Regeln, indem sie direkt ins Englische überwechselte, ohne sich die notwendige Zustimmung zu holen, was entsprechende Kommentare hervorrief.

Warum redest du so lange und sagst, wir dürfen nichts glauben, während du diesen Leuten schon seit langem Glauben aufzwingst, schon bevor wir gekommen sind? fragte sie.

Einzelne Zuschauer riefen: Schande! aber sie ließ sich nicht beirren. Immer teilst du Glaubenssätze aus, aber du bist ein Lakhoa, und wir sagen, warum teilt er seine Glaubenssätze nicht an Makhoa aus statt an Batswana?

Ich staunte. Sie war zu jung, um sich derart dreist in den Vordergrund zu schieben, sie war nur vorübergehend in Tsau und mit einem gelinde gesagt zweifelhaften Ruf behaftet. Und dazu noch undankbar. Immerhin hatte Nelson die Batlodi aufgenommen und dadurch vor einer Gefängnisstrafe bewahrt.

Das alles war Tenor des kleinen Chors von Stimmen, der sich gegen sie erhob: Sie ist vorlaut. Sie ist eine Neue, die bald fort sein wird. Wo ist ihre Mutter, damit sie das sehen könnte?

Sie sagte: Seht ihr, denn wenn der Weiße Mann unter uns kommt, dann immer mit Lügen, wie wir es erlebt haben, als er mit dem Neuen Testament in Xhosa und Pedi kam, und da hieß es, es darf nur einen Mann und eine Frau geben, so steht es geschrieben. Aber nach einiger Zeit konnte er das Alte Testament nicht mehr verbergen mit seinen vielen Königen und ihren vielen Frauen. Und ihr müßt etwas tun, daß diese Frau zu schreiben aufhört, denn ich bin hier nicht zur Prüfung, ich spreche aus meinem Herzen. Sie zeigte auf mich. Es war wie eine Ohrfeige. Ich hatte mein Heft hervorgeholt und machte mir ein paar Notizen. Das hatte ich schon oft genug vor aller Augen getan, ohne daß jemand dagegen Einwände erhoben hätte, wobei die Leute vermutlich annahmen, es handle sich um irgendwelche vogelkundlichen Aufzeichnungen. Noch bevor sich jemand genötigt fühlen konnte, mich zu verteidigen, klappte ich mein Heft ostentativ zu.

Leta hatte ihren Beitrag beendet. Denoon schwieg, als sei man ihm über den Mund gefahren. Seine Miene war besorgt.

Ich ahnte, daß ein konzertierter Angriff bevorstand. Dorcas Raboupi schien zwischen mehreren Gruppen hin- und herzuschleichen. Als ich begriff, daß jetzt zur Schlacht gerufen wurde, waren meine Kopfschmerzen mit einemmal auf wundersame Weise restlos verschwunden.

Das Folgende ist lückenhafter, als es sein sollte, weil ich daran gehindert war, mir in situ Notizen zu machen, und es eine gute Weile dauerte, bis ich dazu kam, die Ereignisse zu rekonstruieren. Und außerdem nahm der Lauf der Dinge eine wahnwitzige Wendung.

Zuerst kam verzweifeltes, aber wirkungsloses Gebimmel. In gewisser Weise empfand ich es als Totengeläut für etwas Verlorenes. Noch nie hatte ich in Tsau ein so unhöfliches Benehmen miterlebt wie eben das von Leta. Ich war voller glasklarer Energie. Ich wollte kämpfen. Nicht, daß ich ein besonderes Recht dazu gehabt hätte, nicht, daß es in Anbetracht meiner Position, das heißt meiner Verbindung mit Nelson und vermutlich auch meiner Rassenzugehörigkeit, etwas anderes als kontraproduktiv gewesen wäre, aber ich wollte trotzdem kämpfen. Ich war vollkommen elektrisiert. Und mein Kopf war frei.

Was sich da angebahnt hatte, war ein Potpourri pseudo-spontaner Beschwerden, die vorgeblich durch Letas Attacke ausgelöst worden waren. Nichts hatte auch nur im entferntesten mit dem Thema des Parlamente zu tun. Der Versuch bestand darin, die Kirchenbau-Frage als Deckmantel zu benutzen, unter dem nicht verwandte Anliegen Platz fanden. Sagt doch, wie er uns an die Unterkleider gegangen ist, war eine scherzhafte Anspielung auf Denoon und den Büstenhalter-Streit, die ich aufschnappte. Ich vermute, es war als Witz gemeint und nicht als Teil des aufköchelnden Protest-Potpourris, aber eine der Batlodi bekam die Bemerkung ebenfalls mit und verbreitete sie frech und lauthals, obwohl dieses Thema schon lange vor ihrer Ankunft in Tsau abgehakt worden war und alle das wußten. Es gab vier oder fünf im Publikum verteilte Oppositionsherde, von denen sich der rührigste im Umfeld von Hector und Dorcas befand. Alles, was jetzt kam, war auf die eine oder andere Art gegen Nelson gerichtet, aber der Protest wurde stets an Dineo adressiert, und Nelson wurde nur in der dritten Person genannt, was an sich schon ein beleidigendes Vorgehen war.

Er hat uns von einem Rad essen lassen, sagte jemand. Das war mir nicht neu. Irgendwann früher hatte Nelson versucht, drehbare Tabletts in die häusliche Eßkultur einzuführen, um damit auf dezente Weise einen gleichberechtigteren Zugang zu den Speisen, insbesondere den eiweißreichen, zu fördern. Nelson kannte die statistischen Daten hinsichtlich der Bevorzugung von Männern im Haushalt - die älteren kriegten immer die besten Bissen und den Löwenanteil, dann kamen die Frauen, dann die männlichen Nachkommen und schließlich die weiblichen. Er hatte vollkommen recht, denn die Daten zu männlicher Selbstsucht beim Essen in der Dritten Welt, und ich meine beileibe nicht nur Afrika, sind haarsträubend. Ich konnte Nelsons Bedürfnis nachempfinden: Da versuchten sie nun, dem nackten Fels Speis und Trank abzuringen, wenn man so wollte, und er mußte zusehen, wie diese Nahrungsmittel direkt in ein hierarchisches Verbrauchernetz eingespeist wurden, gegen das jeder unbeteiligte Beobachter etwas würde unternehmen wollen. Ich weiß nicht, wie behutsam er die drehbaren Tabletts propagiert hatte, aber sie waren aus der Mode gekommen, obwohl wir sie noch gelegentlich zu sehen bekamen, wenn wir am Korso teilnahmen, wo sie beispielsweise zum Anbieten von Süßigkeiten verwendet wurden. Es war ein älterer Herr, der diese Beschwerde vorbrachte und demnach vermutlich selbst unters Rad gekommen und im tiefsten Herzen verletzt war. Doch zumindest folgte seinem Beitrag ein bißchen kritisches Trillern von seiten der loyalistischen Frauen, worüber ich sehr froh war.

Ein weiterer, allerdings schwacher und abwegiger Vorwurf lautete: Nelson erschreckt die Kinder mit Bildern von Ungeheuern in dem Wasser, das wir trinken müssen. Damit wurde auf ein Detail bei manchen seiner populärwissenschaftlichen Vorträge angespielt, wenn er nämlich Objektträger mit Wasser an die Wand projizierte, so daß all die mikroskopisch kleinen Tierchen bewundert werden konnten, die sich in nicht abgekochtem Wasser tummeln. Vermutlich wurde hiermit indirekt gegen die ständige Aufforderung zum Händewaschen protestiert und gegen die fast burlesk anmutende öffentliche Überwachung, ob diese Aufforderung befolgt wurde. Mir gegenüber bezeichnete Denoon diese Überwachung sogar scherzhaft als seine Terrorkampagne gegen ungewaschene Hände.

Dann sagte jemand: Er hat uns seinerzeit gezwungen, durcheinanderzulaufen wie Phuti, also Hufwild. Nelson erklärte mir später, was damit gemeint war. Er hatte sich bemüht, einige Dorfangerspiele populär zu machen, hauptsächlich Kickball, aber auch Wettlauf. Eine Art Kickball wurde unten an den Krals immer noch gespielt und war als Sport besonders bei einer Gruppe von Tanten beliebt. Als er mir von diesen Spielen erzählte, war meine erste Reaktion, daß organisierte körperliche Aktivität in Tsau doch wohl etwas albern wäre, hier, wo die Leute von morgens bis abends auf den Beinen waren, um vorwiegend körperliche Arbeiten zu verrichten, ganz zu schweigen von dem ewigen Rauf-und-Runter am Koppie. Ich sagte: Das Leben hier ist durch und durch aerobisch. Er stimmte mir zu, meinte jedoch, daß alles ein Experiment sei und er nie begriffen habe, weshalb Gruppenspiele im Freien nur für die Jugend da sein sollten. Es könnte ja insgesamt gemächlicher zugehen, aber er sehe nicht ein, warum sich der Spieltrieb mit dem Alter verflüchtigen müsse. Wenn das ein Fehler war, dann war es eben ein Fehler, sagte er. Und tatsächlich hatte sich die geruhsame Kickball-Variante, bei der einem der Ball zugespielt wird und man versuchen muß, nach dem Abschlag zum Mal und zurück zu laufen, auch ohne sein Zutun erhalten.

Denoon schien nicht das Bedürfnis zu haben, auf alles zu antworten; es handelte sich so unverkennbar um Scheineinwände, fand er vermutlich, daß die Belustigung, die der Großteil der Beschwerden hervorrief, Antwort genug war. Im Gegenteil, er wirkte jetzt geradezu glückselig, wahrscheinlich weil ihm das Ganze so demokratisch vorkam. Aber ich wußte es besser. Ich beschloß, mich an den Feind heranzupirschen, die Raboupis. Warum nicht? Dorcas wieselte schließlich auch hin, wo sie wollte.

Ich schaffte es, ihnen nahe genug zu kommen, um ein Stück ihrer Unterhaltung mithören zu können: Hector zischelte, jemand müsse vorbringen, daß die Straßen zu klein wären, um jemals Autos durchzulassen, und dann auch noch mit Stufen dazwischen, worauf Dorcas eine Bewegung machte, die nein bedeutete. Ich schob mich noch dichter an die Gruppe heran. Hector sagte: Sprich von der Mokete. Mokete heißt großes Fest. Wieder winkte Dorcas ab. Er hatte Mühe, die Fassung zu wahren. Mokete kam mir irgendwie bekannt vor. Etliche Leute hatten davon geredet, Tsau solle ganz groß gefeiert werden. Immerhin waren seit der Gründung acht Jahre verstrichen. Denoon hatte prinzipiell nichts dagegen, plädierte aber stets für die Verschiebung auf einen Zeitpunkt, wenn Tsau noch vollkommener wäre, noch unendlich viel besser. Und die Leute ließen sich auf seine Argumente ein, allerdings in letzter Zeit weniger bereitwillig, wie mir schien.

Ich wünschte mir mehr Unterstützung für meinen strahlenden Helden. Bei alldem handelte es sich doch nur um kleinliche Nörgeleien, und es waren hauptsächlich Frauen, die sie vorbrachten. Weshalb warfen sich die Loyalistinnen nicht vernehmlicher in die Bresche? Was war los mit diesem Ort, dachte ich, wenn die Leute nicht einmal sehen konnten, wer Nelson eigentlich war, ein lauterer Mensch?

Gott sei Dank, dachte ich, als sich zwei Kinder für Nelson stark machten – King James und ein kleinerer Junge, dessen Name mir nicht mehr einfällt. In meinen Notizen über die Kinder von Tsau bin ich nicht besonders penibel gewesen, wahrscheinlich, weil es verhältnismäßig wenige waren und weil sie mir damals so lebhaft vor Augen standen, daß ich automatisch davon ausging, ihre Namen würden haftenbleiben. Ich erinnere mich, daß King James sagte, es sei Rra Puleng zu verdanken, daß Tsau das botswanische Dorf mit den am wenigsten vielen Schlangen war. Er sprach englisch. Wir diskutierten jetzt hauptsächlich auf Tswana, sprangen aber hors protocol zwischen Englisch und Tswana hin und her. King James hatte das Herz am rechten Fleck, aber sein Tribut wurde mit gemischten Gefühlen aufgenommen, denn es mochte zwar Denoons Idee gewesen sein, die Schlangenfrauen zu organisieren, aber es waren die Frauen, die die Schlangen fingen. Und vielleicht war es noch nicht einmal Denoons Idee gewesen. Ich merkte, daß ich das wie selbstverständlich vorausgesetzt hatte.

Hector versuchte, einen Schwall hämischer Zwischenrufe zu provozieren, aber wieder bremste ihn Dorcas, was ihn sichtlich verärgerte. Kinder werden in Tsau derart vergöttert, daß man ihnen gegenüber in aller Regel das Äquivalent zum Pantoffelheldenverhalten an den Tag legt. Hectors Versuch, ein Beschwerdefieber anzuheizen, wurde vereitelt. Ich hatte das deutliche Gefühl, daß der Höhepunkt dessen, was er sich erhofft haben mochte, überschritten war.

Wir waren aus dem Gröbsten heraus. Das Podium leitete zum nächsten Programmpunkt über. Das war meines Erachtens eine weise Entscheidung, weil das neue Thema nichts Aufregendes hergab: Wir bekamen etwas geboten, das der Inhaltsangabe eines Buchs über die Blütezeit der Klöster im Mittelalter unter besonderer Berücksichtigung Englands glich. Am Beispiel der Klöster wurde - ein bißchen holzschnittartig - aufgezeigt, wie etablierte Kirchen, die zugelassen worden waren, weil sie an sich einer guten Sache dienten, mit der Zeit Macht ansammelten und sich in etwas völlig anderes verwandelten. Mma Sithebe las diesen Bericht ab; mit ihrem eindringlichen, klaren Vortragsstil war sie die ideale Besetzung. Dineo moderierte die Darbietung sehr routiniert mit Kommentaren und eigenen Fragen. Das Ganze wurde auf Tswana präsentiert. Diese Übung hatte schon deshalb einen beruhigenden Effekt, weil es um Geschichte ging, also um nichts, was sich für eine aktuelle Kontroverse eignete. Außerdem wirken Auflistungen beruhigend, und zunächst wurden uns lange Listen von Steuern und Strafandrohungen präsentiert, mit denen die Klöster ihre Hörigen gequält hatten. Manche dieser Ungerechtigkeiten kamen besonders gut an: zum Beispiel der sogenannte Hauptfall, der besagte, daß das Kloster das zweitbeste Stück Vieh eines jeden verstorbenen Hörigen erhielt, nachdem der Lehnsherr sich das beste genommen hatte. Eine Zwischenfrage klärte: Ja, selbst wenn der Hörige nur zwei Stück Vieh besessen hatte, bekam die Kirche dennoch das zweite, und die Familie stürzte somit wieder ins Elend. Das waren, in Anbetracht dessen, was den Tswana ihr Vieh bedeutet, hervorragende Informationen. Bei der Verlesung der Abgabe, die fällig wurde, wenn man jemanden heiratete, den nicht der Priester ausgesucht hatte, wurde heftig gezischt. Ich wußte, daß Denoon, wenn man ihn ließ, vor allen Dingen die katholische Kirche daran hindern wollte, jemals Tsau zu besudeln. Die katholische Kirche war für ihn das Teufelswerk par excellence, und er verabscheute alles an ihr, insbesondere ihre Bevölkerungspolitik vor dem Hintergrund der Armut in Afrika. Er behauptete mit Sicherheit zu wissen, daß die Erzdiözese bereits nach Mitteln und Wegen suchte, um in Tsau einen Fuß in die Tür zu kriegen.

Beruhigend wirkte zudem der malzige Duft von Bogobe, das in einem Zuber aus der Küche herbeigeschafft wurde. Dieser Programmpunkt war durch einen Wink Dineos vorgezogen worden. Für die Tswana ist Bogobe ein Leib- und Magengericht. Ich fragte mich sogar, ob die Räucherbrassenhäppchen nicht ein Trick gewesen waren - da setzte man den Leuten einen angeblichen Leckerbissen vor, der ihnen aber nicht sonderlich schmeckte und insofern den kollektiven Appetit auf etwas so Anti-Exotisches wie Bogobe anregte.

Mma Sithebe machte weiter. Wahrscheinlich wegen der Überdosis an Schmerzmitteln, auf die ich extrem empfindlich reagiere, fühlte ich mich mittlerweile überwach. Mir klingelten die Ohren. Es ging gerade um Wucher - darum, wie die Priester gegen Wucher gepredigt und ihn zugleich praktiziert hatten. Dann folgten ein paar Worte darüber, daß es nur Priestern und Lehnsherrn erlaubt gewesen war, Hasen zu halten, wobei die Hasen frei auf den Äckern und in den Gärten der Hörigen herumlaufen durften, das Auslegen von Schlingen aber geahndet wurde. In diesem Sammelsurium fehlte auch nicht der Hinweis darauf, daß die Kirche, nach deren Regeln Frauen vom Chorsingen ausgeschlossen gewesen waren, die Idee übernommen hatte, sich durch die Kastration von Knaben, die dann entsprechend ausgebildet und versorgt wurden, ewig reine Sopranstimmen zu sichern, eine Praktik, die später im gesamten Heiligen Römischen Reich populär geworden war und bis hin zum Einsatz von Kastraten in der Oper geführt hatte. Mittlerweile erschien mir das ganze Ereignis glanzvoll, Dineo glanzvoll, Nelson glanzvoll, vor allem wegen seiner wunderbaren Langmut. Das war keine Veranstaltung, für die sich irgendeiner der Mitwirkenden hätte schämen müssen. Vertraue auf den Geist, der dies konzipiert hat, lautete der verhaltene Befehl, den ich mir in meiner Hochstimmung erteilte.

Dann legten wir eine Pause ein, um Porridge zu essen. Da es schon dämmerte, wurden Sturmlampen angezündet und hier und da unter den Zuschauern plaziert. Es kam allmählich eine Art Familien-Lagerfeuer-Atmosphäre auf, als wir uns wieder versammelten, eigentlich, um dem Ganzen einen freundlichen Abschluß zu geben. Ich war ausgesprochen sentimental. Sei dankbar für die Abwesenheit von Schmerz, sagte ich mir. Ich erinnerte mich daran, wie bewegt ich gewesen war, als Martin Wade mir gesagt hatte, wenn man je im Gefängnis gewesen wäre, dann könne man das nie vergessen und das ganz alltägliche Leben, wie hart es auch sein mochte, erscheine einem allein deshalb süß, weil es ein Leben ohne Gitter sei. Diese Art von Erkenntnissen sollte einem immer präsent sein, fand ich. Ein weiteres Indiz dafür, daß ich eine leichte Überdosis intus hatte, war meine absolute Appetitlosigkeit - dabei hatte ich den ganzen Tag so gut wie nichts gegessen.

Nach der Pause lag die Gesprächsleitung bei Denoon. Die Opposition hatte sich neu formiert. Dorcas, die Batlodi und ihre anderen Kaderfrauen hockten jetzt im Kreis um Hector und seine vier oder fünf Gefolgsmänner. Sie waren en bloc aufgerückt und mittlerweile keine zehn Schritte mehr von der Podiumsmatte entfernt. Ich zweifelte nicht daran, daß dies Ärger bedeutete, einen neuen, noch im Embryonalstadium befindlichen Vorstoß.

Als letztes Thema sollte offenbar das Leben nach dem Tod behandelt werden. Aus dem Publikum waren drei oder vier Fragen eingereicht worden. Ich weiß noch, daß ich die Fragen gut fand, selbst die, die fest von einem Leben nach dem Tod ausgingen, und daß ich glaubte, Denoon werden seine liebe Not mit ihnen haben.

Er begann mit einer virtuosen Tour d'horizon der Paradoxa, die aus dem Versuch resultierten, die wichtigsten Höllen, Paradiese und Zwischenbereiche der führenden Religionen auf einem Kontinuum anzusiedeln. Das Thema eignete sich natürlich gut zum Abschluß, denn es ließ ihm die Möglichkeit, sowohl enzyklopädisch als auch witzig zu sein. En passant flocht er Fakten ein, zum Beispiel daß im muslimischen Paradies die bildschönen Houris, die den heroischen toten Pogromisten aufwarten, speziell erschaffene Wesen ohne Genitalien sind. Er bot immer wieder etwas Neues. So hatte ich zwar gewußt, daß es eine jüdische Hölle gibt, nicht aber, daß sie räumlich direkt neben dem Paradies angesiedelt ist und die Erlösten sich darauf freuen dürfen, nach Gusto über die Mauer zu spähen und die Verdammten sich winden zu sehen. Das Leben nach dem Tod aufzurollen war auch deshalb eine kluge Idee, weil dies keinen Angriff auf eine bestimmte Religion darstellte, sondern die Ungereimtheiten aller verschiedenen künftigen Leben nebeneinandergestellt und somit alle Religionen als kindisches Wunschdenken entlarvt wurden.

Plötzlich schwante mir, worauf er damit hinauswollte. Er hatte schon länger an einer Argumentation gefeilt, auf die er recht stolz war, die meines Erachtens jedoch zu komplex für eine Gruppendiskussion war. An mir hatte er sie schon ausprobiert. Diese Argumentation lautete: Selbst wenn es gelänge, die Existenz Gottes zu beweisen, könne man nicht ausschließen - ja, die Wahrscheinlichkeit dafür würde eher steigen -, daß es viele Götter gab. Mit anderen Worten, jedes Argument, das für die Existenz Gottes sprach, schwäche zugleich die Position, daß es nur einen Gott geben könne. Soweit meine Erinnerung. Und da alle großen, noch bestehenden übergreifenden Religionen, mit Ausnahme des Hinduismus, auf ausschließliche und widersprüchliche Weise monotheistisch angelegt waren, würde diese Argumentation ihm gestatten, eine entscheidende Disjunktion zu beleuchten, mit der Leute konfrontiert wurden, die so leichtgläubig waren, sich auf den Glauben zu verlegen. Ich hatte ihm gesagt, das alles schiene mir zu thomistisch, um von irgendeinem Nutzen zu sein. Aber mit diesem Kommentar hatte ich ihm wohl das Gefühl gegeben, daß ich hinter ein bestimmtes Anspruchsniveau zurückfiel, das er von mir erwartete, was nichts anderes hieß, als daß ich weniger helle war, als ich sein sollte oder, schlimmer noch, als er gedacht hatte. Seine Argumentation sei ein echter Elenchus, der Gnadenstoß, meinte er, aber ich wisse das offenbar nicht zu würdigen. Also war der Leben-nach-dem-Tod-Teil nur die Vorspeise, auf die jetzt sein Filetstück folgen sollte. Nun, wenn er meinte.

Die Tour d'horizon war abgeschlossen, und die Brücke, die Nelson - wenn ich richtig tippte - zu seiner These über Multitheismus schlagen wollte, bestand in einem jetzt wieder auf

Tswana einsetzenden Dialog zwischen ihm und Mma Isang, die sich zu ihm auf die Podiumsmatte gesellt hatte. Mit diesem Dialog geriet die Veranstaltung aus den Fugen. Zunächst glaubte ich, einen Tierlaut zu hören, konnte aber nicht ausmachen, woher er kam.

Aber dann begriff ich, was ablief. Ich konnte es kaum fassen. Immer wenn in diesem Dialog Nelson an der Reihe war, erzeugte Hectors Gruppe Störgeräusche. Zunächst waren es nur die Männer. Sie begannen mit einem gedämpften Brummen, das aber mit jedem Mal lauter und intensiver wurde. Mma Isang konnte sagen, was sie wollte, ohne daß etwas geschah.

Nelson klopfte gegen seinen Glasschlegel und setzte erneut an. Sie machten weiter. Dineo nahm ihm den Schlegel ab und erwirkte sofortige Ruhe. Ich glaube, sie hatte noch gar nicht begriffen, daß ausschließlich Männer für die Störung sorgten und daß sie ausschließlich Nelson galt. Sie sagte irgend etwas Grundsätzliches über Höflichkeit und daß es allmählich spät würde.

Nelson hob noch einmal an, und wieder ertönte das Knurren. Am liebsten wäre ich jetzt an Nelsons Seite gewesen, allein schon um zu klären, ob er gemerkt hatte, daß diese Störung von den Raboupis inszeniert wurde. Es war dunkel, und er konnte schlechter sehen, als er zugeben mochte. Außerdem wollte ich unbedingt dafür sorgen, daß er diese Sache bitte schön einer Frau überließ.

Und wieder ließen sie Mma Isang in Ruhe ausreden. Als Nelson sprach, versuchte er, den Chor zu ignorieren und mit seiner Stimme zu übertönen. Aber sie hielten mit. Was sie mit diesem Verhalten zum Ausdruck brachten, war mehr als nur Verachtung für Nelson - sie demonstrierten, daß jede Frau ungehindert sprechen durfte, daß aber keine Frau sie daran hindern konnte, Nelson zu stören. Ich glaube, Dorcas war mit dieser Aktion nicht mehr einverstanden, obwohl das auch eine Überinterpretation meinerseits sein könnte. Die Störung hatte etwas Kaltes. Es wurde nicht einmal mit den Armen gefuchtelt. Noch im gemeinsamen Knurren vermittelten die Störer den Eindruck konzentrierter Aufmerksamkeit und Ruhe.

Und so ging es weiter. Es drängte mich einzugreifen.

Für mich war die Sache klar. Die Frauen mußten jetzt handeln, mußten die Störungen eingrenzen oder unterbinden, bevor sich das Geschehen soweit verselbständigt hatte, daß Nelson es würde unterbinden müssen. Hier braute sich etwas Atavistisches zusammen. Daß sich Nelson angesichts dieser Provokation stoisch zeigte, tat nichts zur Sache. Er war in der Zwickmühle. Wenn er sich von dem Chor mundtot machen ließ, hatte Hector gesiegt. Das Knurren hatte sich mittlerweile zu Unsinns-Silben verdichtet, die bei genauerem Hinhören aber gar kein Unsinn waren: Die Männer skandierten Bo-so, Bo-so, Bo-so.

Ich nahm noch eine Compral, ohne Flüssigkeit, zerkaute sie und würgte sie mit Spucke hinunter. Das war an sich schon irrational. Irrational war auch, daß ich im stillen, auf Tswana, Denoons Theorie über die unvermeidliche Existenz von Männerbanden nachbetete, daß ich mir in Erinnerung rief, wieviel er von ihrem Wesen verstand und daß seine Sicht auf sie nicht von Feindseligkeit getrübt war. Er hatte selbst in Banden mitgemacht und Cliquen angehört, die Banden ähnelten. Ich konnte mich nicht mehr an jede Einzelheit erinnern. Aber junge Männer brauchten Banden als soziale Erfahrung, weil - wenn ich es richtig wiedergebe - im Familienverbund die Macht schon vorgegeben ist: Man muß gehorchen, unabhängig von den Qualitäten oder Mißständen, die man bei seinen Eltern, seinen Herrschern, erlebt. In Banden dagegen findet, auf Grundlage von irgendwelchen Wettbewerben, ein Machtkampf statt. Ich könnte heute nicht mit Sicherheit sagen, ob diese Darstellung nur eine Parodie seiner Ausführungen ist. Jedenfalls überwand man idealiter irgendwann die Bandenphase. Daß ich auch die letzte Compral nahm, hing zusammen mit dem Kitzeln im Kopf, das ich plötzlich verspürte und das mich befürchten ließ, meine Kopfschmerzen könnten sich wieder melden, was ich nicht zulassen durfte, da irgend jemand hier würde eingreifen müssen, wahrscheinlich ich. Außerdem hatte ich ein sehr unangenehmes Ohrensausen auf einer Seite. In Nelsons These zur Normalität von Banden fand sich natürlich keinerlei Bezug zu Frauen, weil wir in der wirklichen Welt eben auf uns selbst gestellt sind, wie ich es formulieren würde.

Denoon unternahm noch ein paar Anläufe. Unter den Bambini fanden einige den Störrefrain offenbar so lustig, daß sie schüchtern mit einstimmten. Ihre Mütter reagierten sofort und brachten sie zum Schweigen; zum allererstenmal in Tsau sah ich, wie Hände drohend gegen die kleinen Putten erhoben wurden. Eine Ahnung von der Unerhörtheit der Ereignisse machte sich breit und führte zu einem weitgehenden Verstummen der weiblichen Stimmen, weil alle angestrengt horchten, um herauszufinden, ob sie richtig gehört hatten und die Veranstaltung wirklich eine so dramatische Wendung nahm. Direkte, unverstellte Konfrontation unter Männern war für uns ein Novum, dem etwas Fesselndes anhaftete. Auch ich empfand das so. An so etwas waren wir nicht mehr gewöhnt. Und ich erlebte sogar eine Anwandlung von Regression – ich fragte mich nämlich, ob es dieses Gefühl wäre, das ich bei einem Profiboxkampf hätte, wo zwei Grobiane ihre Entelechien verwirklichten, indem sie sich gegenseitig bewußtlos schlugen, während ich Erdnüsse aß. Als ich noch ziemlich klein gewesen war, hatte mich eine kurzlebige Boxmanie befallen und in mir den sehnlichen Wunsch erweckt, einmal mit eigenen Augen einen Kampf sehen zu können. Nelson machte einen neuen Anlauf. Ich riß mich von der Spielzeugkiste meiner Psyche weg und versuchte nachzudenken. Das Geraune, das bei seinen Worten einsetzte, war noch lauter als zuvor.

Dineo sagte irgend etwas Laues, etwa in der Art, daß es schlecht wäre, wenn die Redner nicht gehört werden könnten. Die Antwort kam von irgend jemandem aus Hectors Claque und war blanker Sarkasmus: Aber wir hören jedes Wort, das du sagst, Mma. Ich spürte deutlich, daß die Stimmung zu kippen drohte. Die Dunkelheit oder vielmehr die Anonymität, die mit ihr einherging, beschleunigte den Gang der Ereignisse, und auch die Schatten um die Laternen taten das Ihre. Wir mußten irgendwie zum Ende kommen. Es wurde richtig kalt, und auch das war ein Grund, weshalb die Leute ein ordentliches Finale brauchten, und zudem eine Erklärung für ihre beunruhigende Passivität: Sie erlaubten den Ruhestörern, eine Situation heraufzubeschwören, in der irgend jemand ein Machtwort sprechen mußte, damit wir alle nach Hause gehen konnten, sagte ich mir. Aber das Podium war wie gelähmt. Keiner machte Anstalten, die Sache zum Ende zu bringen. Ihr betragt euch wie die Tiere, sagte Dineo direkt zu Hector, der erwiderte: Wenn du uns als Tiere bezeichnen kannst, dann mußt du uns auch sagen, wer die Batswana zwingt, wie Elefanten zu leben. Das wurde herausposaunt, zunächst für Nelson auf englisch, und dann noch mal auf Tswana, damit auch niemandem die Pointe entging.

Die Anspielung auf Elefanten war mir ein Rätsel, ebenso wie das zustimmende Raunen, das diese Bemerkung bei Leuten nicht nur aus Hectors Gruppe erntete. Dineo erklärte mir später, worum es ging: Elefantenherden sind Matriarchate, die alle Jungbullen ausstoßen und diese später, wenn sie ausgewachsen sind, nur in begrenzter Anzahl wieder aufnehmen. Die Kühe achten sorgfältig darauf, daß die Bullen in der Herde jeweils einem Weibchen zugeordnet und nicht in der Überzahl sind, und sie bedienen sich der ausgestoßenen Satelliten-Bullen, die beleidigt hinter der Herde herbummeln, recht ungeniert als Wachposten. Im nachhinein fragte ich mich, ob das Raunen, das danach durch die Reihen gegangen war, sich vielleicht gar nicht auf Hector bezogen hatte, sondern auf den Vergleich des Soziallebens der Elefanten mit dem von Tsau, was für uns natürlich beleidigend klingen mußte. Ich sah, daß Denoon irgendwo tief getroffen war. Und ich begriff, wie aggressiv Hector sich verhielt, aber nicht, wie abgefeimt und subtil. Der Männermangel in Tsau war für viele Königinnen ein handfestes Problem, während die meisten Tanten das anders sahen. Nelsons Machtbasis waren die Tanten, das darf man wohl zu Recht sagen, und er hatte einen gewissen Rückhalt bei einer Minderheit der - wie ich sie nennen würde - fortschrittlichen jüngeren Frauen. Denoon vertrat die Ansicht, daß das Ungleichgewicht der Geschlechter strukturell bedingt war und sich irgendwann von selbst regulieren würde, allerdings erst, wenn sich die weibliche Vormachtstellung als normaler Zustand etabliert hatte. Es kam also darauf an, zu vermeiden, daß diese Frage irgendwo zum Kampfthema wurde, was Raboupi natürlich mit sicherem Gespür erfaßt hatte.

Nelson bebte vor Zorn. Er war bereits auf den Knien. Wenn es Hector gelang, ihn so zu reizen, daß er auf die Füße sprang, würde es ein Debakel geben. Der Bo-so-Bo-so-Gesang setzte wieder ein. Auf makellosem Tswana versuchte Nelson dem Chor entgegenzuhalten: Ein seltsames Tier haucht seinen Pest-Atem über Tsau, und jetzt hören wir den Namen des Tieres, und der

Name lautet Boso. Dieses Tier ist bekannt dafür, daß es an den Schatten gewisser Häuptlinge nagt, die dem Trunk verfallen sind und ihre Frauen schlagen. Dieses Tier verkündet, wie sehr es die Frauen Botswanas liebt, aber es findet nicht eine einzige Frau, die ihren Platz unter den Männern, die ihm seine Tänze vorschreiben, einnehmen dürfte. Dieses Tier ist kein lebendes Tier. Nein, obwohl es meckert wie die Ziegen, wie wir hier und heute deutlich vernehmen können, ist es nichts weiter als ein Fell, das sich Halunken überwerfen, deren Ziel die Rückkehr zum bequemen Leben für Männer und zur Dienerschaft der Frauen ist. Dieses Tier nimmt bekanntlich Geld von den Buren in Mafikeng.

Ich sah, daß Hector in Hockstellung kauerte. Was immer geschehen würde, es konnte nur schlimmer sein als das, was geschah, wenn ich etwas unternahm. Ich war nun einmal zum Eingreifen berufen. Und dann begriff ich, was ich zu tun hatte.

Ich stand auf und ließ mich wie ohnmächtig umsinken. Das war gut gespielt, aber es schüttelt mich heute noch, wenn ich an den erstickten Schrei denke, mit dem ich glaubte meine Darbietung untermalen zu müssen, um sicherzustellen, daß ich Beachtung fand. Aber mein Auftritt war offensichtlich der Vorwand, auf den die Kräfte des Guten gewartet hatten. Die Veranstaltung war vorbei. Ich wurde zum Mittelpunkt eines regelrechten Volksauflaufs. Die Leute hatten es so eilig, zu mir zu gelangen, daß eine Sturmlaterne umgeworfen wurde und eine Decke Feuer fing, was für ein zusätzliches Durcheinander sorgte. Nichts ging mehr. Der Fokus verlagerte sich von dem Versuch, Denoon zu provozieren, damit er aufsprang, auf mich und meine vermeintlichen Beschwerden.

Ich beruhigte alle mit der Mär, ich hätte nichts gegessen, wobei ich mir durchaus darüber im klaren war, daß meine Ohnmacht auf eine Schwangerschaft zurückgeführt werden würde. Die Leute taten schon wissend, als ich noch demonstrierte, daß ich mich erholt hatte und wieder sicher auf den Beinen war. Ich erklärte mich einverstanden, in der Krankenstation vorbeizuschauen. Nelson war gestreßt und fürsorglich. Er wollte mich dringend allein sprechen, aber zugleich bestand er darauf, daß ich die Krankenschwester aufsuchte. Wir gingen. In der Ferne hörte ich Hector lachen. Sein Lachen war unverkennbar.

Aber nein, kein Debakel

Am nächsten Tag – inzwischen hatte ich Nelson davon überzeugen können, daß meine Bewußtlosigkeit ein bewußter Akt gewesen war und daß mir nichts fehlte – zeigte er plötzlich keinerlei Interesse mehr, über das Symposium zu reden. Ich ahnte, weshalb: Seine Interpretation der Ereignisse bis zum Zeitpunkt meiner Intervention würde radikal anders ausfallen als meine, was ipso facto hieß, daß wir unterschiedlicher Ansicht darüber waren, ob ich überhaupt hätte intervenieren sollen oder nicht, mit anderen Worten, ob ich mich zumindest was ihn anging, lächerlich gemacht hatte. Ich war frustriert. Er war ungerecht. Es gab viel zu lernen aus dem gestrigen Tag, zum Beispiel, was er während des kurzen Zwischenspiels empfunden hatte, als er sich mit dem Gedanken befassen mußte, ich könnte vielleicht schwanger sein. Und entsprach die Heiterkeit und Gelassenheit, die er heute in bezug auf gestern an den Tag legte, wirklich dem, was er in der aktuellen Situation empfunden hatte? Und wenn ja, wie konnte das angehen?

Aber er vertiefte sich in sein neuestes Projekt, die Kartographierung Tsaus, radierte meiner Meinung nach vollkommen brauchbare Partien aus und trug mit Bleistift Legenden ein; seine Buchstaben waren noch um Grade winziger als die meiner Notizbuch-Spezialhandschrift. Er war semisakrosankt, wenn er an diesem Projekt arbeitete. Aber was konnte ich sagen, wo doch die Anfertigung der Karte meine Idee gewesen war? Erst verbrachte er eine Stunde damit, überall verzweifelt nach dem Speckgummi zu suchen. Aber ich hatte die Karte schon aus einem anderen Grund hassen gelernt. In letzter Zeit diente sie ihm nämlich als Meditationshilfe, und zwar, wie ich fand, in einem problematischen Sinne, denn wenn er aus der Versenkung auftauchte, überraschte er mich in der Regel mit irgendeiner grandiosen Sache, die umgehend getan werden mußte oder schon längst hätte getan werden müssen, schon in den Gründungstagen Tsaus.

Und während der Tag langsam zur Nacht wurde, konnte ich

es immer weniger fassen, daß ich für meinen mutigen Einsatz zur Verhinderung der Handgreiflichkeiten, die ich hatte kommen sehen, offenbar nicht ein Fitzelchen Anerkennung ernten sollte.

Ich brachte ihm eine Tasse Tee, stellte sie diskret neben ihn, und als er irgend etwas sagte, das ich irrtümlich für die Ouvertüre zu dem anstehenden Gespräch hielt, irgend etwas wie Ach, Scheiße! dachte ich: Aha, hier meldet sich das Verdrängte zu Wort, nämlich der gestrige Tag in all seiner Pracht. Als ich dann wissen wollte, ob er gern ein Scone zum Tee hätte, und er, gewissenhaft, nachfragte, Wie viele haben wir denn noch?, antwortete ich, Ach, jede Menge tekel, u-pharsin. Ich ging davon aus, daß er dies als Überleitung zu meiner Interpretation der Implosion der gestrigen Veranstaltung verstehen würde, der zufolge schon in Flammenschrift an der Wand stand, daß es nun aber Zeit würde, sich konkret Gedanken übers Weiterziehen zu machen. Aber er reagierte nur verwirrt.

Und Ach, Scheiße! besagte nichts weiter, als daß er sich über sich selbst ärgerte, weil er vergessen hatte, bei seinem gestrigen Rundumschlag an passender Stelle den einzigen Beitrag zur Wissenschaft zu erwähnen, den die Religion je geleistet hatte, nämlich die Erfindung der Logarithmen durch einen spleenigen schottischen Lord, der davon besessen war, die Dimensionen des Neuen Jerusalem aus irgendwelchen unsinnigen Hinweisen in der Offenbarung abzuleiten.

Erbarmen, sagte ich, wenn ich mich recht entsinne. Gestern hat es eine Katastrophe gegeben, die uns irgend etwas sagen will, zum Beispiel, daß Tsau ein Organismus ist, der mit uns als Fremdkörpern zurechtzukommen sucht. Das gestern war nur der neueste Tropus.

Bitte, sagte er und demonstrierte ganz beiläufig Zufriedenheit darüber, wie perfekt er zwei Bleistifte gespitzt hatte, womit er mir indirekt zu verstehen geben wollte, daß er jetzt an seiner Karte weiterarbeiten und ich mich zurückziehen konnte.

Du negierst mich, sagte ich. Du hörst mir nicht zu. Wo waren denn gestern deine Beschützer, abgesehen von meiner Wenigkeit? Wenn du aufgesprungen wärst und Hector geschubst oder die Auseinandersetzung sonstwie auf der körperlichen Ebene weitergeführt hättest, was wäre dann gewesen? Und erzähl mir bloß nicht, daß du nicht drauf und dran warst, drauf und dran, die heilige Tradition des Beisammensitzens und gemeinsamen Räsonnierens über den Haufen zu werfen, die du so verehrst oder verehrt hast. Habe ich sie nun gerettet oder nicht, diese Tradition, wenn schon nicht deine Haut? Sag was dazu.

Aber er begann wieder zu schreiben oder abzupausen. Du lebst hinterm Mond, schrie ich fast. Warum können wir über etwas, das ein Debakel war, nicht reden?

Aber nein, kein Debakel. Es sei ihm unbegreiflich, wie ich darauf kam. Aber jetzt im Moment könnten wir nicht darüber reden.

Was immer falsches Bewußtsein sein mag, du entwickelst es gleich eimerweise, sagte ich.

Das war mein übelster Hieb, und ich wußte es. Er versuchte noch ein paar Minuten weiterzuarbeiten, dann stand er auf und verließ das Oktagon zu einem nächtlichen Streifzug, der mehrere Stunden dauerte. Ich ging ins Bett.

Ich schlief, als er zurückkam, aber nicht mehr lange: Jetzt bekam ich eine Tirade zu hören. Er war sehr aufgeregt. Das Symposium sei positiv verlaufen. Warum könne ich das nicht begreifen? Tsau entwickle sich. Das heutige Tsau sei nur eine Vorahnung dessen, was es letztlich sein würde. Und er werde genauso sein, wie Tsau ihn jeweils haben wolle, ihn brauche. Diese Formulierung hatte ich noch nicht gehört. Ich war verblüfft. Was meinte er damit? Das war neu. Ich drängte ihn in meiner gewohnt behutsamen Art. Heißt das, wenn Tsau will, daß du den Dorfatheisten spielst, während es selbst so richtig auf die Pauke haut, während es sich zu etwas ganz anderem wandelt, dann ziehst du mit, weil es dir schon Ehre genug ist, hierbleiben zu dürfen, um von der guten alten Idee Tsau Zeugnis abzulegen? Ich war nicht zimperlich - ich war ja betroffen. Aber ich muß wohl ein bißchen zu wenig zimperlich gewesen sein, denn er verließ das gemeinsame Lager und machte sich auf zu einem weiteren nächtlichen Streifzug.

Als er zum zweitenmal verschwand, rief ich ihm hinterher: Ich hoffe, du vergißt nicht, daß du derjenige warst, der gesagt hat, die Antwort auf die Frage, Was ist der Sinn des Lebens? lautet, Der Sinn des Lebens ist Psychopathologie. Aber er hatte es sehr eilig, und ich bezweifle, daß er das alles noch mitbekam, so eilig, wie er es hatte.

Er lag wieder neben mir, als ich am nächsten Morgen erwachte. Ich stand auf, machte Haferbrei und dachte, mein Küchengeklapper würde ihn schon raustreiben, aber dem war nicht so. Also aß ich allein, betrachtete ihn und wünschte mir, ich hätte Macht, irgendeine Art von Macht.

Ich nahm andere als die Standardmaße

Daß er auf meine Frühstücksaktivitäten in keiner Weise reagierte, stürzte mich in einen vorübergehenden und, wie ich glaube, echten Wahn. Das war, wie mir scheint, der Auslöser für das Folgende, obwohl wahrscheinlich auch irgend etwas anderes an diesem Tag als Auslöser hätte dienen können.

Ich saß da und fixierte ihn. Ich rückte meinen Schemel hier- und dorthin und starrte aus wechselnden Entfernungen, steigerte mich hinein in dieses Starren, steigerte mich soweit hinein, daß ich mich nicht waschen, nicht anziehen konnte, sondern einfach in meiner Yakuta dasaß, tieftraurig. Wie sollte ich glauben, daß er wirklich schlief? Ich kannte seine Gewohnheiten, insbesondere seine Schlafmodi, da mir meine Schlaflosigkeit reichlich Gelegenheit gab, sie zu studieren. Ich verdiente es, daß er mit mir über vorgestern sprach. Wenn meine Intervention albern gewesen war, dann verdiente ich es, getröstet zu werden. Ich mußte daran gehindert werden, vor einer bestimmten Metapher für die Ehe zu kapitulieren, die ich immer wieder vor Augen hatte: die Ehe als eine Art Zeitlupen-Ringkampf, bei dem die beiden Kontrahenten ständig neue Griffe aneinander ausprobieren, bis einer ermattet und schlappmacht, und damit hat man sie, die kanonisch glückliche Ehe, voilà.

Es gibt einen Zustand, in den man sich hineinkatapultieren kann, wenn man intensiv genug ins Gesicht eines Gegenübers starrt oder auch in sein eigenes. Das Gesicht bildet sich schleichend um. Dieser Zustand ähnelt dem Gefühl, das einen überkommt, wenn man ein auf dem Kopf stehendes Gesicht so lange betrachtet, bis es einem richtig erscheint, wie ein richtiges Gesicht mit Augen, wo der Mund sein sollte, ein denkbares Gesicht. Das Gesicht, in das man starrt, bildet sich zu einem anderen Gesicht um. Die Rosenkreuzer verordnen ihren Mitgliedern, in einem dunklen Raum bei Kerzenlicht das eigene Spiegelbild anzustarren, bis das Gesicht sich verändert und man einen flüchtigen Blick auf sich selbst in einer früheren Inkarnation erhascht. Das weiß ich übrigens auch von Nelson, dessen Vater gegen Ende seines in blühendem Atheismus verbrachten Lebens Rosenkreuzer wurde und diese Übung so erfolgreich praktizierte, daß Nelson ihn sogar einmal einen Angstschrei ausstoßen hörte. Angeblich hatte er sich selbst als bärtigen Mann gesehen, der wegen seines Glaubens in einem Kerker saß. Dieser rosenkreuzerische Sündenfall seines Vaters und alles, was damit zusammenhing, empfand Nelson noch immer als regelrecht qualvoll. Sein Vater war in die Sache hineingeraten, weil er das System als Krücke für die letzten Schritte weg vom Alkohol benutzt hatte, dann aber fing er an, den Dogmen zu glauben, und schließlich ging er soweit, mystische Vokallaute auszustoßen, die den Geist via Vibrationen in einen höheren Zustand versetzen sollten. Diese Übung wurde morgens und abends abgehalten. Er begann stets mit leisen, gleichmäßigen Lauten wie Om und Ra, was noch erträglich war, beendete das Ganze aber mit einem durchdringend nasalen Ain! das man sogar draußen im Garten hören konnte.

Ich starrte also Nelson an, und auf einmal stellte sich ein Flimmern ein, und dann wurde sein Bild vor meinen Augen immer kleiner, so als wiche er zurück. Es geschah ganz plötzlich, aber ich zweifelte nicht daran, daß das, was ich sah, real war – ein veritables Ereignis, nichts in der Art einer auf Fingerhutgröße schrumpfenden Comicfigur oder so, sondern eine Verlagerung, ein Zurückweichen vor mir. Ich reagierte mit Schüttelfrost. Mir war klar, daß bestimmte chemische Vorgänge im Gehirn für dieses Phänomen verantwortlich sein mußten, aber trotzdem war ich erschüttert und wie erschlagen.

Du darfst nicht alles interpretieren, ermahnte ich mich, als ich wie selbstverständlich zu wissen beschloß, was dieses Erlebnis zu bedeuten hatte. Wie die Dinge sich entwickelten, würde ich Denoon verlieren, so oder so. An dieser Stelle bockte mein

Unterbewußtsein zur Abwechslung mal in freundlicher Absicht. Ich würde Denoon verlieren, weil ich mich unintelligent verhielt. Und ich verhielt mich unintelligent, weil es an ihm zu vieles gab, das ich nicht verstand. Und ich konnte es deshalb nicht verstehen, weil meine Versuche, aus dem Prozeß des Mit-ihm-Lebens heraus zu lernen, zu verstehen, ein Wiederaufguß meiner Schwierigkeiten waren, Wissen über Vorlesungen beziehungsweise vorlesungsähnliche Situationen aufzunehmen statt über einen Text, den ich immer wieder lesen und in dem ich unterstreichen konnte. Mit dieser Erleuchtung ging eine Sub-Erleuchtung des Inhalts einher, daß ich alles an Denoon auf Geschriebenes reduzieren mußte, was sich dann klassifizieren ließe - so würde ich Denoon auf die einzige Art und Weise erlernen, auf die ich jemals irgendein Fach hatte halbwegs anständig lernen können. Der Gedanke erschien mir in keinerlei Weise bizarr.

Mein Vorhaben nahm wahnhaft klare Konturen an. Die bisherige sporadische Bearbeitung des Themas Denoon taugte nicht. Es war ein Fehler gewesen, meinen Tsau-Aufzeichnungen cum fortlaufender Analyse meiner einzigartigen Person lediglich bruchstückhafte Anmerkungen über Nelson unterzumischen. Ich mußte alles Material, das ich bisher zu Nelson hatte, in die richtigen Rubriken einsortieren, kritisch auswählen und neu ordnen, und ich brauchte mehr Material. Was ich zu Nelson hatte, konnte nur ungenügend und irreführend sein. Er selbst sprach häufiger von proteischem Verhalten, das heißt von der Taktik fast aller Säugetierarten, wild und ziellos herumzuhetzen, wenn sie verfolgt werden. Das mochte auch auf ihn zutreffen. Ich hatte ihn verfolgt. Daran war nicht zu rütteln. Demnach war einiges von dem, was ich eingefangen hatte, zweifellos nicht, was es zu sein schien.

Dieses Vorhaben war - rückblickend gesehen - eine ideale Sache, weil es keinen ultimativen Charakter hatte. Es war konkret, es war dringlich, aber eben nur ein Schritt, der dem endgültigen Schritt vorausging, der Entscheidung, die damit notwendigerweise verschoben werden mußte.

Ich wollte umgehend anfangen, ja, es drängte mich, umgehend anzufangen. Was auch immer die mentale Entsprechung zu hektisch fuchteln sein mag - das jedenfalls war es, was ich tat.

Ich wußte es, war aber machtlos dagegen. Irgendwie mußte ich die wahren Dimensionen dieses Mannes erfassen. Das Wort »Dimensionen« elektrisierte mich. An dieser Stelle spielen die Details eine große Rolle. Mein Blick fiel auf Denoons heißgeliebtes Stahlbandmaß. Es war aus Schweden. Es hatte ihn überallhin begleitet. Das Gehäuse war etwa so groß wie eine Puderdose, aber das Stahlband schien sich endlos daraus hervorziehen zu lassen. Und auch die Qualität des Bands war erstaunlich: wie Seide und doch unverwüstlich. Er liebte sein Bandmaß. Es lag in greifbarer Nähe beim Kopfende auf dem Fußboden. Das und sein Rechenschieber und sein Jagdmesser waren seine drei allerliebsten Utensilien. Das Jagdmesser betrachtete ich mit einer gewissen Ambivalenz, weil er es zu oft mit sich herumtrug und weil er dadurch, daß er es bei den läppischsten Hausarbeiten einsetzte, diesen Tätigkeiten meiner unmaßgeblichen Meinung nach etwas übermäßig Dramatisches verlieh.

Ich weiß, daß es griechische Verse gibt, die den aus der Liebe abgeleiteten Zustand geistiger Zerwühltheit beschreiben, in den ich geriet. Du versengst mich, sagt jemand zu Eros, und in einem Epigramm klagt ein anderer, daß Eros von ihm Besitz ergriffen hat und er seine Glieder von Eros' Flügelschlägen durchgerüttelt fühlt oder so ähnlich. Ich schlich zu Denoon hinüber und hob die Decke an. Er schlief fest, nackt wie immer. Er schlief den Schlaf wahrhaftiger Erschöpfung. Er lag auf der linken Seite, den rechten Arm ausgestreckt, als wolle er nach etwas greifen, das rechte Knie angezogen. Er sah aus wie ein Hürdenläufer. Ich würde ihn vermessen.

Ich wollte, daß er aufwachte, und gleichzeitig wollte ich, daß er weiterschlief. Ich zog die Decke weg, aber ich ließ den Raum dunkel, die Vorhänge geschlossen. Ich würde ihn vermessen, aber vorsichtig, ohne ihn mit dem Metallband zu berühren, damit der kalte Stahl ihn nicht erschreckte.

Ich nahm andere als die Standardmaße und dachte dabei: Warum eigentlich nicht? Ich vermaß seine Gesäßbacken. Ich vermaß seine rechte Wade. Ich notierte die Zahlen mit Kugelschreiber auf meinem Handteller, wie ein Motswana-Gehilfe in einem kleinen Gemischtwarenladen. Ich leistete mir auch noch andere Extravaganzen. Morgens sitze ich eigentlich nie lange in meiner Yakuta herum. Die Yakuta war dem Sex vorbehalten. In einem Kimono herumzusitzen erinnerte mich zu sehr an meine Mutter, die mit eiserner Entschlossenheit immer bis zum letzten Moment wartete, ehe sie sich für die Arbeit anzog. Und was tat ich jetzt? Mein Haar sah verboten aus. Entweder schlief er wirklich wie ein Toter, oder er stellte sich schlafend; wie auch immer, ich mußte es wissen, denn wenn ich ein persönliches Motto hätte, würde es wahrscheinlich lauten: Du belügst mich auf eigene Gefahr. Ich vermaß seine Finger, darauf bedacht, daß das Band sie nicht berührte. Dann beschloß ich, seinen Penis zu vermessen.

Offenbar ging ich nicht behutsam genug vor, denn violà, er schoß blitzartig hoch. Er stieß mich weg. Das konnte ich ihm nicht verübeln. In diesem Moment war ich für ihn nichts als ein Schemen und entsprach wahrscheinlich irgendeinem bedrohlichen Hexen-Archetyp, wie wir ihn alle im Herzen tragen. Außerdem hatte er das Metallband aufblitzen sehen und keine Zeit gehabt, zu verarbeiten, um was für einen metallischen Gegenstand es sich da handelte. Und dann traue ich ihm auch zu, gespürt zu haben, daß ich in keiner normalen Verfassung war. Das wurde schon daran deutlich, daß es mir überhaupt nichts ausmachte, so lange zu warten, bis er etwas sagte, obwohl ich ihn genaugenommen überfallen hatte und der alte Brauch, daß die Frau zuerst spricht, wenn ein ungelöster Konflikt lange genug geschwelt hat, auch unter unserem Dach fröhliche Urständ feierte. Wie schön, dachte ich, noch ein Dissertationsthema, wenn auch leider nicht mein Gebiet: zu zeigen, daß Frauen bei Kämpfen, die in Pattsituationen münden, fast unweigerlich die Friedensstifterinnen sind.

Nelson war beunruhigt. Schließlich sagte er so etwas wie: Was war das denn?

Ich glaube an die Existenz von situationsbedingtem Genie und daß ich es gelegentlich besitze, denn wie aus dem Nichts flog mir eine Erklärung zu für das, was ich gerade veranstaltet hatte. Sie lautete, daß ich plante, etwas für ihn zu machen, Kleidung, genauer gesagt Hosen; es sollte eine Überraschung sein, also hätte ich heimlich seine Innenlänge messen wollen, es täte mir leid, aber anhand seiner Hosensammlung, die nur aus Pantalons und Shorts bestehe, sei es mir nicht möglich, eine

Vorstellung davon zu gewinnen, wie lang eine normale Hose sein müßte, und es täte mir wirklich sehr leid.

Nun entschuldigte er sich dafür, mich mit seiner Reaktion erschreckt zu haben. Ich erkannte, daß er meine Erklärung einfach hinnehmen und nicht nachbohren würde, um zu prüfen, ob in dem, was ich getan hatte, auch wirklich keinerlei Andeutung einer Provokation enthalten war. Irgend etwas an seiner Haltung überzeugte mich in meinem derzeitigen Zustand davon, daß ich auf dem richtigen Weg war: Ich mußte ihn zu Papier bringen, und zwar so schnell wie möglich. Ich wünschte, er würde das Haus verlassen, damit ich mich gleich an die Arbeit machen könnte. Ich hoffe inständig, daß ich einen solchen Zustand nie wieder erleben muß. An eine Absonderlichkeit, die mit der Situation einherging, kann ich mich noch gut erinnern: Ich war mir mehr als sonst der Ränder meines Gesichtsfeldes bewußt, meiner Augenwimpern, der gespenstischen Nase, von der wir vergessen, daß sie immer da ist.

Religion, das wirkungsvollste aller Placebos

Überraschenderweise war meine Überzeugung, Nelson unbedingt und schnellstmöglich zu Papier bringen zu müssen, in den nachfolgenden Tagen unvermindert stark. Denoon Evaginiert lautete der heimliche Arbeitstitel meiner Kompilation.

Ein Haufen Daten über Denoon aus meinem Tagebuch war zu extrahieren und zu kollationieren, und dafür brauchte ich Karteikarten oder Papier, das zu Karten zerschnitten werden konnte. Aber Karteikarten waren nicht zu haben. Es herrschte mal wieder eine unserer chronischen Papiernöte. Es waren zwar alle möglichen Sorten Papier bestellt, aber unweigerlich fehlten gerade diese Posten bei den konsignierten Gemischtwaren, die von der Versorgungsmaschine eingeflogen wurden. In meinem Buch blieben mir kaum vierzig freie Seiten, und die waren unentbehrlich, denn mein Tagebuch wollte ich parallel zu Nelsons Anatomisierung weiterführen.

Ein gutes Beispiel für meine Fixierung war ein abendlicher

Spaziergang vorbei an der Schule, auf dem mich die Versuchung anfiel, hineinzuschleichen und ein oder zwei von den vielleicht zehn Schulheften zu klauen, die wir noch hatten. Doch dann fiel mir ein, wie stolz wir alle darauf waren, daß es in Tsau keinen Diebstahl gab, und ich riß mich zusammen.

Mir kam der Gedanke, daß ich Aerogramm-Vordrucke benutzen könnte, von denen die Post reichlich hatte. In gewisser Weise war das ideal. Es würde so aussehen, als schriebe ich an Freunde, während ich tatsächlich etwas ganz anderes tat. Aus irgendeinem Grund gefiel Nelson die Vorstellung, daß ich Freunden schrieb, oder vielleicht gefiel ihm vor allem der Anschein, ich hätte so viele Freunde, wie mein Briefeschreiben in Anführungsstrichen implizierte. Mich schreiben zu sehen spornte ihn sogar dazu an, in puncto Abendessen und anderen Arbeiten im Haushalt aktiver zu werden, als er es ohnehin war, obwohl mir allmählich klar wurde, daß sein Einsatz immer noch weit hinter den Erwartungen zurückblieb, die er am Anfang bei mir geweckt hatte. Er dachte, ich würde in meinem Tagebuch aktuelle Ereignisse nachschlagen, die ich in meine Briefe aufnehmen wollte. Das Ganze war zugegebenermaßen etwas leichtsinnig von mir. Der einzige Nachteil an den Aerogrammen war ihr Preis, der mir allerdings in gewisser Weise auch angemessen erschien. Ich setzte fiktive Namen und Adressen auf die Luftbriefe, ich klebte sie sogar zu, nur um sie später wieder aufzuschlitzen und für die Rubrizierung in einzelne Teile zu zerschneiden.

Es verblüffte mich, wie viele meiner bereits vorhandenen Aufzeichnungen in der einen oder anderen Weise mit Denoon und Vaterschaft oder genauer gesagt mit Nelson und seinem Vater zu tun hatten. Lag das daran, daß ich schon seit langem an jedem Hinweis interessiert war, der mir Aufschluß darüber geben konnte, ob er für das Projekt Vater-meines-Kindes in Frage kam oder nicht? Es gab eindeutig zuviel zum Thema Vaterschaft. Ich mußte komprimieren. Zum Beispiel hatte ich einen Überschuß an Material zu der Behauptung, gute Vater-Sohn-Beziehungen basierten darauf, daß der Vater irgendeine Könner- oder Meisterschaft an den Sohn – kein Wort über Töchter, wohlgemerkt – weiterzugeben habe, vorzugsweise etwas, womit der Sohn dann Geld verdienen könne, obwohl Sport oder Briefmarkensammeln oder Jagen und Angeln notfalls auch in Betracht kamen. Doch sein Vater, der in der Werbung tätig gewesen war, hatte keine beruflichen Passionen an ihn weitergeben können, weil Werbung verlogen und daher für seinen Vater ein ewiger Anlaß zur Scham war. Traurigerweise wurde Nelson in diesem Kontext bewußt, daß sein Vater durchaus versucht hatte, ihm etwas beizubringen, womit er sich sehr gut auskannte - die Kunst des Trinkens nämlich beziehungsweise die Kunst, sich damit durchzumogeln, etwa indem man direkt vorm Schlafengehen zwei Aspirin nahm und soviel Wasser wie irgend möglich trank, wenn man zu tief ins Glas geschaut hatte und einem Kater vorbeugen wollte. Das war einer von vielen guten Ratschlägen, die Nelson mit auf den Weg ins College gegeben wurden.

Religion war auch eine dieser hypertrophierten Facetten. Sie durchzog sämtliche Bereiche. Nelsons Haltung gegenüber der katholischen Kirche war unerbittlich. Selbst wenn er en passant einräumte, daß es möglicherweise einige progressive Katholiken in - sagen wir mal - Brasilien gäbe, folgte darauf mit Sicherheit die Frage, Warum kommt der Papst eigentlich nicht auf die Idee, einen Serienmörder wie Pinochet zu exkommunizieren? oder etwas in der Art. Laut Koran hatte Mohammed, als er in den Himmel fuhr, Allah ersucht, die Anzahl der täglichen Pflichtgebete auf fünfzehn oder sechzehn zu reduzieren - also auf das heutige Maß -, und Allah hatte ihm diese Bitte als Zeichen der Anerkennung gewährt. Aber fiel das in den Bereich Religion oder in den Bereich Wiederholung, auch so eine überfrachtete Kategorie? Und wohin gehörte Religion, dieses wirkungsvollste aller Placebos: unter Religion oder unter Humor? An diesem Punkt beschloß ich, die ganze Kategorie erst einmal auszuklammern, was rückblickend wohl ein Fehler war.

Humor war aus verschiedenen Gründen schwierig. Manchmal empfand ich etwas, das ich notiert hatte, als Humor, und dann wieder nur als mäßig sardonisch. Gehörte sein Singen zur Kategorie Humor? Er sang gerne eine Parodie des Unmöglichen Traums, in der er das nicht eßbare Essen aß und das nicht trinkbare Getränk trank und so weiter. Die Frage war, ob so etwas unter Humor richtig aufgehoben war oder ob ich es einer Charaktereigenschaft wie Sturheit zuordnen sollte, denn während ich die ersten zwei, drei Male noch geschmunzelt hatte, wenn er dieses Lied sang, mußte ich ihm später zu erkennen geben, daß ich es so komisch nun auch wieder nicht fand, und zu guter Letzt, daß ich es überhaupt nicht komisch fand. Aber er sang diese Persiflage immer noch hin und wieder und versuchte durch ständige Verfeinerung des Textes meine Anerkennung zu erheischen. Auch andere Bereiche seines Humors waren ein wenig aufdringlich. Aus irgendeinem Grund fand er es immer noch lustig, so zu tun, als wäre ich ein Fan von Bob Dylans Musik, obwohl ich lediglich irgendwann einmal zugegeben hatte, daß ich It Ain't Me Babe mochte. Er knödelte gern, How many times must the cannon balls fly, Before they're forever banned, und rief dann Extrablatt! Extrablatt! Historisches Abkommen! UN verbietet Kanonenkugeln für immer! Steinschloßgewehre als nächstes auf der Verbotsliste! Und auf meiner angeblichen Verehrung für Dylan basierte auch unser Langzeitwettbewerb zu der Frage, warum die Band nicht spielen konnte. Es gab etliche Gründe, die ich vergessen habe, aber meine waren, wie mir auffiel, durchweg gewagter als seine. Er würde nie weit hinauskommen über Ein Rabauke stahl die Pauke oder Ein Teutone stahl die Mikrophone. Hier fällt die Geschlechtszugehörigkeit vielleicht stärker ins Gewicht, als mir bewußt war. Einmal erzählte er mir von einer scherzhaften Bemerkung, an der seine Frau Anstoß genommen hatte. Zwei Bekannte von ihnen hatten seit acht Jahren zusammengelebt, als sie beschlossen zu heiraten. Und Denoon sagte zu ihnen: Heiraten? Na großartig, eine tolle Nachricht, ich bin überzeugt davon, daß ihr die Einbeziehung der sexuellen Dimension in eure Beziehung als echte Verbesserung eurer Lebensqualität empfinden werdet, ja als richtiggehende Erleuchtung. Er schien überrascht, daß ich genau wie Grace der Meinung war, das sei unter Niveau. Ich hatte nur wenige meiner eigenen geistreichen Einfälle festgehalten, lediglich die, auf die er über die Maßen stark reagierte, wie aus unerfindlichen Gründen auf mein Ich fühle mich zu dir hingezogen wie zu einem Magnaten oder Du ziehst mich an wie ein Magnat. Ich beschäftigte mich weiter mit dieser Kategorie. Und - wenn das nicht zu tief ins Unterholz unseres ganz privaten Humors abschweift - er lachte auch unbändig, als ich einmal ins Bett stieg und ein bißchen furzte und er sagte, So begrüßt du mich? und ich wie aus der Pistole geschossen antwortete, Das ist die einzige Sprache, die du verstehst. Wir konnten uns beide nicht erklären, weshalb wir das komisch fanden, aber wir fanden es komisch.

Die körperliche Beschreibung, die ich zusammenstellte, ist in ihrer Art ein Meisterstück. Ich glaube kaum, daß sich irgendwo eine akribischere körperliche Beschreibung eines Menschen durch einen anderen finden läßt. Ich wünschte, ich hätte sie nie erstellt.

Ich schätze Demystifikationen ganz außerordentlich

Ich verbesserte meine Texte laufend, ich fügte Randbemerkungen hinzu und und ergänzte anfangs ausgelassene Assoziationen.

Daß es mir überhaupt nichts ausmachte, fast genauso schnell neues Material anzuhäufen, wie ich das bereits vorhandene klassifizierte, mußte etwas bedeuten – entweder war ich im Grunde meines Herzens die geborene Wissenschaftlerin, oder es war mir eigentlich nur recht, die endgültige Entscheidung über ein Leben mit Denoon auf unbegrenzte Zeit hinauszögern zu können. Keine der beiden Deutungen ist besonders schmeichelhaft. Eine traf wahrscheinlich zu, vielleicht auch beide, aber diese Erkenntnis war irgendwie vollkommen ohne Gewicht. Ich machte also weiter, zwanghaft und mit jenem Gefühl der Aussichtslosigkeit, das viele als Studenten befällt, wenn sie für die Abschlußprüfung in den Pflichtfächern pauken. Unterdessen spitzte sich das Problem der Nachtmänner zu, ohne daß ich es merkte.

Eines Morgens holten mich drei Frauen, die ich besonders gern mochte, zu einer Bogenerrichtung ab. Es waren Mma Isang, Mina Hlotse, unsere beste Hebamme, und Prettyrose Chilume, die so zart gebaut war, daß ihr Beitrag zur eigentlichen Arbeit am Bogen eher spiritueller Natur war, obwohl sie wie alle anderen Hand anlegte. Ich wurde immer zum Mitmachen aufgefordert. An diesem Tag sollten wir einen Bogen über Our-Mother-Street errichten, wobei die Mutter nicht etwa die Jungfrau Maria war, wie ich wohl irritiert, aber ganz selbstverständlich angenommen hatte, sondern Mme Mpopo Kalighatle. Es handelte sich um einen mittelgroßen Bogen, etwa zwanzig Fuß hoch und sieben Fuß breit, aus Eukalyptusstämmen, mit einem auflackierten rot-schwarzen Streifenmuster; der Straßenname war in den Querbalken geschnitzt und dann mit Pech bestrichen und mit bunten Glassplittern ausgestreut worden, solange das Pech noch klebte. Um den Bogen aufzurichten, mußte der Querbalken mittels gegabelter Stangen hochgedrückt werden, während die Ständer in die zu ihrer Verankerung ausgehobenen Löcher bugsiert wurden. Das Hauptproblem war das Gewicht der Stangen. Es mußten ein paar ziemlich kräftige Frauen im Team sein. Diese Errichtungen hatten einen festlichen Charakter. Es wurden ein paar Worte über die Tugenden der Geehrten gesagt, zu denen im Fall Mme Mpopos - wie ich erfahren sollte - die immerwährende Bereitschaft gehörte, dort zu arbeiten, wo sie am dringendsten gebraucht wurde, sowie die Gabe, Kinder abzufangen, bevor sie sich in der Wüste verlaufen konnten. Sie war zwei Jahre zuvor gestorben. Ihr Name fiel häufig. Sie wurde als eine Frau von großer Güte beschrieben, und ich wünschte mir, ich hätte sie gekannt. Neu war, daß die Männer ihre Dienste bei den Bogenerrichtungen anboten, und zwar mit der Begründung, solche Arbeiten könnten sie schneller und sicherer erledigen. Tatsächlich war es ein- oder zweimal vorgekommen, daß der Bogen nicht gleich beim ersten Anlauf aufrecht gestanden hatte und wieder umgekippt war, wobei er den Fuß einer Beteiligten nur um Haaresbreite verfehlte. Aber wir Frauen sind agil. Was immer uns an Hebekraft abgehen mag, machen wir durch Wendigkeit beim Ausweichen vor einstürzenden Neubauten mehr als wett. Wir waren ohne weiteres imstande, die Bogen alleine zu errichten.

Ich schrieb gerade mal wieder wie eine Wahnsinnige, als meine Freundinnen koko sagten. Es war eine Erleichterung, die Arbeit unterbrechen zu können, da ich ohnehin das Gefühl hatte, im Treibsand zu stecken. Eine der größten Schwierigkeiten bei der Erstellung meiner Kompilationen war es, entscheiden zu müssen, ob hinter einer denkwürdigen Bemerkung Nelsons mehr steckte, als auf den ersten Blick erkennbar war, also festzustellen, ob sie mir möglicherweise auf äsopische Art etwas sagen sollte. Vielleicht suchte ich sogar nach noch tieferen Bedeutungen, nach einer Warnung oder einem Indiz, einer kleinen Nichtigkeit aus den innersten Windungen seines Bewußtseins, nach irgend etwas, das es zu beachten galt, weil sein Unterbewußtsein mein Verbündeter war - weil Nelson mich liebte. Ich war gerade auf der Suche nach der genauen Verbindung zwischen Nelsons zynischer Feststellung, daß der Sinn des Lebens sich in jeglicher Fassung oder Version darauf zu reduzieren schien, den vollkommenen Willen zu finden beziehungsweise zu erfinden, dem wir uns unterwerfen könnten, nach der Verbindung zwischen dieser Behauptung und einigen beiläufigen Äußerungen über la femme moyenne sensuelle - der ich, da waren wir uns beide einig, nicht entsprach -, die ihre Daseinsberechtigung in der Liebe eines Partners fand, der dem Nonplusultra so nahe wie möglich kam. Darüber hinaus gab es ein paar Randbemerkungen, die auf gewisse offenkundige Ähnlichkeiten zwischen glücklichen Ehen und dem Sozialismus anspielten oder vielleicht auch nur zwischen der Ehe als Idee und dem Sozialismus. Meinte er damit, daß beides gleichermaßen unerreichbar sei, konnte er etwas dermaßen Plattes und Billiges meinen? Aber damit waren wir auch schon bei dem Bolus, ob er selber Sozialist war oder nicht. Ad eins, er verachtete seinen Vater dafür, daß der - nur - Prosozialist gewesen war, ein Anhänger der Idee: Das stand außer Frage. Ad zwei, Nelson bezeichnete sich selbst von Zeit zu Zeit als Sozialisten, meinte damit aber etwas Spezielles; sein Sozialismus war dem Noumenon näher als jede andere sozialistische Theorie. Und in derselben Jeremiade konnte er sich selbst als Sozialisten bezeichnen und im nächsten Atemzug die Genremarxisten und Sozialkubisten verfluchen. Sein Sozialismus sei wahrer Sozialismus, ihr Sozialismus sei militante Nostalgie und so weiter. Jedenfalls war ich ganz froh, das alles ein Weilchen liegenlassen zu können.

Mma Isang drängte zur Eile. Ich fragte weshalb und erfuhr, daß beschlossen worden sei, den Bogen ohne vorherige Ankündigung zu errichten, so daß gewisse Leute, die Baruledi, noch nicht wach wären, um ihre Hilfe anzubieten. Alles wäre längst fertig, bis die Baruledi überhaupt aus den Betten kämen. Baruledi ist das Tswana-Wort für Dachdecker oder Dachausbesserer. Ich kam überhaupt nicht mehr mit. Meine Freundinnen waren überrascht, daß sie mir das erst erklären mußten. Die Baruledi ba bojang, Grasdachdecker, waren die Nachtmänner. Grasdächer decken war ein zotiger, wenn auch reichlich undurchsichtiger Euphemismus für die Dienste, die sie anboten. Offensichtlich nahm das Ressentiment gegen die Nachtmänner von seiten einiger Frauen allmählich deutliche Formen an.

Sie erheben sich gegen uns, sagte Mina. Alles wegen Raboupi. Sie erheben sich gegen uns ohne jede Angst. Es gibt so viele Königinnen, die sie einfach in Schutz nehmen.

Mittlerweile gab es schon neun Nachtmänner. Mina zählte sie auf. Raboupi gehörte nicht zu ihnen, aber es wurde vermutet, daß er einen Anteil der Einnahmen kassierte. Ich stellte weitere Fragen. Zumindest lief der Verkehr in halbwegs geregelten Bahnen ab. Mina sagte, die Baruledi würden - inzwischen - immer Schutz aus der Klinik mitnehmen. Und es war eine ungeschriebene Regel, daß sie hinterher nicht noch lange herumlungerten, um womöglich zum Essen eingeladen zu werden: Sie mußten gehen, wenn sie dazu aufgefordert wurden. Ich dachte, daß die Einwände gegen die Nachtmänner vielleicht daher rührten, daß die Tanten im allgemeinen nicht in den Genuß ihrer Dienste kamen. Aber das war nicht der Fall, wie ich hätte wissen müssen. Eine der anziehenden Seiten der afrikanischen Kultur ist die, daß eine Frau noch so alt und trotzdem die Bettgenossin eines jungen Mannes sein kann.

Unmut erregte wohl vor allem die wachsende Unverhohlenheit des Unterfangens. Als ich die drei fragte, wie es angehen könne, daß ich nichts davon bemerkt hätte, wenn es wirklich eine so große Sache wäre, zuckten sie die Achseln und sagten, ich würde es nicht sehen, weil es unter einem Schatten verborgen sei - ein ironisches Tswana-Idiom, das meint, eine Sache liege auf der Hand; ergo: Ich hätte einfach nicht aufgepaßt. Sie schimpften weiter vor sich hin, aber ich fand diese Information komischerweise erleichternd. Die Ansicht, daß Sex in Tsau kein Thema wäre beziehungsweise auf natürliche und wunderbare Weise in etwas Neutrales und sozial Positives überführt würde, war mir immer gelinde gesagt suspekt gewesen. Ich schätze Demystifikationen außerordentlich. Und es gefiel mir, daß die Huren von Tsau Männer waren.

Die eigentliche Errichtung ging tatsächlich sehr hastig vonstatten, und die ganze Zeit schienen alle von dem unterschwelligen Bestreben getrieben zu sein, vollendete Tatsachen zu schaffen. Einige Frauen hielten Laudationes auf Unsere Mutter Mpopo, die allerdings, gemessen an dem, was bei solchen Zeremonien sonst üblich war, recht knapp ausfielen. Und siehe da: Wir waren gerade fertig, als eine kleine Abordnung von Raboupisten erschien. Als Zuschauer waren sie willkommen. Ihr Gruppenimage litt ein wenig, als ein Kamerad zu ihnen stieß, der verschlafen blinzelnd aus einer nahegelegenen Rundhütte kam, in der er nicht wohnte. Wir waren gnädig. Wir befanden uns schon im Aufbruch.

Ich traf Nelson, der zum Ort des bereits abgeschlossenen Geschehens unterwegs war; seine Buschtrommeln hatten mit Verspätung reagiert. Ich mußte ihm mitteilen, daß alles vorbei war. Er war unverkennbar unglücklich. Schon seit mindestens einer Woche bereitete er ein paar Worte für diesen Anlaß vor. Er sei Mpopo tief verbunden gewesen. Es gebe Dinge über sie zu sagen, die nur er hätte sagen können. Dann fragte er mich, wer als Rednerin aufgetreten sei. Er habe Mpopo besser und länger gekannt als sie alle. Und so weiter. Er war wirklich sehr betroffen.

Er hatte ein Recht darauf, zu erfahren, weshalb die Bogenerrichtung ohne Vorankündigung durchgeführt worden war, und ich erzählte es ihm. Ich wollte ihm deutlich machen, daß seine Nichtberücksichtigung eine Nebenwirkung, aber keine Absicht gewesen war. Im nachhinein betrachtet war das vielleicht unbedacht, aber ich möchte doch als mildernden Umstand anführen, daß ich glaubte, die Nachtmänner ihm gegenüber schon erwähnt zu haben, wenn auch nur beiläufig. Möglich, daß dem so war, daß er aber in seiner gelegentlich, eigentlich selten, in jüngster Zeit aber weniger selten auftretenden Stepford-Ehemann-Verfassung gewesen war und nur so getan hatte, als hörte er zu. Vielleicht hatte ich sie aber auch tatsächlich nie erwähnt.

Er war nicht nur verärgert darüber, daß er als letzter von alledem erfuhr – nein, seine Reaktion reichte tiefer. Er gab sich alle Mühe, seine Erschütterung zu verbergen, und weigerte sich trotz meiner entsprechenden Vorstöße, die Sache etwas leichter zu nehmen. Ich sagte, er solle Tsau als ein soziales Gefüge ansehen, das sich endlich normalisierte, erst durch das Auftauchen von Bettlern in Form der Basarwa, und jetzt durch das Auftauchen von Prostitution.

Wir mußten uns irgendwo hinsetzen. Zunächst wollte er nicht reden. Dann wollte er alles hören, was ich wußte. Ein untrügliches Zeichen für seine extreme Gemütslage war, daß er sich die Fingernägel auf den Scheitel drückte, als drohte eine Kraftsäule aus seiner Fontanelle emporzuwachsen. Er tat es gleich zweimal.

Ich höre die Biografie von Edward Lear

Er wirkte den ganzen Tag über angeschlagen, bis in den Abend hinein. Ich dachte, Sex könnte vielleicht Abhilfe schaffen, und signalisierte Ansprechbarkeit. Ich weiß nicht mehr genau, woran es letztendlich scheiterte, aber es hatte irgend etwas mit meinen Händen zu tun, die nach einem Nachmittag in der Stoffdruckerei hellblau waren. Wir schweiften ab, obwohl so etwas für ihn sonst eigentlich nie ein Hindernis darstellte. Ihre Köpfe war'n grün, ihre Hände war'n blau, und sie stachen in See per Sieb, rezitierte er. Er verehrte Edward Lear. Ich auch. Aber ob ich denn wisse, wie unglücklich Lears Leben gewesen sei, daß ihn seine Homosexualität gezwungen habe, sein Dasein in Gegenden wie Korsika zu fristen? Nein, das wußte ich nicht, und er erzählte es mir in extenso. Die Situation ähnelte mehr und mehr einer Begebenheit aus meinem früheren Leben, als jemand, von dem ich genau wußte, daß er eigentlich ganz verzweifelt war, auf ein Buch zu sprechen kam, das er jüngst gelesen hatte, ich aber nicht, und begann, umständlich und mühsam den ganzen Inhalt vor mir auszubreiten, nur um nicht gezwungen zu sein, sich mit seinem Kummer auseinanderzusetzen, von dem auch ich wußte. Ich werde die *Autobiographie von Lincoln Steffens* nie lesen müssen.

Warum siehst du so aus?

Ich weiß nicht genau, wie lange es dauerte, einen Tag oder zwei oder drei, aber es können höchstens drei bis zum ernstlichen Anfang vom Ende gewesen sein.

Welcher Abend es auch immer war - jedenfalls war Nelson beim Essen extrem schweigsam, was zwischen uns beiden ein Kuriosum darstellte. Er hatte viel Zeit in Klausur mit Dineo verbracht, soviel Zeit, daß mir dabei nicht ganz geheuer war. Es hieß, er hätte Erkundigungen über die Nachtmänner eingeholt.

Ich fragte: Warum siehst du so aus?

Wie sehe ich denn aus? Es kostete ihn Überwindung, nur soviel zu sagen.

Du siehst aus wie ein klinischer Fall von Dissoziation, jedenfalls fast.

Natürlich sagte ich das nicht laut, aber das Bild, das mir bei seinem Anblick in den Sinn kam, war meine Mutter in manchen ihrer Tiefs.

Es folgte ein grauenvoller Versuch meinerseits, munter und normal zu erscheinen, der durch seine Grabesstimme aber vereitelt wurde.

Schließlich konnte ich ihm aus der Nase ziehen, was er mit Dineo besprochen hatte. Es stand in keinerlei Zusammenhang mit den Nachtmännern. Hector Raboupi hatte ein Mädchen geschwängert, eine Minderjährige.

Seltsamerweise hatte er sich vorgenommen, mir nicht zu sagen, um wen es sich handelte. Aber ich holte es aus ihm heraus, indem ich ihn daran erinnerte, daß ich Freundinnen hätte, die es mir ohnehin verraten würden.

Es war Adelah Makhise. Sie war dreizehn, ein Kind. Ich hatte sie sehr gern. Sie war hinreißend und so gescheit, daß sie sich auf den Wechsel an die staatliche Oberschule in Kang vorbereitete. Ich war krank vor Wut. Es mußte etwas geschehen. Es kam zu einer totalen Rollenumkehrung zwischen uns; jetzt war ich außer mir vor Wut, und er hätte mich trösten und die Dinge zurechtrücken müssen, während zuvor ich die Rolle gehabt hatte, ihn hinsichtlich der Nachtmänner zu beruhigen. Dies hier hatte nichts mit Nachtmännern oder Prostitution zu tun. Allem Anschein nach handelte es sich um nichts anderes als eine schlichte Verführung.

Aber Nelson war regelrecht ausgelaugt. Er hatte keine Reserven, nichts zum Abgeben. Alles, was er sagte, klang pro forma. Und das schlimmste war, daß ich allmählich zu der Überzeugung gelangte, er sei mehr daran interessiert, mich zu beobachten als mir zu helfen. Ich kam mir vor wie ein Studienobjekt.

Ich weiß, wie fahrig ich gewirkt haben muß. Ich wollte alles genau wissen, aber nicht in einer bestimmten Reihenfolge. Hatte Raboupi die Absicht, das Kind zu heiraten? Nelson lachte. Das brachte mich noch mehr in Rage. Der einzige Ort auf der ganzen Welt, wo Adelah, diesem kostbaren kleinen Wesen, so etwas niemals hätte passieren dürfen, war Tsau. Wie würde Raboupi bestraft werden?

Du kennst die Kultur, sagte Nelson. Das hieß, man würde von Raboupi höchstens verlangen können, daß er Adelah monatlich etwa vierzig Pula zahlte, als Wiedergutmachung, vorausgesetzt, sie bestand überhaupt darauf. Aber was werden die Frauen unternehmen? wollte ich wissen. Es würde doch wohl bessere Lösungen geben als die mickrigen vierzig Pula. Raboupi mußte bestraft, ja gedemütigt werden. Es müßte so etwas geben wie die Praktik im alten Rom, wo Gläubiger Rotten gedungen hatten, um Nassauern auf Schritt und Tritt zu folgen und sie als das zu brandmarken, was sie waren. Dank meiner Kryptomnesie fiel mir sogar der Name für diesen Brauch wieder ein - Convitium. Vermutlich war er es gewohnt, daß ich gelegentlich solche Treffer landete, aber ich interpretierte das Ausbleiben jeglicher Reaktion von seiner Seite als ein Zeichen dafür, daß er mich ernst nahm. Ich wollte darauf hinaus, daß für Fälle wie den von Adelah eine Etikette, sozusagen eine soziale Erfindung, fehlte. Und wem war das anzulasten, wenn nicht dem Menschen in Tsau, dessen Name für soziale Erfindungen stand?

Und dann sagte er plötzlich und für mich völlig überraschend: Irgendwann müssen wir mal darüber reden, ob Boswell Johnson gehaßt hat, was ich beweisen kann.

Ich weiß nicht, ob dies ein absichtlich proteisches Verhalten à la in die Enge getriebener Eselhase war oder nur Zufall. Ich mußte mich anstrengen, irgendeinen Zusammenhang mit irgend etwas zu erkennen. Eine Zeitlang hatte er mich wegen meines Boswellschen Verhältnisses zu ihm aufgezogen. Und kürzlich hatte er sich meine Oxford-Taschenbuchausgabe von *Denkwürdigkeiten aus Johnsons Leben* ausgeliehen, was er nie gelesen hatte. Seinerzeit habe ich meinen Oxford-Boswell überall mit hingeschleppt, als eiserne Reserve, falls ich mir irgendwo, wo Lesematerial rar war, ein Bein brechen sollte. Ich hatte schon ein paarmal mit den *Denkwürdigkeiten* angefangen, war aber eigentlich immer nur bis zu Johnsons Lateinnachhilfe für seine Klassenkameraden gekommen, die er ihnen als Gegenleistung dafür bot, daß sie ihn huckepack zur Schule trugen. Es brauchte ihrer drei, um diese Aufgabe zu bewältigen. Dann wollte Nelson mich offenbar darüber aufklären, daß Johnson bei der britischen Admiralität alle Hebel in Bewegung gesetzt habe, damit ihm sein Kammerdiener, ein befreiter Sklave, der ihm weggelaufen und zur See gegangen war, gegen dessen Willen zurückgeschickt würde – dies zur Illustration von Johnsons häßlicher Seite, die Boswell permanent beleuchte. Ich weigerte mich, darüber zu sprechen. Es war mir neu, wenn es denn stimmte. Und es war derzeit nicht unser dringendstes Thema.

Du erzeugst bei mir kognitive Dissonanz, sagte ich, bitte laß das. Was soll wegen Adelah geschehen?

Du kannst dich ja um die Sache kümmern, sagte er, immer noch in jenem distanzierten Ton, den ich abscheulich fand und der furchtbar feindselig wirkte.

Ich bin weiß, sagte ich. Was könnte ich schon ausrichten? Was ist mit der Mutter?

Nelson sagte, es hieße, daß sie sich nicht sonderlich aufregte. Es handle sich schließlich nicht um eine furchtbare Schande. Er sagte, Dineo glaube, Adelahs Mutter hätte möglicherweise bereits ein Geldgeschenk von Hector erhalten, also eine Art Versicherung dafür, daß er seinen Pflichten nachkommen werde. Hector verfügte über erstaunlich hohe Einkünfte, die teilweise aus dem Wildhandel stammten, den er mit den Basarwa aufgezogen hatte. Aber das werde er im Auge behalten, versicherte mir Nelson.

Abtreibung, dachte ich. Ich wußte, daß die Krankenschwester das konnte. Und bei ein paar anderen Frauen war ich mir ziemlich sicher, daß sie es machen konnten. Aber im wievielten Monat war Adelah?

Ich glaube, im fünften, sagte Denoon, und wenn du an Abtreibung denkst, das geht nicht.

Weil es zu spät ist, meinst du?

Vielleicht ist sie auch erst im vierten, sagte er, aber es geht trotzdem nicht.

Du meinst, weil sie schon gefragt worden ist und erklärt hat, daß sie das Kind kriegen will? Wenn es das ist, laß mich bitte noch mal mit ihr reden, bevor jemand endgültig nein sagt.

Nein, sagte er und stand auf, aschfahl im Gesicht. Nein, ein Schwangerschaftsabbruch fehlt uns gerade noch. Das ist illegal. Wir haben Feinde in Gaborone, die nur darauf warten, daß wir gegen das Gesetz verstoßen. Und für die wäre eine Abtreibung ein gefundenes Fressen.

Ich sagte, Ach so, dann ist der kleine Fleischhandel zwischen Raboupi und den Basarwa, der tout court einen Gesetzesbruch darstellt, aber nur Männer betrifft, also ganz in Ordnung. Aber ein Gesetzesbruch, der von ein oder zwei Frauen zugunsten eines jungen Mädchens begangen wird, ist nicht in Ordnung - verstehe ich dich da richtig? Ja, was sagt man dazu?

Die Christen gegen uns aufbringen, das ist so ziemlich das letzte, was wir jetzt brauchen könnten, sagte er. Wenn unser Wildhandel auffliegt, ist das auch nicht gut, aber die Leute, die hierzulande das Sagen haben, haben Rinder und wissen, daß die Jungs draußen auf den Viehstationen hin und wieder ähnliche Dinger drehen.

Ich machte irgendeine hitzige Bemerkung über Pragmatismus und benutzte dafür das deutsche Wort Realpolitik. Er reagierte nicht inhaltlich, sondern korrigierte meine Aussprache, was ich demütigend fand. Mir wurde klar, daß ich dieses Wort bislang nie gehört, sondern immer nur gedruckt gesehen hatte.

Mach, was du willst, sagte er, als müsse er jetzt auch noch kindischen Trotz demonstrieren. Aber vergiß nicht, daß es zwei Dinge gibt, die Gaborone, ob links, rechts oder Mitte, nie verzeiht - Viehdiebstahl und Schwangerschaftsabbruch.

Als er dann noch nachlegte: Wir könnten das Neugeborene natürlich aussetzen, hatte ich endgültig die Nase voll. Ich wußte, daß es reine Provokation war, und ich hatte auch nicht vergessen, wie sehr gerade er sich ins Zeug gelegt hatte, damit eine Straße nach einer Frau benannt wurde, deren wichtigstes Anliegen es gewesen war, ausgesetzte Babys im gesamten westlichen Afrika zu retten, aber das war trotzdem zuviel.

In diesem Augenblick konnte ich es nicht ertragen, mit ihm im selben Raum zu sein. Offenbar beruhte das Gefühl auf Gegenseitigkeit. Ich spürte, daß ich ihm einen Gefallen damit tat, als erste das Haus zu verlassen, und als ich kurz darauf zurückkam, um eine Taschenlampe zu holen, war offenkundig auch er im Begriff zu verschwinden, weil er wohl nicht daheim sein wollte, falls ich auftauchte, bevor er zur Détente bereit war.

Es war mir egal. Nichts war gut. Ich ging wieder. Bewußt unvorsichtig bahnte ich mir einen mühsamen Weg mitten durch den Busch, über einen Hang des Koppie, bis ich zu einer Stelle kam, wo ich die Nachtfeuer der Basarwa betrachten konnte. Natürlich holte ich mir ein paar Kratzer. Es war kalt, und ich hatte mir nichts übergezogen. Irgendwie erschien es mir stimmig, daß ich voller Bitterkeit dahockte und auf die Basarwa hinabsah, die außer ein paar Läusen nichts hatten und trotzdem zufriedener waren als wir. Die Feuer verglimmen, und dann flackern sie wieder auf, wenn nachgelegt wird, wenn es am kältesten ist, kurz vor Morgengrauen. So lange blieb ich. Ich bekam Halsschmerzen, und auch das erschien mir stimmig.

Nicht mit rechten Dingen

Von meinem Krähennest ging ich direkt zur Plaza. Ich wollte nichts als einen Job, bei dem ich es warm hatte, zum Beispiel in der Küche oder in der Wäscherei, und der so simpel war, daß ich während der Arbeit dumpf vor mich hin brüten konnte. Aber irgend etwas stimmte nicht. Es waren mehr Menschen auf der Plaza als zu so früher Stunde üblich. Und es war eine gewisse Unruhe oder Nervosität zu spüren. Wieder schoß mir durch den Kopf, wieviel Wahres doch daran war, daß ein Dorf wie Tsau einem Organismus glich und daß ich immer mehr zu einem Teil dieses Organismus wurde. Ein Gefühl der Angst lag in der Luft, irgend etwas stimmte nicht. Ich brauchte eine Verschnaufpause. Ich hatte noch Dornen und Zweige im Haar. Und dann sah ich etwas, das ich noch nie gesehen hatte: Dineo in gestrecktem Lauf, die Röcke ihres Gewandes hochgerafft, so daß ihre beneidenswerten und für Frauen wie mich deprimierend wohlgestalten Schenkel zum Vorschein kamen. Sie rannte aus meinem Gesichtsfeld und hinein ins Sekopololo-Gebäude.

Ein Trupp kam die Gladys-and-Ruth hoch. So etwas hatte ich in Tsau noch nie gesehen. Es war ein Aufmarsch. Die Gruppe trillerte und lief im Gleichschritt, wie Zulus auf dem Kriegspfad. Sie würden fix und fertig sein, bis sie auf der Plaza waren. Wo bin ich eigentlich? dachte ich. Etliche Frauen verließen die Plaza in verdächtiger Hast, wie ich fand. Der kriegerische Aufmarsch mußte irgend etwas bedeuten. Dann erschien Mma Isang und stellte sich zu mir. Sie sagte: Sie kochen vor Wut. Das waren die letzten englischen Worte, die ich für Stunden zu hören bekam. Dorcas führte den Kampftrupp an. Ich dankte dem Himmel, als Dineo wieder auftauchte, sehr gefaßt, ganz in Schwarz samt schwarzem Turban, hieratisch. Sie würde etwas unternehmen. Es waren auch Männer in Dorcas' Aufgebot, sie hatten sich gleich hinter den Batlodi und dem üblichen Gefolge eingereiht, aber Hector konnte ich nirgendwo sehen. Dineo hielt Ausschau nach Dirang, fragte eindringlich: Wo ist der Ochse? Ich wartete auf Tee. Eigentlich gab es um diese Zeit Tee, aber derartige Regeln galten heute nicht. Der Tee verspätete sich, und Dorcas war im Anmarsch, aufgelöst, außer sich.

Ich dachte noch, wie theatralisch wir auf jemanden wirken müßten, der in einiger Entfernung und mit Blick auf die Plaza postiert wäre: Frauen, verteilt über die oberen Treppenfluchten, arrangiert wie bei einer Studentenaufführung von Antigone.

Und dann kam Dorcas mit ihrem Gefolge. Es bestand aus mindestens dreißig Leuten. Und es schienen ständig mehr zu werden. Sofort begann Dorcas loszukreischen, vor allem in meine Richtung: Wo Rra Puleng sei? Und warum ich dastehe und zittere – was ich denn hätte?

Mma Isang sagte: Sie ist zur Arbeit gekommen. Worum machst du diesen Aufstand?

Und nun vollführte Dorcas etwas, das ich Batswana-Frauen bisher nur bei Beerdigungen hatte tun sehen: Sie verfiel in wildes Fuchteln, und ihre Hände flatterten derartig, daß sie sogar einen Moment gestützt werden mußte, ehe sie weitermachen konnte.

Meine Aufmerksamkeit war geteilt. Einige von Dorcas' Leuten rannten zur Plaza-Glocke hinüber. Es gab ein Handgemenge. Der Ochse verteidigte die Glocke für unsere Seite. Dorcas selbst schien nur wildes Zeug stammeln zu können. Sie kreischte mich und bisweilen auch Dineo an. Wo ist mein Bruder? lautete die Kernfrage. Sie schien zu glauben, daß ich wüßte, wo ihr Bruder wäre, aber sie schien auch zu wissen, daß ihrem Bruder etwas Schlimmes zugestoßen war. Sie sagte, sie habe eine Vision gehabt: Hector sei tot, ermordet. Das war die erste Version, die ich von ihr hörte. Es sollten noch andere folgen. Sie machte eine Bewegung, als wolle sie mich kratzen, und sagte: Du bist schmutzig. Ich nahm an, daß sie auf meine momentane Ungepflegtheit anspielte, aber sie meinte etwas anderes. Ihre Gruppe baute sich bereits vor mir auf.

In Streßsituationen ist mein Tswana nicht das, was es sein sollte. Ich versuchte zu sagen, daß sie sich nicht so aufregen dürfe oder daß sie sich zu sehr aufrege, aber ich verwechselte gakatsega mit gakatea, so daß ich ihr in Wirklichkeit mitteilte, sie sei zu wütend. Das war Öl ins Feuer. Sie fing an, Himmel und Erde um Bestätigung dafür anzurufen, daß sie auch allen Grund hätte, wütend zu sein, gerade sie.

Es ist mir äußerst zuwider, umringt zu werden. Und es gab gleich zwei essentielle Gründe dafür, daß ich mich aus dem Kreis schob oder vielmehr drängte. Ululieren aus der Entfernung ist eine Sache, und eine ganz andere Sache ist es, wenn es sich voller Haß und aus nächster Nähe gegen einen selbst richtet. Davor mußte ich mich in Sicherheit bringen. Und außerdem mußte ich unbedingt etwas essen, ein Ei, ein Scone, egal was; mein Blutzuckerspiegel war viel zu niedrig für das, was mir hier widerfuhr. Ich rannte über den Platz, um mich zu Dineo auf die Veranda von Sekopololo zu retten.

Niemand machte eine besonders gute Figur. Dineo marschierte im Kreis, verschwand im Sekopololo-Büro, kam wieder heraus, kritzelte Notizen auf irgendwelche Zettel, wedelte mit diesen Zetteln herum und zerknüllte sie dann, weil keiner sie haben wollte.

Weißt du, worum es hier eigentlich geht? fragte ich sie. Sie wußte es offensichtlich nicht. Wundersamerweise hatte sie einen Teller mit hartgekochten Eiern auf dem Schreibtisch stehen. Ich schnappte mir eins und kratzte die Schale ab.

Von der Veranda aus bekam ich mit, wie Dorcas eine andere Version des Geschehenen zum besten gab. Diesmal hieß es, sie habe gehört, wie Hector sein Rondavel, das kleinere auf ihrer Parzelle, verließ, nachdem jemand sehr leise nach ihm gerufen hätte. Sie habe sich nichts weiter dabei gedacht, weil er manchmal nachts loszog, zur Gerberei, um nach den Chemikalien zu sehen und Häute von einem Bad in ein anderes zu legen. Sie sei wieder eingeschlafen und habe fest geschlafen, schon wegen der vielen Arbeit in letzter Zeit, und als dann draußen ein Schrei ertönte, habe sie diesen Schrei zu einem Teil ihres Traums gemacht. Aber jetzt wisse sie, daß es der Schrei ihres Bruders gewesen sei. Und selbst wenn sie von dem Schrei aufgewacht wäre, hätte sie bestimmt Angst gehabt hinauszugehen, wegen der vielen Feinde, die Hector ständig umlauerten. Aber sie habe nun mal weitergeschlafen und erst am Morgen begriffen, daß der Schrei ihres Bruders, von dem sie geträumt hatte, in Wirklichkeit seine Stimme gewesen sei, die rief, er sei ermordet worden. Und als die Kumpel ihres Bruders kamen, um ihn wie üblich abzuholen, und er fort war, da habe sie gewußt, daß er irgendwo tot aufgefunden werden würde.

Ich begann mich auf peinliche Art zu fürchten. Am liebsten hätte ich gesagt: Ich habe mit diesem Ort nichts zu tun, ich bin auf dem Weg nach Hause, meine Koffer sind praktisch schon gepackt. Dorcas beendete ihre Arie mit einem wahren Crescendo der Hysterie.

Ich verschluckte mich fast an meinem Ei. Ich schäme mich, es zuzugeben, aber ich dachte voller Entsetzen, daß Nelson und ich die einzigen Weißen im Umkreis von zweihundert Meilen waren.

Durch Dorcas' Trupp ging ein Ruck, dann schwenkte er ungeordnet nach rechts und verließ den Ort des Geschehens, während Dorcas laut rief, Hectors Leiche liege in den Felsen und Dineo solle die Schlangenfrauen zusammentrommeln, um eine Suchaktion zu starten. Dann verschwanden sie endlich. Ich wollte schon erleichtert aufatmen, als ich begriff, daß sie sich auf den Weg zum Oktagon machten. Ich zischte Dineo zu, daß wir ihnen folgen müßten. Sie war gerade dabei, eine Liste aufzustellen. Das Komitee müsse zusammentreten. Aber sie legte ihren Stift beiseite und versprach zu kommen. Ich rannte ihnen schon hinterher. Nelson schlief nackt; vielleicht war er noch nicht einmal wach.

Als ich das Oktagon erreichte, sah ich, daß der Hilfskessel unter Dampf stand und daß Dorcas und ihr Gefolge das Badezelt umstellt hatten. Es kam mir ziemlich seltsam vor, daß Nelson sich die Mühe gemacht hatte, die Badeapparatur in Gang zu setzen, zumal ich ganz ohne Zweifel nicht mit einbezogen war, aber auch weil es bei kaltem Wetter eine Menge Arbeit kostete und die Wanne schon ausgekühlt war, wenn man sich gerade eingeseift hatte. Es entsetzte mich, daß die Frauen offenbar einfach ins Haus gegangen waren, um ihn zu suchen.

Der Mob - als etwas anderes ließen sich Dorcas und ihre Leute allmählich nicht mehr bezeichnen - strich vor dem Zelt herum und rief hinein, Nelson solle herauskommen; mehrere Frauen ululierten direkt in die Planen.

Ich versuchte, Ruhe und Gefaßtheit zu verkörpern. Es muß mir gelungen sein. Ich wurde, wenn auch widerwillig, durchgelassen und konnte ins Zelt. Wahrscheinlich war es meine unbedingte Entschlossenheit, hineinzugelangen, auf die sie reagierten. Denoon hatte eine Angewohnheit, die sich zweifellos in einem langen und über weite Strecken auch einsamen Leben an der Peripherie hatte entwickeln können. Er lief mehr nackt herum als allgemein üblich. Ich war es gewohnt. Vor einem Mann, mit dem ich liiert bin, kann ich relativ gelassen nackt herumlaufen, aber bei Denoon wurde ich nach und nach zurückhaltender. Er reagierte überdurchschnittlich intensiv auf weibliche Blöße. Er behauptete, das sei generationsbedingt. Männer seiner Altersgruppe hätten die ersten zwanzig Jahre ihres Lebens darauf gewartet, endlich ein nacktes Weib leibhaftig zu sehen, und blah blah blah. Jedenfalls hatte ich ein ganzes Sortiment kimonoartiger Gewänder gefertigt und an verschiedene Stellen verteilt – eins hing im Abtritthäuschen, eins im Badezelt, meine kostbare Yakuta blieb im Haus. Ich kam also ins Zelt, und da war er, mein Nelson, nackt, naß bis zum Nabel, weil er sich aus der Wanne hochgestemmt hatte, als der Aufruhr begann. In seiner Verwirrung zwängte er sich in mein Gewand. Er müsse mit mir reden, dringend natürlich. Er habe mich in der Nacht gesucht und so weiter, und er wolle wissen, was los sei, was das alles zu bedeuten habe. Er schwankte zwischen verdattert und tief beunruhigt. Ich sagte ihm, er solle sich nicht von der Stelle rühren, bis ich ihm seine Safarishorts, ein Hemd und Sandalen gebracht hätte, ich würde das schon regeln. Ich riß ihm mein Gewand vom Leib, wobei ich es etwas lädierte. Er würde sich nicht in diesem geblümten Ding blicken lassen – nur über meine Leiche. Später leugnete er, daß er mich, als ich hereinplatzte, einen Moment lang für eine der Furien gehalten hatte, die ihn belagerten, aber tatsächlich hatte es diesen Moment gegeben, ein kurzes Aufblitzen nur, doch ich war gekränkt.

Ich streckte den Kopf nach draußen, um zu verkünden, daß alles warten müsse, bis ich Nelson etwas Richtiges zum Anziehen gebracht hätte. Noch während ich redete, drängte sich jemand ins Zelt, Dorcas, wieder außer sich. Ich hatte ganz selbstverständlich den Stöpsel gezogen, in der Annahme, daß das Bad jetzt ausfallen würde. Dorcas kreischte und deutete auf das ablaufende Wasser. Sie rief: Er darf sich nicht waschen, und wir müssen ihn auf Blut untersuchen. Die anderen taten es ihr nach und schrien: Blut, Blut. Nelson stand in der Ecke, mit dem Rücken zu ihr.

Ich wurde angetrillert, als ich aus dem Zelt trat. Ich ging ins Haus, klaubte ein paar Kleidungsstücke zusammen und kam zurück. Mittlerweile waren noch ein paar mehr Frauen im Zelt. Ich stellte mich vor ihn, während er sich anzog. Alle blieben. Ich war empört.

Ich sagte auf englisch zu Nelson: Begreifst du, daß sie behaupten, du hättest Raboupi etwas angetan oder ihn sogar umgebracht? Er nickte. Es grauste ihn. Aber er verstand.

Dorcas erklärte mir: Du darfst ab diesem Moment nicht mehr sprechen.

Lauter Maulhelden. Ich sagte zu Nelson: Laß nicht zu, daß sie dich anrühren.

Zeig deine Hände, riefen sie, wegen der Spuren.

Nelson sah Dorcas direkt in die Augen und fragte, ob er ihr jemals etwas angetan hätte, aber dann verdarb er alles, indem er ihr versicherte, er spräche als Bruder. Das war natürlich idiotisch von ihm und kam ihr gerade recht.

Rra, mein Bruder liegt irgendwo ermordet, kreischte sie - mit südafrikanischem Akzent, was sehr merkwürdig war, aber war in diesem Moment nicht alles merkwürdig? Meine ganze Welt war merkwürdig. Viele progressive Batswana in Gabs geben sich Mühe, möglichst südafrikanisch zu klingen, möchten gern für Südafrikaner gehalten werden, weil sie finden, das wäre weltmännischer, aber hier in Tsau ergab es keinen Sinn.

Nelson machte auf beschwichtigend. Ich sagte zu ihm - ohne die zu beachten, die Dorcas darauf hinwiesen, daß ich trotz ihres Verbots redete -, Du mußt dich herrichten, dein Haar ist zerzaust, du siehst aus wie ein Irrer, du mußt darauf bestehen. Aber nein, er verlangte nichts weiter vom Leben, als daß das, was auch immer kommen mochte, gewaltlos ablaufen würde. Und dagegen war auch nichts einzuwenden, außer daß Maulhelden manchmal schon beim ersten Anzeichen von Gegenwehr klein beigeben, aber wir waren weiß, und insofern hatte er unter den gegebenen Umständen wohl nicht unrecht. Als ich mich rückwärts aus dem Zelt schob - nicht durch den Öffnungsspalt, weil der blockiert war, sondern irgendwo an der Seite -, trat irgendeine blöde Kuh auf den Saum der Plane, um mich zu zwingen, auf allen vieren hinauszukriechen. Ich stemmte das Ding hoch wie Atlas. Das war etwas nie Dagewesenes, etwas Undenkbares.

Mir fiel auf, daß mittlerweile noch ein paar Männer hinzugekommen waren, aber besonders interessant fand ich, daß sie rigoros auf die Rolle der Speerträger beschränkt wurden. Die Frauen scheuchten sie weg, sobald sie sich in die Auseinandersetzung am Zelt einmischen wollten. Zu diesem Zeitpunkt hätte ich nicht übel Lust gehabt, mich ein bißchen zu prügeln. Ich habe nun mal einen Hang zum Körperlichen. Ich glaube, in meiner Hysterie wollte ich die weibliche Inkarnation des Stahlgewitters sein. Als Jugendliche war ich immer diejenige gewesen, die an Silvester ihre Freundinnen um sich scharen und mit ihnen ins dichteste Gedränge von St. Paul vorstoßen wollte, zumal die Männer, die dort aufliefen, reelle Nordeuropäer sein würden, die mehr zum Kotzen tendierten als zum Grapschen und Abknutschen à la San Francisco. Aber trotzdem. Ich schwor meinen Freundinnen, daß uns niemand anrühren würde. Ich weiß nicht genau, was ich damit meinte, aber ich glaubte es. Wir würden sicher sein - irgendwie. Drei und später vier von ihnen begleiteten mich, und tatsächlich rührte uns keiner an, dort, im Herzen des berüchtigtsten Teils von St. Paul. In meinem Abschlußjahr waren wir zu fünft. Wieder rührte uns keiner an. Ich glaube, das alles ging mir in diesem Moment durch den Kopf, und dann: Du kannst Männer in Schach halten, aber was kannst du hier tun? Denk nach! Du bist verloren.

Es gab ein weiteres interessantes Scharmützel, bevor die Kavallerie der LoyalistInnen in voller Stärke anrückte und wir wieder zur Plaza hinabmarschieren konnten. Dineo hatte die Schule geschlossen. Viele Kinder begleiteten die LoyalistInnen - lauter potentielle Zeugen, wie mir klar wurde, eine zur Zurückhaltung mahnende Präsenz, genial.

Timing ist alles. Moffat Dabutha, der eigentliche Leiter der Gerberei und eine von Hectors wichtigsten Schachfiguren machte Anstalten, Nelson zu fesseln, ihm die Handgelenke mit Lederriemen zusammenzubinden. Damit überschritt er seine Kompetenzen. Dorcas explodierte. Sie entriß Moffat die Riemen, wand sie sich ums Handgelenk und betonte noch einmal, daß nur Frauen Hand an Rra Puleng legen dürften. Und schon stießen ihn einige von ihnen auf den Sandpfad, der zur Plaza hinunterführte. Der Wind hatte gedreht. Dorcas operierte ganz offen, kommandierte Männer wie Frauen herum. Und unser Lager, konfrontiert mit der Dynamik, die Dorcas entfacht hatte und ständig neu schürte, war überrumpelt, wie vor den Kopf geschlagen. Aber natürlich wirkte auch Nelsons absolute Passivität unterminierend auf uns. Er war wie benommen und machte Anstalten, mit seinen Verfolgern mitzugehen, obwohl er nur eine Sandale anhatte.

Das allerdings brachte ich noch in Ordnung. Ich holte ihm seine zweite Sandale und zwang alle zu warten, bis er richtig hineingeschlüpft war.

Inzwischen fühlte ich mich etwas weniger regrediert. Ich wollte Nelson zu verstehen geben, daß er falsch daran tat, diesen Vorfall als eine Form von legitimem Aufruhr zu behandeln. Das alles hatte etwas Theatralisches und auch Manipulatives. Aber der ganze Zauber würde sich in Wohlgefallen auflösen, wenn Raboupi erst wieder aufkreuzte. Er mußte ja irgendwo stecken. Zu diesem Zeitpunkt konnte ich mir noch nicht vorstellen, daß es bei seinem Verschwinden nicht mit rechten Dingen zugegangen sein sollte, falls er denn überhaupt wirklich verschwunden war.

Dann war Schluß mit dem Gerempel, und wir begaben uns alle hinunter zur Plaza - es war fast ein Spaziergang.

Gruppen und Komitees waren bereits dabei, Aktivitäten zu entfalten. Die obersten Schlangenfrauen versammelten sich. Ich wurde nicht dazugebeten, womit ich aber auch nicht gerechnet hatte. Selbst das Gerechtigkeitskomitee trat zusammen, eine überflüssige Maßnahme, weil es sich in der Regel mit so weltbewegenden Dingen wie offengebliebenen Viehgattern befaßte. Außerdem setzte sich das Gerechtigkeitskomitee aus drei uralten Frauen - unseren Ältesten - zusammen, deren Findungen immer sehr viel Zeit beanspruchten.

Die Alarmglocke bimmelte wie verrückt.

Nelson ging freiwillig mit ins Sekopololo-Gebäude, setzte sich dort in einen Raum und wartete. Er darf sich nicht von der Stelle rühren, er muß bewacht werden, schrie Dorcas. Er darf jetzt nicht herumstreunen. Und mit dem Finger auf mich zeigend, erklärte sie, es dürfe mir nicht gestattet werden, bei ihm zu bleiben oder mit ihm zu sprechen. Einige der Loyalistinnen sagten Gosiame, sie seien einverstanden, während andere meinten, nein, ich müsse bei ihm sein. Ich scherte mich nicht darum. Ich ging hinein und setzte mich auf einen Stuhl vor der Tür des Raumes, in dem Nelson wartete. Dorcas war sich inzwischen ganz sicher, daß es Nelsons Stimme gewesen war, die sie nach Hector hatte rufen hören. Ständig liefen neue Negativmeldungen ein: Hector war weder an diesem Ort gefunden worden noch an jenem oder jenem. Ich würde einen Studienurlaub beantragen, sobald das hier überstanden war. Dineo ging hinein, um mit Nelson zu reden. Ich kriegte nichts mit. Nelson sprach Tswana. Auch andere Leute gingen ein und aus. Niemand sah mich an.

Für einen Moment befiel mich Angst wegen unseres Hauses, unserer Sachen. Ich wußte, daß Leute im Haus gewesen waren, und fürchtete, sie hätten vielleicht irgend etwas gefunden, das uns gefährlich werden könnte, obwohl mir gar nicht klar war, was das hätte sein sollen. Ich mußte hin und mich vergewissern. Doch alles schien unverändert, bis auf das Funkgerät - es sah aus, als seien einige Drähte und Kontakte aus dem Gehäuse gerissen worden. Aber das Funkgerät fiel nicht in meine Zuständigkeit, und ich war mir auch nicht sicher, ob mein Eindruck der Realität entsprach. Ich versuchte, mir ein exaktes Bild des möglichen Schadens einzuprägen, damit ich Nelson eine Beschreibung geben konnte, sobald wir Gelegenheit bekamen, miteinander zu sprechen, und das würde sehr bald der Fall sein, dafür würde ich schon sorgen.

Ich kehrte auf meinen Posten vor seiner Tür zurück. Der Frühling hielt Einzug, und es war ein herrlicher Morgen. Es gibt keine schönere Jahreszeit in der Kalahari.

Eine Zelle

Laß dich davon nicht beeindrucken, sagte er.

Aber es war eine Zelle. Es gab kein anderes Wort dafür. Sie hatten einen Strohsack, einen Eimer mit Deckel und einen Wasserkrug samt Becher herbeigeschafft. Er sagte: Ich bin freiwillig hier. Die brauchen das so. Die wissen genau, daß ich nichts über Raboupi weiß; ich habe geschlafen.

Wir umarmten uns. Er bat mich, wenn irgend möglich, nicht länger auf Tragik zu machen. Das hier sei nicht weiter wichtig und werde bald vorbeigehen. Wir erklärten einander unsere Liebe.

Kannst du den wenigstens ungestört benutzen? fragte ich und zeigte auf den Eimer. Es hatte ein ziemlich ungeregeltes Kommen und Gehen geherrscht, und von Anklopfen konnte keine Rede sein.

Weiß ich noch nicht, sagte er, aber ich denke schon.

Ich beschrieb ihm den Zustand des Funkgeräts, so gut ich konnte. Er meinte, daß vielleicht ein paar Verbindungsstücke fehlten, aber vielleicht auch nicht; jedenfalls spiele es keine Rolle, da er für alles Ersatzteile habe.

Niemandem wird etwas geschehen, sagte er. Aber ich spürte die Anstrengung hinter seinen Worten.

Du mußt dich mehr wehren, sagte ich. Er ließ mich kaum ausreden. Sein Lächeln war mir noch nie so transzendent erschienen. Es gefiel mir gar nicht. Das Ganze war eine demonstrative Darstellung seines Vertrauens in den von ihm erschaffenen Gesellschaftskörper oder Organismus, und ich sollte einfach tatenlos zusehen. Ich kannte seine Tropen. Dieser ließ sich auf einen jämmerlichen Fatalismus reduzieren. Im Klartext sagte er: Wenn dieses mein Kind oder Geschöpf mich enttäuscht, dann habe ich es enttäuscht, dann habe ich mir das selbst zuzuschreiben und verdiene es auch nicht anders.

Ich ging hinaus, kehrte aber auf dem Absatz um und sagte: Wir haben so herrliches Wetter, kannst du nicht mal für einen Augenblick herauskommen und einfach tief Luft holen? Nein, lautete die Antwort, es seien Versammlungen in Gang. Er tat, als wäre es seine freie Entscheidung.

Ich hatte meine eigenen Vermutungen zu Raboupi. Die allererste lautete: Wenn er tatsächlich verschwunden war, dann hatten er und Dorcas die Sache selbst eingefädelt. Und dann: Oder vielleicht Freunde von Adelah? Ich konnte Raboupi ja selber nicht ausstehen. Und was war mit den Basarwa, die er zweifellos auf übelste Weise betrog? Aber es hatte keinen Sinn. Nelson wollte nicht spekulieren. Die Zeit werde die Dinge schon regeln. Es gebe ein paar Sachen, die ich ihm bringen könne, wenn mir das recht sei.

Nelson ist sehr gefaßt

Tsau wurde zum reinsten Bienenstock: Es gab die Versammlungen, dann die Schlangenfrauen, die auf der Plaza ein- und auszogen, um eine Suchaktion nach der anderen zu starten, und die vielen Gerüchte.

Zwei schlimme Tage lang stand Nelson unter Büro-Arrest - ein anderes Wort dafür wüßte ich nicht. Die Stimmung mir gegenüber war labil, aber das machte mir am wenigsten zu schaffen. Ich saß in erster Linie untätig herum. Alles schien willkürlich zu sein: Mal konnte ich einfach hineinspazieren und Nelson besuchen, mal wurde ich abgewiesen. Wenn ich zu ihm durfte, fand ich ihn in sehr gefaßter, ja meditativer Stimmung. Ich verkniff es mir, den Leuten bestimmte Dinge über Nelson zu erzählen, die sie eigentlich hätten wissen sollen, etwa daß er seinen Oberkörper jeden Tag gründlich waschen mußte, weil er unter seinem dichten Brusthaar sonst einen Ausschlag bekam. Er behauptete, gegen seinen eigenen Schweiß allergisch zu sein, aber ich wußte, daß der Ausschlag bakteriell bedingt war, weil Zaubernuß, ein Mittel, das uns in Tsau leider ausgegangen war, ihn immer schon nach wenigen Anwendungen zum Verschwinden brachte. Seine Botschaft an mich blieb unverändert - dies hier werde vorübergehen, die Mühlen der Götter mahlten, es käme darauf an, nicht die Geduld zu verlieren.

In bezug auf die Alltagsgeschäfte setzte ein gewisser Schlendrian ein. Der Barclays-Flieger landete und flog wieder ab, und kein Mensch ließ sich am Flugplatz blicken. Ich war diejenige, die dorthin marschierte und anschließend die maßgeblichen Stellen darauf aufmerksam machte, daß Kisten und andere Sachen an der Landebahn herumstanden und darauf warteten, abgeholt zu werden. Einmal läutete irgendein Unbekannter die Alarmglocke. So was hatte es noch nie gegeben. Der Drang zur Grenzüberschreitung schien sich auszubreiten. Mma Sithebe und Mma Isang versuchten unauffällig, mich im Auge zu behalten und zu beruhigen. Ich hatte keinen Appetit. Ich war unfähig zu planen.

Hinter dem Entschluß, Nelson schließlich doch aus dem Büro-Arrest zu entlassen, standen wohl in erster Linie Nützlichkeitserwägungen: Er wurde gebraucht, um das Funkgerät wieder betriebsbereit zu machen, damit Dorcas Raboupi bei der Polizei in Gaborone Anzeige gegen ihn erstatten konnte. Der Schaden am Funkgerät war real, aber geringfügig; Nelson meinte, es müsse passiert sein, weil die Leute alle möglichen Gegenstände verrückt hätten, ohne achtzugeben. Er tat das Ganze als Lappalie ab. Und die Polizei tat Dorcas' wirren Hilferuf als Lappalie ab. Ein männlicher Verwandter, der sich ohne vorherige Ankündigung verdrückte, war eine Lappalie. Er würde bestimmt wieder auftauchen, sagten sie. Dorcas hatte die Sache zu sehr ausgeschmückt. Ihr Argument, daß gegen Nelson eine Untersuchung eingeleitet werden müsse, weil er wie kein anderer in Tsau wisse, wo es Höhlen und Spalten gab, in denen, wenn man einen Felsen davorwälzte, eine Leiche für immer versteckt werden könne, war für die Polizei nicht nachvollziehbar. Der Schuß ging also daneben. Ich glaube, Nelson hätte sich sogar freiwillig zu einer dritten Nacht Büro-Arrest gemeldet, wenn ich nicht eingeschritten wäre. Er betrachtete seine Gefangenschaft mit Gleichmut. Er las mit Vergnügen das *Taoteking*, das ich ihm auf seinen Wunsch hin gebracht hatte. Du mußt zu mir kommen, sagte ich, weil ich allmählich paranoid werde; ich habe das Gefühl, das Haus wird überwacht, und ich habe Angst, allein dort zu sein. Ich brauche dich bei mir.

Es würde weitere Versammlungen geben. Es würde eine Anhörung geben.

Unsere erste gemeinsame Nacht nach seinem Arrest war merkwürdig. Er hatte kein Interesse an Sex. Ich schon. Noch merkwürdiger war, daß er sich anscheinend nicht dazu durchringen konnte, mir in meiner Panik zu helfen und meine Wahrnehmung zu bestätigen, daß wir zusammen auf einem Felsüberhang hockten. Das hätte ich gebraucht, und darüber hinaus wollte ich, daß wir alles auf den Tisch legten, was uns zu Hector und seinem möglichen Schicksal einfiel, daß wir jedenfalls den Versuch machten, das Rätsel zu lösen oder zu verstehen. Und als wäre es damit nicht genug, wollte ich von ihm auch noch auf irgendeine ihm gemäße Weise überzeugt werden, daß ich mit dem Mann lebte, mit dem ich zu leben geglaubt hatte, dessen Ehrfurcht vor dem menschlichen Leben vollkommen außer Frage stand, der auch nicht das geringste damit zu tun hatte, daß - wenn es denn überhaupt stimmte - Raboupi irgendwie zu Schaden gekommen war. Frauen heiraten angeblich bevorzugt Männer, die größer sind als sie, in der unterbewußten Annahme, daß ein größerer Partner, falls erforderlich, auch ein effektiverer Beschützer - im Klartext Killer - wäre. Für mich hat das nie gegolten. Nicht, daß das als Beweis angeführt werden könnte, aber Nelson und ich sind gleich groß. Ich wollte einen pazifistischen Partner; das hatte ich vermutlich immer schon gewollt, aber mit ihm war dieses Bedürfnis definitiv und stärker geworden. Großartig, sagte ich mir, einfach großartig, wie du mit zunehmendem Alter deine Desiderata intensivierst, brava! Dummerweise existierte dieser Wert neben einem emotionalen Tropus, der besagte, daß Frauen in Fragen der Gewalt größere Freiheit zugestanden werden müsse, da es historische Gründe gebe, weswegen sich Frauengewalt gegen Männer in Vergeltungsschläge verwandle.

Aber ich hoffte vergeblich auf Hilfe von Nelson. Alles, was er wollte, war Normalität.

Ich konnte nichts machen. Zum Thema Hector beschränkte er sich darauf zu sagen, er sei überzeugt davon, daß Hector sein Verschwinden selbst inszeniert habe, natürlich mit Unterstützung, und daß die Wahrheit an den Tag kommen werde. Wir würden den nächsten Akt abwarten müssen. Er war sehr müde. Mir blieb nichts anderes übrig, als einzulenken. Aber es reichte mir nicht, von Nelsons Unschuld überzeugt zu sein; er sollte zu erkennen geben, daß es ihm genauso ernst - um nicht zu sagen todernst - wie mir damit war, den Verantwortlichen zu finden, falls denn doch ein Verbrechen vorlag. Aber natürlich blieb er dabei, das alles wäre Spekulation. Und daran werde er sich nicht beteiligen. Ich könne das gerne tun, wenn ich wolle; zu weiteren Zugeständnissen war er nicht bereit.

Meine niederste Hoffnung behielt ich für mich: daß, wenn dies erst einmal überstanden wäre, die Chancen für seine Loslösung, unsere Loslösung von Tsau vielleicht besser ständen.

Duplikraten und Replikaner

Tsau oszillierte eine weitere Woche lang. Das Mutterkomitee versprach demjenigen, der Hector Raboupi beziehungsweise seine Leiche fand, eine Belohnung von fünfhundert Pula. Nichts lief mehr in gewohnten Bahnen. Kinder wie Lehrer schwänzten Schule, um auf die Suche zu gehen. Selbst die Basarwa wurden hinzugezogen. Als alles erfolglos blieb, kam es zur Anhörung vor dem Gerechtigkeitskomitee.

Ein Dutzend Leute von uns waren aufgefordert worden, schriftliche Erklärungen abzugeben, in denen jeder Schritt, jede Beobachtung in der Nacht von Hectors Verschwinden dokumentiert werden sollte. Hinsichtlich eines Alibis konnte ich Nelson keine Hilfe sein. In jener Nacht hatte er das Haus verlassen. Zur Zeit seiner mutmaßlichen Rückkehr war ich unterwegs gewesen. Wir hatten eine Auseinandersetzung gehabt. Das alles stieß verständlicherweise auf großes Interesse. Das Gerechtigkeitskomitee war außerordentlich gründlich. Die Abweichungen in Dorcas' diversen Aussagen wurden genau registriert. Unmittelbar nachdem man Denoon aus dem Badezelt geholt und zu Sekopololo gebracht hatte, war bei ihm eine gründliche körperliche Untersuchung vorgenommen worden, aber die diversen Kratzer und blauen Flecken an Armen und Oberkörper ließen sich auf die durchaus üblichen Folgen seiner Arbeit zurückführen. Das Ergebnis lautete, daß niemand sagen konnte, was wirklich mit Hector geschehen war. Zwei Möglichkeiten kamen in Betracht: Entweder war er aus irgendwelchen Gründen nach Tikwe gegangen, einem Fliegenklecks von einer Siedlung fünfundvierzig Meilen weiter nördlich, oder zum Herero-Treck dreißig Meilen östlich, auf dem um diese Jahreszeit Hochbetrieb herrschte. Jedenfalls war sein Verschwinden dem Distriktkommissar in Maun gemeldet worden, der der Sache nachgehen sollte. Es schien also ausgestanden zu sein. Dorcas und ihre Freunde wurden ermahnt, ihre Anschuldigungen nicht weiter zu wiederholen. Das hörten sie natürlich nicht gern. Besonders allergisch reagierten sie, als darauf hingewiesen wurde, daß Raboupi auch in der

Vergangenheit schon unangekündigt bis zu drei Tagen aus Tsau verschwunden war. Dorcas bestritt dies heftig, aber es schien zu stimmen.

Adelah hatte eine Fehlgeburt. Ich habe meine eigene Meinung zu der Frage, inwieweit der Abort natürlich bedingt war. Auch Dineo liebte das Mädchen. Und Dirang. Wie wir alle. Jetzt konnte sie zur Schule gehen. Ich schenkte ihr ein Medaillon. Sie sagte, sie würde mir schreiben. Das Wetter war mehr als traumhaft. Es muß wohl wirklich vorbei sein, sagte ich zu Nelson, als ich hörte, daß er gebeten worden war, zu Sekopololo zu kommen, um bei den Abrechnungen zu helfen.

Sein Wunschdenken, die Sache wäre ausgestanden, war so stark und so rührend, daß ich ihn wohl oder übel darin unterstützte. Jetzt können wir gehen, sagte ich. Dein Werk ist vollbracht, und Tsau ist ein ganz normaler Ort: mit Bettlern, Prostituierten und Verbrechen. Die Basarwa waren die Bettler, die Nachtmänner die Prostituierten, und ich dachte immer noch, daß Raboupis spurloses Verschwinden durchaus mit einem Verbrechen zusammenhängen könnte. Nelson fühlte sich heftig angegriffen. Ich entschuldigte mich für meine Frivolität.

Ich wußte, was geschah. Er versuchte, sich in den Professionalismus zu flüchten. Tsau war schließlich seine Profession. Die Botschaft lautete, daß ich bei meinen Lares et penates bleiben und ihn seiner Arbeit nachgehen lassen sollte. Ein Gehirnchirurg konsultiert auch nicht seine Frau zu der Frage, wie er einen Tumor angehen soll, nur weil er sie liebt und sie ein wunderbarer Mensch ist. Eine weitere Botschaft lautete, es sei an der Zeit, daß ich aufhörte, mich wie selbstverständlich als Kollegin zu betrachten.

Und das war's erst einmal. Es spielte keine Rolle, daß er sich vor meinen Augen allmählich mit Trauer vollsog wie eine Hemdmanschette, die versehentlich ins Tintenfaß getaucht wird. Eine seiner Methoden, mich an den Altersunterschied zwischen uns zu erinnern, bestand darin, daß er Reminiszenzen an seine Grundschulzeit hervorkramte, als noch in jedes Pult Tintenfässer eingebaut waren und die Schüler von der Tinten-Aufsicht dafür sorgten, daß sie regelmäßig gefüllt wurden. Man mußte aufpassen, daß man nicht mit dem Ärmel hineingeriet. Ich kam aus der Post-Tintenfaß-Ära. So vieles von meiner geistigen Bilderwelt entstammt inzwischen Nelsons Histörchen und Randbemerkungen, daß es mich geradezu erschreckt. Ich will das nicht. Es ist ja nicht so, als wäre mein eigenes Leben auf seine Weise nicht auch ziemlich bunt gewesen.

Es hagelte sozusagen Winke mit Zaunpfählen, bloß nicht auf die Idee zu kommen, daß ich Nelson zurück nach Amerika locken könnte. Ich habe vergessen, was der Anlaß war, aber wahrscheinlich ging es darum, daß sich weder die Demokraten noch die Republikaner in jenem August auch nur ein Wort des Protests gegen Südafrikas neuerlichen Überfall auf angolanisches Territorium und die Ermordung Hunderter von Menschen in Xangongo hatten abringen können, aber ich bekam bittere Anspielungen auf die Hoffnungslosigkeit des politischen Lebens in den USA zu hören: Die beiden großen Parteien müßten Duplikraten und Replikaner heißen und so weiter. Ich war versucht zu sagen, Dann geh du doch zurück nach Amerika, an Bord des Flaggschiffes jener Kräfte, die in deinen Augen die Welt zerstören, sei ein Mann, heiz die Kessel an, kandidiere für den Kongreß oder gründe eine Bewegung oder so was Ähnliches. Und am liebsten hätte ich hinzugefügt, daß ich genau das täte, wenn ich ein Mann mit seinen vielen Fähigkeiten und mit so entschiedenen Ansichten wäre.

Versiegelte Türen

Denoons Reaktion selbst auf meine leisesten Versuche, drängende Fragen anzuschneiden, erinnerte mich an eine meiner Lieblingsgeschichten aus der Pubertät. Er hatte große Ähnlichkeit mit der Mutter in *Versiegelte Türen*: Eine Mutter leidet an einer unheilbaren Krankheit und liegt schließlich im Sterben. Aber ihre Familie schart sich um sie, und irgendwie lieben und brauchen die anderen sie so sehr, daß davon eine kinetische Wirkung ausgeht und die Frau, obwohl sie tatsächlich stirbt, durch diese Liebesenergie irgendwie reanimiert wird. Sie ist nicht ganz lebendig, was sich in bestimmten Eigenheiten manifestiert – so ist etwa ihr Atem eiskalt. Aber sie schafft es tatsächlich, sich noch ungefähr eine Woche im Haus herumzuschleppen, auf einfache Fragen zu reagieren und so, Rührei zuzubereiten, aber nichts Komplizierteres. Dann wird ihr das alles zuviel, und sie stirbt ganz. So war Nelson in dieser Phase. Wir hatten zwei- oder dreimal ordentlich Regen abbekommen. Unter normalen Umständen hätte ihn das unheimlich aufgemöbelt. Aber er zeigte nur pro forma Freude.

Er beantwortete meine Fragen willig, aber zugleich irgendwie bemüht und nicht wirklich engagiert, wie ich fand. Und diese Antworten schienen ihn so viel Kraft zu kosten, daß ich fürchtete, ich könnte etwas Schlimmes anrichten, wenn ich weiter insistierte. Also griff ich auf mein Allheilmittel, meine Skriptomanie, zurück und listete sämtliche Fragen auf, die ich ihm eines Tages vielleicht stellen würde, wenn er wieder ganz er selbst war und wir die Probleme nach den Gesetzen der Vernunft lösen könnten - Fragen, die geeignet waren, den zentralen Punkt zu erhellen, der da lautete: Tsau verlassen oder für immer dableiben? Es waren Fragen wie: Würdest du auch dann bleiben wollen, wenn du Kinder großzuziehen hättest? Das wäre eine fatale Frage gewesen, wie mir rückblickend klar ist, weil sie nahelegte, er hätte etwas Zweitrangiges erschaffen, das nur für anderer Leute Kinder gut genug war, oder zumindest nahelegte, ich könnte das denken, falls er und ich zusammen Kinder hätten oder ein Kind. Dabei wäre ihm auch aufgegangen, daß ich ihn mittels dieser Frage vielleicht indirekt bat, mir ein Kind zu machen, ihn bat, mich in dieser Welt über seine Nachkommen und deren zukünftige, zweifellos ähnlich weltbewegende Fähigkeiten definieren zu dürfen. Ich habe keine Ahnung, ob ich mütterlich bin oder nicht, aber das war nicht die geeignete Methode, es herauszufinden. Eine andere Frage hätte gelautet: Würde es zwischen uns genauso stehen, wenn wir vor dem Gesetz Mann und Frau wären?

Da die Fragen, die ich zu entwickeln versuchte, ausschließlich für meine Augen bestimmt waren und jederzeit triagiert werden konnten, hatte ich das Gefühl, mich ohne Hemmungen auch ultra vires betätigen zu können. Einige waren von der Sorte, die er am meisten verabscheute, populärpsychologische Fragen wie:

Gibt es irgend etwas, das dir dabei helfen könnte, diese Entscheidung zu fällen, wenn du dir einmal deine Elternkonstellation anschaust, das heißt dir vorstellst, daß du vielleicht einen väterlichen Auftrag ausführst, nämlich seinen Philoradikalismus in etwas real Existierendes umzuwandeln und gleichzeitig eine Gesellschaft zu schaffen, auf die deine Heilige Mutter stolz wäre, eine Gesellschaft, in der Frauen angeblich nie von Männern verletzt werden und in der Mäßigung Trumpf ist, wodurch rückwirkend auch noch die Ursache für den Niedergang deines Vaters aus der Welt verbannt wird? Ich muß gestehen, daß ich nicht ganz die Erzfeindin der Populärpsychologie bin, als die ich mich Nelson präsentiert habe. Ich bin eine waschechte Eklektikerin. Ich habe sogar einmal flüchtig daran gedacht, Transaktionsanalytikerin zu werden, weil die berufliche Qualifikation so herrlich einfach ist, und ich finde, es läßt sich kaum dagegen argumentieren, daß die internalisierte Familiendynamik wenigstens zu einem gewissen Grad mit darüber bestimmt, wer wir sind. Der Gedanke war mir zu Zeiten meiner unablässigen Suche nach finanziellen Absicherungsmöglichkeiten gekommen. Nelson hat nie ganz begriffen, wie ernst es mir in Amerika damit gewesen war, nicht in die Armut abzurutschen, vor allem nicht in ein Schuldenloch. Ich wußte, was das hieß. Aber auch wenn ich mich jetzt ultra vires betätigte, hatte das seine Grenzen. So taucht beispielsweise der Begriff Midlife-crisis in keiner meiner Fragen auf.

Eine weitere Frage lautete: Angenommen, ich wäre beruflich klarer und zielstrebiger und weniger skeptisch und ambivalent, welchen Einfluß hätte das auf die Situation? Nicht, daß ich mich nicht mehr für Ernährungsanthropologie interessiert hätte, das habe ich immer getan und tue es noch. Und ich wußte, daß ich mit einem Quentchen Glück und Ermutigung wahrscheinlich die Glut neu entfachen und das Son-et-Lumière wieder in Gang setzen konnte. Aber indem ich Nelson gefolgt war, hatten an meinem geistigen Horizont neue Gebilde zu wachsen begonnen. Von Zeit zu Zeit bemühte ich mich, meine Beziehung zur Anthropologie wiederzubeleben, und ich gab mich manchmal sogar kleinen Phantasien hin wie: Allein abreisen, aufs Ganze gehen, zurück nach Stanford, mich auf eine neue Diss und einen neuen

Doktorvater stürzen, und dann, urplötzlich, Nelson, der ohne Vorwarnung auftaucht, der mir um den halben Erdball nachgereist ist, um bei mir zu sein. Aber wenn er mir nun nicht nachreiste, was dann? Und wie wollte ich mit den Powerfrauen fertig werden, die in der Anthropologie auf dem Vormarsch waren, die intelligenter und besser gewesen waren und den richtigen Weg eingeschlagen hatten, manche mit Männern, die sie liebten und vice versa, eventuell auch schon mit Kindern? Und was würde ich tun, wenn sich herausstellte, daß ich überhaupt nur ein einziges interessantes Thema anzubieten hätte, nämlich das, was ich bereit wäre über das einmalige soziale Genie Nelson Denoon preiszugeben, von dem es hieß, er wäre mir eine Zeitlang sehr zugetan gewesen?

Es war eine ungute Zeit für mich. So konnte es nicht mehr lange weitergehen. Wer in Tsau vernünftig leben will, muß sich auch um die kleinsten Dinge kümmern. Zerstreutheit kann durchaus gefährlich werden. Und ich wurde nachlässig; beispielsweise suchte ich das Bett nicht mehr gründlich nach Skorpionen ab, und eines Nachts spürte ich dann auch etwas auf meinem Knöchel - es war tatsächlich einer. Ich schnippte ihn weg, ehe er stechen konnte, aber ich ließ mir den Vorfall eine Warnung sein.

Meine Träume waren mir keine Hilfe. In einem trug ich einen Koffer und betrat ein Haus, das wie eine Kinderzeichnung aussah und in dessen einem Fenster ich den namhaften Anthropologen entdeckte, der einmal Interesse an mir gezeigt hatte, aber bisexuell war, wie ich später herausfand. Als ich das Haus betrat, erkannte ich es als das wieder, in dem ich kurze Zeit mit meiner Mutter gelebt hatte: eine Bruchbude im wahrsten Sinne des Wortes, gelegen am Rande eines Steinbruchs. Zu jeder Tageszeit mußten wir mit Sprengungen rechnen; zwei- bis dreimal pro Woche war die Regel. In diesem Haus gab es keine planen Flächen. Kaum hatte ich mich an einen Zustand gewöhnt, wurde durch die nächste Sprengung alles so verschoben, daß ich mich schon wieder umstellen mußte. Meine Mutter hatte in einem schierer Selbstüberschätzung geschuldeten Versuch, das Haus etwas zu verschönen, die Latten abgerissen, die die Stoßnähte der Hartfaserplatten abdeckten, aus denen die Decke bestand, und sich bemüht, das Ganze so perfekt auszuspachteln und zu streichen, daß keine Fuge mehr zu sehen war, weil sie, wenn ich mich recht entsinne, nicht das Gefühl haben wollte, unter einem Rost zu sitzen. Aber leider hatte der ganze Aufwand lediglich zur Folge, daß mit dem Austrocknen der Spachtelmasse und den fortgesetzten Sprengungen Krümel und Brocken auf uns herabregneten, und zwar offenkundig mit Vorliebe immer dann, wenn ich meine kleinen Freundinnen zum Tee eingeladen hatte. Jedenfalls war dies das Haus, in das mich mein Traum wieder führte, obwohl nichts zu passieren schien und es keine Spur von meiner Mutter gab.

Eines Abends besah ich mir meine rechte Hand und entdeckte eine Schwiele, einen kleinen Knubbel, direkt über dem obersten Mittelfingergelenk, und eine längliche Verdickung an der Spitze meines Zeigefingers, an dem ich in letzter Zeit gedankenlos pulte, alles wegen der ewigen Schreiberei. Das muß aufhören, sagte ich mir.

Ein Ableger von Tsau ist vonnöten

Eines Morgens war er vor der Dämmerung auf. Er sammelte ein paar Sachen zusammen und packte sie in einen Rucksack. Ich gehe, meinte ich ihn sagen zu hören.

Natürlich war ich mit einem Schlag hellwach. Er sah verändert aus. Er wirkte zielstrebig. Wenn er packte, sollte ich doch wohl auch packen, n'est-ce pas? Ich hatte Angst, irgend etwas zu sagen oder zu tun, das die Deutung gefährden konnte, die ich den Vorgängen unterlegte.

Aber er desillusionierte mich gleich wieder. Er wisse, was er in bezug auf Tsau zu tun habe. Er werde sich jetzt gleich auf den Weg zu dem winzigen Flecken Tikwe machen. Tikwe lag fünfundvierzig Meilen nördlich. In dem Wüstenstreifen zwischen uns und Tikwe gab es nicht eine einzige Siedlung. Er werde allein reisen. Er suche nur noch meine Wasserstellenkarte.

Sein Gang nach Tikwe hatte natürlich einen bestimmten Zweck: Es sei an der Zeit, daß Tsau eine Schwesterkolonie bekam, eine wie auch immer geartete Zweigstelle. Das Fehlen einer Schwester-

oder Tochterkolonie sei wesentlich mitverantwortlich für das, was mit Tsau nicht stimmte. Die Leute müßten vor die Aufgabe gestellt werden, die Idee von Tsau weiterzutragen, statt es sich lediglich dort bequem zu machen. Ein Austausch - das sei jetzt dringend vonnöten. Ein solcher Austausch werde das öffentliche Bewußtsein in Tsau auf das lenken, was Tsau in Wirklichkeit bedeutete. Die Leute in Tsau seien zu nachlässig geworden, sie verbrächten zuviel Zeit damit, ihren armen Verwandten anderswo Briefe zu schreiben, sich ihnen gegenüber aufzuspielen. Er wolle eruieren, ob sich in Tikwe ein Ableger von Tsau errichten ließe, und zumindest ein paar Frauen als Praktikantinnen mit zurückbringen. Tsau sei reich genug, um in bescheidenem Maße zu expandieren, und dieses Projekt sei nun wirklich bescheiden. Außerdem könne er sich in Tikwe nach Hector erkundigen.

Setz dich und iß einen Happen mit mir, sagte ich. Das ganze Vorhaben roch förmlich nach Gefahr, angefangen bei seiner Fortbewegungsmethode. Er wollte sich ein Pferd borgen - so seine Formulierung. In Tsau gab es zwei Pferde. Ich wußte, daß dies eine Angelegenheit war, die der Zustimmung irgendeines Komitees bedurfte, und er hatte offenbar nicht die Absicht, diese Zustimmung einzuholen. Er wollte sofort aufbrechen. Er redete in abgehackten Sätzen und Satzbrocken, worauf ich ihn hinwies. Ich sagte: Wenn du dich nur so knapp ausdrücken kannst, lieferst du doch schon selbst den Beweis dafür, daß das Ganze überstürzt ist, oder etwa nicht?

Ich redete nicht groß drum herum. Das ist purer Aktivismus, sagte ich ihm. Er ginge keinerlei Risiko ein, behauptete er, und wenn, dann nur einen Bruchteil des Risikos, das ich eingegangen war, um nach Tsau zu gelangen. Er kannte diese Ecke der Kalahari wie seine Westentasche, ob ich es nun glaubte oder nicht. Jedenfalls werde er die zentrale Überlegung nicht diskutieren, weil das zu zeitraubend sei und er sich definitiv entschlossen habe, jetzt aufzubrechen. Wenn er verkehrt lag, nun gut, dann müsse er damit leben, aber er werde allenfalls eine Woche verlieren, und dann käme er zurück, um sich aufs neue in den Tanz einzureihen, und ich hätte eben wieder mal recht gehabt.

Ich könnte dich aufhalten, sagte ich. Ich könnte jemanden alarmieren. Ich liebe dich, und das nutzt du aus; du weißt, daß ich mich dir nicht in den Weg stellen werde. Aber eigentlich müßte ich das tun. Ich müßte es tun, und sei es auch nur, um dich daran zu hindern, jemals wieder auf so eine Weise zu mit mir zu reden. Ich bin nicht dein Publikum. Vergiß das nicht. Ich bin strikt gegen dieses Unternehmen, und ich liebe dich, aber nichts, was ich sagen könnte, würde den geringsten Eindruck auf dich machen, hab ich recht? Das wissen wir beide. Du speist mich mit hohlem Gewäsch ab, ausgerechnet du, der erklärte Gegner der Vorstellung, daß Frauen nichts als Pontons für die diversen Abenteuer der Männer sind, und nun das hier. Was wäre denn so schlimm daran, erst morgen oder übermorgen aufzubrechen? Das Problem ist, daß die Frauen dir Steine in den Weg legen würden. Sie werden ganz und gar nicht entzückt sein, wenn du mit einem unserer Pferde durchbrennst. Und ich werde es auszubaden haben. Ja, genaugenommen brauchst du mich hier, und das ist der eigentliche Grund dafür, daß ich nicht mit kann, wenn du so ohne jede Vorwarnung entschwinden mußt. Hab ich recht? Wenn wir alle beide Pferde nähmen, ohne zu fragen, dann würde hier eine Hysterie ausbrechen, die sich gewaschen hätte. Aber wenn ich zurückbleibe, dann kann ich rationalisieren, erklären, Gründe erfinden, weshalb das alles ohne Ankündigung geschehen mußte, und so weiter, stimmt's?

Ich zwang ihn, mich seine Vorräte überprüfen zu lassen. Sie waren ausreichend. Aber er hatte weder an das Erste-Hilfe-Set noch an das Schlangenserum gedacht. Er holte beides.

Ich versuche, dieses Dorf zu retten, sagte er.

Aber du streitest nichts von dem ab, was ich sage? fragte ich.

Nein, sagte er.

Du machst einen Fehler, sagte ich.

Warum tat er das?

Sobald er weg war, begann ich Selbstgespräche zu führen. Er war nicht dumm, warum also tat er das oder warum hatte er das Gefühl, es unbedingt tun zu müssen? Ich kratzte mein bißchen Menschenverstand zusammen. Vielleicht machte sich bei ihm die Überzeugung breit, daß es die Leute hier ganz gern sähen, wenn er gehen würde, daß einige diesen Wunsch aktiv, nachdrücklich verfolgten, während sich andere noch abwartend verhielten. Und daß er durch diese Unternehmung alles wenden und sich eine neue Rolle schaffen könnte, die sie erst würden untersuchen müssen, ehe sie dagegen opponieren könnten, und das würde sie einige Zeit kosten. Daß er also bleiben könnte. Ich hätte diese Spekulation aufs Tapet bringen können. Ich hätte die Spekulation aufs Tapet bringen können, daß die heimlichen Verkuppelungsmanöver, die unserem von so großer Zustimmung getragenen Zusammenkommen vorausgegangen waren, eine eher strategische Bedeutung gehabt hatten, ja daß alles womöglich überhaupt nur auf Grundlage der weitsichtigen Überlegung zugelassen worden war, ich als die doch viel jüngere Partnerin hätte wahrscheinlich Ziele, die uns beide eher früher als später von hier fortführen würden. Es wäre mir bestimmt gelungen, hinter sein Schutzschild aus hohlem Gerede vorzudringen. Ich hätte ihn bestimmt zu einer Auseinandersetzung zwingen können.

Ich lief ihm sogar ein Stück hinterher, hoffte, ihn noch einholen zu können, um ihm zu sagen, er solle statt eines der Pferde doch lieber Baphomey nehmen, weil die Leute sich darüber weniger aufregen würden, auch wenn Baph strenggenommen Sekopololo gehörte, genau wie die Pferde. Ich hatte Baph an Sekopololo vermacht. Aber dann wurde mir klar, daß es für ihn nicht in Frage kam, nach vollendeter Mission auf einem Esel in Tsau einzuziehen, ob er Tikwe nun auf dem Tablett präsentieren konnte oder nicht. Er würde reiterlich aussehen wollen. Ich ging wieder ins Bett. Heute denke ich, daß ich ihn vielleicht doch noch eingeholt und dazu bewegt haben könnte, es sich anders zu überlegen, aber ich mußte schließlich auch bedenken, daß der Gedanke, Tsau lieber früher als später zum Modell zu machen, zur lebenden Propaganda für das Gleichheitssystem, an sich durchaus respektabel und im übrigen auch längst andiskutiert war. Also ging ich wieder ins Bett.

Eine Häresie

Der Tumult brach mittags los, als das Fehlen eines der Pferde bemerkt wurde. Ich machte sofort Fehler. Ich erschien auf der Plaza, nachdem sich die Neuigkeit schon herumgesprochen hatte. Eigentlich war ich auf dem Weg zu Dineo, um ihr zu berichten, was geschehen war, aber angesichts der unveränderten Lage fand ich die Idee nicht mehr so gut und beschloß, mich lieber zu verstellen.

Dorcas war da, hochgradig wütend. Sie machte ein Riesentheater um das fehlende Pferd und erklärte, Denoon wäre mit Hectors Leiche in die Wüste hinausgeritten, um sie dort zu verstecken.

Ich bekam Angst, und aus Angst behauptete ich, ich hätte geschlafen und wüßte ebensowenig wie alle anderen.

Diese Leute schlafen immer, wenn Verbrechen begangen werden, sagte oder vielmehr kreischte Dorcas.

Dineo brachte mich in Sicherheit, und ich erzählte ihr sofort die Wahrheit. Ich betonte, wie sehr ich auf Nelson eingeredet hätte, ohne ihn aber umstimmen zu können. Ich mußte eine schriftliche Erklärung abgeben. Dineo tat mir leid. Sie war ganz durcheinander.

Das Wetter war seltsam, ein tiefhängender, weißer Himmel mit schwärzlichen Federwolken - wie Tinte, die in Wasser zerläuft. In dieser Nacht regnete es. Ich dachte an Nelson in der Wüste, rechnete mir aus, daß er für den Weg wohl mindestens zwei Tage brauchen würde. Ich schlief schlecht und wachte auf mit dem idealen Satz zur Beschreibung dessen, was Nelson getan hatte, dem Satz, mit dem ich ihn vielleicht von seinem Vorhaben hätte abbringen können: On s'engage et puis on voit. Das hätte ihn womöglich zurückgehalten. Er reagierte immer allergisch, wenn man ihn in eine Schublade packte. Oder vielleicht hätte es ihn gerade ermutigt. Ich fand seine beste Sonnenbrille auf dem Schreibtisch. Er hatte noch andere, aber warum war diese hiergeblieben?

Am Morgen spazierte ich zu den Krals hinunter, um Baph zu

besuchen. Es gab eine demonstrative Wache, Männer und Frauen standen Posten. Vermutlich sollte ich daran gehindert werden, Baph oder das letzte Pferd mitgehen zu lassen. Es war wohl keine gute Idee gewesen herzukommen.

Das Gerechtigkeitskomitee trat erneut zusammen.

Ich dachte im stillen: Wenn das noch lange so weitergeht, kann es passieren, daß ich verrückt werde. Ich war von zwei Diskursen ausgeschlossen, einmal dem mit Denoon, weil wir in der Krise nicht wirklich gleichberechtigt, nicht wirklich Kollegen waren - übrigens bin ich mir sicher, daß mein Geschlecht dabei durchaus eine Rolle spielte. Und ich wurde von dem Diskurs mit den Frauen von Tsau ausgeschlossen, weil ich keine Afrikanerin war und natürlich auch wegen meiner Beziehung mit dem zunehmend verdächtigen Nelson.

Ich gab mir Mühe, innerlich militant zu sein und auf meine aktuellen Lebensumstände zu pfeifen, weil sie langweilig waren und ich nicht dazu geboren bin, mich zu langweilen. Allerdings gibt es auf Tswana kein Wort für langweilig oder gelangweilt, wie ich von Nelson erfahren hatte - er führte dies gern als Beispiel für die Vollständigkeit des Tswana-Erlebens an. Und wo war Nelson jetzt, mein Freund trotz all seiner Schwächen, jetzt, wo ich ihn brauchte?

Ihr langweilt mich, war die Häresie, die ich dem scheeläugigen Pöbel entgegenschleudern wollte, der Dorcas auf Schritt und Tritt folgte. Ihr langweilt mich zum Erbrechen. Ihr weist mir eine langweilige Position zu. Ihr seid doch nur aus der Sicht derjenigen interessant, die sich für Langweiler interessieren. Ihr seid weniger als uninteressant. Schon wie ihr interagiert, ist langweilig. Ich verlange ja gar nicht, daß ihr proustische Gestalten seid, aber ich bitte euch im Geiste, mich nicht zu beschatten, weil das für beide Seiten das Langweiligste ist, was man sich antun kann. Allüberall auf der Welt schlagen Anthropologen im Schutz ihrer Hütten die Hände überm Kopf zusammen und sagen: Wie langweilig! Das Leben dürfte nicht langweilig sein. Da gibt es nun einen Menschen hier, der nicht langweilig ist, Nelson Denoon, und den habt ihr alle zusammen dazu getrieben, in die Wüste zu ziehen, aber die Wüste ist immer gefährlich, wenn man sich allein hinauswagt. Ich selbst bin übrigens auch nicht langweilig. Ihr glaubt vielleicht, ihr wärt nicht langweilig, weil ihr sehr höflich sein könnt, wenn ihr wollt. Aber meiner unmaßgeblichen Meinung nach ist Höflichkeit überall dort, wo sie wie automatisch an- und abgeschaltet wird, genauso lähmend wie das Ancien régime. Ich bastelte mir meinen eigenen Diskurs.

Wo war er?

Er hatte höchstens eine Woche fort sein wollen. Eine Woche kann fünf Tage oder auch sieben Tage heißen. Und als sieben Tage um waren, versuchte ich mir verzweifelt einzureden, daß er wahrscheinlich gesagt hatte: Ungefähr eine Woche.

Ab dem sechsten Tag war ich gelähmt vor Angst. Ich hatte das sichere Gefühl, daß ihm etwas Schreckliches zugestoßen war. Mein Schreibprojekt erschien mir sinnlos, wenn irgend etwas passiert war, furchtbar sinnlos. Am vernünftigsten wäre es, wenn ich mich jetzt körperlich oder irgendwie praktisch betätigte, sagte ich mir. Ich fand es schon erschreckend, wie sehr ich mich anstrengen mußte, damit meine Handschrift nicht untypisch wurde. Also meldete ich mich bei Sekopololo zur Verteilung des Saatguts für die Frühjahrsaussaat in den Küchengärten. Manche Leute machten ihre Hüttentür gleich wieder zu, wenn sie sahen, wer geklopft hatte. Ich machte trotzdem weiter.

Das Wetter war unbeständig gewesen, an manchen Tagen freundlich, an anderen dräuend, mit etwas Regen. Jeden Morgen und jeden Abend stieg ich auf den Gipfel des Koppie, um nachzusehen, wo Regen gefallen war, wo die dunklen Flecken waren, die als erste grün werden würden. Und ich hielt Ausschau nach Nelson. Ich versuchte, mich daran zu erinnern, was er mir von einem Franzosen aus dem siebzehnten Jahrhundert erzählt hatte, der die und nur die eine okkulte Fähigkeit besessen hatte, genau voraussehen zu können, wann ein Schiff in Toulon einlaufen würde. Er konnte keine anderen Weissagungen oder Prophezeiungen machen. Nelsons liebste Mystiker waren Menschen, die eine anormale Begabung hatten, aus der sich kein Nutzen ziehen ließ. In den Fünfzigern hat es mal jemanden gegeben, der anscheinend durch reine Konzentration Fragmente von irgendwelchen Szenen auf fotografische Platten bannen konnte. In der Regel endeten Nelsons Helden arm und vergessen. Der Franzose, der die Schiffe hinter dem Horizont sah - das nämlich war es, was er zu können behauptete -, versuchte niemals, seine Fähigkeit zu Geld zu machen. Es gehörte zu Nelsons vielen und in meiner momentanen Verfassung sämtlich bewunderten Qualitäten, daß er Wissen, das er besaß, sein Gegenüber aber nicht, bereitwillig preisgab, ohne hier oder da etwas zu verdunkeln oder auszulassen, weil es schlecht in sein eigenes Glaubenssystem paßte. Wie hatte er überhaupt all dies Wissen sammeln können? Er hielt viel vom zufallsabhängigen Lesen. Durch seine akademischen Freunde hatte er Zugang zu den Magazinen aller renommierten Bibliotheken - das war wohl ein bißchen übertrieben -, und wenn er sich wieder einmal an irgendeinem Ort aufhielt, den Zivilisation zu nennen ich in seiner Gegenwart niemals gewagt hätte, ging er oft schnurstracks in die nächste Universitätsbibliothek und trieb sich dort acht Stunden lang herum und las und stöberte, bis er seinen ersten Hunger gestillt hatte. Und wo war er jetzt?

Ich war zweimal bei Dineo gewesen, um sie zu überreden, einen Suchtrupp zu genehmigen. Sie sagte, alle hier würden ihn besser kennen als ich und wüßten, wie oft er schon genau wie jetzt losgezogen sei - zu einer der Pfannen etwa oder entlang dem Flußbett. Sie sei ganz sicher, daß er beizeiten wiederkommen werde, aber die unbefugte Mitnahme des Pferdes verkompliziere natürlich alles. Dafür gebe es nun wirklich keine Entschuldigung. Ich verbrachte einen ganzen Tag auf dem Koppie und suchte mit meinem Fernglas die Wüste ab. Es gab nichts zu tun. Maun und Kang waren über Funk informiert. Ich schien die einzige zu sein, die sich ernstlich Sorgen machte.

Neun Tage

Ich bat Dineo, mir meinen Esel zurückzugeben. Ich würde mein gesamtes Guthaben gegen ihn eintauschen. Sie könnten jeden beliebigen Wert festsetzen. Und wenn mein Guthaben nicht ausreichte, dann sollten sie den Rest als Schulden buchen, die ich umgehend abarbeiten würde. Ich erinnerte sie daran, daß Baph immerhin mein Geschenk an Sekopololo gewesen war, was doch vielleicht mitberücksichtigt werden müßte. Sie wolle mir ja den Gefallen tun, wirklich, aber jetzt, gerade jetzt, könne sie das nicht allein entscheiden. Es würde eine Versammlung einberufen werden müssen.

Am meisten regte mich auf, daß alles einen Konsens erforderte, selbst in einer, wie ich fand, eindeutigen Krisensituation. Ich sagte immer wieder: Zeig mir die Bestimmungen, die festlegen, daß dieses oder jenes nicht möglich ist, das will ich schwarz auf weiß sehen. Aber es gab sehr wenig Schriftliches. Gültig war, was sich die Leute ins Gedächtnis eingeschrieben hatten.

Mitten in meiner Betteltirade sagte ich zu Dineo etwas so grotesk Dummes, daß es mich heute noch schaudert, wenn ich daran denke. Ich sagte: Du weißt nicht, was du tust - du verurteilst hiermit einen *wunderbaren Menschen* zum Tode. Weiter kam ich nicht, denn sie strafte mich mit einem verächtlichen Blick, von dem ich mich nie erholen werde.

Ich erreichte allmählich den Punkt, wo ich in meinem Bedürfnis, ihn zu finden und zu retten, ganz Tsau nur noch als ein einziges Hindernis empfand.

Schließlich waren neun Tage um. Ich wußte mit meiner Funktionslust nichts Besseres anzufangen, als auf die Spitze des Koppie zu steigen, wo ich mich, der Hysterie nahe, hinhockte und überlegte, ob es nicht eine Möglichkeit gäbe, die Botswana Air Force einzuschalten.

Warum gab es niemanden an höchster Stelle, der mich hier herausholen könnte, keinen besonderen Freund? Welche meiner Unzulänglichkeiten hatte eine Situation heraufbeschworen, in der mein einziger wahrer Freund draußen im Dornveld war, wo ihm keiner half? Schließlich machten King James und seine Schwester mich ausfindig und brachten mir etwas zu essen, getrocknete Papaya.

Der elfte Tag

Ich sprach mit mehreren Frauen, die bei der Wollspinnerernte dabeigewesen waren, und mit einigen Schlangenfrauen, um zu sondieren, wer möglicherweise bereit wäre, mich wenigstens ein Stück des Weges nach Tikwe zu begleiten. Keine außer der gutherzigen Prettyrose Chilume war von der Idee angetan, und sie war ein zartes Pflänzchen, gut in der Gruppe, aber ungeeignet im Duo mit mir. Ich brauchte eine zähere Gefährtin. Meine Bemühungen, eine zu finden, die mich begleiten würde, erinnerten mich an die Angst, die ich bei meiner Wüstendurchquerung ausgestanden hatte, und daran, wie stark diese Angst noch nachwirkte.

Das Funkgerät brachte gar nichts. Ich bekam zwar die Zusage von Wildlife, daß man sich bemühen würde, Kontakt mit den Wildhütern aufzunehmen, die irgendwann in der Vorwoche durch Tikwe gekommen waren. Aber der Rest war Schweigen.

Ich durchforstete meine Kompilation zu Nelson wie eine Berserke. Aber damit erwies ich mir natürlich einen Bärendienst: Ich überzeugte mich bloß endgültig davon, daß Nelson der Richtige war, der Mann, bei dem ich bleiben mußte, ganz gleich, wo er leben wollte. Genial, sagte ich mir, einfach genial, unter diesen Umständen zu diesem Schluß zu gelangen. Immerhin war eines absolut sicher: Nelson war kein Mann, der einen geliebten Menschen zu einem Unternehmen aufbrechen lassen würde, das fünf oder sechs Tage dauern sollte, ohne, wenn daraus zehn Tage wurden, einen Suchtrupp zu organisieren und selbst mit loszugehen, um diesen Menschen zu retten.

Bei aller Angst stand für mich außer Frage, daß ich in die Wüste hinausmußte, um ihn zu suchen. Ich begann, meine Ausrüstung zusammenzustellen.

Etliche Leute versuchten, mir mein Vorhaben auszureden.

Dineo erklärte, bald würde ein offizieller Suchtrupp losgeschickt. Allerdings konnte sie mir nicht sagen, wann genau das sein werde.

Ich unternahm den zeitraubenden Versuch, zwei Basarwa-Männer anzuheuern. Aber ich konnte mich nicht verständlich machen. Ich verfluchte mich dafür, daß ich kein Sesarwa gelernt hatte. Für lokale Sprachprobleme war Hector zuständig gewesen.

Ich bereitete mich vor, so gut es ging. Nach meinen Informationen gab es keine Wasserstellenkarten von dieser Gegend außer der, die ich mitgebracht und die Nelson mitgenommen hatte. Am elften Tag, Punkt zwölf Uhr mittags, war ich fertig zum Aufbruch.

Ich war stinkwütend auf Tsau, ich war stinkwütend auf die Leute, die ihre Arbeit unterbrachen, um meinen Abmarsch mit ernster Miene zu verfolgen, stinkwütend, daß sie mich aufbrechen ließen zu einer Unternehmung, die zweifellos als Liebestod enden würde, wenn nicht als Farce. Ist das anständig? hätte ich ihnen am liebsten entgegengebrüllt, und: Wir sind nur euretwegen hier! und: Das ist Liebe!

Es war Liebe, aber es war bis zu einem gewissen Grad auch Stolz. Das erkannte ich, weil ich an meine Freundin Anna denken mußte, als Tsau hinter mir versank. Anna war irgendwann mitten im Winter nach Provincetown gefahren, um sich dort im leerstehenden Sommerhaus eines Bekannten einzugraben und ihre Dissertation fertig zu schreiben, ehe der Abgabetermin sie einholte. Sie schuftete wie verrückt, aber natürlich wurde ihr das irgendwann langweilig, und sie suchte nach Ablenkung, nach billiger oder möglichst sogar kostenloser Ablenkung, weil sie nämlich pleite war. Und so kam sie auf die Idee, das Provincetown Memorial zu besuchen, ein Bauwerk, das dem Washington Monument ähnelt und die Form eines Minaretts hat - es steht auf einem Hügel mit Blick über den Atlantik. Das Denkmal war im Winter natürlich geschlossen. Aber es gab einen Wachmann oder Hausmeister, den sie dann auch bedrängte, sie entgegen den Vorschriften hochklettern zu lassen. Also bitte, sagte der Wärter mit einem seltsamen Unterton in der Stimme und schloß die Tür zur Wendeltreppe auf, die Hunderte Stufen hoch zu einer Plattform führte, von der aus man durch schmale

Schlitze in allen Richtungen die Eintönigkeit des Meeres betrachten konnte. Das Wüstenmeer, dachte ich. Er öffnete ihr also die Tür und sagte: Auf eigene Gefahr. Sie begriff sehr schnell, weshalb. Nach den ersten zehn, zwanzig Stufen war die Treppe mit einem dicken Eisteppich überzogen und sah aus, als wäre sie von Gaudi. Aber ihr Stolz verlangte es, daß sie diesen gefrorenen Wasserfall bestieg. Mühsam arbeitete sie sich auf ihren glatten Sohlen nach oben, hangelte sich Stufe für Stufe am Geländer hoch, blieb kurz auf der Plattform stehen, ließ sich Graupel in Nase und Augen blasen und kroch dann wieder hinunter, wofür sie endlos brauchte, Stunden. Danke, sagte sie munter zu dem erstaunten und mittlerweile auch besorgten Wärter. Ein falscher Schritt, und sie wäre nur noch ein Häuflein gebrochener Knochen gewesen. Sie hatte noch tagelang Muskelkater. Das war Stolz in seiner monumentalsten Form. Später meinte sie, sie habe es wohl deshalb getan, weil der Wärter sie eindeutig hereingelegt und schadenfroh darauf spekuliert hatte, daß sie auf dem Absatz kehrtmachen würde, sobald sie den Zustand der Treppe sah. Inzwischen gibt es mehr Frauen im Nationalparkdienst. Aus Annas akademischer Karriere wurde übrigens nichts. Ich habe fest vor, mich bei ihr zu melden.

Alarmstachel

Ich marschierte direkt nach Norden, verzweifelt in jeder Hinsicht und unfähig zu fassen, daß alle Ereignisse, alle Aktivitäten in meinem Leben sich gebündelt haben sollten zu der Notwendigkeit, mich geradewegs in die Fänge des Todes zu begeben, allein, ohne einen Menschen an meiner Seite, das eine Erlebnis wiederholend, das für mich unter allen negativen Erlebnissen, denen ich mich nie wieder aussetzen wollte, an allererster Stelle stand: einen Ort aufzusuchen, wo ich auf einer Stufe mit bösartigen wilden Tieren stand, wo sie mir sogar überlegen waren. Ich wollte möglichst schnell außer Sichtweite von Tsau sein, mich den Blicken seiner Einwohner entziehen.

Kurz vor meinem Aufbruch hatte mir ein junges Mädchen ein

Gewehr samt Munition gebracht, das auf Dineos Antrag hin von Sekopololo in letzter Minute ausgegeben worden war. Die Waffe deprimierte mich, weil sie eine Bestätigung für die Gefährlichkeit meiner Unternehmung darstellte und weil sie ziemlich schwer war. Ich hatte schon daran gedacht, sie zurückgeben zu lassen. Über die Schulter gehängt, egal über welche, war sie hinderlich beim Gehen. Schließlich schnallte ich sie quer über den Rucksack; so ging es besser.

Schon nach zwei, drei Meilen hatte ich zu kämpfen. Dank des vielen Regens war der Boden weicher als bei meiner ersten Expedition, zumindest streckenweise. Ich hatte die falschen Socken an, sie gehörten Nelson, waren nicht meine Größe und tendierten dazu, mir in die Stiefel zu rutschen. Aber wenigstens war ich von Tsau weg, und die Welt konnte sich meinetwegen auf langweilige Vista beschränken, in denen die wenigen Baobabs schon eine interessante Abwechslung bedeuteten.

Ich arbeitete mit meinem Fernglas. Es gab zu viele für mich nicht identifizierbare Objekte in der Landschaft. Einmal wich ich ein gutes Stück von meiner Marschroute ab, um einen Gegenstand näher zu untersuchen, der sich als runzliger, verrottender Persenningfetzen entpuppte. Ich hielt nach zu vielen verschiedenen Dingen Ausschau: nach Spuren eines Lagerfeuers, nach einer Leiche, seiner Leiche, einem Pferdekadaver, einem Zelt - auf mein Drängen hin hatte er ein Pop-up-Zelt mitgenommen - und nach anderen Überbleibseln eines improvisierten Nachtlagers. Das war es, wonach ich suchte. Immer wieder pikten mich Alarmstachel, wenn ich glaubte, irgend etwas entdeckt zu haben. Bisher schien bei näherer Untersuchung alles harmlos zu sein, wobei sich diese Untersuchung in zu vielen Fällen darauf beschränkte, daß ich einfach konzentrierter und länger auf den jeweiligen Gegenstand starrte.

Meine Moral sank in dem Maße, wie mir klar wurde, daß ich meine eigene Version von On s'engage et puis on voit ausagierte. Und jetzt war ich auch mit meinem Plan am Ende. Viel weiter konnte ich nicht gehen, ehe ich anhalten und umkehren mußte, wenn ich vor Einbruch der Dunkelheit wieder in Tsau sein wollte. Ich hatte kein Zelt. Zu Fuß würde ich bis Tikwe mindestens drei Tage brauchen, allemal bei der ständigen Sucherei. Ich war keine

San und konnte auch nicht auf einem Baum schlafen. Offenbar hatte ich mir vorgestellt, auf Anhieb fündig zu werden. Ich war wirklich zu blöde. Bestenfalls ließ sich meiner Mission zugute halten, daß nunmehr sichergestellt war, daß Nelson nicht irgendwo in diesem Wüstenabschnitt lag, verletzt oder gar tot, aber eben nahe genug an Tsau, daß wir ihn vom Dorf aus bergen konnten.

Ich glaubte ganz fest, daß er tot war, und dann wieder, daß er lebte, daß er irgendwo lag, meinen Namen auf den Lippen. Jedenfalls wußte ich nicht mehr weiter, und diese Erkenntnis löste in mir den bizarren Drang aus, Dinge über ihn aufzuschreiben, die mir erst jetzt wieder einfielen und die auch in meiner Kompilation fehlten. Natürlich war dies ein denkbar unpassender Moment zum Schreiben. Es würde mir keinen Schritt weiterhelfen. Aber ich hatte Nelsons Spruch, Händige meinen Hintern aus, gefolgt von, Bin ich nun wortgewandt oder was? nicht notiert. Oder daß er sich aus lauter Liebe zu einer Klassenkameradin in der Junior High School, einer jungen Frau, die der Blonde Dago genannt wurde, im Pyjama unter die Dusche gestellt hatte. Es gab noch andere, noch intimere Dinge, die ich von ihm wußte und die ich aus reinem Dekorum weggelassen hatte. Das war ein Fehler gewesen. Außerdem fand sich in meiner Kompilation sehr wenig über die Ehe. Ich erinnerte mich allerdings an eine Sache, die von schlüsselhafter Bedeutung sein mochte. Er hatte gesagt: Ich heirate immer erst, wenn ich gefragt werde. Ich mußte endlich wieder in einem Lesesaal sitzen, allein an meinem Tisch, meinem polierten, hellen Holztisch, in wunderbarem Licht, mit raschelndem Laub vor dem Fenster und ganz normalen Vögeln in den Zweigen.

Reiter

Ich war so tief in mich versunken, daß ich die erste echte Anomalie, auf die ich bei meiner Wüstenwanderung traf, nicht bemerkte, bis ich buchstäblich fast überrannt worden wäre: Mehrere Reiter arbeiteten sich im Gänsemarsch durch die Strauchsavanne. Sie hielten direkt auf mich zu und das offenbar schon seit einiger Zeit. Sie kamen nur langsam voran. Es waren sechs Herero, verwegene Gestalten in der üblichen, bunt zusammengewürfelten Tracht, manche mit ledernen Schlapphüten, andere mit Fellmützen oder Turbanen aus Lumpen. Der Reiter an der Spitze hatte seinen Oberkörper mit Patronengürteln behängt. Auch die anderen Reiter waren bewaffnet. Und irgend etwas erregte ihre besondere Aufmerksamkeit: mein Gewehr. Ich hatte es vom Rucksack heruntergezogen und stützte mich darauf.

Die können mir bestimmt etwas sagen! war mein erster Gedanke. Aber nur, wenn sie Tswana sprachen. Es gab genug Herero-Frauen in Tsau, die mir gern etwas Saherero beigebracht hätten, aber ich war gar nicht auf die Idee gekommen, sie zu fragen, weil ich irgendwie davon ausging, daß sie alle, selbst unsere Herero, ihre Zelte abbrechen würden, sobald der Streit mit der botswanischen Regierung um ihr Vieh beigelegt war. Das einzige Saherero-Wort, das ich konnte, war Wapenduka, ein Willkommensgruß. Sie nickten, als ich es sagte, aber sie erwarteten mehr von mir. Sie gaben mir mit Zeichen zu verstehen, daß ich das Gewehr ablegen und einen Schritt zurücktreten sollte, was ich tat, wenn auch nicht gerade mit Begeisterung. Dann erschien ein siebter Reiter, offenbar die Nachhut. Er kam noch langsamer voran: Sein Pferd schleppte etwas Sperriges an zwei Stangen hinter sich her. Ich mußte unbedingt sehen, was es war, auch wenn ich mir einzureden versuchte, daß es nur Vorräte sein konnten. Ich zitterte. Zwei Männer stiegen ab. Ich durfte mich erst wieder rühren, nachdem der eine seinen Fuß auf mein Gewehr gestellt hatte.

Die beiden Männer, die vom Pferd gestiegen waren, sprachen ein eigenartiges und sehr dürftiges Tswana. Dann wurde mir klar, weshalb es so eigenartig klang. Ihnen waren - gemäß den kulturellen Erfordernissen ihres Stammes - die mesialen Schneidezähne ausgeschlagen worden. Noch bevor sie das Wort Mmobodi aussprachen, wußte ich, was auf der Zugbahre lag. Ich rannte hin. Ich schlug die obere Ecke des länglichen, in Sackleinen gewickelten Bündels zurück, das zwischen den Stangen hing, und es war Nelson, unmenschlich anzusehen, aber atmend, das Gesicht gräßlich verschwollen, verbrannt, die Lippen weiß verkrustet. Unwillkürlich drehte ich den Kopf weg. Ich schaute zurück auf die Doppelspur, die die Stangenenden im Sand hinterlassen hatten. Er mußte einige Zeit bewegungsunfähig in der prallen Sonne gelegen haben, aber offenbar hatte er eine Möglichkeit gefunden, Augen und Stirn im Schatten zu halten, denn oberhalb der Nasenwurzel war der Sonnenbrand weniger schlimm. Ich wollte ihn auswickeln, seine Glieder abtasten, ihm Wasser geben, aber in dem Moment, als ich die Hand ausstreckte, um seine Hülle aufzuschnüren, trieb der Reiter sein Pferd an und zog ihn weiter. Ich brüllte irgend etwas. Immerhin schaffte ich es, sie lange genug aufzuhalten, um ihm die Stirn fühlen zu können. Sie war nicht extrem heiß, wenn ich meinem Tastsinn trauen durfte. Und dann, unter großem Geschrei, brachte der Reiter sein Pferd wieder in Bewegung. Sie waren unterwegs nach Tsau. Mit der Last war dieses Pferd langsam, entnahm ich dem, was sie radebrechten. Gomela go shwa - er ist krank, wird sich aber erholen, sagte jemand und stieß mich von der Trage weg. Ich glaube zumindest, daß er das sagte. Ich war nicht ganz bei mir. Ich versuchte, die Trage anzuschieben.

Ich war gerettet. Er lebte. Diese Leute wußten, was sie taten, und meine Aufgabe war es jetzt, sie nicht durch irgendwelche Sperenzchen daran zu hindern, das zu tun, was sie taten, nämlich Nelson so schnell nach Tsau zu transportieren, wie sie nur konnten. Ich begann, mich zu entschuldigen. Sie machten sich geschlossen auf den Weg. Ich glaube, einer fragte mich, wie weit es noch bis Tsau wäre, aber ich hatte keine Vorstellung. Ich glaube, einer bot mir an, hinter ihm aufzusitzen, aber ich sagte nein, weil mir gleich durch den Kopf schoß, daß ich dadurch ihr Tempo verlangsamen würde und es ja das beste war, wenn sie so rasch wie möglich nach Tsau gelangten, zu unserer Feindin, der Krankenschwester. Ich würde hinter der Bahre hertraben, da das Lastpferd am langsamsten vorankam, und mit etwas Glück würde ich sie im Auge behalten können. Ich mußte von Anfang an ziemlich schnell laufen, und trotzdem fiel ich zurück, was mich wahnsinnig machte, weil ich den Reiter an der Spitze drängen wollte, vorauszupreschen, um in Tsau Bescheid zu geben, damit man uns von dort Hilfe entgegenschickte. Ich drückte aufs Tempo.

Ich war gerettet, fiel aber immer weiter zurück, was ich meiner Enfield zu verdanken hatte, weshalb ich klugerweise beschloß, sie mir irgendwie vom Hals zu schaffen. Es war zu spät, um den Reitern noch irgend etwas zu signalisieren. Sie hätten mir das Gewehr abnehmen können. Aber den Gedanken konnte ich mir jetzt schenken, denn mittlerweile waren sie mir weit voraus, da selbst das Pferd mit der Bahre schneller vorankam, als ich für möglich gehalten hatte. Also war es das gescheiteste, mein Gewehr in den Ästen eines Baumes zu deponieren, eines irgendwie besonders auffälligen Baumes, etwa einer großen weißen Dornakazie. Hin und wieder hielten die Herero an und sahen sich nach mir um, was mich zur Verzweiflung brachte, weil sie damit kostbare Zeit vertaten. Aber dann tauchte auch schon der richtige Baum auf, einer, den ich immer wiedererkennen würde, haargenau im Norden auf dem Weg nach Tikwe. Ich schob das Gewehr so weit hinauf in die Zweige, wie ich konnte. Die Last war ich jedenfalls los. Ich würde das Versteck problemlos wiederfinden, hundertprozentig.

Ich war gerettet, aber war Nelson wirklich bei Bewußtsein gewesen oder nur halb? Er hatte etwas gesagt, als ich seinen und meinen Namen aussprach, dessen war ich mir sicher. Aber wieviel bekam er überhaupt mit? Möglicherweise murmelte er etwas vor sich hin, von dem niemand auch nur die geringste Notiz nahm, während sie ihn wie ein Gepäckstück mitschleiften. Vielleicht konnte ich sie ja doch noch einholen. Tatsächlich hatte ich den Abstand schon ein bißchen verringert, seit ich das Gewehr losgeworden war. Also mußten auch mein Rucksack und noch ein paar andere Sachen dran glauben, alles, bis auf die Feldflaschen. Ich hatte zwei. Aber ich merkte bald, daß ich nur eine brauchte. Mein Fernglas war jetzt auch überflüssig. Ich ließ es fallen. Ich kam Nelson immer näher. Es sollte eine Universalsprache geben, dachte ich. Englisch war zu zeitaufwendig. Das würde ich Nelson sagen. Ich hatte Esperanto, Volapük, Basic English und wie sie alle hießen für einen Witz oder einen Schwindel gehalten, mit dem sich irgendwelche Leute ihre Pöstchen sicherten, aber zu Unrecht, wie ich jetzt einsah. Schon etwa zehn beiden Seiten verständliche Wörter hätten eine Kommunikation zwischen uns möglich machen können. Vielleicht war Esperanto nicht die Lösung, vielleicht mußte es etwas Simpleres sein. Ich würde mich nie wieder über diesen Ansatz lustig machen. Man sollte sowas zum Pflichtfach machen, weltweit. Vielleicht könnte ich mit Nelson daran arbeiten, an irgendeinem Ort wie Bern oder Carmel. Ich hetzte weiter, Tsau entgegen.

Jetzt war er vollkommen

Als ich immer weiter zurückfiel, wurde einer der Reiter offenbar dazu verdonnert, auf mich zu warten und mich, ob ich nun wollte oder nicht, mit auf sein Pferd zu nehmen. Die anderen ritten schon mit Nelson voraus. Es dauerte ein Weilchen, bis mein Kompagnon eine praktikable Transportmöglichkeit für mich gefunden hatte. Er mußte eine Art Polster basteln und bediente sich dafür einer stinkenden Decke, da er meinte, wir hätten nicht beide in dem einen Sattel Platz, was natürlich Unsinn war. Danach beschloß er, ein Paar schwerer, vollgestopfter Satteltaschen - es waren beileibe nicht seine einzigen - zu opfern, das heißt, an Ort und Stelle zu verstecken, überlegte es sich dann aber anders und hängte sie wieder an den alten Platz. Er war sehr erregt, was den Verbleib meines Gewehres betraf. Es beunruhigte ihn, daß ich es nicht mehr hatte, und ich merkte ihm deutlich an, daß er glaubte, er müsse in dieser Sache etwas unternehmen, sprich umkehren und es holen. Es war natürlich ein Vermögen wert. Unsere Kommunikation fand zu neunzig Prozent in Zeichensprache statt und kostete entsprechend viel Zeit. Schließlich gab er das Gewehr verloren. Ich glaube, er hielt mich für eine Verrückte, die er nicht länger als unbedingt nötig am Hals haben wollte. Wir konnten also losreiten und kamen tatsächlich nur eine gute halbe Stunde nach den anderen in Tsau an.

Nelson lag bereits in einem abgetrennten Abteil auf der Krankenstation. Sein Gesicht war dick mit Salbe bestrichen. Er schien zu schlafen. Ich hob sein Laken an; er war nackt, was mich irrationalerweise störte. Zum Glück war sein Penis kein Grund, sich zu schämen. Sein linker Arm war geschient und verbunden; sein rechter Knöchel steckte in einer kürzeren Schiene. Ich gebe es ungern zu, aber ungefähr das erste, was mir auffiel, war sein Gewichtsverlust, nicht weil er besorgniserregend vom Fleisch gefallen wäre, sondern weil er jetzt vollkommen war – die Rippen sichtbar, ohne hervorzustechen, der Bauch leicht konkav: Er hatte das Gewicht, auf das ich ihn mit allen lauteren und unlauteren Mitteln zu bringen versucht hatte, seit wir zusammen waren. Ich sah ihn mir noch einmal genauer an. Er hatte böse Abschürfungen am rechten Bein, auf dem Rücken und im Nacken. Und Kakelo – dieselbe Kakelo, die von Tsau nichts wissen wollte – machte ihre Sache hervorragend und sogar liebevoll, fand ich, obwohl dieses liebevolle Element möglicherweise nur das kollektive Schuldgefühl überdecken sollte, das sie alle noch tüchtig beuteln würde, weil sie nicht auf meine Bitten gehört hatten, schon früher Hilfe loszuschicken. Er war rundum versorgt worden, nur seine Füße mußten noch gesäubert werden, was ich mit Kakelos ausdrücklicher Erlaubnis erledigte. Ich hätte mir gern selbst die Gewißheit verschafft, daß er sprechen konnte, aber sie hielt es für besser, damit noch zu warten; sie sagte, es sei dringend geboten, ihn schlafen zu lassen. Er hatte Saft angenommen, und er hatte alle wiedererkannt, hieß es. Mir war ganz schwummrig und kalt, und zwischenzeitlich bildete ich mir ein, keine Farben mehr zu sehen. Kakelo trug ihre bisherigen Befunde vor. Die wesentlichen Verletzungen waren ein gebrochener linker Arm, den er selbst sehr sauber geschient habe, und ein gebrochener Knöchel. Die Kratzwunden oberhalb des Knöchels hätten sich infiziert, aber das sei nicht weiter schlimm. Dazu käme allerdings der schwere Sonnenstich. Er habe knapp vierzig Grad Fieber. Ob auch das Schlüsselbein gebrochen war, könne sie noch nicht sagen; da müßten wir abwarten.

Nun wurde ein Stuhl für mich hereingebracht, dann ein Strohsack, dann Kraftbrühe. Es war nicht zu überhören, daß sich draußen eine Menschenmenge gesammelt hatte.

Ich wollte mich einen Augenblick hinlegen, was ich auch tat, aber dann rappelte ich mich gleich wieder hoch, denn mir wurde klar, daß ich als allererstes zum Oktagon gehen, ein frisches Paar Boxershorts holen und seine Scham damit bedecken mußte. Ich wußte, wie lächerlich das war, und ich wußte auch Bescheid über die unbekümmerte Einstellung der Tswana zu allen Formen von Nacktheit, aber ich hatte nun mal diesen Drang, der gewiß auch damit zusammenhing, daß Nelson einfach zu schön war. Sein Bart war wunderschön, und wenn er erst wieder gesund wäre, würde ich ihn dazu bringen, ihn sich bis zu den Wangen hoch stehenzulassen, genau wie jetzt. Er war die Idee seiner selbst.

Erst nachdem ich seine Lenden bedeckt hatte, ging mein Atem allmählich wieder normal.

Ich schlief unruhig und stand ein paarmal auf, um ihm mein Gesicht an die Brust zu drücken und nach seinem Herzschlag zu horchen.

Es nisteten Vögel im Grasdach der Krankenstation; das war mir vorher nie aufgefallen.

Phantasien über seinen Samen

Am nächsten Tag ging ich allen auf die Nerven. Ich weiß nicht, ob seine Imago bei mir Assoziationen mit Märtyrern und eingekerkerten Heiligen auslöste oder woran es sonst liegen mochte, aber ich war voll glühender Verehrung für Nelson. Ich wurde ausgesprochen militant, als eine Besucherin mit einem Trankopfer ankam, über dessen Inhaltsstoffe sie mir keine Auskunft geben wollte, das sich aber, jedenfalls in der Hauptsache, als Rinderblut entpuppte. Und richtig wütend wurde ich, als Kakelo keinerlei Stellung bezog, ja, sich sogar weigerte, diese Person beziehungsweise dieses Heilmittel auf immer und ewig aus Nelsons Krankenzimmer zu verbannen.

Und dann kam ich mit einem Behandlungsplan: Sie sollten dafür sorgen, daß er wach und aufnahmefähig war und reden konnte. Ich war es leid zu hören, wie mühelos er sich gestern abend mit allen unterhalten hätte, ehe ich dazugekommen war. Er hatte genug geschlafen. Während die anderen an die Arbeit gingen, überwachte ich die Behandlung und bemühte mich, in Körperkontakt mit Nelson zu bleiben, indem ich ihn berührte oder in Abständen von zehn Minuten bis einer halben Stunde seine Hand nahm. Ich sprudelte über vor hilfreichen Entweder-Oders von der Art: Entweder er sagt bis Mittag etwas Intelligentes und nicht nur irgendwelche Namen oder wir organisieren die medizinische Evakution. Schließlich hätten wir auch eine Frau mit blutenden Fibromen ausgeflogen, betonte ich, und nun befinde sich der Gründer dieses Ortes in einem medizinisch ungeklärtem Zustand, und wir hängten uns nicht ans Funkgerät, weil Kakelo nur ein paar gebrochene Knochen und einen Erschöpfungszustand diagnostiziert habe. Sie zog ein medizinisches Handbuch hervor, um mir zu beweisen, daß er keine Gehirnerschütterung hatte. Ich weigerte mich, auch nur einen Absatz, auch nur ein Wort zu lesen. Ich wollte die Regel eingeführt haben, daß niemand außer Kakelo den Raum ohne meine Zustimmung betreten dürfte. Daß ich so vehement wurde, war eine Auswirkung meiner verzweifelten Phantasien über seinen Samen, die mich in der Zeit heimsuchten, als ich mit dem Schlimmsten rechnete. Ich schäme mich, zugeben zu müssen, daß ich überlegte, ob ich ihm nicht eine Erektion machen, ihn besteigen und seinen Samen auffangen könnte. Daran war aber überhaupt nur zu denken, wenn ich mich vorher vergewissert hatte, daß ich ihm eine Erektion machen konnte. Und das konnte ich nur, wenn wir ungestört blieben. Ich würde mir etwas einfallen lassen müssen, um auch Kakelo loszuwerden.

Und jetzt kommt das Extremste, zu dem ich mich getrieben fühlte. Wenn man sich in den Randzonen des Schocks bewegt, scheint man Schübe gesteigerter Sinneswahrnehmung zu erleben. Ich erlebte jedenfalls einen, der die Frage betraf, wie ich roch und ipso facto aussehen mußte. Mir war, als würde ein Speer mein Bewußtsein durchbohren. Ich fand mich zu dick, rein körperlich nicht gut genug für ihn, nicht gleichwertig angesichts seines Aussehens. Meine Trizepse würden bald wie Hängematten schaukeln, und dagegen war nichts zu machen; es fing schon an. Entschuldigt mich, sagte ich. Und dann rannte ich zum Oktagon. Etliche Leute wollten mich sprechen, aber ich schüttelte sie ab. Er war eine Ikone der Schönheit, und was war ich? Ich kam zu Hause an, suchte alles zusammen, was irgendwie nach Make-up aussah, und schminkte mich, wobei ich mit Schminke ausschließlich Lippenstift und Wimperntusche meine, das hoffe ich jedenfalls. Ich weiß nämlich nicht mehr genau, was ich tat, um mich schön zu machen. Aber ich hatte die Schreckensvision, daß er aufwachen, mich sehen und hassen und sich entweder wegdrehen und sterben oder einer anderen zuwenden würde. In einem solchen Zustand befand ich mich. Dabei wog ich damals höchstens fünf Kilo mehr als zu High-School-Zeiten – damit will ich nur verdeutlichen, daß meine Wahrnehmung total verzerrt war. Offenbar hatte die Sorge um mein Aussehen über die um meinen Körpergeruch gesiegt, denn gegen den unternahm ich nichts. Zudem war das Gehen oder vielmehr das Rennen, denn das war an jenem Tag meine bevorzugte Fortbewegungsmethode, sehr schmerzhaft, weil ich nach meiner Exkursion vergessen hatte, die Stiefel auszuziehen, und meine Füße wegen Denoons zu großer Socken geschwollen waren. Und die hatte ich überhaupt nur genommen, weil seine Socken sauber waren und meine nicht, denn seit meinem Einzug bei ihm hatte ich vor allem dafür gesorgt, daß er immer saubere Wäsche hatte, und dabei meine eigenen Sachen vernachlässigt.

Mein Make-up ließ alle verstummen.

Nelson war während meiner Abwesenheit wieder einmal wach gewesen; diesmal hatte er gehustet. Aber siehe da, er schlief schon wieder. Mehr noch, sie baten mich, auch zu schlafen oder mich zumindest hinzulegen und abzuwarten, am besten in einem anderen Raum, wenn ich nichts dagegen hätte. Doch erst einmal sollte ich essen und ein Beruhigungsmittel nehmen. Ich aß Porridge und lehnte jede Art von Tabletten ab, aber sie hatten mich überlistet und ein Pulver in meinen Malztrunk gemischt, ein Schlafpulver. Ich ging schnurstracks in mein neues Zimmer; mir wurde schwindlig, und ich war weg.

Hände im Schoß, Handflächen nach oben

Und da saß er, aufrecht, in seinem Stuhl an einem schattigen Plätzchen vor Sekopololo. Sein Gesicht glänzte noch von der Salbe, aber die Schwellung war bereits abgeklungen. Er hatte eine Pyjamahose an und einen weißen Baumwollumhang um die Schultern gelegt; seine Brust war nackt, seine Hände, auf eigenartige Weise ineinander genestelt, lagen im Schoß, die Handflächen waren nach oben gedreht.

Man kann das Wort entzückt sein Leben lang benutzen, ohne jemals zu wissen, was damit wirklich - oder inlich, wie er gelegentlich dazu sagte - gemeint ist. Aber jetzt wußte ich es. Ich rannte auf ihn zu, hockte mich neben ihn und schlang die Arme um ihn. Ich weinte. Er sah mich an, tat aber nichts Demonstrativeres, als mir eine Hand aufs Haar zu legen - weil ein Publikum von fünfzehn bis zwanzig Leuten zugegen war, die ihre Aufwartung machten, hallo sagten, einfach zuschauten oder uns eine Weile Gesellschaft leisteten, und er den Anstand wahren wollte, dachte ich mir. Mehrere Frauen ermahnten mich, ihn nur ganz vorsichtig zu umarmen, da sein Schlüsselbein schwer geprellt war.

Geht es dir gut? Die unvermeidliche Frage.

Ja, es geht mir gut, antwortete er. Seine Stimme war klar, tief und fest.

Ich drückte meine Wange gegen seine Lippen, und er formte einen Kuß, aber nicht sofort.

Ich bündelte disparate Fragen und Gefühle zusammen: Kann ich dir irgend etwas bringen? Gott sei Dank, Gott sei Dank. Du siehst gut aus, du siehst erholt aus. Wann können wir nach Hause? Ich erntete Lächeln und Gemurmel.

Aber dann wurde es schon wieder Zeit für ihn, ins Bett zu gehen: Kakelo war mit Dineo erschienen.

Dineo sagte: Er hat alle Fragen dazu beantwortet, wieso er in dieser Verfassung zu uns kommt. Und wenn er die Augen schließt, heißt das, man soll das Reden einstellen, damit er sich ausruhen kann.

Nelson hatte die Augen geschlossen.

Ich ließ es zu, daß sie ihn wieder entführten. Ich war soweit, daß ich mich fangen, auf Vordermann bringen, renormalisieren konnte. Allerdings machte mir Sorgen, daß Nelson auf eine rein reaktive Beziehung zu anderen beschränkt schien. Nicht ein einziger Gesprächsimpuls war von ihm ausgegangen. Aber das mußte wohl ein Ausdruck der extremen Erfahrungen sein, die er durchgemacht hatte, sagte ich mir.

Jedenfalls stand mir ohnehin eine Unterredung mit Dineo bevor, bei der sie mir alles sagen mußte, was sie wußte, und nebenbei auch die Frage anschneiden würde, was wegen des Gewehres geschehen sollte, das ich verloren hatte, und wegen des entwendeten Pferdes, das jetzt tot war: Anscheinend machte Dorcas wegen beidem einen Aufstand.

Das Lächeln

Es folgen drei Dialoge aus der Zeit von Nelsons Rekonvaleszenz; die ersten beiden fanden in zwei verschiedenen Phasen seines Aufenthalts in der Krankenstation statt, der letzte am ersten Abend, als wir wieder chez nous waren. Sie sind nach zunehmender Normalität geordnet - das heißt von am wenigsten normal zu am normalsten. Bei den ersten beiden handelt es sich um Rekonstruktionen auf Grundlage von Notizen, die unmittelbar nach jedem Gespräch gemacht wurden. Der letzte ist die Transkription einer Tonbandaufzeichnung. Ich fing an, mit dem Bandgerät zu arbeiten, als mir schließlich dämmerte, wie gewaltig die inneren Umwälzungen bei Nelson sein mußten, deren Zeugin ich wurde und für deren Ausmaß ich als Beweis schon die Tatsache anführen kann, daß er gegen die Mitschnitte sämtlicher Äußerungen, die ihm über die Lippen kamen, nichts einzuwenden hatte - eher im Gegenteil. Seine ganze Ironie hinsichtlich meines Boswellisierens war wie weggeblasen. Wenn ich von Das Lächeln spreche, dann meine ich, daß sein Lächeln in solchen Fällen ein ganz besonderes ist, ein sehr tolerantes oder vergebendes und - sicherlich unbeabsichtigt - auch strukturell herablassendes Lächeln. Das Protokoll für eine Audienz beim Dalai Lama verlangt die Zustimmung des Audienten zu einem fünfzehn Minuten währenden Austausch wohlwollender Blicke, ehe irgendein substantielles Gespräch beginnen kann. Selbst der Papst mußte dieses Procedere akzeptieren. Was die Beteiligten nach meiner Vorstellung in dieser Situation präsentieren, ist Das Lächeln. Ein Merkmal aller Aufnahmen ist, daß ich um so erregter werde, je gleichmütiger er wird. Und daß ich mich durchweg zu meiner Entscheidung - wenn es denn wirklich eine aufrichtige Entscheidung war - ausschweige, mit ihm in Tsau zu bleiben, was sich, wie ich glaube, aus meinem verständlichen

Interesse daran erklärt, von ihm selbst irgendeinen, wenn auch indirekten Hinweis dafür zu bekommen, daß diese Frage sich aus den tiefsten Schichten seines Bewußtseins bis in die Nähe der Oberfläche emporarbeitete, wo sie vor seinem - nach meiner Sicht der Dinge - Unfall angesiedelt gewesen war. Natürlich überlege ich jetzt, im nachhinein, ob vielleicht alles ganz anders gekommen wäre, wenn ich diese innere Entscheidung nicht verschwiegen, sondern in irgendeinem passenden Moment mein Ja zum Bleiben herausposaunt hätte. Aber ich brachte es einfach nicht über die Lippen.

Der erste Dialog setzt ein, nachdem ich ihm zum wiederholten Male berichtet habe, wie ich durch die Hölle gegangen und im Paradies gelandet war: Erst das Gefühl, ihn verloren zu haben, in Tsau festzusitzen, wo Dorcas Staub aufwirbelte, sein Verschwinden in direkten Zusammenhang mit Hectors Schicksal brachte, sogar den Verdacht äußerte, Nelson wäre ein vor der Gerechtigkeit Flüchtender, dazu die kollektive Aufregung wegen des entwendeten Pferdes, niemanden zu haben, der mir zuhören wollte, und dann ihn lebend wiederzufinden. Er gesundete in fast absurder Geschwindigkeit; sein Gesicht schwoll ab und wurde zur idealen Entsprechung seiner körperlichen Vollkommenheit, die mir schon genug zusetzte. Selbst das kleine Fettpolster zwischen Nase und Wangenansatz, das sich automatisch zu bilden scheint, sobald man die Vierzig überschritten hat, war verschwunden. Sein Gewichtsverlust wurde durch die verordnete Diät festgeschrieben, die hauptsächlich aus Suppen bestand, aus Brühen. Ich glaube, ich hätte einen perfekten Schwulen abgegeben, so ausgeprägt ist mein Sinn für den männlichen Körper. Nelson wurde die Pygmalion-Gestalt, wie ich sie mir als Gefährten skulpturiert hätte. Wir waren verzwillingt, ich mit meiner Reaktion auf sein leibliches Selbst, er mit seiner erklärten Empfänglichkeit für die weibliche Form, in deren wahrhaft schönen Ausgestaltung, naturellement.

Zur Zeit der ersten beiden Dialoge hatte er noch sein fensterloses Zimmer auf der Krankenstation, und er stand auch noch unter Beobachtung. Ich sollte die Tür nicht zumachen, wenn ich mit Nelson in Klausur ging, obwohl mir nie ein Grund für diese Vorschrift genannt wurde. Aber ich bin sicher, daß ich auf diese

Weise daran gehindert werden sollte, Nelson in seinem geschwächten Zustand sexuell zu belästigen. Er wurde wie eine niedere Gottheit behandelt. Wenn ich doch die Tür schloß, wurde sie von unbekannter Hand diskret wieder aufgeschoben.

Drei Dialoge

1.
Stimmt noch alles zwischen uns?

Er nickt.

Ich hätte gern eine richtige Antwort, nicht nur ein Nicken.

Ja, zwischen uns stimmt alles, sagt er.

Strengt es dich immer noch so an, deutlich zu sprechen?

Nein, sagt er, etwas lauter, aber ohne den Pianissimo-Bereich zu verlassen.

Dann lieben wir uns also? denn ich Punkt Punkt Punkt liebe dich. Ich sagte Punkt Punkt Punkt, weil ich einen leichten Ton anschlagen und ihn gleichzeitig daran erinnern wollte, daß er oft im Spaß Punkt Punkt Punkt gesagt hatte, um die Zäsuren in meinem Redefluß zu markieren, etwa wenn ich zu lange brauchte, um ein Argument vorzubringen. Die Lektion jener Zeit bestand für mich darin, einzusehen, daß ich mich beeilen mußte, wenn ich mit seinem scharfen Verstand Schritt halten wollte, mit dem Intellekt eines Menschen, der so feinkalibriert war, daß Filme ihn langweilten, nicht weil er ihren Inhalt langweilig fand, sondern wegen des schwarzen Flimmerns zwischen den Bildern, das er im Gegensatz zum Normalverbraucher, der Filme als nahtlose Vorgänge wahrnimmt, deutlich registrierte. Ich weiß gar nicht, weshalb mir gerade diese glorreiche Eigenschaft nach wie vor ein solcher Dorn im Auge ist, aber ich kann es nun mal nicht ändern. Jedenfalls sorgte jetzt er für die Zäsuren. Er war langsamer und zögerlicher als ich in meinen schlimmsten Zeiten. Allerdings hatte ich den Eindruck, daß er sich im Gegensatz zu mir auch keine große Mühe gab. Aber ich weiß natürlich, daß der Vergleich angesichts der besonderen Umstände nicht ganz fair war.

An diesem Tag hatte er mir gestattet, ihm die Zähne zu putzen, statt es selbst zu tun. Er konnte es schn wieder selbst. Ich hatte mich erboten, ihm diesen kleinen Dienst zu erweisen, um zu sehen, ob er mich lassen würde. Die Situation war der Inbegriff dessen, wie er war.

Bitte erzähl mir alles, was passiert ist.

Das Lächeln.

Nelson, möchtest du ein bißchen draußen spazierengehen?

Er sagte nein. Aber ohne Angabe von Gründen.

Nelson, erzähl mir bitte selbst, was passiert ist, wenigstens in groben Zügen. Die erfinden alle möglichen Geschichten über dich, zum Beispiel, daß du irgendwann, als du hilflos am Boden lagst, von *Bienen* beschützt worden wärst.

Das Lächeln.

Es stank mir allmählich, daß ich die Geschichte nie aus seinem Mund gehört hatte. Kakelo und Dineo vertraten beide die Haltung, es solle ihm erspart werden, sie jedem Besucher aufs neue erzählen zu müssen. Angeblich fiel es ihm furchtbar schwer, sie zu erzählen; andererseits schien ihn sowieso alles, was über drei Sätze hinausging, Mühe zu kosten. Ich hatte mit Dineo und anderen gesprochen und kannte die Vulgata seines Unfalls samt der dramatischen Folgen: Er hatte acht Tage lang verletzt in der Wüste gelegen, ehe ihn die Herero fanden. Es war auf halbem Weg nach Tikwe passiert: Eine Boomslang hatte sich aus einer Akazie auf den Hals seines Pferdes fallen lassen; in einer anderen Variante hatte sie das Pferd von der Seite in den Hals gebissen, als er zu nah an einem Ast vorbeigeritten war. Das Pferd hatte gescheut, Nelson abgeworfen und sich dann bei dem panischen Versuch, der Schlange zu entkommen oder sie abzuschütteln, ein Bein gebrochen. Das Ganze war auf einem Streifen rutschigem schwarzem Sand passiert, der in der Gegend schwarze Wollerde genannt wird und bei dem es sich, glaube ich, um eine Art Mergel oder mergelhaltigen Sand handelt. Schlangen sollen sich auf schwarzer Wollerde besonders wohl fühlen – ein Stückchen Ortskunde, das ihm eigentlich hätte geläufig sein müsslen. Seine ganzen Vorräte waren auf dem Pferd, mit Ausnahme der Feldflasche. Nelson lag am Boden, mal bei Bewußtsein, mal bewußtlos. Das Pferd war, als er wieder zu sich kam, nur noch ein von Krämpfen geschüttelter Koloß in etwa zwanzig bis dreißig Yards Entfernung. Es waren vielleicht anderthalb Stunden vergangen. Er hatte einen schlimmen Sonnenbrand, einen gebrochenen Arm und einen gebrochenen Knöchel. Er schleppte sich fünfzig Fuß weiter zu einem Termitenhügel unter einem Baum, schiente seinen Arm und verlor wieder das Bewußtsein. In der Nacht kroch er zum Pferd zurück, holte sich den Proviant und andere Habseligkeiten und schnitt dem Tier dann mit seinem Jagdmesser die Kehle durch. Daß er kein Gewehr dabeihatte, war wohl seine Art, ein Zeichen zu setzen. In einer wahren Orgie von Schmerzen quälte er sich zu dem Termitenhügel zurück, brach aber gleich wieder auf, weil er zwei Touren machen mußte, um dem Pferdekadaver wirklich alles abzunehmen, was er vielleicht zum Überleben brauchen würde. Und dann wird die Geschichte märchenhaft. Er hatte deliriert und Erscheinungen gehabt, genauer gesagt eine weibliche Erscheinung, der er zumindest einen Anteil daran zuschrieb, daß die Schabrackenschakale, die tags darauf erschienen waren, um vor seinen Augen sein Pferd zu vertilgen, ihn hatten links liegenlassen. Auch Bienen waren an der Abschreckung der Schakale beteiligt gewesen. Dazu gab es wiederum verschiedene Versionen. Die Bienen hatten entweder die Schakale ferngehalten oder die Boomslang, die immer noch in der Nähe war, also immer noch eine Gefahr bedeutete. Er hatte verschiedene Einsichten von einer gewissen Größe gehabt, die er anderen gegenüber bisher nur anzudeuten bereit gewesen war. Und es kam noch mehr und noch schlimmer. Er hatte das Ohr an den Termitenhügel gelegt und die Termiten sprechen gehört beziehungsweise ihre Gesänge vernommen, die offenbar überwältigend gewesen sein mußten. Das Ganze war für mich wie ein Ausflug in die Midrasch. Dineo hatte diesen Teil bei ihrem Bericht ausgespart, wie auch die meisten anderen Zeichen und Wunder – sie kannte mich eben –, aber der Rest war mir von anderer Seite zugetragen worden.

Ich schnitt einige Punkte an, die mich besonders beschäftigten – zum einen die Wasserversorgung, die Frage, wie er mit so wenig Wasser überlebt hatte. Aber dazu wollte er sich nur gnomisch äußern. Er habe seinen Bedarf irgendwie beschränkt, indem er zu etwas anderem geworden sei, zu etwas, das sehr wenig oder gar kein Wasser brauchte, möglicherweise etwas Totem.

Ich fragte: Werden wir zu einem späteren Zeitpunkt über diese Dinge ausführlicher sprechen?

Die Antwort lautete unfaßbarerweise: Ich denke schon.

Wenn ich hier weiterbohrte, würden wir demnächst an einem toten Punkt ankommen, also brach ich die Befragung ab. Regression infolge extremer Belastung ist durchaus nichts Ungewöhnliches, rief ich mir in Erinnerung. Und dann ermahnte ich mich, nicht zu vergessen, daß das absolute Lieblingsstück von Nelsons Mutter, das sie in seiner Gegenwart schier endlos auf dem Klavier gespielt hatte, The Lost Chord gewesen war.

2.

Es hatte sich als zu nervenaufreibend erwiesen, den ganzen Tag bei Nelson auf der Krankenstation zu verbringen und auf Anzeichen für eine Normalisierung zu warten, also hielt ich mich an die wissenschaftliche Erkenntnis, daß in einer Situation, wo einem elend zumute ist, schon ein Lächeln die Stimmung aufhellen kann, ging zur Motivationsrunde bei Sekopololo und übernahm praktisch jede Arbeit, die erledigt werden mußte. Das war für mich in gewisser Weise die endloseste Woche. Die ganze Zeit kam ich mir vor wie eine Maschine. Ich mußte eine zweite Erklärung zum Verlust der Enfield einreichen; die erste war als nicht präzise genug moniert worden.

Mir mißfiel die kollektive Stimmung in Tsau. Nervosität lag in der Luft, und die Leute waren reizbar. Mir mißfielen die täglichen Levers bei Nelson, zu denen die Besucher kleine Präsente mitbrachten.

Und ich nervte Kakelo mit der Frage, warum sie es für notwendig erachtete, daß Nelson immer noch in der Krankenstation blieb, obwohl er von Tag zu Tag körperlich kräftiger wurde, und es andererseits nicht einmal in Erwägung zog, ihn nach Lobatse ausfliegen zu lassen, in die psychiatrische Abteilung des dortigen Krankenhauses. Sie sah mich bloß an. Der Leiter der Psychiatrie war ein emigrierter Italiener, der kaum Englisch sprach. Sie hielt mir eine kleine Predigt, die trotz ihrer Gereiztheit nicht unfreundlich ausfiel. Nelson erhole sich gut. Und sie behalte ihn nur deshalb noch da, weil er es so wolle. Wann immer er den Wunsch äußere, in sein Haus zurückzukehren, könne er das tun. Und genauso war es auch.

Nelson las nicht, was ich in gewisser Weise beunruhigend fand und was auch Kakelo nicht entgangen sein dürfte. Ich hatte ihm einen Stapel Economists gebracht. Aber noch schlimmer fand ich, daß er sich einmal, als er mich kommen sah, einen Economist schnappte, um so tun zu können, als würde er lesen. Das gab mir einen furchtbaren Stich. Ich sehe die Szene noch heute vor mir.

Dieser zweite Dialog begann damit, daß ich ihm etwas erzählte, wofür er sich normalerweise interessiert hätte. Die Herero, seine Retter, waren, als sie ihn fanden, auf dem Rückweg von einer neuen Unternehmung gewesen, mit der sie der wachsenden Jagdausbeute am Schutzzaun nördlich von Tsau Rechnung trugen. Die Wildebeests zogen wie jedes Frühjahr zu ihrer üblichen Wasserstelle bei Mopipi am äußersten Ende des Kuki-Zaunes, wo sie allerdings diesmal der Schock ihres Lebens erwartete, denn der See bei Mopipi war abgelassen worden, weil sein Wasser für die Diamantenwäsche in Orapa gebraucht wurde. Also drehten die Tiere am Ende des Zauns um und machten sich auf den Weg zu ihrem einzigen anderen Wasserreservoir in dieser Region, zum Ngami-See, der in entgegengesetzter Richtung und so weit entfernt liegt, daß sie dort vollkommen dehydriert und geschwächt ankamen und sogar die Kinder sie mit Keulen totknüppeln konnten. Es war das reinste Massaker. Sie starben zu Hunderten. Die Herero aus Gumare waren nach Süden gezogen, um sich einen Teil des Kuchens zu sichern. Sie trockneten und pökelten das Fleisch, das sie kriegen konnten, und stellten sich – da das allgemeine Jagdverbot auch für sie galt – auf den Standpunkt, dies sei erbeutetes Fleisch von Tieren, die ohnehin schon an Erschöpfung verendet waren. Das entsprach auch annähernd den Tatsachen. Und die Wildhüter schritten nicht ein. Also verkauften und tauschten die Herero ihre Biltongue, wo immer sich ein Absatzmarkt anbot, und zogen dafür bis hinunter nach Tikwe, nach Tsau und zu den Lagern entlang des Trecks. Obgleich Wildebeest sehr viel schwerer zuzubereiten ist als jedes andere Antilopenfleisch, plädierte ich dafür, es ihnen abzunehmen.

Schließlich waren es nicht die Herero, die den See abgelassen hatten, um Diamanten waschen zu können. Zusammen mit dem Wildebeest waren ein paar Brocken Zebra- und Impala-Biltongue im Angebot, was als eine Art Prämie gemeint war, wie ich vermutete.

Nachdem ich ihm diese Informationen vorgetragen hatte, schloß ich mit den Worten: Das also hat dir das Leben gerettet - kommerzielles Interesse. Sie haben ihre Biltongue nach Tikwe gebracht, aber dort fast niemanden angetroffen, und die wenigen, die da waren, hatten kein Geld. Schade, daß es dort keine Niederlassung von Sekopololo gibt, mit der sie ins Geschäft hätten kommen können. Also sind sie nach Tsau aufgebrochen und haben dich gefunden. Interessiert dich das, Nelson? Du machst nämlich nicht den Eindruck.

Gewiß.

Gewiß ist ein Wort, das in unserem Idioversum nicht vorkam. Es stammte aus einer anderen Dimension.

Und meinst du, wir sollten sie auffordern, das nächste Mal wieder so weit nach Süden zu kommen?

Er wußte es nicht. Er fand, daß - wie auch immer - schon jetzt genug Fleisch nach Tsau käme.

Aus dieser Bemerkung blitzte mir etwas entgegen, das ein weit tiefer liegendes Thema berührte, und ich glaubte auch zu wissen, was es war: Von den Suppen, die er in letzter Zeit so häufig aß, putzte er alles weg außer den Fleischstücken. Ich hatte das zwar bemerkt, mir aber nichts dabei gedacht.

Ißt du plötzlich kein Fleisch mehr? fragte ich ihn.

Er seufzte.

Ich sagte: Aber du magst doch Fleisch. Du mochtest es jedenfalls. Ißt du jetzt kein Fleisch mehr?

Schließlich und endlich bekam ich aus ihm heraus, daß er keine grundsätzliche Einstellung zum Fleischverzehr habe, sich aber in einer Phase befinde, in der er bei jeder Mahlzeit auf gewissermaßen absolute Weise seinen Neigungen hinsichtlich der betreffenden Mahlzeit folge. Und bisher habe er die Neigung verspürt, kein Fleisch zu essen. Er nehme an, das könne sich auch wieder ändern. Am liebsten hätte ich gesagt, daß ich als diejenige, die höchstwahrscheinlich in nächster Zukunft einen wesentlichen Teil seiner Mahlzeiten zubereiten würde, ganz gern wüßte, wie lange diese Phase eventuell anhalten könnte. Am liebsten hätte ich ihn angeschrien: Die Jugend will es wissen! – das war der Titel irgendeines pädagogischen Rundfunkprogrammes, dem er offenbar in seiner Kindheit mit Begeisterung gelauscht hatte.

Ich fragte: Hältst du es für möglich, daß du depressiv bist?

Die Antwort lautete nein, und ich war fast erleichtert, denn wenn er auf die Idee gekommen wäre, ja zu sagen, hätte ich mir sofort Gedanken darüber machen müssen, wo ich in einer Welt, in der es keine vernünftige Auswahl gab, professionelle Hilfe suchen sollte. Ich wußte, daß der Italiener in Lobatse nicht in Frage kam. Und ich wußte, daß Nelson nicht nach Südafrika gehen konnte, wo vermutlich schon aus ethisch-politischen Gründen die Existenz psychologischer Dienste geduldet wurde.

Bist du das Gegenteil von depressiv?

Das kommt der Sache näher.

Keiner meiner zaghaften Ausflüge in die Ironie oder ins Scherzhafte verfing. Es gelang mir nicht, ihn auf seine historisch normale Stimme umzustellen. Seine Rekonvaleszenz stand mir im Weg, blockierte mich. Und außerdem brachten ihm alle anderen soviel Geduld und Zuneigung entgegen, daß ich Angst hatte, aus der Reihe zu tanzen. Das ging soweit, daß selbst die Raboupi-Fraktion einen Schrumpfungsprozeß hinnehmen mußte: Die Leute außerhalb des harten Kerns wurden freundlicher, erschienen bei den Levers und so weiter.

Da er bekunden zu wollen schien, daß er sich in einem anhaltenden Hoch befinde, gab ich ihm dezent zu verstehen, er möchte einmal darüber nachdenken, ob es sich lohnen könnte, über gewisse chemische Vorgänge im Gehirn zu diskutieren, genauer gesagt über die euphorischen Toxine, die entstehen, wenn durch langes Fasten im Gehirn Fett abgebaut wird.

An dieser Stelle erlebte ich die Premiere einer weiteren Abschottungstechnik. Wir waren in seinem kühlen, dämmrigen Raum, und er setzte sich eine Sonnenbrille auf. Meines Erachtens diente sie ihm primär als Abwehrmaßnahme gegen weitere forschende Blicke meinerseits und als Anzeigentafel, hinter der er wieder seinem seinerzeit wohl größten Interesse nachgehen konnte, nämlich der Innenschau. Die Ironie dabei war, daß er von Sonnenbrillen nie viel gehalten hatte und daß ich ihm mit meinen ewigen Ermahnungen, doch eine mitzunehmen oder aufzusetzen, schon des öfteren auf die Nerven gegangen war.

Aber er beantwortete mir wenigstens eine Frage, die mir auf den Nägeln brannte. Warum bist du immer noch in der Krankenstation? wollte ich wissen. Er genas im Tempo einer Zeichentrickfilmfigur. Er konnte sich schon wieder ganz gut bewegen. An seinem ehemals angeknacksten oder gebrochenen Bein hatte er nur noch einen kleinen Stützverband. Blieb er nur deshalb, weil er meinte, er würde sich hier schneller erholen als zu Hause bei mir?

Na ja, jein, und dann wurde allmählich seine Meinung erkennbar, daß hier wahrscheinlich der geeignetere Ort wäre, um über die Dinge nachzudenken, die ihm widerfahren waren. Angeblich, sagte ich mir im stillen, angeblich widerfahren.

Du mußt nach Hause kommen, sagte ich, du mußt wieder zu mir kommen.

Ich hatte nicht die Absicht gehabt, das zu sagen, es rutschte mir einfach so raus.

Ich sagte: Du ahnst nicht, wie sehr ich mich zusammenreißen muß, solange du hier bist und ich nur zu Besuch komme. Du machst dir keine Vorstellung. Als ich am ersten Abend deine Füße gewaschen und verarztet habe, wollte ich sagen: Deine Füße bringen mich um; ich hab's mir verkniffen. Diesen einen kleinen Witz. Ich hatte Angst. Findest du das nicht wenigstens ein bißchen komisch? Deine Füße bringen mich um? Ich habe mich nicht mal getraut, es vor mich hin zu murmeln. Ich dachte, wenn irgend jemand etwas falsch machen würde, könntest du sterben.

Ich machte noch eine weitere beunruhigende Entdeckung:, Offensichtlich gefielen ihm die von der Krankenstation gestellten Pyjamahosen so gut, daß er ein paar Exemplare für sich in Auftrag gegeben hatte, nur aus einem dickeren Stoff, einer ziemlich schweren Baumwolle, die es bei Sekopololo gab. Und dazu hatte er sich ein ärmelloses Oberteil schneidern lassen, eine Art weite Weste, ebenfalls in Weiß. Was ging hier vor? Ich war extra mit einem Stapel frischer Wäsche vorbeigekommen, nur um dann festzustellen, daß die einzigen Sachen, die er getragen hatte, seine weißen T-Shirts gewesen waren.

Auch das wird bald vorübergehen, muß vorübergehen, sagte ich mir.

3.

Ich hatte das Gefühl, daß seine Entscheidung, ins Oktagon zurückzukehren, genauso zufällig war wie die, seinen Aufenthalt in der Krankenstation zu verlängern. Er kam hereingehumpelt und setzte sich hin.

Wir brachten die Präliminarien hinter uns, oder genauer gesagt äußerte ich mich dazu, was es für ein Gefühl wäre, ihn wieder da zu haben. Ich hatte das Ereignis übermäßig vorbereitet. Unser Haus blitzte. Wir hatten frische Bettwäsche, saubere Gardinen; alle Teppiche und Karosses waren gelüftet und frisch geklopft. Ich hatte das Ereignis und mich in dem Sinne übermäßig vorbereitet, daß die Triebfeder für die Verschönerungsmaßnahmen meine Erwartung gewesen war, mit seiner Rückkehr ins Oktagon würde alles wieder so wie vor seiner Reise nach Tikwe. Ich war rührselig. Ich lauerte wie besessen auf Zeichen dafür, daß alles wieder gut würde. Es war lebensnotwendig, daß wir wieder zur Normalität zurückfanden. Wann immer ich mich dazu zwang, mir vorzustellen, wie es wäre, nicht bei Nelson zu sein, verließ mich alle physische Kraft. Er schien mein Geputze wohlwollend zu registrieren, obwohl ich meinte, einen Schatten über sein Gesicht wandern zu sehen, einen sonderbaren Ausdruck, als er eines der Felle befingerte. Unsere Karosses hatten ziemlich Haare gelassen. Mir war nicht klargewesen, daß sie viel vorsichtiger geklopft werden mußten als Teppiche.

In allem versuchte ich vorzugreifen. Auf sein Kopfkissen hatte ich eine Augenmaske gelegt, für den Fall, daß er eine Weile brauchen würde, um sich wieder daran zu gewöhnen, neben einer von Schlaflosigkeit Geplagten zu schlafen. Er betrachtete die Maske mit dem gleichen sonderbaren Ausdruck. Ich hatte mir vorgenommen, alles ganz locker anzugehen, mit Humor. Ich sagte: Erinnerst du dich daran, wie du mich zum erstenmal mit meiner Augenmaske gesehen hast?

Er machte den ernsthaften Versuch, sich zu erinnern, aber es dauerte mir zu lange. Die ganze Zeit mußte ich Visionen von einem Bekannten abwehren, der, wenn er einen Trip eingeworfen hatte, ohne weiteres zehn Minuten brauchen konnte, um sich einen Ärmel hochzukrempeln, weil die Ästhetik des Vorgangs in seinem erleuchteten Zustand so exquisit war.

Ich sagte: Als du mich das erste Mal mit meiner Maske gesehen hast, da hast du sie mir abgenommen, selbst aufgesetzt, einen Marsch durchs Zimmer gemacht, dabei diverse Möbel gerammt und gerufen: Tonto, eine Schere! Die Banditen entkommen!

Die Banditen entkommen, wiederholte er gedankenverloren. Auch das war eine neue Masche. Er schien die Wiederholung des Satzes oder Satzteils, den ich zuletzt von mir gegeben hatte, für einen hinreichenden Beitrag zum laufenden Gespräch zu halten.

Ich sagte: Ich erinnere mich so gut daran, weil es wahrscheinlich das erste Mal war, daß du mich gezielt zum Lachen gebracht hast, indem du vom Thron deines intellektuellen Humors in die Niederungen der Alberei hinabgestiegen bist. Wir haben schon darüber gesprochen, erinnerst du dich?

Jetzt erinnerte er sich. Ich klammere mich wirklich an die letzten Strohhalme, dachte ich, und das führte direkt zu der Eingebung, daß wir irgendein albernes Spiel spielen sollten, so was wie unser Die Band kann nicht spielen, denn Punkt Punkt Punkt. Damit würden wir die Uhr zurückdrehen. Die Idee zu einem solchen Spiel spukte bereits durch ein Hinterstübchen meines Hirns; ich mußte nur drankommen.

Hast du etwas dagegen, wenn ich uns aufnehme? fragte ich; vor allem, um Zeit zu gewinnen. Irgendwie dachte ich, er würde gleich sagen: Spinnst du? Wieso denn das? Worauf ich antworten würde, Zur Feier des Tages – meine Art, wichtige Ereignisse festzuhalten, aber vergiß es.

Aufnehmen? Gewiß.

Gewiß was?

Gewiß doch, nimm uns ruhig auf.

Das Aufbauen des Tonbandes dauerte ewig und geriet mir zu einer peinlichen Nummer. Ich stellte das Gerät ganz dicht vor ihn. Er saß an unserem Eßtisch, die Hände wieder in der mir verhaßten vernestelten Haltung, Handflächen nach oben.

Er war mit allem absolut einverstanden. Eine meiner rudimentären Spielideen drehte sich um die Fragen eines Kindes an seine Mutter und deren schlaue, ausweichende Antworten; zum Beispiel sagt das Kind: Mama, warum reibt sich Papa immer die Fingerspitzen mit Schmirgelpapier ab, bevor er nachts arbeiten geht? Darauf hat die Mutter eine geniale Antwort parat, die lauten könnte: Damit er das und das besser tun und für uns die Brötchen verdienen kann. Aber mir fiel nur die Frage an die Mutter ein, nicht deren geniale Im-Bund-mit-dem-Bösen-Lüge, und ohne Mutters Antwort gab es auch kein Spiel. Doch dann kam mir ein weiteres mögliches Spiel in den Sinn, auf das mich mein Gefühl, nach Strohhalmen zu greifen, gebracht hatte. Ich gab dem Spiel den Arbeitstitel, Die Intellektuellen machen ein Picknick. Sie machen ein Picknick und spielen ihre Entsprechungen von Blinde Kuh. Nach Strohhalmen greifen zum Beispiel, oder Strohmänner umstoßen, oder Strohmänner aufbauen und umstoßen, und jemanden vor den eigenen Karren spannen und Satzhüpfen. Dann meldete sich ein Irrläufer aus der Die-Band-kann-nicht-spielen-Serie: Die Band kann nicht schlafen, denn Marschall Blücher stahl die Leintücher. Aber es war nichts dabei, das meine interne Tauglichkeitsprüfung bestanden hätte. Und so nahm ich hauptsächlich Schweigen auf, was an und für sich unerträglich war, wegen der Kosten. Er sagte noch einmal: Die Banditen entkommen. Ich konnte es nicht ertragen und begann, hinter seinem Rücken zu weinen. Das dürfte er nicht mitbekommen haben, obwohl es auf dem Band zu hören ist.

Ich hatte keine Ahnung, wo ich einhaken sollte. Bestimmte Eigenarten wie etwa sein Wiederholungszwang brachten mich derart zur Verzweiflung, daß ich sie auf der Stelle eliminiert haben wollte. Ich hätte zu gern gefragt: Wiederholst du, was ich sage, weil du bestimmte Wortfolgen genießt? Aber ich befürchtete, wenn ich mich zu einer solchen Äußerung hinreißen ließ, könnte das seine Marotte irgendwie zementieren, ihr Verschwinden erschweren statt erleichtern. Selbst mein Freund mit den Trips hatte irgendwann das Interesse an seiner Manschette verloren.

Wir werden uns eines Tages hinsetzen und einfach alles durchsprechen, ja?

Er schien zu nicken.

Es wäre gut, wenn wir das bald tun könnten, weil die Leute Sachen erfinden, die lächerlich sind.

Sie werden damit auch wieder aufhören, sagte er.

Nein, das werden sie nicht, sagte ich. Nicht, bis irgend jemand mit einer gewissen Autorität erklärt, das und das ist passiert und der Rest ist fabuliert, jemand wie du. Oder ich.

Es war ein Fehler, murmelte er.

Was?

Überhaupt davon zu sprechen. Die Leute werden vergessen.

Findest du, daß du seit Tikwe anders bist?

Ob ich finde, daß ich anders bin? Ja. Ich weiß nicht. Ich war vorher anders.

Dieses Gespräch würde demnächst in irgendeiner Art von Paradoxon enden. Ich hatte keinen Bedarf.

Sag mir nur das eine, drängte ich. Sag mir nur, ob es stimmt, daß dir deiner Meinung nach auf dem Weg nach Tikwe etwas Gewaltiges widerfahren ist.

Etwas Gewaltiges. Ich glaube schon.

Es war an ihm, sich genauer zu äußern. Ich hätte ihn dazu zwingen, ihn dazu bewegen können. Aber das Gefühl, ein Störfaktor zu sein, war zuviel für mich – das Gefühl, daß ich ihn von gewissen Exerzitien süßer, stummer Versenkung abhielt, die für ihn süßer und wichtiger waren als alles andere auf Erden.

Wir schwiegen uns an.

Das Leben war mir verhaßt.

Verschwörungen

In meiner Haltung gegenüber Tsau hing ich auf einer paranoiden Ebene fest. Ich tat den ganzen Tag lang nichts anderes, als Variationen von Erklärungen für die finstere, unhaltbare Situation durchzukauen, in der ich mich sah. Es gab Erklärungen, bei denen alles, was passiert war, miteinander zusammenhing, wie die Teile einer komplizierten Maschine. Es gab Erklärungen, bei denen alles Entscheidende, was mir passiert war, sich rein zufällig ergeben hatte. Bestimmte Vorgänge mochten Scharaden gewesen sein. Vielleicht war Dineo deshalb so unkooperativ gewesen, als ich einen Suchtrupp für Nelson organisieren wollte, weil sie gewußt hatte, daß er irgendwo in Sicherheit war. Möglicherweise war das Ganze eine speziell für mich in Szene gesetzte Prüfung, mit der festgestellt werden sollte, wie sehr ich an diesem Mann hing. Oder vielleicht wollte Nelson mich nur loswerden. Oder vielleicht war ich nichts weiter gewesen als das Werkzeug von Mächten, die mein Zusammenkommen mit Nelson begünstigt hatten, um ihn durch mich zum Abschied zu motivieren oder den Abschiedsprozeß zu beschleunigen - durch mich mit meiner Gewöhnlichkeit, meiner Konsumhaltung und meinem Bedürfnis, in das Land zurückzukehren, wo das Geld herkommt. Oder vielleicht hatte Dineo Hector beseitigt, um Boso zu zerschlagen und Dorcas zu bewegen, aus Tsau fortzugehen. Und so ging es munter weiter. Vielleicht war die ursprüngliche Idee gewesen, mich zu benutzen, um Nelson, diesen prominenten Fall von Gründerkrankheit, aus der Gegend fortzuschaffen, zu einem anderen Projekt auf einem anderen Kontinent zu transferieren, damit die Frauen von Tsau sich endlich nach ihrer Fasson entwickeln konnten. Und vielleicht wäre der neue, revidierte, passive Denoon ein ganz anderes Kapitel: Vielleicht konnte er in seiner jetzigen Form durchaus noch nützlich sein als eine Art Prinzgemahl ohne Einfluß an Dineos Seite. Oder war es denkbar, daß Nelson Hector beseitigt und sich dann aus Reue quasi weggeworfen hatte, um zu sterben oder sich zu läutern, und schließlich zurückgekehrt war, geschoren und gefügig, ein braver Bursche, der nur sprach, wenn er angesprochen wurde, der schon wieder auf den Beinen war und humpelnd kleinere Arbeiten erledigen konnte, ein Mann so gut wie eine Frau? Ja, auch das war denkbar. Ich suhlte mich in Verschwörungstheorien und fühlte dadurch eine wachsende Affinität zu dem eigentlichen, dem historischen Nelson mit seiner mir sehr einsichtigen Vorstellung von der Welt als einem Ort, wo Verschwörungen an der Tagesordnung sind. Damit will ich nicht sagen, er wäre ein zwanghafter Attentatologe gewesen, wie man sie überall in den Staaten antrifft - nein, er ging vielmehr von der Banalität aller Verschwörungen aus, er gab sich keinen Illusionen hin:

Selbstverständlich steckt eine Verschwörung hinter dem Attentat auf John F. Kennedy, mochte er zum Beispiel sagen, oder kann mir jemand erklären, warum sich Lee Harvey Oswald ausgerechnet dadurch als Marxist geoutet haben soll, daß er sich mit dem Militant und dem Daily Worker in der Hand fotografieren ließ, zwei Zeitungen also, die in bezug auf Kuba diametral entgegengesetzte Linien vertraten, und das zu einer Zeit, als er angeblich dem Fair-Play-für-Kuba-Komitee angehörte und demnach strenggenommen pro Castro gewesen sein müßte. Und dann gab es natürlich noch die Shakespeare-Verschwörung, bei der er allerdings vergleichsweise fanatisch war.

Afrikaner haben eine bestimmte Art, mit Verrückten umzugehen, und ich bildete mir ein, allmählich immer mehr in den Genuß dieses Umgangs zu kommen. Meine besten Freundinnen behandelten mich weiterhin wie ein kleines Kind: Mit Rra Puleng würde alles gut, war alles gut.

Auf mich war kein Verlaß mehr. Einen Tag meldete ich mich zur Arbeit in den Krals, am nächsten Tag weigerte ich mich, irgendeine Kleinigkeit zu erledigen, um die mich zu kümmern ich in prähistorischen Zeiten versprochen hatte: Ich glaube, die Person, die die meisten Bücher aus der Bibliothek entliehen hatte, sollte einen Preis bekommen, und ich hatte mich bereit erklärt, die Auszählung zu übernehmen, aber in meiner derzeitigen Verfassung empfand ich es schon als Zumutung, darum gebeten zu werden. Warum, wußte ich selbst nicht.

Dineo, beschloß ich, würde der Schlüssel zum Notausgang sein.

Falls ich anfangs noch irgendwelche Skrupel gehabt haben sollte, Nelson von hier fortzuschaffen und zu jemandem zu bringen, der seinen Zustand diagnostizieren konnte, so schmolzen sie von Tag zu Tag dahin. Wenn er auf dem Weg der Besserung war, dann allenfalls auf der Kriechspur.

Ich wollte mit Dineo sprechen. Zuerst würde ich die – wie ich es empfand – unausgesprochene Freundschaft zwischen uns beschwören. Dann würde ich sie daran erinnern, daß mit mir nicht unbedingt zu spaßen war und daß ich mich notfalls nicht scheuen würde, die amerikanische Botschaft einzuschalten, um Nelson hier rauszuholen. Das geschähe dann zwar gegen den

Willen und die Interessen aller, einschließlich Nelsons, aber ich konnte das Funkgerät bedienen, und ich wäre imstande zu einer solchen Aktion, ob sie ihnen paßte oder nicht. Notfalls würde ich die Botschaft sogar anlügen. Wenn ich den Weg der Vis major einschlug, würde ich mir natürlich alle Chancen verbauen, jemals wieder nach Tsau zurückkehren zu dürfen. So etwas würde man mir nicht verzeihen. Ich versuchte, mir auf jeden erdenklichen Einwand die passende Entgegnung zurechtzulegen. Ich wollte, daß er geröntgt wurde. Ich mußte mich, um überhaupt wieder meinen eigenen Gedanken trauen zu können, aus einer Matrix befreien, die von Mißtrauen und Undurchschaubarkeit geprägt war.

Aber Dineo widersetzte sich meinem Ansinnen von Anfang an mit einer für mich geradezu bestürzenden Vehemenz.

Ihr Büro hatte sich verändert. Die Wände waren frisch geweißelt. Ein weißer Schimmer lag auf unserer Begegnung. Es war Vormittag. Im alten Büro waren alle Stühle gleich gewesen. Jetzt saß sie auf einem Stuhl, der eine höhere Rückenlehne und Armlehnen hatte. Sie wirkte gebieterisch. Sie band ihr Kopftuch in einem neuen Stil, und zwar so, daß die Enden übereinander auf einer Schulter drapiert und mit einer Medaillonbrosche befestigt waren. Der Tee wurde uns serviert, was mich schon etwas wunderte.

Aber die erste richtige Überraschung war, daß sie ausschließlich Tswana sprechen wollte. Es würden Leute ein und aus gehen, und da sei Tswana besser. Ich weiß nicht, weshalb mich das so sehr aus dem Tritt brachte, aber ich fühlte mich sofort verunsichert. Es war eine Demonstration. Außerdem hatte ich damit gerechnet, daß sie mir gegenüber wärmer oder zumindest diplomatischer sein würde. Statt dessen gab sie sich zutiefst bedauernd und war sehr direkt und sah mir offen in die Augen. Ich weiß, daß sie dieses Gespräch auf Tswana führen wollte, um jeden Verdacht von Kungelei zu vermeiden, aber trotzdem haßte ich sie dafür. Sie war nie meine Feindin gewesen.

Wir sprachen sehr allgemein über die guten Fortschritte bei Nelsons Genesung. Das war ihre Meinung. Ich unterschied zwischen dem Physischen und dem Psychischen, und sie schien mir zuzuhören. Dann sagte sie, es sei ihr natürlich nicht entgangen, daß Nelson ruhiger wirke als früher, aber ich solle wissen, daß die Schwester ihr gesagt habe, das müsse als Teil seiner Rekonvaleszenz angesehen werden, als Nachwirkung des Traumas, als Symptom, das sich legen werde. Mehrmals machte sie geschickte Andeutungen der Art, daß es nach Bevorzugung aussehen könnte, wenn jemand mit vergleichsweise harmlos eingestuften Beschwerden nach Gaborone ausgeflogen würde. Und sie würde Rra Puleng dahingehend verstehen, daß er selbst keinerlei Interesse habe, verlegt zu werden.

Sie stellte es sehr geschickt an: Sie schlug mir nichts direkt ab, aber sie widersetzte sich.

Ich beschloß, ganz offen zu reden. Ich sagte, ich hätte sie schon oft daran erinnern wollen, wie sie mir im Badehaus die Narben gezeigt hätte, die bedeuteten, daß sie nie würde Kinder haben können, und daß ich ihr Verhalten als Geste der Freundschaft aufgefaßt hätte, mit der sie mir signalisierte, daß sie keine potentielle Gefährtin für Nelson wäre, falls ich an so etwas gedacht haben sollte.

Sie nickte. Es machte sie kein bißchen verlegen.

Ich sagte, dann sei mir der Gedanke gekommen, sie und andere hätten meine Verbindung mit Rra Puleng vielleicht deshalb begrüßt, weil sie davon ausgegangen seien, daß eine solche Beziehung ihn bewegen würde, schon sehr bald die Möglichkeit, in Erwägung zu ziehen, mit mir fortzugehen und Tsau seinen Bewohnerinnen zu überlassen.

Sie widersprach sehr dezidiert. Sie drückte sich dabei so förmlich aus, daß ich es fast als Einladung verstand, zwischen den Zeilen zu lesen und nichts wörtlich zu nehmen. Sie müsse jeglichen Gedanken der Art, wie ich sie soeben geäußert habe, strikt von sich weisen. Sie spreche für alle in Tsau. Sie sei sicher, daß niemand, mit Ausnahme einiger unglückseliger Individuen, die allerdings womöglich nicht mehr lange in Tsau weilen würden, jemals etwas anders gewünscht hatte, als daß Rra Puleng in Tsau bleiben möge, solange es ihm gefiel. Das alles sagte sie mit der gleichen seltsam dezidierten Diktion.

Doch da ich nun einmal damit angefangen hatte, verfolgte ich meinen Punkt weiter. Wahrscheinlich drückte ich mich ziemlich ungeschickt aus, aber dem Sinn nach sagte ich, sie müsse verstehen, daß ich mich - ausgehend von dem Gedanken oder Verdacht, den ich gerade geäußert hätte - natürlich fragte, ob es jetzt, wo Nelson so verändert schiene und so passiv, nicht vollkommen verständliche Gründe gäbe, ihn in Tsau behalten zu wollen, ganz gleich ob mit mir oder ohne mich. Ich mußte es ein paarmal und in Abwandlungen wiederholen, um sicherzustellen, daß ich auch wirklich das auf Tswana zum Ausdruck brachte, was ich zum Ausdruck bringen wollte. Ich fand mich geradezu kühn.

Sie reagierte kühl. Sie könne durchaus nachvollziehen, daß ich solche Befürchtungen hätte, aber es sei nichts Wahres daran, an keiner der Befürchtungen, denen ich Ausdruck verliehen hätte. Nur hielte sie es für denkbar schlecht, wenn Nelson gehen würde, bevor er selbst den Eindruck hätte, daß die Zeit dafür reif wäre.

Dann kam sie auf das tote Pferd und die verlorene Enfield zu sprechen. Sie habe sich schon des längeren gedacht, daß es am besten wäre, wenn ich eine Haftungserklärung für das Gewehr unterschrieb, und falls ich mit Rra Puleng wegginge, sollten wir - oder vielleicht nur Nelson - ein solches Papier auch für das Pferd unterzeichnen. Sie werde das mit dem Mutterkomitee besprechen. Ich glaubte, einen Lichtstreif am Horizont zu sehen. Sie sagte, sie nehme an, Rra Puleng und ich würden unsere Sachen hierlassen, wenn wir gingen. Ich beeilte mich, mit ja, ja zu antworten. Schließlich würde ich mich von nichts trennen müssen, was mir wichtig war. Ich wollte nichts außer meinen Notizbüchern. Alles andere konnten sie für immer behalten.

Schon früh während unseres Gesprächs hatte ich den Eindruck, ihr erfolgreich vermittelt zu haben, daß ich zu äußersten Maßnahmen bereit wäre, die auch für mich schmerzlich sein würden. Ich hatte ein ganzes Arsenal von Argumenten parat, die ich zum Glück gar nicht ins Spiel bringen mußte. Ich war sogar bereit gewesen, ihr zu sagen, daß ich Nelson heiraten wollte, aber Katholikin wäre, eine abtrünnige Katholikin, die erst jüngst wieder in den Schoß der Kirche zurückgefunden hätte, und daß ich als Katholikin natürlich in einem richtigen katholischen Gotteshaus heiraten müßte, das es in Tsau nicht gab. Ich spekulierte auf Nelsons Willenlosigkeit, darauf, daß er keinerlei

Einwände erheben würde, wenn ich ihm sagte, wir müßten nach Gabs zum Heiraten.

Aber der Gedanke versetzte mir einen Stich: Genau das war das eigentliche Problem. Nelson schwebte in irgendeinem irrealen Zustand der widerspruchslosen Akzeptanz. Er schien sich in alles zu fügen, mit einer Ausnahme - wenn er gebeten wurde, seine Leidensprüfung Kapitel und Vers zu zitieren, blieb er unerbittlich. Alles andere tat er bereitwillig. Es war gefährlich.

Ich wollte dieses Gespräch zum Abschluß bringen, solange ich mich noch in der Gewalt hatte. Warum war sie so schön, und wie alt war sie überhaupt? Wie würde ich in acht oder in elf, zwölf Jahren aussehen? Ich würde mich nicht so gut halten wie sie. Meinen körperlicher High noon war höchstwahrscheinlich jetzt erreicht. Da machte ich mir nichts vor.

Dann wechselte sie ins Englische, allerdings nur kurz. Es wirkte wie hingehuscht, als sie sagte, daß es ihr Sorgen machen würde, wenn gewisse Förderer des Tsau-Projektes Nelson in Gaborone aufsuchten, ehe er vollkommen wiederhergestellt war. Sie nannte insbesondere zwei Namen. Der eine war mir geläufig. Hinter dem anderen verbarg sich, wie sie mir erläuterte, der amtierende Vertreter des internationalen Entwicklungshilfebüros von Schweden.

Ich weiß nicht mehr, was ich darauf antwortete, aber es war offenbar das Richtige. Ich legte einen wortreichen Schwur ab, daß ich Nelson schützen, ihn in Gabs abschirmen würde, so wie sie ihn in der Krankenstation abgeschirmt hatte, und daß ich seine Kontakte regeln würde, bis er wieder der Alte war, was mit Hilfe der Ärzte, die ich in Gabs auftreiben oder dorthin kommen lassen wollte, nicht lange dauern konnte. Um ihr jegliche Befürchtungen hinsichtlich der Projektförderer zu nehmen, deutete ich an, Nelson würde vielleicht ohnehin nur wenige Tage in Gabs bleiben, falls sich herausstellte, daß er jemanden in - sagen wir - Harare konsultieren müßte.

Sie würde natürlich mit dem Mutterkomitee reden müssen. Aber ich wußte, daß die Sache in Ordnung ging. Er würde Tsau mit Scientiae Athena verlassen, also mit mir. Ich würde ihn wieder auf die Beine bringen. Und das würde mich wieder auf die Beine bringen.

Eigenartigerweise waren am nächsten Tag Gerüchte im Umlauf, die alles erleichterten. Es wurde von Komplikationen gemunkelt, von Röntgenaufnahmen, die nötig geworden wären. Und dazu kamen Gerüchte, daß ich Schwierigkeiten mit dem Ausländeramt hätte und mich dort melden und meinen langen Aufenthalt in Tsau begründen und alles neu regeln müßte.

Erholungspause

Es lag ein Hauch von echter Abschiedsstimmung in der Luft, als wir abreisten, was schon seltsam war, weil es sich offiziell ja nur um eine Erholungspause handelte. Ich war von Gefühlen erfüllt, die ich angesichts der Umstände aber nicht zeigen konnte. Eine Menge Leute hatten sich am Flugplatz eingefunden, um uns zu verabschieden; selbst Dorcas und die Batlodi waren erschienen, hielten sich aber sehr bedeckt - weiß Gott, was in ihnen vorging. Sie waren Ziel einer speziellen Beschwichtigungskampagne gewesen: Jemand hatte ihnen zugespielt, ein wesentlicher Grund für unsere Reise nach Gabs wäre der, daß wir bei der Kripo einen Haufen eidesstattlicher Erklärungen zu Hectors Verschwinden abgeben müßten - endlich.

Nelson zu diesem Unternehmen zu überreden war nicht schwierig gewesen. Ich hatte die medizinische Seite heruntergespielt, wenngleich ich erwähnte, daß die Krankenschwester diese Reise befürwortete, was durchaus den Tatsachen entsprach. Ich hatte ein in mürrischem Ton gehaltenes Überweisungsschreiben von ihr. Zudem schien es mir keine schlechte Idee, mich mal wieder bei der Immigration blicken zu lassen. Ich legte ihm quasi in den Mund, daß er doch sicher diverse Dinge mit verschiedenen Ministerien zu regeln hätte. Er stimmte mir zu. Er bat mich, ihm ein paar Mappen mit Unterlagen zu bringen, in denen er eine Weile herumblätterte, aber anders, als ich es von ihm kannte. Er war so planlos, daß es weh tat, ihm zuzusehen.

Im Flugzeug war es trotz eines Gewitters, durch das wir direkt hindurchflogen, himmlisch. Ich guckte mir meine Gleichgültigkeit gegenüber den Turbulenzen bei Nelson ab. Das dürfte allerdings ziemlich naiv von mir gewesen sein, denn als der Pilot die Kanzel verließ und an uns vorbei nach hinten ging, war sein Gesicht chlorotisch. Mein Zusammensein mit Nelson glich mittlerweile dem Zusammensein mit einem zerstreuten älteren Bruder. Seit Tikwe hatte es keinen richtigen Sex mehr zwischen uns gegeben, und allmählich empfand ich eine Art Inzesttabu. Aber ich fing an, vage Hoffnung zu schöpfen. Im Flugzeug hatte ich ihm gestanden, daß seine König-der-Eiskrem-Garderobe, also seine vanillefarbenen Westen, Jacken und Hosen, zurückgeblieben war, abgesehen natürlich von dem, was er am Leibe trug. Ich hätte nur seine normalen Sachen mitgenommen. Er lächelte dazu, aber tatsächlich sollte ich nicht lange brauchen, um festzustellen, daß hier falsch gespielt wurde, denn er hatte sich selbst einen Vorrat an weißen Gewändern eingepackt, ohne mir etwas davon zu sagen.

Mit uns flog ein weiterer medizinischer Evakuierungsfall, ein indischer Ladenbesitzer, der in der Island Safari Lodge in Maun auf Urlaub gewesen war. Ein Nilpferd hatte ihn gebissen oder vielmehr das Aluminium-Skiff, in dem er unterwegs gewesen war, und dabei hatte er sich etliche Blessuren zugezogen. Er wurde von einer großen Familien- und Freundesdelegation begrüßt; allerdings muß ich sagen, daß die Matronen in seinem Empfangskomitee die unvorteilhafteste Kleidung trugen, mit der die weibliche Leibesmitte jemals gestraft worden ist. Uns erwartete niemand, was eine Erleichterung hätte sein müssen. Ich hatte schwer dafür gearbeitet, daß es so war und nicht anders. Aber zugleich empfand ich einen Anflug von Haß auf die ganze Welt, weil offenbar kein Mensch in Gabs erfahren hatte, wie schlecht es diesem Mann ging, meinem geliebten Mann, der doch so wichtig war.

Die Zeit ist ein Affe

Ich hielt es für angesagt, daß wir uns mindestens eine Woche in Schweigen, Zurückgezogenheit und Konfrontationsverzicht übten. Das heißt, ich sorgte für einen Abstand-von-allem-Urlaub.

Der Druck, den Nelson ausübte, als er mich bat, uns in der ehemals von ihm frequentierten Squatter-Siedlung Old Naledi ein Quartier zu suchen, war eher symbolischer Art. Wir verbrachten eine Nacht im President Hotel, und bis zum Checkout am nächsten Tag hatte ich längst ein vorübergehend leeres Haus für uns gefunden, in dem wir einen Monat oder vielleicht auch länger bleiben konnten. Es war das große, verschwenderisch ausgestattete, erst vor kurzem fertiggestellte Haus des Verwaltungschefs der amerikanischen Botschaft, der samt Familie zur Fortbildung auf Mauritius weilte. Es gab einen Koch und einen Gärtner. Wegen der Dürre, die Gaborone heimgesucht hatte, war der Swimmingpool leer. Im Vergleich zu Gabs konnte man Tsau fast schon als strotzend bezeichnen. Einem Menschen vom Wetterdienst gegenüber erwähnte ich, wie gut Tsau bei der Niederschlagsmenge abgeschnitten hätte, aber er gab sich skeptisch. Er nannte mir die Zahlen von Maun, die viel weniger waren. Anscheinend glaubte er, ich würde Märchen erzählen. Die Leute aus dem Dunstkreis der Botschaft freuten sich alle, mich wiederzusehen. Offenbar hatte ich es seinerzeit hervorragend verstanden, mich bei ihnen beliebt zu machen. Hilfsbereitschaft war die Losung des Tages. Dahinter steckte natürlich auch das Interesse der Botschaft, sich mit den Aktivitäten des rätselhaften Denoon vertraut zu machen. Aber es wurde höfliche Zurückhaltung geübt. Man war en detail über die Geheimhaltungsvereinbarungen informiert, die Denoon dem Ministerium für kommunale Angelegenheiten abgerungen hatte. Da uns aber die Botschaft, zumindest indirekt, die Unterkunft gestellt hatte, konnte es nicht als unschicklich angesehen werden, wenn irgendwann Leute wie der wirtschaftspolitische Attaché oder der USAID-Leiter vorbeischauten. Der Gärtner mußte sie auf unser Geheiß abwimmeln. Nelson war noch nicht soweit, daß er Besuch hätte empfangen können.

In dieser Woche erledigte ich alle möglichen Dinge – ich machte Besorgungen und ging zur Immigration, um meinen Aufenthaltsstatus zu sichern – und das alles im Schweinsgalopp. Ich beeilte mich, weil ich Nelson nicht richtig einschätzen konnte. Ständig hatte ich die Befürchtung, ich könnte zurückkommen und er wäre weg – während meiner Abwesenheit endgültig genesen und weg. Soweit ich es mitbekam, tat er eigentlich gar nichts. Die Leute, die ihn treffen wollten, bezeichnete er als Schaulustige. Er stand spät auf. Er spazierte im Garten herum. Er aß wenig. Er badete oder duschte mehrmals am Tag. Er machte hin und wieder ein Nickerchen. Er hörte Musik, wenn ich es ihm vorschlug, ihm die Anlage einschaltete und ihm etwas aussuchte. Die einzige grundlegende Veränderung war, daß er jetzt wieder las. Das war die gute Nachricht. Die schlechte Nachricht war, daß er nur in einem einzigen Buch las, dem *Taoteking*, das er von Tsau mitgebracht hatte, nur in diesem Buch und keinem anderen. Allmählich lernte ich Laotse hassen. Es war nicht einmal ansatzweise möglich, mit Nelson ein Gespräch über das Tao zu führen. Wenn ich ihn recht verstand, war das Thema zu heilig, zu wesentlich in bezug auf das, was ihn bewegte. Wir schliefen in einem gigantischen Bett. Er ging jeden Abend um acht Uhr schlafen. Was Sex anging, so kam noch nicht einmal der Gedanke hoch.

Ich wollte gern wenigstens ein paar von den Delikatessen auffahren, die nur in der Hauptstadt zu haben waren, aber Nelson legte eine ausgeprägte Vorliebe für die volkstümliche Kost an den Tag: Bogobe, andere Breis, Maas, all die Grundpfeiler unseres Lebens in Tsau. Er sagte zwar nie, ich solle aufhören, Wensleydale-Käse oder ab und zu einen Becher Crème fraîche zu kaufen, aber er kostete nur höflich und bat dann um Porridge und vielleicht etwas Obst. Er machte mir keine Schuldgefühle wegen meines europäischen Geschmacks. Ich konnte tun, was ich wollte. Anfangs aß ich ein bißchen zuviel, weil ich das Gefühl hatte, das vertilgen zu müssen, was er so reichlich übrigließ.

Diese Woche bescherte mir genau eine einzige unverlangte Feststellung oder Erklärung von seiner Seite, obwohl er immer reagierte, wenn er angesprochen wurde. Dieser eine unverlangte Kommentar lautete, glaube ich, Die Zeit ist ein Affe. Ich meine, das hat er gesagt. Ich bat ihn, es zu wiederholen, und er sagte nur: Vergiß es. Ich hätte ja nachgehakt, aber ich wollte meinem Schwur treu bleiben, in dieser einen Woche auf jeglichen Druck zu verzichten, einfach um zu sehen, ob er nicht vielleicht von sich aus wieder in Richtung Normalität umschwenken würde.

Nach dem Besuch der Botschaftskrankenschwester war ich niedergeschlagen, niedergeschlagener denn je. Sie ging mit ihm ins Schlafzimmer, und ich konnte die Unterredung verfolgen. Er hörte sich vollkommen normal an. Das war kein Wunder, da die beiden ein reines Frage-und-Antwort-Gespräch führten. Ich hatte ihr ungeschminkt gesagt, daß ich etwas von ihr erwartete, womit ich ihn an einen Psychiater überweisen könnte. Zumindest sollte sie zusehen, daß Nelson auf die Liste der Notfälle kam, die der Botschaftsarzt aus Pretoria bei seinen gelegentlichen Rundreisen aufsuchte. Sie kam schwärmend aus dem Schlafzimmer zurück, schwärmend anscheinend nicht nur, weil sein Heilungsprozeß so wunderbar verlief, sondern weil er so ein wunderbarer Mensch war. Er benutzte noch einen Stock mit Knauf, ein sogenanntes Knobkerrie, als Krücke, aber das könne er jederzeit weglegen, wenn er wolle. Sie werde einen Röntgentermin für ihn vereinbaren, aber nur, weil ich offenbar so großen Wert darauf legte. Sie wünschte, es gäbe mehr Amerikaner seines Alters mit diesem Blutdruck. Psychologisch gesehen handle es sich bei ihm schlicht um einen Mann, der sich schonte, um zu genesen. Es fehle ihm nichts. Seine Reflexe seien wie die eines Jugendlichen. Das alles war unterlegt mit einem unverhohlen sehnsüchtigen, neidischen und doch christlichen Blick, der mir zu verstehen gab, was für ein Glückspilz ich war, diesen Mann ergattert zu haben. Sie betonte noch, daß sie durchaus nachfühlen könne, wie es für mich gewesen sein mußte, als er vermißt wurde. Sie war ungefähr vierzig. Sie war nicht verheiratet. Als wir uns verabschiedeten, schien sie sich mehr Sorgen um mich zu machen als um Nelson; sie fand offenbar, daß ich ein Opfer nicht nachvollziehbarer Fixierungen und Fehlinterpretationen war. Ich fragte mich, ob es ihr nicht seltsam vorkam, daß Nelson keinerlei Anstalten machte, zu uns herauszukommen, sondern immer noch auf dem Bett saß, dort, wo sie ihn zurückgelassen hatte, tief in irgendwelche Gedanken versunken. Sie steckte mir eine Packung nicht verschreibungspflichtiger Schlaftabletten zu, die man vergessen konnte. Immerhin wurde mir bestätigt, daß der einzige Psychiater in Botswana nach wie vor der Italiener in Lobatse wäre, und ich bekam noch folgende Zusatzinformation: Er war ein Jugoslawe, der hauptsächlich italienisch sprach. Ihr Gesichtsausdruck bestätigte alles, was ich mir an Gründen für die Hoffnungslosigkeit dieser Behandlungsschiene bereits überlegt hatte. Als sie weg war, hätte ich mich dafür ohrfeigen mögen, daß ich Nelsons einzigen selbständigen Gesprächsbeitrag dieser Woche nicht erwähnt hatte, den Satz, Die Zeit ist ein Affe - was wäre wohl ihre Reaktion gewesen, wenn ihr Lebensgefährte einen solchen Spruch von sich gegeben hätte? Warum konnte ich mich nicht überwinden, das Wort Nervenzusammenbruch auszusprechen?

In dieser Woche gab es einen trügerischen Hoffnungsschimmer, als jemand am Tor auftauchte, mit dem er anscheinend wirklich sprechen wollte. Nelson saß unter dem leuchtenden Blütendach eines Jakaranda. Er erkannte das Gesicht am Tor und sprang auf - sprang auf! -, um den Gärtner daran zu hindern, diesen Besucher fortzuschicken.

Ich beobachtete alles von der Küche aus. Der Besucher war eine jämmerliche, in Gabs wohlbekannte Gestalt, ein Flüchtling aus Lesotho, ein Oberschullehrer, ein Opfer von Verfolgung und Folter nach dem Putsch von Chief Jonathan in den siebziger Jahren. Er war etwa Mitte Vierzig, grotesk entstellt wie der Glöckner von Notre Dame. Sein eines Auge war zur Hälfte mit Narbengewebe überwuchert; er hatte scheußliche Narben an Hals und Brust, die man sehen konnte, weil er sich nie das Hemd zuknöpfte. Er zog ein Bein nach. Die Folter hatte ihn zum Quasimodo gemacht. Offenbar war Nelson näher mit ihm bekannt. Er hieß Hiram. Er bekam eine bescheidene Unterstützung vom UNO-Flüchtlings-Hochkommissariat und lebte in einer Hütte hinter dem Haus eines Kanadiers. Er wurde ständig bestohlen. Ausländer hatten Mitleid mit ihm und schenkten ihm Lebensmittel und Kleider, vor allem, wenn sie das Land wieder verließen, und das hatten die örtlichen Diebe natürlich spitzgekriegt. Die Hälfte der Zeit vergaß er, seine Hütte abzuschließen, so daß er permanent ausgeraubt wurde. Er war nicht ganz richtig im Kopf. Er lächelte ständig. Er verfaßte eigenartige Manifeste und ähnliches auf Sesotho. Man traf ihn immer irgendwo in Gaborone, und manchmal bettelte er. Er ging in Büros oder Läden und bat um Schreibpapier, nie um Geld. Die Kinder fürchteten sich vor ihm. Meistens war er in Lumpen.

Und nun kam Hiram hereinspaziert. Die beiden setzten sich einander dicht gegenüber auf Gartenstühle, so dicht, daß sich ihre Knie fast berührten, und ich dachte, dieses Sinnbild der Unmenschlichkeit des Menschen gegen den Menschen würde nun auf der Stelle meinen Geliebten in sein früheres Selbst zurückverwandeln. Ich hätte darauf wetten mögen. Jetzt würde er zur Besinnung kommen. Vor ihm saß sein wandelnder Daseinsgrund.

Eines mußte man Hiram lassen: Er war eloquent. Er hatte eine eigenartig zischende Stimme und artikulierte sich in fast unverständlicher Weise, aber wenn er einmal Blickkontakt hatte, redete er pausenlos auf einen ein, unentwegt bemüht, eine Verbindung herzustellen.

Aber nichts da, nichts davon geschah! Hiram schwieg. Die Szene erinnerte an den Austausch wohlwollender Blicke zwischen dem Papst und dem Dalai Lama. Keiner der beiden sagte einen Ton. Nelson legte Hiram eine Hand auf die Schulter und ließ sie dort lange liegen, ehe er sie wieder wegnahm. Damals, als alles begann, hatte ich mir einen Buchtitel notiert, *Die Macht des Charlatans*, aus dem eine Wendung stammte, die Nelson ein paarmal benutzt und nach der ich gefragt hatte: e nosatu et sto ben così – Ich habe ihn gerochen, und jetzt geht es mir gut. Zu irgendeiner Zeit hatte es in Italien Scharlatane gegeben, die ihren eigenen Geruch verkauften. Ich schlich ins Freie, um zu hören, ob sie vielleicht doch miteinander redeten. Aber es herrschte nach wie vor stummes Wohlwollen. Nach einer Viertelstunde erhob sich Hiram, um zu gehen. Die große Begegnung war vorüber. Ich lief zurück in die Küche, warf ein paar Lebensmittel für ihn in eine Plastiktüte, schnappte mir eins von Nelsons besseren nicht-ganz-weißen Hemden und erwischte Hiram gerade noch, als er am Ende unserer Straße um die Ecke bog. Nelson saß bereits wieder unter seinem Blütendach.

Dies war auch die Woche, in der ich meine ersten vier oder fünf unbestreitbar grauen Haare entdeckte. Es war ein Schock. Ich hatte immer gedacht, es würde zunächst ein einzelnes auftauchen, dann zwei und erst viel später drei oder mehr. Ich schob meine Überraschung auf eine gewisse Nachlässigkeit hinsichtlich meines Aussehens, die sich in Tsau eingeschlichen hatte, und auf den halbblinden Spiegel, mit dem ich mich dort für meine Toilette hatte begnügen müssen, ganz zu schweigen von dem schlechten Licht. Eines der Haare war seltsam drahtig und fast wie ein Korkenzieher gekringelt. Ich riß es heraus, brach die Prozedur dann aber ab, weil ich an den Witz von dem Mann denken mußte, der eine kleine goldene Schraube in seinem Bauchnabel entdeckt - als er sie aufdreht, fällt ihm hinten der Anus raus. Die Entsprechung bei mir war eine Pseudo-Erkenntnis, die mich unmittelbar nach dieser Auszupfaktion meiner ersten grauen Haare überfiel und ein oder zwei Tage beschäftigte, ehe sie wieder verschwand. Die Erkenntnis war die, daß Nelsons ganzes Gehabe Theater war, mit dem er auf liebevolle Art bezwecken wollte, daß ich ihn freigab, von selbst ging, weil er zu alt für mich war und es in fünfzehn Jahren schrecklich würde, schmerzlich, wie immer wir es benannten, wo immer wir hingingen, was immer wir taten; es würde unweigerlich mit einer Tragödie enden, weil es eine ganz schlechte Idee war, genauso schlecht, wie in den Vierzigern die Idee gewesen sein mußte, einen Schwarzen zu heiraten. Also erschien es mir höchst genial, das Grau zu belassen, um nicht jünger auszusehen als unbedingt nötig.

Aber es trieb mich an den Rand des Wahnsinns, daß Nelson aus den unterschiedlichsten Gründen in den Augen aller außer mir vollkommen normal wirkte. Rita, die Krankenschwester, hatte seinem Erlebnis eine religiöse Deutung unterlegt, das stand fest. Ich wußte, daß sie katholisch war. Ich hatte mitbekommen, wie sie sich während der sogenannten Untersuchung murmelnd über den Sinn des Lebens verständigten. Sie war mitnichten die Expertin, die den Unterschied zwischen Erleuchtung und Nervenzusammenbruch hätte erkennen und mir obendrein erhellen können. Und was seine Stasis, um nicht zu sagen sein Dolcefarniente anbetraf: Europäer, die Dörfer in Afrika besichtigen, sehen häufig genug Menschen, die an nichts Erkennbarem arbeiten, nichts erledigen und nicht von einer Aufgabe zur anderen hetzen. Wir beobachten etwas, das für uns wie schieres Herumlungern aussieht, allein oder in schweigenden Grüppchen; manchmal, aber nicht immer, lehnen die Leute an Baumstämmen oder Wänden, sind in eine Art Selbstgespräch versunken. Und dann gibt es noch die ultraländliche Population, die Menschen auf Viehstationen Hunderte Meilen von jeglicher Zivilisation entfernt, ohne irgendeine Zerstreuung außer dem Radio, falls sie überhaupt das Glück haben, einen solchen Apparat zu besitzen, mit dem sie vielleicht gerade mal Springbok Radio oder Radio Botswana reinkriegen. Doch was wir sehen, sind keine depressiven oder unglücklichen Menschen, keine gelangweilten Menschen, soweit sich das von außen überhaupt feststellen läßt. Für die Batswana würde es demnach so aussehen, als gliche Nelson sich ihrem Lebensstil an. Und daran wäre überhaupt nichts Anormales. Natürlich beruhte Tsau auf der Überlegung, Armut in den Dörfern dadurch zu überwinden, daß deren Stasis durch ihr Gegenteil ersetzt wurde: Wettbewerb, Versammlungen, Erfindungen und Dynamismus. Aber daran dachte hier natürlich niemand. Nein, aus Sicht der Ortsansässigen war mit ihm alles just all right, also bestens. Das Personal im Haus hatte fast nichts zu tun – wir waren nur zu zweit und obendrein sehr genügsam –, also stürzte man sich auf seine Garderobe, stärkte und bügelte und bleichte die Vanilletracht bis zur blendenden Perfektion. Er erhob keinerlei Einwände. Ich sah in dieser Aktion eine gewisse Kritik an mir von seiten aller Beteiligten, etwa nach dem Motto: Wie hatte ich ihn nur in einer so reduzierten Pracht herumlaufen lassen können, wo er bei entsprechender Pflege doch derart strahlend aussah. Natürlich spielte dabei auch eine Rolle, daß sein Gewicht ideal war. Er ließ sich einen Bart stehen, rasierte sich aber jeden Tag gewissenhaft, damit keine Stoppel seine Wangen verunzierte. Diese erste Woche faßte ich mich also in Geduld. Ich mußte annehmen, daß er davon ausging, nach Tsau zurückkehren zu können, offenbar schon bald und vermutlich mit mir.

Dann war die erste Woche um, und ich wappnete mich innerlich für die Schlacht, die zum Ziel hatte, ihn aus seinem Zustand herauszuhebeln oder zu zwingen, mir über eben diesen Zustand Auskunft zu geben, ihn mir endlich verständlich zu machen.

Wir saßen am Eßtisch und tranken Pfefferminztee, als er sagte – fast als wäre es ein nachträglicher Einfall zu meinen Überlegungen, was wir alles in Gabs zu erledigen hätten –, Wir könnten heiraten.

Er sagte es noch einmal: Wir könnten hier heiraten. Und dann fügte er hinzu: Wir könnten Kinder kriegen.

Ich floh vom Tisch und in unser Schlafzimmer. Ich weinte, allerdings vor Wut. Ich ließ die Tür offen, um ihm Gelegenheit zu geben, mir, wie jeder normale Mensch es getan hätte, zu folgen und nachzuschauen, was mir fehlte und was er tun könnte.

Von meinem Platz aus konnte ich sehen, daß er unverändert am Tisch saß, mir vage hinterherblickte, aber keinerlei Anstalten machte aufzustehen. Was war das nun wieder? War es eine Begleiterscheinung seines Zusammenbruchs und eine Regression in eine Art einfältiger Proto-Ehemann-Rolle, oder war es Erleuchtung und die Stimme seines inneren Selbst, die ihm sagte, es wäre an der Zeit, sich mit mir zu reproduzieren, oder war es der letzte, schlimmste Dolchstoß für mich, ein Trick, um mich zu desorientieren und mich zur Trennung zu bewegen? Konnte er erkennen, daß dies einen Gewaltakt gegen mich darstellte, diese Verkehrung von jeglichem Standpunkt, den er je zu diesem Thema eingenommen hatte, die Ausnutzung eines ganz speziellen wunden Punktes in meiner derzeitigen Situation, den er eigentlich gut genug kennen mußte? Immerhin war er es gewesen, der mich von der Geburtshilfe in Tsau weggerissen hatte, um mir dabei zu helfen, meine natalistischen Impulse im Zaum zu halten, die ganz nebenbei auch seiner Voreingenommenheit gegenüber Kindern zuwidergelaufen wären, wo es doch so viele ungewollte auf der Welt gab. Und nun das.

Jedenfalls hatte er mir damit den Schneid abgekauft. Ich war nicht in der Verfassung, mit dem Verhör zu beginnen, für das ich mich gewappnet hatte. Konnte er es absichtlich getan haben, um mich aus dem Tritt zu bringen?

Psychologie

Ich denke, es war Schwäche, die in mir das Bedürfnis weckte, mir ein paar Tage Pause zu gönnen, ehe ich zum Angriff auf sein wie auch immer geartetes Glaubensgebäude überging – Schwäche und die Nachricht, daß ein waschechter, voll ausgebildeter Psychiater vorübergehend in der Stadt weilte, ein Srilanker, der in beratender Funktion für das Gesundheitsministerium tätig war. Nelson hatte sich bereit erklärt, die Krankenschwester zu empfangen. Aber eine Reise nach Pretoria oder Johannesburg kam nicht in Frage, denn das war ja Südafrika. Aber wäre er vielleicht bereit, Dr. Pereira zu sehen, wenn ich ein Treffen arrangieren könnte? Pereira würde vorbeikommen. Nelson bräuchte das Haus nicht zu verlassen.

Beim Frühstück ging ich das Thema auf Umwegen an.

Ich erwähnte, daß ein Psychiater aus Sri Lanka in der Stadt sei.

Er sagte: Sri Lanka - das hätte das Paradies werden können, wenn nach dem Abzug der Briten nicht zwei Fehler gemacht worden wären. Einer war die Abschaffung des Englischen als Amtssprache, was die Tamilen in Rage brachte, weil sie als Behördenangestellte schon Probleme genug hatten, auch ohne noch lernen zu müssen, ihre Berichte auf singhalesisch abzufassen. Der andere Fehler ist mir entfallen.

Ich war ganz Ohr, in der Erwartung, es käme noch mehr, aber er verstummte wieder.

Nachdem ich Dr. Pereiras Namen eingeführt hatte, setzte ich zu einem Overkill über Psychologie an, eingedenk Nelsons Feindseligkeit gegenüber dieser Disziplin und seiner Verachtung insbesondere der klinischen Psychologie, einem Fach, das er für ungefähr so seriös hielt wie eine Darmspülung. Vielleicht war auch ich nicht ganz unschuldig an einer Verhärtung seiner Position - nicht, daß dazu viel nötig gewesen wäre -, weil ich ihm die schreckliche, aber leider wahre Geschichte erzählt hatte, die passiert war, als meine Mutter und ich im Pförtnerhäuschen eines Anwesens wohnten, dessen Hauptgebäude ein Ehepaar, beide klinische Psychologen, gemietet hatte. Eine ihrer Patientinnen, die wegen extremer Schüchternheit behandelt wurde, war eines Winters auf dem Parkplatz erfroren. Ihr Wagen war nicht angesprungen, und sie hatte niemanden mit diesem Problem behelligen wollen. Dabei war sie bei einem der beiden seit fünf Jahren in Therapie gewesen. Außerdem waren diese Psychologen heimliche Survivalisten, und wir bekamen mit, wie des Nachts ganze Lkw-Ladungen von Konservendosen und unverderblichen Waren angeliefert und in diversen Nebengebäuden eingebunkert wurden. In dieser Frage waren Nelson und ich ein Herz und eine Seele. Ich hatte einen Artikel aus dem Economist herausgerissen, in dem stand, daß die zweihundert führenden Psychologen - Fachbereichsleiter, bekannte Denker und renommierte Therapeuten - gebeten worden waren, die wichtigsten Theorien oder Entdeckungen der letzten fünfundzwanzig Jahre in ihrem Ressort aufzulisten: Zwischen den verschiedenen Listen gab es so gut wie keine Übereinstimmung, keinerlei erkennbaren Konsens; die absolut einzige Uniformität bestand darin, daß das, was sie selbst entdeckt oder veröffentlicht hatten, sich in den allermeisten Fällen unter den fünf wichtigsten angegebenen Fortschritten befand. Und jetzt war ich im Begriff, ihn zu beknien, sich mir zuliebe psychologisch behandeln zu lassen.

Ich unternahm eine Rehabilitierung der Psychologie durch die Hintertür. Ob ich ihm je erzählt hätte, fragte ich, wie mir ungefähr mit Mitte Zwanzig klargeworden sei, weshalb mir geistige Arbeit etwa ab drei Uhr nachmittags immer am leichtesten fiel? Ich hätte mich mit jemandem über die mir so verhaßte Grundschule unterhalten, und da habe es klick gemacht. Die Grundschule sei für mich der Inbegriff von Zwang und Langeweile gewesen, ein Martyrium, das um drei Uhr endete, wenn wir nach Hause durften. Und fortan sei meine Konzentrationsfähigkeit zu jeder Tages- und Nachtzeit gleichmäßig hoch gewesen; ich hätte mir nur in Erinnerung rufen müssen, daß ich nicht mehr auf der Horace Mann School war.

Und dann gab es noch die Geschichte meiner Abneigung gegen Supermärkte. Mir wurde immer schwindlig, wenn ich zur Kassiererin vorrückte, jedenfalls ein bißchen schwindlig. Meine Aversion kam mich teuer zu stehen, weil sie so ausgeprägt war, daß ich weite Strecken und stolze Preise auf mich nahm, nur um in Tante-Emma-Läden einkaufen zu können. Doch eines Abends hatte ich notgedrungen einen Safeway-Supermarkt betreten müssen. Als ich an der Kasse stand, kehrte eine Frau, die schon auf dem Weg zum Hauptausgang war, wieder um und kam auf mich zu, eine ältere Frau, komisch gekleidet; ich war ohnehin auf dem besten Wege, mich schwindlig zu fühlen, aber ihr Anblick verschlimmerte meinen Zustand. Sie kam, holte, was sie auch immer an der Kasse hatte liegenlassen, und ging wieder. Ihr Gesicht erschien mir auf diffuse Weise grauenerregend, wie ein Totenkopf. Aber dadurch hatte ich eine Situation abgerufen, in der ich mit meiner Mutter in einer Supermarktkassenschlange stand und eine Nachbarin kam und sie beiseite zog, um ihr etwas zu sagen. Und als ich die beiden weggehen sah, da wußte ich, was es war: Ich muß ungefähr zehn gewesen sein, und der Sohn dieser Frau hatte offenbar irgendwelche unserer Doktorspiele gepetzt. Damals hieß ich bei den kleinen Jungen, denen ich auflauerte und im Schutz eines bestimmten Feigenbaums ein paar freudige Überraschungen bescherte, nur das Feigenbaummädchen. Testikel haben mich eben schon immer fasziniert. Doch nun näherte sich meine Mutter wie das rachdurstigste und, was weit schlimmer war, schwerenttäuschteste Ungeheuer der Welt. Was mir den Rest gab, war tatsächlich ihre Enttäuschung darüber, daß ich, ihr ein und alles, in ihren Augen nicht normal war. Und sobald ich mir diesen Moment von Scham wieder bewußt gemacht hatte, konnte ich einkaufen, wo ich wollte.

Licht aus den Höhlen, sagte Nelson.

Ich kam auf Pereira zurück. Würde er ihn sehen wollen?

Gewiß, sagte Nelson.

Dr. Pereiras Aufwartung

Auftritt Pereira - ein Tamile, seinem Teint nach zu urteilen. Er könne Nelson zwanzig Minuten widmen. Er trat sehr forsch, sehr geschäftsmäßig auf.

Er hatte sich von mir nur widerstrebend erläutern lassen, was ich für Nelsons Problem hielt. Kaum hatte ich die Worte Antriebsschwäche und Dekompensation ausgesprochen, als er mich schon darauf aufmerksam machte, daß er sehr wohl gewohnt sei, Persönlichkeitsveränderungen selbst zu diagnostizieren.

Aus den zwanzig Minuten wurden annähernd neunzig.

Das Ergebnis war für mich unfaßbar. Ich hätte ihn schütteln mögen. Er war klein.

Nelson fehle nicht das geringste; er erfreue sich überragender geistiger Gesundheit. Und er, Pereira, werde uns leihweise einige Broschüren überlassen, denn Mr. Denoon interessiere sich außerordentlich für eine der bedeutenden hinduistischen Glaubensschulen, die übrigens von einer Frau begründet worden sei, der aus Maharashtra stammenden heiligen Muktabai. In ganz Botswana gäbe es zwar viele Hindus, aber seines Wissens kenne niemand diese ausgezeichnete Bhakti-Schule. Alle großen Epigonen des Bhakti seien Frauen, oder jedenfalls sehr viele.

Pereira sah mich streng an. Ich bin ohne Frau, sagte er. Aber ich schwöre Ihnen, wenn dieser Mann mir sagte: Diese Frau hier sollten Sie heiraten, ich würde schnurstracks zu ihr eilen.

Er hoffte, Zeit für ein weiteres Gespräch mit Nelson zu finden.

Krieg

Ich gab dem Frieden eine Chance, einen Tag noch. Danach war Krieg angesagt.

Der Dies irae warf bereits seine Schatten voraus. Einer dieser Schatten war, daß ich alle Geduld mit seiner Haltung zum Essen verlor. Er trug mir die unausgegorene Theorie vor, daß Mahlzeiten Eventualitäten sein sollten: Es müsse eine das Übliche übersteigende Auswahl mit Schwerpunkt auf kalten, gekochten Körnern geben, und es müsse jedesmal homöostatisch gegessen werden - ein bißchen hiervon, nichts davon, ein bißchen hiervon, und so weiter. Gratuliere, sagte ich, du hast soeben die Cafeteria erfunden.

In der Nacht vor der Kriegserklärung zwang ich mich, zehn Stunden zu schlafen. Als ich aufstand, überdachte ich alles noch einmal. Es mußte sein. Er war zwar eine Spur gesprächiger, beschränkte sich aber immer noch fast ausschließlich auf die reaktive Ebene. Er hatte nicht ein Telefonat geführt. Er hatte vage davon geredet, einige Ministerien aufsuchen zu müssen, aber keinerlei Schritte in diese Richtung unternommen.

Ich machte mich sorgfältiger zurecht als sonst. Wir frühstückten schweigend. Für das, was ich vorhatte, würde ich Eiweiß brauchen, darum aß ich Eier und ein Stück kaltes Lendensteak.

Er sah blitzsauber und strahlend aus in seinen weißen Gewändern.

Ich plagte mich mit einer besonders starken Regelblutung herum. Vor einer Weile hatte ich die Pille abgesetzt, warum auch nicht?

Ich sagte: Du weißt, daß wir über ein paar Sachen reden müssen. Ich führte ihn an einen runden Metalltisch unter einer großen Akazie. Wir setzten uns einander gegenüber in Weidenstühle mit breitgeschwungenen Rückenlehnen.

Zuerst verlangte ich, daß er mir versprach, mindestens eine Stunde lang nicht vom Tisch aufzustehen, egal, was ich sagte oder wie gekränkt er vielleicht wäre. Und falls er zwischendurch auf die Toilette oder wegen Nasenbluten verschwinden müsse, würde er wiederkommen. Er erklärte sich einverstanden.

Entspricht das im großen und ganzen dem, was dir widerfahren ist? Du warst auf dem Weg nach Tikwe und hast nicht aufgepaßt und bist unter einem Baum durchgeritten, und eine oder zwei Boomslangs haben sich auf dein Pferd fallen lassen?

Zwei, sagte er.

Du warst auf schwarzer Wollerde unterwegs, und darum ist dein Pferd weggerutscht, als es gescheut hat; du bist halb unter das Tier geraten, und dabei hast du dir den Arm und den Knöchel gebrochen. Dann hat sich das Pferd hochgerappelt, mit einer noch in den Hals verbissenen Schlange, aber es hatte ein gebrochenes Bein und knickte wieder ein.

Zum Glück hattest du deine Feldflasche umgehängt, aber es war Unglück im Glück, daß du auf sie gefallen bist und dir ein paar Rippen angebrochen hast.

Du hast das Bewußtsein verloren. Aber später bist du wieder zu dir gekommen. Du warst lange genug bewußtlos, um dir auf der einen Gesichtshälfte und seitlich am Hals einen schlimmen Sonnenbrand zu holen.

Ich wurde immer aufgeregter während meiner Ausführungen. Ein Klemmblock mit einem Stapel Notizen lag vor mir.

Du hast dich fünf Schritt weit zu einem Termitenhügel geschleppt, der den Stamm eines kleinen Baumes halb umfaßte. Du hast mitbekommen, daß dein Pferd strampelte und fürchterliche Geräusche von sich gab. Du hast es über dich gebracht, es zu töten. Du hattest Schmerzen. Der Termitenhügel war wie eine Liege, eine schiefe Ebene.

An diesem Punkt erklärte er sich bereit weiterzuerzählen, wenn ich das Tonband ausschaltete. Das war neu und ein gutes Zeichen, wie mir schien. Er wollte kein Tonband laufen haben, weil er sich sonst gehetzt fühlen würde.

Ich sagte: Erzähl, soweit es geht, Tag für Tag.

Er werde sich Mühe geben, aber ich müsse bedenken, daß für ihn alles ein einziges Kontinuum sei.

Er legte seine Handteller flach auf den Tisch, als er begann, und er erzählte die ganze Geschichte mit geschlossenen Augen. Ich hatte das Gefühl, daß er aus einer inneren Tiefe aufsteigen mußte, um davon sprechen zu können, und daß es qualvoll für ihn war. An manchen Stellen sah ich ihn die Hände auf den Tisch pressen. Ich selbst drückte mir hin und wieder mit den Fäusten gegen den schmerzenden, krampfenden Unterleib. Es war sehr seltsam. Ich fühlte mich ihm verbunden, als bildeten wir beide zusammen irgendein mechanisches System.

Er sprach langsam. Ich fasse etwas zusammen. Er sagte, die erste Szene nach seiner Ohnmacht, an die er sich genau erinnern könne, habe sich in der Dämmerung ereignet, als er erst gerochen und dann gesehen habe, daß sich Schabrackenschakale um sein Pferd scharten. Er mußte mit ansehen, wie das Tier in Stücke gerissen wurde. Es war die Hölle. Er hatte bruchstückhafte Erinnerungen daran, daß er vorher zum Pferd gekrochen war, dann zurück, noch einmal hin und wieder zurück, um seine Vorratstasche zu holen, die ganze Zeit in panischer Angst vor den Boomslangs, die inzwischen aber anscheinend verschwunden waren. Er hatte keinen Zweifel, daß die Schakale ihn holen würden, sobald sie mit dem Pferd fertig waren, sofern er nicht irgend etwas unternahm.

Zunächst beachteten ihn die Schakale nicht, aber dann wanderten zwei von ihnen in seine Richtung. Er war ganz sicher, daß Angst, seine Angst, ihm zum Verhängnis werden würde und daß seine erste Verteidigungsmaßnahme darin bestehen müßte, sich zu einem nicht-reaktionsfähigen Ding zu machen, das heißt, sein Denken einzustellen und sich der Erde oder den Bäumen so weit anzugleichen, wie es nur ging. Er mußte aufhören, Schwingungen von Furcht und Unterwerfung auszusenden. Es war in seinen Worten ein Entidentifizierungsprozeß. Es beruhigte ihn, mit dieser Aufgabe konfrontiert zu sein. Es fiel ihm schwer, darüber zu sprechen, wie er sich in diesen entidentifizierten Zustand versetzt hatte. Es war eine Formel, eine bestimmte Anordnung von Bildern, die zu erleben er sich zwang. Es war eine innere Verrenkung. Mit ihrer Hilfe versuchte er zu vermeiden, das Verstreichen der Zeit zu spüren. Jedenfalls ließen die Schakale ihn in Ruhe.

Ich wies ihn darauf hin, daß auch eine andere Erklärung möglich wäre: Die Schakale - es waren nur vier - hatten sich bereits vollgefressen, und außerdem entsprach er noch nicht ihrem bevorzugten Futter: Aas.

Ich könne recht haben, räumte er ein. Aber er meinte, er habe sich tatsächlich in einen besonderen Zustand versetzt. Und als die Schakale sich trollten, experimentierte er damit weiter, weil er dachte, als nächstes könnten vielleicht, würden wahrscheinlich Löwen kommen.

An mich habe er gedacht. Er sei entschlossen gewesen, nicht zu sterben, meinetwegen.

Er hatte seinen Arm geschient und versucht, den Knöchel zu schienen. Es waren beides keine offenen Brüche gewesen.

Er hatte die eine volle Feldflasche. Er würde sich auf drei Schluck Wasser am Tag beschränken. Er hatte auch eines der beiden Proviantpakete gerettet, bevor die Schakale aufgekreuzt waren und das zweite zusammen mit dem Pferd vertilgt hatten. Er hatte dummerweise einen der mühevollen Wege zu dem toten Pferd ausschließlich dazu genutzt, alles einzusammeln, was sich als Sonnenschutz verwenden ließ. Und nun hatte er mehr davon, als er brauchen konnte. Mein Zelt ließ sich nicht aufstellen, und so hatte er die Plane heruntergerissen, um sie als Schutz zu benutzen. Er konnte mir nicht erklären, weshalb sich das Zelt nicht aufstellen ließ, und ich kam schließlich zu dem Schluß, daß er in seinem Schmerz und Schrecken zu früh aufgegeben hatte.

Seine Essensvorräte bestanden aus Scones, getrockneten Birnen, Biltongue, ein paar Mogongo-Nüssen und einer Orange. Er plante natürlich, die Nahrungsmittel zu strecken, und das wurde ihm durch die Entdeckung erleichtert, daß er, wenn er sich in seinen - wie er ihn nannte - Zwischen-Zustand versetzte, wenn er sich durch Konzentration entidentifizierte, sowohl Hunger als auch Schmerz hinter sich lassen konnte.

Darauf kam ein stark geraffter und fader Bericht über die folgenden acht Tage. Er habe sich ausgeruht, geschlafen, seinen Zwischen-Zustand praktiziert, und dann hätten ihn zum Glück die Herero gefunden. Er habe Träume gehabt, von denen er mir erzählen könne.

Ich wußte, daß er manipulierte. Es gab noch mehr zu berichten. Aber ich ließ ihn in dem Glauben, daß ich das Ablenkungsmanöver eines Gesprächs über Träume akzeptierte.

Es war ein durchsichtiges Ablenkungsmanöver, das weit weg führte von dem Erlebnis und den Visionen und Botschaften, über die er anderen, wenn man entsprechenden Anspielungen glaubte, wenigstens in groben Zügen berichtet hatte, das heißt weg von genau den Aspekten, die seinen Unfall zu einer so gewaltigen Erfahrung gemacht hatten.

Er konnte sich an zwei sehr eindringliche Träume erinnern, die beide von der Zukunft der Erde handelten. In dem einen hat sich die Menschheit über die Galaxie verteilt, und die Erde ist zu einem Nekroplaneten umfunktioniert worden. Verschiedene Sehenswürdigkeiten der alten, bewohnten Erde sind Angehörigen der galaktischen Elite als persönliche Familien-Denkmäler verkauft worden. Der Eiffelturm gehört dazu, die Niagarafälle auch. Die Restpopulation auf der Erde ist ausschließlich mit Denkmalspflege befaßt. In dem anderen Traum schien die Erde offenbar ganz der Kunst geweiht worden zu sein. Er träumte, daß er an einem gigantischen Brunnen zu Mittag aß, während über seinem Kopf Metallskulpturen an Kabeln durch den Himmel schwebten, mit ausgebreiteten Armen oder Flügeln. Aber er verstand diese Träume als reine Phantasiegebilde ohne jede noetische Bedeutung, nicht wahr? Gewiß, sagte er.

Schließlich kehrte er zu seiner Chronik zurück. Etwa am vierten Tag hatte sein Zwischen-Zustand eine neue Dimension erfahren.

Es könnte sich um eine Halluzination gehandelt haben, meinte er. Du wirst das sicher so sehen.

Es sei ein Sinken nach innen gewesen, und er habe den Körper als Gemeinwesen erfahren. Das waren die Worte, die er nach langem Suchen wählte. Er habe seinen Körper als eine Konföderation von Systemen erlebt, die alle auf ihre spezifische Weise bewußt oder empfindungsfähig waren - empfindungsfähig träfe es wohl genauer. Wie auch immer, es sei eine Vielheit von Systemen, mit denen das Bewußtsein eine Beziehung eingehen könne, eine unbeschreibbare, aber positive Beziehung.

Ich vertrat die Ansicht, daß es sich dabei strenggenommen überhaupt nicht um eine Halluzination handelte, schon eher vielleicht um eine innere Dramatisierung von Dingen, die er intellektuell bereits als in einem ursprünglichen Sinn existent erfaßt hatte - beispielsweise das Hin und Her der Zell-Signale, oder bestimmte Organe, die als Stadtstaaten betrachtet werden konnten. Kurzum, hier sei möglicherweise die Vorstellung dramatisiert worden, daß der Körper eine Hierachie von Systemen darstellte Punkt Punkt Punkt.

Aber nein, keine Hierarchie, erwiderte er. Keine Hierarchie. Leg mir nicht etwas in den Mund, das ich nicht gesagt habe.

Ich mußte die Grenzen beachten. Als ich fragte: Dann bist du also eine, sagen wir, neue oder positivere Beziehung zu diesen Einzelelementen eingegangen? erntete ich nur ein Achselzucken und einen betont mißbilligenden Blick.

Im nächsten Augenblick war er wieder die Güte selbst. Es stehe mir frei, allem eine beliebige Deutung zu unterlegen, meinte er. Er selbst wolle nichts besonders hervorheben.

Und welche Offenbarungen hat es sonst noch gegeben? fragte ich.

Er schwieg. Ich dachte schon, daß nicht mehr viel kommen würde.

Er wolle mir etwas sagen, ehe wir fortfuhren. Er werde sich kurz fassen. Wenn er Schriftsteller wäre, würde daraus vielleicht eine Kurzgeschichte werden. Stell dir einen Mann und eine Frau vor, begann er. Sie sind wie Tag und Nacht, was ihre Gesundheit angeht.

Ich bekam eine Fabel zu hören. Der Mann wird nie krank, und die Frau kränkelt ständig. Wenn du die Geschichte liest, fällt dir auf, daß der Mann nie klagt und die Frau immer nur jammert.

Er hat ja auch keinen Grund zu klagen, bei seiner guten Gesundheit, sagte ich. Oder willst du auf Henne und Ei hinaus?

Hör dir die Geschichte an. Der Mann freut sich an vielen Dingen in seinem Leben, er schätzt sie und preist sie am laufenden Band. Er läßt sich vielleicht sogar dazu hinreißen, seine Werkzeuge zu preisen, seine Säge zum Beispiel, oder seinen Kettenzug. Sie leben auf dem Land. Seine Frau versauert in der Unlust, die sie an allem außer ihren Beschwerden empfindet. Er ist wie die Basarwa, die sich bei den Tieren entschuldigen, wenn sie sie töten, und die das Totem des Genius preisen, ihm danken.

Ich ließ ihm Zeit. Ich hatte gewollt, daß er redete, und nun redete er.

Der Mann tut alles, um seiner Frau deutlich zu machen, daß ihr etwas Bestimmtes fehlt, etwas, das man Dankbarkeit nennen könnte. Er hat eine Dankbarkeitsphilosophie von einer gewissen Explizität oder Schlichtheit, von der er - zu Recht oder Unrecht - glaubt, daß sie den Kern dessen berührt, was sie beide unterscheidet: sein größeres Glück. Ein Wesenszug seiner Philosophie ist aber, daß die Dankbarkeit spontan sein muß oder kommen muß, um zu wirken. Sie läßt sich nicht durch eine mechanische Geste wie etwa das Tischgebet erreichen. Er glaubt, nicht mehr tun zu können, als ihr vorzuleben, was er empfindet, denn - und vielleicht ist das irrational - er meint, wenn er sie belehrt oder bekehrt, wird nicht nur sie scheitern, sondern vielleicht auch er selbst der Vorzüge seiner Weltsicht verlustig gehen. Übrigens sind beide Atheisten, es geht also nicht um Religion. Aber das Ende der Geschichte ist das Problem. Ein mögliches Ende wäre, daß er es ihr schließlich doch sagt und sie lacht. Und dann siechen beide dahin.

Ich sagte, Hast du nicht selber gesagt, die beiden wären ohnehin schon älter?

Suggeriert vielleicht. Aber es stimmt, in meiner Vorstellung, in meiner Geschichte, sind sie das.

Eine Fabel, dachte ich. Nein, eine Parabel, o Gott.

Aber für Träume und Parabeln bin ich Spezialistin.

Ich sagte: Also muß sich der Mann vom rüstigen Alter verabschieden. Eigentlich weiß ich nicht, was ich dazu sagen soll, außer vielleicht, daß ich glaube, das ist deine Art, mich zu bitten, dich nicht nach Dingen zu fragen, von denen du meinst mir aus irgendwelchen kosmischen Gründen nichts sagen zu dürfen, aber dazu kann ich nur wiederholen, was du einmal zu mir gesagt hast und worauf mir die Haare zu Berge standen: Der Verstand blickt der Hölle ins Gesicht und fürchtet sich nicht. Das warst doch du, nicht, frei nach Bertrand Russell? Es hat mir so gut gefallen. Der Verstand blickt der Hölle ins Gesicht und fürchtet sich nicht. Und deine Loyalität diesem Gedanken gegenüber ist, wenn ich mich nicht irre, der Grund, weshalb du darauf bestehst, daß die beiden Atheisten sind, und weshalb du zusammenzuckst, wenn ich das Wort Offenbarung verwende. Ich finde diese Geschichte albern. Wenn die Frau nur clever genug wäre, seine Körpersprache zu entziffern und nachzuahmen, dann könnten sie was? Noch neunzehn Monate über die ihnen zubemessene Zeit hinaus leben oder wie? Tut mir leid, aber das ist nichts als Laß mich in Frieden hoch zehn, und so was hasse ich, so was hasse ich, sowas kann ich nicht haben. Aber egal.

Ich sagte: Ich kann nun mal nicht anders als zwischen den Zeilen lesen. Es gibt also bestimmte höchst private wunderbare Dinge, die du mir mitteilen könntest, aber wenn ich vollkommen wäre, würde ich dich nicht zwingen, sie mir mitzuteilen. Wegen der Folgen und so weiter. Aber ich bin nicht vollkommen. Sag mir eines: Wirst du von einer irgendwie weiblichen Macht oder Erscheinung oder Kraft bestraft werden, wenn du mir alles sagst? Ich tippe einfach blind drauflos, aber verrat es mir doch bitte. Und glaub ja nicht, ich würde dich nicht dafür lieben, daß du mir diese Geschichte erzählt hast, denn darin sehe ich, zusätzlich zu dem, was auch immer es sonst noch bedeuten mag, einen Akt der Freundschaft.

Tritt einfach mal einen Schritt zurück, sagte ich. Versuch das Ganze als Information für einen von dir geliebten Menschen zu betrachten.

Er stöhnte laut auf.

Ich sagte: Verrat mir das, was du mir, wenn ich dich recht verstehe, am allerwenigsten verraten sollst, weil sonst etwas geschehen könnte, das wir beide grauenvoll fänden.

Mit geschlossenen Augen murmelte er: Bewußtsein ist Glückseligkeit.

Ich fragte: Ist das etwas, das du weißt und fühlst? Im Gegensatz zu etwas, das du gesagt oder als Botschaft erhalten hast?

Wieder stöhnte er und sagte dann: Ja, ja.

War das Dichtung oder Wahrheit? Es klang wie Wahrheit. Meine ganzen Fragen à la Wie willst du dann aber jemals etwas erledigen? erschienen mir in diesem Licht zumindest kaltschnäuzig.

Da saß also meine geliebte Hülle und studierte ihre Handteller. Warum war es mein Part, das alles zu sortieren? Denn es mein Part.

Und plötzlich wußte ich, wie er wirklich war: wie ein Wahrsager-Automat, in den man Geld wirft, um eine Mitteilung oder Prophezeiung zu bekommen – Kopf hinter Glas, eingeschlossen.

Und dieses Gefühl hast du sogar während wir sprechen, vermute ich. Sag es noch mal.

Warte.

Aber er war blaß und machte ein fast angewidertes Gesicht. Es war der quälendste Augenblick des ganzen Morgens. Er sah blutleer aus. Gleichzeitig steigerte ich mich in eine seborrhoische Hyperaktivität hinein. Ich betastete meine Nase, und sie fühlte sich an wie eingeölt. Ein aus der Verzweiflung geborener Uraltwitz wollte Gestalt annehmen, etwa in der Art, daß es ganz schön schwierig wäre, mich an der Nase herumzuführen, so wie sie glänzte. Währenddessen wütete die Rache des Unterleibs weiter.

Es war aufdringlich, aber ich mußte ihn dazu bringen, mehr zu sagen. Was ich schließlich aus ihm herauslocken konnte, hieß im Kern nichts anderes, als daß ihm im Laufe dieser Tage gestattet worden war, das Erlebnis von Bewußtsein als Glückseligkeit zu empfangen und am Ende zu behalten, es auszudehnen, es mitzunehmen als Teil von sich in seiner umgestalteten Verfassung. Dieses Element der Erlaubnis oder Gewährung war es, was mich am meisten störte, weil es die Betätigung einer geheimgehaltenen Wesenheit implizierte. Ich lag richtig. Er hatte das vage Gefühl von etwas gehabt, das stets in seiner Nähe weilte, meist hinter ihm, und er würde sagen, von etwas Weiblichem, wenn er dem, was da war, eine entsprechende Eigenschaft zuordnen müßte. Das Wort ätherisch verursachte ihm offenbar derartige Qualen, daß ich das Gefühl hatte, mich entschuldigen zu müssen.

Ich wollte wissen, ob dieser Bewußtseinswandel Teil irgendwelcher anderen, größeren Konklusionen über das Geheimnis des Universums oder der Natur war oder ob er in irgendeinem Zusammenhang mit seiner Einsicht - hier drückte ich mich äußerst vorsichtig aus - in den konföderativen Charakter des Körpers stand.

Nein, aus alledem ergebe sich keine Doktrin. Jeder Teil seines Erlebnisses sei eigenständig.

Ich fragte: Könnte es aber nicht vielleicht einen Zusammenhang geben, auf den du einfach noch nicht gekommen bist oder der sich nicht gefügt hat?

Das Lächeln.

Ich versuchte, die eine oder andere Anspielung auf den Taoismus im Gespräch unterzubringen. Wieder das Lächeln. Taoismus sei gelinde gesagt keine Doktrin. Und er sei immer schon eine Art Taoist gewesen, sagte er. Ich würde den Fehler machen, das alles in irgendein bekanntes Schema pressen zu wollen. Er sehe genau, worauf ich hinauswollte, aber es sei Zeitverschwendung. Ich wiederum dachte natürlich, daß die Marienfixierung seiner Mutter, die per Osmose schon in der Kindheit auf ihn übergegangen war, hier langsam zur Oberfläche vordrang, und zwar in Gestalt des lauernden Ewigweiblichen, das preiszugeben und gesprächsweise zu behandeln, wie peripher auch immer, ich ihn durch meine widerliche Hartnäckigkeit gezwungen hatte.

Ich würde unsere Unterhaltung auslaufen lassen müssen. Aber vorher wollte ich mit ihm noch einmal diese Glückseligkeits-Bewußtseins-Entwicklung durchgehen. Er sprach zögernd und rekursiv. Er sehe sich nicht in der Lage, das Ganze für mich auszuformulieren. In seiner intensivsten Form handele es sich um ein überwältigendes Gefühl, vergleichbar mit sexueller Lust, und müsse gebändigt, genauer gesagt unterdrückt werden. Er behauptete, es selbst in diesem Moment zu unterdrücken, es auf einem niedrigen Niveau zu halten. Eine seiner Aufgaben bestehe darin zu lernen, wie er das am besten bewerkstelligen könne - das sei in der Tat eine seiner Hauptaufgaben.

Mir kam ein Bild aus einer philosophischen Diskussion über Folter in Erinnerung, die wir vor etwa einem Jahr geführt hatten; es ging um eine von den Mandschu praktizierte Methode, bei der dem Opfer der Bauch aufgeschnitten, ein Stück Gedärm hergezogen und an einen Baum genagelt und das Opfer gepeitscht und gezwungen wurde, um den Baum herumzurennen und seine Darmschlingen abzuwickeln. In diesem Fall war ich der Mandschu.

Ich lieferte sozusagen den Tropfen, der bei dieser Unterredung für uns beide das Faß zum Überlaufen brachte, indem ich ihn fragte, ob ich zuschauen dürfe, während er seine Kontrolle lockerte und sich diesem neuen Seinszustand hingab, den er entdeckt habe. Schon in dem Moment, als ich das sagte, wurde mir klar, daß es aufdringlich war, aber ich wollte unbedingt einen Schlußpunkt setzen, der für mich irgendeine Erkenntnis beinhaltete. Ich kam mir ein wenig verderbt vor, und als ich seinen Gesichtsausdruck sah, machte ich einen Rückzieher.

Als ich ihn dann fragte - in der Hoffnung auf ein wenig Vergebung -, ob er nicht glaubte, daß er sich besser fühlen werde, wenn das alles erst einmal ausgesprochen, im offenen sei, sagte er nein.

Es war Zeit abzubrechen. Ich stand auf. Erst vor kurzem hatte er aufgehört, das Knobkerrie zu benutzen, das ihm eine Zeitlang als Krücke gedient hatte. Aber jetzt bat er mich, es ihm zu bringen.

Er schlug vor, nicht zusammen zu Mittag essen, wenn mir das recht wäre. Er würde lieber allein essen. Ich war verletzt, aber ich merkte ihm an, daß sein Motiv, was immer es sein mochte, nichts mit Bestrafung zu tun hatte, wirklich gar nichts.

Satanisches Wunder

Nach dem Essen war er bereit weiterzumachen, bestand aber darauf, daß wir uns nicht gegenüber saßen, sondern unsere Korbstühle nebeneinanderstellten. Ich hatte den Tisch weggerückt. Wir saßen an der gleichen Stelle, al fresco. Es war heiß und gleißend hell. Er schien großen Wert darauf zu legen, unser Gespräch hier fortzusetzen, wo es begonnen hatte, und nicht im Haus. Ich war aus Gründen der Ungestörtheit mehr für drinnen gewesen. Wegen der Dürre war Rasensprengen mit dem Schlauch verboten, also marschierte der Gärtner mit seinen Gießkannen überall auf dem Anwesen herum. Seine Englischkenntnisse waren sehr begrenzt. Eigenartig fand ich allerdings, daß er so tat, als könnte er mein recht gutes Tswana nur mit Mühe verstehen, während er alles, was Nelson sagte, wie hingemurmelt es auch sein mochte, sofort mitkriegte.

Am Nachmittag war Nelson gesprächiger. Mir war es recht. Wenn er redete, gab es lange Pausen, die ich dazu nutzen konnte, um die Fragen durchzugehen, die ich mir immer wieder stellte. Die wichtigste lautete: Was soll ich nur mit ihm machen? Eine andere: Wo ist seine humorvolle Seite geblieben? Und es beschäftigte mich, weshalb zwischen uns alles plötzlich so asymmetrisch geworden war - ich Opfer von Harndrang, während er fast nie pinkeln mußte, sein Appetit winzig und gezielt, während ich über meine Eßlust allmählich die Kontrolle verlor. Was genau würde er für Tsau bedeuten, wenn er in seinem jetzigen Zustand zurückkehrte? Das war eine hochinteressante Frage. Und was sollte ich nun eigentlich machen? Sollte ich bei ihm bleiben und um Besserung beten? Sollte ich ihm ein Ultimatum stellen und ihn irgendwie in die Staaten zurückbringen, so wie ich ihn aus Tsau weggebracht hatte, obwohl ihm alle bescheinigten, er sei so luzide, wie es luzider nicht ginge? Sollte ich ihn heiraten, lieb und nett, wie er war, irgendeine Art Freude aus seinen hausfraulichen Qualitäten ziehen und Befriedigung aus dem Abglanz seiner früheren großen Werke und dem künftigen Ruhm von Tsau, den es erlangen würde, wenn es der Welt erst seine Tore öffnete? Sollte ich mich umbringen, *selber* professionelle Hilfe suchen, ihn weitere sechs Monate meinem Behandlungskatalog aus Falle, List und Schocktherapie unterziehen, bei ihm bleiben in der Annahme, das Ganze wäre ein irgendwie von ihm ausgetüfteltes Manöver, und er würde sich eines Nachts schmunzelnd zu mir hindrehen und luzide erklären, weshalb das alles unbedingt hätte sein müssen? Was von alledem? Was? Ich klammerte mich an eine unglückselige Tatsache: Seine Bereitschaft, Vater zu werden, wirkte auf mich, verwirrte mich, schwächte mich. Er sprach meine Mütterlichkeit auf zwei Ebenen an. Jemand mußte sich um ihn kümmern, das verstand sich von selbst. Und dann gab es noch das Eigentliche: Ich konnte die Mutter der Kinder dieses genialen, einzigartigen Mannes werden. Und die würden mir bleiben, egal was sonst passieren mochte.

Ich muß gesagt haben: Das ist zuviel, denn er fragte: Was ist zuviel?

Nichts, sagte ich. Ich merkte, wie ich etwas tat, das Frauen nur in Romanen des neunzehnten Jahrhunderts tun. Ich rang die Hände.

Ich sollte dir von dem Löwen erzählen, meinte er. Ich glaube, du hast nur eine Parodie des wahren Sachverhalts gehört.

Eines Abends, als die Sonne unterging, entdeckte mich ein Löwe, ein bösartiger Einzelgänger.

Er kam auf mich zu, nachdem er an den Resten meines Pferdes herumgeschnuppert hatte. Übrigens bedeckten Schwärme von Ameisen, so groß wie mein Daumen, den Kadaver, und es wurden immer mehr.

Das Löwenmännchen kam auf mich zu, und dann spürte ich hinter mir die Erscheinung, von der ich dir erzählt habe. Tut mir leid, daß dich das jetzt aufregt.

Nun gut. Aber zur selben Zeit stieg ein Bienenschwarm aus einem Baum zu meiner Rechten auf und bildete in der Luft einen Bogen zwischen mir und dem Löwen. Das Gesumme war lauter, als ich in meinem ganzen Leben Bienen habe summen hören.

Ich weiß, das klingt erstaunlich. Ich kann nicht beweisen, daß das Ganze keine Halluzination war. Und ich weiß, daß man Bienen nie in der Abenddämmerung sieht.

Es war so, daß der Löwe mich überrascht und dermaßen in Panik versetzt hatte, daß mir keine Zeit blieb, in den Zwischen-Zustand zu gehen. Ich verströmte Angst.

Der Löwe kam zweimal ganz dicht heran. Bis auf sechs Fuß. Das zweite Mal wurde er in der Augengegend gestochen. Ich verlor das Bewußtsein. Ich kam im Dunkeln wieder zu mir, und ich meine, immer noch das Bienensummen gehört zu haben. Das war in der Nacht vor dem Tag, an dem mich die Herero fanden. Ich wachte auf, und alles war ruhig. Und noch etwas Merkwürdiges fiel mir auf. Der Gestank des Kadavers war Folter gewesen. An jenem Morgen war er weg. Ja, ich meine sogar, genau aus der Richtung einen Geruch wahrgenommen zu haben, der entfernt an Kosmetika erinnerte.

Du gibst aber zu, daß all das rein theoretisch auch Halluzinationen gewesen sein könnten, der Löwe und so, ja? fragte ich ihn.

Gewiß, sagte er.

An seiner Miene erkannte ich, daß er dieses Zugeständnis nur pro forma machte, und das nahm mir den letzten Mut. Damit stellte er sich implizit auf den Standpunkt, daß es ganz in Ordnung war, immer dann, wenn es einem paßte, zu sagen: Selbstverständlich, alles könnte Halluzination sein. Aber wenn das sein Konzept war, wo standen wir dann? Nichts würden wir mehr gründlich durchsprechen können. Mir war, als füllte sich mein Brustkorb mit Schotter.

Ich sagte: Aber dieses Gefühl, das du hinsichtlich des Bewußtseins gewonnen hast, das ist keine Halluzination?

Nein.

Demnach muß es auch etwas über die anderen Ereignisse aussagen, die es begleitet haben.

Möglicherweise.

Ich sagte: Findest du, die Welt sollte gelehrt werden, wie diese Art Bewußtsein, über das du verfügst, erreicht werden kann, oder zumindest davon erfahren?

Er sagte: Nicht unbedingt.

Ich stocherte mit der Stange im Nebel. Ich probierte es aus verschiedenen Richtungen. Ich fragte ihn, ob er sich, in Anbetracht dessen, wie wenig er im Laufe eines Tages tat, für normal hielt.

Er glaubte schon.

Ich wußte, daß er zumindest in einer Hinsicht nicht normal war. Am Abend zuvor hatte ich etwas Unerhörtes getan. Ich war nackt ins Bett gestiegen, und wir hatten uns umarmt, alles schweigend - schon das war atypisch. Und dann hatte ich entdeckt, was ich hatte entdecken wollen, daß ihn nämlich die gleichen Dinge erregten wie immer. Aber dann hatte ich mich in meine Betthälfte zurückgezogen. Ich hatte es ganz langsam getan, langsam genug, um ihm Gelegenheit zum Protest zu geben. Aber er ließ es geschehen und machte nicht die leisesten Anstalten, nach mir zu greifen. Das war aus dem Ruder gelaufener

Beziehungsalltag, jedenfalls nach unseren Usancen. Das sollte der Mann sein, von dem ich den Satz, Wenn der Schwanz steht, steht der Verstand, kannte? Warum hatte ich es überhaupt versucht, wo ich mir doch mit fünfzigprozentiger Wahrscheinlichkeit ein solches Ergebnis ausgerechnet hatte? Ich erlebte ein Revival meiner alten, ganz unspezifischen Angst vor der Ehe im allgemeinen, die vielleicht meine fundamentalste Angst ist. Was passiert in einer Ehe, wenn der Mann sich sexuell nicht mehr zu seiner Frau hingezogen fühlt? Was geht in ihrem Herzen vor, wenn es soweit kommt? Schon die Vorstellung ist unerträglich.

Ich sagte: Und du glaubst, daß deine Rückkehr nach Tsau etwas ist, was alle dort wollen. Du hast keinerlei Verdacht, daß sie es vielleicht gar nicht so schlecht finden könnten, zwei Gesichter, zwei weiße Gesichter weniger sehen zu müssen?

Er fiel aus allen Wolken. Wieso? Was ich damit meinte? Fast alle in Tsau seien vor der Abreise bei ihm gewesen, um ihm zu sagen, er sollte zurückkommen, sobald er könne, sobald er sich erholt habe.

Dann waren es mehr, als zu mir gekommen sind, sagte ich.

Du warst genauso gemeint, sagte er.

Ich weiß nicht, weshalb gerade diese Illusion oder Fiktion mir den Rest gab, aber ich legte eine aberwitzige Szene hin, die mir rückblickend so peinlich ist, daß ich die Hälfte davon verdrängt habe.

Ich reagierte manisch und global. Alles war das Allerletzte. Ich ritt gnadenlos auf seiner Passivität herum. Wie er in seinem jetzigen Zustand Liebe definiere? Ob er bestreiten wolle, daß er geradezu krankhaft passiv war? Und ob er glaube, die Fähigkeit, sich daran zu erfreuen, einfach wach zu sein, wäre etwas, das (A) alle Menschen einmal gekonnt, aber verlernt hätten? (B) Tiere besäßen, aber nicht wir, und das er wie ein Schamane aus diesem seinem Erlebnis gewonnen hätte, mit freundlicher Unterstützung des Ewigweiblichen? (C) Menschen wie ich lernen könnten und er mich lehren würde? oder das (D), wenn er es mir beizubringen versuchte, ich es aber nicht richtig kapierte, seiner Meinung nach zu einem Haarriß in unserer Beziehung führen würde, ja oder nein? vorausgesetzt, er liebte mich mehr als das Leben selbst. Ob er glaube, daß es mir Spaß machte, so aus der Fassung zu geraten? Oder, mal angenommen, das alles wäre in Anführungszeichen real, ob er denn glaube, daß ich den Rest meines Lebens mit jemandem verbringen wollte, der unbeirrbar auf die absolute Vollkommenheit zumarschierte, also jemandem, der so homöostatisch war, daß er die Eßgewohnheiten eines engelsgleichen Wesens an den Tag legte? Ich glaube, an dieser Stelle verglich ich ihn mit einer exotischen Blume, einer Bromelie, weil er während seiner Tage in der Wildnis praktisch von Licht und Luft gelebt hatte, genau wie es diese Pflanzen können. Ich hatte irgendwann seine Vorräte an Trinkwasser und Lebensmitteln zusammengerechnet und war auf eine so lächerlich geringe Menge gekommen, daß er wirklich nur eine Bromelie sein konnte, kein Mensch.

Ich kreiste. In der Szene, die ich ihm hinlegte, schälte sich das Muster heraus, daß ich irgend etwas Irrationales von mir gab, daraufhin wegging, dann zurückkam, wieder irrational und im Kreis herum argumentierte, wegging, jedesmal ein bißchen weiter, bis ich irgendwann merkte, daß ich im Haus gelandet war. Das Dienstmädchen stand da und starrte mich an, aber das war mir ziemlich egal. Ich wanderte jedesmal weiter weg und kam dann zurück, um nachzusehen, ob bei ihm alles in Ordnung war und ob es irgendeine Veränderung gab, ob ihm vielleicht etwas eingefallen war, das verhindern konnte, daß alles auf diese Weise auseinanderfiel.

Ich war machtlos. Ich sagte mir, ich hätte mich schließlich auch in einen Katholiken verlieben können, dessen Anschauungen viel überspannter und viel weitergehender wären als alles, was mein armer Nelson in letzter Zeit zu glauben schien.

Aber natürlich wäre mir so etwas nicht passiert, es sei denn, ein solcher Mann hätte sich mir in einer Maske präsentiert, in der Maske eines rationalen Menschen, es sei denn, fleischliches Verlangen wäre mir zum Verhängnis geworden, was durchaus vorkommt, allerdings eher bei Männern als bei Frauen, was auch immer der Volksmund sagt. Aber jedesmal saß er einfach nur da, die Hände gegeneinandergestellt. Überleg doch mal, was du eigentlich tust, sagte ich mir. Demonstrierte ich ihm Wahnsinn, meinen Wahnsinn, mein schlechtestes Selbst als Gegengewicht zu seinem?

Bei einer meiner Kehrtwenden machte er mich darauf aufmerksam, daß ich hinten am Rock einen Blutfleck hatte. Ich behob das Malheur, und als ich zurückkam, stand er auf, aber nicht abrupt oder irgendwie abweisend, nein, er stand auf, um zu einem Nickerchen hineinzugehen. Das gab mir erst recht das Gefühl, eine Sekundärerscheinung zu sein.

Ich verfolgte ihn bis ins Schlafzimmer.

Kannst du dir irgendwie vorstellen, daß das hier aus meiner Sicht die Hölle ist? fragte ich ihn.

Ja.

Aber leidest du in irgendeiner Weise persönlich darunter, durch deine Glückseligkeit hindurch?

Gewiß. Diese Antwort erfolgte nach einer langen Pause.

Ich ließ ihn schlafen.

Ich ging in die grauenhafte Einkaufspassage und zum Tempel der ausländischen Depressiven, dem Botswana Book Centre. Zutiefst zynische Weiße kamen hierher, aber eher, um Bücher zu befingern, als um welche zu kaufen, was bei dem Wechselkurs kein Wunder war. Ich denke da in erster Linie an die Peace-Corps-Helfer mit ihrem bescheidenen Taschengeld. Das BBC hatte Mengen an Personal. Die Batswana an den Kassen waren unübertroffen flink. Die restlichen Angestellten, in blauen Kitteln und mit Staubwedeln bewaffnet, waren das genaue Gegenteil, sie gruppierten sich wie ein Chor ohne Funktion an der hinteren Wand, wo sie auf Bücherstapeln hockten und schwatzten. Hektisch ging es nur zu, wenn die Rand Daily Mail und der Johannesburg Star angeliefert wurden; sonst war der Laden ruhig und verträumt, also genau das, was ich jetzt brauchte.

Einen Gang von mir entfernt stand eine Frau, von der alle Welt redete; mit gebeugtem Nacken studierte sie ein Buch, das ich als Paperbackausgabe von *Entwicklungsplanung: Der Tod der dörflichen Gemeinschaft* erkannte. Es konnte sich nur um die betörende Bronwen Sowieso handeln, eine Praktikantin vom State Department, die vorübergehend in Gaborone war, um auf der allsommerlich stattfindenden Handelsmesse zu arbeiten. Ihr Job war Routine, und da die Amerikaner diese Veranstaltung eher als unwichtige Pflichtübung ansahen, hatten diese Pcps, wie sie aus unerfindlichen Gründen genannt wurden, nicht übermäßig viel zu tun. Sie war nicht die erste Pcp, die ich nachmittags um drei im Botswana Book Centre hatte schmökern sehen.

Ich erkannte sofort, was Bronwen war: Sie war mein satanisches Wunder. Ich wußte es. Ihre Erscheinung hinterließ ein Nachbild, wenn ich den Blick von ihr abwandte. Sie las Nelsons Buch mit leidenschaftlicher Konzentration. Ich wußte, daß sie jedes Wort glaubte.

Optimale Reife – so ließ sich Bronwen beschreiben. Die Leute munkelten, man würde sie sofort erkennen, weil sie aussähe wie die Grazien aus der Cola-Reklame in den vierziger Jahren, die vollkommenen Blondinen. Sie mußte wirklich atemberaubend schön sein, weil sie selbst im Neonlicht, das uns andere zu wandelnden Leichen macht, strahlend aussah. Ihr Haar hatte die Farbe von Vanillesoße. Ich möchte bezweifeln, daß sie älter als sechsundzwanzig war. Sie trug kein bißchen Make-up. Vielleicht hätte man ihre Unterlippe etwas übervoll nennen können. Sie war kleiner als ich.

Mir kamen miteinander verknüpfte satanische Eingebungen. Diese Frau wäre überwältigt, wenn sie Nelson kennenlernen dürfte. Er würde sie allein schon um ihrer honigblonden Haare willen lieben. Sie könnte Nelson haben. Ich hatte den Nelson gehabt, dessen Worte sie las. Was er gewesen war, das hatte ich im Kopf, in der Erinnerung, in meinen Notizen. Vielleicht würde sie den gegenwärtigen Nelson sogar noch mehr lieben, als sie das Original geliebt hätte. Wir würden sehen. Das herauszufinden dürfte nicht schwer sein. Ich konnte die beiden zusammenbringen. Und das führte zu meiner zweiten Eingebung. Ich konnte sie anläßlich einer Feier zusammenbringen, einer Feier für Nelson, die er sein Lebtag nicht vergessen würde. Ich würde die Schleusen öffnen. In meinem Leben mußte sich etwas verändern. Wenn ich allein es nicht schaffte, ihn zu sich zu bringen, dann vielleicht mit Hilfe eines Massenaufgebots an Schaulustigen inklusive Bronwen Sowieso. Er wollte ein Adam sein, na gut – ich würde ihm schon eine Eva besorgen. Überraschungsfeste waren ihm ein Greuel, Geburtstagsfeiern auch. Sein Geburtstag fiel in den falschen Teil des Jahres, aber da konnte ich mich ja geirrt haben. Es wäre jedenfalls machbar. Ich traute mir durchaus zu, das Ding zu schaukeln. Ich war zu lange daran gehindert worden, die Initiative zu ergreifen, aber jetzt würde ich handeln, ganz konkret. Ich fand es berauschend, mir das alles vorzustellen. Sie war die Richtige; während sie sich durch Nelsons Buch fraß, wurde sie - ohne etwas davon zu ahnen - Mittelpunkt eines Spinnennetzes männlicher Blicke, schwarzer wie weißer. Einige Kerle bemerkten sogar, daß ich es bemerkte, und es war ihnen gleichgültig. Sie stierten weiter - wer war ich denn schon? Die Männer richteten sich das, was sie zu tun hatten, so ein, daß sie sie nicht aus den Augen zu lassen brauchten. Ich war nichts. Ich war nichts trotz meines weitaus besseren Busens, und sie war eine Art reine Flamme mit ihrem absolut geraden und absolut weißen Scheitel und dem honigfarbenen Haar, das wie ein Spitzenvorhang hinter ihre perfekt geformten Ohren geschoben war. Ich kam mir fast semitisch vor. Ich habe unleugbar Flaum auf den Armen, nicht besonders viel, aber eher dunklen, während ihre Arme aussahen wie polierte Holzpflöcke. Ich würde sie ihm in den Schoß legen. Es stünde ihm frei, sie zu ignorieren. Es stünde ihm frei, wütend zu werden, mir alles mögliche vorzuwerfen, meinetwegen sogar Zuhälterei. Das wäre doch was. Wir würden sehen. Subkutan herrschte bereits helle Aufregung über Nelsons Zurückgezogenheit. Alle würden kommen wollen. Laß sie nur, dachte ich. Bronwen sah nicht ein einziges Mal auf. Sie war keine Schnelleserin.

8.

WAS TUN?

Der Anruf

Es gefällt mir hier nicht in Palo Alto. Eine Zeitlang konnte ich mich noch an meiner Selbstzufriedenheit aufrichten. Mich von der Karikatur losgeeist zu haben, zu der Nelson in meinen Augen geworden war, verbuchte ich als Erfolg, als stupenden Erfolg. Das gab mir Kraft. Und hier lief alles in meinem Sinne. Mir fiel sogar eine Möglichkeit ein, aus meinen Tswapong-Hill-Unterlagen und den aufs Geratewohl in Tsau gesammelten Materialien eine Dissertation zu basteln. Ich habe eine Fristverlängerung bekommen. An der Fakultät waren sie entzückt, mich wiederzusehen. Ich habe meine Mutter besucht und dabei alles im Griff behalten. Sie hat mich nicht ein einziges Mal beschimpft und sich zur Abwechslung mit den tatsächlich recht dürftigen Auskünften beschieden, die ich ihr freiwillig gab. Sie ist in den Schoß einer lutherischen Sekte gesunken und fühlt sich dort wohl. Die Leute betreiben ein Pflegeheim auf einer eisigkalten Landzunge; sie arbeitet für kaum mehr als Kost und Logis im Postraum. Wenn sie will, kann sie für immer bleiben, sagt sie, und daß dies die erste Stelle ihres Lebens ist, bei der sie sich nicht die Finger schmutzig machen muß. Alles ging mir glatt von der Hand. Freiheit, betete ich mir vor. In dieser ersten Zeit ritt ich auf einer gewaltigen Welle, die mich über alles hinwegtrug. Ich ging zu einem Parasitologen, der mir bescheinigte, ich wäre inwendig sauberer als jeder durchschnittliche Mittelschichtsamerikaner.

Natürlich mußte diese dämonische Phase irgendwann ausklingen, und das ist nun auch passiert. Das Wunder, als das ich mein Entkommen aus Afrika anfangs gern vor mir hingestellt habe, gibt mir nicht mehr den großen Auftrieb. Mittlerweile scheine ich mich in Gedanken lieber zurückzuschleichen und mir auszumalen, wie sich die Notwendigkeit eines so radikalen Schnittes vielleicht hätte vermeiden lassen. Oder ich schwelge in Zeitphantasien. Angenommen, wir hätten uns irgendwann Ende des vorigen Jahrhunderts kennengelernt, als kein Zweifel daran bestand, daß der Sozialismus das Patentrezept war. Dann hätte unserem Glück nichts weiter im Wege gestanden als der Privatbesitz an den Produktionsmitteln. Auf dieser Grundlage wären wir uns begegnet. Wir hätten militante Kämpfer allererster Güte abgegeben. Phantasien wie diese erzeugen bei mir immer eine Mordswut auf den real existierenden Sozialismus, die mich aber auch nicht weiterbringt.

Die dämonische Phase speiste sich noch aus dem Adrenalin-Kontinuum meiner Lutte-finale-Überraschungsparty für Nelson. Und die war fast ein Selbstläufer. Alle wollten sie kommen und vor allen anderen die außergewöhnliche Bronwen. Die vielen Gerüchte, die an der Botschaft kursierten, müssen ihre Neugier ordentlich angeheizt haben. Sonst wäre sie bestimmt gar nicht erst auf die Idee verfallen, in die *Entwicklungsplanung: Der Tod der dörflichen Gemeinschaft* zu schauen.

Als Teufelswerk war das Fest ideal. Sobald ich angefangen hatte, Einladungen auszusprechen, waren die Würfel gefallen. Ich mußte die Sache durchziehen, ganz gleich, wie mulmig mir dabei wurde. Heute bin ich nicht mehr so sicher, was ich mit alledem eigentlich bezweckte, außer, daß er sich vor meinen Augen entweder in sein altes Selbst zurückverwandeln oder sich als der erweisen würde, zu dem er meinen Befürchtungen nach geworden war. Schon allein ihn wütend zu sehen, wütend auf mich, hätte ich als Geschenk betrachtet. Anfangs gab ich mir noch Mühe, meinem Versprechen Dineo gegenüber treu zu bleiben und ihn vor gewissen unangenehmen Gestalten aus dem Kreis der Projektförderer abzuschirmen. Aber am Ende erwies sich das als unmöglich. Sie hatten alle Wind von der Feier bekommen - die Briten, die Boso-Leute, ein Salon-Trotzkist von der Friedrich-Ebert-Stiftung. Die Libyer nennen ihre Botschaft die Jamahiriya, das heißt Nichtbotschaft oder Volksbüro oder Wirbelwind, was genau, habe ich vergessen; von dort wollten auch zwei kommen. Offenbar hatte Gaddafi perverserweise einige anarchistische Dogmen in das Grüne Buch, seine politische Bibel, aufgenommen, worüber Nelson zutiefst empört gewesen war - vielleicht würde sich ja zumindest diese Glut neu entfachen lassen. Mir fiel auf, daß auf meiner Gästeliste mit Ausnahme der göttlichen Bronwen kaum Personen standen, die man als Denoonisanten hätte bezeichnen können. Um so besser, dachte ich. Mit Bronwen spielte ich ein kompliziertes Versteckspiel, um mich ihr als eine Frau zu präsentieren, die in ihrer Beziehung zu diesem großen Mann nicht unbedingt glücklich war, eine Frau, die sich ihm gegenüber recht unsensibel, ja sogar lieblos verhielt und die jedenfalls nicht offiziell mit ihm verheiratet war. Ich mußte oft an Grace denken und daran, wie sie mich Nelson zugeschoben hatte. Und dann fiel die Party sogar auf eine Vollmondnacht.

Eins der Details, auf die ich besonders achtete, war der Alkoholvorrat - breite Auswahl, harte Sachen, gute Marken. Die zum Haus gehörende Köchin würde von Zeit zu Zeit in ihrer grünen Uniform erscheinen und, ganz im Stil hochherrschaftlicher Abendeinladungen, Platten mit Samosas und Hähnchenkeulen herumreichen.

Bei der Lutte finale blieb ich unsichtbar oder vielmehr im Hintergrund; ich stellte mich nie in den Mittelpunkt. Der war Bronwen vorbehalten. Nelson kam von seinem Spätnachmittagsschläfchen; die vierzig Gäste sprangen hinter diversen Möbelstücken hervor und riefen, was ihnen aufgetragen worden war.

Aber natürlich geht es bei alledem letztlich nur um den Anruf und die Was-tun-Frage. Irgendwo verborgen in dem, was mir in Erinnerung geblieben ist, liegt der Hinweis darauf, wie ich mich entscheiden soll. Seltsamerweise habe ich zur Zeit genug Geld, um alles tun zu können, was ich für angezeigt halte. Allerdings ist seit dem Anruf ein Monat vergangen, ohne daß ich zu einer Entscheidung gekommen wäre. Statt dessen habe ich getan, was ich am besten kann, nämlich mich selbst zum Gegenstand wissenschaftlicher Untersuchungen gemacht - mit Schwerpunkt auf den letzten beiden Jahren -, mich zum akademischen Forschungsgebiet erklärt, für das es nur eine Spezialistin gibt. Die Lutte finale würde meine Zweifel ausräumen, das hatte ich damals gedacht, aber wenn mich überhaupt etwas noch einmal von hier losreißen könnte, dann nur meine Zweifel. Achilles wird die Schildkröte aus demselben Grund nie einholen, aus dem ich einen ganzen Monat habe verstreichen lassen, um die Frage zu untersuchen, weshalb ich noch nichts unternommen habe. Es gibt ständig neues Material, das in die Untersuchung meiner Person einbezogen werden muß. Jeder gedankliche Schritt setzt ein Vielfaches an Schritten zur Klassifizierung, Analyse, Zuordnung voraus. Ich habe versucht, den belastendsten Aspekt dieses Anrufs zu verdrängen, und das allein ist doch schon ein Detail, das zu erforschen sich lohnt.

Nelsons Theorie, daß Gott den Lebensinhalt regelt, während der Teufel fürs Timing zuständig ist, erweist sich als ziemlich hilfreich, speziell in bezug auf die Frage, was ich mit diesem Anruf anfangen soll. Normalerweise - das heißt mehr oder weniger mein ganzes Leben hindurch - hätten meine bescheidenen finanziellen Mittel die Frage für mich entschieden. Aber im Moment fliegt mir alles zu, sogar Geld. Ich habe auf Anhieb eine Tutorenstelle bekommen. Der Ortsverband der Association of American University Women in San Mateo hatte von mir gehört und mich zu einem kleinen Vortrag eingeladen. Aber Dias habe ich keine, hatte ich gesagt, und ich bin so beschäftigt, daß ich ein Honorar verlangen müßte. Gosiame! Sie fanden es wunderbar - daß ich keine Dias hatte, daß ich mit Worten Bilder erstehen lassen konnte und es so dem Publikum ermöglichte, Afrika auf meine Weise zu erleben, das heißt eben nicht als Fotos knipsender Roboter, der alles auf visuelle Dokumentation reduziert, während Wesen und Kern des ursprünglichen einheimischen Lebens sich unbemerkt verflüchtigen. Und jetzt reißen sich alle möglichen Vereine um mich. Ich kritisiere den Tourismus nach Art des Nelson Denoon: Eure Krieger werden Schuhputzer werden, eure Töpferinnen Zimmermädchen und so weiter. Gosiame! Ich zitiere Nelson rauf und runter. Es hört sich faszinierend an. Er ist immer noch ein Begriff. Zu der Zeit, als ich nach Afrika gegangen war, hatte er etwa denselben Rang auf der Ruhmesleiter der wissenschaftlichen Klerisei wie Ivan Illich. Klerisei ist eines der vielen Worte, die ich von Nelson übernommen habe und mittlerweile als unentbehrlich betrachte. Jetzt ist Denoon wahrscheinlich ein bis zwei Stufen abgestiegen, aber sein Name zieht immer noch ganz hübsch.

Ich wurde weitergereicht. Der Faktor des Mysteriösen kam mir zugute. In Universitätskreisen sagte ich nur wenig über Nelson, berief mich darauf, daß Tsau ein geschlossenes Projekt sei und ich mich gewissermaßen verpflichtet hätte, nicht zuviel preiszugeben, bevor Tsau der Öffentlichkeit zugänglich gemacht werde, und so weiter. Mein genaues Verhältnis zu Nelson ließ ich im dunkeln. Ich warf mich für meine Auftritte ziemlich in Schale, trug zum Beispiel Halsketten aus Straußeneierschalenplättchen. Ich wurde auch deshalb weitergereicht, weil es zwischen den Gruppen etliche Überschneidungen gibt. Als sich herumgesprochen hatte, daß Tsau ein Frauenstaat ist - voilà, da standen die verschiedensten Organisationen der Frauenbewegung Schlange, um mich einzuladen. Und bis sie mich erwischten, war bereits allgemein akzeptiert, daß ich anständige Honorare zu bekommen hatte.

Noch bevor ich mir ernste Sorgen über meinen Lebensunterhalt machen konnte, war mir ein halbwegs anständiger Job angeboten worden, den ich auch angenommen habe. Ich gehöre jetzt zur akademischen Halbwelt. Ich bin Lektorin und Ressortleiterin in einem Kleinverlag für Dissertationen, der dahinsiecht, weil das Programm zu sehr spezialisiert ist oder aus dem Rahmen der Desiderata normaler Universitätsverlage fällt. Ich bin für die Titelakquisition im Bereich Dritte Welt und Frauen verantwortlich.

Maurice, dem der Laden gehört, hat Geld geerbt, das mittlerweile allerdings spürbar weniger geworden ist, weil Gretchen, die Frau, mit der er früher zusammengelebt und die ihn zu diesem Unternehmen überredet hat, um sich diskret daran bereichern zu können, ihn ganz schön bluten ließ, in finanzieller und in anderer Hinsicht. Er ist ein Träumer und schwärmt so heftig fürs Mittelalter, daß eine seiner ersten Anweisungen an mich lautete, ihn davon abzuhalten, den Programmschwerpunkt weiter in diese Richtung zu verlagern: Ich soll stärker auf die Trends eingehen und seinem Antiquarismus um jeden Preis widerstehen. Ich erinnere ihn an jemanden, und er verbringt einen geraumen Teil seiner Zeit im Büro mit intensivem Nachdenken darüber, wer das sein könnte. Er hat eine Dissertation geschrieben, die nie veröffentlicht wurde und in die ich nicht mal einen Blick werfen darf. Wir haben eine fantastische Musikberieselungsanlage in unserer Abteilung, und gleich nachdem ich die Stelle angetreten hatte, bekam ich die schriftliche Aufforderung, eine Liste der Klassikaufnahmen zu erstellen, die ich gern bei der Arbeit hören würde. Unsere Büroräume in Belmont sind sehr geschmackvoll eingerichtet. Aus reiner Notwehr habe ich dann tatsächlich eine Liste meiner alten Lieblingsplatten abgegeben, weil mir klar wurde, wie gleichbleibend das Musikmenü sonst aussehen würde, wieviel Choralgesang und Continuo ich würde genießen müssen. Ich brauche eine starke Frau, sagt er häufiger. Er hat mir auch schon ein oder zwei Komplimente zu meinen breiten Schultern gemacht. Wenn die Dekadenz von der Mittelschicht an aufwärts im derzeitigen Tempo weiter fortschreitet, werde ich vielleicht genötigt sein, mich auf einen neuen Nebenberuf als Domina zu verlegen. Ich bestimme meine Arbeitszeit selbst. Das Ganze ist nicht direkt ein Rückzug mit Bauchschmerzen, aber gewisse Ähnlichkeiten lassen sich nicht leugnen.

In Amerika zu leben kommt mir vor, als würde ich von einem Schwächling mit einem Buttermesser erdolcht. Brazen Head ist der beliebteste Präsident aller Zeiten. Die Leute finden meine politischen Positionen extrem und hochinteressant. Dabei ist so vieles von Nelson abgezapft, daß es mich schon selbst irritiert. Ich scheine für alle möglichen Frauen alles mögliche zu verkörpern. Die Feministinnen mögen mich wegen Tsau, die Sozialistinnen unter den Feministinnen mögen mich wegen der genossenschaftlichen Aspekte von Tsau, die professionellen Frauen, die nicht-sozialistischen Feministinnen, mögen mich wegen der privatbesitz- und unternehmerinnenfreundlichen Aspekte von Tsau, und die Lesben mögen mich, weil ich überhaupt nicht mit Männern ausgehe. Bisher tut sich nichts mit Männern. Die Leute betrachten mich als frauenidentifiziert, etwas ganz Neues, und scheinen deswegen stolz auf mich zu sein. Die Linke ist prolabiert, soweit ich es beurteilen kann. In meinem gesamten Umfeld kann ich keinerlei Feinde ausmachen. Wer hier eine Idee vorbringt, die über Alle Macht dem Volk! hinausgeht, gilt bereits als prädestiniert, ein Buch bei der Monthly Review Press herauszubringen.

Das untige ist alles Denoon. Es ist das Pfund, mit dem ich wuchere. Es ist das, was ich sage, mit der einen oder anderen Ausschmückung: Es gibt drei schreckliche, welthistorisch bedeutsame Prozesse, für die eure Ideologien - ein Wort, das ich grundsätzlich pejorativ verwende, genau wie mein Mann - euch blind machen. Ich entdecke übrigens immer wieder von neuem, wie unzulänglich sowohl die Klassenanalyse als auch der Vulgärfeminismus als ausschließliche Raster für eine Bestandsaufnahme der planetarischen Krise, ihres Wesens und ihrer Tragweite sind. Der wichtigste dieser drei Prozesse könnte als entfesselter Korporatismus bezeichnet werden, wobei der Begriff Korporatismus auch die Staatengemeinschaften des Ostblocks mit einschließen soll, wiewohl diese sich als nicht effiziente Varianten des Haupttypus erweisen. Was sich auf der Welt als souverän mit großem wie mit kleinem S durchsetzt, ist nicht das Volk, sondern die Gesellschaft mit beschränkter Haftung, dieses ganz spezielle Instrument; in ihr sammelt sich souveräne Macht zur Vergewaltigung der Welt und zur übermäßigen Bereicherung der führenden Kräfte beziehungsweise der Handlanger, die diese Einheiten kontrollieren. Das ideale Umfeld für die Gesellschaft mit beschränkter Haftung ist eine parlamentarische Demokratie, in der sich - jedenfalls in den am weitesten entwickelten Systemen - kaum jemand noch die Mühe macht zu wählen, in der die Parteien zerfallen, die Gewerkschaften sich zersetzen, Konzerne darüber bestimmen, wer ins Parlament kommt, die Rechenschaftspflicht verschwindet. Ein zweiter bedeutender welthistorischer Prozeß ist der unsichtbare Krieg der Staaten gegen die Nationen, also der anerkannten Staaten gegen nichtstaatliche ethnische Gebilde, ein erbitterter, blutiger Krieg ohne Gesetze, der selbst in Gegenden ausbricht, wo alle das Spiel schon für gelaufen hielten: Ost-Timor, Chittagong Hills, Roraima - es lassen sich so viele erschütternde Beispiele anführen. Und der dritte Prozeß ist die Zerstörung der Natur, die den Machtzuwachs der Konzerne begleitet. An dieser Stelle füge ich meine persönliche Korrektur ein, die das Ganze etwas weniger pessimistisch erscheinen läßt und die, wie ich zu meiner leisen Beschämung gestehen muß, am besten anzukommen scheint. Sie betrifft den stückweisen und verspäteten, aber endgültigen Einzug von Frauen in die Arena politischer Autorität. Ich nehme das ernst. Ich beschönige ein bißchen, wenn ich suggeriere, daß Nelson es auch einmal so ernst genommen hat wie ich, aber er wollte es ernst nehmen und traute sich wohl bloß nicht, wirklich daran zu glauben, weil Ereignisse wie Margaret Thatchers kaltblütige Versenkung der Belgrano dagegensprachen. Er fürchtete, der Aufstieg der Frauen käme zu spät und würde ihnen genau deshalb zum Verhängnis – was nicht hieß, daß er ihn nicht auf seine eigene, molekulare Weise in Tsau zu fördern versuchte. Obiges macht mich also interessant. Ich beende keinen Vortrag, ohne folgenden Gedanken angebracht zu haben: Das, was wir Entwicklung nennen, läuft auf einen regelrechten Holocaust für die Welt hinaus, denn Entwicklungspolitik, wie sie seit 1860 und bis zum heutigen Tage betrieben wird, bedeutet nichts anderes, als traditionellen und auf so grundsätzliche Veränderungen nicht vorbereiteten Kulturen der Dritten Welt die Marktwirtschaft mittels Gewalt und Betrug überzustülpen, und genau diese Politik ist der Nährboden der Hungersnot-, Elends- und Seuchenspektakel, mit denen wir per Fernsehen in der Behaglichkeit unserer eigenen vier Wände konfrontiert werden.

Wenn ich nach den Publikumsreaktionen gehe, ist das meine Paradenummer.

Doch zurück zu meinem Anruf, denn ihm wohnt das kulturell tradierte Gespenst des ebenso vielschichtigen wie verwirrenden Phänomens inne, daß Frauen unter Höllenqualen am Telefon sitzen und darauf warten, von irgendeinem Mann angerufen zu werden. Aber ich bin nicht aus Afrika weggegangen, um dann hier insgeheim auf einen Anruf zu warten, der mich zu Luftsprüngen und Maracas-Gerassel hinreißen würde. Ich bin gegangen, um zu gehen. In der Junior High School mußten wir einmal eine berühmte Kurzgeschichte über ein Mädchen lesen, das beim Schlittschuhlaufen einen Jungen kennenlernt und dann tagelang verzweifelt darauf wartet, daß er anruft. Diese Geschichte hat ihre Autorin, eine gewisse Maureen Daly, in die erste Garde der Frauenmagazine katapultiert. Sie trägt den Titel *Seventeen*, wurde mit etlichen Preisen ausgezeichnet, und ich glaube, Daly war erst sechzehn, als sie sie schrieb. Die Geschichte hat mich sehr beeinflußt. Sie ist mir tief unter die Haut gegangen, und ich habe mir geschworen, nie auch nur ansatzweise so zu reagieren wie dieses Mädchen. Das habe ich mir wirklich geschworen. Außerdem – und darauf bin ich erst kürzlich gekommen, dank des Anrufs, der mich nach wie vor an den Rand des Wahnsinns treibt – berührt die Geschichte auch die Frage, warum ich Nelson nicht nachgerannt bin, um ihn von seinem Vorhaben abzubringen, als es noch möglich gewesen wäre, als er noch nicht nach Tikwe losgeritten war. Ich hätte genug Zeit dazu gehabt. Und ich habe ja tatsächlich einen Anlauf gemacht, aber eben gleich darauf einen Rückzieher. Übrigens ist mir durchaus bewußt, daß ich stark - wenngleich im falschen Sinne - von Jean Peters inspiriert wurde, die Emiliano Zapata hinterherlief, um ihn daran zu hindern, irgendwohin aufzubrechen, wo er partout hinwollte. Aber vielleicht bringe ich hier auch zwei Szenen durcheinander: In der einen will sie ihm ein frisch gebügeltes Hemd aufdrängen, fleht ihn regelrecht an, es zu nehmen. Ich haßte sie dafür. So würde ich nie werden. Ich würde keine Jean Peters in *Viva Zapata* spielen, wenn mir doch die Rolle des Sensibelchens zu Pferde auf den Leib geschrieben war. Denn das bin ich in Wirklichkeit.

Wenn ich sage mein Anruf, müßte es eigentlich heißen meine Nachricht, denn mehr habe ich nicht, weil ich nicht da war, als meine mysteriöse Gönnerin anrief, falls es denn eine Frau war. Der niedergeschriebene Wortlaut ist buchstäblich alles, was ich habe. Mein Anruf ging in den Verlag, und daß im Verlag angerufen wurde, wundert mich nicht, denn ich hatte so vielen Leuten auf Verlagsbriefpapier geschrieben, daß die Nummer allgemein bekannt ist. Und dann hatte es ja auch die Zahlungsanweisung für die Enfield gegeben, und nicht zu vergessen meine Briefchen an Adelah und Mma Isang. Die Empfangssekretärin meinte, der Anruf sei von einer Frau gewesen, aber hundertprozentig sicher war sie nicht. Die Verbindung sei schlecht gewesen und die oder der Anrufende kein Amerikaner. Sie oder er habe keinen Namen genannt und auch nicht um Rückruf gebeten. Mehr kann ich aus der Sekretärin nicht herausholen. Sie ist es leid, ins Kreuzverhör genommen zu werden. Also was tun? wie Lenin so treffend gefragt hat. Ich glaube, ich brauche irgendeine Art Maxime. Die Nelsonschen Maximen - sofern sie sich überhaupt auf diese Situation anwenden lassen könnten - sind allesamt derart schief, nach dem Motto, Nur wer wagt, der gewinnt, daß sie mir nichts nützen.

Warum finde ich es nur immer noch so erstaunlich, daß er sich ihr zuwandte, obwohl ich doch desertiert war und die beiden einander aufgedrängt hatte und wir alle wissen, wie absolut sein Bedürfnis nach dem Ewigweiblichen wird, wenn er in der

Klemme steckt, also etwa von Löwen belauert wird oder vielmehr von einem Löwen, um bei der Wahrheit zu bleiben. Warum ist es soweit gekommen, bloß weil ich ihn schutzlos seinen Feinden auslieferte? Dabei gaben sie sich eigentlich alle recht zivilisiert. Lag es etwa daran, daß ich sie in so großer Zahl einließ? Er hätte mich natürlich um Hilfe rufen können, dann wäre vielleicht alles anders gekommen. Ich hätte mich wie Wonder Woman hereingeschwungen, die ganze Bande vor die Tür gesetzt und gesagt: Tut mir leid, ich hab mich geirrt, es gibt keine Party. Aber nein, er mußte die unbewegte bewegende Kraft sein. Ehrlich gesagt beobachtete ich die Vorgänge hin und wieder aus zutiefst demütigender Position, wie der hinter einem Vorhang. Die Hölle ist geschlossen und alle Dämonen sind hier ist auch eines seiner Lieblingszitate von Marlowe. Ich fieberte. Ich dachte: Das ist es also, was er will! Nicht nur, daß sie wunderschön aussieht, nicht nur, daß ihre Ausgabe von *Entwicklungsplanung: Der Tod* mit Lesezeichen gespickt ist, jetzt kommt sie auch noch genau im rechten Moment. Er war wie üblich schwer zu durchschauen, selbst für mich, die Denoon-Expertin. Er schwitzte, gemessen an der Zimmertemperatur, ein bißchen zu stark. Er hätte jemanden nach mir schicken, mich von der Generalstabsplanung der Häppchen-Staffeln wegrufen lassen können. Allerdings stand ich gelegentlich auch draußen und bewunderte den Mond. Selbst als alles vorbei war, kam mich niemand suchen. Dabei wäre ich zu finden gewesen. Sie ging mit ihm - was sage ich -, sie geleitete ihn in unser Schlafzimmer. Ich verbrachte den Rest der Nacht in einem Schaukelstuhl. Im Morgengrauen begann ich aufzuräumen, nahm jede Bierdose und jeden Aschenbecher einzeln hoch, ganz behutsam, um ja keinen Laut zu machen. Ich dachte an Grace und daran, sie aufzusuchen, um ihr vorzuschlagen, daß wir zusammenziehen sollten.

Allerdings muß ich berücksichtigen, daß Amerika mich noch wahnsinniger macht, als ich es ohnehin schon bin. Ich weiß das, weil ich irgendwann in der letzten Woche untröstlich darüber war, daß ich kein Dekoriermesser besitze. Ich brauchte dringend eines, um die feinen Möhren- und Jicamakringel für die Larmen-Suppen zu raspeln, die ich mir in dieser Woche zum Lunch machte. Geraspelt würde das Gemüse appetitlicher aussehen, und ich würde es mit größerem Vergnügen essen und dabei abnehmen. Außerdem muß ich berücksichtigen, daß wir offenbar eine Art Präfaschismus erleben. Die Rechte ist überall in die Mitte gerückt. Eines Tages wird es bestimmt eine Fernsehserie geben, die in der strahlenden Gegenwart spielt und den Titel trägt: Als Liberaler im Dienst des FBI. Wenn ich ein ernsthafter Mensch wäre, müßte die Frage für mich natürlich lauten: Was tun gegen den Präfaschismus? Mit den Leuten zu reden wäre eine Möglichkeit. Aber das führt zu nichts, außer daß sie glauben, ich würde fabulieren. Letztendlich sage ich in meinen Vorträgen nichts anderes, als daß wir Heuschrecken sind, wir alle hier im weißen Westen, aber damit komme ich nicht an. Ich greife so oft auf Nelson zurück, daß es mich schon anwidert. Was tue ich bloß? Es gibt zwei Sorten von Arbeit auf der Welt, hat er einmal gesagt. Die erste vermehrt insgesamt die Arbeit, die andere verrichten müssen, die zweite verringert sie insgesamt. Was tue ich, oder welche Art von Arbeit mache ich? Die Jugend will es wissen! Und angenommen, solche Art von Arbeit wird akzeptiert, dann schreibt man eben und hält Vorträge. Alle sagen mir, ich müßte ein Buch schreiben. Also schön, akzeptiert. Aber damit kommen wir gleich auf das trostlose Kapitel Sprache. Neulich beschrieb ein Kommentator im Fernsehen jemanden als moralisch bar, und ein Politiker nannte irgendwen eine rückgratlose Marionette und pries im selben Satz seine eigene Standrichtigkeit. Seine Wähler verlangten ihre Rechtefreiheit. Sie sagten: Wir wollen unsere Stimmen sprechen lassen. Und wo, bitte schön, bleibt der Mann, der über dergleichen an meiner Seite lachen und mich davor bewahren würde, der Verzweiflung anheimzufallen? Ich brauche den Mann, der gesagt hat, Lyndon LaRouche müßte eigentlich Lyndon FaRouche heißen.

Das alles bringt mich wieder auf meine Nachricht zurück. Ich habe sie gelesen, aber was will sie mir sagen, sprich, was soll ich tun? Sie sagt: entweder gar nichts oder sehr viel. Sie sagt, Hector nachweislich am Leben Manhope Polizeispitzel. Sie sagt, Bronwen nach einer Woche aus Tsau fortgeschickt.

Ich schrubbte auf allen vieren vor der Schlafzimmertür, als sie am nächsten Morgen herauskam, mit einem Gesichtsausdruck, als wäre sie in etwas überaus Erhabenes eingeweiht worden. Sie wäre fast über mich gestolpert. Immerhin besaß sie den Anstand, verlegen zu wirken. Ich schrubbte weiter. Sie ging wieder hinein. Ich putzte für die beiden, bis alles blitzte. Mir brannten die Knie, als ich fertig war. Aber so was geht vorbei. Ich vergewisserte mich, daß Orangensaft in der Eßnische bereitstand, ehe ich das Haus verließ.

Also: Was tun, Lenin?

Ich könnte beispielsweise für etwas sexuelle Betätigung sorgen, bevor ich irgend etwas entscheide. Ich lebe asexuell. Möglichkeiten gäbe es zu Genüge. Meine Enthaltsamkeit ist bekannt und wirkt auf bestimmte Idioten in meinem weiteren Umfeld höchst aufreizend. Was könnte sinnloser sein als das, was ich tue, id est eine sakrale Haltung zum historischen Sex mit Nelson entwickeln? Nichts.

Die Nachricht kam angeblich von einem Freund beziehungsweise einer Freundin und der Anruf aus Gabs. Strenggenommen habe ich keine Freunde in Gabs, aber das hat nicht viel zu sagen, weil der Anruf im Sinne oder im Namen einer Person getätigt worden sein könnte, die überhaupt nicht oder nur vorübergehend in Gabs war.

Eines habe ich definitiv aufgegeben: meine Selbstverpflichtung, mich sklavisch durch den Korpus der wesentlichen Bücher hindurchzuarbeiten, die mir leider vorher entgangen waren und auf deren Bedeutung er mich dankenswerterweise aufmerksam gemacht hatte – aufgegeben jedenfalls so lange, bis die Was-tun-Frage entschieden ist. Diese Selbstverpflichtung hat in mir nur Gefühle von Hoffnungslosigkeit ausgelöst. Sein Lieblingswerk unter den generell unbeachteten Büchern, *Menschliches Verhalten und das Prinzip der geringsten Anstrengung* von George K. Zipf, hat mich komplett überfordert. Es wimmelt von Gleichungen. Und aus lauter Wut auf den real existierenden Sozialismus werde ich auch keine sozialistische Apologetik irgendwelcher Art oder Richtung mehr lesen. Ich dachte, wenn wir uns je wiederbegegnen sollten, wäre es mir vielleicht möglich, ihn davon zu überzeugen, daß der Sozialismus reformierbar ist und wir gemeinsam Sozialisten sein könnten und das Leben dann so wäre wie Berlioz auf der Stereoanlage. Das als Extrembeispiel für meine Extremverfassung.

Aber es gibt noch etwas anderes, das mich schier wahnsinnig macht. Ein Inbegriff dessen, wie Nelson mich besetzt hält, ist die Frage meines Gewichts. Vielleicht habe ich unterschlagen, daß ich, als ich ihn zu den Einzelheiten seiner Erleuchtung in der Wüste und besonders den Feinheiten seiner Entdeckung des Körpers als einer Art Konföderation ins Gebet nahm, ihm auch die Frage stellte, ob er glaube, ich wäre vielleicht eher imstande, mein Gewicht zu halten, wenn ich meinem Körper beziehungsweise meinen Fettzellen oder welche Entität auch immer ich dafür auswählte, befehlen würde, eine Zeitlang keine Lipide mehr zu absorbieren. Er sträubte sich, mir eine Antwort zu geben, weil er den Verdacht hatte, ich wollte bagatellisieren. Aber schließlich sagte er: Ja, vielleicht. Und als ich nachhakte und fragte: Was wäre besser - meinem Körper den Befehl zu erteilen, schlanker zu sein, oder ihn ganz artig zu bitten, schlanker zu sein? und mich nicht mit der Antwort zufriedengab, er wisse auch nicht, was besser wäre, befehlen oder bitten, meinte er: Beides ist möglich, aber zu bitten wahrscheinlich besser. Genauso halte ich es jetzt, und seit ich damit angefangen habe, bin ich schon drei Kilo losgeworden.

Der erste Teil der Botschaft ist überhaupt nicht rätselhaft. Worauf er mich stößt, schon eher. Da g wie h ausgesprochen wird, muß Manhope Mangope sein, der Diktator des Bantustans jenseits der Grenze, das eines schönen Tages gern ganz Botswana verschlingen würde, weil schließlich alle Tswana sind und fünf Millionen von ihnen unter Mangope leben und nur eine Million in Botswana. Die Buren schätzen und nähren Mangopes Irredentismus. Demnach gibt die Nachricht, daß Hector ein von Mafikeng aus geführter Polizeispitzel ist, zu etlichen seltsamen, überraschenden Schlußfolgerungen Anlaß. Sein geheimnisvolles Verschwinden aus Tsau könnte zum Beispiel mit Leichtigkeit von den Südafrikanern arrangiert worden sein. Es wäre gut möglich, daß ein Hubschrauber vom Caprivizipfel aus herübergeflogen ist und ihn an einer der Pfannen abgeholt hat. Vielleicht steckte hinter der ganzen Aktion der Plan, Nelson abzusägen oder absägen zu lassen, damit die Südafrikaner via Mangope via Boso - und letzten Endes zweifellos via eines wiederauferstandenen Hector - irgendein geopolitisches Manöver durchführen konnten, für das gerade Tsau sich ihnen als Operationsbasis anbot.

Ein interessanter Synergismus ist, daß das Eintreffen der Nachricht mit meiner Entscheidung zusammenfiel, mich nicht weiter mit dem Denoonschen Lebens-Leseplan abzumühen, und diese war wiederum eine Folge meiner seltsamen, überraschenden Funde im *Taoteking*. Bis vor kurzem hatte ich das *Taoteking* höchstens vom Hörensagen gekannt – das nur als Hinweis auf die Lückenhaftigkeit meiner Bildung. Hätte ich es mir allerdings schon früher vorgenommen, wäre vielleicht manches anders gekommen. Wer weiß. Aber schließlich habe ich den Rigweda auch nie gelesen. Meine Einstellung zum Osten verdanke ich The Lotus and the Robot, und das kenne ich aus meiner Jugendzeit. Als ich mich ins Tao vertiefte, kam mir ziemlich bald der Gedanke, daß hier die Erklärung für Nelsons Sturz zu finden war. Er hatte einen Denkfehler gemacht! In einem Moment der Schwäche hatte er etwas akzeptiert, das er bei klarem Verstand als Propaganda durchschaut haben würde, als Herrschaftspropaganda, verabscheuungswürdig, wenn auch sehr poetisch. Ha! cria-t-elle, dachte ich, als XXXIV bei mir zündete: *Der große Weg verströmt sich, ach: / Er kann zur Linken sein wie zur Rechten – / Die abertausend Geschöpfe vertrauen ihm und leben / und werden dabei nicht abgewiesen: / Das Werk wird vollendet, / nicht rühmt er sich des Besitzes. / Er kleidet und nährt die abertausend Geschöpfe / und spielt dabei nicht den Herrn – / Er ist das beständige Wunschlos-Sein: / Man möchte ihn als klein bezeichnen. / Die abertausend Geschöpfe fallen ihm so zu / und er spielt dabei nicht den Herrn: / Man möchte ihn als groß bezeichnen.* Das brachte mich dazu, noch mal bis ganz nach vorn zurückzublättern. Halt! dachte ich immer wieder. Eine weitere Perle war: *Dies heißt geheime Erleuchtung. / Nachgiebigkeit und Schwäche / bezwingen Unnachgiebigkeit und Stärke.* Dann kam: *Die Schlichtheit des Namenlosen, / nun, sie würde ihnen alsdann zur Wunschlosigkeit, / die Wunschlosigkeit aber zur Stille, / und die Welt ordnete sich von selbst*, was ich mit einer Stelle weiter vorne kombinierte: *Der rechte Weg birgt sich ins Namenlose – / Doch nur der rechte Weg ist vortrefflich / und verleiht überdies Vollendung.* Halt! Es kam noch mehr davon. Etwa XLIII: *Der Welt Allerweichstes ereilt und überholt / der Welt Allerhärtestes: /*

Das Nichts und das Sein durchdringen sich ohne Zwischenraum. Etwa einen Tag lang stand für mich fest, daß Nelson nichts weiter brauchte als die Rückkehr Scientiae Athenas, damit sich ihm erhellte, wozu er in einer dunklen Nacht geworden war. Er war ein Hochstapler geworden. Das *Taoteking* bot sich geradezu als Lehrbuch dafür an, wie man Hochstapler werden konnte und auf welches Genre man sich dabei verlegen sollte. Oder war Denoon schon immer ein Hochstapler gewesen, ohne daß ich es gemerkt hatte, angefangen damit, daß er alle Welt so eloquent dazu verleitet hatte zu erwarten, Tsau werde eine Art befreiende Volks-Bromelie sein, die von Sonne und lauen Lüften leben konnte, obwohl das ganze System, auch wenn es vor Solar-Hardware strotzte und glitzerte, in Wirklichkeit doch nur – ja was eigentlich leistete? Ein bißchen Wasser erhitzen, ein bißchen kühlen, ein bißchen Getreide trocknen? Es gab seinen herrlichen privaten Solar-Schmelztiegel, aber der war ein Spielzeug. Die Leute hatten Solar-Kocher, benutzten sie aber kaum. Und welche Aktien hatte er überhaupt in Tsau? Wer hatte überhaupt Aktien in Tsau?

Irgend etwas war in der Wüste geschehen. Hatte er beschlossen, dieses Erlebnis für seine eigenen Zwecke auszuschlachten, etwa indem er mich einer unmöglichen Prüfung unterzog, die ich nicht bestehen konnte, wodurch ich obsolet wurde, und dann wiederum seine Verfassung ausgeschlachtet, um mich loszuwerden, damit er es sich in Tsau mit einem völlig neuen Habitus bequem machen konnte, zu dem unter anderem weiße Gewänder gehörten? Und tat ihm das alles inzwischen wenigstens leid? Kam diese Nachricht von ihm: Hatte er angerufen oder anrufen lassen? Das war der Stand meiner Gedanken. Ich bin die Liste möglicher Kandidaten für heimliche Anrufe bis zum Erbrechen durchgegangen. Könnte Dineo den Anruf in Auftrag gegeben haben? Und wäre ihre Absicht dabei gewesen, mich wissen zu lassen, daß in Tsau alles in Ordnung war und ich zurückkommen könnte, oder vielleicht eher, daß ich noch einmal in Tsau einfallen und den zunehmend bedeutungslosen Nelson entfernen sollte? Oder hatte er tatsächlich einen waschechten Nervenzusammenbruch erlitten, dank seiner speziellen Vorgeschichte, seiner Mutter, seinem Vater, dem Tao, den Ereignissen, die für seinen Ritt nach Tikwe maßgeblich gewesen waren, dem grauenvollen Erlebnis in der Wüste? Dann dachte ich wieder: Du bist gegangen, um zu gehen. Weiter auf diese Weise in seinem Bann zu verharren ist dumm und selbstzerstörerisch. Ich sagte mir, daß ich ihn wohl kaum mittels einer marxistischen Interpretation des Tao würde erlösen können, obwohl die Welt vermutlich auch schon Seltsameres erlebt hat. Wer sonst hätte diese Nachricht hinterlassen haben können? Vielleicht Z? Und was war das mit der göttlichen Bronwen gewesen? Derart heftige Irritationen sind wirklich unerträglich.

Der Bronwen-Teil der Nachricht lautete: Bronwen nach einer Woche aus Tsau fortgeschickt. Das heißt, es gibt keine Bronwen mehr.

Vollends in Rage bringt mich natürlich mein höchst plausibler Verdacht, irgendwo in der ganzen Geschichte von einem Lügner an der Nase herumgeführt worden zu sein. Und wenn Nelson eines von mir weiß, dann das: Du belügst mich auf eigene Gefahr. So etwas kann ich nicht dulden. Er war hinreichend gewarnt. Also - Was tun?

Je viens.

Warum nicht?

Glossar

T: *Tswana*
A: *Afrikaans*

ANC	African National Congress
Baherero	Angehörige der Herero-Ethnie
Basarwa	Angehörige der San, der Buschmänner; bedeutet auch Sklave (T)
Batlodi	schlechte Menschen, Spitzel (T)
Batswana	Einwohner von Botswana (Plural); Singular: Motswana (T)
Biltongue	luftgetrocknetes Fleisch von Wildtieren (A)
BNP	Botswana National Party, die (fiktive) Regierungspartei Botswanas 1980–81
Boso	gängige Abkürzung für Botswana Social Front
Braai	Grillen, Grillfest (A)
Chibuku	kommerzielles Maisbier (T)
Diamond Police	Spezial-Polizeieinheit zur Bekämpfung des Diamantenschmuggels
Gosiame	Allzweck-Wendung mit den Bedeutungen Genau! In Ordnung! Alles bestens! u.a. (T)
Karosse	Matte oder Teppich aus zusammengenähten Fellen
Kgotla	traditioneller Dorfrat, zusammengesetzt aus (männlichen) Ältesten und Vertretern des Häuptlings (T)
Koko	Klopf-klopf! oder Hallo! zur Ankündigung beim Eintreten (T)
Koppie	Inselberg, alleinstehender, steiniger Hügel (A)
Lakhoa	Europäer (allg. Ausländer), Plural Makhoa (T)
Lefatshe le madi	Land des Geldes, Land, aus dem das Geld kommt (T)
Mainstay	südafrikanischer Zuckerrohrlikör